谢冕编年文集

第八卷 1998

北京大学出版社

1998年在海南岛"天涯海角"

1998年北大校庆时给老同学摄影

1998年在刚落成的北大新图书馆前

1998年北大百年校庆时中文系1955级系友在北大五院合影（前排左起第五位为谢冕）

1998年北大百年校庆时中文系1955级文学一班同学合影（二排左起第二位为谢冕）

1990年代在香港岭南学院

1997年在香港岭南学院

1998年在海南伊甸园

海南伊甸园,《百年忧患》一书写作地(谢冕拍摄)

《心中风景》，中国文联出版公司 1998 年版　　《论二十世纪中国文学》，河北教育出版社 1998 年版

目 录

1998

丰富又贫乏的年代
　　——关于当前诗歌的随想 ⋯⋯⋯⋯⋯⋯⋯⋯⋯ 3
依依柳岸 ⋯⋯⋯⋯⋯⋯⋯⋯⋯⋯⋯⋯⋯⋯⋯⋯ 12
一百年的青春 ⋯⋯⋯⋯⋯⋯⋯⋯⋯⋯⋯⋯⋯⋯ 16
有关北京城墙的话题 ⋯⋯⋯⋯⋯⋯⋯⋯⋯⋯⋯⋯ 21
为"沙扬娜拉"送行 ⋯⋯⋯⋯⋯⋯⋯⋯⋯⋯⋯⋯ 24
北大的传统精神 ⋯⋯⋯⋯⋯⋯⋯⋯⋯⋯⋯⋯⋯ 26
质问《文学自由谈》 ⋯⋯⋯⋯⋯⋯⋯⋯⋯⋯⋯⋯ 28
读《飞箭》 ⋯⋯⋯⋯⋯⋯⋯⋯⋯⋯⋯⋯⋯⋯⋯ 29
文学是一种信仰 ⋯⋯⋯⋯⋯⋯⋯⋯⋯⋯⋯⋯⋯ 30
寻找雨花台 ⋯⋯⋯⋯⋯⋯⋯⋯⋯⋯⋯⋯⋯⋯⋯ 43
沙捞越诗情
　　——读吴岸 ⋯⋯⋯⋯⋯⋯⋯⋯⋯⋯⋯⋯⋯ 46
生命极度辉煌 ⋯⋯⋯⋯⋯⋯⋯⋯⋯⋯⋯⋯⋯⋯ 52
"状元卷"序 ⋯⋯⋯⋯⋯⋯⋯⋯⋯⋯⋯⋯⋯⋯⋯ 54
"北京大学中国语言文学研究所"介绍 ⋯⋯⋯⋯⋯ 56
电影《巫山云雨》 ⋯⋯⋯⋯⋯⋯⋯⋯⋯⋯⋯⋯⋯ 58
拉让江畔的约会 ⋯⋯⋯⋯⋯⋯⋯⋯⋯⋯⋯⋯⋯ 60
百年诗心 ⋯⋯⋯⋯⋯⋯⋯⋯⋯⋯⋯⋯⋯⋯⋯⋯ 63
读于炼的《三套车》 ⋯⋯⋯⋯⋯⋯⋯⋯⋯⋯⋯⋯ 66

为召开"百年中国文学"研讨会的邀请信 …………… 68
流放的春天 …………………………………………… 70
电影《小武》 …………………………………………… 73
那颗心还在跳动
　　——怀念张志民 ………………………………… 75
怀念蔡元培校长 ……………………………………… 78
人间最难是真情
　　——序刘钦贤抒情长诗选 ……………………… 81
"长屋"的节日 ………………………………………… 83
危难中诞生的中国文学 ……………………………… 86
飘雪的世界 …………………………………………… 89
校园外的庆祝
　　——"百年中国文学研讨会"开幕辞 …………… 92
夏天的记忆 …………………………………………… 95
《20世纪中国戏剧选》序 ……………………………… 98
《放声歌唱》与颂歌时代 ……………………………… 102
记忆是永远的财富 …………………………………… 103
文学与我 ……………………………………………… 106
第三代诗人与当代文学经典
　　——谢冕、黄子平与李劼一席谈 ……………… 108
再论中国当代文学 …………………………………… 115
"大一统"与样板化 …………………………………… 137
《北大遗事》序 ………………………………………… 139
《文学的中国城乡》序 ………………………………… 142
让人深思的书 ………………………………………… 146
还我青山绿水 ………………………………………… 150
读一本不知书名的诗集 ……………………………… 153

雪原中的火焰
　　——读郭煌的《雪国红豆》……………………… 157
写在《望断悲风》的前面 ……………………………… 159
现实的与期待的 ………………………………………… 162
多视角的考察与首创的意义 …………………………… 171
何妨回首一望 …………………………………………… 173
缪斯的神启
　　——诗人灰娃 ……………………………………… 175
女性文学的大收获 ……………………………………… 179
相聚在澳门 ……………………………………………… 181
有感于"知无涯" ………………………………………… 184
半世纪的经验 …………………………………………… 186

1898：百年忧患

总序一　辉煌而悲壮的历程 …………………………… 191
总序二　《百年中国文学总系》的缘起与实现 ………… 196
1898：并非文学生长的季节 …………………………… 201
一、昆明湖石舫 ………………………………………… 210
二、中国的世纪末风景 ………………………………… 216
三、诗的成功是悲哀 …………………………………… 245
四、一部小说的预告 …………………………………… 281
五、穿越黑暗的目光 …………………………………… 314
六、从时务文体走向新文学 …………………………… 344
七、陆沉中升浮起一片圣地 …………………………… 372
八、忧患：百年中国文学的母题 ……………………… 405
九、春天的眺望 ………………………………………… 422
年表 ……………………………………………………… 442

参考文献……………………………………………… 449
后记………………………………………………… 452

论二十世纪中国文学

总序………………………………………………… 457
中国文学的历史命运……………………………… 461
论中国当代文学…………………………………… 504
中国文学的新时期(略)…………………………… 532
"后新时期"与文化转型…………………………… 533
世纪末的回望与前瞻……………………………… 549
后记………………………………………………… 581
与世纪共命运
　——《论二十世纪中国文学》新版后记…………… 583

1998

丰富又贫乏的年代[*]
——关于当前诗歌的随想

内容提要：80年代新诗潮促进了诗歌观念的解放和多元格局。诗歌个人化写作的进展,使游离的诗心复归于诗人的个性,这方面显示了历史性的辩证;另一方面,大量的诗歌表现出对历史的隔膜和对现世的疏离,也使诗歌陷入了丰富之中的贫乏。

诗人的荣誉

中国新诗在"文革"结束之后,开始了新诗潮的涌动。在新诗潮的冲激下,原先的诗歌体系解体了,由此形成了新诗史上的又一个艺术变革的时代。对于这一时代诗歌内涵的较为全面的表达,是确认其由两个基本诗歌事实所构成:一是以艾青等为代表的一批"归来"的诗人,一是以舒婷等为代表的一批"朦胧"诗人。他们的创作构成了这一变革时代的全部丰富性。

前一批诗人带着心灵的累累创伤,率先揭示了中国新时代文学的"伤痕"主题,并且带动了当代文学对于中国社会历史进行深层反思;后一批诗人以怀疑的目光向着扭曲的现实发出了抗议与质问,作为既有文学秩序和传统诗歌的挑战者,他们充满锐气的创作实践,对文学新时期起了巨大的震撼作用。他们都是新时期文学的先行者。

从70年代末到90年代末将近二十年的诗歌实践给我们的

---

[*] 此文刊于《文学评论》1998年第1期。据此编入。

最大启示是,诗歌因承载了社会的忧患而获得了公众的同情与承认。诗歌在这种对于苦难和悲情的表现中不仅调整与完美了自身,而且赢得了全社会的关注。公众因为诗歌传达了他们的爱憎而亲近并肯定了诗歌。

当艺术表达与接受者间的障碍逐渐消除之后,诗歌自然地加入了社会,并成为社会生活的有机组成。其实,社会对诗歌的热情,恰恰是因为诗歌发挥和展示了社会"代言者"的职能,是社会给予诗歌的一个回报。80年代后期因为强调诗人的个体意识而不加分析地排斥并反对"代言",带来了消极的后果。

中国新时期诗歌有它生长的深厚土壤,它植根于灾难岁月痛切的记忆,它从这些记忆中提炼和营造出独特的意象,典型而生动地概括了当代悲剧意识。人们从这些诗歌中看到久违的人性和人道思想的闪光,以及中国文学历史中长久空缺的批判意识和怀疑精神。特别是它们通过历史反思所传达的共同的感受,唤起了广泛的共鸣。50年代以来,诗歌从来也没有像现在这样紧密地联结着社会的脉搏和公众的情感,诗歌以它的真实性走进了人们的生活。诗歌因传导了人们的思想、情感和意念而成为社会生活的组成部分。

艾青的《鱼化石》是一个非常著名的意象,一条本来拥有活泼生命的鱼,被不知来自何方的地震或火山爆发所掩埋。当人们从土层中把它发掘出来,它依然有着完整的鳍和游动的姿态。艾青在这里表达了被莫名的灾难所袭击的悲哀,又传达了生命顽强的信念。许多诗人都通过各自创造的诗的意象,表达了这种被掩埋的悲哀和重新被发现的喜悦。当年在山东某地常林大队发现了一枚特大钻石。这颗被农民发掘出来的钻石被认为是一种喜瑞。艾青《互相被发现》、蔡其矫等诗人的《常林钻石》,都借此传达时代转变、苦尽甘来、光明战胜黑暗的悲喜交集的情绪。如《鱼化石》一样,这也是一颗时代化石。

在青年一代的诗人中，舒婷诗中的温情和忧伤最为感人。她通过女性的温柔所表达的对自由的追求和人性的尊重，都在优美的审美中得到细致的表达。还有的诗歌以"网"暗示生活的纠缠和无可逃脱；以迷途的蒲公英来表达前路的迷惘；以古诗象征历史的滞重和麻木。

这些富有历史感和使命感的诗，有相当沉重的社会性内涵，但又以鲜明生动的语言得到传达。它们并不因理念而轻忽情感，也没有因思想而牺牲审美。也就是说，这些承载了社会历史内容的诗，并不因为"代言"而失去诗的品质。诗不仅没有因在完成它的使命中成为"非诗"，相反，群众却因诗对社会历史的关切不由自主地亲近了诗。诗人因成为时代的"代言者"而获得承认。

彗星的光痕

这是中国新诗史的狂欢节。中国诗人以空前的热情参与了自有新诗历史以来极有想象力、也极有使命感的创造。然而，潮汐有起有落，这是规律。新诗潮大约在80年代的后半期便开始式微。整个中国诗歌界被一种漠视秩序和规范的流派竞起的局面所代替。这是一个充满创新热情的挑战精神的诗歌阶段，出现了很多的自以为是的诗歌主张和宣告，也有一些表面喧腾的"展出"。但总的看来，这阶段的诗歌创作言说多而实效少，得到公众肯定并且能够保留下来的诗作并不多。它留给我们一个反思性的启悟：诗人的劳作是严肃的，浮华与喧嚣是不能导致繁荣的。

但80年代后半期的诗创作，却也并非空无，一批又一批追求各异的人，竞相出现，他们写出了属于他们自己，并引为自豪的诗篇。海子就出现在这一时期，并且他的短暂的一生犹如划过天际的彗星，虽是转瞬即逝，却留下了一道永久的光痕。海子是农家子弟,后来进了北京大学。他是一位既对土地充满深情、又接受了现代学术洗礼的年轻一代知识者。在他身上,中国古老的文化传统和面向世界的精英意识有着良好的结合,应该说,他具备了成为优秀诗人的良好条件。海子在80年代充满更新诗歌的总体气氛中,以充满神奇的创造力,以数百首短诗和几首长诗如喷泉般装扮了他实在太过匆匆的诗歌生命。

海子的重要作品《亚洲铜》、《五月的麦地》中交织着他对中国悠久历史文化的怀想和现实的焦虑,他以废墟般的零乱和破碎来呈现诗意的整体辉煌。他燃烧的诗情灼痛了生命本身,他的悲剧般的生命也在这种燃烧中结束。彗星殒落了,他的充满热情的光却照耀着中国世纪末的诗歌风景。

海子说过:"我的诗歌理想是在中国成就一种伟大的集体的诗。我不想成为一个抒情诗人,或一位戏剧诗人,甚至不想成为一名史诗诗人,我只想融合中国的行动成就一种民族和人类的结合,诗和真理合一的大诗。"[①]海子是一位诗的理想主义者,为了伟大的诗,他宁可牺牲个性而服膺于集体的"行动"。他毕生呼唤伟大的诗,他心目中的诗的神圣是和一些神圣的名字相联系的。"但丁将中世纪经院体系和民间信仰、传说和文献、祖国与个人的忧患以及新时代的曙光——将这些原始材料化为诗歌。歌德将个人自传类型上升到一种文明类型与神话宏观背景的原始材料化为诗歌,都在于有一种伟大的创造性人格和伟大的一次诗歌行为。"[②]他据此断言:"在伟大的诗歌方面只有但丁和歌德是成功的,还有莎士比亚。这就是作为当代中国诗歌目标与成功的伟大的诗歌。"[③]

---

① 见西川编《海子诗全编·海子简历》,上海三联书店。
②③ 《诗学:一份提纲》,见周俊、张维编《海子、骆一禾作品集》,南京出版社,1991年。

激情时代的终结

对比80年代的充满热情的试验与创造,90年代更像是诗的收获季节。面对着自"朦胧诗"开始结下的累累果实,90年代的创造力显得相对的贫弱了。整个诗歌界似乎没有发生过什么激动人心的事件——当然偶而也有一些可供谈论的话题。

没有"事件"未必不好,诗本来就是寂寞的事业。诗在某些时期的"轰动",多少总由于现实中的某种匮乏。于是,人们便把异常的热情倾倒在这个原不应"轰动"的事物上面。诗人更多的时候总是独自咀嚼着一枚人生的苦果,而无法离开诗本身去做一些力不能及的事。"轰动"很少是由于艺术创新所带来的激情。

但诗的进步却是无可置疑的事实。80年代新诗潮带来的冲激促使了诗歌观念的解放。诗歌内涵的扩展和丰富,造成诗广泛涉足于从社会到内心、从实有到幻想,以及意识的深层的所有领域。至于诗的审美追求,以意象化对于"文革"模式的挑战为发端,全方位地艺术探险,早已促成了中国当今诗歌艺术的多元化格局。现阶段中国诗人所拥有的创作自由可说是空前的。当前诗歌写什么和怎么写已经很少存在障碍,这就是90年代中国诗歌发展的良好环境。

个人化倾向

对于社会或时代"代言"身份的扬弃,促使中国新诗迅速地走向个人化。有一个时期,诗人们开始拒绝诗对意义和价值的承载,认为"人类的教育、愿望无一不是在与事物的利害关系上展开的,诗歌的真实就在于它脱离了这种利害"①。这种主张说明中国新诗摆脱了在特定年代受到的非诗的困扰。那种使新诗不得不在诗美之外承受负荷的局面,现在已基本结束。

　　在90年代,诗歌的确回到了作为个体的诗人自身。一种平常的充满个人焦虑的人生状态,代替了以往充斥诗中的"豪情壮志"。我们从中体验到通常的、尴尬的,甚至有些卑微的平民的处境。这是中国新诗的历史欠缺。在以往漫长的时空中,诗中充溢着时代的烟云而唯独缺失作为个体的鲜活的存在。现在,"这些诗歌中,我看到一种冷静、客观、心平气和、局外人式的创作态度。诗人不再是上帝、牧师、人格典范一类的角色,他们是读者的朋友"②。平常人和平常心迅速地使诗恢复了常态,弥漫于诗行中的是一种让人感到亲切的普通和平凡。日常生活,即所谓凡人琐事大幅度地进入诗中,这极大地改变了以往普遍的"大题材"占领的局面。

　　诗歌的出发点本来即在个人,所有涉及外界的大的关怀或钟爱,无不生发于诗人的内心。从最初的动心到表达,诗的营造过程都是个性的。当然,不管诗的动机如何的个人化,它最后总作用于他人,但这种引起他人激动的作用,依然归根于诗人融化内心情志的个人性的劳作。从这点上看,诗的生产的群体化是违背其本性的。中国诗行进到了本世纪90年代,使游离的诗心复归于诗人的个性,显然是历史性的辩证,其重大意义不容怀疑。例如,90年代的新诗大幅度地展现出中国诗人内心的从容与舒展,从中可以领略到中国人以往缺少的享受生活的情趣和姿态。过去被严峻环境所催逼的紧张得到松弛。这大大增加了

---

　　① 韩东:《三个世俗角色之后》,见《磁场与魔方》,第202—207页。
　　② 于坚:《诗歌精神的重建》,见陈旭光编《快餐馆里的冷风景》,北京大学出版社,第261页。

诗歌抒写个人情态的分量。

　　由于个人化写作的进展,诗歌迅速地把原先远远伸向外界的触角收了回来,如同蛙人的劳作,诗人们把感觉和体验潜深到内在世界的无限丰富之中。前面谈到的诗人从社会的群体回到单纯上的个体还只是问题的初始,诗人把以往对外部世界的无保留也无节制的才华的抛掷,来了个一百八十度的转变,他们开始把关注停留并凝注于个体生命的细观默察上,心理的和潜意识的细末微妙之处的体察和把握上,诗歌创作发生了由"外"向"内"的移置。

　　这也成了中国当代女性诗歌兴起的切实而巨大的背景。笔者始终认为,在"文革"结束之后的诗歌成就中,除去"朦胧诗"在反思历史和艺术革新方面的贡献是别的成就无可替代之外,唯一可与之相比的艺术成就,则是女性诗歌创作。这是仅次于"朦胧诗"(当然,女性诗人中有些人也是"朦胧诗"的参与者)而加入了中国新时期诗歌实绩的一支不可忽视的创作力量。

　　中国新时期女性诗歌的写作在中国新诗的历史中并非罕见。早在五四新诗革命之初,便有女性诗人加入了新诗最初的创造。冰心的《繁星》、《春水》便是女性诗人对草创期中国新诗的贡献。从林徽因到陈敬容和郑敏,尽管为数并不多,但中国女诗人都在各自的时代生发过突出的影响。但在"文革"以前的长时间,中国女性诗歌的表现形态及其实质,大体只是表现在女人写诗的层面上,即她们和男诗人不同之处,仅仅在于她们是女诗人。这话的意思是:要是撇开性别差异这一点,则她们所写的和男诗人所写的是同样的无差别的内容。这样的表述也许有点绝对,事实上男女诗人在表现同一事物时在感觉和表现上会有差别,而中国女诗人的创作除去诗歌社会性的完全一致之外,女诗人基于中国社会长期封建压迫的事实,而在女性自立,男女平等,以及争取婚姻恋爱自由等方面也表现了她们特殊的关注;也就是说,男女诗人在创作的风格和题材的选择上也并非完全相同。

但事实上,中国长时期的女性写作大体总处于无性别差异的状态。战火连天的年代,动荡不安的环境,女性应有的一切被剥夺,女人承担了和男人同样沉重的命运的负荷。整个时代要求于女人的,是做一个和男人一样的人,而不是女人。这样,中国女诗人笔下的风景就是无差别的风景。尤其在倡导男女都一样的时代,女人细腻、委婉、善感多情、温柔缱绻,这些性别给予的特点,在艺术上均得不到施展的机会。"文革"结束后,整个文学处于开放的态势,以及"朦胧诗"引发的一场大的艺术变革的机遇,再加上这一时期的中国社会基本上处于和平状态,这些诗歌内外的条件促成了中国新诗史上罕见的女性诗创作的全面繁荣。

从"女性写的诗"到"写女性的诗"

这种繁荣用最简括的表述就是,诗回到了女性自身。这种女性诗不再是"女性写的诗",而转进为"写女性的诗"。这样看似简易的词语倒换,却表达了诗歌在一个新的时代里的巨大进步。过去受到忽视或被驱逐的一切,如今都回到了女诗人的创作中来,而不仅仅是对女性的自尊和价值重新肯定。诗歌的发展很快地使舒婷的《致橡树》或《惠安女子》成为古典的话题——一般认为,这位女诗人所传达的美丽的感伤尽管震撼人心,却也并不是单单属于女人的那些感受。

中国文学中女性的"自我抚摸"或进入"私语"状态发端于诗歌,而后才进入小说,再而后才进入散文及其他。诗在新时期文学运动中始终充当了先锋的角色。年青的和更为年青的女性诗人大踏步地超过"朦胧诗"造就的成果,她们无拘无束地一径向前而去。她们进军的方向不是向着外界而是向着自身,向着女性自身丰富而隐秘的内在世界。"作为人类的一半,女性从诞生起就面对着一个完全不同的世界,她对这世界最初的一瞥必然带着自己的情绪和知觉","事实上,每个女人面对着自己的深渊——不断泯灭和不断认可的私心痛楚与经验——并非每一个人都能抗拒这均衡的磨难直到毁灭"[①],这就是当前女性诗歌的指向,正如翟永明所说,这不是拯救的过程而是彻悟的过程。

中国女性诗歌就在这样状态下"彻悟"过来。在中国年青的女诗人面前展开了一个崭新的宇宙,她们如同发现新大陆一般地发现了自己的身体、身体内部的感觉、那些仅仅属于女人的一切体验、生理的和心理的。也就是说诗歌一下找到了过去未曾深掘甚至是没有真正发现的一个巨大主题:女性的精神性别。

依然闪耀着理想的星火

告别80年代的诗歌其主导的流向,是全面推向诗的个人化和增强诗的私秘性,大量的诗歌表现了对历史的隔膜和对现世的疏离。诗人在过去的惯性决裂方面投入了巨大的热情,诗歌却也因而陷入了丰富之中的贫乏,这也是不争的事实。但从80年代后期开始的理想主义的提倡和学院诗人关于知识分子精神的提倡,以及近期由一些诗人发出的关于新的文化复兴的呼吁,依然是滔滔洪流中不曾湮没的一脉清泉。它的微弱的声音虽不足以抗拒那举世滔滔的巨响,但无疑是一种坚忍的执著。

---

① 翟永明:《黑夜的意识》,1996年8月21日《诗歌报》。

依依柳岸*

有一个湖总是走不厌。开花的早晨,初月的黄昏,疏星淡月的夜晚,甚至是夏日的静午,我们就是这样一圈一圈地走着。总是希望这路是无尽的,总是觉得这沿湖而行的时间太短暂。我们都很贪婪,每次都恨不得把那柳岸、把那花径、把那碧水、碧水中的流云塔影吞下去,整个儿的化为永久的纪念。但是,那湖还是勾住我们的魂儿,它诱惑着我们、磁铁般地吸引着我们,让我们在繁忙的课余,在紧张的考试间隙,抽着空儿到那垂柳依依的湖边,走走,坐坐,哪怕是停留那么一会儿,也会有一种感慰。

我们都像是中了邪了,或者都像是恋爱中人,时时、刻刻,只是想着、念着,抹也抹不去,想忘也忘不了。我们都钟情那湖,热爱那湖。其实,世上有很多美景,也有很多名园,那些景中园里也有动人的山容水态,可我们认定了这个湖,再多的美景也抵不过它,它们加起来也不能把这湖从我们心中换了去。因为爱得深了,我们都有点偏心。记得初进燕园,是高班同学领着我们绕着湖走。也许他们先前,也是比他们高的班同学领着他们。在北大,绕湖而行是一种习惯,是一种享受,或者更像是一种庆典。

就这么一代又一代的北大人,向往那湖,热爱那湖,把那湖视为自己的心灵家园,视为至亲至爱的朋友和亲人。在北大生活的学生,都处于人生起航的青春时代,有很多幻想,有很多关

---

* 此文刊于《钟山》1998年第3期,后收入文集《每一天都平常》,再收入《红楼钟声燕园柳》。据《钟山》编入。

于未来的憧憬,有欢乐,也有苦恼——关于学业,关于知识,关于人生;有许多实现的欢喜,也有许多未能实现的烦忧。更重要的,北大人承袭了作为中国知识分子的精英意识,他们有更多的社会关怀,科学的、知识的、文化的,也有政治的,特别是对于国家民族命运的思考。这些在中国的其他地方视为特出的那些品质,在北大都是平常心、平常事。若是没有这些,那才是这里的特别了。这些内容,往往也是北大人沿湖散步时谈话的内容。每当此时,那湖滨一带的花影婆娑、柳荫绰约也都被那些或轻松、或沉重的谈话所轻忽。

当然,当柳岸浮出弯弯月、淡淡星的时节,有情韵雅好的女伴偕行,也是人生曼妙的境界。其实,湖边的山石旁、柳荫中也不乏这样的场面。北大并不永远沉重,北大也有轻松,这里原是自由的乡土,从思想到情感。然而,话说回来,即使是那些双双携手的人们,也多半是夹着书本,或复习,或继续讨论课堂未了的话题。至于热恋中人,则多半选择别样的去处。

一般说来,大一的学生初进学校,多有集体行动,他们选择岛亭石舫或较为宽敞的场所,举行班会或其他活动。那时节,歌吹时起,笑语隐约,充盈着青春期的新鲜和单纯。年年中秋月夜,燕园笙歌阵阵,远处灯火楼台,近处草坪上烛光摇闪,端的是一派人间祥瑞景象。

若是追溯旧日北大,那校址并不在西郊园林区,因而也没有湖。但从前人的记述来看,当年沙滩红楼、汉花园、故宫沿御河一带,也少不了北大学子的足迹。他们或是绕着院子,或是沿着宫墙,也是如此这般地走了一圈又一圈,也是如此这般地谈理想、谈学问、谈人生、谈谈天下兴亡匹夫有责。若说这是习性,倒不如说是"遗传"。这是不论其在何时何地,也不论这校园是有院墙抑是有湖。有湖当然好,月垂柳梢,星迷花径,脚步轻轻,曼语细声,自有一番美趣。

所以,北大人的这种课余行走,原不在有湖没湖,只是自由心灵和活泼思想需要借助一种方式予以释放,只是一种需要。四十年代在昆明,西南联大的校舍是简陋的,物质相当贫乏,而联大的学生照样有丰富的精神世界和内心生活。那时国土沦丧,硝烟满野,炮声在远处轰鸣。青年学子满腔报国热诚,随时准备投笔远征。而当他们在校,却依然是攻经论史、风云际会,以宽广的胸怀吸纳世界古代和现代文明滋养自己的心灵,时时发而为惊世骇俗的言谈。王佐良先生有一篇用英文写的文章:《一个中国诗人》,述及当年联大那些学生,"外表褴褛,有一些人形同流民,然而,却一直有着那点于心智上事物的兴奋"。他们狂热阅读并模仿艾略特和奥登,也阅读其他许多来自西方的书籍,用的是一种"无礼貌的饥饿吞下了的":

在许多下午,饮着普通的中国茶,置身于农民和小商人的嘈杂之中,这些年青作家迫切也热烈地讨论着技术的细节,高声地辩论有时深入夜晚。那时候,他们离开小酒馆而围着校园一圈又一圈、激动地、不知休止地走着。

非常有趣的是,他们这围着校园的行走,唤起的是人们亲切的联想。一圈又一圈,从黄昏到夜晚,从北京城里的御河沿、皇城根,到昆明乡下的简陋土路,而后,是未名湖的依依柳岸。一代又一代的北大人,他们的血脉中流淌着传统的品性。这品性是内蕴的,却外化为如今的对那湖畔小径的无限的、永远的钟情。

1988年五月的一个夜晚,燕园升起了五彩的礼花。那礼花,从临湖轩的竹丛里、从朗润园水湄的洋槐树梢、从燕南园那些静谧的花窗下升起,在湖的上空织成了一片锦簇的花团。王瑶先生在这个夜晚也有一颗不眠的心,他在他的弟子的簇拥下步出了镜春园七十六号的院子,他们加入了那个夜晚盛大的绕湖的仪典。他们如同他们的前辈、如同他们的晚辈那样,在那柳荫,在那花径,走了一圈又一圈。当然,在那个难忘夜晚杂沓的足音中,不眠的心灵原也不止王瑶先生一人,那个夜晚有无数这样不疲倦的、永远的绕行。而后,在五四远动场,当年民主广场的火炬重新点燃,熊熊篝火中,至少有一万人围着那火跳起了狂欢舞。踩踏而起的沙尘和篝火的烟灰,搅拌着乐声和笑语升向了燕园的上空,缓缓地飘向那依依柳岸。

1998年1月20日于北京大学

一百年的青春[*]

北大这地方真有点特别，它似是一块磁铁，谁到了这里，谁就被吸住，再也不想离开。其原因并不在校园的美丽。北大现在的校园是很美，但在旧时，那校园说不上美。在战时，在昆明，那校园竟是陋巷蓬屋，是相当的残破了。但在北大人的心目中，它依然很美，依然是一块磁石，吸住你，想着它，恋着它，不愿离开。即使你走向天涯海角，而北大依然牵着你的灵魂，占领着你的心。

徐志摩向我们倾诉过他轻轻地来又轻轻地走了的康桥，冰心优美地描写过她所钟情的威尔斯利慰冰湖畔透明澄澈的风光。尽管中国许多远游的学子赞美过哈佛、倾心过早稻田那些巍峨的学术殿堂的美轮美奂，但事实上世界上任何一所校园，也未必能在他们心中替代北大的位置。

北大有它永恒的魅力。这魅力来自历史、来自历史漫长行进中形成的传统精神。一切犹如人，人有诸形诸态，但人的气质往往仅属于个人。中国有许许多多的大学，但北大的精神也仅仅属于北大。当然，北大的地位很特殊，都说它是中国的"第一大学"。由于它作为国家创办的综合性大学，是第一所。溯自古时，它继承了汉太学和晋国子监的传统，算起来也有近二千年的历史了。作为不间断的校史，而且作为戊戌变法的新学的雏型，

---

[*] 此文刊于《光明日报》1998年3月19日，《散文选刊》1998年7月号、《北京文学》1998年第11期转载，后收入《红楼钟声燕园柳》。据《光明日报》编入。

自 1898 年算起的一百年来,北大一方面承继中国悠久的文化学术源流,同时又在 20 世纪世界现代化的潮流中,建立起新的学术精神和学术品格。

京师大学堂的建立,其最具本质的特征,即在于以新学取代腐朽的科举,以中西贯通、文理互融的新型大学取代以仕途为目标的旧学。北大的前身京师大学堂在王朝覆灭前夜的出现,是一个明显的信号。它作为一支烛照封建暗夜的火炬,划时代地宣告了中国文化的世纪转型。

当然,作为一个新的教育体制的形成和生长,它的由旧而新的过程,充满了蜕变的苦痛。京师大学堂在它演变为北京大学的进程中,同样离不开中国国情的错综复杂,同样充满了痛苦与抗争。北大诚然美好,但也非绝无杂质的纯粹,"老北大"或"穷北大"的谑称,大体也能说明北大的朝气与青春的另一面。时至今日,北大依然有它的积习与痼弊,把它想象为无可挑剔的完好,并不符合这所"太学"的实际,也不符合它的性格。

诞生于 1898 年的北京大学,是与中国的苦难与追求相联系的。1898 是充满痛苦和灾难的年代,有很多的焦虑和困窘、有很多的流放、囚禁和牺牲。建立京师大学堂是有感于中国的贫弱与无边的悲痛。当日中国如狂澜中的一叶危舟。改变科举、建立学堂,旨在培养拯救国运的新型人才。因而,这所大学的诞生,是无边暗黑的沉云中求生存的一线光亮。

北大诞生于无边的忧患中。那一场激情的梦幻破灭之时,许多志士仁人为此付出了代价。流产的改革使新政的一切构想都变成了空文,惟独这所大学却奇迹般地被保留了下来。这个站立在废墟上的幸存者,它既是苦难和阴谋的见证,又承当了那些死者的遗愿。所以,北大从它诞生之日起,就承袭了中国苦难与忧患的遗产。当然,上一个世纪末的理想和追求的火种,也在它的身上得到了绵延。

这是一个宿命。千年的梦想、百年的抗争、1840开始的半个多世纪的苦难,死者无声的托付,生者的吁求,都遥遥地羁系在这片风雨迷濛中升浮而起的圣地之上。史载,戊戌那年突然降临的灾难,使京师大学堂未能如期开学,直至1902年方才正式上课。开学之后发生的第一件大事,却是非关学业的。1903年俄国没有按照条约从营口撤兵。当年4月30日,京师大学堂仕学馆和师范馆师生二百余人"鸣钟上堂",集会抗议。他们的爱国行动推动了全国抗俄运动的发展。这是北大建立之后的第一次爱国行动。北大师生作为现代知识者的精英意识,第一次得到显扬。这是让人耳目一新的举动,黑暗沉沉的中华大地,燃起了20世纪第一线觉醒的曙光。

这所大学,它诞生在灾难深重的年代,它承袭了这大地上的全部忧患,生发而为抗争和奋斗、追求和梦想。在"广育人才,讲求时务"的召唤中,走来的一代又一代学人,万家的忧乐、社会的盛衰,充盈着这批最新觉醒的中国精英的心灵之中。当周围处于蒙昧和混沌状态时,这里的呼唤和怒吼是黑暗中国上空的惊雷!

北大是五四运动的摇篮和发祥地,民主广场的钟声,从沙滩红楼传向古老中国沉睡的大地。从抗议丧权辱国开始,北大人把思考转向深沉,把批判和抗议转向新思想、新文化的建设。蔡元培主政北大时,提出"囊括大典,网罗众家,思想自由,兼容并包"的方针。这十六字真正体现了北大的魂,是一种能够包容一切的大气度和大胸襟。蔡元培校长为改革当日北大的陋习,即确定学生以学业为目的的方针。为达到兼收并蓄的目标,他邀请各派学术巨擘来校任教。使古今、东西、文理互融互通成为北大学术一大景观。由于嗣后各届校长秉承蔡先生确立的方针,使北大在它校史的每一阶段都如一面旗帜,飘扬在中国教育阵地上。

北大人以精英使命自勖,他们从来未曾忘却他们的社会承诺,但北大也从未降低过自己确立的学术标准。这种要求,早在一百年前酝酿建校之时即已确定,清政府《筹议京师大学堂章程》说:"京师大学堂为各省之表率,万国所瞻仰,规模当极宏远,条理当极详密,不可因劣就简,有失首善体制。"仅有第一等的才智还不够,还要有第一等的胸襟,第一等的怀抱。因为心系于天下,眼界自然开阔,神气自有不同。这是北大学生的常态,也造成北大学生常被人垢病的傲气。

这里是科学民主的故乡。在艰难的年代,在困苦的岁月,北大人一直高举蔡元培校长倡导的学术民主、思想自由的旗帜。为科学、为真理、为正义、为维护人性尊严,北大人从来没有放弃过独立的思考,勇敢的抗争。人们不会忘记那个春寒料峭的时节,思想如刚刚解冻大地上冒尖的草芽。一曲"是时候了",呼唤人们高举五四火炬、拆去人间藩篱,表现出新时代的激情。当思想被禁锢,充满挑战勇气的"一株毒草"赫然出现在墙上,那激情的宣扬让人耳目一新。那时胡风冤案既成,举国一片静默,是北大的莘莘学子发出了公开的质疑。在新时代,为了维护思想自由,一位张志新式的北大女诗人,悲壮地赴死在黑暗与黎明交会时刻。

一百年的青春,一百年的激情,一百年的奋斗,留下了一百年难泯的记忆。最难忘,年年岁首,大膳厅灯火辉煌,马寅初校长在新年钟声中,带着微醺致辞。他的潇洒不羁,在思想禁锢的年代,是一缕带着暖意的和风。马寅初终以诤言获罪,他的《新人口论》遭到围攻。马寅初勇迎风暴,他的《重申我的请求》是一道惊世骇俗的雷电:"我虽年近八十,明知寡不敌众,自当单枪匹马,出来应战,直至战死为止,决不向专以力压服不以理说服的那种批判者投降。"坚定的人格,坚贞的气节,凛然不屈的坚持,在马寅初沉重的金石之声的背后,人们不难发现那种年青了一百年的北大精神。从京师大学堂到北京大学,从严复到胡适、陈独秀,从蔡元培到马寅初,这是一道永不枯竭的春天的长流水。这水已流了整整一百年,它将永远流下去,它是北大永远的骄傲。

1998年2月5日于北京大学畅春园

有关北京城墙的话题*

在北京出版的《中华读书报》上,有一篇由记者红娟采写的人物故事。她写的是作家林斤澜,题目就叫《话说北京的城墙》,文中有这样一段话——

> 本是浙江温州人的林斤澜,言语里已觅不到几许乡音的痕迹,在北京四十多年,最怀念的却还是那老北京的城墙。他说:城墙在中国是很大的建筑格式,北京的城墙存在了八百多年,中轴线,九个门——城墙与里面的格局融会贯通、交相辉映,这样典型的都城建筑世间决无仅有。只可惜,拆了!那时梁思成就疾呼:难道不能在拆与不拆之间想办法吗?而今进一步证实了他的呼吁甚是英明。城墙是封闭的,可城墙里面有凝聚力,封闭是糟粕,凝聚是精华,它们在同一时间、同一空间存在,这一点,过去的考虑太少了。

记得林斤澜表达对北京城墙的怀恋和惋惜不止这一次,他还写过一篇叫《城墙》的文章发表在《光明日报》上。文章也回忆了梁思成反对拆城墙的往事。还有一段话是这样说的:

> 梁思成教授有一个诗一般的倡议,广阔深厚的城墙,正好是一圈高架花园,别的国家花多少钱也不能有这么大的规模。它是绿化带,又是环城花园,还是星星点点的歌厅、

---

* 此文刊于《人民文学》1998年第5期,《散文》(海外版)1998年第5期转载。据《人民文学》编入。

舞场、棋局、茶室、酒吧、健身房,是八百年的苍翠和现代的花朵,你里有我我里有你,别时别地无法替代的文化。

梁教授这番设想很有诗意。可惜,诗是诗,事实是事实。诗代表的是文明,脆弱的文明敌不过愚昧和专断。结果是:"拆","拆它个稀巴烂"!后来,到了"文革",城墙拆的差不多了,又在西直门的明城墙下面,发现还夹埋着一个稀世之宝——元大都的旧门。这当然也不能留。也是义无返顾地、彻里彻外地拆了,平了。那时盛传,上面传话说:留着干什么!留下一张照片就够了。

回到作家那篇叫《城墙》的文章上面来,该文最后感慨于时下人们热衷于制造假古董的风气,有点幽默又讽喻适度。令他更为感慨的是,那些"破四旧"的英雄们,毁灭文物的勇士们,他们竟然不知道有叫做梁思成这个人的。作家的感慨还在于人们对当年批判梁思成这件事依然缺乏足够的反省。当年建筑师们和文物专家们关心拆毁城墙的痛心疾首之情,未曾引发世人沉痛的共鸣。

写这篇文章的作家没有用激烈的言辞来谈论这件大事。但我们却从他的轻淡中看出了他的沉重。中国人,现在都关心别的什么去了,谁还关心城墙的拆与不拆这些陈年旧事?像这样对于"与己无关"的事物耿耿于怀的人,现在是很少了。而我们的作家,不仅讲梁思成,而且由梁思成引发开来,还讲马寅初,还讲这些忠言谏上而终遭灾祸的文明人。

中国人崇尚中庸,爱讲温柔敦厚,遇事前思后想,好像是周到完备了,往往是温水一杯。所以,近于迟钝的行事不果断,是中国人留给人们的"集体形象"。但若以拖泥带水或优柔寡断来概括中国人,这可有点错失。就以拆城墙这事来论,梁教授请求考虑在拆与不拆之间是否存在着另一种可能性?回答却肯定:没有!就是一句话:"拆它个稀巴烂"。

北京的城墙经营了几个朝代,达八百年,经历了兵燹和天灾。其中包括1948年那一次重大的政权变易,数十万守军和平地接受改编,那次的炮火也避免了。但是,不知出于何种考虑,头脑一热,到底还是把一个好端端的城墙给平了。这种"果断",实在是前无古人!

"文革"是干了些惊天动地的大事的。单说"破四旧"改地名这一桩,一下子,全国上上下下大大小小是一例的"反修"、"卫东"、"工农"……甚至国际通例的交通信号绿灯通行也要改为红灯通行。那时有很多举止令全世界都感到惊诧。

但若说"文革"空前,却也未必。北京的城墙,就拆在"文革"之前。而且,还不止毁城一例。云南的鸡足山是与普陀、五台齐名的佛家五大圣地之一,也毁于"文革"之前。那些动手毁灭这名山的,用的也是"革命"的名义。不是盗匪,不是溃兵,也不是刁民,而是自上而下,由工作组带领,有组织地将其夷为平地的。

鸡足山位于云南宾川县,南北7—5公里,东西15公里,海拔3 240米,始建于三国时期,唐时极盛。有寺庙百余座,现在仅存一修于清代的寺,一门,一塔,其余都葬送于"革命"了。了解情况的人如今想起来还惨目伤心。据说,那些被伐倒的巨柱,其横断面竟有一张宴客的圆桌面那么大!都说国人生性保守,但是对祖宗遗留的东西,来了狠劲可也真是吓人。

为区区北京城墙悲怀至今,这在现世是十分难得了。现在的人们很少关心这些事,大人物有大人物关心的事,小人物有小人物关心的事。人们很难想起屹立了近千年的城墙怎么一下子从地面上消失了,也很难想起如今的废墟就是祖先的光荣和艰辛。写《城墙》这样文字的作家真是越来越少了。只是这时,我方才想起红娟写的这位作家的耿耿之心,想起这颗心的跳动实在是可贵的沉重。

为"沙扬娜拉"送行[*]

一个人一生不会没有遗憾,有的遗憾是自己造成的,这谁也不怨。我有一句自编的"格言",也可以说是我的座右铭,叫做:"决心去做的事,决不后悔"。这句话包含"自作自受"的意思,"决不后悔"与"谁也不怨"有关。但有的事却不属此类,是他人造成的,是他人造成的恶果使我背了恶名,而更为不幸的是,我竟欲辩无门。

事情原委如次:距今大约十五六年之前即1982年,中国青年出版社为他们编印的《文艺鉴赏指导》向我约稿(约稿人和责任编辑暂隐其名)。我写了关于诗歌方面的通信三题,分别为:《懂一点诗歌欣赏知识》、《通过想象理解诗》、《韵味、"猜想"与音乐美》。该书第一版印了三十万册,于1982年7月出版。

1983年1月16日,我收到武汉测绘学院航空摄影测量系8022班李晗同学来信,信中说:"您为徐志摩《沙扬娜拉一首》所作的解释是否有误?——您却想象为诗人借此形容为'沙扬娜拉'这位日本女郎的温柔缱绻——"。接此信我大吃一惊。我水平再低,也不至于把"沙扬娜拉"作如此荒唐的理解!1983年1月20日,我去信中国青年出版社某编辑,2月2日该编辑复信:"由于我本人的错误给您造成不必要的麻烦,深感内疚"。

当时不断有读者来信指出错误,我无法一一回答。因为是书,又无处可以更正。无可奈何之中,由我建议由出版社印行一

---

[*] 此文刊于《咬文嚼字》1998年第5期。据此编入。

封承认错误的公函,分发给对此提出批评的读者,他们同意了。所幸我今天还保留着当日加盖公章的原件,原文如下:"近来,我们陆续收到读者的来信,对我们出版的《文艺鉴赏指导》一书中的《沙扬娜拉一首》的解释提出意见。认为'沙扬娜拉'一词不是一位日本女郎的名字,而是日语'再见'一词的音译。您和其他读者的意见是正确的。我们查对了原稿,谢冕同志原稿中不是这样写的。我们负责此书的责任编辑同志缺乏这方面的知识,又没有认真核实,就对原稿作了改动,致使出现了这一错误。"

那时法律还不健全,我没有就我的名誉受到损害提出诉讼。我这人心软,想到"文革"使一代人变得愚昧而又无知是刚刚过去的事,我们的编辑也是身受其害的,我不忍心使他们难堪。但让人感到可怕的是,事情并没有就此结束。那书还在留传,还有更多的人会把这老问题当着新问题重新提出来。我何以对那些善意或非善意的质问者?我又能拥有什么样的手段为自己辩护?

平生为文多矣,有一些文字经常引发人们的议论。但我始终认为,文章一经写出,它的成败得失都成了社会现象,本人无庸赘言。而现在,面对强加给我的这个"硬伤",面对这无休无止的纠缠,我不得不放下手中的工作写这篇不得不写的文字。如同当年韩愈祭送鳄鱼那样为"沙扬娜拉"这个"日本女郎"送行,但愿这位异国来客从此不要再来骚扰我本来就不平静的生活。

北大的传统精神[*]

时间过了整整一百年。一百年前的这个时节，当政者有感于中国的积弱，为改变国运而试图变革，于是有了著名的"百日维新"。那次的政变是失败了，所有的新政措施均告流产，惟独京师大学堂却奇迹般地被保留下来。这个站立在志士仁人血迹斑斑的废墟之上的幸存者，是中国艰难时世的见证人。从那时起，北京大学的学子就以忧患之心审视着这片灾难深重的黄土地。

北大人是入世的，他们读书思考，却始终不曾须臾脱离中国的历史和现实。他们坚定地站在自己的位置上，作为知识者，他们有一种能力，可以把现世关怀和焦虑转化而为文化和学术的革新和建设。五四新文化运动即是一例，那时北大师生为抗议丧权辱国的怒吼有如雷电，但最终转化而为新文化和新文学的划时代的变革，却更为显示出北大人的胆识和才智。当日新文化革命的前驱者中，北大师生齐刷刷站成了雄壮的队列。而《新青年》和《新潮》这两面飘扬在中国上空的崭新的文化旗帜，依然是北大师生所高举。

这一百年风雨交加，有各种各样的战乱和流离，有各种各样的挫折和灾苦，也有各种各样的希望和追求。北大人在风雨际会中屹然自立，经过数代学者前赴后继的坚持和奋斗，北大在中国文化和学术的继往开来中形成了有异于人的独立的精神

---

[*] 此文刊于《民主与科学》1998年第2期。据此编入。

品格。

在科学、民主两大旗帜下集聚的北大人，沐浴着新世纪的阳光，形成了既继承中国古老文明，又批判和剔除其封建毒素，吸纳域外文明，特别是现代文明的学术品质。北大绝不褊狭，它贯通中西，涵容百家，表现出它的大胸襟和大气度。但北大又绝不中庸，它在包罗万象中有它的抉择和坚持。

北大诚然是古老，而古老并不意味着墨守陈规。历史的久远使它有深厚的沉积，而求稳平庸则有背于这所大学的常性。在历史和现实的风云际会中，北大总是站在前列。它坚定，但又时发惊世骇俗的声音。为了维护学术民主、思想自由，北大人从来都表现出惊人的坚定。北大是博大精深，但北大从来不缺乏奇思异想，那些充满想象力和首创性的新锐之气，往往更能表现这里独有的精神魅力。

北大有深厚的传统，但北大更是现代和当代的。北大的神经总是敏锐的捕捉着现世的悲欢和忧乐。它总是站在时代的前头，它的思考和呼喊往往概括着时代的精神、体现着社会的脉搏。鲜活的现代精神，如一道长流水，滋润着北大人的心田。每一个"现代"和"当代"的北大，汇聚而为"历史"的北大。要是没有这一切，北大就要窒息、衰竭，那就要真的老了！很难想象，要是北大只以保古为荣，死抱住"国粹"不放，而漠视新思想、新知识的吸收和拓展，那么，不仅没有北大的明天，恐怕连今天也难以维持。

1998年2月6日于北京大学畅春园

质问《文学自由谈》*

《文学自由谈》在去年第六期发表了对我不怀好意的署名文章，同时还宣布该文将一稿两投，随后将再在内地某小刊物上发表。尽管该文对我构成了伤害，关心和爱护我的人都劝我发言，但我自己有很多事要做，没有空闲，还是保持一贯的态度，不予理睬。不想该刊意犹未尽，今年第一期又做出动作，再度发表某一边远地区作者的文章。该文把距今十七八年前即1982年中国青年出版社某编辑擅改"沙扬娜拉"为人名的错误，再度强加给我。

中青社《文艺鉴赏指导（一）》中的这件公案，我已多次辩明，崔道怡亦曾撰文述及，那位作者身处僻地不知，难道《文学自由谈》的主编和编辑也不知？若真的不知，事关作者声誉的如此重大的事，作为编辑，为什么也不向当事人核证一下？以京、津两地之隔，这岂非举手之劳？如此的匆忙，如此的"心切"，让人不能不怀疑《文学自由谈》的动机了！

我期待《文学自由谈》给我一个答复，也希望此文能在《文学自由谈》上发表。

1998年2月9日

---

* 此文据文稿编入。

读《飞箭》*

  这是一篇思考生命和时间的长长的文字。这是一篇融文采和哲理于一体的、才情并茂的文字。作者说,他写《飞箭》,是"试图在已逝的生活中寻找自己的见证"。文章以《千家诗》中十八首绝句的重新解读为切入点,驱动这些诗中所有的意象,用来传示作家关于个体生命的短暂与时间的永恒,以及人的内心世界与周围环境间互为依存、又互为矛盾的状态的思考。他读出了这些诗中那些隐没在视线之外的时间里的"不朽的灵魂"。这篇散文的全部意旨,可概括为这样一句话:我们曾在昨日存在。

  把这篇《飞箭》看成是单一主题,即旨在揭示时间之秘未必妥切,它同时启示着我们的阅读,甚至也启示着我们的写作。它的价值不仅体现在散文文体的试验上,而且体现在如何阅读古人的作品,如何从那些耳熟能详中重新发现最潜深、最内在的意蕴上。

1998 年 2 月 18 日于北京大学

---

* 此文据文稿编入。

文学是一种信仰[*]

和许多青少年文学爱好者一样,我对文学的接触最早只是由于兴趣。我的小学和中学时代,炮火连天,生活动荡,朝不虑夕。我一面为每个学期的学费无着而愁苦,同时又如饥似渴地找文学作品来读,从巴金、冰心到鲁迅、郁达夫。开始是读新文学作家的作品,后来,延伸到唐诗、宋词、以及许多古典作品。文学使我暂忘外界的烦忧,也使我的内心更为丰富,文学使我更为切近现实和历史的焦虑,它催我早熟。我在别人享受童年欢乐的时候,便因文学而开始感受人生的忧患。

后来,我就自己提笔写诗、写散文了,时间是1948年,我还在念初中的时候。我写这些东西说是一种爱好,恐怕失之简单。其实,是我找到了一种传达内心苦闷和抗议的方式。那时涉世未深,对社会、人生的思考也浅,只是一种积郁需要宣泄。文学就这样走进了我的生活,成为我的最初的朋友。

中学到底还是没有读完。1949年那个历史大转折的时刻,我像当年那些怀有理想和激情的年轻人那样,离开了学校,开始了新的痛苦的,甚至可以说是艰险的人生追求。我自信我当年的选择,不是由于浅薄,也不是由于轻信。是当年我所接触的有限的文学,使我对人生有一种向往,文学使我对真理和正义、平等和自由,以及对人性的尊严的认识,具体化了。我的这些人生

---

* 此文刊于《当代散文》1998年第3期,《福州晚报》1999年1月4、10、17、18、24、31日,《厦门文学》2004年第2期。据《当代散文》编入。

选择,基于对当时的丑恶、黑暗和无边苦难的否定,而在现实中找到了认为可以实现理想的转机。这就是我当年投笔从军的简单动机,那年我十七岁。

我经受着艰难困苦的磨练,不仅是环境的恶劣,生死的考验,还有纪律约束下的内心苦闷——对思想自由的渴望,等等。1955年4月我复员回乡。我听到内心强烈的召唤,一种愿望促使我选择更为合理的生活。我一面等待分配工作,一面借来全部的中学课本,准备高考。当年8月,我接到北京大学的录取通知书。我告别了从童年到少年生活过的小木屋,我的年迈的父母,溯闽江,越分水关,沿浙赣线一路北行,终于来到古都北京。我投身北大的怀抱——等待和寻找了二十多年,终于在1955年的这个金色的秋天,找到了属于我的,也属于中国的这片科学民主的圣地。

在这所校园里,我从青年到中年,再到走完中年的今天,我已鬓发斑白,竟是人生的秋景了。我把青春献给了这所校园,这所校园也以它的丰富和博大、以它的自由的空气、民主的精神滋养了我。

前面说过,我的小学和中学都是在战乱和动荡中度过的。高中刚读完一年级,时局突变,我放下了书本,离开了学校。这一停顿便是六年。我入北大时,中学没有念完。所以说,我的中学教育是不完备的。以前我于文学只是由于爱好,入北大后,便开始了文学的系统学习。五十年代的中国教育,在"学习苏联"的大背景下,开始走向新的规范。我在北大的专业是中国语言文学,那时一批有名望的教授都健在,我们的授课老师的名录列开来,便是中国语言文学大师的一张长长的名单。我庆幸自己,最著名的学校、最著名的老师,还有最著名的图书馆!现在就看我自己的努力了。

我们的学习是繁重的,中国文学史从远古一直延伸到现代和当代,我们在老师的指导下阅读了灿若繁星的古今作家的作品。这种在历史的线索下、以社会发展为参照的关于文学的阅读和思考,把我先前那种零碎和片面的知识系统化了。我们于是获得了一个关于中国文学历史的整体的印象。现在反观,有这个系统化的整理和只停留在零星的层面,是非常不同的。中国历史非常悠远,文化和文学的现象异常复杂,特别是社会发展各阶段中社会的、经济的、政治的各方面的因素对文学的影响和制约,非常具体也非常深刻。惟有把文学发展放置在中国社会、文化总的环境中加以考察,我们关于文学的意义和价值的评判方是可能的和可靠的。

北大五年的学习——严格地说,没有五年,主要是"反右"和"大跃进"以前那短暂的时间——那时总的口号是"向科学进军",学习空气很浓厚,政治的干扰相对地少。那时课程设置很广泛,对学生的要求很高。在文学方面,除了中国文学史,我们还学欧洲文学史、俄苏文学史,以及东方文学。每一位老师都为我们开了长长的书单,从荷马史诗到但丁《神曲》,从巴尔扎克到罗曼·罗兰,从拜伦到列·托尔斯泰……我们如牛负重,日夕奔波于宿舍——大膳厅——图书馆这三点一线上。

我们的课程还不止这些,系主任杨晦先生一再谆谆教导:语言和文学是"有机联系",同等重要。于是,语言学的课程,跟随在文学的后面蜂拥而至:古代汉语、现代汉语、音韵学、方言学、普通语言学、汉语诗律学……王力先生、魏建功先生、高名凯先生、周祖谟先生、岑麒祥先生、袁家骅先生、朱德熙先生——都亲自给我们上课。铺天盖地的广韵、切韵、下江官话、闽方言、声母、韵母——让我们叫苦不迭。现在想起来,有这么多的语言大师为我们授课,真是百年不遇的造化。我们的课程还不止这些,还有逻辑学和哲学,以及西方和东方的哲学史,哲学也是从古到今、由中及西,也是长长的一串书单。

尽管当时我们少不了怪话牢骚，但现在回想当年，回想那种劈头盖脑的学术"灌输"，实在是受益无穷。那时年青，在北大这样思想自由、学术民主的园地里，我们如鱼得水，总觉得时间不够用。五十年代物质条件差，外界诱惑少，我们便全身心地扑向了知识。当我们潜心于学习之时，风暴正在远方酝酿着。百花时节毕竟短暂。1957年突然而至的灾难，很快造成了全国性的缄默。在我生活的这座校园里，琅琅书声骤然消失，代之而起的是无边无际的、花样繁多的批判和声讨。

平静的书斋生活很快就结束了，我和我的同学们只能在政治运动的夹缝中偷偷地读书、偷偷地思考。"大跃进"唤起了我们单纯的热情，我们响应了当日的号召，投身于"大批判"的热潮中。1958年，我和我的同学们开始以1955级集体的名义，自己动手编写《中国文学史》。我们日夜苦干，如同那个年月全国全民大炼钢铁和"超英赶美"那样，很快就写出了一部"红色文学史"。以我们当日的水平，它的片面性和简单化的弊端是明显的。我们很快也就发现了自己的幼稚和无知。尽管如此，我们最终还是受益者。我本人（我相信全体1955级同学也如此）在这次"集体科研"中得到了全面的锻炼。工作逼迫我们去阅读和占有浩繁的原始资料，也逼迫我们进行独立思考。我们还得用自己的笔，写出自己的所思、所感。感谢时间，感谢时代，给了我们这样的机会，使我们未出校门便以所掌握的知识锻炼了自己。

我属于这个以撰写"红色文学史"而出名的集体。在那个权威受到蔑视的时代，我们意外地获得了机会。这些机会促使我们成长。1959年，在完成了把两卷本的文学史扩充为四卷本的文学史之后，当时《诗刊》副主编徐迟等三位先生来北大找我。他们建议由我们若干同学集体协作，着手进行一部新诗史的写作。这建议鼓舞了我们。那年寒假，我们从北大图书馆拉走了一车的新诗史料，带着简单的行李，住进了中国作家协会和平里的一套无人居住的单元房。六位同学——我、孙玉石、孙绍振、殷晋培、洪子诚和刘登翰——在别的同学都回家过年的寒假里,日以继夜地工作。一个假期,我们写出了后来被称作"中国新诗发展概况"的新诗史草稿。

  我之所以详述四十年前的这段往事,是由于这事同我后来的学术经历很有关系,它是我后来从事中国新诗研究和批评的起步。早年对诗歌创作的爱好,也为我此后诗的研究提供了助力。当年那些幼稚的习作,给了我关于创作过程的初步的理解,以及关于一般创作规律的体悟,使我面对诗人的作品时,犹如面对一片鲜活而奇妙的天空。每当此时,我仿佛是在和每一个诗人讨论和切磋他们创作的成败得失,而不是从理念到理念。

  上述这种体验,不专属于诗的研究,而是属于全部的、个体的文学研究。平生常感叹那些做学问的人,往往把活学问做成了死学问。其原因即在于这些文学研究者,其实并不真懂文学。他们从面对作品的那一刻起,就把具体、丰富、生动的文学创作抽象化了,把源自作家和诗人内心的充满情感和意趣的精神活动,变成了脱离人生、脱离生命的干枯的纯理念的推理。

  的确,文学批评和文学史研究是不同于文学创作的一种科学思维,这种活动要靠逻辑的力量,进行冷静的分析和归纳。从本质上说,它是一种理性思维。但文学研究的对象与其它科学研究的对象,又有大的不同:文学研究的对象是文学,文学是感性的和形象的,它和人类的精神活动,特别是人类的情感活动相联系。文学的生成和呈现都是具象的,通过语言的媒介,展现实有的和幻象的,可见的和不可见的,极为诡秘也极为生动的世界。面对这一特殊的对象,研究者的缺乏想象力和缺乏与对象的情感认知,便成为从事这一工作的人先天性的缺憾。

  所以,我确认文学研究的性质是一种科学思维,但又不仅于此,这种理性思维从来都与感性思维有着千丝万缕的联系。我不是作家,但我却从以往很幼稚,也很有限的文学习作中得到了好处。我以为从事文学批评的人,欲要批评文学,最好本身能有这方面的(那怕是非常不正式的和微弱的)一些实际体验。这样,在批评家和文学史家面前出现的对象,就不是"死"的,而是有感觉、有韵味、有情趣的"活"物了。

从集体编写《中国文学史》到合作写作《中国新诗发展概况》,以此为起点,这些不成熟的实践,锻炼了我掌握资料,进行抽象、提炼和概括论点的能力。从五十年代后期开始,直至"文革"爆发,我在政治运动的夹缝中开始了有限的和幼稚的学术活动。其间,我把主要的精力投向了新诗的研究,这些最初的习作,我的蹒跚学步的足印,基本上都保留在我的第一本文集《湖岸诗评》中。此外,在这个期间,我还应北京出版社的约稿,写了一本叫做《关于读诗和写诗》的小册子。这本原拟出版的书稿,很快就消失在"文革"卷起的第一阵风暴中,只留下当年那位热情的资深编辑写给我的一封祝贺成功的信,它记载着当年的遗憾。

此后,便是被迫的、无可逃脱的长达十余年的苦难的经历。大学教师的生活刚刚开始,我便不心甘地停止了诗和文学的思考,以及一切的学术活动。生活是从来没有过的艰难,十年中,我曾被数次"打入另册"。随后,一边要我不停地工作,一边又不停地把我当作"阶级斗争"的对象。我个人和中国所有知识分子一样,无法抗拒那一切。那十年真是无比的漫长,我只能在独自一人时,偷偷吟咏杜甫痛苦的诗句:"不眠忧战伐,无力振乾坤"!

噩梦醒来,人已中年。生活从中年开始,青春属于八十年代。那时节,教育界和文学界离散的队伍正在集结,人们带着肉体和心灵的累累伤痕,相会在新时代的阳光下。全社会都沉浸在悲喜交集的氛围中,告别黑暗的动乱年代,迎接光明的开放年代。当日,人们都习惯于把这个光明和黑暗际会的历史新时期,称为"第二次解放"。后来,随着对"文革"动乱的批判、反思的深入,以及对现代迷信的清除,人们更乐于把它定名为新的"思想解放"的时代。从模糊的"第二次解放"到明晰的"新的思想解放"的时代,说明本世纪七十年代后半期,人们已经把情绪性的大喜大悲的宣泄,转向了思想文化层面的对于历史动乱的反思。就我个人而言,在此之前,我没有属于个人的青春,更没有我个人的思考的声音,我的青春都贡献并融化在大时代的潮流中了,那潮流淹没了我的个性。真正属于我的青春是从七十年代下半叶开始的。尽管当时,我人已中年,但我还是真切地感到了头顶那一轮崭新的太阳的明亮。

"文革"结束后,受到文化专制主义戕害的文学园地,竟是一片可悲的残败和萧条景象。极左文艺思潮造成了文学的扭曲和颠倒,"大革文化命"的后果,是创作、批评、欣赏的总体水平的大倒退。诗歌也和其它文学品种一样,受到严重的摧残。在这片废墟上,我明确感到应当结束在"批判"的名义下的不间断地破坏的状态,我要以自己的精力贡献于新时代的文化建设。把注意力从破坏转向建设,我以为是当今中国知识分子应当承当的历史使命。我意识到,此时我应当做的第一件事,是坚持对诗歌的关注,是对诗的品质的重新认定,是恢复诗歌创作的正常秩序。为此,我开始就诗的基本规律以通讯的方式,写了普及性的系列文字:从诗的本质到诗的形态,从诗的内涵到诗的艺术表现,从诗的鉴赏到诗的批评。这些文字是很幼稚的,但却保留了那年代单纯的热情。我的这些文章,后来以《北京书简》的名义于八十年代初由人民文学出版社出版。

1978年在中国当代史中是极为重要的一年。这一年确定了中国向世界开放的方针,宣告了与世隔绝的、闭关锁国的历史的结束。这一年在北京召开了一个重要的会议。这一年北京西单一带的墙上贴出了崭新的诗。几乎是在我写作《北京书简》的同一时间,北京的街头开始流传一份叫做《今天》的民办刊物。那上面刊登了许多陌生的诗人写的同样陌生的诗歌,其中一部分诗歌,被张贴在墙上。面对这些摈弃了虚假的和充满了批判激情的诗篇,我感到这正是我所期待的;这些诗的内涵,唤起了我对昨日噩梦的记忆;它们拥有的艺术精神,给了我接续中国新诗现代传统的、令人感到欣慰的真切的印象。我欣喜地发现,新诗在五十年代以降的大部分时间里所丢失的,特别是在"文化大革命"动乱岁月中所丢失的,在我如今面对的陌生的诗中重现了。

1980年在广西南宁召开了新诗研讨会。会上爆发了一场关于后来被称为"朦胧诗"的论战。我是这场论战的参与者。南宁诗会结束,回到北京,我应《光明日报》之邀,写了一篇短文:《在新的崛起面前》。这是后来被称为"三崛起"的第一个"崛起"。《在新的崛起面前》为"朦胧诗"辩护("朦胧诗"原是反对者带有嘲讽意味的称谓,而我则更乐于称之为"新诗潮"),指出它的进步性和合理性,以及它对中国新诗发展的革命性意义。这篇三千字的小文章所引起的反响,是我始料所不及的。从它出现之日起,即受到了激烈的、不间断的批判和围攻。其中有一些时候(如"反自由化"和"反精神污染"),甚至把这些本来属于学术和艺术层面的论题,拔高到政治批判的惊人的高度上来。

我真的是有点"受宠若惊"了。由此,我不仅感到了中国的可怕,而且感到了中国的惰性。中国的文人顺从成疾,压迫得久了,便习以为常,于是生发出奴性来。这些人于是便由奴隶而成为压迫他的秩序的卫道者。他们顽强地反对哪怕是给黑屋子开一扇可以透透空气的窗子。一些习惯了"假、大、空"的人,甚至以"维护民族传统"的名义、以反对"崇洋媚外"为借口,拒绝诗的现代转化。

就是在这样的文化处境中,我因推进新诗潮的变革而成为"异端"。反对者给了我一个古怪的名字:"古怪理论家"。这名称现在是不大有人用了,但我由此而成为有争议的人物,则基本没有变。我在新时期的学术活动,始终受到来自艺术惰性和意识形态惯性的双重压力。我因目睹中国文学的变态和严重倒退,而支持旨在革故图新的艺术主张和实践,为此我屡遭天谴!这也许并非我的不幸,我因置身其中而更为了解中国、了解中国的文人。这种了解使我更为坚定。

1977年开始恢复高考,北京大学也恢复了正常的教育秩序,我们迎接了高考后的第一批大学生。自从1960年毕业留校,直至近二十年后的七十年代末,我方才开始做我应当做和愿意做的事情。"文革"结束前后,没有职称,我是无数"永远的助教"中的一个。职称恢复后,我方才由助教而讲师、而副教授、而教授。随后,又恢复了学位制,我开始招收硕士研究生。1986年,我所在的北京大学中国当代文学学科被国务院批准,成立国内第一个当代文学博士点,我也成为本学科最早获得培养博士研究生资格的博士导师。从七十年代末到如今的九十年代末,这二十年,是中国罕有的和平建设的年代,也是我个人罕有的能够专注于本职工作的年代。正是因此,我对新时期怀有深深的感激之情。

中国当代文学是一门年青的学科,以往从属于现代文学,是现代文学一条"光明的尾巴"。在过去的现代文学的课程中,进入五十年代的中国文学,只是一个"附带"的部分。因为总是"附带讲讲",因而也总是匆匆。对于因社会大变动而带来的,文学变化的现象的描写和规律的总结,根本无法做到。到了文革结束,这学科的时限又增添了十年,就历史跨度而言,已经接近五四新文学运动至1949年的时限了。为此,文革一结束,北大中文系率先建起了独立的中国当代文学教研室,我参与了筹建工作。

当代文学这一学科的设立和工作的开展,充满了艰难困苦。我近期曾应《今晚报》全国博士导师征文之约,写了一篇文字,题目就叫《风雨相伴而行》。这题目意在提醒人们,当代学科的建立和开展,从来都是不平静的和充满风险的。它是一门年青而鲜活的学问。首先是,无止境地增长的作品和资料,使人目不暇接。尤为特殊的是,在这个领域中,文学以外的干预从来就没有停止过,以政治运动的方式来领导和推进文学的发展,几乎是五十年代以来的常态。持续不断的政治批判和斗争,构成了"文革"结束以前长时间的当代文学的历史。作家创作在特有的时代气氛笼罩下表现出特殊的状态,批评也如此。不是没有文学,而是文学现象中夹杂着和纠缠着许多非文学的因素和意图。这当然增加了文学研究的难度。

研究者首先面对的是这种文学和政治"混合"的状态。因此,研究文学就必须研究政治的趋势和意图。而后,再剥离它,从那些混沌中探讨文学的生存状态,它的真实面目。在这种研究的开展中,研究者还受到被指定的价值标准和被规定的审美标准的约束。尽管批评家谨慎小心、如履薄冰,却免不了要触雷、引祸。但是,有见解的和有胆识的批评家,往往也能从这些危境中奇迹般地挺然自立。当然,这里几乎每天也都在发生悲剧事件。其次,则是不断增长的、泛滥成灾的资料,造成了研究的困难。在古代文学和现代文学这些学科中,它的时间跨度不再增加,资料虽然也会有变动,但总的状态是稳定的。而当代文学则不同,它是一种不断"生长"的学科,特别是八十年代以后,社会开放,创作自由度增加,有关的出版物和文学资料可说是"泛滥成灾"。因而,当代文学的研究者面对的,首先是掌握这些资料的困难,而后,则是筛选这些资料的困难。

文学史的研究和文学批评的开展,其基本法则是"减法"而不是"加法"。就是说,它必须不断从那些混合状态中选择那些有价值的东西,而剔除和扬弃那些无价值的东西。这些工作的难度,不身历其境者往往难知其间艰苦,即人们首先必须"面对"它,而后才能"背离"它。而选择则需要研究者的独具慧眼。

此外,当代文学还是一门不被看重的学科,或者说,在一些人的眼里从来就很鄙薄。一种成见,时间久了,就成了定见,即,这里"没有学问",说透了,就是这里没有他们认为的那种"学问"。这些人既不了解学科的内涵和外延,又不了解学科的品质和处境,他们的这些成见究竟从何而来?在今日中国,认为越古越有学问者仍然颇不乏人,于是,就发生了在大学或研究单位排挤或挤压当代文学的现象:在学术评估上,在评定职称上,也在评奖和各种措施、条例的设置上。因为不知而造成误解,因为偏见而造成歧视,这种悲剧也几乎每日都在发生。这,也就是我说的"风雨相伴而行"的意思。这种风雨,既有行政和意识形态的干预,也有学术偏见和门户之见的因素。

中国当代文学的学科建设,在"文革"的文化废墟上建立起来,并且一直伴随着社会风浪的撞击和习惯势力的强加而发展的。处身于这个从来不平静的领域,习惯成了自然,我仿佛是穿越雷场的兵士,一方面小心翼翼,一方面也随时准备迎接突然而至的"爆炸"。人一旦把得失置之度外,对于外界的袭击,也就变得有点满不在乎了。

自从第一位博士生入校,几年之内,我身边已经集聚了相当数量的博士生和硕士生,而且,有越来越多的国内、国外的访问学者来到北大。那时我单枪匹马,身单力薄。为了提高学生对中国当代文学的全面了解和把握,为了有效地促进学生的独立思考的能力,也为了应付这越来越复杂的局面,八十年代后期开始,我以我主持的北大中国语言文学研究所为基地,建立了"批评家周末"。这是一种类似文艺沙龙的周末学术聚会。我设计并提出若干专题,确定专人做主讲人,大家分别阅读作品,在自由、平等、宽松的气氛中讨论和交换意见。从八十年代末到九十年代末,学生们走了一批又一批,"批评家周末"从那时起一直不间断地延伸到现在。

十多年来,我们进行了许多有意思的题目的讨论。批评家周末吸引了更多的人的兴趣,也有热心的朋友闻风而来,参加我们的讨论。这个文艺沙龙处身商潮汹涌的当今中国,却始终保持了独立的学术品位和立场。北大是这个喧嚣社会的一座孤岛,而批评家周末却是这座巍峨的学术殿堂中的岛中之岛。

我在一次剧烈的震撼中告别了八十年代。当日的悲凉情怀,使我很容易联想起上一个世纪末中国的灾难和悲哀。又是一个世纪末来到了,而上一个世纪末中国所发生的一切,仿佛还是昨天。我的学术生涯仿佛也到了一个转折点。我一直把对文学的考察放置于中国社会的具体环境中。我总认为一代学者若只是把他的目光仅仅停留在他所专攻的学业上,而忘记那些学业生存的环境,他的思考将会变得板滞和窄狭。我非常注重文学和社会的关联,我认为文学难以脱离社会诸因素的制约。文学的原因,固然要从文学自身去找,但文学以外的原因,有时却会极大地影响着文学。这是古往今来不争的事实,特别是中国当代文学,就更是如此。可以断言,若是离开了对于中国社会的认知和考察,当代文学将一事无成。

我从中国文学的当代处境中,接触到了一个更为深远的主题:这就是如今中国文学生成的一切,仿佛都冥冥之中维系着中国社会百年来的经历和经验,例如中国文学的使命意识,不论是救亡还是启蒙;又例如中国文学的忧患主题,仿佛就是一种遗传。我由此把思考从这个世纪末遥遥地接通了上一个世纪末。这样,自鸦片战争后的一切,一下子都涌上了心头:中日甲午海战的硝烟,戊戌百日维新的血迹……

从1989年开始,批评家周末的论题中又多了一个专题:世纪之交的文学展望,百年中国文学的回顾。我从探究中国文学的存在和规律的症结,而把思考的触角伸展到了两个世纪之交的社会、文化、文学的考察。从那时起,我们开始了以完整的一百年为框架的文学考察。我受到黄仁宇的《万历十五年》新鲜的研究角度的启发,以及《箭桥中国晚清史》宏大的研究视野的启发,中国百年文学的构想开始在我心中形成。

我们从那时就开始了以年代为经、以该年代中的诸种与文学有关的现象为纬的交错的"拼盘"式的研究。各个题目主讲人在这种统一的框架下,开始了有条不紊的工作,几年下来,居然积累了相当可观的题目。总数十三卷的《中国百年文学总系》,就这样在北京大学批评家周末酝酿并诞生了!

近代文学不仅不是我的专长,甚至还是我的盲点。但我还是在学生们的鼓动下,承担了总系第一卷《1898:百年忧患》的写作。我把学术关怀从当代一下子提前了一百年。这工作对我来说是个难题。可是,这难题到底还是把我吸引住了。我终于获得一种关于中国现、当代文学产生和形成,当代文学发展中所经历的一切痛苦和悲哀的遥远的原因,以及它的悲剧命运形成的总体印象。这些印象更坚定了我对中国文学的历史命运的基本观点和基本立场。我的这些看法,在一些关于百年文学回顾的论文中,均有不同程度的表述。这样,事情就发展到了1996—1997年度,这段时间是我出访最频繁的时候,也是我写作和编书、教学最紧张的时候,目前被谈得沸沸扬扬的两套"百年经典",也是此时的成果。

我在繁忙中经受了考验,也在繁忙中获得了乐趣。尽管有个别人和个别刊物借两部"百年经典"一事攻击我,但他们并不能摧垮我。学术有它不可触犯的尊严,特别是在北大这样一个学术民主、思想自由、治学严谨的地方。我依然站立着。尽管我看到了海平面上的冰山下面那个巨大的存在,但我坦然。我不会后退,哪怕只是半步!

让人们说这说那去吧,我走我的路!

1998年2月18日于畅春园

寻找雨花台[*]

南京的雨花台是我心仪的地方。去雨花台看漫山怒放的鲜花,看遍地的雨花石(在五十年代,那沙石铺成的山道上,可以很容易地捡到美丽的石子),固然是一种乐趣,但是,那里无所不在的悲壮与浪漫融汇的特殊情调,会涌向你的心灵。来到雨花台,你会感到一种满足和充实,这种满足和充实属于精神。

那些死去的人都是一些崇高的人。雨花台埋葬着敢于为自己确定的理想而献身的人们。在人类社会,那些拥有理想者无疑都属于这个社会的优秀分子——先不论他的理想属于何种形态。有理想的人,比浑浑噩噩的人、醉生梦死的人更有益于社会的进步。因为他不满足于现在,他有对于未来的追求。在各种各样的"理想主义"者中,能够为自己的信仰去牺牲的人——就是说,他不是一般地相信什么,而是能以自己的生命去殉自己的目标,相信自己的生命将在庄严的消失中获得庄严的后续——更是一种超凡的伟大。雨花台埋葬着的就是这样一些人。

雨花台是一种关于理想的纪念、祭奠和追怀的场所,它不是娱乐和嬉戏的地方。即使是在雨花台发生了爱情,那种爱与被爱也充满了信任、奉献和关怀的庄严感。友谊也如此,亲情也如此。

雨花台有一种看不见的氛围,朦胧、缥缈、无所不在地弥漫

---

[*] 此文刊于 1998 年 2 月 18 日香港《大公报》。据此编入。

着、簇拥着,你不能不被它所包裹。在这里,即使欢乐和幸福也变得肃穆起来。这是一个沉重的地方,即使是最轻佻的人,在这里也会放慢了脚步,而让脚跟沉重地敲打着地面。

那是五十年代的中叶,当一场风暴来袭之时,我来到雨花台。那里留下了青春、友谊、爱情和憧憬未来的步履。那时的雨花台,朴素如同那些赴死的魂灵:一座不高的山头上,矗立着一座同样不高的纪念碑,那碑身于这座芳草萋萋的山头构成了平常而奇兀的和谐,端庄、平易、寻常状态中透露出平凡的伟大。一条细沙铺成的山道,蜿蜒悠长如历史的曲折、迂回。

雨花台最让人动心的去处,是散布在山坡各个角落的烈士殉难处。那时那些地方,不设任何建筑物,只有很简单的标识。除此而外,是一丛丛如火焰、如喷泉、如旗帜的鲜花。那殷红仿佛是鲜血凝成;那五彩的锦绣,是流血换来的美丽。死去的人和活着的人,在这些去处猝然相遇,自然、平常、充满激情,无须言说,只要默默相对,便有了心灵的交流。鲜花和泥土,流血和壮丽,生者和死者,是和谐的共处。

鲜血渗入了泥土,泥土开放了鲜花。鲜花耀眼,是在讴歌今日的灿烂来自昨日的浇灌。在这里,人和土地、和青草、和鲜花贴近,凭吊的和被凭吊的没有距离。我们站立在鲜花前,他们长眠在鲜花中,我们望得见他们。我们看见血怎样变成了花,花怎样变成了果。他们在诉说,我们在倾听,历史就在这样无声的交流中从昨天走到了今天。

近四十年后我又一次来到雨花台。这时,从青年时代我走过了漫长的中年。我的到来,为的是再一次倾听昨日之歌、体验昨日的感受;也为的是寻觅青春的脚印。但是,雨花台却改变了。从碑石到阶梯,到环行的山道,全然披上了九十年代的豪华。这里充满着夸张和装饰——质地极好的石材,精心的但又是明显地保留有模仿痕迹的设计。总之,昨日的浑朴消失了,变成了今日的奢华。

　　巨大的投资,华彩的装饰,夸张的怀念,这些,都让人联想到一种明确的动机。五十年代那种无距离的亲近感,变成了难以到达的遥远。厚葬,让人想到了这个让人不安的字眼。数十年后我寻访旧梦,相遇的竟是满溢着当代的浮嚣和华靡氛围之所在,这是我始料所不及的。

沙捞越诗情[*]
——读吴岸

这是一些产生在热带的诗。在婆罗洲,在沙捞越,在临近赤道的地方,那里有茂密的丛林,青翠的山峦,还有美丽的拉让江穿越那一片肥沃的土地,缓缓地流向北方,最后注入南中国海。诗人吴岸就诞生在这片美丽的土地上,写着美丽的诗。

1997年春深时节,我有一次难忘的马来西亚之旅。当地的主人还特地安排我们访问了沙捞越。从诗巫到古晋,我们尽情享受北加里曼丹四季开花的土地上的热烈和安详。在古晋一座遍植九重葛的美丽的院落里,我第一次见到了诗人吴岸。和吴岸见面时,我如受电闪一击,顿时浮上心头的,是这样一句话:这是属于这片土地的诗人!

此刻的北京依然春寒料峭,我在这样的季节里展读吴岸的诗,仿佛又回到了那片我为之神往的土地,回到了一年前那一次难忘的旅行。浮现在我的眼前的,是无边的葱绿,是无处不在的花的芬香。吴岸是沙捞越的儿子,他热爱这里的土地和人民。这片养育了他的土地也回报他以临近赤道的炽热的诗情。

在我们的观念中,全世界的诗人都在用各自熟知的语言,描绘和叙说着全人类最美好的主题。这个主题可以说是"共同"的,那就是对土地和人民的热爱,人性、友爱、对自由和崇高的渴望。不管诗人在表现什么,凡是进步的诗人,无不都在重复这些

---

[*] 此文刊于《华文文学》1998年第3期。据此编入。

永恒的信念。可以说,所有杰出的或伟大的诗人,尽管他们走得很远、站得很高,但是他们无一不是以此为目标,出发,并到达那个高度。就是说,尽管表面上诗人们都在各说各话,但不同方向攀登的结果,最终都到达那些目标。

但我们依然从这些"共同"中,看到了他们的"不同"。由于这些诗人生成的环境和天赋的差别,基于诗人们无不植根于不同的国家、民族、宗教、文化这些事实,又由于这些诗人都有各自的人生经历和各自的情感方式,从而造出了千差万别的诗歌天空。因而,当我们看到那些出色的诗人从四面八方向着共同的诗的至境迈进的时候,我们事实上是在承认到达这"共同"的非常不同的特色和巨大的差异性,事实上是在承认互不相同的自然、人文环境所造出的"极不相同",以及因人而异的艺术个性和艺术风格。

吴岸正是这样,把上述那种同与异加以综合的魅力,进入我们的视野。可以断定,要是离开了他诗中所展开的独特的热带风情,以及婆罗洲的土著和华裔共同构造的特殊的人文景观,他的诗中所拥有的丰盛,会因为那些奇特的声音和色彩的缺失而受到损害。在吴岸的笔下,他所表现的一切,属于热带、属于赤道,总是色彩浓丽而多汁液的。那里成片的橡胶林和胡椒园,那里挺拔的达邦树,都是诗人吟咏再三的对象。临近赤道的遍野的椰树林,美丽、挺拔,而又刚健。椰树也寄托了诗人浓重的情思,寄托了生命的礼赞,一曲《椰颂》,盛赞此树:凄风中不叹息,苦雨里不哭泣,以顶天立地的雄姿,迎接狂暴的风雨。而最动人的是,他写椰树的根——"深植在悲哀的泥土里,默默地,把大地的眼泪酿成琼浆玉液"。这是多么奇特的转化,那眼泪原是为哀伤而流淌,却在这种转化中变为佳酿。树的品质人格化了,这当然是在礼赞一种战胜悲苦、并把悲苦化为欢乐的境界。这里,无疑寄托了诗人坚强的化解一切苦厄,并最终到达于澄彻乐观的境界。在另外一些诗中,他则是以自然来对比人类,在这种对比中展现一种品质。如《金马仑高原的花》,只短短的五行,却把许多意蕴在诗外得到传达:"披上寒衣,仍禁不住哆嗦,却看风中的你,裸露着嫣红的笑"。

　　吴岸诗中所表达的这种生命的信念,都不是"悬空"的,他的这些对于美好目标的追逐和接近,无不借助于他所经历的人生,包括这些人生存在的具体的环境和方式。吴岸的诗属于热带、属于赤道、属于永恒的绿色,属于都在开花的四季。而且,在他的诗中总是再现着北加里曼丹让人赏心悦目的多彩的世界。当病院冰冷的《墙》阻隔着外面纷繁的世界,而心灵中却依然展现那不可阻隔的生动的风景:又见到马当山的秀美,又见到鲁巴河的浩瀚,拉让江依然澎湃,如楼河滩依旧清澈,那里依然流淌着浣衣女和朝霞的倒影——"最灿烂的依旧是丹绒罗班的晚霞,别时依依,留下彻夜轰鸣的潮声"。这一切,都不属于病苦,都不属于孤独,心灵不能拘禁,那一颗热烈的诗心即使是在冰冷的无援中,依然坚定地向着远方呼唤:"我和佳人有约,约在青山,约在翠谷,约在江河湖海,我要去,我要去"。

　　吴岸诗中到处都有诗意的热带风情的呈现,在《静夜》里,在《荒村》中,斯里巴克湾的晨光,薄雾里的水上人家,教堂的金顶在晨曦中闪光。还有难忘的水乡之行,在文莱河和哥达里河相会处,那里水面上分布着木屋,水村绵延数里,四十多个村落,近两万人在水面上聚居,这是何等动人的风光!更为动人的是,他诗中描写的伊班族的长屋之旅,激流中的乱石滩渡口,热情的长屋主人的甜甜的、酸酸的杜阿酒,那些被槟榔染红的闪闪发光的牙齿……这些抒情细节对我倍感亲切,它们唤起了我在沙捞越长屋主人家里过节做客的记忆,从这些描写也可以看出,作为沙捞越的儿子的诗人与他所生活的大地的和谐。

　　诗人吴岸在实现他所确定的目标的过程中,从来都没有脱离他所生活的特殊环境,他的情思如赤道上的氤氲的水雾,又如热带阳光下的雨林奇妙的云气。我们接触到的诗人的情操和胸襟,都不是抽象的呈现,而是这般不可分解的"情"与"景"的交融。在题为《风与石》的诗中,他歌颂挺立于风中"沉默而冰冷的石头"——"因为我曾是炽热的岩浆,我是坚守在峭壁上的一块火成岩"。在这里,赤道上的风和风中的石头,都被诗意地赋予了人生真切的感怀。吴岸总是通过他所拥有的"独特"表现出作为诗人的高境界的"共有"来——这种"共有"往往是才能和智慧的完美结合。

我在沙捞越的诗巫和古晋的访问,处处都感到回到故乡的亲切,这是由于那里的华裔把遥远的中华文明带到了这里。这种文化与当地文化因交融而呈现出特有的光彩。这在吴岸的诗中也有突出的体现。他是沙捞越这片土地忠实而真诚的儿子,但他身上又流淌着中华的血统。作为一位诞生在这片神奇而美丽的土地的子民,他热爱这土地,并贡献自己的勤奋和智慧于这里的繁盛。但吴岸又蒙受着非常深远的中华文化的恩泽。《赞美》写与友人同登神山顶峰的感受,神山又称中国寡妇山,写的是中国商人与当地姑娘相恋,丈夫久出不归,她盼夫心坚成石的故事:"你看到晶莹了,晶莹是她亘古守望于峰顶的盈盈的泪珠"。这与中国民间的望夫石或望夫云传说如出一辙。由此可知,诗人与他的父母祖邦的精神联系。

这种中华情结成为诸多诗作中的灵魂和血脉。《青山岩》记一座建于沙捞越河口峭石岩上的华人古庙,诗人在青石岩里寻找祖先足迹,他凭栏远眺,"在点点渔舟中,看见了当年南渡的帆影",这是多么久远的怀想!《古筝》通过父亲抗日出狱后弹筝自勉,讲北海纷纷乱雪之中苏武坚贞的足音;《清明》追忆父亲带领扫墓,讲生死绵延的亲缘和对祖先的崇敬。不仅是古旧文明的追念,也有现世文明的关怀。《荣誉》为"怀念一个在你诞生时逝世的老人"而作——"被万水千山隔截了的土地,我们无数次地呼唤着一个人的名字"。因为鲁迅精神的鼓舞,而有了战胜艰难的力量:"当我们的面前正淌着淋漓的血,但生命在夜里有了曙色"。

诗人吴岸的身上流淌着中华的血脉。他有许多献给母亲的诗篇:《依旧》,小油灯依旧闪闪,想见童年夜晚,母亲手中的针线,只是母亲的慈颜已逝,留下了满人间的遗爱;《妈妈的眼睛》、《妈妈的影子》都有亲情最诚挚的思念,特别是后者,于细小处见真情,幼时与妈妈一起下坡,烈日下赤脚步行数里,妈妈说不怕,踩着妈妈的影子走,便有了阴凉。

从苏武到鲁迅、到亲情的思念,可以看到,吴岸创作整个的文化背景与他的中华祖邦有着绵远的联结。这构成了吴岸诗的深厚的文化意蕴。但吴岸的诗又带着热带丛林的繁荣和赤道阳光的灿烂,他的中华文明的承续也都融化在他的这些特殊环境之中。这就构成了吴岸诗的丰盛,即灵动之中又见厚重,热情而又见节制和收敛。

尽管吴岸在传达人世的关怀和追求崇高方面和世上的许多诗人并无二致,但吴岸诗中所具有的这种中原文化和马来文化融会而成的风貌,却是迥异于人的。吴岸创造了仅仅属于他自身的诗美境界。隔着浩淼的南中国海,诗人从拉让江畔眺望北方,在南海之滨有他父母的乡邦,他对那片土地萦系着深深的情感,但他却以更为深挚的热爱,拥抱他脚下的那片土地。

吴岸有他自己的祖国的概念。在《奔流》中他听到"向五千年的滥觞""回归"的召唤,但他并不回头:"我要继续向前奔流"。他的《祖国》是一首很特殊的诗:在码头,是儿子送母亲远行,母亲要回到她自己的祖国。诗人这样写道:"你的祖国曾是我梦里的天堂,那里的泥土埋着祖宗的枯骨",诗人不忘;但他又说,"我的祖国也在向我呼唤,她在我脚下,不在彼岸"。他向椰风蕉雨的土地发誓:"祖宗的骨埋在他们的乡土里,我的骨要埋在我的乡土里"!

　　这就是此刻我们所感到的沙捞越诗情,他是那样的动人,真挚、醇厚而又热烈。诗人吴岸是马来西亚的儿子,沙捞越的儿子,更是我们可亲可敬的兄弟。在这里,我们预祝诗人未来更大的丰收!

1998 年 2 月 28 日于北京大学畅春园

生命极度辉煌*

尽管生与死的机会对于所有的人都均等,但命运对于所有的人却远非如此。人们诚然可以通过抗争和奋斗改善自己的处境,或者改变自己的命运,但有人生而不幸,却是自古而今不争的事实。这些人为生存所付出的远较他人为多。他们中有的人甚至终生与苦难为邻,他们在别人享有之处缺失,在别人欢娱之际获得悲哀。要是真有上帝,要是冥冥之中真有神灵安排人世的一切,那么,我们真要控诉造物的不公!

我曾经从兰州出发,沿着河西走廊走向大戈壁,也曾在天山北麓瀚海之中寻觅过生命的踪迹。那无垠沙海中生长着的骆驼刺,启示我生命的坚定;吐鲁番上空若凝固的火焰的峭壁之上,星星点点的绿色在极度的干涸和焚烤中喘息着。我熟知杏花春雨的江南,也熟知蕉雨椰风的海滨,我知道那里的草木都生长在良好的环境里,它们享有充裕的阳光和丰沛的水分。同样是生命,它们的命运与我在西北荒漠的所见,构成了极大的反差。在那找不到一滴水的所在,在那看不到一丝绿色的所在,那里的生命的每一分钟简直就是绝境中的挣扎!

人生而平等,所有的生命具有同样的尊严。但人的命运也如大自然中的一切,它给予人的,却是迥然有别的天地!我记得几度横跨大戈壁的飞行,由西北向着东南的倾斜,从机翼俯瞰下方,那种由黄转绿的色彩转换真是触目惊心!我对那些在极恶

---

* 此文据文稿编入。

劣的环境中迸发出生命活力的印象极为深刻,且充满了深深的敬意。

　　以上种种对于自然界的难以忘却的感受,可以印证我此刻阅读《浪漫情怀》的心情。感谢编者为它起了这么一个让人激动的名字。收入本书的每一首诗,都是一个坚强灵魂在发言,都是一曲极度辉煌的生命乐章。他们的存在,让我联想起戈壁滩中的骆驼刺、火焰山上空那只寂寞飞行的鸟翅,在干涸的沙漠腹地无边的苍凉中爆发出来的生命的烈焰!

　　自古而今,人们总在探讨诗的奥秘,总在开掘它价值生成的真谛。诗当然借重技巧,诗因艺术的精致而增辉。但若就真质而言,诗并不以技巧定存亡。极而言之,生命的分量有多重,诗就能生发出多大的魅力。当生命处于逆境,当命运把人置于绝域或极地,而就在那些常人无法忍受的苦难之中,以惊人的意志和毅力,造出那一点、那一丛、那一片让人震惊的美丽。犹如我们在沙海深出发现的无垠荒黄之中喷发的绿色,那红柳、那沙枣、那即使干涸至死也不倒下的胡杨。这些生命化成了诗,也就造出了诗的至境。

　　《浪漫情怀》的作者都是些受到命运肆虐的人,他们或与生俱来而有了某种遗憾,或是在人生过程中受到了灾难的袭击,但他们又无一例外地是一些拥有让人震惊的生命爆发力的人。这些生命的表现形式可能与苦难有关,但悲凉中却有一种人间壮丽的展示。诗歌因这些生命而变得更为高雅、更为美丽。不是说这些诗都是无一例外地完好,这部诗集里的作品水平也不一致,但他们所表现的有残缺的壮丽之美却是共同的。

1998 年 3 月 15 日于北京大学畅春园

"状元卷"序[*]

考试对于考生而言，总意味着紧张和严重。平日积下的功夫，顷刻间面临着严格的检验，成败在此一举！此时，那些胸有成竹的人，细心审题，敏锐地作出判断，临阵不乱，沉着应对，往往表现出游刃有余而举重若轻。而有些人则反之。这里有很多经验可供总结：有平日学习的方法态度的问题，也有临场的精神状态的问题。这还仅就一般学科而言，轮到作文，情况则颇为不同，首先是考官命题，总要避去平常，虽然不宜怪题、偏题，但总要选择那些能够"难"住考生的"题"，以免有些学生把事先准备的内容，顺利地往上"套"。此外，也好从一般中突出并筛选那些优胜者。这样，命题者和应答者之间，自然地就构成了"智斗"的关系。对考生来说，临场审题，展纸临墨，在限定的时间内做出一篇运思独到、立意精新、文采焕然的锦绣文章来，其难度可想而知。

须知这是高考，这是一个文化大国一年一度向着千万进军高等学府的考生的语文大会试，也是国家对应试学生的语文水平的大检阅。这种会试本身就预设了一个高度和难度。它的目标非常确定，即要通过这种考试选拔那些语文及格者，以应将来接受高等教育的需要。在成千上万的应试学生的作业中，那些被称为"状元卷"的，则是其中的特别优秀者。毋庸赘言，这些"状元卷"在语文水平上理应是第一流的，当然不能排斥偶有的

---

[*] 此文据文稿编入。

瑕疵。这些卷子之所以"特别",当然是指一般水平之外所具有的突出的优点。我没有做过中学老师,对语文教学和中学作文也缺少经验,不敢枉谈。但就通常的作文而言,这些所谓特出之处,当然有别于,并超越了一般所谓的完整、严密、生动、文通字顺之类。我们评定一篇文章的出类拔萃,我以为主要不在技巧,而在立意。立意的精新往往能够展现作者不一般的,甚至是非凡的精神境界。这些立意,通过精密的运思,佐以有效的修辞,会造出出人不意的、让人耳目一新的效果。

为了提高和培养学生应试的能力,一个时期以来各种出版部门都在积极编辑出版高考辅导读物。这本高考优秀作文的汇编,大概也是为了适应广大读者的需要。但此番被称为"状元卷"的汇集出版,也容易给人一种错觉,以为是在给学生提供"范文"。从我的经验看,初学为文,参考他人或前人的作品无可厚非,这时候阅读一些"范文"是正常的和必须的。范文有好处,因为它是别人成功的经验,对自己有借鉴作用。但范文也可能产生负面作用,即易于造成模仿,甚至形成模式。为文最忌千篇一律,一旦陷入套套,就会断绝了活泼的文思。一篇好的文字,总寄托着作者独特的感受,展示作者人格的力量,这只能求助于自己,是它处学不到的。

话说回来,这毕竟是一次天下好文章的大展示,是智慧、才气和文采的大展示,我们从中不仅可以学到为文的道理,也许更可以学到为人的道理。第一等的文字,不仅在于技巧,而且在于精神。要说这些"状元卷"将带给我们什么样的启示,我以为是:内容和形式的统一;意义和技巧的统一;作文和做人的统一。

1998年3月17日于北京大学

"北京大学中国语言文学研究所"介绍*

北京大学中国语言文学研究所建立于1953年。后归属中国社会科学院哲学社会科学学部,改称文学研究所。1986年,经国家教委批准,北大重新建立中国语言文学研究所。

中国语言文学研究所以中文系为依托,侧重于中国文学、文艺理论,以及古、现代汉语,语言学理论等学科的研究工作,并吸引中文系以及校外知名学者担任兼职研究员。除开展经常性的工作外,该所每年还吸收十余名国内外访问学者,协同本系研究生进行各项专题研究。

为体现与中文系的学术分工,研究所根据自身所拥有的条件,确定以发展中国现当代文学、台港澳及海外华文文学,及中国诗歌研究为重点。根据实际需要,目前已先后成立中国新诗、台港澳及海外华文文学、《文心雕龙》及古代文论等研究室(中心),分别聘请有影响的学者负责。

该所承当国家"七五"、"八五"、"九五"规划的重点项目,如《20世纪中国小说史》、《20世纪中国诗歌史》、《现代汉语词类研究》等。已出版的《20世纪中国小说史》第一卷及各卷资料选、中国现当代文学作品精选、20世纪中国文学丛书(十卷)、《百年中国文学经典》(八卷),有较为广泛的社会影响。

---

* 此文据文稿编入。

中国语言文学研究所以密切联系文学创作实际,关心当前文学的热点问题为自己的研究特色,定期举行各种专题讨论,保持与学术界的紧密联系,并占领前沿位置,在国内外产生了广泛的影响。

1998 年 3 月 18 日

电影《巫山云雨》*

说在前面的几句话：

"批评家周末"自1989年开始建立，迄今已进入第十个年头。在以往，我们也曾就文学以外的诸如电影、电视剧，以及其它形式的艺术作品进行过一些讨论。但那些只是偶然涉及，并没有系统地组织。自本学期开始，我们有意识地把周末讨论的内容予以扩展，希望把我们的话题引申到包括影视以及绘画、雕塑、建筑、音乐、戏曲等各个艺术门类。这种举措的动因，是基于对文学和艺术关系的强调，考虑到文学批评和艺术批评虽有区别，但又有极大的共同性的"近亲"关系这些特点。

文学批评近来变得越来越泛化了，这种向着文化批评的展延，固然给文学批评带来了广阔的视野，却也因其缺乏节制，造成了对于文学审美品质的疏离。这番把文学批评延伸到艺术批评，其动机与目标与前述是反向的。我们期望由于艺术批评的介入（这种介入当然是初步的，也可能是非常幼稚的），能够加深并强化文艺的具象性，以及它在传达人们的情感体验方面的特性，以挽回因文学批评泛化带来的缺失。

文学研究者不了解自己那些具有亲缘关系的友邻，是极大的缺憾。有的人终生以文学为业，而并不能参得文学的真谛，也

---

* 此文据文稿编入。

对各种艺术品类唤不起兴趣，当然更说不上了解了。这是文学研究者的悲哀。对于以文学为生的人，上述缺憾亟待补偿。我相信由于我们头上那一片艺术天空的开展，我们的文学拥有将更为丰富。

《巫山云雨》的故事发生在巫山小城。电视里传来外面世界的喧腾的声音，但影片里的小人物如同漫长岁月中的无数小人物那样，演出着他们自有的、几乎是与外界不发生关联的小小的悲欢。麦强是水文站的守望者，长年过着单调而寂寞的生活：接电话、发信号。他是一个本分的人，但他又有几乎是说不清楚，也无须说清楚的欲望和冲动。巫山上空那一团永远飘浮着的云雨，笼罩着他，也笼罩着这里的人们。

马兵从外面带来了丽丽，丽丽对麦强来说只是一种邂逅。倒是猝然而遇的陈青，要是用"一见钟情"还略嫌过于文雅的话，麦强对这位异性却有着某种动心。小人物有小人物的情感方式，情欲在这里剥去了常见的模式，而以鄙俗的方式显现出来。老莫对于陈青可以说是剥夺和占有，但他向小警察关于"强奸"的告发，却依然保留了民间的稚朴又不免有点可笑的风格。

《巫山云雨》有着非常鲜明的民间色彩，作为一种质朴的民间故事的传播，它不夸饰，也不煽情，只是一种实实在在的、不加装饰的平民生活的演示。和"第三代"导演的那些经典性的作品相比，朱文编剧、章明执导的这部影片，摒弃了刻意营造的"文化氛围"，以及关于主题深刻性的追求。它只是以一种十分朴素和简洁的风格，说出那一份近于沉闷的庸常生活状态。影片中至少三次通过人物用手抓鱼的场面，暗示着平民不掌握自己命运的无奈。至少两次剧中人说"我梦见一个人"，也表达了未能忘却的现实关怀。

1998年3月26日于北京大学畅春园

拉让江畔的约会[*]

拉让江的名字我听说过。当我来到它的身边,具体一些说,当我站在沙捞越诗巫市永安亭畔的拉让江岸,我方才惊叹它的壮阔浩大。这是夏季的五月,江水是暗红色的,粘稠而浑重,从这里可以望见对岸,但却极为空茫。那情景很像是多少年前,我站在中国湖北的江陵,从那里眺望对岸的公安县那样。这么说,拉让江竟有中国的长江那么宽了,事实上拉让江不及长江的大,也不及长江的长。但拉让江畔的景色的确是相当动人的。

此刻,我就这样站在拉让江边,陪同我的有沙捞越的诗人孙春富、永安亭的庙祝陈德昌等各位马来西亚朋友。陈德昌先生已经当了二十多年的庙祝,在此之前,他是此地一所小学的校长,他除了会讲福州话,还讲一口标准的英语,他接待全世界来此参观的友人,用的是英语。过去的小学校长,如今当上了看守这座百年庙宇的庙祝,从他身上我看到了为信仰而献身的精神。

我们一踏上诗巫的土地,当地的友人几乎是不由分说地就把我们引到了这座永安亭。名字叫亭,其实是座庙宇。祀的是中国福建的福德正神。这神是从厦门跨海而来,也可算是老移民了。这里如今成了当地华族聚会和举行庆典的地方。来自福州的华族乡人,每年的春节和中秋等节日,在这里都有充满乡情和亲情的聚会。

这是一座中国式的寺庙,飞檐雕栋,朱红的梁柱加上彩绘,

---

[*] 此文刊于1998年3月27日《济南日报》。据此编入。

完全是中国的传统风格。由此登楼,凭栏远眺。但见江水浩森,无语缓缓而流。这永安亭显然是当地华族居民的骄傲,这里彪炳着他们的信仰,也维系着和母国文化的绵远纽结,还有,就是他们的奋斗和开拓的历史见证。陪同我的孙春富先生,就是这永安亭的理事长,他把许多精力都无私地献给了永安亭。

看永安亭,其实就是看拉让江。亭屹立于江畔,江水倾注,一泻无余。这拉让江很有名,那年新加坡和马来西亚以及来自世界各地的诗人在这里有过一次诗的聚会:"我们纷纷年轻"。诗人槐华在这个会上写过一首深情的诗:《拉让江畔的约会》。这首歌由诗人亲自谱曲,并受到王洛宾先生的激赏。在中国也有广泛的传唱,从乌鲁木齐到北京,从北京到杭州。歌词娇好,旋律动人:"我们约会的地方,美丽的拉让江畔,彩云飘过达邦树顶,沙贝琴纵情歌唱。"

我现在就站立在拉让江畔,梦一般的河流从卡普阿斯山脉那边流过来,东西横贯沙捞越,经诗巫北行百余公里注入南中国海。热带的河流大体都有这份温柔和静谧。别的地方我没有到过,我看到的中国西双版纳的澜沧江,也是这样缓缓地但却是气势洪大地流着。河流是那么平缓,绸缎般无声地铺向天际。从这岸到那岸,所有的岸边都是原始森林的生机勃发的葱茏。偶尔有一二只白鹭横空而过,从这岸飞往那岸。

拉让江非常平静。这里没有拍岸的惊涛,没有飞溅的浪花,甚至平静得听不见水的流动的声响。热带的河流妩媚如鲜丽的马来女性,长裙曳地,色彩奇艳,赤足无声。拉让江好像总在沉思,让人怀疑这女子夜寐未醒。而薄雾,漫天盖地铺展而来,如轻纱,泛着柔柔的白,淡淡的绿,似是热带女子惺忪的睡眼。不论是清晨,不论是黄昏,拉让江总让人感动。如今的世界变得越来越热闹了,人们向往安谧和宁静,从内心疏离和拒绝烦杂。而拉让江这样文静的沉思,这样毫不做造作的慵懒,却是处于尘世的喧嚣之中一种意想不到的赠与。

我们在诗巫有一个报告会。这里的会议组织者,在我们到来之前便向社会发出了请柬和海报,上面赫然几个大字:"有缘千里来相会"!的确,能到马来西亚是个缘分,能到沙捞越,特别是能到诗巫,就更是缘分。因为,中国能到这里来的人就不多。在这里,我们会见了诗巫的诗歌界的朋友,大家在"诗人的创造"的题目下,举行了饶有诗意的"拉让江夜话"。

这个诗的晚会在诗巫中华总商会二楼举行。诗巫各界爱好诗歌的朋友都到了,有酷爱中国旧体诗词的老人,也有中学生。显然,是共同的文化关怀把他们带到了这个会场。诗巫的朋友不仅了解当代的诗人艾青和北岛,也了解旷日持久的"朦胧诗"论战。他们关心当代诗的发展,也关心古典诗的命运。一位诗歌前辈为古典诗的传播和继承表达了深深的忧虑。

我们不觉得这是在国外,我们只总觉得置身于在国内某个城市的某个座谈会中。这里不仅没有语言的隔阂,也没有认知的距离,更像是亲密朋友的平常的聚会。座谈会结束了,夜也深了,大家余兴犹浓,舍不得离开。我们走出会场,来到了街头。诗巫的朋友邀我们在街上的小摊上小坐。热咖啡、各种冷饮,令人感动的是,还有"福州面",这是无论主人还是客人都爱吃的。

当我们在街头小摊上欢聚的时候,诗巫的议员孙春德先生也来了。他已经连续三天拜访了他选区内所有的"长屋",向达雅人祝贺丰收节。疲劳并没有减去他的兴致,他坐了下来,和我们聊天,和我们一道用筷子吃"福州面"。这样夏日的夜晚,这样平静的拉让江畔,这样的州议员和诗人们和外国的来宾们一起在小摊上饮咖啡、聊天。这份安谧、这份宁静、这份融洽,没有惊惧,也没有防范。周围是软软的热带风,远处是缓缓的热带河——我真的被这和平和友谊感动得想哭。

百年诗心＊

八十年前爆发的那场新文化运动，北大是风暴的中心。五四运动的一批主将如陈独秀、胡适等，都来自北大。高举《新青年》这面文化革命大旗的，也是站在时代前列的北大的教授们。这场文化革命既充满了激情，又是充分务实的。它生发于现实的疼痛感，即由于中国的积弱，而寻求富国强民的道路。第一步的工作便是唤醒民众。重铸民魂的目标，使这些先行者倾全力于改革旧文学。这种以文学改革来开发民智的思路，直接继承了清末那些维新变革者的思想遗产。旧文学的营垒中，诗是最顽强的堡垒，这些人意识到，只要诗的变革取得了成功，整个文学变革的胜利亦当在望。新诗的变革就这样被推到了前台。

新诗的创立是中国漫长诗史一个惊天动地的事件。它改变了自古而今中国诗的流向。中国诗从此成为新思维和新情感的载体，而进入自古典向着现代的历史性转移。这个大转移的构思及实现，都浸透了，并体现着北大人的智慧和勇气。所以，从这个意义上认定北大不仅是中国新文学的发祥地，而且是新诗的摇篮，认定她是中国新诗"摇篮旁的心"，是恰当的和适宜的。

北大的历史从京师大学堂的成立到今年，是整整一百年。这一百年的历史如弯曲而湍急的河道，伴随着历史的忧患和现实的焦虑，给这些莘莘学子留下了沉重的记忆。北大无疑集中了中国的悲欢与哀乐。但北大是一座学府，它通过自有的方式

＊ 此文据文稿编入。

展示它对中国的关切并作出承诺。北大人的言行总体现着中国知识者的良知。

作为一所综合性的大学,北大以知识的探求和积累,以及学理的发明为己任。从这个角度看,它崇尚科学精神,且发出了理性的光辉。在历史的行进中,从这里走出了一批又一批杰出的科学家和学者。北大是理性的,但北大又是情感的。在它的不乏沉重感的理性思考中,充溢着激情的辉煌。

由于胡适、刘半农、钱玄同、周作人等人开天辟地的工作,他们造出了新诗草创期的第一个花季。随后,有把抒情诗写得相当精致的冯至,以及当年还是北大学生的"汉园三诗人",应当说,他们是从北大吸取了灵感,而化为了他们笔下的丽句华章。北大就这样以它的才气和灵智启悟着、滋润着诗性的光辉。不论是《断章》还是《预言》,还是后来的《十四行集》,它们都登上了中国新诗一个时代的高度。时序推移,即使是在极艰难的年代,在草木深深的春城,环绕在闻一多、朱自清、冯至、卞之琳等前辈诗人的周围,在中国西南的上空,那些炫目的新星的光芒,透过简陋的街巷和茅草的屋顶,也闪射着惊人的光焰。

在北大这个摇篮里,新诗诞生了并成长着。北大人以自己的心血创造并滋荣了诗,诗又反过来传达并彰显了北大博大而深邃的情感世界——它的沉思和呐喊。即使是在禁锢和贫乏的年代,北大也没有断了它的动地的歌吟。从红楼和民主广场,从汉花园和西斋,从三角地和大、小膳厅,北大的绵绵诗心总在跳动着。在那难忘的百花时节,北大也有"是时候了"的召唤,也有《人之歌》的思考。即使是那个乍暖还寒的清明时节,当周围弥漫着恐怖的无言,一位年轻的北大女性,在广场放上了一篮洁白的马蹄莲——在那无法表达抗议的年代,它是一首无言之诗!思想解放的新时代,北大的诗人们以热诚之心拥抱了新诗潮。两卷本《新诗潮诗集》记载着北大人的锐敏与热情。

这是一个充满思想智慧的地方,这又是一个充满诗性激情的地方。北大人在历史行进中,总时不时地爆裂出让世人震惊的奇思异想,也正是那种诗心跳动的外现。社会开放给人们提供了传示诗情更为广阔、也更为自由的空间。但随着滚滚商潮而来的,却有着更为浓郁的世俗情调的包裹。新时代的北大诗人就站立在这样的时空之中。它们带着某种与世不谐的高雅,唱着他们超凡脱俗的歌吟。这里有清澈而神秘的海子,有芬香而痛苦的麦地,在海子与麦地之间飘然而起的女子,也有着那种超凡脱俗的千种风情。从七十年代后期到九十年代后期,北大孕育着并输送出一批又一批的诗人。这些诗人以自由的心灵、创造的精神,丰富着中国新诗。这诗心虽已百岁,而百岁依然年青!

1998年4月4日于北京大学百年校庆前夕

读于炼的《三套车》*

"三套车"是一首歌曲的名字。《三套车》这首由歌曲命名的诗，则记述着一个遥远的记忆。它是一个怀旧的主题。那年月有许多让人们意想不到的荒谬。正常的生活秩序被改变了，在那些本应接受正常教育或是属于那个年龄的人们所应有的一切——家庭的团聚和温馨、友谊和爱情、诗和音乐、工作以及事业的追求——都被无端地剥夺了。那些青少年男女，被驱赶到一个又一个荒凉而又陌生的地方，他们在被遗弃的环境里，啃啮着一个又一个寂寞而凄苦的日子。

于炼这首诗一开始就颇为奇警："北大荒我的歌声结了冰，集体户的火炕上，躺满了睡不醒的青春。"他们的流放地是北大荒，那里有一个叫做"集体户"的居民单位，这名称在当年很流行，通俗易懂，如今却要注释了。应当是有歌的年龄，而歌声却"结了冰"，这里有一种道不出的伤感。那火炕上躺的人，被置换成"睡不醒的青春"。这些人正是青春华年，应当是生机勃发，事实却是这般的无聊而慵懒——"青春"正在那炕上"躺着"，而且是"睡不醒"的。竟是一种无言的苦痛。

开始讲过，三套车是一首歌曲，这诗应与歌声有关，然而歌声一开始就"结了冰"。这里就有一种巧思：原本要表达的，却当头来了个不表达。歌声既已冰结，如何又有"三套车"的歌唱呢？这就叫欲扬故抑、欲擒故纵，这种艺术聚敛的力量大了，反弹的

---

* 此文据文稿编入。

效果就更强劲。事实上,在北大荒那寂寞而漫长的冬季,苦闷和寂寥并不能驱走这些流落天涯的青年人歌唱的愿望。所以有"旧二胡""拉响俄罗斯的风雪"这等笔墨。二胡的音量很小,而俄罗斯的风雪却铺天盖地,这么大的反差,更给人以"力竭"和"不胜其负"的沉重感。

烈性酒在严寒中,是一个苦闷的象征——"梦同野山一样荒凉","生活是一碗淡淡的清汤"。这些诗句有很大的生活含量:他们有梦,却荒凉如眼前的野山;生活的清贫,有如一碗清汤的寡淡。于炼的诗句,简洁而不简单,有深意而不深奥。平常情感、平常心,却有着不平常的表现。我以为诗能如此,便是新境界。

《三套车》属于"知青诗",是特殊年代的歌吟。生活诚然艰难,而青春依然如火,逆境中有可贵的昂扬。这里可以感受到某种悲怀,却寻不到丝毫颓唐。青春未曾绝望,希望在困苦中存活。于是有了诗开头那冰结的歌声的解冻。"三套车"这首古老的俄罗斯歌谣,漫过伏尔加河,歌声中有一匹马,疲惫而又坚韧地行走:"走向短暂的遗忘","远离年代和历史的忧伤"。歌声令人沉醉,沉醉中而有遗忘。遗忘正是所期待的,因为现实是太阴暗了。

这不是一首激扬的歌,却也不是一首悲情的歌。在变态的年代,在无可奈何的陷落中,歌声是一种寄托,歌声也是一种激发,在短暂的遗忘中产生激情。《三套车》有一种纠缠,有一种说不清的复杂。它是一个综合,综合了那个年代异常丰富的情感。

1998 年 4 月 6 日于北京大学

为召开"百年中国文学"研讨会的邀请信[*]

各位作者,各位学界、新闻界朋友:

《百年中国文学总系》首批十一卷,战胜了许多困难,终于在戊戌维新一百年纪念日、北京大学建校一百年纪念日胜利问世。《百年中国文学总系》也是北大"批评家周末"的一个成果,今年又是"批评家周末"建立十周年的日子。这些有意义的日子集合在一起,让我们生发起在北京一聚的念头。

我们无意于进行那些应景的活动。我们想借此机会举行一次题为"百年中国文学"的学术对话。我们希望各位能从自己的读书、写作的体会出发,谈谈自十九世纪末叶以迄于今的一百年间,中国文学在追求现代性的过程中所表现的矛盾、品格、气质、精神等规律性的问题。以期对我们各自分散的和未曾系统化的见解有一个归纳和整理。

记得八十年代中叶钱理群、陈平原、黄子平三位,曾就二十世纪中国文学这一话题进行过有意义和有影响的谈话。他们的那次谈话,留给我们的印象很深。事隔十余年后我们此举,是想和钱、陈、黄三位的思考作一次呼应。二十世纪没剩下多少时间了,希望我们这次对话能够成为二十世纪的一个纪念。

会议通知昨已送出。若有变动,当另行通知。这里有一个

---

[*] 此文据文稿编入。

请求:即不论多忙,请务必事先写一个一千五百字左右的发言稿。非常感谢你的合作!

北京大学中国语言文学研究所
山东教育出版社
1998 年 4 月 7 日

流放的春天[*]

散文好写,也难写。这是由于它有一副"散文"的面孔。"散"易于引错觉,以为是和严整相对的。有些散文又叫"随笔",那随笔也有一副面孔,"随"也易于引起"随意而为"的误解。一般都以为写散文是很容易的,其实大谬不然。我于学术工作的夹缝里,偶尔也写些散文、随笔之类的东西。有了亲历的经验,便敢于如此断言。

散文之难,在于"散"。它是在貌似随意、散漫之中,有着内在的整饬。其实为文也如为人,表里如一的严肃,和表里如一的潇洒,都容易,难的却是内里紧张而又出以松弛。小说、诗、戏剧文学这些文体,大体上都有明确的范定,而散文则无。散文是无章可循的。既"无"章法,而又是文学一大品类,这就难为了它的作者。

大概文学圈子中人都不会把写散文当作"随便写写",凡是认真对待这一文体的人,都会知道这种太过灵活的文体的确难以驾驭,且此中出佳品最难。在诸种文体中,散文去离虚构最远。它最无遮蔽(小说有情节和人物的遮蔽,诗有想象和"灵感"的遮蔽),散文是裸露的。在散文中最不能隐藏的是作家自己,他的情绪、他的品味、他的情操,他个人的爱憎、喜怒,几乎成了散文的"第一要素"。而作者本人也在这种不可隐藏中,成了"第一主人公"。不论他写的什么,作者本人总是或明或暗、或显或

---

[*] 此文据文稿编入。

隐、或有形或无形地在那里思考着、诉说着,或暗示着。

因此,散文的第一要义是"真",它不允许掺假。散文一旦做假了,不论其有多少艺术性,它的全部价值可以一笔勾销。这看法也许有点偏,但我却坚信不疑。我始终认为,真诚而有缺憾,仍然能从那缺憾中感到无憾;若"完美"而虚假,则"完美"也成了残缺。正是从这个意义上,我看重此刻读到的《流放的春天》这本散文集。这里的文字说不上纯熟,甚至还很稚拙,但却是真实可感。如《消逝》一文,谈及现代史上那些著名文人学者的婚恋故事,一番感慨之后,笔锋一转,说到了自己:"那消失了的故事也时常让我有闹一下的冲动,但爱毕竟是两个人的事,这另一个疯狂的人他又在那里呢","对我而言,生活也许总是兀自呆在过去的光阴里,现在面对的总是自己对自己的无力,而对他人的情感也长满青苔"。这种坦露使文章充满魅力。

除了真实,一篇散文动人之处,还在于它涉及的情感,其品质有很高的涵容量,是高雅的而不是庸俗的。目下的散文充斥着清清浅浅的私人性,似乎除了自己别的全无关怀。而《流放的春天》不同,它有着让人感动的爱心和同情心。如《但愿人长久》,写的是亲情,姨婆姨公先后去世了,作者回忆随侍身旁的那些日子,为能带给老人欢乐而自慰,为此她感慨说:"我经常看到一些儿女,本来很容易为老人做一些小事,但往往为了自己事业和工作而将这些小事搁在一边,一不留神就再也没有机会去做了","就像他们,说走就走了,对此我无能为力,我只能更珍惜现在的缘分,珍惜那些仍活在世上的被我需要、也需要我的人,珍惜人生中一个个最终要告别的聚会"。这感慨应了一句古话:"子欲养而亲不待",这里有很动人的情怀。

《流放的春天》的作者是一位年轻女性,现在写散文的有不少这样的年轻女。应当说,她们在抒写个人情感的丰富和细腻方面,是一些男性作家所不及的。但这类散文也有通病,所写的内容狭小，一般总停留于那些仅仅属于个人的朦胧的或明晰的情感世界。对比之下，这本散文的内容要丰富多了。作者家族中有许多人从事艺术工作，涉及绘画、摄影、音乐等领域。她本人自幼习舞，又喜爱文学艺术，因而，她的散文视野宽广，内容相对丰富。像《都市里的歌声》是写音乐的，《电影史上的一个奇迹》是写电影的，《舞蹈的古典程式与新概念》是写舞蹈的。而在《自是花中第一流》这篇谈论易安词的文章中，她分别从忧郁、真切、细腻、清新等方面综合性地显露出她的艺术才能。

1998年4月9日于北京大学畅春园

电影《小武》*

这个北方破旧的小城正在进行拆建。尘土飞扬的工地,嘈杂的声浪,在旧的崩塌的同时,一些歌厅、发廊及商潮滚滚中涌现的"先进"的频频曝光,这些在中国任何地方都能看到的景象,在这里也都出现了。不过,只是这里的对比度更强烈而已。

电影显然带着某种轻淡的怀旧的伤感,以及带着对于新来的一切的警惕性,把我们引进了它的画面,让我们随着镜头思考:当旧的一切(包括旧墙的推倒和老街的改造在内)消失的时候,那些虽然"古旧"而仍有价值的东西,是否也随着消失呢?编剧和导演显然怀有复杂的心情。但他们到底还是透过有形的物质,让我们看到了无形的精神。摄影机面对的只是事象,而职掌摄影机的人面对的却是内里。

《小武》的导演明显地有着某种依恋、某种关怀,甚至有着某种不安,更有着无情的透视。这一切都发生在一位出生在七十年代的年青导演和同样年青的来自香港的摄像师身上。导演贾樟柯和摄影师余力为,都是我们所陌生的名字,不过,随着电影镜头的推移,我们很快就熟悉了他们。贾樟柯的家乡即是影片中的那个小城,他生在那里,长在那里,对那里的一切都很熟悉;但他们同时又被那里正在发生的一切所震撼。这种震撼是一种纠缠不清的思绪。

选择小城里的一名著名的小偷小武来做影片的主要人物,

---

* 此文据文稿编入。

是一种大胆的冒险。他首先要承担道德的纠缠。他使人物以及他本人的立场和出发点处于不利的地位。这样做显然要有勇气。小武是个游手好闲的人物,他无所事事,生活无着,家庭和朋友都远离了他。小勇是另一个重要人物,他是小武旧日的朋友。他做着另一种"体面"而很难说是合法的买卖,他却赢得了荣誉。堂皇的婚礼即将举行。却有意地忘了邀请小武。小武不忘旧约,还是向他送了礼。电影在一片坍塌声中,听到了传统的"义气"的残喘。

我们感到了浓重的现实的焦虑。因为编导者发现,再现实生活中"激情只能短暂地存在,良心却成了偶然现象"。显然,这种焦虑不涉于虚幻,竟为如今已变得十分稀罕的"责任"所驱使。目下的电影都把热情倾注于城市,本片导演则把目光投向了更能代表中国的广阔的城镇和乡村。当电影文本更多地变成显示个人才气和迎合商业口味的时候,《小武》能从个人的角度出发,关注中心以外的广大的边缘,关注芸芸众生的日常状态,从而生发出一个更为广阔,也更为丰富的内容。

当周围陶醉于每日的新出现,影片却忧虑于每日都有的悄悄的消失。在当今,"怀旧"意味着古板或者保守;"感伤"则极可能被谥为"煽情"。而影片的制作者却能在不利的环境中卓然自立,坚持着自己的观察和思考,坚持着自己"目击"的一切,并把那一切通过摄影机"记录"下来。电影《小武》因为它不仅关注生活,而且关注电影艺术本身,而使我们获得了一个朴素的感动。

1998年4月13日于北京大学畅春园

那颗心还在跳动*
——怀念张志民

张志民的家乡是斋堂川中的张家村,是崇峦叠嶂中的一座美丽而艰苦的小山村。有一个时期我经常去张志民的家乡,那一带路径我很熟悉:出西直门往西,乘京张线至雁翅,沿永定河碧蓝的河岸,往大山深处走去,前面展开的便是斋堂川。京西一带山水壮丽辉煌,培养了那里的人质朴、善良而又豪爽的性格。张志民的一颗诗心,就是百花山的精魂所熔铸。

当我还是中学生的时候,就读到了张志民的诗。作为南方滨海城市长大的学生,我震惊于张志民笔下所展开的北方农民的苦难。我出身贫寒,我对苦难并不陌生。但如王九或"死不着"那样的悲惨处境,则超出了我所能想象的。我那时未曾到过北方,我对中国寒冷而苍茫的北方毫无所知。是张志民的诗(当然,还有李季的诗,那时我也读到了《王贵与李香香》),向我敞开了北方的乡野和村落里所发生的那一切的痛苦和压迫、死亡和抗争。我感激诗人用他那富有特色的声音和色彩,丰富并滋润了我的心田。

那时我只是一个中学生,而在我的心目中,张志民无疑已是一位十分成熟的诗人了。七十年代最后一年,我初识张志民。我惊异于他的年青,虽然当时他已走过相当长的坎坷的道路有过相当丰富的人生阅历。但从年龄看,他只是我的兄长,而在人

---

* 此文刊于1998年5月12日《人民日报》。据此编入。

生经验和艺术成就上,他却是早慧的成功者。

张志民是中国大地的儿子,他身上流淌着中国农民的血液。他感受着,并传染了中国大地深沉的悲哀。热爱土地和劳动,希望通过播种、耕耘、创造并享有合理的生活。当这一切辛勤劳作的成果不被承认或竟被剥夺,他便用笔控诉这种剥夺,于是有了他诗中的那种抗争的激情。因为他熟谙农民的情感方式,这使得他的诗从内容到形式都接近民间,从而表现出风格上的高度和谐。

写《王九诉苦》和《死不着》时,张志民非常年轻,但一开始就是成熟,一开始就到达了那个时代诗歌艺术的高度。这可说是中国新诗史的一个奇迹。在去年举行的张志民诗歌朗诵会上,我称他是早慧而早熟的诗人,我以为这对张志民来说是允当的。张志民最初的创作,采用民间歌谣的方式,创造了中国新诗的新生面。在新诗普遍性的欧化传统的另一面,特别是从农民歌咏的方式中,他提取并创造了切近中国广大农民熟悉的诗歌形态。

但对张志民的诗歌风格,若仅只看到俚俗(这决非贬义)的一面是不够的,其实,在他的素朴的表达中,有着相当完熟的"俗中之雅"。细心的读者都能从他那些适于吟诵的诗行中,感受到他高度锤炼的工夫,感受到他那高超而娴熟的诗艺。他显然提高并丰富了民间的传统。张志民从他处身民众的土壤中,吮吸着大地的精华,也吮吸着大地之子心灵深处的丰富和充实。他对于中国新诗的贡献是独特的,也是恒久的。

我以有他这样一位兄长一般的朋友而自豪。最近这些年,我们每隔一段时间,总会见一次面。每次见面,总能听到他那发自肺腑的真言和忠言,每次总能受到这颗高贵的心灵的沐浴,从而使我在世俗的淹没中,感受到一种世上难有的脱俗的高雅和纯净。这些年,我们每次见面都是愉快的,我从未想到我们的聚会会有终结的一天,不会想到他会如此匆匆地离开我们。而且每次见面,我们总是设计着和预约着,去访问一次我们都热爱着和钟情着的斋堂川。

可是,世事难料,聚散无常,他就这样匆匆地走了!现在正是四月,正是斋堂川中杏花如海的季节,诗人却失约了!我不能不感到怅惘。此刻的空漠无以言说。那日接到张宏的电话,我也是这样的无言!我不会相信那颗高贵的心会停止了跳动!我分明感到它仍跳动在热爱他的亲人和朋友中间,跳动在斋堂川和中国大地,跳动在他热爱的父老乡亲中间!

  1998年4月16日,一个阴霾的日子

怀念蔡元培校长*

蔡元培先生执掌北大的那个年代,已成了北大永远值得骄傲的记忆。蔡先生的教育思想和办学方针,无声地垂训于此后的岁岁年年,它是北大永远的精神财富。这所最高学府不论经历了怎样的世变沧桑,蔡先生倡导的思想精神,使北大师生始终沐浴在他那广纳百川的浩瀚大气之中。它已成为这里的精神遗传,在时间的长河中恒远地绵延。

学校是一个不断更新的、流动的社会。一批学生进校了,一批学生又毕业离校了。人更换了一批又一批,而那种精神却一代又一代地留传了下来。不论社会在不同的发展阶段发生了怎样的变化,而北大学生的那种精英意识,总是驱动着他们做推动社会前进的先驱者。这种思想的确立,受惠于蔡元培先生。

蔡先生主事北大之初,提出了"十六字箴言":"囊括大典,网罗众家,思想自由,兼容并包"。这十六字的深远意义,自不限于指出了北大的办校方向,更是一种人生境界的启迪,无疑是一种大气度、大胸襟展现。其影响不仅在于开拓了北大人的学术视野,更启示并陶冶了北大人的立身处世的精神和姿态。北大"多事",时不时地总有惊人的事件发生。北大人的思考和呼喊很有名,却多半不为一己的得失,多半总涉及社会进步、国事安危这样一些大题目。人在书斋,万家忧乐涌上心间,读书而不忘世事,这正是北大人的通常心态。

---

* 此文据文稿编入。

北大的前身是京师大学堂。京师大学堂建立之初,虽曰它是去科举而兴新学,但仍有诸多陋习,如学生称"老爷"即是一例,读书为做官的思想也很普遍。蔡先生上任之初的那些举措,无疑给北大带来了新气象。他了解北大当年的积习,明知困难甚多,决心迎难而上。"第一要改革的,是学生的思想",他到任后的第一个讲演,便是讲:"大学学生当以研究学术为天职,不当以大学为升官发财之阶梯"。他认为要改变学生的思想,须以引进学有专长的教授为第一步。

蔡元培"兼容并包"的思想,其要义不在保古而在推进新学。他尤为重视聘用教授中具有新思想的那些人。他首先任命陈独秀为文科学长,便是极有魄力的第一步。他也极为看重胡适,认为胡适"旧学邃密","新知深沉"。胡一回国就被聘为教授。陈独秀、胡适以《新青年》为阵地倡导文学革命,影响了北大也影响了全国。北大由是一扫旧式文人的积习,变而为新文化运动的堡垒。蔡先生从引进人才入手,一棋定局,彻底改变了北大的风气,并影响了全国学界。

蔡元培先生本身是位学者,但蔡先生的个人魅力,以及他在中国文化学术界的地位,却首先在于他是一位领导潮流的人物。中国不乏纯粹的学者,那些饱学之士以前赴后继的努力,创造了中国学术的辉煌。但中国缺乏蔡先生这样的学界领袖。他的决策和行动的后果,也决非是个人性的,其影响也决非是暂时性的。这种人,如蔡先生者,他的影响足以改变一个时代的风尚。

蔡元培先生出身旧学,他儒学功底很深。幼时曾在叔父铭恩公的指导下读经史小学等典籍。在叔父的影响下,蔡元培先生打下了中国传统学术的稳固根基。十三岁时,蔡先生受业于经学名宿,对宋明理学有很深的造诣。1892年,进士出身的蔡元培被授予翰林院庶吉士。仅从如上所述,作为中国旧式知识分子,蔡元培先生的成就已是相当卓越的了。但蔡先生却是不同凡响，他并不以此为自己的学术终点。他敢于从零出发，迎向二十世纪的学术新潮。

　　1898年的变法维新，他站在时代的前列。也就是这一年，他开始学习日文。为了吸收西洋文化，他到世界各国考察。1907年抵德国，四十一岁开始学习德文。次年，入莱比锡大学研读哲学、文学、人类学、美学、文化学、心理学等。隔数年，复又作为期三年的学术游历。这一切，决定了五四新文化运动起时，他能坚定地站在新文化运动的一边，而且成为那场文化革命的重镇。

　　蔡先生生当十九、二十世纪之交，正是新旧、东西诸种文化猝然相遇的时刻，也是中国社会急剧转变的时刻。蔡先生生当此时，既不固守，又吸纳新知，而在这种激烈的交汇、冲撞中完成了由旧而新的学术转型，他本人也在这种转型中成为了中国知识界、教育界、文化界、思想界的一面旗帜。

　　蔡元培先生垂范于我们这些后人的，是他并不充满传奇色彩的、伟大而坚定的人生，是他的具有极大包容性的宽广的胸襟，是他绝不墨守成规的、勇于革旧图新的开创精神。北京大学一代又一代的学子，怀着景仰的心情永远怀念他们的老校长。他们在校园美丽的一角他的铜像周围，为他植了常青的乔木、耐寒的雪松。

1998年4月20日于北京大学

人间最难是真情*
——序刘钦贤抒情长诗选

在中国诗歌界有许多我钦敬的人物,刘钦贤是其中的一位。初识刘钦贤是在"文革"前的《诗刊》,他是编辑,我是作者,我们的了解也只停留在工作关系上。对他有更多的了解是在"文革"后,是最近十几年的事。他在很偏远的县里,几乎是独自一人(当然有很多的支持者)办起了一个即使是很偏远的地方也很知名的诗刊:《淮风》。不觉间《淮风》已出了十年。而且,围绕这个刊物,他还办了许多那些条件比他优越的人未能办到的事,例如十年间推出八辑四十本《淮风诗丛》,便是非凡之举。刘钦贤是位诗痴,他把全部的心血贡献给了中国的诗歌事业。而与众不同的是,他的全部行动是通过个人性的行为、以民间的方式来完成的,这更增加了一些传奇色彩。

在中国,办一个诗刊有多么不易,这是不言自明的事。刘钦贤处身榛莽之中,而又游刃自如,竟然取得了如今这样的成绩,其间的艰难困苦,用"十年辛苦不寻常"七个字来形容,还嫌有点轻描淡写。锲而不舍的坚持当然是前提,而他的超人的承受能力和机智,更是《淮风》取得成功的保证。我从刘钦贤激情的坚持和奋斗中,更深切地了解了他。于是,从内心深处产生了对他的敬意。

近十几年来,刘钦贤通过办刊,把许多青年团结在自己身边,他是一位充满激情和爱心的长者。在他的支持下,许多年轻

---

* 此文刊于《诗刊》1998年第10期。据此编入。

的诗歌作者得到了进步和成长,说刘钦贤是一位辛勤的园丁是恰当的。

　　说他是园丁却也未妥,刘钦贤本身更是一位诗人。他一边编刊,一边写作,既是编者,又是作者。他的创作成果也相当丰盛:《情难寄》、《爱难忘》、《心难平》、《人难做》……这次他从诸多作品中挑选出四首长篇情——《情难寄》、《是你又让我年轻一次》、《谁闯进我的梦里未醒》、《你美丽了我一个冬天》诗结集出版。在这些亦真亦幻的情爱的后边,有着一些让人歌哭的、超越年龄的浪漫故事。中年丧妻之痛、欲爱不能的遗憾、红颜知己的邂逅,以及那个美丽冬天里的温暖和欢娱,诗人把这一切表现得那么动人心弦。它使人感到,在喧嚣的生活的深处,原来有这么美丽、这么浩瀚,同时又是这么惊心动魄的激情。

　　"当我踏着荆榛去寻觅她走过的足印,只听棒槌声响却不见我家的那个竹篮",这是写对亡妻的思念;"我是一株不能开花的老树,年年月月守在庭院一旁,让你靠在树上,是一种很浓郁的少女姿态",这体现爱的未能如愿的遗憾。人间最难是真情,刘钦贤的诗中保留了这么多的如今变得稀罕了的情愫,而且表现得如此的真切而坦荡;我们身边有着过多的虚假的甜蜜、矫揉而煽情,而在这里,刘钦贤带给我们的是让我们变得年青、变得充实、变得美丽的安慰。世间有许多遗憾,这些遗憾现实未必能够解决,唯有诗,它能在虚幻中创造实有,使一切遗憾的人变得富庶起来。因此我们要祈祷上苍赐福与诗人!

　　刘钦贤要我为他的诗集写序,已有很多时候,我却一拖再拖,这原因是不必说了。好在此刻久旱的喜雨给了我以好心情,我终于能在北方的早春时节,对着小花园里盛开的热情和浓郁,把我的良好祝愿带给淮河边上的诗人。

1998 年 4 月 28 日于北京大学畅春园

"长屋"的节日[*]

那音乐真是迷人,旋律简单而富于变化,节奏热烈而又迂徐婉转。仿佛是来自热带雨林的急雨迅雷,一阵密集的击打之后,丛林留下了闪闪发光的水珠,宁静地映照着横跨水面的雨后的彩虹。

我们乘坐两艘汽艇溯拉让江而上,我们要在一天之内向二十七座"长屋"的达雅族居民祝贺他们的丰收节。这是1997年6月2日的清晨,当地达雅人的丰收节已进入第二天,沙捞越诗巫市都东区立委孙春德医生向他选区的选民进行贺节活动也进入第二天。

热情友好的诗巫朋友,为了让我们有机会看看拉让江密林中的热带风情,安排我们随同进行节日的访问。沙捞越位于婆罗洲北部,来自中国福建的华族移民和当地土著达雅人,已经和睦友爱地聚居在这片美丽而又富饶的土地上繁衍生息了几个世纪。当地的达雅人每逢华族春节总要手捧礼物盛装前来贺节,来自礼仪之邦的华族也知回报,每年的六月最初几天,是他们向达雅人祝贺丰收节的欢乐的日子。

汽艇划破拉让江稠浓而又静谧的江面,惊起了一行白鹭,它们如一道白色的闪电掠过北加里曼丹碧蓝的晴空。汽艇在热带丛林的浓荫下疾驶,它把急涌的江流推向了堆积着落叶的港汊的岸边。我们要拜访的第一座"长屋"到了,迎接我们的便是本

---

[*] 此文刊于1998年4月29日《联合日报》。据此编入。

文开始时描写的那动人的音乐。

"长屋"是达雅人的"村落"。说"村落"其实是不确切的,它只不过是长长的一排屋子。喜欢群居的达雅人,按照自己的选择就挨门逐户的居住在这座没有限制的长长的"屋子"里。这是我们习惯所指称的"村落",其实就是达雅人社群的一种形式。"长屋"少的由三、四家组成,多的就我们当天看到的,有由六十八户组成的一座。住在长屋里的成员不一定都有血缘关系,他们更注重邻里的乡情。长屋有屋长,屋长是由全体长屋居民民主选举的。

六月初的这几天,孙春德医生和当地华族的朋友们,就这样沿着拉让江的河道,也沿着北加里曼丹的丛林小径,一座长屋一座长屋地向他们的达雅朋友祝福。我们真是幸运,不远万里风尘仆仆地来到这里,居然赶上了向我们素不相识的异国它邦的朋友贺年的行列。

长屋迎宾的乐曲是由纯粹打击乐器组成的乐队奏出的。乐手们在长屋入门的一角席地而坐,各种打击乐器在他们手中,那些乐器有的如芒锣,有的如铙钹,有的如钟磬,但它们各有自己的民族称呼。这个乐队中的庞然大物往往就是一只洋铁桶。各种乐器代表特定的音阶,那些音阶组成了优美的旋律。首先是迎宾曲,客人们刚刚登岸,迎宾曲便奏起来了。

乐手都是长屋里的居民,坐在乐队中间击打类如我们叫做排锣的那种多声阶的乐器的,往往就是这支"乐队"的指挥或"第一小提琴手"。令我们感到兴趣的是,有一支乐队的"首席"乐手,竟是一位身穿艳丽筒裙的八十多岁的老婆婆。还有一支乐队的"指挥",则是一位怀抱婴儿的非常美丽的少妇。她们仿佛不是在表演,而是进入了被自己的演奏所"迷醉"的状态。她们似在沉思,又似是在自我倾听。

迎宾的仪式不单是这番欢快热烈的敲打乐。有盛装少女的迎宾酒,第一杯是洒向大地敬神的,第二、第三杯客人都要倾杯而饮。隆重一些的,进屋门要举行杀猪仪式,是由来访的贵宾执行的,有的则举行类似古人歃血为盟那样的仪式。达雅人的神是不具形的,他们的宗教可能是多神的,近于巫(这让我想起了 SIBU 的汉译:"诗巫"),尽管我知道,这是音译,但到底诗和巫两个汉字给我们提供了特别丰富的想象。

我看到一位九旬老人在打击乐的伴奏下翩翩起舞,他舞得那样投入和尽情,他们都在自娱,他们完全拒绝表演。我们一天的贺年活动中,遇到几次要来访贵宾给长屋居民的比赛获奖者发奖的仪式——他们是唱歌比赛第一名,跳舞比赛第一名,喝酒比赛第一名。获奖者不分男女,更没有年龄的差别,有的把跳舞第一名给了老人。可爱的民族,他们是欢乐的,他们更是平等而自由的。

危难中诞生的中国文学[*]

中国文学用了一百年的时间，完成了由旧文学到新文学的转变。这个转变当然是世界工业革命对于文学的召唤——中国极度辉煌的古典文学，在社会现代化的进程中因不能适应而感到了尴尬。不管是叫做文学革命还是叫做文学改良，无疑都是现代化的召唤所激发的热情。具有精英意识的知识者，开始致力于文学转型的寻求。从改良主义的"小说界革命"、"诗界革命"，到新文学革命，都是对于这种召唤的响应和实现。这是中国文学在世纪之交进行调整的根本原因。

但中国社会在近代产生的危机，更是直接刺激文学变革的动力。封建王朝的衰落以及国内社会的动荡是内忧；1840年以后接连不断的外国入侵、国土被瓜分是外患。灾难不仅袭击着广大的国土，而且袭击着亿万的心灵。富国强兵寻求的四处碰壁，导出了对于旧文化的批判，从而发出了唤醒民魂的要求。在众多挽救危亡的药方中，文学改革是一剂切实并付诸实行的药饵。近现代以来众多杰出的文学家的投身文学，几乎都怀着这样悲壮的动机，即他们一方面要用自己的笔墨表达时代的苦难，一方面要用文学以唤醒沉睡的民众，去战胜苦难。从这点看，中国文学负载社会政治功利的"工具"意识，几乎是与生俱来的"遗传"，并不单是某个时期、某一地区的提倡。

尽管这"与生俱来"的品质，在不同的历史发展阶段，有各自

---

* 此文据文稿编入。

不同的表现形态,但作为"负载"的工具,则是基本相同的。这就给中国文学带来了先天性的品格:从一开始它的重心就不在审美层次上,从一开始就表现出对审美的冷淡——就多数作品而言。产生在艰难时世、受命匡时救世的文学,它有投入和负载的热情,一开始就把"政治"(广义的)放在了第一位,而把"艺术"(狭义的)放在了第二位。从这点看,"政治第一、艺术第二"未必是某人的首创,只不过是某人把这一要义不加掩饰地挑明了而已。

尽管中国文学不乏审美的传统,但在艰难时世,却有比这更为重要的东西。例如生存,假如连存活都成了问题,美还有什么价值呢?所以,放在具体的环境里来考察,近现代以来的中国文学的轻视审美、抹杀娱乐,甚至放逐抒情,均是可以理解的。近百年中国社会一直动荡不宁,中国人的生存状态极其恶劣,那么,把文学当作药饵,用来疗救社会和疗救心灵,便是正常的。相反,若是生当危难,耻言责任和使命,而把文学用来享乐和把玩,便是不可理解的了。

清季道、咸以后,国势沦落,悲情满野。文学的主流形态,少欢愉而充满悲苦:谴责小说多愤世嫉俗之言;诗多慷慨悲歌之韵;时论散文则多警世沉痛之语。当然也有怡情闲适之作,但至为罕见,且多半置身于主流之外。即从写美艳之词的苏曼殊的作品来看,在他的那些传诵一时的律绝中,通过那表面的佯狂,也不难发现隐曲的悲哀。及至五四新文学兴起,如鲁迅、茅盾的小说,胡适、郭沫若的诗,田汉、曹禺的戏剧,这些主要的文学现象,都紧紧地把关注的目光投射于国家兴亡、社会盛衰、民众的觉悟、民魂的重铸之上。

文学家的激情萌发于现实生活的沉重。由中国的积重,进而反思历史。于是发现中国旧文化的弊端,发现鲁迅称之为的礼教的"吃人"。觉醒的文人把沉重的批判带进了文学。于是本来就已相当沉重的文学,更有了数倍于前的负重!韩愈讲:"和平之音淡薄,而愁思之声要妙,欢愉之辞难工,而穷苦之言易好也。"(《荆潭唱和诗序》)中国文学发展的一百年中,悲苦沉重造出了辉煌。从这点看,应当感谢苦难。而在文学发展的某一阶段,现实曾经是悲哀,而文学却充满了欢乐,这就造成了文学的灾难。

1998年5月4日,北京大学百周年校庆日,写于畅春园

飘雪的世界[*]

这位诗人写过一本长篇小说,叫做《冬之雪》。在那篇小说的最后,一位主人公死去了,他的朋友前去送别,"大朵大朵的雪花,漫空里如蝴蝶飞舞"。活着的人触景生情,想起死去的朋友:"这些雪花儿,虽然很快融化,但毕竟有过纯白时刻,多少也算有了意思"。此刻我们面对的是一本诗集,名字也与雪有关——《飘雪的世界》。看来作者一定喜欢下雪的日子,喜欢那透明澄澈的水晶世界。

读他的诗,随处可以感受到诗人钟情的冰雪世界。这世界是那样的纯净,纯净如雨后的天空。空气里飘散着泥土的气息,青草的气息,野花的气息。那纯净又如有月的夜晚,空中的月亮,水中的月亮,月光下的白兰花,也是如此这般的皎洁明净,是一番诱人想象的情境。《飘雪的世界》所展现的这种纯净的境界,在我眼下接触的诗中是很少见的了。那些诗,要么是痞子般粗俗,要么是"哲学家"般深奥,惟独缺少的是这雪、这月、这份人间少有的纯净。

此刻我们谈论的诗人,他如今生活在物质并不匮缺的西方世界。尽管有游子漂泊的那份苦辛,但毕竟来自北海的风是清凉而爽朗的。比利时到处都有欧陆常见的教堂的尖塔,绿茵之上的古典的雕塑,但我们还是听到了来自心灵深处的召唤。

对于一位真诚的诗人而言,诗为填补实有世界的空缺而存

---

[*] 此文据文稿编入。

在。诗的奥秘和魅力在于它能"无中生有"。应当说,写《飘雪的世界》的这位诗人,在他生活的那个世界里,有很多的街道和商店,也有很多的香水和夜礼服,就物质的享有而言,那里并不缺乏。但诗人依然从那里感到了贫乏。

我们的诗人依然致力于"内心园地"的种植和开垦。诗人宣称:这片园地不种植"鳄鱼眼泪",不种植"暴君牙齿",也拒绝"暴发户的钻戒"和"蛇蝎的毒汁"。在这片纯净的园地里,诗人只种植金黄的阳光,种植星星和月亮,种植玫瑰和夜莺,如济慈颂扬的那些族类。

置身于世俗的世界,诗人的存在就像是异类。他总是被"贪心"所驱遣,总是在众人满足之处感到不满足。他寻找那也许存在过,但现今已杳然的事物,诸如,他要体验李白的长发豪放飘逸;杜甫的吟唱顿挫沉郁;从亚里斯多德纹理清晰的额头,倾听遥远世界的空谷足音。在人们拥有的时候感到了失落,在人们满足的时候感到了匮缺,这就是诗人的"积习"。

诗人的"贪心"永无止境。他总是在世俗的空缺处寻求精神的丰裕,他甚至"怀旧",向那些昔日的辉煌顶礼,以此抗陈他对现实缺陷的遗憾。不论是李白、杜甫,还是汨罗江、莫高窟;这里有残荷听雨,有采青的队伍从元宵夜走过。说这是怀旧却嫌简单,这里无疑寄托了华夏后裔自有的文化追怀。这样,在诗人纯净的世界里,一下子融进了东方文明的光辉。

他开辟并坚守那一片内心的园地。他在他所不满的丰裕之中寻找生活本来的样子。于是,那里的泥土散发着"刚出炉的面包的香味",他是那样迷恋于以往,那里蚕花开着,在韭菜、青葱、辣椒、番茄和观音豆边上,他支起了葡萄架。当然,这一切都是在想象中完成的。即使这样,诗人的行为却启迪了我们:诗人的营生原是为心灵而存在。当现实的繁盛依然使人感到贫乏,诗这奇异的精灵便如诗人笔下的"脚步很柔和"的款款而来的女子们,以她们的美丽和温柔,以她们的多情,给依然感到空漠的心灵以安慰。

这就是诗人向我们展示的"飘雪的世界"。飘飞的雪花给诗人,也给我们以好心情。那惊人的宁静里,闪耀着纯净的光辉。这样的下雪天,"暖壶酒喝该是多好,我编出个发生在雪天月夜的故事,像蒲松龄,去何处请来个狐族"。诗就在这样的幻想中完成了自己。这样说,并不意味着诗人的忘世,恰恰相反,正是由于人间的遗憾太多,诗就出现了,诗原为抚慰心灵而出现的。《酸雨天想起的李白》:"酸雨天想起的李白是满目苍痍的李白,三千长发被酸雨淋做荒野。"这就不单是怀古了,这里有浓烈的现实焦虑,有让人动心的人世关怀。

章平从遥远的比利时寄来了他的诗稿,嘱我在诗前写几句话,有感如上,权为序。

1998年5月4日于北京大学畅春园

校园外的庆祝*
——"百年中国文学研讨会"开幕辞

今天是1998年的5月6日。我们避开了燕园的热闹和喧哗,在西郊绿杨覆盖的这座幽静的宾舍,开一个简短而实在的会议,庆祝我们共同的作品《百年中国文学总系》的出版。这是一件很让人高兴的事。

这一套书的作者都来自北大,或与北大有亲密的关系。"百年文学"与"百年北大"这两个题目,在我们这里被连在了一起。我们能在这样的日子,在这样的场合,在这样的名义下聚会,更是一件值得纪念的事。

这套书第一卷的年代是1898,现在是1998。这两个年代赋予我们今天的会议以某种庄严肃穆之感。中国社会和中国文学都会记住1898前后所展开的那种追求和奋斗。那一场悲壮的经历影响和决定了中国文学的命运。我们的写作也是在这样的大背景下进行的。

今天会议的题目是"百年中国文学",我们的意图是希望在这样的题目下,共同探讨一下我们所认识的这一百年中国文学发展的轨迹和规律,它在告别古典追求现代的过程中展现出来的品质和特征,以及从上一个世纪末到这一个世纪末,中国知识者在创造新文学过程中的经验和体悟,等等。会议的题目是宽泛的,会议的内容是丰富的,我们的谈论则是自由的。

---

* 此文据文稿编入。

《中国百年文学总系》在"批评家周末"进行了多年,我们这套书从写作到出版,历时也将及三年。我本人很难忘记1995年11月10日这一个日子。是这一天,我们和山东教育出版社正式地共同负载了这个大工程。隋千存先生、祝丽小姐专程从济南来到北大,今天到会的严家严先生、洪子诚先生、钱理群先生、陈顺馨小姐,以及本书各卷的作者们都参加了那天的会议。这三年,我们共同承当了艰难、痛苦和焦虑,也分享了今天的欢乐。特别是祝丽和隋千存二位,更是付出了百倍的辛苦。我谨代表各位作者向我们亲密的朋友山东教育出版社、向专程赶来参加会议的王社长,以及隋千存、祝丽表示我们深深的谢意!

这套书是我们共同的创造。我们认真地付出了辛劳,我们也必然留下了遗憾。我们期待着读者和专家的批评和鉴定。但不论存在什么样的缺点,我们可以自慰的是,我们始终是以饱满的热情,投身于我们认定的目标的。

这套书最初的构想,受到黄仁宇先生《万历十五年》的启发。我们文学研究的切入点和写作,也不同于通行的文学史。在纵向的层面上,在一百年的文学发展中,选取一个我们认为有意义的年代,在这一年中,选取若干我们认为有意义的事件和现象,灵活地、有弹性地横向展开我们的考察,从而综合出对一个阶段文学规律的认识。这就是我们通常谈到的,这套书创意和写作的如下三个特点:手风琴式的展开;拼盘式的组合;大文学的视点。我们摈弃以往文学史研究的模式,也不把目光仅仅停留在文学上,我们把文学和文化、学术史和思想史作出了自由的打通和组合。

这个工作现在已告完成。我们急匆匆的工作当然留下了遗憾,我们诚恳地期待着来自各方的批评。北大建校之后,即有广纳众家、学术自由的传统。特别是蔡元培校长主政北大之后,更是倡导学术民主、思想自由的精神。我们这些北大人,受到母校的培育，多少受到上述精神的熏陶。这套书的写作和出版也如此，大体上也是各人自说自话。言论一律不是北大的传统，多种多样和不同凡响的思考和表达，才是北大的常态。学术研究的至乐，我以为是在个人的思想得到自由表达的时候。

我们就是这样，用我们认真而辛勤的劳作，避开了这一段时间的热闹，以我们自有的方式，祝贺母校的百年校庆。

1998年5月6日于北京西郊绿杨宾舍

夏天的记忆[*]

时间过得好快,现在距离张抗抗写《爱的权利》的时候,已经过了整整二十年。但我还是没忘了二十年前的那篇小说,和那篇小说中所展开的时代氛围,那无所不在的昨日的阴影,以及那追求新生活的激情。

1998年的春天是在漫天风沙中消失的,眼下已是北方繁盛的初夏。夏季的到来,唤回了我对张抗抗早期作品中展开的夏天景象的记忆。在《爱的权利》这篇小说中,一开始就是一段夏季来临的描写:"在这个寒冷的北方城市,夏天似乎总是来得迟迟。直到波斯菊盛开的七月,松花江岸才铺上柳树的浓荫。"在小说那些伤心往事的记述中,时时出现夏天的记忆,或是"夏天的绮丽的晚霞",或是"只有夏天的太阳,把坦荡的松花江染成了一条光灿灿的彩练"。"他总是害怕明丽的夏天会过去,严酷的冬天会再来,可是,即使大江解了冻,几尺深的冰层下,滚滚的江水不是浩浩荡荡地仍然奔腾着吗?"

这无疑是张抗抗的"解冻意象"。这篇小说写在1978年,写在那个决定中国命运的会议开过之后。那是冬天,可是,我们的作家却分明感到了夏天的热烈和开放。过了一年,又是冬天,她写了另一篇小说,干脆以《夏》命名。在这篇小说里,她不是复述那些长长的冬季里冷酷而悲惨的故事,而是把场景预设为夏天,写为迎迓夏天而蒙受的心灵苦难——未曾远去的冬季,依然是

---
[*] 此文据文稿编入。

笼罩人们心头的浓重的阴云。

20世纪很快就要过去了。中国在这个世纪里发生过许多惊天动地的事件。这些事件决定了中国的命运,也因而影响并构造了几代人的精神世界和情感方式。中国历史,特别是中国近、现代史最重要、最持久的一个事件,我们都亲历了。那场始于60年代中期、终于70年代中期的旷日持久的"运动",不仅影响了中国,甚至影响了世界。它造成了巨大的苦难,是一个灭绝和死亡的故事,却也奇迹般地孕育着再生。

正如我们此刻谈论的作家的"解冻意象"所指示的那样,是漫长的冬天里预期、希冀、酝酿着的夏天的繁盛。从寒颤的冬天到希望的春天,再到激情而火热的夏天。历史就这样以饱含血泪的跳跃,把欢笑带到了我们面前。对于饱经忧患的中国社会而言,这是一个巨大的、历史性的转折。我们此刻谈论的作家,就是在这转折的关口,夹带着昨日的记忆、今日的欢欣,如同那个跃出地面的夏日的初阳那样,热烈而优美,同时又带着淡淡的感伤的情调,出现在我们面前。

张抗抗和她的同代人,连同我们这些比她年长的不同代人,一起迎接了这个历史转型期的激情时光。她和中国所有作家一起,共同创造了文学的新时期。他们把中国文学从令人寒颤的冬季,走到热烈的、充满幻想和浪漫激情的夏季。他们的作品记述了那个令人永难忘怀的岁月里的全部悲苦和欢乐,久远的等待,以及最后的获得。他们以无愧于伟大时代的精神劳作,贡献于这个伟大的时代。

从那时起到现在,时间飞速地走了整整二十年。张抗抗也从当年的青春曼妙,走到了人生和艺术的成熟期。她以自己的辛苦创造,而成为新时期最重要、最具创造性的作家之一。从1978年的《爱的权利》开始,众多的中篇、短篇、散文,以及不断推出的长篇——《隐形伴侣》、《赤彤丹朱》、《情爱画廊》……张抗抗以充盈的想象力、不竭的创造力、持久而专注的投入，以矫健的行进，向人们展示她的才华。中国新时期文学以拥有张抗抗这样一批作家而感到自豪和荣幸。张抗抗也以她对于新时期文学的贡献，而证明她的不可替代的价值。

当前的中国文学，在取得极大繁荣的总趋势中，有一种过分沉溺于"个人写作"的缺憾。许多拥有张抗抗同样的冬天的经历和夏天的记忆的作家，似乎对此表现出某种轻忽。他们有意无意地忘却那些经历，并拒绝那些记忆。70年代末80年代初极盛的浪漫激情，受到了贬抑。现时的中国文学，历史的厚重感有了明显的减弱。当文学不再承载那些冰冷的记忆，并由此生发出夏天的热情时，文学的确失重了。

反顾当初，新时期文学如朝日初起，充盈着难以抑制的磅礴之气，让人荡气回肠。虽然"文革"造成的断裂，使艺术普遍呈现出稚嫩之感。但由于文学与时代兴衰、万家忧乐息息相关，却萦系着并征服了万千读者。眼下，激情退潮了，在空寂的沙滩上，望着远去的足迹，人们有了失落感。怀想当年的繁盛与热烈，感到了当日的单纯、天真，甚至不成熟，竟是那样的可贵！

《张抗抗作品论文集》要出版了，编者邀我在前面写一些文字。我以为对像张抗抗这样作品众多、贡献突出的作家进行学术性的研究、探讨，能使我们对文学发展的历史有一种洞察，并由此生发出建设性的见解来。把这些研究成果结集出版，更是一件有意义的事。临笔为文，重读华章，于是有了上述的感慨和希望。

1998年5月10日于北京大学畅春园

《20世纪中国戏剧选》序*

本世纪所余的时间业已不多。愈是临近世纪末,对世纪的纪念和怀想便愈是迫切和频繁。20世纪在人类发展中具有极大的重要性。其间发生了两次世界大战,战争对于人类的良知以及承受苦难的能力,是一次巨大的考验。人类已经登上了月球,他们正在用各种手段探索宇宙的奥秘。在战争废墟之上建立起的和平理念,使人类变得更为理性,也更为聪明。从产业革命到如今的电脑时代,更显示了这个世纪智慧行进的迅疾的步伐。而随着社会进步而来的地球生态环境的破坏,以及有限资源的无节制的采伐和浪费,更增添了人类的焦虑和危机感。这个世纪无疑为人们留下了许多值得关注和谈论的话题。

而对于中国,这个世纪更具有异于人的、独特的意义。中国饱经苦难的社会,在这一个世纪的动荡中,经历了追求、奋斗的全部艰难的历程。中国这个东方古国在追求现代化的过程中,几经挫折,终于在本世纪的最后二十年,赢得了参与世界的机会。中国的经济改革,正在世纪末的斜阳中,壮丽而艰难地行进。

中国文化在这个世纪,更经历了一番天翻地覆的变革。从旧文化到新文化、从旧文学到新文学,其间有许多让人难忘的记忆,也留下了许多让人深省的话题。在世纪的文化策略中,诸多思考总是与改变国运、拯救危亡的动机联系在一起。批判旧文

---

* 此文据文稿编入。

化、建设新文化的激情,直接来自这样一个大的背景。从文学改良到文学革命,其间留下了许多先行者奋斗和抗争的足迹。这些实绩,在20世纪行将结束的时候,当然成了纪念与回想的应有之题。一段时间内,许多关于本世纪典籍和文献的大量出版,表达了人们的世纪惜别之情。

从这个背景来看《20世纪中国戏剧选》的编辑出版,其意义是不言而喻的:它是世纪总结的一个部分。这部选本汇集了本世纪初以迄于今的现代戏剧的精华。在已有的现代戏剧选本中,涉及作者和剧种之多,编选时间跨度之长,容纳篇幅之大,均是前所未有的。本书的前言,概述中国现代戏剧发展的轨迹和脉络,戏曲和话剧各自的特征、关联及其消长。这篇前言有很大的知识含量,从中可以得到关于中国戏剧的基本知识。

这个选本汇聚了中国现代戏剧运动中最具实力的名家、名作。在话剧方面,有郭沫若的《屈原》,曹禺的《雷雨》、《原野》,老舍的《茶馆》,吴祖光的《风雪夜归人》等话剧经典之作。在各种戏曲作品中,许多名剧均由著名的戏剧家亲自编剧,其间涉及梅兰芳、周信芳、田汉、欧阳予倩、宋之的等,都是闪耀在现代戏剧上空的闪闪发亮的星辰。良宵星月,笙歌楼台,执此一卷,阅尽百年风雅。从文明戏到"春柳社",从《党人碑》到《逼上梁山》,从梁祝哀史到海瑞戏,编者向我们展示了一部浩瀚的、有声有色的历史画卷。

编者无疑做到了如下一点:他把一个世纪的戏剧精华作了巨大的集中。钗光鬓影,剑胆琴心,历史的风云,现实的苦难,在这里有了一个浓缩的形象的再现。这是这个选本给予中国戏剧界和中国文化界的贡献。

但若把此书仅仅看作是一个成功的选本显然不够,《20世纪中国戏剧选》的意义并不单纯在于它是精品的选择和集聚。事实上,这种选则和集聚所提供的理论上的意义,也许比那些剧本本身更有价值——它提供一种更为广阔的视野,使我们对于现代戏剧的观念有一个新的拓展。

我国新文学革命的历史性贡献在于,它开辟了中国文学历史的新纪元。一种新的文学形态的确定,终于造出了文学的主流。中国这一场文学革命的目标和意义,旨在使文学和对民众的启蒙有更直接的呼应和关联。用白话书写的新文学,以代替用文言书写的旧文学,是中国文学开天辟地的壮举。中国话剧运动的开展,正是在这一背景下产生的,是当时风起云涌的新文学、新文化运动最有成绩的一环。用新的戏剧代替旧的戏剧,和当年用新的诗代替旧的诗,其思路是一致的。它们那种反叛性的建设热情,是新文化运动最震撼人心的、艰苦卓绝的一幕。

上述那种文体革命的精魂,当然首先在于内容。即用科学的、人性的、现世的文学内涵,教育并唤醒中国沉睡的心灵。通常说的"启蒙"大体指此。而这种内容的传导,必须是贴近民众习惯并为其接受的。于是用白话代替文言,用新诗代替旧诗,用新戏代替旧戏,就成了首要的追求。

文体革命的提法始于清末,比五四还要早。应当说,它的革命性意义不应抹杀。当时的缺点在于不了解文学传统的韧性和持久,也不了解一种旧的形式复杂的承传性:它一方面造成了束缚,一方面却有着历史性的粘连——这种粘连是不能"革除",更不能"消灭"的。五四新文学革命已八十年,要是从清末的文学改良运动算起,已是一百年了。而当年的革命要予以取代的旧诗或旧戏,却依然以非主流的状态存在着。而戏曲,在广大的民间,更是从来也没有中断过它的流传。

可以说,创造新戏的尝试和改造旧戏的努力,始终并存着。对比之下,被新文学定位于主流的话剧,始终也没有成为事实上的中国现代戏剧主潮,而被民众所广泛接受。这当然并不意味着话剧的未曾成功,但却说明中国传统的戏曲形式并不因其形式的"过时"而远离它的接受者。这里的确存在着值得反思与检讨的命题:在中国文学的总构架中,现代人用传统形式创作或改编的文学该如何定性？戏曲(本书作者称曲剧)和旧体诗都是传统的形式,对以此种形式表现新内容的作品,我们应作何种评价？

我赞成这样的见解,即这些用"旧"形式写作或改写的作品,由于是融进了现代人的情感、见解、思考和观念,它应当属于现代文学的范畴,而不应简单地视之为"旧文学",或斥之于文学之外。同样道理,推之于戏剧之外的诗歌,长时间困扰我们的"旧诗"(其实是现代人用旧形式写作的"新"诗)的位置和评价的问题,也就可以得到了解答。

这样,当我们反观这部戏剧选,便发现由于它实行了"新"、"旧"一视同仁的立场,我们眼前的风景,便有了改观。即我们由此获得了关于中国20世纪戏剧的整体性关照。据此,当我们把这部选本称之为迄今为止最完备的本世纪优秀作品的集萃时,就不会让人感到突兀了。

1998年5月15日于北京大学畅春园

《放声歌唱》与颂歌时代*

这首诗之成为典型,在于它有效地概括了那个特殊年代普遍性的思维方式和情感方式。它的亢奋和激扬,特别表现在它有力地消除个人(尽管它曾列专节谈到"个人")于它认定的并为之放歌的伟大集体的那种热情,与那个时代产生了同步的奇妙共振。它同时也成为那时代诗情的一种象征。

《放声歌唱》倡导了一种对现有生活秩序持无保留的肯定和歌颂的态度。这种态度后来成为一个很长时期的普遍的审美法则。贺敬之的诗率先响应和契合了当时的意识形态要求,它于是成为一种具有先导性的诗和文学的实践。毫无疑问,那个后来被称为"颂歌"的文学时代的出现和形成,从最低的估量来看,至少和《放声歌唱》的创作实践有关。

华靡的借喻,昂奋的声音和节奏,夸张的形容,以及缺乏节制而近于盈满的激情,代表了那一时期的主流审美时尚。人们无论怎样的评价《放声歌唱》对促成"颂歌时代"以及文学政治化进程的贡献,都不会过分。

《放声歌唱》创造了新颂体诗的格式。在它自由奔放的表象背后,包蕴着一种稳定的严整的律化倾向。对称的原则从词组到节、段得到全面的贯彻,而这一切却"潜伏"在"散漫"的句式结构之中。由此开始了一个新的骈偶时代。

---

* 此文刊于1998年6月《艺术广角》1998年第3期。据此编入。

记忆是永远的财富*

"文革"已过去了二十余年,它已成为历史。"文革"是中国五千年文明史的一道深深的刻痕。当那一切的暴烈和热狂在历史的风烟中消失的时候,我们为之付出代价的一切,理应成为我们民族心灵的永远的记忆,从我们,以至我们之后的世世代代。我理解的巴金先生所倡建的"文革"博物馆,它可以是具体的和有形的,也可以是情感的和理性的。记忆——这就是长存我们心中的一座永不坍塌的精神博物馆。所以,《中国知青诗抄》的编辑出版,可以看做是对巴金先生建立"文革"博物馆倡议的一个回应。

对于今日中国四十余岁至五十岁的中年一代而言,"文革"中空前规模的知识青年上山下乡运动,无疑是他们心中永难泯灭的一道风景。这一代人,他们把人生最可贵的青春年华都献给了这个集体的大行动。在他们行进的路途上,激昂和悲怆,迷惘和豪迈,被驱遣的困惑和奋斗的热情,甚至叹息和泪水,甚至誓言和放歌,都是那样沉重地交织在一起,浇铸在一起,而在我们眼前矗立起一座如此复杂、如此丰富、如此矛盾重重的青春纪念碑。

在青春行进的路上,这一代人,他们丢失了很多本应属于他们的东西,包括少年的无忧无虑的嬉戏,良好而正常的教育,友谊、爱情、家庭团聚的温馨,以及梦想和希望……一个人青春时

---

* 此文刊于 1998 年 6 月 11 日《文艺报》。据此编入。

代应当拥有的,在他们那里都化为了无可寻觅的缺失。然而,当现实出现巨大的陷落,诗歌却在悲哀和壮丽的交汇处奇迹般出现了。情感是一种神奇的东西,当实有生活中呈现匮缺或虚空之时,情感却以它的丰盈充实那巨大的空洞。诗就其实质而言,原就是为弥补人间的缺失而诞生的。

《中国知青诗抄》中的诗作在当日(就其多数而言)是不供发表的,仅仅是由于宣泄情感的需要,这些作者完成了它们。这里保留了真诚的动机,也保留了历史和环境赋予它们的全部复杂性。它们如今已成为一块又一块精神化石,带着激情,也带着缺憾:那里有高温燃烧的焦记,也有陨落和埋藏留下的伤口和断痕;既记载着单纯,又记载着不单纯;既有豪情,也有悲苦。

把千万知青上山下乡的行动单纯描写为苦难,或是单纯描写为苦难的反面,都未免失之肤浅。事实是,这些青年人在失去的同时也有获得,在悲苦中也有他们的欢乐和激情。他们在漫长年月的失落中也有意想不到的拥有,这就是他们因"放逐"而亲近了中国深厚广袤的土地和土地上劳苦的民众。他们在劳动中获得了切实的生产和生活知识,他们于是对中国最广大的与土地保持最亲密联系的劳苦人群的生产方式和情感方式有了更深的认识。对于中国农村的历史、文化、习俗甚至语言的逼近,使这些青年人以磨难和失落为代价换取了对于中国的真知,以及在别处难以得到的可贵的人生经验和生命启悟。

这本诗集是青春的苦难和激情的见证,也是那个"史无前例"的大时代的精神历程的缩影。它无疑为越来越显示出意义的"文革"研究提供了宝贵的资讯。也许,它的意义不仅是历史的和文献的,同时更是文学的和诗歌的。这本诗集中有许多我们熟知的名字和熟悉的诗篇(不论是作于当时还是作于事后),其中有一些诗当日即已流传,80年代以后则有更为广泛的传播。知情的读者不难从中了解到,这些创作与70年代中、后期给中国文学带来震撼的新诗潮有着不可分割的、渊源性的关联。可以说,以中国知青诗歌为初始,最终酿成了 80 年代席卷中国诗界的巨大风暴,它从情感内涵上和表达方式上为那一场惊世骇俗的诗歌变革作了准备。要是说中国知青诗歌是新诗潮这场台风的"台风眼",这话也许切近于事实。

文学与我[*]

在有的文章里,我说到童年时代我受到新文学中两位作家极大的影响,这就是巴金和冰心:"巴金教我抗争,冰心教我爱"。这是真实的,不是因为他们二位是如今健在的大师我才这么说。

《寄小读者》我很早就读过了。这部作品以它博爱的胸怀、高雅的心灵和优美的文体,为我展开了一个崭新的世界。我为这个世界所倾心。随后,我进入了初中,我以当时在报上发表文章获得的几乎全部的稿酬,买下了开明版的《冰心全集》。在那里,我读到了《春水》和《繁星》,也读到了《往事》和《南归》,我至今还认为冰心写于 1932 年的全集自序是一篇非常优美的具有典范性质的散文。至于《南归》所传达的丧母之痛,从那时起直至今日还时时唤起我的哀然。

我读巴金要晚一些,是上了中学之后的事。我中学母校是英国教会的三一中学。那里迷漫着英国式的学院气氛,英语是第一语言,有繁多的宗教活动。而当时却是抗日战争与第三次国内战争结时期,对现状的不满使我思想激进。我自然而然地接近了巴金的世界。因为面对旧世界的吞噬和倾轧有切肤的痛感,我能够理解巴金的反抗精神,并从他那里获得了爆喷的激情。

动荡的时代我们这些生活在底层的知识分子倍感痛苦。看不到出路,也没有应变的对策,我们只能从自己有限的阅读中寻

---

* 此文刊于《新华侨》1998 年 6 月号。据此编入。

求力量。在这样的情况下,我们——我和我的那些爱好新文学的初中同学——便把《家》中那些反抗封建压迫和追求光明的青年人当成了行动的楷模。40年代后期,中国大地遍地硝烟中,我们几个同学在南中国的一个城市里,自觉地纠合在一起办起了我们自己的"读书班"。我们在正式的中学课程之外有计划地阅读和讨论我们认为有意义的文学作品。我记得,第一课便是巴金的《灭亡》和《新生》。

我没钱买书,只能到处找书来读。堪可告慰的是,兵荒马乱之时,居然还有很多的书摊和书店在开张。每次放学,我总到书店去"免费"地找书读。那时有个好的规约:不论多小的书摊,老板从不驱赶那些买不起书的免费阅读者。在那些书铺上,我读到茅盾的《子夜》、徐訏的《风萧萧》,还有《马凡陀山歌》。

我们的学校在福州风景秀丽的仓山区,闽江水从那里流过城市的中心。有一天,在学校的附近盖起了一座漂亮的西式小楼,原来是一座私人筹办的小型图书馆。我记得它名叫"鲁颐图书馆"。那里有清雅的阅览室,我们可以在那里读到来自上海、南京和本省的许多报纸和刊物,还可以读到许多新出版的书籍。恶劣的环境、饥饿、贫寒,加上日益逼近的战烟,我们这些穷学生,居然拥有一座如此温馨的精神家园,真是喜出望外。都说旧社会物欲横流,每当想起那座小小的图书馆,我心中却充盈着温暖的慰安。80年代我返回家乡,那座小楼已荡然无存,周围盖起了卡拉OK厅、电子游戏厅和餐馆。

第三代诗人与当代文学经典*
——谢冕、黄子平与李劼一席谈

与刘再复交谈后的第三天,李劼风尘仆仆地赶到北大蔚秀园,找到青年同行黄子平,然后由黄子平陪同,拜访了谢冕教授。由于不断有人造访,谢冕教授还没吃早饭。但一等李劼坐下,他又兴致勃勃地与李劼、黄子平"侃了"起来。

谢冕:谈到当代文学,有人觉得没什么可写,我觉得还是应该历史地看。刘再复讲革命成功以后,有讴歌和挽歌。

黄子平:这是鲁迅说的,革命前没有革命文学,只有愤怒文学,革命中不可能有文学只有革命,革命胜利以后就有两种文学,一种是讴歌文学,一种是挽歌文学。

谢冕:刘再复讲,当我们唱着颂歌的时候,我们这一代人都非常真诚,我也是这样过来的。

李劼:对十七年文学我是这样认为的,它有它的历史合理性。但这种历史合理性不等于现在的现实性,只能用批判的眼光来看历史合理性。

李劼:第三代诗人中我喜欢上海的宋琳、陆忆敏、南京的韩东、四川的瞿永明等几个人的诗。

谢冕:你的喜欢不喜欢根据什么标准?

李劼:感觉。

谢冕:不管懂不懂吗?

---

* 此文刊于《文学角》1998年第3期。据此编入。

李劫:我觉得读诗就是一种体验,不是要去懂什么。

谢冕:我有一种困惑,要是不能接近它,我也没法体验,我不知道它在说什么,我就很苦恼。我知道它可能是有道理的,没有道理作者不会这样作,但我又不知道道理在哪儿。

李劫:你是说现在一些诗排斥性很强?

谢冕:有隔膜。

李劫:这种排斥性可以说是选择性,但本身又带有自我封闭性。上海有一位作者孙甘露,他发表了《访问梦境》,写法很像第三代诗人的诗,比较晦涩,隐喻性很强。别人读时感到有隔膜,他自己不觉得。后来他读了上海另一位青年作者刘勇笔名叫格非的小说,也是意象小说,隐喻性很强,孙甘露读了之后也感到有隔膜。他对我讲,我们的小说有一种自言自语的味道。我由此想到,现在第三代作者的小说,个体性更强,语言方式更独特,独特到完全是一种封闭状态。它不是对外开放的,甚至是没有通道的,你找不到哪里通进去。我本来认为第三代诗人与前人有隔膜,现在我发现他们自己之间也有隔膜。当然他们也有可以相通的地方,比如我听宋琳跟我谈别人的诗歌,他也可以谈得很畅通,但他谈的是他的看法,别人并不一定认可他的看法,但他认为自己是看懂了别人的诗歌。

谢冕:宋琳有没有说什么诗看不懂?

李劫:他没讲过什么诗看不懂,但我想他和别人间的隔膜总是有的,但不一定是语言上的,而可能是心态上的。有的人心态极其封闭,他并不要求别人去破译它。

谢冕:我想,如果他们的心态极其封闭,而且绝对个人化状态,那么他是否要求我们和他沟通呢?

李劫:在他绝对的个体性之中我想可能已包括了全人类共通的东西。

谢冕:我自己很矛盾。我觉得对诗歌发展的整个态势我们应当支持并推进它。在我的诗歌观念中,各种诗歌创作现象存在即合理,值得肯定,不管意义有多大价值有多高。但它们总要参加到诗歌发展的秩序中,形成一种力量,而那么多作品和我形成隔膜状态,这也实在是个问题。

李劼:我们现在读诗和以前不一样,以前读诗是要知道他这首诗歌讲什么,现在读诗是要知道这首诗是怎么写出来的。

黄子平:现在诗歌评论家必须是诗人自己,这种诗是拒绝评论的诗,或是要加注释的诗。你可以不看注释读诗,也可以时照注释读诗,还可以对照评论读诗,这是三种读诗的方法。不过现在又有一个反面的现象,北京有位青年歌手崔健,他创作演唱的歌曲非常风靡,歌词可以出一本集子。这些歌词非常明白,恰到好处地说出了现代青年人内心的话,比如"不是我不明白,是世界变化快""我的毛病是没感觉",类似这样非常精彩句子很多。这是另外的一极,而你们谈的那些人完全不一样。

谢冕:我看那些人有一些贵族倾向,而崔健这样的更接近平民。

黄子平:我看他倒是喊出了时代的声音。

李劼:有些诗虽然也具有这种特点,但到后来都散神了,成了一味地宣泄,没有聚焦了。

谢冕:宋琳的诗让我感到非常奇特,非常新鲜,我说不出所以然,但我能感受到他那奇特的世界。还有些南方诗人的气质也令人注目。啊,我们的谈话使我很有信心。有时读一些诗读不懂,以为自己落伍了,跟不上新潮艺术。现在看来可以用一种不求甚解的态度读现代诗,在其外围捕捉一些感觉。

李劼:我觉得还可以对诗做多种阐释。作者未必是最权威的解释者,现代诗人在语言上能指功能增大了,所指功能几乎没有。不考虑所指。但评论必须作出阐释。

黄子平:我觉得现在一些诗人的诗论比诗好。

谢冕:第三代诗人非常复杂。

李劼:他们根本不可能在一面旗帜下统一起来,或用一句话去概括。

黄子平:第三代诗人身上矛盾可能更尖锐一些,有很多悖论现象,比如强烈的反社会意识恰恰是通过社会来实现,自我封闭状态又必须利用大众媒介来传播,反语言反文化但又不得不用语言写作,在文化中生存。结果是反传统变为传统,反社会变为被容纳进社会。

李劼:我觉得评第三代诗人的诗可以有两种方法,一种是撇开诗人,完全从作品本身谈,另一种是从作者创作心状谈。尽管他们很强调个体性,但他们中个性能像北岛那么鲜明的还没有。对他们的诗读多了,再接触了人,明白了是怎么回事以后我甚至有点瞧不起他们。当然不是对他们所有的人都这么看。我觉得他们缺乏一种艺术的酒神精神。缺乏像凡高那样的把整个生命献于艺术的牺牲精神。他们自我分裂现象十分严重。他们一方面在艺术里扮演一个非常潇洒非常洒脱的形象;而另一方面,在生活中却过着一种市民生活甚至是市侩生活。

谢冕:文学再往前走不知怎么个走法。

李劼:我也十分困惑。我觉得我们现在像是在一艘沉船上,它快要沉没了。大家都在各自逃命。

谢冕:你说得很悲观。

李劼:我在上海整个就是这种感觉。而且上海这个地方许多人都在沉没。我的一些朋友在云南,在四川住过,他们十分不习惯上海。

谢冕:我几次去上海,都是很表面的了解,觉得这个城市很怪,很保守。

黄子平:什么道理?

李劼:我搞不懂。我对文学界也很悲观。我们这个民族假如还能拿出什么东西来的话,那就是文学。就好比圆明园被烧了,它的废墟还很有审美价值,现在我怀疑连废墟都不能拿出来。

谢冕:(大笑)太悲观了,怎么搞的,李劼?(三人笑)

谢冕:我不这么悲观。昨天我和我夫人聊天,她就讲当代文学不行,没有大家,没有好作品。你看鲁迅的时代,有鲁迅、周作人包括林语堂、沈从文。我认为,我们现在是还没有出现大家,但怎么会产生这样的问题呢?这就是我们文学和文化有种倾斜。这些大家都出现在五四时期,后来就没有了。我的不悲观就在这里,我们经历了一个倾斜之后,到了现代人收拾局面的时候了。现在虽然还很难说是一个伟大和辉煌的时代,但毕竟是处于一个校正的历程中。经过校正之后,我们可能会有比较辉煌的东西出现。

黄子平:说到出现大家,我觉得有一个问题。中国人有一种传统就是贵古贱今。大家总是要追认的。很可能现在已经有大家,就是还没有承认。有个朋友说起。我们缺乏当代经典的意识。在台湾,白先勇的小说就被人当作经典,来讲课,来批评,来解释。前一段我看到有一篇文章,就是批驳有人把《爸爸爸》称为经典。暂且撇开不谈这种批驳是否有道理,这种反当代经典的意识如此强烈我就觉得奇怪。我们不习惯肯定我们自己的成果,每一个人上来就要把前面的人全部打倒,和自己对立起来。他不愿意站在前面的成果上再搞。所以我们就没有经典了。当代的东西就全垮了。

李劼:我也碰到类似的问题,去年我给《收获》第五期写过一个综评,一直发不出去。说是对《收获》评价那么高,妥当吗?

黄子平:在使用形容词的时候,有时我们非常慷慨、有时候又非常吝啬。当断不断。

李劼:我在那篇文章里,论述马原的长篇小说时用到过"经典"一词。那是一篇知青小说,我说从知青小说的角度看,它具有经典意义。许多人就觉得"经典"这个词怎么可以乱用。我觉得这个词我并非乱用,我还论述出三条理由。

黄子平:"经典"并不是纯粹的褒义。经典还有另外一层意义,就是它已经是过时的、固定的、完成的东西。

李劼:经典是一种规范,一种范本。

黄子平:这是个中性的词,就是说它已经是一个可以评述、可以教学、可以阐释的东西。

谢冕:五四以来,已经出现了五代诗人。按我的分法,郭沫若是第一代,艾青是第二代,公刘、邵燕祥等人是第三代,北岛是第四代,宋琳他们就是第五代诗人了。

我们觉得不够辉煌,是因为我们的要求高了。黄子平讲的经典的概念,我觉得很有意思。

黄子平:我的意思是说现在还缺少建设意识。我们多年来的传统习惯是破坏。

谢冕:就是刘再复讲的破坏性的文化性格。

黄子平:反传统成为一种传统之后,它是很可怕的。习惯于抹杀一切,抹杀自己面前的一切。比如你看一篇文章,开头常常提出一个问题,然后是:"这个问题从来没有人注意过。"怎么可能没有人注意过呢?任何问题都是被人谈滥了的。你必须把前人对这个问题的讨论先加以清理,然后才可能开始你的阐述。现在否定前人已经成为一种风气,到处是一片废墟,而且不可能清理的废墟。

李劼:我刚才说的废墟、沉船指的是民族的生存,是民族危机。作为文学,我认为应该有辉煌时代,一个民族在文明上遭到很大挫折的话,在审美在美学上应该提供很多东西。

谢冕:这是互相结合的。我也缺乏当代经典的意识,但有的时候又想这样做。就诗歌来说,北岛是不是大家?舒婷是不是大家?我们可以作一些比较,戴望舒一生包括没有收进集子的也只有九十多首诗,却是公认的诗歌大家,可是拿舒婷来和他比,可以传诵的诗比他多得多。再拿北岛来说,北岛在传达时代意识和民族精神方面做出了贡献。在小说上也这样,当代可以找出好多经典的作品来,像《爸爸爸》、《红高粱》、《小鲍庄》。

李劼:还有马原的《虚构》、《游神》。小说意识非常好。现在一些新一代的作者,比如洪峰、余华、苏童、孙甘露、格非等,都比较有希望。

谢冕:还有这样一个现象,就诗歌来说,之所以没有大家,可能是因为我们没能敢去确定谁是大家,还没把握住整个诗歌创作的现状。北岛他们出来的时候,就那么几个,就围绕《今天》这一本杂志。我在想,我们可以点出好多人的名字,好好地研究一下他们的诗。比如像杨炼,他从《诺日朗》到现在,诗作已经构成一个系列了,他的富丽堂皇、积木状的堆积,已经到达巅峰状态了。可现在我们还来不及清理,没法看全。

李劼:我也觉得应该对诗歌多作研究。

谢冕:我曾经跟李陀说过,北京、上海两地的青年评论家都动员起来,搞一次诗歌讨论,动员大家分头看看,写写。

李劼:在看一些诗的时候,我感到一些诗人有意识地追求一种全新的语言表达方式,包括完全用能指来构成一首诗。不考虑所指,这是语言方式上比较超前的东西。这又涉及到另一个问题,就是文学是什么?所谓纯文学的纯度问题。这也是我比较困惑的一个问题。前几天和刘再复谈这个问题,他认为纯文学应该考虑"人性"问题。我现在比较感兴趣的是语言,但语言上的成功与否如何把握这也很困难。

谢冕:我现在几乎要不懂语言了。我发现你们现在谈语言好像是非常的热门……

(谈到这里,时间已过了中午十二点。谢冕教授的夫人陈老师进来催促就餐。于是三人起身……下一段谈话是在黄子平家中录下的,话题从"二十世纪文学"开始)。

再论中国当代文学[*]

没有下限的文学当代

现时被指称为当代文学的文学事实,指的是20世纪50年代开始直至眼下的中国文学。这是一个始终生长着,而且不会穷尽的文学事实。不断生产和不断堆积是这个文学阶段的常态。

中国文学是一道长长的风景。若是不算远古神话,单以有文字记载的历史来看,也将及三千年。在当代文学以前的每一个文学阶段,都是以文学的发展状态、基于时序的排列而表现为阶段性,它们都有确定的起止时间。不论是先秦、两汉,不论是隋唐、宋元,乃至近代、现代,它们都有一个明确的时限。当代文学不同,它只有一个开始的时间,而没有终止的时间。这是一个非常特殊的文学状态,即这是可以无限延长的文学历史。

这就造成了这门学科不断生长又不断堆积的"常态",而实是文学研究的"非常态"。这种文学事实当然是不合理的。而解决这样的问题,当然要循文学研究的通例,即以"断代"的方式"切"出这段文学的"下限",而把文学正在生长发展的那一部分,留作眼前的、即时的、跟踪的思考。这事实上是在主张对无限延长的当代文学重新进行定位,而这就要得到学界的认同方可。

而我们现在,依然只能面对这种困难的局面:一方面,我们有比"现代文学"更长的"当代文学"的历史;另一方面,这个文学

---

[*] 此文据文稿编入。

还在无限地向前延伸。这种局面,造成了这个学科研究上的难度,即研究者在面对无限"堆积"的历史资料的同时,又要对不断"生产"的新的文学资料作不间断的、无休止的追踪。这对研究者来说,不仅是一番毅力和耐力的考验,而且还是研究者能否敏锐地把握事象的真质,判断其可能的发展趋势,并及时地总结其规律的能力的考验。

对于当代文学研究者来说,资料的积存、占有和取舍,在这些方面所花费的工夫,较之其它学科,显得要严重得多。这方面的工作要消耗我们大量的精力。因为我们面对的事实的大部分可能是无用的,但是它们中间却蕴藏着有用的东西。而且,更重要的是,即使是那些"无用"的东西,也会提供给我们"有用"的信息。这就使事情变得非常复杂起来。在处理这些与日俱增的材料时,作为研究者,我们既要重视,又不能迷信。因而,敏锐地吸纳那些有用的信息,并摒弃那些大量的"废弃物",则对于我们的心理承受力是个重大的考验。我总是认为,一个当代文学研究者的水平,在很大程度上是表现为在他面对这些"爆炸"的信息的处理能力上。

当然,在谈论关于当代文学的历史定位的开始,就把话题集中于资料和信息上,未免有点避重就轻。就此也不难看出资料的不断积存,以及由此造成的把握和处理的困难,此事业已涉及学科建设的一些根本性的问题。看来,不断增长的"当代"面临着一个重大的决断,即为了当代文学研究的有效进行,是否应在某个关键处"切"上一刀,取得个时间的下限,或是把"当代"那些已经定型的部分归入"现代",而把正在行进的那些部分独立出来?这些举措都很重大,需要慎重从事,但已到了不能不解决的时候了。

我们现在还是把话题规定在现有的文学事实上面来。以本世纪 50 年代作为中国当代文学的开始,此种划分看来与 40 年代最后一年的政局有紧密的关联。从现象看,此一阶段的文学,的确受到了当代重大政治事件的约定。从根本上说,中国文学在现代的发展,与中国的政治和社会思潮的联系,其紧密的程度远胜于以往的任何时期,包括清末维新运动与文学改良这一重大事件在内,也没有能与文学在 20 世纪与政治的密切关联相比拟的。

这是基于以下两个方面的原因:其一,关于文学与社会各上层建筑之间的关系,已在理论上得到周密的阐述,并在此建立起一套完整的体系。理论上的完成和体系化,在推进文学的社会化和政治化方面,施放着决定性的影响力。其二,制约和组织文学运动的行政力量空前强大。已经拥有完全的手段安排并决定文学的方向、方针。由战争的胜利者创建的政权是强大的和有效的。它的权威性可以击退任何的文学惯性,而使那些不习惯新秩序的人,按照他们所不习惯的规矩行事。行政的意图可以毫不困难地转化为文学的行为,尽管这些行为可能并非是自愿的。从来政权对于文学的制控,也没有到达如此娴熟和有效的程度。

上述两点中,起决定作用的是理论的体系化。理论的完备,加上有力而切实的实践,使文学在此一时期,表现出明显的时代转型的特征。这样,基于社会演变的原因而终于造成了文学自身的驱动。

激进思潮的形成

中国新文学运动的初期,其攻击的目标集中在在文言文和古典文学上。新文学的倡导者针对文言文的脱离民众口语、进而脱离现代生活,导致虚伪夸饰的文风的积习,从这里出发,进而倡导文学的个性特征,鼓励用新的方式表现新的时代和新的情感,而不是如像旧文学那样"仿古欺人"(陈独秀语,见《文学革命论》）。

胡适和陈独秀两篇新文学革命的宣言式的文字：《文学改良刍议》和《文学革命论》。前者的要点在于，他认为"文学改良"须从"八事入手"，所谓八事，指：须言之有物、不摹仿古人、须讲究文法、不作无病呻吟、务去烂词套语、不用典、不讲对仗、不避俗字俗语。后者虽将"文学改良"改为"文学革命"，然所论仍然集中在他的"三大主义"上，即："打倒雕琢的、阿谀的贵族文学，建设平易的、抒情的国民文学"；"打倒陈腐的、铺张的古典文学，建设新鲜的、立诚的写实文学"；"打倒迂晦的、艰涩的山林文学，建设明了的、通俗的社会文学"。国民、写实、社会等的提法，都旨在使未来的文学更加切近人生。

胡适和陈独秀的文学改革思路和清末的文学改良主张大体相近。陈独秀说，"今欲革新政治，势不得不革新盘踞于运用此政治者精神界之文学，使吾人不张目以观世界社会文学之趋势及时代之精神，日夜埋头故纸堆中，所目注心营者，不越帝王、权贵、鬼怪、神仙与夫个人之穷通利达，以此而求革新文学，革新政治，是缚手足而敌孟贲。"（《文学革命论》）这就是维新主义欲新一国之民必新一国之文的主张的延续。其出发点和归宿点，也还是在通过改良文学以改良社会。而改良文学的第一步，则是改良文学的脱离民众的惰性。因而，胡适一开始就攻击的是当时人们深恶痛绝的言之无物、无病呻吟以及雕琢、铺张等陋习上。

当时的理论只是初步的甚至是幼稚的，当然更谈不上形成体系。当日的舆论也并无强求一律的用意。五四新文化运动以此为开端，开启了抒写性灵、表达人性的闸门，表现出一派新鲜活泼、自由开放的浪漫激情，一种新时代的情韵。关于五四新文学这一初始的时代氛围的描写，最具说服力的应当是当时的那些作品。胡适最早的那些新诗，以写于1919年的《一颗星儿》为例:"我喜欢你这颗顶大的星儿,可惜我叫不出你的名字,平日月明时,月光遮住了满天星,总不能遮住你,今天风雨后,闷沉沉的天气,我望尽天边,寻不见一点半点光明,回转头来,只有你在那杨柳高头,依旧亮晶晶地。"那时的作品,都有这份清纯、乐观的时代精神。和后来那些刻意的奔放豪迈,存在着不同的创作理路。

朱自清在谈到新诗最初的实践时,指出胡适"喜欢以乐观进取的主张入诗"。这是相当敏锐的发现,这正好印证了本文先前说的"浪漫激情"提法。说胡适的乐观主义"也许受了外来影响,但总算是新境界",也正好印证了新文学抒写自然而然的感觉,而与古典文学哀愁满纸的程式化迥异。

五四新文学初期虽然也有文学研究会、创造社以及随后如新月派、象征派等各种文学社团,提出各不相同的文学主张,但多半也还是各说各的,谁也不能约束谁。也有论战和交锋,但论争过去,也还是各行其是。党同伐异云云,大体也只停留在言论上。所以,从现在反观当年,我们眼前展现的是一幅自由轻松而又异彩纷陈的动人景象:那里有不同的主张和观念的表达和交锋,却不存在强权和暴力。在那样的年代,艺术就是艺术,艺术和行政并没有直接的关联。行政的干预不是没有,是在行政感到了疑惧和威胁的时候。而在平时,我们只看到艺术在那里进行着不解决问题也没有结果的"争吵"。

创造社初办时,郭沫若在《创造季刊》一卷一期写《创造者》,表达的是一种精神创造的愉悦:"海上起着涟漪,天无一点纤云,初升的旭日,照入我的诗心",是一种新生的喜悦。在《创造社的回顾》中,郭沫若认为创造社的活动标志着文学革命的新阶段,认为陈胡刘钱周前期的工作,"主要在向旧文学的进攻",而他们(郭郁成)的工作,"主要在向新文学的建设"。在这时,建设的思想是非常突出的。

当时流派并立,宣言亦多,但诸多流派亦无归元一统的意思。流派的内部也没有严格的纪律足以使言论归于一律。郑伯奇在《创造社的倾向》中否认该社与被称为"人生派"的文学研究会是对立的说法。认为郭沫若的诗,郁达夫的小说,成仿吾的批评都显示出他们对于时代和社会的热烈的关心。所谓"象牙之塔"一点没有给他们准备着。他们依然是在社会桎梏之下呻吟着的"时代儿"。

创造社自称"没有划一的主义"。他们说,"我们是由几个朋友随意汇拢来的。我们的主义,我们的思想,并不相同,也并不要求相同。我们所同的,只是本着我们内心的要求,从事于文艺的活动罢了"(同郑伯奇:《创造社的倾向》)。这样的宣称不仅创造社,《语丝》也说过类似的话:"我们没有什么主义要宣传,对于政治经济问题也没有什么兴趣。我们所想做的,只是想冲破一点中国的生活和思想界的昏浊停滞的空气"(《语丝》发刊词)。从这些例子可见那时自由的、松散的、大体近似的文艺主张相互集聚,保持着一种共同的和近似的追求。虽有"团体",而不存在"团体的行动",更说不上言论的一律、纪律的一致了。

文学这样自由自在地滑动,伴随着新文学历史的开始而一直进行着。当然,伴随着新文学运动而来的,也包涵着后来成为主潮的新进的文学思想。这种思想促使各流派中的代表人物,逐渐地向着左翼倾斜,也促使着文学革命向着革命文学的转化。1923年创造社的代表人物成仿吾在《从文学革命到革命文学》中有一句话透露了中国政治文学的端倪:"文学在社会全部的组织上为上层建筑之一。离开全体,我们不能理解一个个的部分。我们必须就社会的全构造考究文学这一部分,才能得到真确的理解。"这种主张已经显露出后来被广泛征引的文学理念,即,"无产阶级的文学艺术是无产阶级整个革命事业的一部分,如同列宁所说是整个革命机器的齿轮和螺丝钉"。毛泽东讲这些话时是1942年,成仿吾比他早讲了将近十年。

事实上,在五四新文化运动中,与自由主义的文学潮流开启的同时,另一种激进的文化社会学意义上的文学潮流也在生成,并快速地发展着。后一种理念对处于半封建、半殖民地状态下的中国知识者和作家,有着强大的诱惑力和吸引力。中国言志载道的传统文学观念,因为社会苦难和现实焦虑而被唤醒。这里的"唤醒"一词是特意用的。中国自上一个世纪末在国势衰危中诞生的文学改良运动,其特点便是把解救社会危亡的希望寄托于文学。但当日的文学改良运动,其特点是没有确定而强大的理论作它的后盾。所谓诗界革命,也只是个别诗人提出"我手写我口",以及以新名词入诗,等等。所谓的小说界革命,大抵也只是借小说的形式讲一些救国救民的道理,而很少具有文学的价值。文学当成了观念的传声筒。由于没有系统而坚实的理论的支撑,这些"革命"当然缺少力量也不可能持久。因此,新文学运动中出现的这股激进思潮,使中国社会和文学的改革家们如获至宝。他们认定这是拯救社会、改革文学的最好的药饵。

前面说到"唤醒",所谓"唤醒",即唤回了以文学改造社会的记忆,也唤回了那种追求的热情。中国当日那些旨趣各不相同的社团、流派和刊物,它们中的那些对社会怀有责任心的人们,不论它们过去曾经有过什么大的裂隙,被这股强光所照耀,顿时充满了信心和激情。于是,文学研究会和创造社,以及语丝社的代表人物,他们都在这强光的激发下不约而同地从不同的方向,走到了左翼阵线中来,以大体接近的文学姿态,推进着中国文学向着革命、进步的方向。这就是中国文学在三十年代的"左倾"现象。

中国文学在五四初期出现的自由、开放的风貌,是和当初的倡导者接受英、美、法诸国的自由主义影响有关。那时是一个所谓的"饥不择食"的时代,接受是广泛的和无选择的。日、俄进步文学理想的出现,加深了最先出现的那些文学团体原有的裂隙。最典型的是创造社,它的加入新文化运动稍后,郭沫若以为他们和前期的胡适等"向旧文学的进攻"不同,他们着力于"新文学的建设"。在创造社内部,当初他们拥有共同的"创造者"的热情并无矛盾,以郭沫若和郁达夫为代表的分歧,则产生在激进的文学观念引入、前期创造社转向革命文学之后。

郭沫若反思创造社产生分歧的原因,在于它的成员多数"是在新兴的资本主义国家日本,所陶养出来的人,他们的意识仍不外是资产阶级的意识。他们主张个性,要有内在的要求,他们蔑视传统要有自由的组织"。郭沫若认为上述那些要求,"仍是极端个人主义的表现。个人主义就是资本主义社会中的根本精神。他们在这种意识之下,努力行动了,努力创造了,然而结果是同样受着中国的资产阶级的文化不能随其自然成长的诅咒,他们所'创造'出来的结果,仍然是一些不具体的侏儒"。

创造社的分裂产生于郭沫若的转变,郭沫若的转变产生于国内的时局,以及激进理论的传播,特别是二十年代后期的工运。郭沫若和郁达夫的分裂,说明意识形态影响的深入,最后导致了"创造社的剧变",郭沫若说,"郭沫若和郁达夫的对立,明白地说便是无产派和有产派的对立。"他认为,到了1928年,"新兴的斗士"李初梨、彭康、冯乃超等从日本回来,他们带来了"清醒的唯物辩证法的意识","创造社的新旧同人,觉悟的到这时候才真正转变了过来,不觉悟的在无声无影之中也就退下了战线"。1929年创造社被当局封闭。

与创造社不同的文学研究会,它一开始就以"为人生"的主张接近于当时的激进思潮。它不以唯美为然,他们批判文学的"悬空"。1923年沈雁冰著文《大转变时期何时来呢》,指责"唯美"的作家"脱离现实的政治关怀",没有写出"伟大的值得赞美的作品"。到后来,文学研究会的态度愈来愈鲜明,终于在价值取向上与后期创造社的主张了无二致。

完备的理论体系

从这种文学思潮的大趋势来看,后来支配当代文学的理论构架,其源起应当追溯到五四文学革命初期。随着社会情势的发展,国内各种政治势力之间的斗争趋于激烈,工人运动的兴起,以及外来威胁的加剧,直至三十年代后期抗战爆发,这些社会环境使人因忧患而易于接受激进的思潮。这种思潮在抗战胜利之后表现得更为突出。今日指导中国当代文学的完整的理论体系,也在此时得到完成。其基本标志,就是1942年在延安召开的那个重要的文艺座谈会的讲话。它成了中国现代文学过渡到中国当代文学的实质性的分界线。

要是说,从新文学运动开始,马克思主义的文艺思想便得到介绍,后来发展为左翼文艺思想,这一个缓慢的过程是一个量变的过程,那么,1942年的那个会议,以及会上发表的讲话文本,意味着是一个质变。这好比是日出海面的那个猛然一跳,是一个产生骤变的一刹那。以此时为标志,中国新文学的当代阶段事实上已经开始了。

所谓标志,其实即指指导此后中国文学发展的理论体系已经完成这一事实。这个体系自它自国外传入,到逐步的推广和完善,伴随着中国社会每一个发展阶段,也伴随着这个理论体系在实际中的使用和贯彻的全过程。到四十年代,它已经成为能够支配中国文学运动的决定性力量——当然,它是以政治的、军事的,也还有文学自身的强大力量为支撑的。

关于这个理论体系的本身,是一个相当复杂的问题,但未尝不可加以梳理和提炼。其主要内容大体体现在如下几个方面:

文艺的源泉。人类的社会生活是文艺的唯一源泉,除此之外,不可能有第二个源泉。

文艺创作的实质,是把日常生活现象集中起来,把其中的矛盾斗争典型化。

文艺创作的基本目的,在于通过作品使人民惊醒和感奋起来,推动他们达到团结和斗争。

文艺从属于一定的阶级和一定的政治路线。不存在脱离阶级和政治的文艺。革命的文艺是整个革命机器的一部分。

文艺作品的服务对象是工农兵,为此,作家就要长期的、无条件的深入到工农兵生活中去,掌握文艺表现的原始材料。

在艺术形式上,必须用工农兵自己所需要、所便于和乐于接受的形式。

作家的立场。人民大众和无产阶级的立场,党性的立场。

文艺的斗争方式是文艺批评。文艺批评的标准:政治标准第一,艺术标准第二。

延安讲话之后,这个理论体系在解放区得到全面的贯彻。中共中央宣传部于1943年发出《关于执行党的文艺政策的决定》指出,讲话"规定了党对于现阶段中国文艺运动的基本方针——全党的文艺工作者都应该研究和实行这个文件的指示,克服过去思想中工作中作品中存在的各种倾向,以便把党的方针贯彻到一切文艺部门中去"。这个通知不是空泛地作出号召,而是非常具体。如其中一项谈到:"内容反映人民感情意志,形式易演易懂的话剧与歌剧(这是融戏剧、文学、音乐、跳舞甚至美术于一炉的艺术形式,包括各种新旧形式和地方形式),已经证明是动员和教育群众坚持抗战发展生产的有力武器,应该在各地方与部队中普遍发展"。通知还批评了文艺不适当强调提高的倾向,指出"目前的方针都应该着重普及方面","专门化的专业作者必须深刻觉悟到过去对这个任务的不认识或认识不足,是已经造成了重大的损失"。

根据讲话精神1944年边区政府召开文教大会,通过《关于发展群众艺术的决议》,决议的第一段很重要,"反映人民生活又指导人民生活的艺术,已证明是一个伟大的教育武器。新的艺术,乃是新的政治、经济所必不可少的同伴之一,艺术工作者有普及与提高的两方面的任务,而在边区目前情况下,由于群众艺术运动的薄弱与艺术工作者与群众联系的薄弱,普及则是一个主要的任务"。这一段话有三个关键词:武器、同伴、普及。文艺是教育和斗争的武器,文艺的作用和功能是被规定好了的。所谓同伴,是指新的政治和新的经济要求有新的文艺与之相适应。在很多地方这种文雅的称呼被叫做"服务"、"从属"。此外,文艺的普及性是一再被强调的命题。

中国当代文学在四十年代至五十年代之间的转变,大体上是根据上述这一理论体系的设计和安排,旨在建立一个以乡村文化为基础、以农民为主要对象的文艺格局。这种文艺被明确地定位在为现实的政治服务的目标上。文艺被紧密地拴在当代政治的机器上,成为政治意图的形象表达,成为阶级斗争的风信旗。既然文艺的主要对象是农民,按照农民的习惯和接受可能进行文艺的生产和加工,便是自然而然的。

以这个时期为转折点,中国新文学也就告别了个性化和创作自由状态,而开始了按照既定的设计,对庞大而复杂的文艺进行统一的提倡和运动的强加。自由竞争的原则在这样的状态下自然消隐。行政性的运作使所有的具有不同的修养和经验,个性风格各异的作家、艺术家,都在统一规定的模子里被"改造"。这样统一的结果,当然是不同流派、不同风格的被取消。

所以,中国当代文学在新文学的总体构架中,是一个非常的时期。它是一个由初期的萌芽和试验,逐步地积累、实践而完善,终于形成为一个体系的过程。到了1949年,周扬终于在《新的人民的文艺》的长篇报告中作了郑重的,同时又是坚定的宣告:"毛主席的在延安文艺座谈会上讲话,规定了新中国文艺的方向,解放区文艺工作者自觉地、坚决地实践了这个方向,并以自己的全部经验证明了这个方向的完全正确,深信除此之外再没有第二个方向了,如果有,那就是错误的方向"。

由此可以看到,中国文学自五十年代开始的这个阶段,既是一个与五四新文学相连接的承继发展的阶段,又是一个有着自身完整理论,并在这个理论的指导下,通过有效的行政手段加以推进和全面实践的阶段。从这个意义上说,中国文学的这个阶段与它的前一个阶段,产生了质的变化。

文学曾经自由

五四新文学开始的时候,文学圈中弥漫着一种创造和建设的空气。前面说过,那时也有很多争论,有时也相当的激烈,但说到底,也还是各说各的,并且我行我素,不存在也不可能按照某种主张实行强制性的"统一"。文学是不能统一的,文学的统一的意愿是在文学有了充分的自信之后的产物。而在此之前,文学家的工作是按照自己的心意进行的。社团的主张也多半是通过相互影响和切磋交流的方式进行,并不存在强制的和暴力的方式。这里不妨略举一两例子,从中可以看出当日那种相对轻松的创作环境。

冰心回忆自己初学创作的情境:我写《繁星》因着看泰戈尔的《飞鸟集》而仿用他的形式,来收集我零碎的思想。登出的前一夜,放园从电话里问我"这是什么",我很不好意思地说,"这是小杂感一类的东西"。后来她写《可爱》,《晨报副刊》编者在后面附了一段按语:"这篇小文,很有诗趣,把它一行行地分写了,放在诗栏里,也没有不可。(分写连写,本来无甚关系,是诗不是诗,须看文字的内容)好在我们分栏,只是分个大概,并不限定某栏必当登载怎样一类文字。杂感栏也登过些极饶诗趣的东西,那么,本栏与诗栏,不是今天才开始打通的。"(见《冰心全集》自序)从这段叙述以及编者的按语来看,创作者与编辑者的心态都很放松,也很随便。创作和发表似乎都是一件很愉快也很有趣的事。这种愉悦的状态,这种不拘一格的、率性而为,庶几近于创作的真谛。

徐志摩在《诗刊弁言》有一段叙述也很有趣:"我在早两三天前才知道闻一多的家是一群新诗人的乐窝,他们常常会面,彼此互相批评作品、讨论学理。上星期六我也去了,一多那三间画室,布置的意味本就怪。他把墙壁涂成一体墨黑,狭狭的绘画镶上金边,像一个裸体的非洲女子,手臂上脚踝上套着细金圈似的情调,有一间屋子朝外壁挖出一个方形的神龛供着的,不消说,当然只是米鲁微那丝一类的雕像。他的那个也够尺外高,石色黄澄澄的像蒸熟的糯米,衬着一体黑的背景,别饶一种瞻远的梦趣,看了叫人想起一片倦阳中的荒芜的草原。"这一段引述,可以帮助我们更多地了解新文学运动中的那种充满文化和审美意味的、诗人作家之间的日常状态。正是在这样的情趣和气氛中,产生出闻一多的那些充满音乐美、绘画美、建筑美的诗,以及关于这类诗的理论,产生出围绕在"新月"周围的那些充满智慧和才气的人们的创作。

但这种状况也并没有持续得多久,随着革命文学的提倡,原先那种平常的、轻松的、让人亲近的氛围渐告消失。1923年郭沫若在《创造周报》一集三号发表《我们的文学新运动》一文,指出"四五年前的白话文革命,在破了的絮袄上虽打上了几个补绽,在污了的粉壁上虽然涂上了一层白垩,但里面的内容依然还是败棉,依然还是粪土。布尔乔亚的根性,在那些提倡者与附和者之中是植根太深了,我们要把那败棉烧成灰烬,要把那粪土消灭于无形"。这篇文章明确提出:"光明之前有混沌,创造之前有破坏。"这些最初的"创造者"修改了初衷,现在在创造之前喊出了"破坏",以此作为创造的前提:"我们的事业,在目下混沌之中,要首先从破坏做起"。要是考察中国文学蔑视建设、倾心于破坏的历史,创造社的革命转型时期的言行,可以提供重要的线索。

除此之外,蒋光慈写于1925年的《现代中国社会与革命文学》,也呼唤文学家的革命化,并激烈攻击那些"市侩派"的文学家。如认为冰心的"春水"是"永远起不了大浪":"若说冰心女士是女性的代表,则所代表的是市侩性的女性,只是贵族性的女性。什么国家、社会、政治——与伊没有关系,伊本来也不需要这些东西,伊只要弟弟、妹妹、母亲、或者花香海笑就够了。"这种以生活态度,或者家庭教养作阶级性的划分的作法,对随后的中国文学来说,是习常的,但蒋光慈倒是先行。到了三十年代,蒋光慈已经把外面的理论比较完整地搬了进来,并在《关于革命文学》(1933)中有了较为详尽的介绍:"革命文学应当是反个人主义的文学,它的主人翁应当是群众,而不是个人;它的倾向应当是集体主义,而不是个人主义。"我们要是把这种言论主张和四十年代至五十年代的文学实践加以对照,可以毫不困难地理解这些主张的超前性。

二十年代后期,革命文学的呼声日益高涨,文学不再是个人用来抒写性情的手段,文学是集体的事业,文学应当传达群众的意愿,这些主张导致文学迅速地向着激进的路上走。这一点,郭沫若的留声机说具有典型性。他在《英雄树》中号召大家"脱去感伤主义的灰色衣裳,请来堂堂正正地走上理论斗争的战场,有笔的时候提笔,有枪的时候提枪"。他预言,象牙塔要倒塌了,新的文艺斗士要出现了。他要大家都来做"留声机":第一,要你接近那声音;第二,要你无我;第三,还要你能够活动——"你们以为是受了侮辱么?那没有同你说话的余地,只好敦请你上断头台"。这里表现出来的断然和坚决,当然有着强大的理论做后盾的。

当日"主义"盛行,许多先锋的理论家在那些提倡革命文学的文章中,以夹杂着外文或外文的音译为时髦,那种炫耀是很轻薄的。这种风气初起之时,胡适就有觉知,他为此写了《多研究些问题少谈些主义》(1917)一文。这篇文章的标题曾被广泛引用,并认为是胡适背叛五四精神、提倡转钻纸堆的、向着保守势力妥协的证明。而文章本身却颇少有人认真阅读。其实,文章的主旨在于提倡学理、反对空谈。胡适说,空谈好听的"主义"是极容易的事,而空谈外来进口的"主义"是没有什么用处的:"一切主义都是某时某地的有心人,对于那时那地的社会需要的救济方法。我们不去实地研究我们现在的社会需要,单会高谈某某主义,好比医生单记得许多汤头歌诀,不去研究人的症候,如何能有用呢?"他感慨当日空谈的人太多而探究问题的人太少。

胡适的上述意见,表达了他当日的忧虑。要是不怀定见,冷静加以思考,不能不承认这些批评是有益的。当然,这些话是说得早了一些,几乎是与新文学运动同步的声音。不幸的是,后来的事实却是愈演愈烈,主义进口得愈来愈多,而且不管社会实情如何,拿来就套。这个毛病一直延续到现在。

从"花园"到"战场"

回顾了这一段历史,我们不难发现,中国文学从"我们的花园"或"自己的园地"转变而为斗争的战场,是有历史渊源的自然而然的进程。这个进程是从新文学出现之日起,关于问题与主义的论争就开始了。到后来,"主义"不仅盛行,而且势不可挡,也就江河日下、不可挽回了。从四十年代开始,文学和艺术被广泛地用军队、战线、战场、战士来取比:"外国帝国主义的奴化思想和中国封建主义的复古思想"组成了"反动同盟军";五四以后,"产生了完全崭新的文化生力军","这个文化生力军,就以新的装束和新的武器,联合一切可能的同盟军,摆开了自己的阵势,向着帝国主义文化和封建文化展开了英勇的进攻"。从这些引文中可以看到频繁出现的军事术语,这些气势非凡的语言,形容着过去那些由玫瑰、夜莺、月亮、星星装扮起来的文学,已经变得充满了硝烟和喊杀声。这是中国文学的重大转折,虽然是不应如此的,却又是可以理解的。

"在我们为中国人民的解放的斗争中,有各种的战线,其中也可以说有文武两个战线,这就是文化战线和军事战线。我们要战胜敌人,首先要依靠手里拿枪的军队。但是仅仅有这种军队是不够的,我们还要有文化的军队,这是团结自己,战胜敌人必不可少的军队。"要是这些言辞仅仅是一种比喻,那事情就要简单得多。而事实却是,它并非比喻,也并非夸张的形容,而是一种确指。随着这种权威言辞的定性而来的,乃是一种切实的贯彻。

既然是军队,军队就负有对敌作战的任务和使命。为了保持军队的战斗力,就需要装备武器;为了使步伐一致行动有力,在这个集体中个人的一切,包括个性、个人的风格和情趣都应该消泯,而是以集体的意志为意志。这一切,在中国均非措辞上的,而是切实意义上的行动和贯彻。尽管这一切看来与文艺的品性、实质的距离是那么遥远,但话语的霸权一旦成立了,它所造出的灾难却是千真万确的。

进入五十年代之前,一切都在那种非常自信的理论体系支撑下准备着。如同天空的浓云在酝酿着雷电和阵雨。一旦那云层的积蕴够了,雷雨就自然生成。事情到了这时,显得非常的明朗化:不再在理论上争论和犹豫,不再是抉择和研究,而是全力的推进的贯彻和执行。一切都由于恰当的对于文艺的定性和定位,而变得充分的坚定。战场的敌我相对,战场上的你死我活、互不相容,文艺领域被形容为战线、阵地,每一个从事文艺的人,他们手上的笔,都毫不例外地是一种武器。这武器是致命的。在这样的状态下,再谈艺术家和作家的个性主义或自由主义,几乎就是天方夜谭!即使是美、愉悦、爱,这些概念也不知不觉地变成了禁区。

一些通常习用的概念,例如爱,也只是在被限定的情况下方可使用。如,从"文艺的基本出发点是爱是人类之爱",就可以引出"世上没有无缘无故的爱",或是"自从人类分化而为阶级以后就没有这种统一的爱"等话题。这一切在很长的时间里,均未被质疑。这一切看来是顺理成章的。因为有了上面那种对于文艺性质的规定,从这点看蒋光慈当年对于冰心的批判,就不会感到突兀和出格了。文艺既是这样一种东西,文艺又怎能容忍那样的和别样的表现呢?

从此,我们的文艺就失去了那种平和的、充满爱意和温情的品质。文艺中充满肃杀之气,到处刀光剑影,满耳是战神怒吼的声音。文艺的风声,到了四十年代后期,真是愈来愈紧了。在四十年代将要结束的时候,在中国广大的国土上,进行着一场又一场真实的战争。而在这个先前的园地上,也同样地弥漫着战云。以往自由的和宽广的领域,如今被切割为两个对立的营垒。要么这样,要么那样,不存在另一种可能性,也不存在别样的选择。在两种对立的存在中,人们兵戎相见,充满敌意。

本来非常复杂的、非常纠缠的文艺现象,如今被描写成断然的分明,非此即彼。一切在过去是难以言说或难以判明的,如今都是阵线分明,一目了然。而文艺所表现的世界人见人异,是千差万别,是千丝万缕。正是由于它的无比丰富,而使文艺具有不解或不减的魅力。况且,文艺所拥有的除了外在世界,更有人的内心世界。人的内心情感更是充满了不可解释,甚至不可理喻的神奇。

可是,这一切的内在丰富性却被理论表达得非常之简单:不是这样,就是那样。包括喜和悲,爱和恨,也包括情和仇。情感是单一的,也是非此即彼。人也只有两种,不是先进,就是落后;不是敌,就是友。对待那些既不先进又不落后的状态,不是视而不见,就是谥之以别有用心。在这种理论的光照下,一切都是可以说明的简单。这用来说明科学可以,用来说明情感,则可能是十分的荒唐。亲和仇也是绝对的对立,既恨又爱被认为是异常的。有一段时间批判一部电影,因为那电影写了一个女人既恨又爱的矛盾情感。有一段时间讨论花鸟虫鱼的阶级性,也是想在这样的领域里贴阶级标签,也想在这里展开一个阶级斗争的战场,从而展现战场上两军对垒的图景。

其实,关于贾府里的林妹妹不爱焦大的论断,也是被夸大了的。要是说,不是那个被人往嘴里塞马粪的面目可憎的焦大,而是另一种面目的并不可憎,甚至可爱的焦大,林妹妹的抉择也可能是另一样的。

阶级文学的完成

这个理论体系营构的时间相当长久,它的最大成效在于把最复杂的问题,简单化了。把原先纷纷扬扬的、莫衷一是的、纠缠在一起的人类情感世界,变成了一对一的敌对双方的关系;把原是互相渗透的、多种价值取向的、多元的世界,简化成了正负两极。就是这样,我们的文艺通过充满硝烟的四十年代,进到了历史的新阶段。如今我们面对的,已经不是是与非、正确与错误等等言辞之争,而是全面推进这个理论的普及与实施,用这一体系来指挥文艺的生产,把整个文艺装入这个框架之中。

1948年战争进行到如火如荼的时候,有一篇重要的文章发表在香港出版的《大众文艺丛刊》第一辑上。这就是郭沫若的《斥反动文艺》。这篇文章的立论前提,即人民的革命势力与反革命势力的对立。因此,衡定是非善恶的标准,是非常的鲜明:

"凡是有利于人民解放战争便是善,便是是,便是正动,反之,便是恶,便是非,便是反动。"在作者的眼里,文艺只有两种:革命的与反革命的。而在反革命文艺的"大网篮"(原文的比喻)里,装的是除了革命之外的"红黄蓝白黑"包括沈从文、朱光潜、萧乾在内的各色作家。这些作家,有的是从作品不符合当日的标准来说的,如"桃红色"的沈从文,指出他的《摘星录》、《看云录》是"文字上的裸体画,甚至文字上的春宫",再如"兰色"的朱光潜,那是由于他的身份中有一项兼职。

郭沫若的文章是阶级斗争理论在文艺领域中的移用。他的文章壁垒鲜明,展现出来的是战场的两端,用的也是一种临战的比喻,声称要对这些种种之色的作家"给以全面的打击","我们是要毫不留情地举行大反攻的"——"人们要袖手旁观,就请站远一点,或站在隐蔽的地方。假如要站进敌对阵营去而自以为在袖手旁观,那就请原谅,你就不受正面射击,也要被流弹误伤"。文章号召:"有正义感的朋友们,都请拿着你们的笔杆,来参加这一阵线上的大反攻吧"。

郭文让人想起那时这片国土上的那些真正的战争。的确,这是另一场战争。但这无疑是那篇重要的讲话中所指出的"文武两个战线"理论的实际应用。是实现讲话要求的"要使文艺成为整个革命机器的一个组成部分,成为团结人民,教育人民,打击敌人,消灭敌人的有力武器"。这无疑是对讲话的直接的响应。但这只是事情的开头,自四十年代开始,一直延伸到本世纪七十年代后期,中国文艺一直被这种"战争"的浓云所笼罩着。战云笼罩之下的中国文艺,一直充满着硝烟和厮杀呼喊之声。前一个"战役"结束了,后一个"战役"接着开战。人们来不及清理战场,对那些死去的、伤残的、幸存的,都来不及清点,更来不及探究"战争"的缘起和它的意义,便又匆匆地、自愿或非自愿地、积极或消极地、自觉或被迫地投入了另一场"战争"中去。

这不是一些偶发的事件,这是在一种认为是正义的和神圣的命题下进行的敌对的两种政治路线、两个阶级、两种势力之间的你死我活的战争。诚然,在中国文艺中存在着各式各样的意见和主张,中国广大的作家和艺术家,由于出身不同、经历不同、修养不同、趣味不同,而表现为互有异趣的、差别很大的繁复。这其间的错综复杂的关系的形成和发展,它们的千丝万缕的联系和冲突,决不是简单的二元对立的归纳和判断所能概括的。即使是真正的军事战场,或是政治斗争,在它的背后,也还有许许多多的真实的联结和断裂,在它的最终表现为激烈的、断然的和简单的方式之前,也还是存在着多种多样的可能性。这一切的社会现象尚且如此,何况比这还要复杂和丰富得多的文艺?

　　文艺是属于精神和审美的,文艺不仅表现外在的物质的世界,而且表现内在的精神的世界,甚至表现不存在的、虚拟的、荒诞的世界。把这么丰富、这么纷繁、这么自由的,可以说是自行其是的文艺,归纳为两条战壕里的抗争,这就不仅是危险的,而且是非常可怕的。

　　不幸,我们的文艺却在很早的时候,却在它的自由的双翼刚刚施展的时候,就被这种简单的逻辑和粗粝的切割的模式套上了。我们的文艺在很长的时间里,就被引导着运用这种逻辑和方式,被组织着进行这种不见炮火硝烟,但其猛烈的程度决不亚于此时充满刀光剑影的、不见尽头、未有间歇的厮杀。二十年代后期的革命化,四十年代开始的理论的体系化,直至我们读到的1948年的那篇文章,这一切,才仅仅是事情的开始。

　　从本世纪中叶开始,我们的文艺因为前面说到的各种基本因素的促成——理论的成熟、行政力量的强大,以及社会权威的形成——就陷入了一场又一场"洼地里的战役"之中。五十年代开始的第一场"战争",是由人民日报发起的。它的引爆线是电影《武训传》。一开始就是非常凌厉的形势。一个平常的电影的创作和映出,因对这个电影的肯定或未作全面的批判,就是两种不可调和的态度和立场的不可化解的冲突和斗争。一部电影通过改编,表现某一时期的历史人物,对这个作品的肯定或赞扬,一种本属于批评或讨论的问题,一下子被提到了吓人的高度上来。批判者认为这个电影的意图是在"以种种努力去保持旧事物使它得于死亡;不是以阶级斗争去推翻应当推翻的反动的封建统治者,而是像武训那样否定被压迫人民的阶级斗争,向反动的封建统治者投降",以及认为"资产阶级的反动思想侵入了战斗的共产党",等等。

这就是把两个战场、你死我活的阶级斗争理论,实际运用到文艺领域中的一个尝试。它的影响是深远的,由此形成了一种政治运动文艺的模式,在四十年代末至七十年代末之间屡屡演出。尽管每次批判或斗争的内容各异,但战场上的敌我斗争的模式,则是完全相同的:这是战场上的两军对垒,没有任何的中间可能性。

人民日报1951年5月20日发表《应当重视电影武训传的讨论》,文章列举了当日的大大小小的文章、书籍数十种。其中有一些文章,如《不能接受武训的传统》、《武训的"反抗"变成了帮忙》、《武训传能表现祖先的伟大吗?》等,显然是对电影有所保留、有所商榷、有所批评。但也无例外地被列入吹捧、歌颂的行列(即所谓"虽然批评武训的一个方面,仍然歌颂其他方面")。从这些处理来看,即使是有褒有贬的态度也不行,也是一种不彻底、不坚定的立场。

以此为开端,在中国文艺界演出了一场又一场激烈而悲壮的活剧。这个看不到血迹的战场上,也是四处硝烟弥漫,刀光剑影。中国文艺这座原先的花园里,从此告别了玫瑰和星星,月亮和夜莺。到了那个"史无前例"的时代,在一份经过最高当局认可的文件上,出现了如下的论述:"十六年来,文艺战线存在着尖锐的阶级斗争,谁战胜谁的问题还没有解决。文艺这个阵地,无产阶级不去占领,资产阶级就必然去占领,斗争是不可避免的。这是在意识形态领域里极为广泛、深刻的社会主义革命,搞不好就会出修正主义"。文章还推出典型的军事用语:"把文艺批评变成匕首和手榴弹,练出二百米内的硬工夫"。事情到了这个程度,已经到了一个极限。极限意味着新的开始,漫漫长夜,应该是结束的时候了!

世上不是没有邪恶和不公,也不是说,文艺应当在苦难面前闭上眼睛。文艺对于一切的非正义,将诉诸抗争。但文艺的使命不全是抗争,文艺是多功能的。而且,更重要的,文艺在执行自己的使命时,用的是自己的方式,形象的、使人愉悦的,并在这种抗诉中充溢着激情的。

1998 年 7 月 9 日于北京大学

"大一统"与样板化[*]

把文学划分为两条战线,而且开展一个战线对另一个战线的攻击或战斗,其目的在于用这种文学战胜那种文学,用这种思想战胜那种思想。这样艰苦的战斗,当然期待着一种结果。前已论及,既然指导当代文艺的理论体系,经过长时间的营构业已形成,那么,这种经过"战争"所期待的,只能是一种统一性的文学。这种文学是排除了种种不正确的、非正统的杂质,而使之归于正确的、正统的、纯粹的文学。

从后期创造社的革命化开始,到三十至四十年代左翼文艺的主张,一直在倡导着一种正确的(亦即革命的)文艺。这些倡导并不兼容,而是排它的。不仅排斥与己有异的社团、流派,而且也排斥"不正确的"、"不够革命的"、不规范的"自我"。郭沫若在《英雄树》中所提倡的,正是要求中国进步的文艺家"无我",去做重复正确思想的"留声机"。他声称,你若是觉得是受了侮辱,那就"请你上断头台"。这可说是非常的彻底和决绝了。但当日的创造社毕竟还是民间的团体,缺少强制性的约束力。

而到了理论既告完备、行政性的权威又已建立的年代,它的效果就不仅是一种提倡,而是一种执行了。四十年代初期那篇讲话,对文艺工作者提出了"由一个阶级变到另一个阶级"的思想改造的要求。它没有郭沫若文章那样的简单和直接,而是要求通过自觉的接近工农兵,在这种接近的过程中改变自己:"一

---

[*] 此文据文稿编入。

定要把立足点移过来,移到工农兵这方面来,移到无产阶级这方面来"。这里的语言是温和的,但却是非常坚定的。这种提倡,意味着作家们必须放弃自己所熟悉的生活,而去熟悉自己所不了解的人物和故事。这种弃取之间,使绝大部分的作家往往无所适从——若是继续写自己所拥有的生活,便意味着对于权威性的提倡的轻忽;而响应深入生活的号召去写工农兵,又缺乏对这种陌生的生活的了解。这种两难处境,造成了长时间创作的枯竭。许多作家在五十年代之后,仿佛是丢失了灵性,并没有写出超出成名作的水平。茅盾如此,郭沫若如此,曹禺如此,老舍如此,巴金也如此。

四十年代是这种文艺主张成为一种政策,被体制化地执行的年代。由此延续到战争取得胜利的五十年代。五十年代在意识形态的支配下,一种崭新的生活秩序开始建立。全社会因被革命胜利的现实所鼓舞,而充满了变革的激情。意识形态正在改造全社会,包括全社会的环境和体制,也包括社会中人的思想情感。雄心勃勃的胜利者,定要使过去那些不纯粹的文艺,变得纯粹起来。为此,意识形态力促文艺家加速思想改造的进程。

在战争即将取得胜利的前夕,一场文艺战线上的决战也在酝酿之中。"我们应该指出,这十年来,我们的文艺运动是处在一种右倾的状态中。形成这右倾状态的,是由于长期抗日统一战线运动中,我们忽略了对于两条路线斗争的坚持。在克服关门主义的倾向时,却也不自觉地削弱了自己的阶级立场。"邵荃麟这篇题为《对于当前文艺运动的意见》的文章,发表在1948年3月在香港出版的《大众文艺丛刊》第一辑上。该文突出批判了文艺工作者的个人主义:"我们以为今天文艺思想上的混乱状态主要即是由于个人主义意识和思想代替了群众的意识和集体主义的思想"。

进入五十年代,几乎所有的作家都在思想改造的命题下否定自己和自己的作品。

《北大遗事》序*

北京大学盛大的百年庆典已经落幕。回忆那些时日,数万师友自世界各处来聚燕园,共庆母校百年华诞的情景,满耳的笙歌弦诵,满目的彩幅鲜花,赏心乐事,极尽人间的欢愉。这一切当然都留在了人们的心头,成为了永远的记忆。

此刻已是曲终人散,燕园早已恢复了平日的宁静。湖畔有人倚肩漫步,林间有人细语幽幽,而更多的人则依然是步履匆匆,继续着他们的青春浪漫的奔突与冲刺。北大毕竟是北大,北大原不习惯于节日庆典之类的活动,特别是当这些活动被外加上一些别的什么的时候。北大人倒是乐于把这番庆祝当作一个反省的机会,反省这一百年北大走过的路途:历史上曾经有过怎样的辉煌,后来又有了怎样的缺失?蔡元培倡导的北大精神,有多少是真正地保留到今天并得到发扬光大,有多少被修改,又有多少如今已经荡然无存?

一个学校犹如一个人,人的一生有许多颇堪自慰,甚至值得自豪的经历,但不会是绝对的完美。一个学校不论它曾经有怎样值得羡慕的历史,但不会没有遗憾。校庆的那些日子,我除了和老朋友欢聚之外,我把很多时间留给了这种以史为鉴的思考。

那时候,出有关北大的书是出版界的一大热点。在众多的出版物中,有两本书很引起我的注意,那就是《北大旧事》和《北

---

* 此文刊于 2002 年 3 月 9 日《青岛日报》,后收入《每一天都很平常》,再收入《红楼钟声燕园柳》。据《青岛日报》编入。

大往事》。"旧事"辑录北大建校之初到抗战前的文章,而"往事"则是 1977 年"文革"动乱结束恢复高考、教育制度转入正规以来的文章。这些文章,提供了历史的和现实的北大的真实情状。令人感到遗憾的是,自 1937 年到 1977 年的这一段北大的历史,则未曾有专书述及。而恰恰是这四十年,是北大由"旧"而"新",再由"新"真的变"旧",终于噩梦结束重庆新生的大起大落的历史转折期。这段时间北大所经历的变故最多,经验最丰富,给人的心灵震撼也最重。要忆北大百年,不能不忆北大这四十年。要是缺了这四十年,便是不完整的北大,有空缺的北大。

这一年,胡的清从珠海应我们之邀来北大做访问学者,来北大一个学期,便赶上了这次盛典。她投入而有悟性,不仅很快适应了这里的环境,而且很快就融入了这里特有的氛围之中。北大是催人成熟的,胡的清很快也成了北大人。这样一来,如今这样一本书的构想,也就在她的心中酝酿成熟了。

校庆期间的两本书,书名都很有深意。现在的这本书,原是为弥补遗憾而编的,书名原应与之相呼应方好。胡的清征求书名于我。我首先想到的是《北大故事》。后来发现出版物中已不约而同地用了,只好回避。北大校庆结束了,胡的清也将学成离校。但这本书的组稿工作没有中断——我们的初衷原不在热闹,我们只是想通过我们的工作为北大,也为世人留下一个绵长的记忆。事情到了七月中旬,我将有远行。在与胡的清的一次餐叙中,终于定下了如今这个名字——《北大遗事》。不是故事,不是轶事,更不是逸事,而是遗事!

"遗事"是有点苍茫的。但北大这四十年,其中隔着了四十、五十、六十、七十年代,不仅距现今的灯火楼台、繁弦急管是显得有点苍茫,而且当年那些意气风发的青春男女,如今也都走过了人生的大部分艰难路程。他们所经历的一切,即使是名满天下、功益当世,但一定也有他们的感慨和遗憾,在豪情奔涌的激流之中,也会有潜藏内心的一份悲怀吧!何况,那些逝去的年月,伴随着青春曼妙的年华的,有多少天边的阴霾和头顶的雷电!

如今,都远去了。留在这里的,是那一件件欲说还休的"北大遗事"。要是读者诸君在这些不乏激情,甚至也不乏柔情的叙说中,发现了那夹杂在字里行间的"悲凉",也请不要感到意外,因为,那些年月毕竟是有点"苍茫"的。

1998年8月6日于北京大学畅春园

《文学的中国城乡》序*

在中国谈论文学中的城市和乡村，是一个难度很大的题目。因为中国是一个幅员广大且历史悠久的农业国，中国以农为本的文化思想，成为一种遗传性的积淀，规范和约定着社会的观念和行为。这种思想遗传滋润并深刻影响着学术思想以至文学艺术的创作和研究。中国缺少真正意义上的现代都市，它的城市都是在乡土中国的深土层中生长起来的。中国最大的城市上海，不久之前还是一个小渔村。直至本世纪八十年代之前的中国历代文人，也无一不是生发并植根于乡村，受着农业文化思想的熏陶。

中国大多数的知识分子和作家也出身于农村，许多现代作家都和土地保持着最亲密的联系。他们或者本身就是农家子弟，或者来自不发达的中小城市。他们从中国的农村腹地走到了上海或北京这样的城市，再从这里出发，留洋国外，接受西方现代文明的洗礼。但在中国，这样的知识分子只能是少数。也就是由于他们，方才有了近代以来的历次改变中国命运的社会革命和文化革命，其中包括开辟了中国现代文学历史的五四新文学运动。这次改变中国文学命运的运动的前驱者，几乎全部都是直接或间接接受西方现代文明的城市知识分子——如前所述，即使是这样一些人，要是寻究他们和中国农村的联系，依然是非常亲密的，包括鲁迅在内。

---

* 此文据文稿编入。

前面说到上海,上海无疑是中国城市之首,它的发展历史尚且如此,更不用说其它的城市了。中国有古老的城市,但它们不是现代城市。古老城市如北京,它原系一座帝都,它是统治土地和君临万民的象征,它的内涵和格局包蕴了很浓重的中国乡土气息。所以,要往深里头分析北京,恐怕也会接触到一个深不可测的乡土中国的主题。生长在这样环境里的中国文学和中国作家,我们要研究他们作品中的追求和理想,进而研究他们的家世渊源、人生信念,乃至学养、习性和个人风格的形成,一旦把话题往深里做去了,便不能不涉及乡土中国与这些作家的心灵涵养、以及文化构成之间的内在联结。

本书作者高秀芹就是从这个层面进入中国当代文学的都市与乡村的研究的。中国当代文学的研究,近二十年来有了重大的发展,其研究成果亦甚可观。在以往的研究中,也涉及乡村城市这样的题目,但多半是从题材和主题的角度进入,带有很大的按内容进行切割分类以及平面的主题展示的痕迹。所以,那样的研究就说不上有什么新意。而像高秀芹这样从文化和审美的角度,对中国作家作品中的都市和乡村进行深入而广泛的剖析,则是一种崭新的实践,它无疑为中国当代文学的研究开展了新的学术空间。

本书从中国悠远的乡村文化,以及产生于此并不断发展的都市文明之间互依互渗,以及它们的变异和冲突中,展现出中国特有的文化、文学景观,使这本著作呈现出一种历史感。作者从乡土中国这样的大背景下,探讨乡村经验在中国当代文学中极为重要的,甚至是主导构成的位置,更注意到中国多数作家与土地和农民的紧密而又深远的联系。中国作家的乡土情结,制约着并复杂而曲折地影响着中国文学创作。本书在揭示中国作家这种非常隐秘的心理——情感状态时,表现出作者处理复杂问题的能力和才气。

在农业中国生长起来的都市,在它的每一发展阶段中,都表现出极大的复杂性:它自身的构成,以及基于中国社会的实际状态而形成的特性,这些方面都综合地、浓缩地体现在作家的作品中。本书从历史的动态考察中,描绘出"迁徙"的都市带给作家和文学的特殊品质。它把农村和传统性,城市和现代性予以联系的考察,这一视点的确立,是一种基于实际的归纳和洞察。本书确立北京和上海为考察中国城市的两大典型,以及在这两个城市中分别考察它们由"老"而"新"的生长、变迁状态。作者择取老舍和王朔,张爱玲和王安忆两组作家的创作为例,进行实证式的社会和艺术、心理和审美的剖析。从典型的选定到具体作品人物情节的论析,以及涵容性很大的布局,可以觉察到一种建构叙述系统的意图。

作者从中国社会形态的考察进入论题,进而考察产生于这些社会形态的文化。由乡村文化和都市文化再深入到审美经验和诗情方式的层面。在叙述的过程中,中国乡村是全文的基础和底色。作者非常重视产生中国文化的这一深厚根源,但又侧重于都市的论述,对都市的经验予以概括,特别是在作家作品的论述中,始终围绕文化背景、审美追求和艺术形象进行分析,这是本书作者写作的突出优点。也就是在这一点上,使本书关于乡村都市的论述,超越了一般此类著作中仅仅从作家写了什么、或是作品表现了什么的层面而具有有异于常的学术深度。

当然,相比之下,本书在关于农村的叙述方面,其涉及的深度和广度,都远不及书中关于京、沪两城的论析。由此亦可看出作者在驾驭这样的大题目方面,有力不从心之处。本书在选择张爱玲和王安忆两位作家对"新"、"旧"上海的"迁徙"作出文化审美的比较时,有些论述相当的深入和精彩。可惜的是这样的篇章并不多见。本书涉及的作家作品的范围还不够广泛,论析也不够深入。对有些有意义的地方如香港、中原地区、陕北地区等,若能有所涉及,则可为本书增添新意。

  时间过得真快,高秀芹在我身边已经三年,如今她已获得博士学位。这是我感到欣慰并要向她祝贺的。更让人高兴的是,她的博士论文也要出版了,这更是喜上加喜。作为导师我就写了上面那些勉励的话。好在正是青春年华,除了聪慧,再加上勤奋和谦虚,路正远,我所期待的也正多。

1998 年 8 月 11 日于北京大学

让人深思的书[*]

我要向读者推荐新蕾出版社这一套讲动物故事的书：方敏的《大拼搏》、牧铃的《狗的天堂》、沈石溪的《红奶羊》《混血豺王》、金曾豪的《独狼》和朱新望的《狮王退位以后》。它们属于文学中的小说类，有的是长篇，有的是中篇，有的是短篇。但它们的主人公都是动物，大自狮子和豹，小至螃蟹。写动物的名篇文学史上有过，如巴金的《小狗包弟》、宗璞的《鲁鲁》，但在那里是作家在说话，而现在，却多半是作家退隐在背后、让那些动物"讲话"。更为重要的是，作家写动物的作品有过，但像新蕾这样成批而系统地推出的，则不多见。

这些书好像专为少儿读者而作，因为它们讲的都是很有趣味的动物之间的故事。但我要特别指出的是，这些书都是品位很高的文学作品，它不仅有趣味，而且有很强的文学性。它的那些故事，不仅会感动小读者，而且也会感动成年人。至于像我这样的"老读者"，从中得到的，就不仅是"有趣"了。

例如《大迁徙》，它讲的是印度洋有个叫蟹岛的小岛，那里的红蟹每当雨季来临便要举行一次从热带雨林向着海洋的大迁徙。成千上万的红蟹在大进军的号令下，汇成一片红色的浪潮，不顾一切地、前赴后继地向着海洋挺进。在进军的路途上，它们要横越一条公路，拥挤的蟹群以每分钟六米的速度前进，大量的红蟹被人类的各种车轮所压死。但红蟹们还是在同伴的尸体上

---

* 此文据文稿收入。

毫不犹豫地挺进。此时,"天地间只存在一件事,就是不顾一切地穿越公路"。

在这条充满艰险的征途上,还横梗着一条无情的铁路!热带的烈阳暴晒下的铁轨,红蟹们的身躯一接触,就冒起一缕青烟。但那些视死如归的红蟹们,也还是义无返顾地翻越同伴的尸首,勇敢地向着遥远的目标前进。那些九死一生的红蟹,终于来到了它们的目的地。在那里,它们举行了庄严的繁衍生命的仪典:寻偶、交配、产卵。最后,爬上几米高的悬崖,甩子入汹涌的海洋:它们"化作一片纷纷扬扬的红色细雨,于是,阴霾的天空因之灿烂,磅礴的大海因之逊色",作者禁不住发出慨叹,"世界上真有这样勇敢的生命,刚刚离开母腹,未曾睁开眼睛,甚至还没有发育成形,就毅然从八米高的危崖跳下去,接受海的洗礼"。

小读者读这些文字,也许会停留在获得新奇的知识这样的层面,也许,在此之外还感到了这些小生命的勇敢和顽强。但是,对于成年的读者而言,他们从这些故事中得到的就远不止这些了。他们从这些生命的执着而坚毅中,也许会得到深深的震撼;他们也许会感悟到存在于宇宙之中的那种生命的崇高感——各种生命为自己的繁衍而进行的不计一切的搏斗。也许,人们还会为人类感到负疚,人类为自己的发展是否表现了暴力的自私?那些阻梗着红蟹们前进,而以亿万红蟹的生命为代价的公路和铁路,就是人类的"杰作",人类肆无忌惮地、任意地切割着优美的大自然!那么,读到这里,《大迁徙》给人的,就不只是生命的礼赞,而是一种故事之外的深思与反省了。

这一套书的作者,向着我们讲着一篇又一篇生动的故事。这些故事发生在动物之中,但我们却从中看到了自己。我们和它们之间原来是互通的、有关联的。发现这些作者虽标榜"为禽兽立言"(见朱新望《狮王退位以后》后记),却旨在启发人类的良知。沈石溪的《红奶羊》写一只公狼为失去母亲的小狼黑球,

"抢"了一只母羊茜露儿做它的"奶娘"的故事。尽管那只公狼的习性刁滑而凶狠,而它为狼孩寻找母亲的行动,却闪射着"母"性的光辉。随后发生的一切竟是那样的让人震惊:在狼与羊这个历来对立的动物之间,展开了异常复杂的"内心"矛盾。母羊对她的狼孩从嫌恶到有了母子之"情",但她还是意识到二者之间的不可调和。在弃取之间,母羊茜露儿表现了真正的母性的光辉及苦痛。狼孩终于独立之后,对自己的养母也真的知恩图报。

　　在狼羊之间发生的这一切,对于作为人类的我们,真是一个既陌生又亲切的情感世界。它对于我们产生的作用,则不仅是审美上的,而且是认知上的。如果说,《红奶羊》讲述的故事,是在母羊茜露儿的"内心"深处生发出来的一缕温情在感动着我们的话,那么,金曾豪的《荒园狐影》所写的故事,便是让人惊心动魄的震撼了。一对美丽的红狐遇上了一些善良而又不能理解动物的人们。这一对红狐夫妇尽管已是相当的机智聪慧,但还是在人类的面前几度历险。最后一次是母狐的被囚,公狐几次拼死营救无效。而三只小狐又嗷嗷待哺,走投无路的公狐最后杀死主人的猫兔以示抗议。这只勇敢的公狐把那三只小狐送到了母狐的囚笼前,让母狐隔着囚笼为小狐哺乳。这场足以使所有看到这情景的人为之震惊!

　　当然,小说的结局是美好的。因为这一对红狐夫妇遇到了一老一少怀有同情心的善良的人们,小说暗示了它们终将获得自由。

　　这些故事,在我写这些文字的时候还在感动着我。我们人类对自然界的了解太少。我们为了发展自己,肆意地占领和切割动物的栖息地,我们甚至无端虐杀那些原是我们朋友的物种。我在读这些美丽的文字的时候,在被它们讲述的故事所震动的同时,感到了内心的负疚和沉重。

　　当然,这些作品展开的动物世界也使我们联想到人类,动物之间所发生的一切矛盾和纠葛,都使我们想到了自己。或是激励,或是启悟,或是感兴。《狮王退位以后》给予人的,既有暮年的沉痛,更有律己的警戒,以及对于未来的瞩望。而这样层面的内涵,则是远非传统意义上的"儿童文学"所能涵盖的了。

但文学毕竟是文学,这些作品不论有多么深刻的含义,它首先给予人的是它的艺术感染力,是它在审美上所造出的让人愉悦和感奋的力量。牧铃的《狗的天堂》写牧羊犬阿洪的故事,就首先是一连串非常有趣的故事。阿洪的机智聪慧,它和斜眼的友谊,以及它和瘦狗飞狼的较量,都是非常的有趣和富有传奇性的。所以我说,这一套书,既是有趣的书,又是有意义的书,更是发人深省的书。

1998 年 8 月 25 日于北京大学

还我青山绿水[*]

人类正在犯错误。人类以为自己是这个星球的主宰,它可以为所欲为。它为了自身的发展,正在无休止地、不加节制地向自然索取,甚至掠夺。这地球原是一切生灵共有的家园,人类基于自私的目的,想把它据为己有。它的足迹所到之处,森林被砍伐,山河在变色,它无所忌惮地挥霍天空、大地和海洋的资源,制造垃圾、制造各色各样的恶浊的气体,既危害"他人",更危害自身。

也许在最初,人类基于生存的目的,为抵抗自然的威胁挺而自卫。后来的情况就不是这样了,人类无端地射杀生物,挤占并掠夺它们的栖息地,迫使那些动物和禽类无家可归,大量地消失,以至于濒临灭绝。我不是生物学家,但我看过统计材料,世界上的物种,正在以惊人的速度消失。而且,愈到晚近,这种消失的速度有增无减。当人类成为"孤家寡人"的那一天,大概也是人类自身灭绝的那一天。这不是危言耸听,这可能是事实。

反顾我们这里,我们的生活环境正在恶化。数十年前由于决策的错误,使人口的繁衍恶性地膨胀。世界第一的人口爆炸,迫使这里的居民为了求生存而向自然界进行无止境的索取——从占用耕地到出卖耕地。当这种索取成为非建设性的和掠夺性的时候,人类和自然就处于敌对的状态。人类在破坏自然。这种破坏最终使生态失去平衡,最后也使人类成为无可索取者。

---

[*] 此文刊于《台港文学选刊》1998年第10期。据此编入。

那时,他们将和他们赖以生存的自然同归于尽。这同样也不是危言耸听。

我们熟知的那些口号,曾经装点过我们的浪漫情怀,成为我们表达力量和自豪感的象征。什么叫"与天奋斗"、"与地奋斗"?什么叫"向地球开战"?人,为什么不应该和天地采取更为和谐的方式,而不是现在这样对抗的、不可调和的方式?人类以为自己无所不能,以为我们可以为所欲为地"改造自然",殊不知,所谓的"改天换地"或"移山填海",往往成了人对自然的强加。植被的破坏,使沙漠向着内陆步步进逼。一条一条的大江大河,正在成为一条一条的空中悬河。黄河断流的时间越来越长,而中华民族的另一条母亲河长江,正在变成第二条黄河!

中国幅员广大的国土上,那些代表"物质文明"的工业废水和生活污水,正在以排山倒海的气势,日以继夜地向着所有的河流和近海倾倒。海滩上漂浮着死去的鱼类。报载:偌大的淮河已找不到一条活鱼!你若有机会旅行,不难看到,沿着江南水乡的国道两旁,那些昔日丰腴的稻田,正在被一道又一道的铁丝网所切割。无以数计的"开发区",正在把良田"开发"成杂草丛生的废墟。到处都是这样让人触目惊心的景象,人类如此地有恃无恐,人类难道真的不怕大自然愤怒的报复么?

我们显然已经忘却,我们已忘却先人的古训。人类的祖先并没有像我们这样的贪婪和粗暴,他们以和大自然的和谐共处而创造了美好的家园。他们并没有拥有像我们这样地与天地"斗争"的激情。相反,他们却在与自然的相处中彼此沟通,他们心领神会地和平相处。"万物静观皆自得,四时佳兴与人同"。这诗句所表达的是一种推己及"人"的理解,一种与万物为友、与万物平等和共享的心态。"清风明月不用一钱买",这诗句所表达的那种享受自然的愉悦和欢乐,那种高雅的情怀,离我们是越来越遥远了!

但自然界到了无路可退的时候,它是要报复的。洪水就是一种报复。都说今年的洪水是由于连降大雨,但是如果森林得到保护,上流的植被没有被破坏,而河道又畅通,湖泊的涵容正常,能发生当今这样的"百年不遇"的灾祸吗?"天网恢恢",天并不是永远的仁慈,天也会记仇,它也知报复!

回到文学的话题上面来,文学从来不是不为什么的。文学总在追求,以它的信念和理想,激励着一代又一代的人向着更合理、更美好的未来挺进。文学旨在改善和完美人生。它以它的美善填补人世的缺憾。它以公理和正义的威严儆邪惩恶。既然文学曾在民族危亡时节召唤过人们抗争的激情,也曾启蒙过民智的愚钝和陷落,那么,当它面对当今越来越恶劣的生态环境、越来越窘迫的生存状态,文学自有它的一份庄严的使命。

对于生活在即将到来的二十一世纪的人们来说,他们无疑会面临许多新的挑战。依然会有战争,但发生大规模的、全球性的战争可能性已经很少,因为人类在二十世纪的两次世界大战中得到极大的警示,他们变得比以前聪明了。但二十一世纪的人们在享受和平和工业文明的同时,他们将拥有一个受污染的,甚至是受严重污染的世界。人类将为自己的生存进行一场全新的抗争,那就是保卫自己家园的抗争。未来的文学在这场新的争取中有自己的位置。文学将像以往那样,再一次唤醒人类的良知。它将通过每一个有道义感的作家和诗人、批评家和学者,发出新世纪的最强音:还给我们清风明月,还给我们青山绿水,让所有的人都生活在清洁的环境中!

1998年9月4日于北京大学,时南北洪灾始缓

读一本不知书名的诗集*

　　这本用英汉两种文字写成的诗集原稿,从几个人的手里辗转送到我的面前的时候,既没有诗集的名字,也没有作者的姓名,更不用说它的写作时间、地点,以及作者的经历等背景材料了。后来,我如考据一般地从一个人到另一个人的追问中,才了解到作者的名字。但关于这个诗集的题名,依然无从得知。我现在只知道它的作者叫傅阅川,现居美国。后来尽管有可能得到上述说明的线索,我却有意地拒绝了。我想作一种尝试,即不借助任何帮助,径直从文本本身去探寻我所未知的一切。

　　读诗很难,评诗更难。要是不借助哪怕是非常简略的线索,很难进入作者的世界,现代诗就更是如此。面对这样一本没有书名,也没有任何说明的诗集,我要说些什么、我将怎么说,我是有些踌躇了。我知道这是一次冒险。但想到"诗无达诂"这条古训,心中也就释然。诗是有很多读法的,特别是复杂的诗。可能是越是多解的诗,读起来也越有意思,尽管读者和批评家往往可能读"错"。而对于诗而言,怎样是读"错"了?怎样又是读对了?这后面可能隐藏着相当复杂的道理。

　　这诗集里的诗均系短制,这类诗往往存深意于简括,寓恒远于一瞬,看似即兴而发,却是人生经验的蕴积。读这样的诗,从那些短促而曲折的吟咏中,让我们看到一位喜欢冥想的诗人,他把深幽绵长的思绪,涵容在寥寥数言之中。《短歌》只有几句,它

---

* 此文据文稿编入。

把思维描写为非静止的,而且是处于激烈的动态之中:阳光在翻越灰色的山头,它的追逐吸引着飞跃的思维;而思维快捷如梦,若子弹旋转于没有光线的枪膛中。这些关于思维的丰富的联想,都被浓缩在一曲"短歌"之中。

诗集的作者傅阅川擅长于把岁月的驰行、时序的催转,这种流光的急疾给予心灵的震撼,以短章的方式予以表达。很多诗都把时光的流逝表现为让人惊怵的效果。而这些效果却往往是在很"窄小"的"场面"中展开的。这里是一缕迎面而来的"清风",但却有沉重的分量。这清风作为"生命的呼声",生发于"落叶的沙沙声"。绝非一般轻松的朗月清风,而是作为飘逝的生命的萧飒。诗人通过这些诗句,传达了对于生命运行的特殊感悟。

这里有一颗不宁的灵魂,因为它敏感于生命的急促和险阻。他的诗句往往传达出年轻生命的忧患感。作为《清风》的姐妹篇,《碎月》所把握的乃是一个破碎的月亮。明知碎月的倒影是一个虚幻却依然要在湖面上寻找,这里有一分严肃的坚持。而为了离开那"恶臭",他声称"我要跌落"(《跌落》),却是更为坚定的拒绝。

要是说上引那些诗句不免有点抽象的话,而在《在生活岸边的孩子》和《童年的恐惧》中,我们却在具有自传性质的表达中获得了具体感。当新月升起的时节,有一位不请自来的朋友,在生活的岸边,他们用超越语言的眼睛交谈。那孩子爱拣贝壳、爱筑沙堡,"却不知撒网和采珠",这里表现的是童稚的纯真,无疑具有自传的性质。而另一首诗则表现恐惧:断续的音乐,保持着"童年气味"的墙,还有一只拖着流血肚子的白狼……一连串零乱、破碎、断续的意象,把诗人童年的恐惧作了非常具体的传示。依然让人推测到诗人特有的经历。

在这本诗集中,有很多关于生命这个命题的思考。我相信这个思考与切实的人生有关。一定是那些直接或间接的经验,在这里得到了提炼和升华,从而化为如今这些短章中的哲理意蕴。《巨人》是诗集中较长的一首。巨人可能是对"时间"这个既博大又无限的存在的形容,也许与诗人对于母国的记忆有关。若是如此,我们就不难理解这诗为什么一开始就写沉重的"夜晚"坠落如铅,为什么他的"时间"中有创伤和创伤的愈合。在这首诗中,诗人写死亡总是在微笑中等待,写时间总是比它的猎物跑得远,写"一个干瘪的老妇走在街上,每一步都在减少她的生命",这些思考都是很冷酷的。在这冷酷的背后,当然有记忆和经历的依据。

傅阆川习惯用冷静的意象,把充满骚动的思绪集聚其中。我们从那些"不动声色"的叙述中,接触到一种深沉而又决不煽情的悲苦。《黑暗》是一曲总共只有十二个字的短章:"雕塑家的手/把有,塑造成没有"。对于黑暗强暴的吞噬,诗人避免了渲染和喧腾,而是出以极具内敛的激情。所述的是沸点,所表现的却为零点,这正是接近善于控制的成熟。

诗在表现内外世界方面,多取朦胧含蓄方式。除了那些非常明白的,大量的诗,其阅读功效的取得,多半靠读者的"猜想"。这种猜想看似无理,实为必然。诗毕竟不是理性清醒的文字,诗是情绪或意念的梦幻似的表达。因此,诗的表达甚至作者本身也是不那么明晰和确定的,何况是读者和评家?因而,诗的多解性和不确定性是一种常态。

当然,读者还是希望能得到诗人哪怕是一点点的暗示,读者总是希望能在诗人留下的空隙里得到关于意义的解读的蛛丝马迹,以为进入诗人世界的依凭。正如此刻我们阅读傅阆川诗集所期待和所取法的那样。例如,我们在《苦咖啡》的艰涩意象中找到异国情韵,我们并不理解那"深嵌在大地"的"河道"的所指,也并不理解那女人的怀抱融化的"肉体"和"充满理性的头脑"的内蕴。但当我们读到:"孤独地站着/站在一个遥远的国家/可怜的灵魂"这样的诗句,我们就可能接触到一个与漂泊和孤独有关的主题,一个与精神经历有关的主题。

　　虽然说诗的"猜想"是自然的,但对诗的可解与不可解的把握却要适度。这本诗集的好处是简括、含蓄而丰富,但也因过于"简略"而产生阅读的阻隔。这也许是作者的追求,却也可能因而有了缺失。

1998 年 9 月 14 日于北京大学

雪原中的火焰[*]
——读郭煌的《雪国红豆》

他把燃烧的红焰抛撒在雪花飞舞的北方的山冈和峡谷,在天寒地冻中奇迹般创造出一个热烈而温暖的春天。即使是在思想和情感都受到禁锢的年代,他也要"申请一个不寒冷的雪季",真诚地冀企着让万木返青、让鲜花盛开的日子的到来。那火焰蕴积着他对人生和世界的恋情,正如他所形容的红豆孕有的品质:坚韧、凝重、晶莹、璀璨。

都说红豆生于南国,我是南方人,南方的红豆树我见过并熟悉。而北国红豆的这种气象、这种情怀,我只是通过郭煌的诗得以领略。"我的生命从楚源流来,我是屈子的一滴苦泪"。郭煌完全认同了中国悠长的精神传统,他是作为这一永不枯竭的源流中的一滴而存在,并由此提现了他的价值的。

郭煌是性情中人,他把诗看成不可须臾或离的朋友。无论在何等恶劣的环境中,他始终与诗为伴。这充实了他的人生,也给了他以战胜困厄危难的情感的力量。郭煌的创作历程给了我们最具原初意义的诗的信念和信心。诗在很多人的手中只是一种技巧的玩弄和语言的魔术。而在郭煌这里却是人生的血泪,是与生命紧紧相连的至亲至爱的患难与共朋友。

郭煌写诗数十年,从青年写到中年,从中年再写到现在,而且已出了巨册的《雪国红豆》,有相当可观的成绩的显示。但他

---

[*] 此文刊于《诗潮》1999年7—8期合刊。据此编入。

的诗心不老,诗思如泉。如今仍然不竭地奔突着、跳跃着、随时都准备着喷发和燃烧。青春时代纯真的浪漫情怀中年的忧患和沉哀,到如今已是秋熟时节,他的心境更纯净,对世事的省察更为洞明透彻,对世界和晚辈更是充满了慈爱之情。更为让人倾心的是,愈到晚近,他的诗艺愈精深,他拥有与年轻人相比也毫不逊色的令人羡慕的一颗活泼跳动的诗心。

他的诗处处呈现睿智而豁达的光芒。丰富的人生阅历在他的诗中化为了智性的语言。"人生难免苦难","即使生活如草丛,心境仍应是花朵",这些格言式的短句,表达一种彻悟。郭煌的诗总在展示他的内在的人格精神。《野马》很像是他的自况,至少可以认为是表达了他的人生向往:"有热血/要扬踢/有喉管/要发音/有臆膺/要嘶叫/我属于我自己/属于自由意志"。从自己的悲哀和欢乐出发,用自己的心拥抱他所钟爱的人间。

诗人的关爱无所不至。在《激流岛》和《致顾城灵魂》中我们感受到严厉而拥有爱心的长者风尚。他对人间的冷暖善恶,也有自己的基于坚定立场的判断。大爱、大恨、大喜、大悲,郭煌原是性情中人。面对愈来愈严重的生态环境,诗人有他的一份关爱。在《森林土地水源环境的呐喊》中,诗人有撕肝裂肺的至痛至爱的呼呼;在《地球的忠告》中,他有非常严正的警告:"毁伤地球等于毁灭你们自己/住手!毒蛇一样的恶人"。

我们从郭煌的诗中听到了他心灵深处的呼唤。他的诗已与他的生命融成一体。生命的蒙难和坚韧,即是他的诗的精神。他的诗已成了他的生命的诗的心史。这本《雪国红豆》在诗歌与人生的融会方面所到达的境界,是许多诗人希望到达而只有其中一些真诚而坚贞的诗人才能到达的美好境界。

1998年9月29日于北京大学畅春园

写在《望断悲风》的前面*

董耀会总在忙着,忙得风风火火。但我总能见到他,有时在秦皇岛,有时在北戴河,有时则在北京。往往是碰上面,说上一些话,转眼又不见了。我知道他总在忙,却又不知他具体忙些什么。前几年他和几位朋友,编了一套数巨册的《北大人》——一些很有实力的机构做不到的事,他以私人的努力做到了。董耀会像个做大事的人。也是那时,他告诉我,他在筹划用"长城"邮票来代替现在的"民居"邮票,到了今年,果然实现了。他很活跃,前些时克林顿总统访华,他陪克林顿游览了慕田峪长城。他寄来三张和总统的合影给我。他和克林顿并肩微笑着站在长城上,像是熟悉的朋友。

我知道董耀会做着许多有意义的事,但我不知道他也写诗。几个月前他寄来了《望断悲风》的诗稿,来信说,"我从中学时就喜欢写诗,但从未拿出来发表过。每有所感,用这种简练的形式记录下来,平衡了自己,写完就放在一个包里。"我对这段话里的"平衡一下自己"的说法感兴趣。这是董耀会写诗的初衷,却也透露出诗歌写作的某种真谛。我以为人们写诗,并不全然为了发表,或者说,主要不是为了发表,而首先是心有所感,不能自已。不论是欢娱之心,抑或是悲苦之情,人们因积郁于心而有所负重,于是便寻求宣泄。诗是宣泄激情的最适当的方式,诗首先是一种私语,是心灵的自说自话。人们通过诗的方式,可以有效

---

* 此文据文稿编入。

地发散内心的积郁。这大概就是董耀会所说的"平衡"了。

由此可知,人们写诗首先是情动于中,寻求自慰并倾诉的寻求内心平衡的情感活动。当诗人的这种私语或沉思具有了不仅能感动自己而且能感动他人的品质,于是也就有了随后的发表,让更多的人分享这种获得内心平衡的乐趣。但在最初,写诗只是一种为自慰自愉而进行的,纯粹个人性的精神活动,如董耀会在中学时代就开始的那样。

有了这样的前提,我们就不会在这本诗集中无处不有的自然、朴实、真诚面前感到意外——它原是不为发表而写作的。我们从《人活着就要奋斗》和《八十岁不退缩的追求者》中看到了积极的人生态度;我们从《面对丑恶》中感受到他的激奋和抗争精神:"多数人一言不发/发言的含糊不清","说真话的那个混蛋是谁/咒你来世变成畜生"。在这些反讽的话语背后,有着有着不可抑制的批判的激情。

董耀会的诗句简短明晰,不事装饰,往往以明白畅晓的语句,表达深刻的人生哲理。如《墓地》讲"死亡只是一个程序/是对活的补充",讲那些死者"他们都曾有思想/生过孩子",冷静的思索,传达的是一种透彻澄明的境界。又如《悔悟》,"我要加紧脚步/不会让你/在阳光下长久地等待";《信任》讲"激动人生的轻快/用不着担心陷阱"。单看题目,都是对人生这本书的解读。他是有感而发,从不作无病呻吟。所以,读他的诗有一种非常实在的感觉。总是一种心灵的呼唤,总是一种人生经验的叙述。我们从他的诗中获益,他总是能够让你排除各种纠缠和困扼,启示你以豁达的心境,面对矛盾重重的世界。

董耀会的诗的特点是简洁,他能够用简单而富有概括力的意象,处理极为繁复的题材。在一些令许多诗人为之反复咏叹的题目中,他往往用一种非常果断的方式,便能神奇地化浓烈为淡薄、寓丰富于单纯。如《余纯顺》,原是一个可以用千言万语来讲述的主题,而在他这里却表现出一种随和和松散的氛围:一束阳光,穿过人间天上的阻隔,运载灵魂的流萤,在微风中侧耳倾听……他的诗,即使面对惊心动魄的场面,也有一种近于冷静的舒缓。他的特点是冲淡,他决不作夸张的渲染。但他的缺陷可能也在此。有些诗句,显得有点漫不经心的样子。诗的表现可能很洒脱,但在内里,却始终是紧张而炽烈的。

1998年中秋前夕于北京大学

现实的与期待的[*]

从1949年到现在,是中国新诗发展的新的历史时期。新诗在这个特殊阶段里,已经有了长达半个世纪的发展。中国新诗从此经历了充满痛苦的、极其曲折而又极富戏剧性的进程。作为一个完整的阶段,中国新诗历史的后五十年,既是五四新诗传统的继续和延伸,又是具有巨大变异性的独特的阶段。正是由于它有过对于新诗传统的大面积的改写,因此,随之而来的匡正,却也为新诗历史打开了新的篇章。异变造成了贫乏,而挫折却酝酿着丰富。从五十年代末到九十年代末,中国新诗这长达半个世纪的艰难行进,谱写了这一阶段诗歌的既贫乏又丰富的历史。

诞生于五四新文学运动的中国新诗,感染了那个时代充满个性和激情的、自由奔放的气氛,从开始之日起,就进行着广泛而又多样的试验,当时就有基于艺术目的的诗歌流派的集结和运行。当日的创作环境和创作心态是轻松的和宽容的,人们可以在各不相同的气氛中实践着自以为是的艺术主张。

最初出现的诗人是个体的,即使也有邀集同道作同向的诗的实验,也不具有明确的集团的倾向。及至文学研究会和创造社相继成立,两个社团分别拥有了自己的诗人群,这些诗人于是开始表现出各不相同的审美和艺术风格的追求。随后也就产生了艺术主张迥异的诗歌流派:有偏重于写实的,有偏重于表情

---

[*] 此文刊于《东南学术》1999年第2期。据此编入。

的,有偏重于象征的。于是,在新诗史的最初几页的描写中,尽管朱自清以他敏锐的艺术感受力捕捉了各路诗人繁复而又细致的异趣,却依然是繁花满眼、扑朔迷离,最后对此也只能作简括性的描述:"若要强立名目,这十年来的诗坛就不妨分为三派:自由诗派,格律诗派,象征诗派。"(《中国新文学大系·诗集导言》)

这是新诗草创期的让人迷恋的胜景。后来的情况就有了变化。由于左翼文学思潮的引入,这种思潮因与中国社会的实际处境,以及中国诗人有感于时代召唤而产生出强烈的趋同倾向。新诗从此表现了从诗人内心向着外界叙述和描写的热情。而在诗的内涵上,由于受到左翼文艺思想的支持而表现出明显的外倾姿态。哲学上的唯物论和阶级论的文学观的结合,导致诗歌创作上主流意识的形成,并随之迅速产生排它性。诗歌于是悄悄地准备着和酝酿着它的统一化的历史行进。

以左翼诗歌为发端的中国诗歌"纯化"运动,由于倡导此项诗歌的理论的逐步体系化,加上有力的创作实践的支持,在四十年代初期的解放区就已得到普及和贯彻。新中国的建立,当时除了局部地区以外,战烟基本平息,全国政局大定。行政力量的强大,胜利者的信心,以及长期形成而今更为成熟的文学理念,使主事者有可能发起并推行文学大一统的战略。这种大一统的构想与建立一个新型的社会的理想相联结——一个空前统一的社会,期望着一个空前统一的文学。在新的文学理念中,作为意识形态的文学,原是决定于社会的经济基础并通过政治的中介体现政治的利益。经济决定意识形态,政治决定文学,这原是顺理成章的事。

"治平之世,百度守成,文章典则,步趋甚严。虽不羁之才,罔敢逾越。及有非常之变,则纪律荡然,一时才俊,失所依据,斤斧自操。聪明所结,足使风云变色,河岳异彩,新陈递嬗。洪蒙再开,渐渐浸淫,以成习俗,所为文章,亦相准焉。故虽不及于古,然新体萌芽,必于是时。"(姚华:《曲海一勺》)这段话把天下治乱与文章嬗变之间的关系,作了相当精彩的论述。治世讲究规矩,"乱世"利于创新,大体的规律如此。四十年代结束,五十年代开始,一个新的社会形态诞生了,正是所谓升平之世(就当时胜利形势而言,随后发生的一切,那时不可预料)。于是要求文章法度趋于一律整饬,这从社会要求于文学的关系来看,是合乎常理的,虽然从文学自身的规律来看未必合理。

二十世纪后半叶,中国文学和诗歌的一律化趋向,对于五四新文学传统而言,无疑是一个大变异。这种一律化的来势甚猛。从社会行政的角度看,是当日文艺指导思想的推行和贯彻,这种贯彻多半借助于那时层出不穷的政治运动和"文学运动"。从作家的角度看,当日多数的作家、诗人和理论家都真诚地服膺时代的要求,自觉地投身于思想改造的热潮。这种改造的切入点和基本点,则是对于旧的、"个人主义"的创作观念和审美趣味的批判和否定。所有的作家,不论是自觉的还是不自觉的,都必须对"错误"的文艺思想进行清算,而按照当日倡导的创作理念"重新开始"。

这是中国诗歌大转折的时代。原先形形色色的诗,在明确的方向和有力的范式的启示下,并由于强大的行政力量的推进,得到了重大的改造。以往那种显得庞杂而繁复的诗,在一体化的改造中变得"单纯"了。"单纯"的时代要求"单纯"的诗,"单纯"的诗也反过来反映它所从属的时代。中国诗歌的这个一体化的进程是漫长的,经历了五十年代、六十年代及七十年代的几个重要的历史性时期,在改造社会的同时,也有效地改造了诗歌。这个进程大体终止于"文革"结束。

那么,中国当代的诗,是在什么方面进行了由繁复向着单一的改造呢? 首先是诗的内容:它必须表现工农兵的生活和情感,特别是必须用歌颂的态度对这种生活作肯定性的描写和再现;

诗歌杜绝表现个人,特别是个人那些不合乎时代潮流的"不健康"的思想情感;诗歌是整个社会大机器的一个部分,它必须为这个社会的进步唱颂歌。在诗歌的形式方面,也有极为明确的要求,民歌和古典诗歌的方式被确定为"基础"。革命的理想,可以预期的未来,充满信心的实践,决定了这个时代的诗是健康的和乐观的诗,它必须用明朗而昂扬的调子,用雄壮的旋律来再现这个时代。

经过这番改造的诗歌,在传达这个时代的革命性情感以及描写新生活的具体场景和人物方面,取得了和特定时代相契合的实效。如今我们反顾那些年月,通过这些诗,既可看到那些年代里人们的真诚和天真,从他们的执着中,也可窥及如今已变得稀罕的"单纯"。同时,那些诗也保留了那些年代世事人心的畸斜和歧变,其中包括"大跃进"的癫狂,以及"文革"的极端。

"单纯"的诗歌,以排斥和取消诗歌的多种功能,以及诗歌表达人们的情绪和感受的无限可能性,特别是它在表达幻觉、想象和那些"不存在"的"虚幻世界"方面,它以诸多的牺牲为代价,摒弃了诗在传达当代人复杂而隐秘的内心世界的丰富性,而换来了美感的单调和诗意的匮乏,从而留下了久远的遗憾。

世界本身是复杂而绝非单一的,人类的情感世界尤其如此。诗总是在表现人的内在情感的丰富性方面,特别是在表达人的非写实的直觉和幻觉方面具有超凡的能力。把诗的表现范围和表现方式予以只能如此的限定,是有悖于诗的规律,也有悖于文艺的规律的。然而,充分自信的胜利者却为此进行了义无反顾的推进。这种推进造成了一个时代诗歌的特殊风景,也造成了一个时代诗歌的贫瘠。

单一的诗歌是单一的体制的产物。它在说明时代的单纯性的同时,也说明那个时代的失常。它与社会的刻板,思想的禁锢,以及舆论的一律相联系。当原本是飞扬而灵动的诗歌变成了千篇一律的枯燥的言说的时候,人们不难从中看到严重的时代病。

从单一的诗走到多样的诗,我们用了数十年漫长而痛苦的时间。以新的秩序和新的生态来冲破单一的诗的格局,是思想解放时代的恩惠。当思想从禁锢中走出,人们惊异于空气的流通、阳光的明亮,从而产生出不满现状和变革现实的热情。"幸存者"的归来和"朦胧诗"的出现,改变了诗歌大一统的格局。异向的呈现和不同诗观的冲撞是如此的强烈,由此爆发出的持久的论战,是中国新时期文学的一段震撼人心的华彩的乐章。

现在回想八十年代初期围绕新诗潮出现所展开的那场旷日持久,而且显得严重激烈的批判和论战,尽管其中有欣赏习惯和诗歌观念等方面的原因,却不难看出,作为主流形态的单一的诗,面对着"异端"的侵入正在进行着一场捍卫自身正确性和纯粹性的斗争。单一的诗是一种与社会理想相连结的信念的产物。假如说,它的存在是一种证实,那么,它的消失也是一种证实。这样看来,它面对"异类"而进行维护自身的唯一合法性的抗争,便是不容置疑的了。

但毕竟人们已经觉醒。他们已不能容忍诗的贫乏和呆板,而期待着一场打破一体化的变革。新诗潮勇敢地在原先板结而变得坚硬的单一体上打上了一根楔子,裂缝于是产生。随之而来的,则是单一的诗的解体。开始是在传统的诗歌形态之外产生若干异质,自由的闸门一旦打开,那潮水便无拘束地,后来则是无节制地奔泻而下。

八十年代是不平静的年代,继"朦胧诗"之后,诗的试验和变革几无间断。八十年代中后期,由于后新诗潮对新诗潮的挑战和反拨,从而开始了诗的多元时代。究其触因,一方面是由于社会继续开放,人的心灵更为自由,观念也更为解放。就诗而言,多数诗人已不再愿意听从他人的指导,而宁愿听取自身的召唤。

在这个时候,所有的诗的模式,几乎都受到了漠视。诗人们不再听从他人的指导,而做自己愿做的事。他们从不同的启示和仿效中,按照自己认定的方式写作。他们耻于承认曾受到他人的影响。

从此时开始,曾经是相当坚固的诗歌统一体宣告解体。中国诗歌呈现出从未有过的杂呈状态。举目所见,尽是一个一个独立的"个体"在演出,偶尔也有类似集团的倾向,但多半是松散的、非长期的,也不具约束力。总之,以往盛行的诗的"群体"已经削弱,甚至已经消失。

早在八十年代中期,新诗潮就已受到质疑。然而,新诗潮的影响依然强大而深远——它并不因为受到质疑而失去魅力。更往前推,当年作为主流形态的诗,也并不因时间的更迭而成为过去。多数的诗人依然按照那种传统的写法继续他们的创作。不同的是,当年那些单一的诗,如今变成了只是众多的全体中的一种。而且即使是这样的诗,也有了新的时代给予的新形式和新内容。这是一个众声喧哗的时代。所有的诗人都在用自有的方式存活着。他们做着各自的诗,交流于是变得困难,当然彼此认同也变得更加困难了。这就是九十年代中国诗界的基本状况。

新诗潮曾经以它的旧时代的质疑者和挑战者的身份,以它的作为一代人的代言者的身份,而赢得重大的声誉和影响力。他们的诗的确也因为代表了动乱结束之后的中国的反思,以及尖锐的批判性,而引起了全社会的关注和共鸣。但随后继起的诗人中。却有相当多的人羞言为时代和群体代言性质,他们声称他们只是凡人而非英雄,他们只是作为个体在说话,而且在更多的时候只是在说他们自己感兴趣的话——多半只属于诗人的个人体验的那些他人难以进入的"个人世界"。在这一部分诗中,诗的社会属性和公众关怀被消解。商品社会的诗歌,无疑也感染了这个社会的价值观。这依然是特定时代打在诗上的印记和刻痕。

对于长期封闭和控制的社会而言,如今无疑是一个相对宽松的时代。在保持和社会的相对和谐的前提下,诗已获得了相当的自由。所有的人都可以按照自己的追求和方式进行创作而无须得到他人的批准。于是,在传统的诗歌观念受到挑战的同时,不断涌现出更多的诗歌形态——这些形态当然是受到来自多方的文化和诗歌资源的启示,但多半是驳杂的、含混的,甚至是讳莫如深的——当今的中国诗界,很像是海中章鱼的吸盘,那些吸盘伸向各不相同的方向,吮吸来自各方的营养。这是一个杂呈和并存的时代,几乎所有的诗歌体式都不愿退出竞技。这又是一个相对宽容的时代,以往那种非此即彼的对抗和选择已不存在。各人都在各人的世界里,做各人的事。这还是一个相对清寂的时代,诗歌的传统审美性被冷淡,诗歌和社会的紧密联系被疏离。

社会生活和人的情感空间是多层次的、立体的,而绝非是平面和单一的。世界从来不"纯粹",混沌和杂糅才是它的本来样子。诗在表达对世界的感受和把握方面,接近于科学,甚至甚于科学。诗在连接人的内心和外界社会的方式,比科学还要奇幻,还要富于想象力。这种方式是飘浮、朦胧,是更为曲折隐晦的。直白不是诗的常态。所以,从根本上讲,诗拒绝"纯粹"。在不"纯粹"的世界里要营造一种统一的、纯粹的诗,这本身就是背谬。如若真的出现了这样的意图和出现了这样的诗,那便是失常和反常。不幸的是,我们竟然拥有了和经历了这样的年代。

我们用了长达半个世纪的时间,进行了对于单一的诗的拒绝,和对于多样的诗的呼唤和争取。许多诗人为此经受了苦难。以本世纪八十年代为契机,我们终于在新的历史时期获得了新的开始。我们终于能以多种多样的方式面对多种多样的生活。

从单一的诗到多样的诗,是一个伟大的进步。现在是多样的诗的时代。单一的诗使我们感到窒息,它使我们的思想情感贫困化,单一的诗使我们疏远了丰富的世界。即使是在历史发生大变动、社会生活极不正常的年代,这世界依然是丰富的。生活的表象是一回事,生活的内蕴又是另一回事。例如表象上的狂热,并不能取消狂热背后的悲哀、惊恐,以及人的被掩盖的、难泯的本性。

当今的中国新诗正在以多种多样的方式和多种多样的声音,传达着这个时期中国生活的生动和喧哗。诗歌已从被规定的状态中走出,它已拥有属于自己的自由空间。诗从被锁定的"群体"中走出,诗重新成为"个人",诗歌在表达个人性的体验和状态方面,从来也没有像如今这样的自在、舒展、无拘束。

随着个人化的推进,以获得充分的个人写作空间换来的,是诗与社会生活的进一步剥离。大面积弥散的平面化和无深度,极大地消解了诗的价值和意义。不仅是崇高的命题受到冷遇,甚至连传统的优美和抒情性也变得遥远了。由于众多的缺失,众多的诗都因而失去了分量。

在这样的情态下,人们由于发觉上述的缺失,进而对一个时代的诗歌提出了新的呼唤。重要的诗的概念,就是在这样的背景下提出来的。有的诗对于创作者个人来说可能是重要的,而对于整体来说则可能并不意味着重要。而任何时代若是只有众多的多样的诗,而没有重要的诗,这无论是对于哪个时代都意味着缺失。即使是对于作为诗歌的黄金时代的唐代也是如此。那里的诗歌可谓是群星灿烂,满眼光华。然而,唐代要是没有对这个诗歌王国来说是重要的诗,要是没有李白的《蜀道难》、《梦游天姥吟留别》,没有杜甫的"三吏三别"、《北征》,没有白居易的《长恨歌》和《琵琶行》这样一批重要的诗,那么,连唐代也会因而感到寂寞的。

重要的诗使我们不仅看到个人,而且通过个人忧患和悲欢的情感经历看到了时代,看到了那时代的全部和整体。从这些诗中我们可以明确地把握到那个时代的总体气氛和情调,从中感受到那个时代的特有的精神。重要的诗人是概括性的,重要的诗人总是从个人的体验出发,到达时代的中心,并准确地把握那个时代的灵魂。

凡是称得上是重要的诗人的,大都和时代保持着最密切的联系。他们是时代忠实的儿子,时代是他们的母亲。母亲的笑容和乳汁,母亲的白发和皱纹,母亲的光荣和灾难,都会在重要的诗人的重要的诗中得到体现。重要的诗人还能够通过自己的诗作,实现并概括那个时代的审美风尚。因为郭沫若突现了五四时代的狂飙突进的精神,因为艾青喊出了中华民族血泪抗争的声音,他们因为写出了重要的诗而成为重要的诗人。他们代表了一个时代。

1998 年 10 月 15 日于北京大学畅春园

多视角的考察与首创的意义[*]

张韧研究员是新时期最活跃、也最有影响的批评家之一,他在中国当代文学,特别是在小说和文学思潮等方面建树很多,为促进中国新时期文学的繁荣发展,作出了突出的贡献。

《新时期文学现象》是张韧研究员新的一本学术专著,本书以现象学理论作为考察研究中国当代文学的切入点,作者在运用现象学理论时,强调了文学的发展与各个时期的社会情势、文化思潮,以及人文学科的学科背景之间的关联。这部著作涉及非常广泛也非常丰富的文学现象,但又与中国当代社会文化的现实处境有紧密的联系,由于他把文学现象的考察放置在与社会各层面的背景之上,所以他的研究不仅具有理论高度,而且又有很强的现实意义。

张韧这部著作,占有了广泛而丰富的资料,中国当代文学中有代表性的和有影响的作家、作品都在他的视野之中。他以中国和世界的文化交流为大的背景,把中国当代文学与世界文学的关系作了历史性的对比考察,这种考察是具体而细密的,着重对五四时期和新时期作了比较,如指出较之五四时期的吸收外来文化,新时期所吸纳的地域和思潮都更为广泛、多样、趋于多元性,这些分析不空泛,具体而实在。

本书表现出作者敏锐而准确地把握文学现象的能力,读本书,可以强烈地感受到时代潮流的搏动,具有强烈的现实感。书

---

[*] 此文初刊1998年10月《小说评论》1998年第5期。据此编入。

中讨论的各个题目,涉及反思浪潮,文学与哲学的结盟,文化热,纪实文学的兴趣,九十年代文学模式,现实主义现象,人文精神等相当广泛的论题,特别是其中环境文学的论述,表现出作者锐利的眼光和前瞻的视点。本书对中国当代文学的考察是全面的和深入的,它有很大的覆盖面。

　　本书体例不列章节,但从各个专题的排列看,作者通过这种排列,生动地展示出新时期文学史的轮廓。从这点看,这本专著可以认为是一本中国新时期文学史论,以散文的方式而体现出内在的系统性是本书体例的一个创造,它成功地通过对现象的描述到达对本质和规律的揭示,从而使本书具有了首创的意义和较高的学术价值。

　　本书名称是《新时期文学现象》,但着重论析的还是小说,纪实文学和文学思潮等方面,而对其它文学品类如诗、戏剧、影视文学等则涉及较少,这是它的不足之处,希望将来能予以加强。

　　这是一本优秀的学术专著。

何妨回首一望*

我们被创新的意愿追逐得太紧,我们只顾一径地匆忙前行,甚至来不及看看我们一路走来的足迹。我们认定所有的奇迹只会出现在前面。谁愿意在匆忙行进的间隙中回首一望?不妨想想,即使是在思想和艺术都受到禁锢的年代,依然有着在政治夹缝中喘息的诗,那里奇迹般地保留了那个时代真实可贵的痕迹。不妨想想,八十年代初期,那种严峻的历史反思的精神,那种对于人性呼唤的热情,被多么有效地保留在当时的诗和小说中!甚至不妨想想,那些飘散在远古的天空的那些诗的精灵,在迷人的春江花月之夜,向我们发出了对绵渺时空的永恒的感慨。在战尘滚滚的长安古道,在颠沛流离的逃亡的路上,那个衣衫蓝缕的流亡者,依然心存社稷,发出了多么可贵的匡时济世的声音。不妨想想,那些被诗人定格了的永远挂在长安城头的月亮,那些在夏天的夜晚以清脆的声音穿透绿窗纱的虫鸣,传达着多么动人的天籁。那些沉香亭畔带露的花瓣,诉说着超越时空的激情,人间天上永恒的倾慕和爱情,又是何等地动人!

真正的美是不会过时的。而失去美感的诗,则意味着致命的丧失。现在,人们在寻求诗的新境界时,往往忽略甚至鄙弃属于诗的这一真质。诗从来都是为人们提供世上有的或只是在想象中存在的、外现的或潜藏的那些美感。当从事这一工作的人,把这些美感发现并开掘出来,并以诗意的方式传达给人们时,人们

---

* 此文据文稿编入。

就把他称为诗人。现在有人似乎认为,那一切已经过时,需要以不同于此的东西来替代它。于是,我们就看到了那些屏弃了美感的肆意的非美的泛滥。这对于诗而言,不能不是严重的缺失。

现在,我们有很多的诗,但很多的诗都在有意无意地回避或鄙弃这些属于诗的真质。在文学的各种品类中,各异的质规定并区分着它们。文体在变化,也在彼此沟通和渗透。但是,只要这个文体还没有消失,它总是被它的质规定着。短篇就是短篇,短篇不短,就不是短篇了。诗也是如此。现在我们的诗,已经走得很远了,诗要是不能向人们提供新的审美经验,人们还要诗干什么?

我们是要往前走的,我们始终在追求诗的现代性,而且始终对传统的诱惑抱有警惕。显然,新诗不能变成旧诗。但是我们依然要从传统的经验中获得营养。诗可以千变万化,但诗的基本性质却是恒常的和稳定的,除非诗变成了非诗。而现在,很多的非诗正在冒充真诗。

我们期待美好的诗。美好的诗传达人类美好的心灵。美好的诗不是华词丽句的堆积,更不是语言的游戏。美好的诗传达人类的崇高感,是人类美好心灵的投射。崇高是一种高雅的境界。崇高并不意味着豪言壮语。即使写的是丑陋,但因为心灵崇高,却依然是雅,而不是俗。闻一多的"可是还有一个我,你怕不怕?苍蝇似的思想,垃圾桶里爬",端的是一个充盈着崇高感的境界。

不要拒绝情感,更不要拒绝思想。有思想不是诗的耻辱,而是诗的荣耀。现在我们不缺乏技巧,我们缺乏关怀,更缺乏深度。诗在不断地往前赶,这给人以希望。但在往前赶的时候,不妨回首一望,看看我们在什么地方有了遗忘,有了缺失,这对于敬业的诗人应该不是分外的负担。

1998年10月25日于北京大学

缪斯的神启*
——诗人灰娃

诗的力量也许不在它能够或可能给世界提供或增加什么实在的东西,诗总是在想象力和幻想力方面引导人们建造和达到一个非现实的境界。这就是为什么一些人能够在人世的失望乃至绝望之际,在诗里找到希望并获得生机的原因。现在我们谈论的这位诗人,她把自己的诗集叫做《山鬼故家》,这山鬼和她的家都是非现实的,是充分幻想的。

这里是灰娃的诗世界,是她的精神的、审美的家园。灰娃有一段时间为世所不容,她无法抗争那无形或有形的伤害和欺凌,当她试图用正常的方式去反抗那一切,她的一切意愿却都被粗暴地目为异常。于是,她只能失常地生活在药物和心理医师的安抚之中,她曾经无援地面对冰冷的世界。

灰娃生命的奇迹是诗对她的神启。于是她开始了王鲁湘称之为"向死而生"的生命历程。许多上了年纪的人都曾经生活在灰娃生活过的那个环境中,我也是这些人中的一个。读了灰娃的诗,我感到了那个环境中少有的坚韧和崇高。我们不是不曾感受到那笼罩的罗网和四伏的暗箭,但却很少有人能像灰娃这样直面那种精神暴力。于是,一幕惊心动魄的悲剧就不可避免地发生了。

在阅读中我深切感到,对死亡的洞彻使灰娃有力量面对周

---

* 此文刊于《当代作家评论》1998年第6期。据此编入。

围的重压。当一个人连死亡都不畏惧时,那一切的懦弱和胆怯也都风流云散了。死亡使那一切的敌意和暴力无所施其技,而此时,因受困而自卫乏术的诗人终于成为强者。收在附录中的两首诗充分证明了这一点。这很像是遗书的两首诗中,诗人有着对于世间烦忧的无须隐藏的直率的表达:"我算是解脱了";"再不能折磨我,令你们得到些许的欢乐","这一切行将结束","我虽然带着往日的创痛,可现在你们还怎么启动",最后是"彻底剥夺了你们的快意"(《我额头青枝绿叶》,1974)。

当然,以自身的消失而换取那种"满足"和"快意"的剥夺,毕竟让人感到悲怆。灰娃在上述诗的"附记"中写道:这是"对一个为人类尊严拼死抵抗过的灵魂的纪念。"像灰娃这样的"直接面对"和"拼死抵抗",是我这样一些和她生活在同一时空中的人所不能达到的。在这里,我们看到了作为一位诗人可贵的品质——

> 我发誓
> 走入黄泉定以热血祭奠如火的亡魂
> 来生我只跟鬼怪结缘
> ——《墓铭》(1973)

要知道,这是诗人在病危之际嘱亲人毁迹的诗篇,这种不供发表的诗篇有着拒绝装饰的真情。这是用生命写成的诗句,这样的诗句可以说达到了诗人的至高境界,一切满足于技巧的炫示和装饰的诗,在这里都将感到羞愧无言。

读灰娃的诗,使我领略到普遍贫乏的年代里的富庶。我惊叹于我们至今还无法深知的厚土层中,竟然埋藏了多少惊人的光艳和才智!但我手捧《山鬼故家》,令我更为震动的却是就在我们共同面临的近于绝望的环境中,竟有这样高贵而无畏的灵魂,在我们感到恐惧之时,诗人却能够喊出"不要玫瑰,不用祭品"这样强大而决绝的声音。这一切让人深信:尽管人世间充满忧愁和苦难,有一种东西,它可以战胜并超越一切苦厄,那就是灰娃用生命写成的诗篇。

读灰娃的诗我有一种感慨,在当今诗人的创作中,因为语言的实验和哲理的表达而牺牲诗质的现象相当普遍,那种以对诗意的忽视和否定来换取知性的"深奥"和"新奇"的做法是否可取实在值得怀疑。而在灰娃的诗里,却是另一番景象。读《出嫁》:"梅香和她少女的发辫永别/高高挽起妇人的髻/童年匆匆有如逝水/转眼流到终点"。世代相袭的美丽的民俗在这里被深刻地转换而为人生的沉痛。再看《哭坟》,那一身孝服的年轻妇人的悲戚却因为其间的文化的力量而表现出惊人的美感。在灰娃的创作中,文化和审美资源的加入或渗透不是外在的,而是一种融入生命感悟的发酵,所以她的诗有着醇酒般的浓郁。

一开始我就说过,灰娃是在非现实的想象世界中获得自我拯救的。但她绝非对人世厌倦或淡漠的人,恰恰相反,正因为她对现实世界过于关爱,这才令她"痛不欲生"。有一些诗人是生活或躲在云层中,灰娃不是。作为诗人她的想象力翱翔在浩瀚的天宇,但她的目光注视之处,却是人间的血泪,人间的忧患,《童声》一组,倾注了她的慈母的爱心和悲痛。也许人们不太注意《鸽子》一类的作品:"无情的铁器、炸药,更无情的手",夺去了鸟群的家,"冬天来了,残年将近了,不复飞回失落的鸽群"。我们从这些"小"题材中看到了大的悲怆:她在这里表现了人类对自然的负罪感,这是未能忘世的诗人的心音。

对人类文化的广阔视野,生命和苦难搏斗的悲壮经历,再加上中国文化的深根(从屈原到西北高原的风土),还有"向死而生"的激情,使她的诗充满瑰丽奇特的想象和纷繁美艳的艺术表现力;尤为重要的是,她那一双深情而忧郁的眼睛始终不曾回避大地上的血和泪,那里的每一片树林、青草和每一对飞鸟的翅膀。我们常常对诗歌有一种怀想,一种期待,但我们很多时候总是感到失望。灰娃的诗让我们得到了安慰,我们诗歌的埋藏太丰富了,丰富得出人意料,因为有灰娃这样的诗人和诗,我们对中国诗的未来怀有信心。

女性文学的大收获[*]

这些年女性文学大兴,女作家不仅数量多,且才华出众,创造了自有新文学以来从未有过的女性写作的最繁荣的时期。这是中国当代文学的骄傲。

中国女性文学在中国新文学历史中,大体走过了如下的历史性进程:一、女性觉醒并争取女权的时代。表现女性争取自身权利,如恋爱自由、婚姻自主,以及争取与男性同样的劳动、教育、工作的权利等,这一时期的女性写作汇入了五四新文化运动个性解放的时代大潮流之中;二、投身社会运动的时代。此即所谓"男女都一样"的消弭女性的性别意识的时代;三、突出性征,女性反归自身的时代。这一个阶段是中国社会开放的产物,女性文学呈现出与世界同步的状态。也是女性文学最接近本真的性别写作的阶段。

世界由两性构成。男女两性的差异造成了世界的无比丰富性。首先是差异,是两性充分展示并突现各自的性别特征,而后才有多姿多彩的两性关系的万种风情——吸引和排斥、相互折磨和和谐共处。以往幽微而闭锁的女性世界,带有极大的神秘性,对于男性来说,乃是一种拒绝,是难以进入的。现在由于女性作家的开展,使这一神奇而丰富的世界在文学中有一种空前的展示。中国女性作家用小说、用诗也用散文及其它文体,为中国文学所展开的这一丰裕的世界,不仅使男性也使女性能够诗

---

* 此文据文稿编入。

意地、情感地,当然更是形象地领略女性生理的、心理的、感觉的广阔的天空。这是中国女性写作对于中国文学的无可比拟的巨大贡献。

要是说,中国当代作家在个别和总体上都未曾作过超越他们前辈的成就的话,那么,当代的女性写作却是唯一的例外——她们在性别写作以及揭示女性独有的私秘性方面,是对历史空缺的一次重大的填补。

以上所述,都是无可置疑的。但是我们面对成绩,难免尚有隐忧。通常讲的女性写作,其前提是以女性独立于男性的立场为支撑的,即指排除了男权支配的"男性视点"的独立意识的支持。而当前一些作家的一些甚有影响的作品,似乎表现出对于男性"窥视"的"自觉"的迎合。她们声称她们不曾依附,而她们的创作实践却"不经意"地"迎合"了那些"目光"。这是否是一种动摇和后退?在这种实践的背后有没有商业动机的驱使?

1998 年 11 月 23 日于北京大学畅春园

相聚在澳门[*]

澳门大学座落在凼仔半山,依山建校。汽车进校环行可达山顶,从那里可以俯瞰碧蓝而柔婉的南海波涛。夜晚登山,眺望连接澳门和凼仔的两座跨海大桥,宛若撒在海上的两串珍珠,而在白天,则是连接岛与半岛之间的两道彩虹。

我到澳门大学时正是北方天寒地冻的季节,而在澳门却依然是乱花迷眼的春天景象——草依然在绿,花依然在开。那里的路旁和山崖也开满了在香港到处可见的紫荆花,那些南国艳丽的攀援植物三角梅和凌霄花,也都在晴朗的天宇下无忧无虑地绽放着。在澳门,我甩掉了臃肿的御寒衣服,意外地获得了一年里的第二个春天。

更重要的是心情,我在澳门大学的每一天,都像是生活在春天里。不仅是这里有宜人的气候,而且是我的学生们让我愉快并变得年青起来。我授课的这个班,是澳大中文系招收的第一批在职硕士生班。学生们来自澳门的各种行业,他们平时没有时间,都是利用双休日的空闲时间来这里上课。从星期六上午到星期天下午,整整两天课都排得满满的。这些在职研究生,他们必须用别人休息的时间来完成自己的学业。当然,所有的费用也必须由自己筹供。一些成了家的学生,甚至也把孩子带到学校"陪读",因为他们找不到更好的办法让孩子过自己的假日。澳门是一个忙碌的商业社会,人们的日子都过得紧张。这些学

---

[*] 此文刊于 1999 年 1 月 18 日《人民日报》海外版。据此编入。

生,他们既不能放弃他们的职业,也不能放弃他们的求知,较之他人,他们有加倍的忙碌和付出。这情景很让人感动。

于是,在澳门短暂的时间里,我因有和学生们共同拥有的双休日的忙碌,而获得了意外的充实。上下午排得满满的课程,老师和同学都疲于奔命,我们只能在课程休息的间隙聊聊课程以外的事情,那也是匆匆忙忙的。每日中午,是我们师生最轻松也最愉快的时刻。这些"走读"的学生们中午都只能在学校用餐,学生们都愿意借这个机会和老师交谈。他们总是逐日周到地安排餐馆,使我们在享用各有特色的美餐时,在情感上也能够得到融洽的交流。

中午的餐叙一般都在学校的近处,新世纪酒店是我们常去的地方,那里有最正宗的粤菜。有时兴起,则驱车前往海岛市——那里是凼仔的老城——找各种有特色的菜馆。有时是粤式茶点,有时也改换口味,找葡萄牙式的西餐厅。海岛市区有一家著名的葡国餐馆叫"小飞象",他们的看家菜有烤沙丁鱼、咸马加休煮土豆、咖喱越南蟹等。标榜是正宗葡京风味,懂行的人则说未必,数百年来的中葡文化互融,早已是你中有我、我中有你了。例如这店里的菜谱上就有"咸猪手"一道,就让人怀疑它的"正宗性"。

亚热带的冬日中午,依然有懒洋洋的阳光。我和我的学生们,围坐在老榕树的浓荫下,饮着咖啡或啜着香茗,谈人生,谈学术,也谈工作,享受着南国迷人的中午的宁静。但这种忙里偷闲的聚会毕竟匆匆,令人销魂的"工作午餐"不能不匆忙地结束,我们下午还有课。学生们总是用车送我到宿舍,让我稍作休憩。他们则聚到教室里,或伏案假寐,或阅读书报。而后,又开始午后紧张的学业。

那一日午后上课,我推开教室,里面飘出歌声。因为是周末,四邻无人,他们正在无拘无束地引吭高歌。站着、坐着、拥着,完全地放松,完全地陶醉。我被这动人的场面所吸引,也受到了感染。在电视上我看到过那些扭捏作态的拙劣表演,也曾在一些餐叙场合领略过那些卡拉 OK 的即兴演唱,但那些都引不起我的兴味。而此刻,这些澳门学生们既无伴奏又不化装的集体演唱,却深深地感动了我。他们是那样的尽兴,那样的投入,为自己所陶醉,也陶醉着别人。他们从"黄河大合唱"唱到"毕业歌",从"夜半歌声"唱到"歌唱祖国"。我跨进了教室,他们似无所知,歌声仍不停止。他们是完全地忘情了!

那一次午休时节的歌咏,给了我深刻的印象。我发现我和我的学生们的心一下子靠近了:这是我的澳门学生,这更是我的中国学生!他们的血管里流着中国血,他们的生命植根于中国的大地。中国的历史、文化的滋养,中国式的思维和情感方式,他们和我原来是这样的亲近!那次返京,我选择了从珠海入关。从澳门市区来到珠海的拱北,只是一步的跨越。我的突出的感受是:我的脚下的土地毕竟是连在一起的。

1998 年 12 月 4 日于北京大学畅春园

有感于"知无涯"*

有一些话是经常挂在嘴边的,但人们未必真知其深意。如"活到老,学到老";"学而后知不足"之类的警语,古往今来谁都在引用。不仅用以警戒自己,而且用来训示他人。引用得太滥太广了,甚至变成了陈词滥调。这些话,表面上谁都懂,无非是讲"人生有涯而知无涯","学无止境"这些道理。但引者自引,而对其间所蕴涵的非常痛切的人生经验,却是少有深究的。

这些话题,我在过去也是不"深究"的。只是某一日、某一场合忽然觉得自己年纪大了,反过来咀嚼上面那些话,越咀嚼越觉得有味、切实,竟像是自己的"新发现",并由自己"总结"出来似的——我把这些被人们背得滚瓜烂熟的"古训",竟然当成了自己的"创造",这当然是很可笑的。但这种感受确实是非常真实的。

前些时在一个和青年学者的聚会上,我曾说,"年龄大了,越来越不自信"。我指的不是人生阅历和对事物的判断力,而指的是自己的知识——深感自己所知有限,这种感觉几乎是与年龄的增长成反比的。这话的前提是,在自己年青时候曾经"自信"过。谁又没有过年幼轻狂的时候呢?我在上大学的时候,就和同学们一起"拔"过我的老师的"资产阶级"的"白旗",而且口出狂言要写出一本"超越前人"的文学史来。现在想起来还会脸红。

---

* 此文刊于1998年12月30日《生活时报》。据此编入。

面对浩瀚无边的学问之海,我真的是越来越感到自己的贫瘠与匮乏了。我仿佛是置身于空茫的宇宙空间,我们可以知道地球和月球,我们知道太阳系就已经很困难了。可是,太阳系外面还有"太阳系",我们又知道些什么?而银河系外边呢?那大到无边无际的空茫的永恒,只会让人迷惑——学海无涯,知无涯,这感觉,大概是到了年龄越大才越真切。

少年狂狷,青年自负,中年为些微成绩暗中得意。中年以后情况大变(可能有人并不),但在我,是变得越来越不"自信"了。在很多场合我是怯于言谈的。这倒不是我变得世故了,或是我信奉"言多必失"、"沉默是金"之类的格言了。我真的是感到了自己的缺知、少知,甚至无知。我无数次不礼貌地拒绝记者的电话采访,原因不为别的,不是因为自己的思维变得迟钝了,只是觉得这种即席答问的方式有点失之轻率——我有多大的把握能在这种访答中不会发生差错?谨小慎微不是我的性格,我只是由于觉察到自己所知的有限,以此约束自己而已。

按理说,年龄愈大的人所知愈多,年龄与知识的增长应成正比才是。而事实却是别样,正因为"知"得多了,才知道还有更多的"不知"和"未知"。这样,就出现前面说到的"反比"现象,就出现应当"自信"年龄的"不自信"。人生是不断走向成熟的,人的知识也是不断积累的。面对更多的年青后生,作为长者理应自信方是,而事实却正相反,这真是个悖论。

1998年12月6日于北京大学畅春园

半世纪的经验[*]

中国当代文学是中国现代文学在当代的延伸和发展。它以不竭的现代性追求和白话文写作等基本特征认同于现代文学。中国当代文学完整地占有二十世纪的下半叶,迄今已有五十年的历史。这五十年是中国文学产生激烈动荡,受到巨大挫折,并取得重大成绩的特殊阶段。半世纪的文学发展大体经历了三个不同的时期:"一体化时期"、"新时期"和"后新时期"。一体化的思想形成于四十年代而完备于五十年代,"文革"则达于极端。新时期文学始于"文革"结束而在八十年代的最后一年画上句号。后新时期文学是中国实行市场经济的产物,这一阶段目前尚在继续。

文学的一体化时期是社会专政体制的产物。这时期的中国文学和中国社会一样,处于与世隔绝的封闭状态。这个时期中国社会的特点,是用不间断的开展社会运动的方式统一全社会的思想。文学也在这种意图之下,按照统一的模式从文学的内容到表现形式进行"改造"。

在这种形势下,原先那种狂飙突进的时代精神中崇尚个人价值和个性解放的品质,逐渐地被表达群体意愿的"集体主义"所代替。凡是张扬对文学来说是至关重要的个人风格以及个人独创性,均被目之为"个人主义"予以贬抑和批判。当日不断开展的政治和文学改造或批判运动,都旨在消弭这种"个人主义"。其直接的和明显的后果则是几代人在新时代的普遍"失语"。

---

[*] 此文刊于 1999 年 1 月 27 日《南方日报》,后收入《西郊夜语》。据《南方日报》编入。

推进文学一体化这一重大构想的背景和支撑,是中国实行的对多种经济形态的国有化改造的策略。这是计划经济时代的文学构想。所以,对这个文学时代的概括,可以称之为"计划文学"的时代。文学是按照一种固定的、统一的模式进行生产的,"文革"时期的"样板化"是其极端的表现。行政的约束力强化了,文学的民主性在萎缩。而五四新文学中原有的功利性因素,又因中国特殊的社会处境而膨胀起来。计划的文学推进的结果是政治的文学。"文革"的兴起使政治的文学达到顶峰。

中国文学的大众化是左翼文学兴起之后确定的目标。这一思潮也随着社会环境的改变而改变其内涵。由于战争的驱动,使中国把文学的基点放置在广大的农村和农民方面,适应低文化和少文化的农民的需要,于是就成为文学的新方向。这样,中国文学的重心就发生了由本来就薄弱的城市转向了农村。四十至五十年代之交,中国文化的主流形态是农民文化。以城市知识分子为核心的五四新文化传统受到极大的冲击。城乡两种不同质的文化的矛盾和冲突,是五十年代以来许多文化、文学悲剧产生的根源。

这是中国文学产生重大转折的时代。文学由原先不设限的自由状态,由原先拥有多种可能性的鲜活状态,退到有限的,而且只能是无可选择的单一化的局面。解放心灵的自由的文学沦落而为禁锢心灵的不自由的文学。本来是可以由个人进行自以为是的创造的文学,变成了有形或无形的"集体行动",这对于文学的打击是致命的。

在众多的失落中,却也有意外丰硕的获得。由于表现新的生活和新的人物的倡导,文学比以往更为逼近低层民众的生活,特别是在表现农民由奴隶到主人的生活方面。这是农民文学的胜利,赵树理是其中最杰出的大师级的作家,他创造了中国农民的系列形象。

事情到了极限,就意味着转机。开放的时代唤来了中国文学的又一个青春期。新时期文学是中国社会的新时期的派生物。它直接被开放中国的阳光所照耀。作为新时期文学的前奏,是蒙难的幸存者的归来之歌。对社会和个人的苦难的宣泄,为中国文学带来了沉痛和激愤。它改变了一体划时代的"欢乐颂"统一涵盖的格局。对社会异化的批判,伴随着苦难的叙说进入了文学,这是又一个解放的、激情的时代。这时代最常用的词汇是春天和反思,文学恢复了它对生活的真诚。破坏的年代结束了,这是一个建设的年代。

在精神的废墟上召唤人性的复归,历史又一次把启蒙的使命加诸文学。极端的暴虐使人联想起中国漫长的封建暗夜,文学再一次引发人们批判非人的残暴、批判"吃人"的历史。新时期的文学家,几乎每人都自觉地肩负起开启历史沉重的闸门的使命。他们的文学不是无所为的,他们的文学志在唤醒受欺凌、受压迫、受愚昧的无数善良的灵魂。

要是说,中国的五四时期是一个文学的浪漫时代,那么,文学新时期则是一个擦干血泪之后的狂欢节。

八十年代的终结是狂欢节落幕的日子。文学的后新时期无疑是文学新时期的继续。但它又不单是继续,它是一个结束,可能也是一个开始。所谓继续,是在社会开放、文学开放的层面说的,开放的时代在延伸。开放赋予文学以与新时期共有的内涵,但人文精神的失落、价值观的解体,却暗示着某种可怕的"结束"。所以我们要重新召唤文学的理想精神。

市场经济无形的巨手笼罩着中国社会,也笼罩着中国文学。这社会无疑是在进步着,摆脱了精神枷锁的人们可以有更多的可能性在竞争中发展自己;但对自己之外的一切感到冷漠以及对历史的遗忘,也正像流行病般地传染着中国的创作。这就是我们在前进路上的无以摆脱的隐忧。

1998年12月12日急就于北京大学

1898:百年忧患

此书由山东教育出版社1998年5月出版,为百年中国文学总系之一种。据此编入。

总序一

辉煌而悲壮的历程

谢 冕

百年中国文学这样一个题目给了我们宏阔的视野。它引导我们站在本世纪的苍茫暮色之中,回望上一个世纪末中国天空浓重的烟云,反思中国社会百年来的危机与动荡给予文学深刻的影响。它使我们经受着百年辉煌的震撼,以及它的整个苦难历程的悲壮。中国百年文学是中国百年社会最亲密的儿子,文学就诞生在社会的深重苦难之中。

近现代的中国大地被它人民的血泪所浸泡。这血泪铸成的第一个精神产品便是文学。最近去世的艾青用他简练的诗句传达了中国作家对于他的亲爱土地的这种感受:

> 假如我是一只鸟
> 我也应该用嘶哑的喉咙歌唱
> 这被暴风雨所打击着的土地
> 这永远汹涌着我们悲愤的河流
> 这无止息地吹刮着的激怒的风……
> 和那林间无比温柔的黎明……
> ——然后我死了
> 连羽毛也腐烂在土地里面
>
> 为什么我的眼里常含泪水?
> 因为我对这土地爱得深沉……

嘶哑的喉咙的歌唱,感受到的悲愤的河流和激怒的风,以及在温柔的黎明中的死去,这诗中充盈着泪水和死亡。这些悲哀的歌唱,正是百年中国文学最突出、最鲜明的形象。

我在北京写下这些文字的时间,是公元 1996 年的 5 月。由此上溯 100 年,正是公元 1896 年的 5 月。这一年 5 月,出生在台湾苗栗县的诗人丘逢甲写了一首非常沉痛的诗,题目也是悲哀的,叫《春愁》:"春愁难遣强看山,往事惊心泪欲潸,四百万人同一哭,去年今日割台湾。"诗中所说的"去年今日",即指 1895 年,光绪二十一年,甲午战败的次年。此年签订了《马关条约》,正是同胞离散、民族悲痛的春天的往事。

中国的近现代就充斥着这样的悲哀,文学就不断地描写和传达这样的悲哀。这就是中国百年来文学发展的大背景。所以,我愿据此推断,忧患是它永久的主题,悲凉是它基本的情调。

它不仅是文学的来源,更重要的是,它成了文学创作的原动力。由此出发的文学自然地形成了一种坚定的观念和价值观。近代以来接连不断的内忧外患,使中国有良知的诗人、作家都愿以此为自己创作的基点。不论是救亡还是启蒙,文学在中国作家的心目中从来都是"有用",文学有它沉重的负载。原本要让人轻松和休息的文学,因为这责无旁贷和义无反顾的超常的负担而变得沉重起来。

中国百年文学,或者说,中国百年文学的主流,便是这种既拒绝游戏又放逐抒情的文学。我在这里要说明的是中国有了这样的文学,中国的怒吼的声音,哀痛的心情,于是得到了尽情的表达,这是中国百年的大幸。这是一种沉重和严肃的文学,鲁迅对自己的创作做过类似的评价。他说他的《药》"分明留着安特莱夫式的阴冷";说他的《狂人日记》,"意在暴露家族制度和礼教的弊害,却比果戈里的忧愤深广","也不如尼采超人的渺茫";有人说他的小说"近于左拉",鲁迅分辩说:"那是不确的,我的作品比较严肃,不及他的快活。"

从梁启超讲"欲新一国之民,不可不先新一国之小说"起,到鲁迅讲他"为什么要写小说"旨在"启蒙"和"改良这人生"止,中国文学就这样自觉地拒绝了休息和愉悦。沉重的文学在沉重的现实中喘息。久而久之,中国正统的文学观念就因之失去了它的宽泛性,而渐趋于单调和专执。文学的直接功利目的,使作家不断把他关心的目标和兴趣集中于一处。这种"集中于一处",导致最终把文学的价值作主流和非主流,正确和非正确,健康或消极等非此即彼的区分。被认为正确的一端往往受到主流意识形态的嘉许和支持,自然地生发出严重的排他性。中国文学就这样在文学与非文学,纯文学与泛文学,文学的教化作用与更广泛的审美愉悦之间处境尴尬,更由此引发了无穷无尽的纷争。中国文学一开始就在酿造着一坛苦酒。于是,上述我们称之为的中国文学的大幸,就逐渐地演化为中国文学的大不幸。

中国近代以来危亡时势造出的中国文学,百年来一直是作为疗救社会的"药"而被不断地寻觅着和探索着。梁启超的文学思想是和他的政治理想紧紧相连的,他从群治的切入点进入文学的价值判断,是充分估计到了小说在强国新民方面的作用的。文学锲入人生、社会,希望成为药饵,在从改造社会到改造国民性中起到直接的作用。这样,原本"无用"的文学,一下子变得似乎可以立竿见影地"有用"起来。这种观念的形成,使文学作品成为社会人生的一面镜子,传达着中国实际生活的欢乐与悲哀。文学不再是可有可无之物,也不再是小摆设或仅仅是茶余饭后的消遣,而是一种刀剑、一种血泪、一种与民众生死攸关的非常具体的事物。

文学在这样做的时候,是注意到了它的形象性、可感性,即文学的特殊性的。但在一般人看来,这种特殊性只是一种到达的手段,而不是自身。文学的目的在别处。这种观念到后来演绎为"政治标准第一,艺术标准第二",就起了重大的变化。而对于文学内容的教化作用不断强调的结果,在革命情绪高涨的年代往往就从强调"第一"转化为"唯一"。"政治唯一"的文学主张在中国是的确存在过的,这就产生了我们认知的积极性的反面,即消极的一面。不断强调文学为现实的政治或中心运动服务的结果,是以忽视或抛弃它的审美为代价的:文学变成了急功近利而且相当轻忽它的艺术表现的随意行为。

百年中国文学的背景是一片苍茫的灰色,在灰色云层空茫处,残留着上一个世纪末惨烈的晚照。那是1840年虎门焚烟的余烬,那是1860年火烧圆明园的残焰,那是1894年黄海海战北洋舰队沉船前最后一道光痕……诞生在这样大背景下的文学,旨在扑灭这种光的漫延,的确是一种大痛苦和大悲壮。但当这一切走向极端,这一切若是以牺牲文学本身的特性为代价,那就会酿成文学的悲剧。中国近现代历史并不缺乏这样悲剧的例子,这些悲剧的演出虽然形式多端,但亦有共同的轨迹可寻,大体而言,表现在下述三个方面:

一、尊群体而斥个性;

二、重功利而轻审美;

三、扬理念而抑性情。

80年代以来中国大陆实行开放政策,经济的开放影响到观念的开放,它极大地激活了文学创作。历史悲剧造成的文学割裂的局面于是结束,两岸三边开始了互动式的殊途同归的整合。应该说,除去意识形态的差异不谈,中国文学因历史造成的陌生、距离和误解正在缩小。差别性减小了,共同性增多了,使中国原先站在不同境遇的文学,如今站在了同一个环境中来。商业社会的冲击,视听艺术的冲击,这些冲击在中国的各个地方都是相同的。市场经济和商品化社会使原来被压抑的欲望表面化了。文学艺术的社会价值重新受到怀疑。文学创作的神圣感甚至被亵渎,人们以几乎不加节制的态度,把文学当做游戏和娱乐。

摆脱了沉重负荷的文学,一下子变得轻飘飘的,它的狂欢纵情的姿态,表现了一种对于记忆的遗忘。上一个世纪末的焦虑没有了,上一个世纪末那种对于文学的期待也淡远了。在缺乏普遍的人文关怀的时节,倡导重建人文精神;在信仰贫乏的年代,呼吁并召唤理想的回归;这些努力几乎无例外地受到嘲弄和抵制。这使人不能不对当前的文化趋势产生新的疑虑。

在百年即将过去的时候,我们猛然回望:一方面,为文学摆脱太过具体的世情的羁绊重获自身而庆幸;一方面,为文学的对历史的遗忘和对现实的不再承诺而感到严重的缺失。我们曾经自觉地让文学压上重负,我们也曾因这种重负而蒙受苦厄。今天,我们理所当然地为文学的重获自由而感到欣悦。但这种无所承受的失重的文学,又使我们感到了某种匮乏。这就是这个世纪末我们深切感知的新的两难处境。

我们说不清楚,我们只是听到了来自内心的不宁。我们有新的失落,我们于失落之中似乎感到了冥冥之中的新的召唤。在这个世纪的苍茫暮色中,在这个庄严肃穆的时刻,难道我们是企冀着文学再度听从权力或金钱对它的驱使而漂流么?显然不是。我们只是希望文学不可耽于眼前的欢愉而忘却百年的忧患,只是希望文学在它浩渺的空间飞行时不要忘却脚下深厚而沉重的黄土层——那是我们永远的家园。

1996 年 5 月 31 日—6 月 2 日

北京—台北

总序二

《百年中国文学总系》的缘起与实现

孟繁华

《百年中国文学总系》的出版,与它的参与者们来说,无疑是一件令人感奋的事情,它使每位著者多年从事的、有兴趣的研究对象,在一个整体性的框架内得以表达,在充分体现作者学术个性的前提下,又集中表达了一个学术群体对百年中国文学的思考。在又一个世纪即将莅临之前,我们将自己的思考留在这个世纪的黄昏。

这是一个学术群体共同完成的成果。应该说,每位著者都在自己述及的时段长期从事教学和研究,并有影响不同的成果在学界产生反响。需要指出的是,"百年中国文学"这一概念,首次诞生于80年代末期,它的提出者,是丛书主编谢冕先生。那是中国社会生活发生了重大变动的年代,它不止是经济活动合理性地成为社会生活的主体,而且,长期占支配地位的社会价值观念、思想观念和道德观念等,都发生了重大变动甚至解体。百年中国的命运及当下的现实,使许多知识分子的内心凝重而悲凉。与历史的断裂感,洪水出闸般地掠过人们心的堤坝,对自身生活丧失解释力的苍茫感,被许多人隐约感到。一时间,"失语"一词开始流行。所谓"失语",并非是学人丧失了学术表达的语言能力,关键是对个体的生存方式和价值产生了怀疑,他们的社会位置发生了突变。谢冕对这些变化并非没有感知,但他从未表达,在他的学生面前依然如故。出于对学术发展和教学的考虑,自 1989 年 10 月起,他以"批评家周末"的形式,对就学于他的博士生和国内外访问学者进行教学和研讨活动,决定对百年中国文学进行系统的梳理和研究。限于当时的学术环境和"批评家周末"的影响,在京的许多青年学者和在校的青年教师,都自愿地参加了这一定期的活动。这不仅提高了研讨活动的学术质量,同时也为青年学人提供了较好的学术环境。"百年中国文学"的概念,正是这时由谢冕先生正式提出的。他指出:"百年中国文学"的提出,受到了黄子平、钱理群、陈平原三人于 80 年代中期提出的"20 世纪中国文学"的启发,这一文学整体观的思路有很大的开创性,在当时产生了广泛的影响,甚至在一定程度上改变了现当代中国文学研究的传统思路。但是,由于各种原因,对 20 世纪中国文学的研究实践,尚未来得及展开。我们的工作,则是进行具体的操作实践。不同的是,谢冕的"百年中国文学"的思路,将视野前移至 1895 年前后。在他看来,发生于 1898 年的戊戌变法,开启了中国知识分子思考中国变革的先声,它极大地启发了后来者,或者说,那一事件作为重要的思想资源,不断地鼓舞、感召了富有忧患传统的中国知识界。因此,他的"百年中国",大体指的是 1895 至 1995 年。

1989 年 10 月至 1990 年 7 月,谢冕主持了他总体构想中的第一阶段的工作,他将研究活动的总题目命名为"百年中国文学——世纪之交的凝望",在这一总题目下,有十个具体的研究题目在那一年完成,并先后在国内重要的学术刊物上发表,成书后因出版原因而束之高阁。但它为后来的工作奠定了基础并积累了经验。1990 年开始,总体构想中的"20 世纪中国文学"丛书付诸实施,丛书十卷于 1993 年由时代文艺出版社一次出齐,它受到了国内外学界的关注和好评。谢冕在丛书的总序中,简约地回顾了中国文学与百年中国的关系,检讨了百年来文学与现实难以分离的合理性及其后果。他说:"中国文学的创作和研究受制于百年的危亡时世太重也太深,为此文学需自愿地(某些时期也曾被迫地)放弃自身而为文学之外的全体奔突呼号。近代以来的文学改革几乎无一不受到这种意识的约定。人们在现实中看不到希望时,宁肯相信文学制造的幻象;人们发现教育、实业或国防未能救国时,宁肯相信文学能够救民于水火。文学家的激情使全社会都相信了这种神话。而事实却未必如此。文学对社会的贡献是缓进的、久远的,它的影响是潜默的浸润。它通过愉悦的感化最后作用于世道人心。它对于社会是营养品、润滑剂,而很难是药到病除的全灵膏丹。"文学的功用曾被人为地夸大,但考虑到百年中国具体的历史处境,他同时指出:

> 一百年来文学为社会进步而前仆后继的情景极为动人。即使是在文学的废墟之上我们依然能够辨认出那丰盈的激情。我们希望通过冷静的反思去掉那种即食即愈的肤浅而保留那份世纪的忧患和欢愉。文学若不能寄托一些前进的理想给社会人心以导引,文学最终剩下的只能是消遣和涂抹。即真的意味着沉沦。文学救亡的幻梦破灭之后,我们坚持的最后信念是文学必须和力求有用。正是因此,我们方在这世纪黄昏的寂寞一角辛苦而又默默地播种和耕耘。

这样的认识或许不合时宜,或许因不够"新潮"而有保守和"传统"之嫌,但它显示出的作为中国现代知识分子的郑重思考,却依然令人为之动容。最后他说:

> 作为20世纪的送行人,我们感到有必要把这一代人的醒悟予以表达。这种表达当然只能通过文学的方式。我们期待着放置于百年忧患背景之上而又将文学剥离其他羁绊的属于文学自身的思考。这种思考不意味着绝对的纯粹性,它期待着文学与它生发和发展的背景材料紧密联系。

我们希望这种思考是全景式的,通过对于文学追求的描写折射出这个世纪的全部丰富性。

这套丛书,最大限度地发挥了每个作者的创造性,这些作品的学术个性及影响,至今仍为人们热情地谈论。但它不是在整体性的学术框架内系统谈论百年文学的著作。与此同时,1993年,谢冕主编了一本名为《中国文学百年梦想》的书,试图从文化思想史的角度,描述出百年中国文学的思想文化背景。这些,都是谢冕对百年中国文学总体研究构想的一部分。它们都还没有接近最后的目标。

1992年7月始,他逐渐向这一目标靠近。在那段时间里,"批评家周末"的成员,也是丛书的大部分作者,开始就自己承担的工作在研讨会上报告。"百年中国文学"的大部分内容,都曾在研讨会上报告过。"批评家周末"的成员们,对每一个报告都热情地提出了建议和看法,它对于丰富丛书的内容、拓展作者的视野和思路,无疑是十分重要的。

1995年11月,召开了第一次编写会议。谢冕向全体与会者阐发了《百年中国文学总系》缘起、过程和追求的目标,并以16字对此作了概括:长期准备、谨慎从事、抓住时机、志在必成。他指出,丛书主要是受《万历十五年》、《十九世纪文学主潮》的启发,通过一个人物、一个事件、一个时段的透视,来把握一个时代的整体精神,从而区别于传统的历史著作。根据这一启发他提出了丛书编写的三点原则:

一、"拼盘式":通过一个典型年代里的若干个"散点"来把握一个时期的文学精神和基本特征。比如一个作家、一部作品、一个作家群、一种思潮、一个现象、一个刊物,等等。这说明丛书不是传统的编年史式的文学史著作。

二、"手风琴式":写一个"点",并不意味着就事论事、就人论人,而是"伸缩自如"。"点"的来源及对后来的影响都可以涉及,强调重点年代,又不忽视与之相关的前后时期,从而使每部著作涉及的年代能够相互照应、联系。

三、"大文学"的概念:主要以文学作为叙述对象,但同时鼓励广泛涉猎其他艺术形式,如歌曲、广告、演出,等等。

上述设想得到了严家炎、洪子诚、钱理群等先生的热情肯定和支持,并就年代选择,校园文化、政治文化、商业文化的关系,良好的文风和学风等看法,丰富了丛书的设想,并具有操作上的可行性。

《百年中国文学总系》丛书,从缘起到实现,历经了七年多的时间。它的出版,将为百年中国文学的研究提供一个参照。对我们这些参与者来说,它是一个值得纪念的工作,它的整个过程,值得我们深切地怀念。作为"跑龙套"的,我协助谢冕先生自始至终地参与了丛书的组织工作,因此,对丛书的全过程,我有必要做出上述记录和交待。

最后,需要特别说明的是,叙述"五四"时期的一卷——《1919:中国的青春》,这次未及一并印行,这是一个缺憾。在适当的时候,我们将补齐这一卷,以保证我们整体构想的完整实现。而目前这一卷的空缺,是特别需要读者谅解的。

1996 年 8 月于北京

1898：并非文学生长的季节

1898年是痛苦的年代。痛苦的年代里只有事件而没有文学。文学从根本上来说，是一种奢华，人们只有获得饱暖之后才谈得上审美的欣赏和享受。尽管有人说诗穷而后工，或是文学可救亡图存等等，但艰难时势对于文学或其他审美活动，到底总是一种排斥——尽管历史上也不乏战火或离乱中开放的绮丽和深沉。

这是"百年中国文学"的第一本，这一本的主题是"忧患"二字。选择这一个悲哀而痛苦的年代做百年中国文学的开端，其基本动机是考虑到了以1898年为代表的前后数年间若干事件，对于中国的这一时期文学重大的，甚至是决定性的影响。围绕着1898年前后的那些刻骨铭心的事件，为中国这一时期文学的形成和发展提供了非常浓重也非常深邃的历史、社会、文化的背景。研究和描写这一时期的中国文化——它的跨度是从上一个世纪末到这一个世纪末的大约一百年，涉及和涵盖了中国近代、现代、当代文化史的研究范畴——不能不追根溯源到这里。

1898年的中国，一切应当腐烂的都腐烂到极限，仿佛是悬挂在树梢的那些熟透的果子，轻风一吹就会摔落泥土。而一切新生的则受到惊蛰时分天边隐隐雷鸣的鼓舞，都在悄悄地，然而又是勇敢地爆裂开坚硬的尚未解冻的土层。一方面是内忧外患的痛苦的飓风的袭击，一方面又是方生未死的建功立业的召唤，从这个意义来看被史家称为"灾难的1898年"，却是一个丰富的发人深省的年代。

这年代催人早熟,而且能够激发人尽情而充分地发挥他们的潜能。我在本书的若干篇章中多次提到这样的判断。社会愈是危急,生存愈是艰难,人为挽救群体和个体生命的聪明才智便愈是发挥到极致。我们在社会历史发展的此一阶段,几乎到处都可以看到的那些奇人怪才的叱咤风云的身影,就是这种人的潜能充分发扬的证明。这些没有被世俗神化的巨人群像,出现在十九、二十世纪之交的中国的各个领域,扮演着各色各样的话剧里的角色。他们有的获得了成功,但更多的却是失败。那些年代是太严苛了,没有给人们留下更多的欢乐和喜悦,这到处流血的土地,生长的也都是苦难。因为是艰难时势,人们的智慧多半都被现实的急切需要所吸取,那些能量多半释放于对社会盛衰、国家兴亡直接起作用的场合,而只把其中很少的份额留给了文学和艺术。这样,在文学的命题下来写1898年,可能意味着是一种贫困的开掘。

1898年的文学话题,若以它的实绩而论,很可能是负面意义的。因为是悲哀岁月,有很多的死亡和离乱,有很多的悲慨和动荡,剥夺了几乎所有美好的情思。才华和智慧在别处发光,而不是在文学。这样说,却并不意味着1898年与文学不发生联系,更不意味着1898对于文学是一个遥远的话题,完全不是!

丰富的1898年,同样给文学留下了丰富的言说。这里的丰富,也依然不是通常意义上的实际创作成绩的丰盛,而只是就它可能和已经提供的对于文学之未来发展的影响而言。1898年处于两个世纪的交汇点上,同时,也处于新旧两种文学的交汇点上。古典文学走到了它的尽头,而现代文学还没有诞生;人们在广泛谈论文学的改良,而并没有提供这种改良取得成果的范例。这样的年代人们有很多不满,也有很多幻想,但社会的动荡又不提供充裕的时间实现他们的愿望。苦难的现实几乎不给文学和诗以机会。人们只有当不存在别的可能性时,才想到了文学的可能性。例如黄遵宪被放逐回乡成了平民,一切都闲散下来了,诗的创作便出现了奇迹;正如刘鹗,也是四处碰壁,一无所成了,偶尔执笔为文,便出现了《老残游记》,却又是和1898年拉开了一段距离。

但是,这个悲哀的年代,却是中国近百年文学的根源。这好比浩浩荡荡的万里长江,冲破三峡险阻,两岸有说不尽的壮阔奔腾,而在巴颜喀拉山的尽处,却可能是冒出地皮的一泓清澈的雪水。在那个除旧布新的年代,人们注重的不是它已创造了什么,而是它为未来的发展可能提供什么。从这个意义看,1898年便可能是丰富的。这正如万里长江的那个源头,它可能是一曲细流,却酿造了未来的浩荡。

首先是那时发出了要求文学"革命"的声音和愿望。我们先不去讨论当日的"诗界革命"、"小说界革命"和"文界革命"的提法背后的"革命"的内涵和真谛。但这种要求"革命"的动机却是非常可贵的,它表达了对旧文学的不满,并产生变革旧文学的愿望。它是当日西学东渐的产物,更直接受到日本明治维新的"文明开化"的思潮的影响。在梁启超的观念中,"革命"就是"变革",他在《释革》①一文中说:

> 中国数年以前,仁人志士之所奔走所呼号,则曰改革而已。比年外患日益剧,内腐日益甚,民智程度亦渐增进,浸润于达哲之理想,逼迫于世界之大势,于是咸知非变革不足以救中国。其所谓变革云者,即英语 Revolution 之义也。
> ……
> 夫淘汰也,变革也,岂惟政治上为然耳,凡群治中一切万事万物莫不有焉。以日人之译名言之,则宗教有宗教之革命,道德有道德之革命,学术有学术之革命,文学有文学

---

① 梁启超:《释革》,刊于《新民丛报》1902年12月14日二十二号。

之革命,风俗有风俗之革命,产业有产业之革命。即今日中国新学小生之恒言,固有所谓经学革命、史学革命、文界革命、诗界革命、曲界革命、小说界革命、音乐界革命、文字革命等种种名词矣。

可贵的是有了这种因不满而变革现状的要求。晚清的"诗界革命"并没有取得成功。"我手写我口"的主张也未见完善,实行并取得的成就也未见明显。但它的思路却直接启发了后来的新诗革命。"小说界革命"取得的实绩比"诗界革命"还要微小,它的特点是"理论先行",是先有理论的提倡,强调这种有别于古典的"新"小说对于开发民智和拯救国运的极端重要性,而后言及创作。但是,这种对于"新"小说的呼吁,在改变人们传统的小说观念方面,却有着振聋发聩的作用。

中国近代以来人们思想的畅通和视野的开展与西方文化的介绍和引进有关。它给黑暗的铁屋,打开了一道光明的裂隙,使人们在窒息中,接受到外面的新鲜空气。而这种引进之功,首先是由于翻译。中国近代翻译界两件开天辟地的大事均与1898年有关。这就是在这一年,林纾与王寿昌合作译出小仲马的《巴黎茶花女遗事》和严复译赫胥黎的《天演论》出版。《天演论》在开导和改变国人的思维方面的重大作用,使人们认识到物竞天演、优胜劣败的自然界的规律,从而获得自强自求的警醒,这已是有目共睹的事实。而《巴黎茶花女遗事》的翻译和出版,其在新的文学观念的启蒙以及文学描写社会生活的新生面等方面,完全是一个新奇和丰富的世界的开启,其作用完全不逊于前者。这些,都是1898年这个灾难年代的赐予。

中国旧文学的改造和中国新文学的创造,都与接受西方文学的影响和启发有关。是西方文学的"入侵",加速了我们对旧文学与新生活、新感情的脱节的怀疑,同时,中国新文学的设计和创造的热情也是西方文学给予我们的启示。极而言之,正如有人指出的那样,中国新诗几乎可说是中文写成西方形态的诗,而中国新文学的整体设计,也是受到西方文学的影响,并按照西方文学的模式为参照的产物。而这一切,均是由于翻译界的披荆斩棘的开发之功。

中国现代翻译的纪元从这时开始。是1898年给中国未来文学带来了域外的第一线光明,不仅是文学和小说,还有诗。中国翻译西方现代诗歌,据施蛰存的介绍,最早是在此时:"1873年,王韬编译《普法战记》,书中就译出了《马赛曲》和普鲁士人的爱国诗。1898年,严复译出《天演论》,其中引用了英国诗人朴柏的长诗《原人篇》中的片段和丁尼生的长诗《尤利西斯》中的一节。"[①]既然首译西方诗歌与首译西方小说,都与这个年代有关,那末,说1898年与文学没有关联,或说这一年发生的文学现象不具有重要性,便是不客观允当的了。

文学的发展有赖于传播手段,此时排版印刷术已盛行,对文学的发展极有助益。尤为重要的是,报纸的发行,它仿佛是给文学的传播添了双翼。在《百年忧患》这本书中,我们重点介绍了1898年在日本横滨创刊的《清议报》。这份报纸是维新人士在流亡的环境中坚持自己的信念和理想的证明,也是中国近代报业发达昌盛的证明。

《清议报》大概是感到了自己在中国报界所处的位置,以及为当日中国言论寂灭的现状所激发的责任感,在它的一百期纪念专号中特立《中国各报存佚表》。在这份表前略述了近代报刊的缘起和沿革:"近世以来,斯道渐盛,林文忠公命译外国近事,名为西国近事汇编,月出一册,是吾国报章之最早者,是为月报之始。五口通商,风潮渐播,上海一隅,尤为中西人士荟萃之所,

---

① 施蛰存:《中国近代文学大系·翻译文学集》一,导言。

申报继出,是为日报之始。"① 到了《清议报》一百期时,统计全国已有报刊达 124 种之多,更重要的不是数字,而是新闻的质量。方汉奇在《中国近代报刊史》中引用了 1898 年报纸的一段材料对此作了评述:

　　……由于重视了采访,记者在第一线掌握了较多的第一手材料,在这一时期的报纸上,也出现了一些情节比较生动文字比较活泼的新闻报道。下面这条消息是其中的一个例子:

　　《康有为到吴淞》(题)据本馆派妥友确访云:前日顺和进口,上海道派多人在怡和码头吊楼口守候,另派人至船上,搜拿康有为未得。至新济到埠,又遣多人上船搜寻未见。据买办云:康在天津,已搬行李上船,忽与同伴耳语,即仍搬行李去,云拟次日搭重庆至申。蔡和甫观察闻知此讯,即拟派小轮至吴淞口外上船搜查,讵料英领事深嫌查顺和时过于骚扰,竟不肯发票。昨日午间,重庆轮船近吴淞口,有税务司偕华员开小轮船搜寻。据买办云:重庆轮船将近口时,忽有一蓝烟囱小轮驶近船旁,即有二西人上船,手持照片,遍处搜寻,只见一人与相片仿佛,指照片问是此人,此人即点首言是。两人即拉此人至大餐房,后数分即拉人及其同伴,并取行李上小轮船而去。旋见小轮船驶近相离二十丈之某兵舰,即见西人及此人等,均上兵船去。税务司等揣疑此二人即康有为及其亲信之党羽一人,于是税务司等皆嗒焉若丧而返。闻上海道将设法向英领事索回此人,不知确否。(刊 1898 年 9 月 25 日《中外时报》)

　　这条消息采写于政变后的第四天,康有为在上海被搜未获在英舰保护下转逃香港的当天。第二天一早就见了

---

① 见《中国各报存佚表》序,《清议报全编》,卷四,第 118 页。

报。从采写到发表,不到二十四小时。时间是比较短的。消息中提到了"顺和"、"新济"、"重庆"等三条船,两个买办和上海道(即消息中的"蔡和甫观察"),英领事,税务司,"二西人"及康有为等七、八个人物,还引用了两个买办的一些话,很明显是经过多人次的采访,了解了一些细节以后写作出来的。其中的情节,除了"新济"轮船如康有为自己的记载应该是"海晏"轮,稍有出入之外,基本上属实。①

上面那些材料从新闻采访的一个侧面说明了当日报纸的成熟。新闻的进步属于整个社会,当然也带动了文学的进步。从1897年,严复和夏曾佑在《国闻报》上刊《本馆附印说部缘起》,1898年《清议报》第一册发表《译印政治小说序》,是为报纸创办文学副刊的雏形。从晚清到民初,许多后来产生了重大影响的小说,多半都采取先在报纸连载的方式予以传播。许多诗和散文,特别是那些吟咏时事的诗和政论体的散文,也借报刊的方式走向社会。报纸的广泛创办及其成熟,对于社会发展起了极显著的推动,它使以往死水一般的停滞的肌体,顿时血脉流通,充盈着活力。视野开阔了,思想也活跃起来了。由于舆论的影响,人们对向来视为自然的中国社会的种种积习,开始怀疑和不满,而变革现有秩序的愿望也由此而生。梁启超曾经描述过报纸与社会紧密联系的情景:"甲午挫后,《时务报》起,一时风靡海内,数月之间,销行至万余份,为中国有报以来所未有,举国趋之如饮狂泉。"②

至于报纸的盛行与文学发展的关系,从直接的方面考察,是由于从那时开始已有了类似今日文学副刊那样的园地,这无疑

---

① 方汉奇:《中国近代报刊史》,上册,第150—151页。
② 梁启超:《本馆第一百册祝辞并论报馆之责任及本馆之经历》,《清议报全编》,卷一。

对文学作品的发表和流通,以及对激发文学作者的写作热情会有促进作用。从间接的方面考察,则在于整体上社会进步和民众觉悟的提高,必然成为繁荣的先决与前提。中国社会的各个方面,当然也包括了文学,都从报纸的繁荣中得到好处。这就是本书对《清议报》创刊这样题目予以重视的原由。

至于京师大学堂的内容的叙述,其动机和效果也与上述接近。新型的综合性大学的出现,对于封建停滞的社会来说,是一种质量的转换。其对文学的影响当然也不是直接的和立竿见影的。然而影响无疑存在且深远。它结束了科举制度,也结束了八股文,它从教育制度的方面使中国告别古老的方式而挺进于现代,这是中国社会由愚昧通往文明迈出的重要一步。尤为重要的是,这个京师大学堂后来成了中国自由思想的中心,科学民主的堡垒,而且成为新文化的发祥地,中国新文学的摇篮。对文学至关重要的是,从这所学校里,走出了一批又一批为建设和繁荣中国新文学的有影响的学者、作家、诗人和批评家。从近代到现代,在为促进中国文学发展作出巨大贡献的人物中,和这所百年大学堂没有任何关系的名字极其少有。当然,这所学校对于中国社会的贡献,远远地超出了文学的范围,它是中国智慧和良知的象征。

1898是一个伟大的年代,中国由大希望的天空跌进了大苦难的深渊。1840年抗争的激愤和最后导致的割地赔款;1895年的北洋舰队的沉没,结果是更为惨烈的割地赔款;于是有了1898年的百日维新运动,但维新未成却是黑暗势力的猖狂反扑,有许多的流血,有许多的通缉,有许多的罢官,更有许多的流亡。这些,本身都是事件,都不是文学。然而,1898年的泪和血,都成了哺育中国文学的母亲之乳。中国百年文学因吮吸了这样的母乳而染上了忧患的遗传,并由此如蚕吐丝般地萌生出众多的小说、诗、散文和戏剧,以及众多的言说这些作品的理论、批评和文学史。这一切,又都无例外地体现着、抒发着和叙说着那些痛苦的思索,悲哀的寻求,以及无尽的哀愁。

当时代没有也不曾给予的时候,忧患和哀愁便是唯一的财富。从上一个世纪末到这一个世纪末,中国文学便成了时代惠赠的这一财富的拥有者。中国百年文学的思想和主题,使命和寻求,艺术和风格,都浸透了这时代特有的悲情。要是说,我们曾经创造了辉煌和繁丽,那么,我们追溯这浩瀚的江流的源头,却是这个苦难异常地丰裕,而文学却异常地贫乏的年代。

一、昆明湖石舫

玉澜堂风情

1898年9、10月之交,从大漠吹来的黄风,似乎提早袭击这座悲哀的京城。从西直门一直延伸到颐和园的御道两旁的槐柳开始枯凋,有一些敏感的金黄的叶片开始飘落。昆明湖的水也失去了往日的涟漪,哀愁的郁积使它变得浓稠起来。湖里的荷叶在夜霜的威胁下窸窣着,更加渲染了萧瑟的氛围。

此刻昆明湖的水在默默地敲打着玉澜堂湖滨的堤岸,寂寞而凄迷,似乎在倾诉着历史的沧桑。玉澜堂始建于乾隆十五年(1750年),是一座很独特的四通八达的穿堂殿。这座宫殿原为乾隆皇帝的办事殿,毁于1860年。光绪十二年(1886年)重建,是光绪在园内的寝宫。玉澜有东、西两个配殿,东为霞芬室,阶前有对联:"障殿帘垂花外雨,掃廊帚借竹梢风";西为藕香榭,也有对联:"玉瑟瑶琴倚天半,金钟大镛和云门"。玉澜堂院内有两棵西府海棠,两棵虎皮松,是个清幽的所在。正房两边也悬挂着一副对联:"渚香细裹莲须雨,晓色轻团竹岭烟"。这些诗意的文字虽然多系陈套,但大抵是对于这个建筑群周围环境的描绘——荷香竹影是对它的近山傍湖的优越地位而言。站在玉澜堂的垂花门下,近处的知春亭水光潋滟,远处的十七孔桥如虹倚天边,的确是风景形胜之地。

可是,现在这里却成为了囚禁它的主人的监狱!如今,皇帝如同往常那样从城里来到这里,可是,他只是一个被"训政"的失去了权力和自由的傀儡。而提线操纵他的行动的,则是把他赶下太和殿御座的他的姨母——这个女人声称她对权力不感兴趣,却以维护祖宗基业的堂皇理由轻而易举地夺取了皇帝的权力。皇帝依然"拥有"这座清幽的院落。可是宫殿的后檐和东、西配殿原先敞开的通道均被巨砖封砌,从而堵死了能够自由通往外界的通道。即使是他的妻子隆裕皇后居住的宜芸馆,与此仅一墙之隔且有门相通,也无例外地予以堵死。失去了行动自由的皇帝,如今拥有两个居所,一处是瀛台的涵元殿,一处则是颐和园的玉澜堂。这是他被逐下帝位后的两座囚笼,直至他生命的终结。

一艘走不动的船

这座昆明湖,曾在这里"训练"过大清帝国的"海军"。那不过是那位握有权柄的女人,挪用修建海军的款项用以重修颐和园的遮人耳目的举动,实际上,它所"训练"的海军不过是湖上供她玩赏的游船而已。这些舟船随着历史风烟的消失,也化作了往日的风景,倒是在长廊的尽头留下了一只石头的船——清晏舫。本世纪50年代初,一位土耳其诗人来到颐和园,以这艘船为题写下一首短诗,其中有句云:

> 中国所有的船都充满了风,
> 只有它感到孤凄——它走不动![1]

这位诗人怀着对当日中国的美好情感写下这诗句。他是从新旧对比的角度进入这首诗的构思的。要是换一个视角,从上个世纪末的甲午沉船事件来进入,那就会有更大的悲剧意味,即中国所有的战船都已沉没,只有它形单影只,它感到孤独。1898

---

[1] 这诗句见希克梅特:《颐和园的石船》。据记忆,可能不准确。

年,那时世界的"万园之园"的圆明园,焚毁近 40 年,早成了一片废墟,人们只能从它残有的水形山貌来辨识当年的繁华。当一切都变得死寂的时候,在这座帝都的西郊,只有昆明湖的水,在午夜拍打着清晏舫的船舷,只有它受着无限的痛苦记忆的折磨。

在两个世纪之交的中国,船是一个象征。文学作品中出现的船,当数刘鹗《老残游记》所写,寓意最为鲜明。这部成书于本世纪初的长篇小说,它所记述的则是上个世纪末晚清社会生活的感受。它在第一回:"土不制水历年成患,风能鼓浪到处可危",就以梦境的方式再现风浪中的危船来警示当日中国:

> 这船虽有二十三四丈长,却是破坏的地方不少,东边有一块,约有三丈长短,已经破坏,浪花直灌进去;那旁,仍在东边,又有一块,约长一丈,水波亦渐渐浸入;其余的地方,无一处没有伤痕。那八个管帆的却是认真的在那里管,只是各人管各人的帆,仿佛在八只船上似的,彼此不相关照。那水手只管在那坐船的男男女女里乱窜,不知所做何事。用望远镜仔细看去,方知道他在那里搜他们男男女女所带的干粮,并剥那些人身上穿的衣服。

开始是破船,早已千疮百孔,而那些各色各样的人,还在残害船上的乘客,蛊惑人心,搜刮钱财,而不顾整艘船的安危。他活活画出了危机四伏的中国的窘态。

过渡时代:弃旧迎新的宣言

与刘鹗的悲观激愤对比,梁启超笔下的那艘中国船,则颇为昂扬而有生气。不同的是,梁启超写的不是文学作品,而是一篇政论文。1901 年,他在流亡生活中写《过渡时代论》,该文刊于《清议报》第八十二期。这篇文章可以看做是他告别旧世纪、迎接新世纪的宣言书。他在经历了戊戌动乱的三个年头之后,弃旧图新,感受到了新的世纪所给予中国的机缘。认为当日之中国是过渡时代的中国。所谓"过渡"在他的概念中即改革进化的意思。取广义而言,他认为"人世间无时无地而非过渡时代,人群进化,级级相嬗,譬如水流,前波后波,相续不断";取狭义而言,认为"一群之中,常有停顿与过渡之二时代,互起互伏:波波相续体,是为过渡相;各波具足体,是为停顿相。于停顿时代,而膨胀力之现象显焉;于过渡时代,而发生力之现象显焉"。他据此判断说:"中国自数千年以来,皆停顿时代也,而今则过渡时代也。"[①]

静极而动,沉寂之后是喧腾,这是梁启超世界演进的观念。经历了大挫折之后,他不是就此消沉下去,而是以更为乐观奋发的精神立足现时,眺望未来。他认为过渡时代是"人世间所遇而最可贵"的,之所以可贵,在于它给人以希望:"惟当过渡时代,则如鲲鹏图南,九万里而一息,江汉赴海,百十折以朝东,大风泱泱,前途堂堂……"

梁启超分析,在 20 世纪初叶,世界上最可以有为之国,一是俄国,一是中国。用今日的概念来表达,这两个国家都是长期的封建体制,当日都处于发展过渡的状态中,因为落后,所以亟须前进;而要前进,必须有改革,这就是过渡形态的原动力。就中国而言——

> 中国自数千年来,常立于一定不易之域,寸地不进,跬步不移,未尝知过渡之为何状也。虽然,为五大洋惊涛骇浪之所冲击,为十九世纪狂飙飞沙之所驱使,于是穷古以来,祖宗遗传、深顽厚锢之根据地,遂渐渐摧落失陷,而全国民族,亦遂不得不经营惨淡,跋涉辛苦,相率而就于过渡之道。故今日中国之现状,实如驾一扁舟,初离海岸线,而放于中

---

① 梁启超的引文,均见梁启超《过渡时代论》。以下不加注的,均引自该文。

流,即俗语所谓两头不到岸之时也。

这位跨世纪的人物也把当日中国譬喻为船,然而不是刘鹗小说中那样的大船,而是"驾一扁舟'而'放于中流"的不大的船。梁启超只是用船的离岸形容中国的处境——船已离岸,而尚不达彼岸。就是说,船知道是必须过渡,而且也知道其大体目标,但却是风波甚多,曲折甚多,艰难甚多。梁启超举例说,例如:"人民既愤独夫民贼愚民专制之政,而未能组织新政体以代之,是政治上过渡时代也;士子既鄙考据词章庸恶陋劣之学,而未能开辟新学界以代之,是学问上之过渡时代也;社会既厌三纲压抑虚文缛节之俗,而未能研究新道德以代之,是理想风俗上之过渡时代也。"从这些行文可以看出,他所说的"过渡时代",其实就是今日人们常说的"改革时代"。他的这些关于新政治、新学界、新道德改革目标的提出(也许还应该加上新文学),是很有远见的。他的这些设想,在大约十年以后,便被一批更新的知识分子接了过去,成为叱咤风云的一幕又一幕的活剧的演出。

梁启超在写《过渡时代论》时,是估计到了过渡所要遭到的危险和困难,甚至有它的"恐怖"即风险的:"所向之鹄若误,或投网以自戕;所导之路若差,或迷途而靡屆。故过渡时代,又国民可生可死、可剥可复、可奴可主、可瘠可肥之界线,而所争间不容发者。"但他还是以充沛的热情和信心,鼓吹并面对他的过渡时代。他是一位非常真诚的理想主义者,他以近于纯真的心情谈论着他的目标和信念:"其现在之势力圈,矢贯七札,气吞万牛,谁能御之?其将来之目的地,黄金世界,荼锦生涯,谁能限之?故过渡时代者,实千古英雄豪杰之大舞台也,多少民族由死而生,由剥而复,由奴而主,由瘠而肥所必由之路也。美哉过渡时代乎!"

提早了100年的预告

　　这文章和他的其他文章一样,有虚华而铺张的缺陷,他是凭着那一股热情来写作的,在他的华丽的铺排中,我们感到了某种不够实在的空泛,而他的激情却火焰般燃烧。梁启超当然不会想象到在他之后的中国百年,依然是战乱频繁,外患不止,内乱也不止,至于社会动荡和民众受到的灾难,可谓是成了中国社会的常态。他所预言的过渡时代的这只中国船,依然在风雨飘摇之中处于"两岸不到头"的境地。

　　梁启超的预告是超前的,这是提早了100年的宣言书。中国人以100年为代价,只是部分地实践了他的理想,而需要把更多的目标,放在更远的未来100年。

二、中国的世纪末风景

近代史的一块碑石

19世纪只剩下最后的两年。这个世纪末在中国的大地和海域发生过许多悲剧,为着结束这些悲剧,中国人,从皇帝到大臣,从士人到平民,似乎都赶着要在世纪日落之前,做一些改变中国命运的事情。被称为灾难的1898年,就这样在中国人的焦躁和急切的期待中悄然降临。

戊戌年后来成为中国近代史的一块碑石——可能是纪念碑,也可能是墓碑。它记述着中国的忧患,中国的抗争,中国的失败,当然,最真实也最永久的却是中国的记忆。这一年的正月初三日①应是传统的中国年假期中,在皇帝的授意下,清政府核心的几位决策人物李鸿章、荣禄、翁同龢等五大臣在总理事务衙门约康有为晤谈。翁同龢在此日的日记中记道:"初三日……传康有为到署,高谈时局,以变法为主,立制度局、新政局、练民兵、开铁路、广借洋款数条,狂甚。灯后归,愤甚,惫甚。"②他们谈了很久,从白天谈到掌灯时分。在翁的印象中,康有为"狂甚",大概总指的是他的意气如虹的思考吧。但为何又"愤甚"、"惫甚"呢?作为帝师的翁同龢因何而愤,为何又感到内心的疲惫呢?对于这位辅佐皇帝的大臣,其处境的艰危和内心的复杂是外人

---

① 戊戌正月初三,即清光绪二十四年的正月初三。换算为公历,即公元1898年1月24日。

② 《翁文恭公日记》卷三十七,见《戊戌变法》资料第一辑,第2页。

难以猜测的。

被约见的这位三年前发动公车上书的青年人,于1897年的冬月再次来到京城。这时的北京,满城是迷天的风沙,护城河的冻冰之上也铺满了黄蒙蒙的一片。景山的松柏在寒风中萧瑟,周围是一片悲哀无泪的惨烈气氛。他这次来京是由于危急形势的召唤:这年12月15日,德国舰队侵入旅顺湾,占领旅顺、大连。"康驰赴北京,上书极陈事变之急"①:这就是康有为的《上清帝第五书》。在以往的三年中,他对自己的变法主张又有了更加深入和成熟的思考。现在由于外患日深,他急切地希望能够把心中的蓝图变成现实,以期改变中国濒于危亡的国运。但他的这次上书受到工部阻拦没有呈送皇帝。直至第二年的正月方才送达御览。梁启超描述了皇帝阅读康有为奏折时的情景:

> 皇上览之,肃然动容,指篇中求为长安布衣而不可得,及不忍见煤山前事等语,而语军机大臣曰:"非忠肝义胆,不顾死生之人,安敢以此直言陈于朕前乎?"叹息者久之。②

于是皇帝做出指示:"命总署诸臣,自后康有为如有条陈,随即日呈递无许阻拦。"即宣取康著《日本变政考》、《俄彼得变政记》等书呈览。这样,这位来自广东的普通举子,终于有机会接近权力的核心,而且成为播弄戊戌风云的人物。

早春的激动

1897、1898之交的那个寒冷的冬天很快就结束了。春节过后,御河里的冰开始解冻,昆明湖边的柳丝开始泛绿,从西直门到颐和园的御道两旁的槐树梢头虽然还是一派苍劲的静默,然

---

① 梁启超:《戊戌政变记》卷一,见《戊戌政变》资料集第一卷,第250页。
② 梁启超:《戊戌政变记》卷一,第250页。

而戊戌年的春天毕竟已经来到。

变法因为皇帝接近和使用了一批锐意进取的青年知识分子,并听取了他们的意见,显然加快了步子。但随着春天的到来,不仅京城春天流行的疾病开始蔓延,而且谣言也追逐着滋生的蚊蝇而传遍了这里官宦的深院和市井胡同。北京的空气里流动着一种悄悄的兴奋和激动,但那只是表面的现象。随着谣言的传播,似乎在暗示着某种不安甚至阴谋。举例说,戊戌四月间有一个定官制和设制度局,并三十二局奏议,命交总署议奏。至四月底,延宕不复。皇帝令"再议"。于是谣诼随即飞扬起来,说是要裁撤六部九卿,设定"鬼子衙门",要用鬼子办事了。① 又如,五月二十四日旨,"所有天下淫祠尽改为学堂"。此旨一下,马上又有谣言,说是皇上要入天主教了。并且传得非常具体,说是要在宫中设立礼拜堂等。② 这些谣言背后的用心十分阴鸷。

传得最多的消息是光绪皇帝病了,而且病得不轻:淋病、腹泻、遗精、咳嗽,等等。这传言都是有鼻子有眼的,都说是传自内务府太医院。而事实却是:"言皇上无时不病重,然皇上日日办事,召见大小臣,间数日必诣颐和园向西后请安,常在瀛秀园门跪迎跪送西后,岂有病之人所能如是耶?"③ 总之,谣言是故意制造的,谣言只是表层,而在谣言的背后,的确深藏着两派政治势力决斗的危机。

1898年的春天,北京城里虽然不断地下着改革的诏书,而这些诏书大抵也只是诏书而已。它们只是一纸空文,距离实行还有长长的距离。一些衙门,一些决策的大臣,就是把文件压在案头,他们不办。皇帝发肝火也不行,他们显然是在等待。他们在静观政治风云的流变。

---

① ② 见苏继光《清廷戊戌朝变记》。

③ 梁启超:《戊戌政变记》卷一。此章引言凡不注者,皆引自梁著该书。

文件多了也没有用,现实的中国是即使挪动一步也需千钧之力,何况是改变国运的非凡之举?摆在这位青年皇帝面前的难题实在是太多了,那些年轻气盛而没有从政经验的文墨之士,他们对困难重重的中国社会,特别是政坛的微妙曲折毕竟是知之甚少的。这里单举一个小小的事例,可见当日的举步维艰。据《清廷戊戌朝变记》记载,当年七月二十日在皇帝召见杨锐、刘光第、谭嗣同、林旭等四人,并"赏给四品卿衔,在军机章京上行走"这样的特权的同时,还有如下一则记载:

> 又旨,修理京城街道,挑挖沟河。
>
> 京都管理街道,有工部街道厅。管理沟渠河道司官,顺天府,大、宛两县,步军统领衙门。前三门外,又有都察院管理街道城防司汛等官,可谓严且备矣。究其实,无一人过问焉,以至任人践踏,粪土载道,秽污山积,风即扬尘,雨即泥泞,春夏之交,变成瘟疫,而居其中者,奔走往来宴如也。洋人目之为猪圈,外省比之为厕屋。然每年碎修经费,所出不赀,及勒索商民讹诈铺户款,又甚钜,奈众人分肥,无一文到工者。岁修之项,工部分其半,该管又分其半;巡察打扫之费,步军统领衙门营城司防内外分之,讹诈勒索,工部不与焉。近日有人修奏,上尽悉其详,及命该管各衙门即行查勘估修,以壮观瞻,并大清门、正阳门外,菜蔬鸡鱼摊肆,一概逐令于城根摆设,以示体恤。于是官吏闾民,皆称不便,官吏怂恿百姓,联名呈恳体恤。①

上引这一则资料,列于苏继祖著的《清廷戊戌朝变记》的大事记中。其实它是首都沟渠管理的一个具体事项。这样的事,本不应惊动一朝天子的,但是,居然要在事关国事变革之中特加

---

① 苏继祖:《清廷戊戌朝变记》,见《戊戌变法》资料集第一卷,翦伯赞等编,上海人民出版社,第340—341页。

一道诏旨。这就是说,北京的河道失修,粪便垃圾不能及时处理,虽有各项主管官员乃至一府二县的主事他们在"管",但实际上却无一人过问此事。而过问此事者,却是日理万机的皇帝陛下。拨下的经费和向士民募集的钱财,不是投放于修整首都的河道,而是在层层盘剥中,饱了贪官污吏的私囊。他们无所事事,看着苍蝇满城飞,堆积如山的粪土发出奇臭,却照样心安理得地做他们的官。一旦这事惊动了最高当局,北京的市政问题竟然要皇帝亲自过问了,他们又反过来煽动商民"联名呈恳体恤"阻挠它的实行。

同年七月二十一日,还有一则"皇上面谕军机大臣,停止海防捐"的上谕。史载:"枢臣奉谕后,即力陈北洋海军仰给此项,如一旦停止,淮饷无款可筹;更兼新政创行,诸多用费,请少缓再停。上不允。枢臣再四渎请,上怒曰:'一面裁官,一面捐官,有此政体否?勿多言!'枢臣不得已,即商于北洋,禀知太后,皆谓皇上任性胡闹也。"① 一般的人读这段记载,很难明白所述的内容。其实所谓"海防捐",只要对照康有为如下一段记述,大体便知究竟:

> 颐和园广袤十余里,咸丰十年,与圆明、静宜等园,皆为英人所焚,时西后以游乐为事,自光绪九年经营海军,筹款三千万,所购铁舰十余艘,至是令提其款筑颐和园,穷极奢丽。而吏役辗转扣剋,到工者十得其二成而已。于是光绪十三年后,不复购铁舰矣。败于日本,实由于是。既提海军之款,营构园林,即用海军之人以督大工,若内府嬖倖恩佑、立山之流,皆任海军之差。又虑不足,别于户部之外,开海军捐,二三千金得实缺州县,四五千金得实缺知府,七八千

---

① 苏继祖:《清廷戊戌朝变记》,见《戊戌变法》资料集第一卷,翦伯赞等编,上海人民出版社,第340—341页。

金得实缺道,皆以特旨简放,吏户两部,然其成数既比户部减数倍,于是趋者云起,皆不于户部而于海军焉。然所谓海军者,特南海子颐和园之土木而已,非海上之军也。(中国新政,名实相反如此。已未和议成,复停止海军,外国诧其举措之奇,而中国人以为美政。盖停海军者,停园工也。经割台忧患之后,故有此美政,外国人据其名观之,宜其相刺谬也。)①

所谓"海防"或"海军",指的是以此为由卖官,名义上用卖官的钱来购买兵舰,而实际上却用来修造园林,而主其事者,又从中得到好处。光绪皇帝的诏停海防捐,显然是革除弊政的一个行动。这当然损害了一些官僚的利益,更断了他们的财源。于是他们顽强地阻挠这一命令的实行。了解了这个背景,对上文光绪皇帝"一面裁官,一面捐官,有此政体否"的愤怒就不难理解了。

每走一步都是沉重

1898年的春夏之交,北京就是如此模样,每走一步都是沉重;每走一步,也都是陷阱,真可说是寸步难行!而这还只是即目可见的事实,至于宫闱深处、大殿阴影里的窃窃私语,盯梢密报,却是异常的频繁和紧张的。光绪皇帝和他周围的那些励志改革的文士们,他们一相情愿地炮制各种改革方案,夜以继日地不断生产着变政的各项诏书。而这些诏书来到各项主管官员那里,因为他们深知朝廷内部的矛盾冲突的各种内幕,多半都故意延搁不办。"自四月二十三日以后,凡遇新政诏下,枢臣俱模棱不奉,或言不懂,或言未办过。"总之,新政多半沦为纸上的文章,那种改革的亢奋,在传统的因袭势力的抵消之下,散发过程中仅

---

① 康有为:《康南海自编年谱》:"光绪十四年,戊子三十一岁"。

仅变为一种空洞的意愿而失去任何意义。而事实往往是,一个改革诏书下来了,不仅不见任何的实行,却是各式各样怪诞离奇的传闻蚊蝇般蜂起。其中最为恶毒的,莫过于盛传皇帝要"易衣冠废礼乐"之说。关于这点,又有一则记载:

> 戊戌六月,诸守旧大臣以皇上变法,焦虑不已,多有问之荣相者,荣相笑曰:"俟其闹至剪辫子时,必有办法,此时何急哉?"
>
> 京中谣言四起,谓皇上将改衣冠,有地安门外大估衣店请教于满大臣某者,早有此说,以便出货。某曰:"若容皇上闹去,必至如此,恐其闹不长耳。"①

这些谣闻无异于要置皇帝和维新派于死地。因为慈禧曾有言:"汝但留祖宗神主不烧,辫发不剪,我便不管。"所以关于入洋教,宫中设礼拜堂,易服剪辫等等传言,不论动机如何,等于制造给慈禧以公开干预的口实。

这样就发生了那件震惊中外的事件。这件事从流产的政治改革看,是一次确定无疑的失败。这场梦幻般的改革,自光绪二十四年戊戌四月二十二日(1898年6月11日)下"定国是诏"开始,到这一年的八月初六日(1898年9月21日)慈禧再出"训政"止,前后维持了103天,被称为"百日维新"。但是,中国从皇帝到士民,一批深深感受到社会危机的有识之士在艰难困苦中的痛苦求索,以至最后的流血和逃亡,却留下了一曲回荡百年的悲歌。

戊戌政变的参与者和同情者中,多是当日学贯中西的知识分子,他们的从事政治,是由于外敌压境、内政腐败、国家危亡的时势的逼迫和召唤。他们的言行,带有很多文人的特征和弱点。

---

① 苏继光:《清廷戊戌朝变记》,见《戊戌变法》资料集第一卷,翦伯赞等编,上海人民出版社,第350页。

他们中的有些人后来由改良派而坚定地站在保皇派的立场,或是由原先的开明转向保守,他们的表现甚至受到时论的谴责,但不论他们在历史的演进中充当了什么样的角色,作为当世的知识精英,他们以自己的学识和思考,乃至自己的生命贡献于国家兴亡,则是不容怀疑的垂之恒远的一种品质。

那场由救国的激情所引发的悲剧结束了,这些人被称做失败者的形象留供后人评说,然而由民众苦难和社会沦落以及国土的被肢解瓜分所带来的焦虑和悲苦,以及由此唤醒的拯救危亡的热情,却是一道永不消失的彩虹。这彩虹悬挂在19世纪的昏黄的天际,也刀般地镌刻在中国人的百年记忆之中。

永远的存留

人的一生是短暂的,许多的作为也许会为历史所疏忽和遗忘。但是把个人的命运和社会盛衰、国家兴亡相联系的奋斗和牺牲,却是永远的存留。这种财富属于精神,它无形,却有无尽的释放。在戊戌政变的灿烂星群中,谭嗣同是一颗耀眼的星。他的短暂的一生是激烈的喷射,如同燃烧的彗星,划过黑暗中国的上空,充分地燃烧,而后消失。如同对所有的历史人物,后人均有种种评说一样,关于谭嗣同,当然也有说不尽的话题,例如他的"思想悲剧性"(李泽厚语)[1]和他的"激进"等。当那些后世的评论者以冷静的理性来评说当年应当如何如何的时候,应当说,这是很容易做到的,因为他并不处身于潮流之中。他充其量只是一个与那件事无关的事后的聪明人,他绝对不是感到了切实的疼痛的当事人。但是,青年谭嗣同关于"风景不殊,山河

---

[1] 李泽厚,《谭嗣同研究》:"他那策划流血的宫廷政变,和慷慨地以自己的鲜血贡献给他的事业的戏剧性的光辉终结,也仍然是他的思想悲剧性发展的必然结果。"见《中国近代思想史论》,第182—183页。

顿异,城郭犹是,人民复非"的感叹,以及随后他以学识和谋略献身于改革大潮的激情,在维新事业失败之后,他临危不惧,断然谢绝了劝他出走的日本友人的好意:"各国变法,无不流血而成者,今中国未闻有因变法而流血者,此国之所以不昌也,有之请自嗣同始。"①及至临刑之前的绝命词:"有心杀贼,无力回天;死得其所,快哉快哉!"他的语言和行为,如今都化成了一曲回荡天际的慷慨悲歌。它证明人的生命尽管短暂,由于它自身的辉煌,却可以无限地绵延。

戊戌维新诸君子,往往身兼数任,是思想家和哲学家,也是政治家和学者,更是政论家和散文家,他们都有诗作,康有为、梁启超也皆有诗名。《马关条约》割台之后,康有为有七律一首,言词颇沉痛:

> 山河已割国抢攘,忧国诸君欲自强。
> 复社东林开大会,甘陵北部欲飞章。
> 鸿飞冥冥天将黑,龙战沈沈血又黄。
> 一曲欷歔挥涕别,金牌召岳最堪伤。

艰难困苦的时代,催人早熟,也激励人发挥生命的全部潜能。不如太平时势,人们往往耽于安乐不思奋发,于是,即使他有许多精力和智慧,却往往消磨在享乐和安逸之中了。

谭嗣同作为诗人,人们对他的诗歌风格也有很高的评价,认为是"境界恢廓,志趣豪迈,笔力遒劲"②。光绪八年(1882年),他去父亲的兰州任所,途经潼关,有诗感兴:

> 终古高云簇此城,秋风吹散马蹄声。
> 河流大野犹嫌束,山入潼关不解平。

---

① 梁启超:《戊戌政变记事本末》、《政变正记》。
② 陈铁民:《近代诗百首》,谭嗣同题解。

渔关天下奇险,秋风高城有悲烈之士敞抒情怀;他是一条奔腾的江河,那宽阔的原野可供他自由驰骋,但还是感到了约束;他是入了潼关之后连绵不绝的崇山峻岭,他对这样的奇兀险峻竟是如此的倾心,仅仅因为挣脱了那单调的平坦,而感到了无可比拟的惬意。这首题为《潼关》的诗中,跳动着一颗不受拘束的有超凡抱负的心。几年后,他又一次赴兰州,作《崆峒》一诗,诗中仍然通过中国西北山川的雄奇超拔,展现这位青年志士的宏远不凡的胸襟:

斗星高被众峰吞,莽荡山河剑气昏。
隔断尘寰云似海,划开天路岭为门。

他的《狱中题壁诗》是很有名的,在生命濒危的时刻,还念念不忘自己的友人。《有感一章》其风格和丘逢甲的《春愁》很接近,都是血泪写成:

世间无物抵春愁,合向苍冥一哭休。
四万万人齐下泪,天涯何处是神州。

精神的凯旋

戊戌年所发生的一切,是一场可怕的灾难。改革的激情很快地化为了一场梦幻,但在这些失败者的血泪斑斑的行止中,我们随处可以看到有一种岁月不能消磨的,而且时间愈久远,痕迹愈鲜明的精神上的凯旋。1899年,流亡中的梁启超赴美途中作《太平洋遇雨》:

一雨纵横亘二洲,浪淘天地入东流。
劫余人物淘难尽,又挟风雷作远游。

正是这种不屈精神的象征。

公元1898年发生的这一切悲剧事件,当然不是几位文人学士的偶然兴之所至所引发,而是19世纪末中国面临的一系列事件发展的必然。是中国的文化精英分子,先于天下的对于社会危机的感应与回响。19世纪中叶,清王朝度过了它的鼎盛时期。作为王国都城的北京西郊的三山五园,经历了康、乾盛世近二百年的经营,至此已臻于至境。特别是坐落在畅春园北面的圆明园。从康熙年间开始建设,经雍正、乾隆、嘉庆直至道光四朝,这座由圆明、长春、万春三园组成的巨大园林群才宣告完成。园内一百多处署名景点——还不算那些未曾命名的——是当日世界首屈一指的皇家园林建筑。圆明园的完成,似乎昭告了大清帝国的巅峰状态。"满招损",这座举世闻名的已完成的艺术宫殿,似乎在不安地等待着突然风暴的摧毁。

　　1840年发生了鸦片战争。在这之前,来自福建滨海城市福州的一代名臣林则徐,充任了钦差大臣,他下令在虎门焚烧鸦片。此举激怒了英国。在帝国主义的压力下,林则徐被革职,后被流放于新疆伊犁。他在动身前往流放地时,给家人写了一首诗,《赴戍登程口占示家人》:

　　　　力微任重久神疲,再竭衰庸定不支。
　　　　苟利国家生死以,岂因祸福趋避之!
　　　　谪居正是君恩重,养拙刚于戍卒宜。
　　　　戏与山妻谈故事,试吟断送老头皮。①

这一切事件似乎在郑重预告了大清帝国悲剧的开始。

　　在1840年鸦片战争开始的前一年,即林则徐在虎门焚烟的那个时候,中国近代诗史最重要的一位诗人龚自珍,写下了他一

---

① 作者自注:宋真宗闻隐者杨朴能诗,召对,问:"此来有人作诗送卿否?"对曰:"臣妻有一首云:'更休落魄耽杯酒,且莫猖狂爱咏诗。今日捉将官里去,这回断送老头皮。'"上大笑,放还山。东坡赴诏狱,妻子送出门,皆哭,坡顾谓曰:"子独不能如杨处士妻作诗一首送我乎?"妻子失笑,坡乃出。

生最重要的一组诗——总数达315首的《己亥杂诗》。其中一首是被各种各样的人,按照各种各样的意图反复引用的——

> 九州生气恃风雷,万马齐喑究可哀!
> 我劝天公重抖擞,不拘一格降人才。

这位伟大诗人不安并不满于当日那种沉闷、压抑得透不过气的气氛,一个无声的时代是可悲的。他预见了这种衰危,并且为挽救衰危而呼唤救世的人才。到了世纪末,国势沦落,政治腐败,危机四伏,并且愈来愈表面化,忧患更加深重。于是出现了一批又一批各色各样的志士仁人。这些叱咤风云的人物,在世纪末的硝烟弥漫的场合中露面,演出了一出出可歌可泣的故事,直至戊戌政变发生。

圆明园的火光

虎门销烟之后20年,英法联军开进了北京城,他们以圆明园为进攻的目标。这座经营了四五个朝代,前后长达一百余年的伟大园林,被焚于一旦。关于1860年10月18日清晨的圆明园的火光,当时的目击者记载说:

> 焚毁的命令发下后,不久就看见了重重的烟雾,由树木中蜿蜒曲折升腾起来。树木中掩荫着一座年代古旧的广大的殿宇,屋顶镶着黄色的瓦,日光之下光芒闪烁。鳞鳞的屋瓦,构造奇异,只有中国人的想象力,才能构思出来的。顷刻工夫,几十处地方,都冒出一缕缕的烟,聚成一团团的烟,后来又集合为弥天乌黑的一大团,万万千千的火焰,往外爆发出来,烟青云黑,掩蔽天日,所有庙宇、宫殿、古远建筑,被视为举国神圣庄严之物,其中收藏着历代富有皇家风味和精华的物品,都付之一炬了。以往数百年为人们所爱慕的崇构杰制,不复能触到人类眼帘了。这些建筑,都足以表彰

往日的技术和风格,独一无二。世上没有什么东西可以和它比拟。你们曾经看过一次,就永远不能重睹。①

还有一段也是外国人记述现场情景的文字——

十月十三日……

一到傍晚,果真就像英国人事先讲的那样,一当白昼刚刚消逝,一片红光就照亮了鞑靼山的支脉,在它们的山脚下正是圆明园的所在地。大家真会以为,太阳刚刚下山现在又重新升起来了,而初升的朝霞又把已开始积雪的山峰都染上一片金色。一轮明月终于升起,暗淡的月光在一刹那间把照亮了整个平原的回光都弄成惨白色。在淡黄色的天穹和大山中,一片火光不时腾空而起;火花四溅,在空中飞舞,然后又很快地消失。在万籁俱寂的深夜,建筑物倒塌的轰隆声清晰传来,直刺我们的耳鼓

……

十月十四日……

从早晨一开始,太阳就被一股从夏宫升起的又黑又浓的烟柱弄得暗淡无光,这股烟柱顺着北风吹来,布满了整个地平线。整天就只有像太阳在日蚀时所发出来的一层黄色的光线,就像太阳被月亮遮住了似的。②

19 世纪 60 年代第一年的这遮蔽了的暗淡的太阳和暗淡的月亮,夹带着浓重黑烟的火光,对于通往这世纪末叶的中国是一个巨大的暗示和象征。圆明园焚毁的第二年,咸丰皇帝病死在他逃难的承德避暑山庄。自此之后,清朝的政权一直间接或直接

---

① 这是马卡吉对圆明园焚烧现场的描写。见《北平图书馆馆刊》第 7 卷,第 3、4 号。

② 这是德凯鲁勒《北京之外》中 1860 年 10 月 13 日和 14 日的记载,见该书 161—163 页。转自 1981 年 11 月出版的《圆明园》第一集。

地掌握在一个女人的手里,直至它的覆灭。1860年的那一场大火,以及随之而来的咸丰皇帝的死,是一个王朝覆灭的预言。

龚自珍在鸦片战争的前夜写下的"我劝天公重抖擞,不拘一格降人才"的诗句,与其说是对于改造现实的祈祷与呼唤,却更像是对第二年就发生的灾难,以及再往后推迟20年发生的更大灾难的不幸的预感。这批由"天公"降下的人才就在那一场令百世悲怆的火光中,前后出现在中国的历史屏幕上。它们以百业凋敝、遍体鳞伤的伟大中国为剧场,进行了19世纪末最辉煌也最悲壮的演出。而这场演出的高潮就是1898年维新改良运动的失败。

我们现在展开的关于百年忧患的论述,把场景推向了1840年中国近代史的开端,林则徐在鸦片战争中扮演的就是一个辉煌而悲壮的角色,他是中国近代史第一位悲剧的英雄。在林则徐的背后,走来了长长的悲歌慷慨地进行过抗争,但最终都在危重的现实和凝固的历史面前碰得头破血流的悲壮的失败者,从皇帝、宰辅、武将,直到士人,这是一个长长的让人惊怵的名单。

黄海硝烟的惊醒

现在,我们不妨把镜头从1840年或1860年往回拉,拉回到本书论述的时代,这是进入90年代的第四年。公元1894年,这一年9月中旬,日本海军中将伊东佑亨率联合舰队在黄海海面袭击清提督丁汝昌率领的北洋舰队,双方发生激战,岁在阴历甲午,史称甲午海战。1895年1月日本以海陆两路直逼威海卫。北洋舰队腹背受敌。2月侵刘公岛,北洋舰队全军覆没,丁汝昌服毒自尽。1895年4月17日被迫签订《马关条约》。条约规定:朝鲜"独立",割让台湾岛及所有附属各岛屿、澎湖列岛和辽东半岛给日本",以及数额巨大得吓人的赔款等,总计11款。

中日甲午海战的结束,中国丧权辱国的割地赔款这一悲剧发生之时,全国的举子正聚集北京,举行会试。消息传到京师,舆论哗然。特别是这些前来应考的举人们,更是群情激昂。据康有为记述,消息传来,"各直省莫不发愤,连日并递章满察院,衣冠塞途,围其长官之车,台湾举人,垂涕而请命,莫不哀之。时以士气可用,乃合十八省举行于松筠庵会议,与各省千二百人,以一昼二夜草万言书,请拒和、迁都、变法三者,卓如、孺博捧书之,并日缮写,遍传都下,士气愤诵,联扎察院前里许"①。这就是著名的"公车上书",用现在的话来说,就是知识分子关于国事的和平请愿。

许多史籍都谈到后来的百日维新与甲午海战的紧密关系。这是一串悲剧的连续引爆,中国为挽救危机进行的思考和改革,事实上从1840年就开始了,而直接导致戊戌政变的发生,其引信的点燃则是这个难忘的1895年:

> 尽管康有为在一八八八年已上书朝廷倡言变法,但是他推动变革的活动直到一八九五年才以持久的大规模的形式出现。他重新开展这一运动的直接原因是中国在中日战争中中国的败北,此事对公众意识所产生的刺激比以往任何一次对外战争的失败都要大。首先,这场灾难使中国遭受的物质损失比以往的挫折都要大得多。除了被迫开放更多的通商口岸和支付令人吃惊的赔款之外,它还丧失了对最后的重要属国朝鲜的宗主权,而且向日本割让了自己的大片领土——台湾和辽东半岛。这样巨大的牺牲出现在二十余年大声疾呼的"自强"改革之后,似乎是特别令人震惊和感到不吉利的。最后,由于中国历来轻视日本,把它看成在文化和力量上都不如自己的落后国家,所以,深深的丧师

---

① 《康南海自编年谱》:"光绪二十年甲午三十七岁。"

辱国之感特别具有辛辣意味。①

担任京师大学堂总教习的丁韪良在《花甲记忆》中也写到甲午与戊戌的关系：

> 此役也，（指中日甲午之战）败于东夷，由智者思之，当何谓哉？湖广总督张香帅著劝学篇，盖谓日人之所以致强者，实因弃东学西，中国不可不改弦更辙。斯时也，朝内京臣亦主维新，皇帝洞鉴于斯，立即振兴举办，数月内降旨二十七道，皆新政也。②

梁启超也追述了维新运动和这一场战争的关联：

> 吾国四千余年大梦之唤醒，实自甲午战败割台湾偿二百兆以后始也。我皇上赫然发愤，排群议，冒疑难、以实行变法自强之策，实自失胶州、旅顺、大连湾、威海卫以后始也。③

这是一次强刺激。如一支药针深深地刺入了中国僵硬而麻木的肢体，激活了那些最敏感的神经束，于是顿然发出了痛苦的呻吟。1898年的那一场风暴，如论这风暴生发的中心，当然应当追溯到清王朝的中衰，它的闭关锁国和列强虎视，追溯到1840年的粤海抗英。但是，事情到了1898年，从皇帝到平民，谁都在中国被肢解瓜分的悲惨事实面前坐不住了。这时，由来自全国各地的青年举子的带动，这一场席卷全国的救亡风暴就这样形成了。

---

① 《剑桥晚清中国史》第五章，《思想的变化和维新运动，1890—1898》，这一章的作者是俄亥俄州立大学历史系教授张灏。
② 引自《花甲记忆》，丁韪良原著，赵受恒译，见《戊戌变法》资料第四集，第238页。
③ 梁启超：《戊戌政变记》卷一。

流血的世纪末

当然,以中国的积重和政局的复杂——其中有新旧政见的严重分歧、国人的未觉悟,等等,戊戌年的仓促从事,其失败是必然的。守旧顽固势力以反掌之力,就把一场轰轰烈烈的改革之火扑灭了。随之而来的,是对这场维新运动的反攻倒算:有六君子的殉难,也有皇帝周围的人被处以极刑,许多同情和支持改革的官员、学者被革职、贬官、追查和流放,报馆被查封,报馆的主笔也被追究。那一系列的关于改革的诏令和已经实施的改革,当然都被取消。当然,我们可以见到的百日维新的仅留的印迹,便是皇帝轻而易举地成了囚犯,以及那个自咸丰以来一直控制着中国最后一个王朝的女人的重新"训政"——她甚至连那一块装模作样的"帘"也撤掉了。

上一个世纪末发生的悲剧,其原因十分复杂。一方面是国际资本势力的发展,它们出自寻找市场的动机,产生了侵略性。这种侵略性非常准确地看中了这个积弱而蒙昧的"中央帝国"。光绪皇帝和他的主张维新变革的智囊们的举措的失当,他们无视中国政局的复杂性而予以简单化的处置,也是导致失败的一个原因。对此,有一份外国人写于政变当年的材料,也有尖锐的评述:

> 皇帝努力的方向是正确的,但他那些顾问们——康有为等,没有工作经验,因此善意地死了进步。他们不问吸收的能力如何,消化的能力如何,硬把多少年的食粮在三个月内塞进去。不过扼杀是暂时的,我们仍将看见这些因素会

在未来的运动中再抬起头来。①

京城里的盛大庆典

但是,更重要的原因来自中国当时的统治者,它本身的腐朽没落,对当日世界的无知,以及抗拒变革的立场和态度,给列强的觊觎提供了他处所没有的机会。就是在中日甲午战争发生的1894年,当时的中国正在为那位经她之手前后牵制了四个王朝②的女人庆祝60寿辰大典。而日本此时,正在紧张地进行战争的最后阶段的准备。日本早在1877年就制定了《征讨清国策》,提出以五年的准备为期,伺机准备进攻。1893年,日本战时大本营宣告成立。可以说,对华战争的一切准备都已就绪。它等待的时机,就是1894年:"日知今年慈圣庆典,华必忍让"。

这时的中国黄海之上,战争的浓云密布,旅顺湾里的波涛在日夜不安地敲打着岸边的岩石,而在北京城内,却是一派升平景象。如同日本周密地准备对华作战的筹划那样,中国也在周密地进行着这个庆典的筹备工作。早在1892年(比日本对华作战的大本营成立还早一年)2月2日,礼亲王世铎、庆亲王奕劻便被委派总办慈禧的万寿庆典,次年春又成立庆典处。

1894年6月23日,日本舰队在朝鲜海面击沉中国运兵舰"高升"号,甲午战争爆发。

此时的北京城里,却是到处洋溢着"欢乐祥和"的气氛,据记载——

---

① 摩尔斯:《中华帝国国际关系史》,1918年上海出版。这段话录自司赫德于1898年11月24日写给该书作者的信,摩尔斯用这些话作为该著作的结论。这份材料见中国史学会编《戊戌变法》第四集,第646页。

② 史称,清王朝的末代皇帝溥仪,也是慈禧弥留之际册定的。这样,从咸丰、同治、光绪到宣统,是四个朝代。

从颐和园东宫门到紫禁城东华门,这20公里的距离内,共设"点景"60段,其中从颐和园至西直门设"点景"33段,从西直门至紫禁城设27段。每段"点景"都要建造不同形式的龙棚、经坛、戏台、牌楼和亭座,60段"点景"共搭龙棚18座,彩棚、灯棚、松棚15座,经棚18座,戏台22座,经坛16座,经楼4座,灯楼2座,罩子门2座,音乐楼67对,灯游廊120段,灯彩影壁17座,牌楼110座。每段"点景"挂灯145只,设官员、茶役、士兵38人,僧侣、乐师29人。据统计,每段"点景"耗资白银4万两,60段共耗资240多万两。另外颐和园大戏楼将在庆典之时唱戏数日,仅此一项开支即为白银52万两。在颐和园仁寿殿内搭起一座巨大的彩色天棚,共用掉丝绸17 500多匹,连接起来可长达233公里,足以从北京到天津拉一个来回。①

1894年8月15日,光绪皇帝向慈禧皇太后进献玉册、玉宝,并在她长长的徽号之后又加了"崇熙"二字;次日,清军在平壤战败;第三天,北洋水师在黄海大东沟海面与日本舰队展开遭遇战,北洋舰队损失三舰,重创七舰。随着日军的步步进逼,北京城里的万寿庆典也步步推向高潮。

到了第二年,即1894年,李鸿章苦心经营近20年的设备精良的北洋舰队全军覆没。这支当时号称亚洲第一、世界排行第六的庞大舰队,就在那位女人的生日喜庆的鼓乐声中沉入海底。后据户部奏称,这次在颐和园和紫禁城中举行的生日庆典,总共花费白银541万6179两5钱6分2厘3毫,而在整个甲午战争中,朝廷拨给前线的军费,只有250万两,不及生日耗资的一半。②这就是当日中国,这就是上一个世纪末的惊心动魄的中国

---

①② 胡骁:《颐和园百年祭》,载《光明日报》1995年11月29日第11版。本章有关慈禧60岁庆典的材料,也参考或引用了此文的内容,特此向作者致谢。

风景!

前面我们曾谈到光绪皇帝在百日维新中下诏停"海防捐"的事。这个与海防或海军"有关"的题目,其实是与慈禧的生日庆典和重修颐和园有关。关于慈禧挪用创办海军的钱用来修颐和园的记载很多,慈禧考虑到"在民穷财尽之时,大兴土木,势必引起人们的反对。于是,利用人们要求创办海军,抵抗帝国主义侵略的愿望,借办海军之名,行修清漪园之实"。并以海军衙门在昆明湖试小轮船,"复乾隆水师之旧"的名义打掩护。这样,在"备供太后看水操"的名义下,修缮清漪园各处建筑也就顺理成章了。"因此,水操恢复之日,也就是清漪园工程开始之时"①,难怪翁同龢要在他的日记中不无讽刺地认为此举是"以昆明湖易渤海,万寿山换滦阳"②。有人还说,所谓"海军衙门",其实就是"颐和园之工程公司"。③

至于在建立海军的名下修颐和园用去多少银两,舆论大体都沿用了康有为"筹款三千万"的说法。多年以后,段祺瑞在追忆李鸿章的《先贤录》中也用此说:"已筹三千万,意在吞艨艟。不图柄权者,偏作园林用。""三千万"这数目可能有些夸大。"根据清代专司皇家园林工程的'算房'的预算资料显示,当时占全部工程一半以上的五十六项工程总共耗资三百一十六万六千六百九十九两八钱三分三厘。其中佛香阁七十八万两;德和园大戏台七十一万两;谐趣园三十五万两。由此推算,整个颐和园的工程造价应当在五、六百万两之间。"④

甲午战败。1895年1月5日,清政府派户部左侍郎张荫

---

① 王道成:《颐和园修建年代考》,见《近代京华史迹》,中国人民大学出版社,1985年,第479—480页。
② 《翁文恭公日记》,光绪十二年十二月二十四日。
③ 梁启超:《戊戌政变记》卷四,第三章。
④ 胡骁:《颐和园百年祭》,《光明日报》1995年11月29日第11版。

桓、署湖广巡抚邵友濂以全权大臣的名义往日本议和。2月2日会谈时，日方以张、邵全权不足为由拒绝谈判，并令立即离广岛，赴长崎候船回国。3日，日首相伊藤博文指名要清政府派李鸿章为和谈全权代表赴日议和。13日，李鸿章果然以"头等全权大臣"的名义赴日。马关条约就是这样在外交上极端受辱的情况下签订的。这就是中国当日在国际上的地位和形象的说明，是当日中国真实的境遇。而在中国国内，却是上面所提供的那种让人哭笑不得的滑稽可笑的情状，而且，这还只是万千现实中的一景而已。

这样的中国世纪末的风景，怎不让那些聚集在京师，准备以自己的知识和青春贡献给挽救危亡、振兴国运的天下举子们悲愤交加、群情激昂、热血沸腾呢？然而，这一切的后果，人们在戊戌年演出的悲剧中都清清楚楚地看到了。

病入膏肓的王朝

本书著者一再强调中国晚清的风云，从大的背景来看，固然是由于当日国际资本势力的充分发展，但是，当日国际列强为何单单看上了遥远东方的这个庞大的帝国？这就是这个帝国本身的腐败和积弱，给列强的侵略并试图瓜分的行为创造和提供了完备的和有利的条件。质言之，不论是黄海海战的惨败，还是大清帝国的覆灭，归根到底，都是清王朝本身造成的。那些维新改良的改革家们，正是从这个角度向皇帝提出了他们改造中国，使之最终能够生存下去的方案。然而，清王朝实际掌握权力的那个女人，以及她所代表的整个封建制度最后拒绝了它。他们毫不迟疑地选择了灭亡。

这个王朝已是病入膏肓。指责光绪的软弱，康有为的"幼稚"，或是谭嗣同的"激进"，是很容易的；然而，换下（这是假定的）光绪、康有为，或谭嗣同，用比他们更坚强、成熟，而且不那么激进,即水平更高、更富有远见卓识的一班人(假定有的话),来进行一番有别于戊戌的改良或革命,恐怕也仍然挽救不了这个王朝灭亡的厄运。

就在慈禧用非常奢侈,奢侈得和快要沉没的大清帝国的悲惨事实极不协调的举措,来庆祝她的60"万寿"的时候,海军提督丁汝昌几次提出在主要战舰上配置速射炮的请求——这项工程统共只需60万两,但就是弄不到这笔钱。当时亚洲最强大的一支舰队就这样沉没了。这黄海波涛中世纪末沉船的悲剧,惊醒了最后的帝国梦。当日的一批先觉者,就是在这样的惨烈的事实面前,面对了中国的百孔千疮,面对了自己的愚昧和腐朽,而不是怨天尤人。这种自省的力量,后来就化为了一道又一道的几乎无人理睬的诏书。

当日最可怕的病症,不是在没有军队和枪炮,尽管和强大的西方和正在强大的日本相比,中国有它的劣势。然而,即以北洋舰队的实际情况而言,在当时还不算太过落后,若是有良好的指挥和良好的管理,也不至沦于如此的不堪一击和顷刻瓦解。此即一例。当人们把中国当日的处境转向自省时,便发现了它的肌体的溃烂已到了药石无效的可怕境地。

以当日最高统治者而言,她对世界事了无所知,且妄自尊大,常口出狂言。如说:"外国之陆海军及机器,我亦称之,但文化礼俗,总是我国第一","予乃最聪明之人,尝闻人言英王维多利亚事,彼于世界关系,殆不及予之半。予事业尚未成功、亦无有能逆料者,或尚有可使外人震惊之事,或尚有迥异于前之事,均未可知"。[①] 至于她手下的那些臣工,其掌大权者,也有愚顽不可及的。据载,由刑部尚书官至军机大臣的刚毅,"识字无多,

---

① 徐珂编撰:《清稗类钞》第一册《孝钦后自述》,中华书局,1984年,第379—380页。

不学无术,而锢蔽特甚,摧抑读书能文者"①,他常在大庭广众之下读错字以为常,将民不聊生读成"耶生",将皋陶读成"皋桃",甚至对人说,"刚复(愎)自用,我只知道刚直,何谓刚复?"而这样的草包一个一旦反对起新政来却是"勇猛"异常,闻康有为用西法练兵、裁减绿营各议,他说:"有藤牌地营,则枪炮不足畏。能徒手相搏,则洋人股直硬,伸屈弗灵,必非我敌。"②可见愚昧到何等地步!管学大臣荣庆不知秦皇岛在哪里,把它当成日本的别称。这是当朝军机大臣和管学大臣的文化水准,其余人等可谓等而下之了。光绪年间广东学堂开学,旗人官员德寿提出删算学、体操和地理三门。他的理由是:"算学可删,因做事的自有账房先生料理财务;体操可删,因我辈是文人,不必练那个;地理一科是风水先生之言,何必叫读书人去做风水先生呢?"③

上面说的是愚昧,更有,那就是官员的贪婪腐败。庆亲王奕劻是卖官受贿的老手,经他手卖的官职不计其数,且"各官皆有价目,非贿不得",时人讥之为"老庆记公司"。④ 一次,邮传部尚书空缺,奕劻示意此缺售银30万两。盛宣怀欲买,奕劻称,"别人三十万可以,你就非六十万不可"。当日贿赂成风,宫中太监尤盛。李莲英不论皇亲国戚,人见太后须交门费,皇帝亦不例外。重臣如左宗棠入见皇帝,也要收"买路钱",否则便百般刁难。据记载,"袁世凯从戊戌政变到慈禧死前,因为一直在李莲英身上下功夫,所以很快爬上了高位,而李莲英也就借此大发横财,仅一次就接受了袁的白银二十万两。⑤ 这样的材料很多,举

---

① 汤志钧:《刚毅》,见《戊戌变法人物传稿》,第530—531页。
② 汤志钧:《刚毅》,见《戊戌变法人物传稿》,第530—531页。
③ 李乔:《清代官场百态》,中国人民大学出版社,1990年。转引自任树宝《清王朝衰亡原因探析》,见《求是学刊》,1995年第6期。
④ 同上注,见李乔《清代官场百态》,中国人民大学出版社,1990年。
⑤ 李光:《清季的太监》,见《晚清宫廷生活见闻》,文史资料出版社,1982年,第165页。

不胜举。

受磨难的皇帝

中国当日的维新派,面对的就是这样残酷的现实。而旨在革除弊端的光绪皇帝,他的所有举措都受到以慈禧为首的这个顽固而又腐朽的集团的掣肘和控制。从1898年6月11日光绪皇帝"诏定国是"开始,至同年9月21日慈禧太后再度"训政"止。这女人"超脱"地住在颐和园的乐寿宫里,每日徜徉于湖光山色之间,却拥有并依靠畅通的信息网络,对维新派的动向了如指掌。

而光绪和他的幕僚们却没有这份悠闲,他们夜以继日地讨论并制定各种改革方略,可谓紧张到废寝忘食的地步。即使如此,几乎所有的举措都需要得到更高一级的那个女人的批准。为此,皇帝就要不辞辛劳地不断奔走在从紫禁城直达颐和园的数十里御道之上,说是"诣慈禧太后前请安驻跸",其实就是"请示汇报",以讨得她的"批准"。

据记载,在百日维新的103天中,光绪皇帝前往颐和园的"请安驻跸",至少达12次之多。这样算来,皇帝大体上每隔一周左右往返一次,有当日来回的,有隔日或隔数日来回的。那时没有汽车,也没有电话,从大内到西部夏宫,单程距离约有30华里,皇帝的辛苦劳瘁可想而知。这种辛苦若有收效,尚还值得,而不妙的是对变法心怀不满的太后,往往借此给以百般刁难甚至折磨,或是置之不理和予以批驳。光绪往往跪地哀求而不为所动,有时则慑于她的淫威,而惊怵得口不敢言。这位年轻帝王的内心受辱的苦痛外人恐怕难以揣其万一。这里有一份史料,记载了当日皇帝穿梭般地前往颐和园"请示"的一个片段:

太后自归政后,避居颐和园。一日,上诣园朝谒,太后责上曰:"九列重巨,非有大故,不可弃;今以远间亲,新间旧,徇一人而乱家法,祖宗其谓我何?"上泣谏曰:"祖宗而在今日,其法必不若是;儿宁忍坏祖宗之法,不忍弃祖宗之民、失祖宗之地,为天下后世笑也。"置酒玉澜堂,不乐而罢。①

从这一场面,可以看出当日的紧张。这次前往请示,不仅没有获准,却爆发了一场激烈的抗辩,结果是饭没有吃,不欢而散。皇帝的眼泪也不能感动那个女人。

这种愚昧、封闭而且顽固的势力,为了维护自己的生存,他们可以不做一切,却必须做一件事,那就是拼死阻挠导致妨碍和威胁这种生存的哪怕一丁点的改革的成功。这样,就出现了上个世纪末中国最触目惊心的风景——无知嘲笑智慧,愚昧驱逐文明,专制和暴虐的无边黑暗,吞噬哪怕只是偶然一现的觉醒的微光。

所以中国要挽救危亡,首先要反对的是它自己。外力的蚕食和肢解,是由于它为这种侵入提供了条件。但是,当励志改革的人把改革的目标转向自身的脓疮,那脓疮为了保护自身,便要疯狂地反扑。它们把这一切统称为"祖宗家法",谁要是试图摇撼这"神圣",谁就将被诛灭。光绪皇帝虽然是一国之尊,但是,一旦他被视为反抗"神圣",他的覆灭的命运便降临了。

生当两个世纪之交的光绪皇帝是一位悲剧性的人物,他目睹了19世纪王朝的衰落,他感到了笼罩中国上空的黑暗势力的浓重,他窥见了新世纪的微明和希望。这位青年皇帝勤于学习,也勤于思考,他想有所作为,然而,他遇到的却是比新思想和新思维强大百倍的顽固势力的重压。他无法回避中国数千年积淀下来的习惯和方式对他的质疑和反抗,在这样"强大"的面前,他显得是那样的孤立无援。他心目中的光明中国的幻觉迅疾地化为无边的暗夜。

---

① 胡思敬:《戊戌履霜录》卷二。

瀛台千古悲情

瀛台是清代皇家宫苑南海中的一座小岛,四面环水,北架一桥以通岸上。这是一个风景清幽的去处,除了作皇室游宴之所,还用作宫廷正式活动的场所,"于此引对臣工总理机务,和宴赉王公卿士,或接见朝正外藩,以及征帅劳旋,武科较技"[①]等。涵元殿是瀛台正殿,坐北面南,北边有涵元门与翔鸾阁相对,南边有香扆殿与迎熏亭相望,隔海相对新华门。史载,乾隆十一年正月十六,乾隆皇帝奉皇太后在瀛台观赏烟火,有即景灯词八首,其中有"云霞锦绋烂瀛台"之句,极写太平盛世的繁华景象。乾隆是太平天子,清入关后战事基本平定,文治武功均称鼎盛时期,所以他总有一份好心情,游冶山水。这位皇帝平生写诗甚多(虽然好的很少),在瀛台也留下很多的诗作。除上引观烟火的,也有写春景和雪景的,这里录几首《秋日瀛台即景诗》[②],可以见出皇帝对这座小岛的情致——

  高秋霁景畅登临,山色湖光効静深。
  遐想贞观留治迹,也教泉石一娱心。

  太液波澄镜影空,兰舟沿泛韵秋风。
  寻常想象称佳话,那似当前体认工?

  琼岛峰峦翠岌峨,浮图尊胜漾明波,
  谁教日下传春景,可识秋光不让多。

瀛台是清王朝由盛到衰的见证。乾隆皇帝在瀛台接见外宾,设宴款待有功的臣下,又有许多宫廷里的应酬活动,他的关

[①②] 于敏中等编撰:《日下旧闻考》卷二十一,北京古籍出版社,1983年。

于瀛台的诗,是这位皇帝闲适从容、了无牵挂的良好心境的表现。其中关于"贞观治迹"的联想,多少流露了他的踌躇满志的情状。他大概是中国有史以来,写诗最多、题字最多、"巡幸"也最多的一位皇帝,他具备了这样的条件,他能够做到这一切。

而对于光绪皇帝,瀛台就不是那么一回事了。他是位受尽苦难的皇帝,他一生中并没有乾隆几下江南那样的风光,有的倒是京城沦陷仓皇"西巡"的苦难和狼狈。作为皇帝也许应该题一些字,但是像乾隆皇帝那样的到处留诗记感的机会,不说没有,恐怕也是少之又少的。他当皇帝,不是享乐,不是接受颂扬,而是内忧外患的无休止的打击,好像是几千年的历史的积重都压在他的身上,要他一人来偿还那谁也还不清的欠债似的。甚至他的个人生活也是不幸,别人硬指派一位他所不爱的女人做他的皇后,而别人又从他身边夺走他所钟爱的女子,以至于极残酷地把他的爱妃推入井中,其理由仅仅是由于皇帝真心爱她。是苦难把他推上了帝位,这位置几乎就是苦难的另一种说法。

这位皇帝从登基之日起,面临的现实便是列强入侵、国土沦丧、官吏腐败、百业凋零。他想励精图治,却面对着一个庞大保守又昏庸的官僚集团。他贵为天子,却不能行使他的权力,一些重要的想法和举措,都需要向实际掌握权力的"老佛爷"请示并获得她的批准。

有人回忆:"皇上自四月以来所有举办新政,莫不先赴太后前禀白,而后宣示,虽假事权,并未敢自专也。每有禀白之件,太后不语,未尝假以辞色;若遇事近西法,必曰:'汝但留祖宗神主不烧,发辫不剪,我便不管',实由于皇上说话不及媒蘖者之言悦耳易入也。"[①]他这个皇帝做得凡事战战兢兢,往往是头天想好了请示的内容,要"禀请太后之命,太后不答,惧而未敢申说"。[②]

[①②] 苏继祖:《清廷戊戌朝变记》。

面对此刻的瀛台,过去祖上宴乐题诗和接受歌功颂德的富贵场所,如今不仅诗意全无,而且竟是一个高级囚徒的监狱。戊戌政变之后,光绪皇帝被囚进了瀛台。他在这里除了每天被拉上陪同正在"训政"的慈禧"早朝"之外,别无行动自由,甚至也不允许和他心爱的珍妃见面。有一段记载很能说明当日的情形:

> 最初两后垂帘也,德宗中坐,后蔽以纱幕,孝贞、孝钦则左右对坐。孝贞崩,孝钦独坐于后。至光绪戊戌训政,则孝钦与德宗并坐,若二君焉。臣工奏对,嘿不发言。有时太后肘使之言,亦不过一二语止矣。及幽于南海瀛台则三面皆水,隆冬冰坚结,尝携小奄溜冰出,为门者所阻。于是有召匠凿冰之举。偶至一太监屋,几有书取视之,三国演义也,阅取行掷去长叹曰:"朕且不如汉献帝也。"①

光绪三十四年十月二十一日(1908年11月14日),距离政变整整十年之后,这位封建末世想要有所作为的皇帝在这里含恨死去,他死的地点就是涵元殿东室。那位从垂帘听政到恭亲"训政"的他的姨母,似乎在等待他确切的死期后,才于次日"放心"地随之死去。一个在马背上经过勇武征战,创造过空前辉煌的王朝,就以那个女人临终匆忙指定的三岁儿童的登基而宣告终结。

也许更为不幸的是,在瀛台演出的这个王朝的悲剧,以及紧紧接连的两天之内皇帝和皇太后的先后晏驾,并不是中国社会百年动荡的结束,当然更不是中国社会革尽弊端,中国民智普遍开启的一个象征。事情似乎仅仅才是一个开始。黄海波涛中的大沉船似乎只是一个多幕悲剧刚刚拉开帷幕的一角。它让人们在惊涛骇浪的轰鸣中受到心灵的震撼,并预警着一个民族在随后的又一个百年可能经历的悲哀与苦难。

---

① 徐珂:《清稗类钞》,第一册,中华书局,1984年。

就在光绪和慈禧死去的那一年,一位诗人在他与友人的酬唱诗中表达了浓重的哀音,这哀音传达了20世纪初叶中国人内心普遍的忧患——

    恶风恶雨夜如何,哀乐中年梦里过。
    同是别愁别恨重,不堪落絮落花多。

    埋愁无地奈愁何,欢会思量容易过。
    怕种相思红豆字,一年采撷一年多。

    朝露人生寿几何?来日更比去难过。
    茫茫东海千寻水,枉谈精禽木石多!①

须知写这诗的并非一般工愁善感的文人墨客,而是辛亥革命时期积极投身社会改造的活动家和革命者,他是南社诗人、后来牺牲于武昌的宁调元。

  世纪末的中国风景,端的是一派色彩暗淡的悲怆!落日时节,那血般的残阳的余光,有着让人悚然的灿烂。四周进逼的黑暗,企图吞没那一点仅余的光亮,而光亮依然坚持,仿佛是一种期待。但骚动的云层终于涌起,当光和暗混浊地搅成一团,终于把那落日的极艳切割成了若干碎片。这使人想起晚清一部著名小说的一段描写:"天上云气一片一片价叠起。只见北边有一片大云,飞到中间,将原有的云压将下去,并将东边一片云挤的越过越紧,越紧越不能相让,情状甚为诘诡。"②这一切对于未来的中国百年,却更像是一个暗示。

---

① 宁调元:《任庄抄示〈春愁〉一章,遽触余痒,至为之叠和七次》(1908),这里录其中三首,见杨天石、曾景忠编《宁调元集》,湖南人民出版社,1988年,第99—100页。
② 《老残游记》第一回。

三、诗的成功是悲哀

浮沉于潮流中

戊戌年早春二月的一天,光绪皇帝想起了一件事,他急于要读到他身边人几次推荐过的书,这就是史载的"命枢臣进《日本国志》,继再索一部"①。前些时候,这位皇帝已经向他的老师翁同龢要过这本书来读,但翁同龢当时手头没有,皇帝不悦。据《翁文恭公日记》本年正月二十三日记载:"上向臣索黄遵宪《日本国志》,臣对未洽,颇致诘难。"②酝酿着维新大业的皇帝,需要了解邻国进行改革的情况,其急切的心情从上述的"继再索一部"以及因"未洽"而"颇致诘难"的记载可以看出。

《日本国志》的作者是黄遵宪。他于1877年以驻日参赞的身份赴任。在日本任上的第二年便开始学日文,很快就能阅读日文书籍。所著《日本国志》是他在日本任中经过艰苦的研究、访问、翻译、积思,以后又摒除冗务,历时数年始告完成的一本史书。它成为当时皇帝励志改革最需要的一本参考书。黄遵宪《己亥杂记》中有一首诗记述这次皇帝索书之事:

三诏严催倍道驰,霸朝一集感恩如。
病中泣读维新诏,深恨锋车就召迟。

这首诗内容涉及这位诗人、外交家与当年这场政治改革以

---

① 黄遵宪:《人境庐诗草》第九卷,自注,古典文学出版社,1957年,第300页。
② 钱仲联:《黄公度先生年谱》光绪二十四年戊戌注。

及随后发生的悲剧的关联。"霸朝一集"指的是光绪调阅《日本国志》之事。此典见《隋书·李德林传》:"高祖谓德林曰,我昨读霸朝集,方知感应之理,昨宵恨夜长,不能早见公面。""三诏"句指皇帝有黄遵宪"无论行抵何处,着张之洞陈宝箴传令攒程迅速来京之谕"。① 据诗人自己说:"然余以久病,恨未能遽就道也。"此时的光绪皇帝对康有为等颇有失望之意,欲委要任于黄遵宪以挽救时危。而不幸的是,"时机已失,京变作矣"。在北京城里发生的这场突发事变,不论是黄遵宪,还是皇帝本身,均已回天乏力。

黄遵宪是一位奇才,他以文人和外交家一身而兼二任(也许还要加上一个思想家的头衔)。他不仅诗艺精湛,且于政事亦甚通达,故深得皇帝之器重。他在人境庐诗笺己亥杂诗"滔滔海水日趋东,万法从新要大同。后二十年言定验,手书心史井函中"一诗后的自注中披露:"在日本时,与子峨星使言:中国必变从西法。其变法也,或如日本之自强,或如埃及之被逼,或如印度之受辖,或如波兰之瓜分,则吾不敢知。要之必变,将以藏之在函,三十年后,其言必验。"从这些话中可以看出他的宽广的视野,对于国事的关心,以及判断的新锐。

中国的变从西法,黄遵宪是说对了,她被瓜分过,被逼过,也受辖过,也想自强而终至发生悲剧和倒退过。这些,他的预言都应验了。只是他的诗中说的"二十年"以及当年和驻日大使何如璋说的"三十年"都没说对。诗人对于中国钟摆的缓慢和怠惰,显然估计不足。中国这种"变从西法"的觉悟大约是以百年为期。

皇帝索书之事发生在1898年政变尚未发生的2月间。这一年,黄遵宪51岁,在湖南按察使任上。他以盐法道拜湖南按察使是1897年。甲午战败,举国震惊,这时上上下下都深知非

---

① 黄遵宪:《人境庐诗草》第九卷,自注,古典文学出版社,1957年,第300页。

维新改革不足以救中国。朝廷于是乃诏告天下"定国是变法度"。各省奉行最力的是湖南巡抚陈宝箴,协力推进这工作的则是黄遵宪——

> 公度既主湖南,与陈戮力殚精,从事新政的建设。其中最主要为设立保卫局。是年十月,陈宝箴筹办时务堂,梁启超来和公度、熊秉三、江标等就学堂讲席。时谭嗣同亦归湘治乡治。群谋大聚豪杰于湖南,并力经营为诸省之倡。于是若内河水轮,商办矿务,湘、粤铁路,时务学堂,武备学堂,南学会等,皆次第举办。会中每七日一演说,巡抚学政等官吏咸临及,公度及谭、梁等轮流演说中外大势,政治原理,行政学等,其目的在激发保教爱国之热心,以养成地方自治之能力为归依。此外公度又锐意整顿裁判监狱之事,删淫刑之俗例,定作工之罚规。湘民甚感其德。①

从这段论述看,当时的湖南,很有些改革先驱的味道。那里举行的七日一讲演,也好似后来的"民主论坛"。总之,一些先进的改革人物的集聚湘中,说明当时与陈宝箴、黄遵宪等有力人物的倡导有关。可是,事情的发展却与愿违。到了夏天,黄遵宪因长期生病解了按察使任,来到上海养病。那里的热度自然就减了。这一年清朝驻日公使裕庚任期满,日本政府预先以黄遵宪使日请于清廷。当局也以三品京堂拜出使日本大臣。但是这位大使先生没来得及到任,政变就发生了。

1898年对于中国社会来说,是极不平常的一年,对于黄遵宪来说,也是身心交瘁的一年。他虽然受到出任日本公使的重要任命,但却是心情怆然。这一年7月,上海时务报改为官报,命康有为督办其事,但又有诸多瓜葛,皇帝要黄遵宪道经上海

---

① 葛贤宁:《近代中国民族诗人黄公度》,原载《新中华》1934年第二卷第七期。

"查明原委"。"临行陈右铭送之上舟,洒泪满袖,云相见无时"①,可见他心中早有某种不祥的预感。他 7 月抵沪,不觉病重。"又患脾泻病,日泻数次,气喘而短,足弱几不能小立。医生或虑其不治。然从此日见减轻。在病中一切如梦,而京中政变已作。"② 8 月 6 日,他读到慈禧的训政令,8 月 13 日,得"杀士抄报"。这是一连串的袭击与震荡。

　　杀人、通缉、囚禁、追捕,这大体上是一场政治动乱后的常态。黄遵宪这位思想先进的人物当然是政变当局监控的对象。他的未到任的驻日使节的任命自然是革除了。幸好他此前因病乞休已获准,去了公职,纠缠自然少些。但还是有别有用心之徒伺机害他,这时有人举报说被通缉的康、梁尚匿藏在他那里。"有旨命两江总督查看"。8 月 24 日清晨,他尚未起床,上海道蔡均已奉命派兵入室搜查。"初迎先生入城,继以兵二百名围守,棒枪鹄立,如临大敌。"③他们当然是落空了:康有为当时已到了香港,梁启超这时也在塘沽准备潜逃日本。但是黄遵宪却被无理地软禁了两个日夜。

　　这件事对黄遵宪的打击极大。他早年应举参政,准备以自己的才识报效社稷生民。又长期从事外交事务,先后出使日本、美国、新加坡、英国等,对世界各国的政治经济、军事文化有较全面的了解,他学贯中西又有丰富的经验,正思奋发之际,却碰到了这场反改革的保守势力造成的大灾难和大倒退。黄遵宪对世事感到失望,于是决意南返。

　　这一年,他有《纪事》、《放归》、《到家》诸诗记载这次变后放归的经历和心情:"十七史从何处说,百年债看后来偿。森森画戟重围栎,坐觉今宵漏较长"(《纪事》);"绛帕焚香读道书,屡烦

---

①② 钱仲联:《黄公度先生年谱》光绪二十四年戊戌注。
③ 钱仲联:《黄公度先生年谱》光绪二十四年戊戌注,时先生 51 岁。

促报讯如何。佛前影怖栖枝鸽,海外波惊涸辙鱼"(《放归》);"处处风波到日迟,病身憔悴尚支。少眠易醒藏旧梦,多难仍逢剪韭时"(《到家》)。这些诗用典甚多,不易读解,但从"影怖"、"波惊"、"处处风波"、"少眠易醒"等措辞看,这场噩梦对他来说,是永远难泯的可怕的记忆。这位青少年时代便立志报国,而才识谋略超人的成熟的知识者,在令人震惊的灾难面前,心灵是受到了严重的创伤,以至于此生此世也难以平复。

　　写于己亥年的这些诗句表达了这场异常的动乱带给他的震撼和愁苦。目睹了这些变故,再加上他的体弱多疾,他是非常需要一个平静的环境来憩息他那颗哀愁而悲苦的灵魂了。当年他回到家乡的第一件事便是为自己营造一个可供安息的居所。人境庐的旁边有屋数间,他买了下来。把那房屋略加修葺,"有楼岿然,独立无壁",倒也令人欣然。《己亥杂诗》中自注说,此楼"纵横不过数丈,邻居逼处,更无可展拓,偶有营造,辄来责言"。可见这也不是多么宽裕的建筑。丘逢甲为他的新居题了一联,原文如下:"陆沈欲借舟权住,天问翻无壁受呵。""陆沈"暗示了当日的天下大势,而"天问"则是以屈原被放逐的忧心愁悴作喻。据《人境庐诗草》卷八《长沙吊贾谊宅》诗,有"楚庙欲呼天再问"句意同此。后来,黄遵宪把这联嵌进他自己创作的律诗中,凑足一首,全诗是:

　　　　半世浮槎梦里过,归来随地觅行窝。
　　　　陆沈欲借舟权住,天问翻无壁受呵。
　　　　偶引维孙问初月,且容时辈量汪波。
　　　　湾湾几曲清溪水,可有人寻到钓蓑?

由此可以看出他对过去有一种不堪、也不愿回首的凄怆。以洞悉政局世务的他,当然知道中国当时处境的艰危。但他自知以他个人的力量,或者再加上那些业已失败的改革者的力量,无论如何也不可能对当时的形势有任何的改变。眼前的事实对于半生宦海的诗人是非常清楚的严峻。即使他是多么的不甘,他也不能以意外的平静来面对眼前的处境。黄遵宪就这样开始了他半醒半醉的隐居生活。所幸此时他身体已逐渐康复,他在写给友人的信中说:"到沪后停药。因水土已易,渐渐复原。九月到家,将养数月,即如常矣。"这时正是公元1899年,距离京中巨变已过了快一年。

黄遵宪的病体是复原了,但心灵的创伤远未康复。他决心做一些切实的事以使他能够"忘却"那些不应忘却的。他以镇定自若的态度开始了他的新生活。这一年,他在自己家里办起了学馆。这是一所很特别的学校,共收学生五人,有他的长子伯元和次子仲雍,一个他的嫡堂弟由甫,一个从堂侄之骏和外甥张资度,都是他的子侄晚辈。学馆设五门学科:掌故、史学、经学、格致和生理卫生。他的上课方式也很新颖,不是旧式私塾那种死记硬背,也不是由老师"满堂灌"搞"填鸭式",而是充分发挥学生的主动精神。五个学生中,每人各负责一门,上课前各人将自己负责的科目先预习一遍,也就是现在说的备课。每日上午9点至11点半齐集讲座,各人将预习提出讨论,先生听后加以讲评,或引申而阐发之。每人都做笔记,每次交一次作业,由先生批改。通过这样的学校的形态与这样的教学方式,再印证他先前在湖南按察使任上开展的各种讲座和活动,可以看出黄遵宪身上已具备了那时罕有也非常值得珍贵的新型知识分子的姿态与精神——虽然他是旧科举出身,也在封建王朝担任过官职。据说,黄遵宪此时家居"常短衣楚制,独行山路间",可见当日潇洒行状。又有资料载:"公度笃信科学,生活饮食,悉取法西人。解职乡居无事,常浏览汉译声光电化生物生理诸学。"[①]这个材料

---

① 钱仲联:《黄公度先生年谱》光绪二十五年己亥注。

也可为上述判断做旁证。

无奈而悲怆的回归

19世纪的最后一年,即公元1899年。中国在这个世纪的最后一位伟大诗人黄遵宪,就这样在他的家乡开始了从政局中退出,回到诗人本位的角色中来的生涯。这一年,是他创作丰收的一年。除零星的创作外,主要诗作有《己亥杂诗》89首及《续怀人诗》24首。《己亥杂诗》无疑是这位诗人一生中最重要的一部分诗歌作品,身经危难,回首往事,感时怀人,有道不尽的凄楚与苍茫。当然,这些复杂和隐曲的心态,大体是从诗句背后的意绪中悟出,并非直接的倾诉。而在画面上出现的,一般的都是有意造出的悠闲与潇洒。这是诗人对自己一生的回首与反思的诗句:

  跳珠雨乱黑云翻,事外闲云却自闲。
  看到须臾图万变,终愁累却自家山。

  天下英雄聊种菜,山中高士爱锄瓜。
  无心我却如云懒,偶尔栽花偶看花。

这些诗句,在闲适之中隐藏着那种挥之不去的落寞与凄迷。主要表现形态还是平静和从容,当然也有可能掩饰的伤怀的流露,如:

  梦回小坐泪潸然,已误流光五十年。
  但有去来无现在,无穷生灭看香烟。

  寒灯说鬼鬼啾啾,夜雨言愁我欲愁。
  只有蓬山万重隔,未容海客说瀛州。

《己亥杂诗》中最重要的一首是怀念谭嗣同的:"颈血模糊似未干,中藏耿耿寸心丹。琅函锦箧深韬袭,留付松阴后辈看。"松阴是日本维新志士吉田矩方的字,据此亦可断定此诗与怀念戊戌烈士有关。己亥杂诗作为一个巨大的诗组,始于"我是东西南北人,平生自号风波民"的自况,而结束也还是回到反顾自家身世的无限悲凉——

蜡余忽梦大同时,酒醒衾寒自叹衰。
与我周旋最亲我,关门还读自家诗。

"与我周旋最亲我,关门还读自家诗",这是这位世纪诗人最后的醒悟和对于永恒家园的确认。在他的一生中,有过许多抱负与追求,但最终还是云烟飘散。给他的孤寂身世以安慰的,也只是伴随了他一生的诗歌。最多情的是诗歌,最永恒的也是诗歌。

发生在距今100年前的那次争取社会开放进步的抗争,有它的基于中国历史和现实的根据。而它的最后失败,也有它的必然。任何个体的力量,包括身为皇帝的载湉也无能为力。一场政治风波之后,被杀的被杀,流亡的流亡,坐牢的坐牢,罢官的罢官,对于熟谙世态人情的文人,黄遵宪当然有他的一份哀愁和迷惘。人们可以对他的消隐乡野发出疑问,然而,对他的无可奈何的选择,也应有一份理解。也许一切都已过去,也许一切都依然存在,但作为中国具体的社会情势之中的个人,对于1898年的悲剧事件既无法负责,也无法改变。

时间是无情的,中国历史无疑是向后无限地延伸了。当世界在20世纪迅跑的时候,中国却陷在外侮和内战的沼泽中,身经这一切的中国知识分子,对此是十分熟悉的。但黄遵宪最终还是诗人,在他的一生中,功名、利禄、富贵,甚至苦难都是短暂,但诗歌是永恒。当一切都过去了的时候,诗歌却穿透郁结的云层,从它的那浓密的缝隙中,迸射出一线突目的光焰。以至于在百年之后的今日,我们仍然在它的光焰的袭击中睁不开眼睛。

黄遵宪是中国近现代转型期的第一诗人。他的诗歌著作已结集于《人境庐诗草》这部鸿篇巨制之中。诗集总计11卷,始于同治三年,终于光绪三十年,是数十年间著作总汇。我们称他为"第一诗人",自然不仅仅是从创作的角度看,而是对他的完整的人格,特殊的风格,丰富的诗歌内涵,以及他对诗歌变革的创造性贡献等方面做出的总体评价。康有为说他"博群书,工诗文,善著述,且体裁严正古雅";戊戌变法后,"久废所用,益肆其力于诗。上感国变,中伤种族,下哀生民。博以寰球之游历,浩渺恣肆,感激豪宕,情深而意远",是一种全面而准确的鉴定。最后,他禁不住要发出忘情的赞叹:"公度之诗乎,亦如磊砢千丈松,郁郁青葱,荫岩竦壑,千岁不死。上荫白云,下听流泉,而为人所瞻仰徘徊者也。"①

吴宓跋《〈人境庐诗草〉自序》时,有一段话便是从诗和诗人的总体上评价黄遵宪的价值:

> 谨按:嘉应黄公度先生为中国近世大诗家。《人境庐诗草》久已流传,脍炙人口。二十余年前,梁任公曾称其最能以新思想新事物熔铸入旧风格,推为诗界革新之导师,然先生不特以诗见长,其人之思想学识,怀抱志趣,均极宏伟,影响于当时者甚大。细读先生之诗可以知之。而先生之工为诗,亦未始不由于此也。

"诗界革命"的一面旗帜

黄遵宪能以大家屹立于中国诗人中,固然是由于他诗歌创

---

① 康有为:《人境庐诗草》序,见《人境庐诗草笺注》,古典文学出版社,1957年。

作的实绩。在晚清,龚自珍以后的诗人,成就大者就数黄遵宪,但他在文学史上所具有的不可忽视的价值,又与他的倡导诗界革命有关。公元1868年,清同治七年,当时21岁的黄遵宪写了一首《杂感》诗,这是一首篇幅不短的议论诗,它集中体现这位青年对于古今文变的深邃思考。也就是在这首诗中,出现了后来被反复引用的惊世骇俗的一些名句:"俗儒好尊古,日日故纸研。六经字所无,不敢入诗篇";"我手写我口,古岂能拘牵?即今流俗语,我若登简编。五千年后人,惊为古斓斑"。这些诗句,表现出这位年轻人批判的思维以及超越独立、不拘一格的学术精神。"我手写我口"这一明白畅晓的表述,后来成为新文学革命思想的一个触媒。它是一点火星,飘落在人们对旧文学感到失望的干柴堆上,终于燃起了熊熊大火。

但《杂感》一诗最尖锐的思想批判却不是在文体的思考方面,而是它对封建文化最核心的科举制度发出的激烈抨击:

> 吁嗟制艺兴,今亦五百载。世儒习固然,老死不知悔。精力疲丹铅,虚荣逐冠盖。劳劳数行中,鼎鼎百年内。束发受书始,即已缚杻械。英雄尽入彀,帝王心始快。……谓开明经科,所得学究耳。谓开制策科,亦祇策士气。谓开词赋科,浮华益无耻。

从这些无情的剥落中,我们看到了自由不羁的灵魂以及面对整个封建文化秩序的不妥协的抗争精神。黄遵宪后来倾向维新变革的前进立场,早在他的青年时代便具端倪。

1898年有一个火辣辣的夏天。这一年6月的京城,夏天的骄阳照射在这座帝都大小胡同的老槐树梢,使那些苍老的枝叶仿佛镀上了黄金,到处闪闪发光。这城市显然充斥着某种悄悄的激动。在紫禁城通往西郊颐和园的御道之上,穿梭般来往着朝廷的命官显贵,公文和奏折不断地被制作。当然,各种政治势力也在明明暗暗地进行着无情的较量。

早在这一年的年初,康有为在北京成立粤学会。随后,谭嗣同在长沙成立南学会。新派人物加紧了宣传新思想的步子。据史载,这年2月,康有为在第七次上书光绪皇帝的同时,进呈《日本明治变政考》、《俄彼得变政记》等书。这就引出了本章开头提到的光绪皇帝调阅《日本国志》的那件事。从这些记载可以看出,这位皇帝在悉心了解他的邻国进行体制改革的情况和经验,以便为中国的变政提供资益。据史传记载,《日本国志》编写前后达八九年,于1887年完成,全书40卷,分12类,共五十余万字。是包括日本本国在内当时最完整的一本志书。作者在凡例中说:"力小任重,每自兢兢,搁笔仰屋,时欲中辍。徒以积历年多,黾勉朝夕,经营拮据,幸以成书。"单从这书的写作和完成来看,以一个中国人,旅日时间不长,又乏可参考的资料,而终于完成这样一部巨著,可见黄遵宪非凡的毅力和才华。在历史上,他当然不是以单纯的诗人和学者的面目出现,而是以一位发展全面而学贯中西的人物出现。大凡历史发展到一个关键时期,总会出现一批这样多才多艺的奇人。处于19世纪和20世纪之交的大时代,中国的天空就布满了这样一些闪着异光的星辰,黄遵宪就是其中的一颗。

黄遵宪是一位有思想、有胆识的社会改革家,但在中国这个封建落后而保守势力强大的社会中,他无法施展他的才干。他又是一位非常出色的外交家,而国势积弱的中国,也没有留给他可供驰骋的机会。也许得以保留的,最后也就是他的诗名。这是唯一可以慰他的寂寥与空漠的实在。也就是他的生命实际的最后证实。

天才的怀抱和遗憾

黄遵宪死于光绪三十一年,时年58岁。许多悼念他的诗文

都说到他的才干不为世用的遗憾,其中观云的一首挽诗说:

> 公才不世出,潦倒以诗名。往往作奇语,跨海斩长鲸。
> 寂寥风骚国,陡令时人惊!公志岂在此,未足尽神明。
> 屈原思张楚,不幸以骚鸣。使公宰一国,小鲜真可烹。
> 才大世不用,此意谁能平!而公独萧散,心与泉石清。
> 惟于歌啸间,志未忘苍生。

这诗深知黄遵宪,他志不在诗,而终以诗名。这是他的不幸,也是时代的不幸。一个时代若是剥夺了它的精英的所有可能性,而独独留下了"无用"的诗,这是诗家的福音,却是社会的悲哀。

梁启超非常称赞观云的这首挽诗,他在《饮冰室诗话》中说:"'才大世不用'以下六语,真能写出先生之人格,可当一小传矣。"他自己在为黄遵宪写的墓志铭的最后,也表达了这样的感慨:

> 士失职者多矣,而独于斯人焉冥悲。悲其一身之进退死生,与一国之学粹兮相依,谓天不欲平治天下,曷为笃生此才槃魂而权奇?谓天欲平治天下,曷为挫铄窘辱拂乱之不已,又中道而夺之?其所志所学,蟠天际地,曾不得以百一自见于时?若夫事业文章之在人耳目者,则乃其平生之所不屑为,然且举九州之骏足,十驾焉而莫之能追。①

梁启超的这一段铭文,述说的是作为诗人的不幸,以及对于怀有才识而不为世用者的控诉。但又是一篇对上天,即埋没人才的时代的檄文。要是一个时代把能够给社会以改变的人才统统予以驱遣,而独留下一些"于世无碍"的诗人,这时代便是粗暴的。而上一个世纪末的中国,就是这样一个粗暴的社会。许多旷世

---

① 梁启超:《嘉应黄先生墓志铭》,见《人境庐诗草笺注》,古典文学出版社,1957年,第12—13页。

奇才都被窒息在这个密不透风的黑暗王国之中。

而我们此刻也只能略去这位诗人也许更值得谈论却又谈不出什么的话题,专挑作为骚人墨客的痛苦"微不足道"之点来谈——这个畸形的世纪之交的时代,留下的是无数的悲痛和惨烈,留下的是无数的绝望和屈辱,而消失了的恰恰是那些奇兀的思考,激烈的呼吁和卓绝的苦斗。至于黄遵宪,我们也只能专挑他在非凡一生中留下的一些诗篇文字,议论这位诗人的点点滴滴。

这一点不是我们的猜测。黄遵宪的弟弟黄遵楷也说到:"以非诗人之先兄,而使天下后世,仅称为诗界革命之一人,是岂独先兄之大戚而已哉!……读兄病笃之书,谓'平生怀抱,一事无成,惟古近体能自立耳,然亦无用之物,到此已无可望矣!'呜呼,先兄之不忍为诗人,又不得不有求于自立之道,其怆怀身世为何如耶?令海内鼎沸,干戈云扰,距先兄之下世者仅六岁耳,先兄之不见容于当时,终自立于无用之地位,先兄之不幸,抑后于先兄者之不幸耶?"①这里说到许多"无用"、"不幸"之类的话,其见解正与我们所论相近。

关于黄遵宪的学术生涯,最重要的一篇文字,是他为《人境庐诗草》写的"自序":

> 余年十五十六,即学为诗。后以奔走四方,东南西北,驰驱少暇,几几束之高阁。然以笃好深嗜之故,亦每以余事及之。虽一行作吏,未遽废也。士生古人之后,古人之诗,号专门名家者,无虑百数十家。欲弃去古人之糟粕,而不为古人所束缚,诚戛戛乎其难。虽然,仆尝以为诗之外有事,诗之中有人,今之世异于古,今之人亦何必与古人同?尝于胸中设一诗境:一曰,复古人比兴之体;一曰,以单行之神,

---

① 黄遵楷:《人境庐诗草》跋。该文作于1911年。

运排偶之体;一曰,取《离骚》、乐府之神理而不袭其貌;一曰,用古文家伸缩离合之法以入诗。其取材也,自群经三史,逮于周、秦诸子之书,许、郑诸家之注,凡事名物名切于今者,皆采取而假借之。其述事也,举今日之官书会典方言俗谚。以及古人未有之物、未辟之境,耳目所历,皆笔而书之。其炼格也,自曹、鲍、陶、谢、李、杜、韩、苏讫于晚近小家,不名一格,不专一体,要不失乎为我之诗。诚如是,未必遽跻古人,其亦足以自立矣!然余固有志焉而未能逮也。《诗》有之曰:"虽不能至,心向往之。"聊书于此,以俟他日。光绪十七年六月,在伦敦使署,公度自序。①

黄遵宪这篇自序,语简而赅,可以看做是他的文学主张的纲领。这里最重要的一个思想,是作家诗人的自立精神。今人就是今人,何必事事处处求同于古人。他以为自立的首要之义,在于弃古人的糟粕,摆脱古人对我的束缚。这就是从 21 岁写《杂感》诗起以至于今的他的一贯的文学批判精神。

其次一点,黄遵宪设计了一种理想的诗歌境界,依次分述的四点中,贯穿着批判继承和古为今用的思想。其中"取离骚乐府之神理而不袭其貌"和"用古文家伸缩离合之法以入诗",都是经过深思熟虑而绝非粗率的言说。这里一个核心的观点就是继承传统文学中的有用因素,为创造今日的文学服务。他的观点,既不同于食古不化的学究派,也不同于一切打倒的激进派。而是,不绝对排斥,也不全盘接受,撷取的是古人创造的精华部分。

黄遵宪在这里提出广泛汲取的"不名一格"、"不专一体"的主张,体现了他的文化思想的民主性。这种文化思想的特点是不褊狭、不排他。历代的名家巨匠,乃至于"晚今小家",只要是能够于我有助的,均广为吸收。至于叙述方式,举凡官府公文乃

---

① 《人境庐诗草笺注》,古典文学出版社,第1页。

至方言俗语,包括古人未有之物,未辟之境,都在我的视野之内。因此,黄遵宪很早便体现出他的学术包容性,这是与墨守陈规而又固执的旧文人迥然有别的。

当然,他依然是旧文学营垒中人,他的创作实践与他的文学观念也不尽相同。譬如说,他做诗喜用典,而且用典古奥生僻,以至不加译注就不知所云,便是旧式诗人的弊端和陋习的表现。王赓《今传是楼诗话》评黄遵宪诗,也说到他这种广泛应用古今典的习惯,"惜未及自注,时移事往,诚不免无人作郑笺之叹",也隐含批评之意。何藻翔在《岭南诗存》中说得更为直率,他引用黄诗"圣军来决蔷薇战,党祸惊闻瓜蔓抄";"微闻黄褐锄非种,欲为苍生赋大招"句为例,批评说"偶作游戏则可,译语满纸,诗道一厄矣"。

尽管从梁启超开始,便非常欣赏他诗歌创作的浅俗化和民歌化倾向,但这类作品在他的全部诗歌创作中比重并不大。就是说,虽然他是一位立志于自立而对传统文化怀有警惕的诗人,但他又处身其中而很难摆脱旧习。于是便有了如今这样的"杂陈"状态。当他专注于试验新体的时候,他的狂放不羁的独立品性便得到充分的发挥,他的自立性便很突出。而当他不那么专注的时候,作为受到数千年文化濡染的文人,他的所有的空间都不设防,所有传统的习惯和姿态都可以理所当然地、堂而皇之地进入——这是一种自然而然,而不能用"乘虚而入"等类的形容。

古典诗的革新

人们阅读《人境庐诗草》的感受,其实和阅读异代或同代的其他诗人作品感受相同。黄遵宪写的也是传统的古典诗,他的独特价值,也许就像《饮冰室诗话》中梁启超直接告知的那样,在于他"能熔铸新理想入旧风格"。有"新理想"本就非易,而又能熔铸入诗则更不易;但若把"新"的"理想"纳入"旧"的"框架",便是相当难的。这种努力并取得成果是黄遵宪的贡献,却也是作为过渡诗人的黄遵宪的局限。如果放眼看去,中国近代史上的这次"诗界革命",其历史性的缺憾就在于未能决绝地抛弃"旧风格",他们全力以赴的工作是把那些"新理想"的酒往旧模式的瓶子里装。

高旭评黄遵宪诗有一段话很重要,也很精警:"世界日新,文界诗界当造出一新天地,此一定公例也。黄公度诗独辟异境,不愧中国诗界之哥伦布矣,近世洵无第二人。"①这种评语,也还是就他能以新事物入诗而言的。这一点,许多评家对此都有佳评。特别对他的《今别离》四章赞誉尤加。潘飞声《在山泉诗话》说该诗"古意沈丽"为"千古绝作"②;何藻翔《岭南诗存》说该诗"以旧格调运新理想,千古绝作,不可有二"③。

《今别离》四章是黄遵宪"熔铸新理想以入旧风格"(梁启超语),"能直言眼前事直用眼前名物"(夏敬观语),是诗体试验的典范作品。四章《今别离》运用乐府杂曲歌辞崔国辅旧题,风格古朴,写法悉依古法,而内容却写的上一个世纪末西方工业文明的新事物,先后分别咏轮船、火车、电报、照相以及地球东西两半球昼夜等。其中被引用最广的是第一章:

> 别肠转如轮,一刻既万周。眼前双轮驰,益增中心忧。
> 古亦有山川,古亦有车舟。车舟载离别,行止犹自由。
> 今日舟与车,并力生离愁。明知须臾景,不许稍绸缪。
> 钟声一及时,顷刻不少留。虽有万钧柁,动如绕指柔。
> 岂无打头风?亦不畏石尤。送者未及返,君在天尽头。
> 望影倏不见,烟波杳悠悠。去矣一何速,归迹留滞不?

---

① 高旭:《愿无尽庐诗话》,见《人境庐诗草笺注·诗话》(上),第419页。
② 《人境庐诗草笺注诗话》,第416页。
③ 《人境庐诗草笺注诗话》,第444页。

所愿君归时,快乘轻气球。

有论者将黄遵宪诗与孟郊《车遥遥》一诗作了对比,认为此诗"用韵与句意俱自孟郊《车遥遥》诗来:'舟车载离别,行止犹自由'本孟诗'舟车两无阻,何处不得游'也;'并力生离愁'本孟诗'无令生远愁'也;'送者未及返,君在天尽头'本孟诗'此夕梦君梦,君在百城楼'也;'望影倏不见,烟波杳悠悠'即孟诗'寄泪无因波,寄恨无因舟'意;'所歌君归时,快乘轻气球'即孟诗'歌为驭者乎,与郎迴马头'意也"①。这种对比不管是否准确,都很有意思,说明黄诗是在有意套用前人诗情而赋以新的意趣。他的试验是有成效的,那些被认为缺少传统韵味的现代文明的事物,被诗人妥妥帖帖地嵌进了饶有古趣的旧框架中。他的工作也仅仅在于证实,旧诗是有可能表现现代事物的。他并不试图说明,旧诗应当被取消或被替代。这也就说明了,一批"诗体革命"的倡导者和实践者,他们的行动所包蕴的"革命"性相当微弱。

但黄遵宪的《今别离》不经意间却向我们传达出一个崭新的信息,即一个生活在封建农业社会中的知识分子面对现代文明时所具有的新奇感,以及他处理这些感受时所面临的表达方式的匮乏。作为这个传统文化培养出来的知识精英,黄遵宪具有极大的应变能力,由于他对中国传统诗艺的谙熟,他得心应手地利用所熟悉的技巧,对目前的新异予以恰当的处理。这就是我们此刻读到的既陈旧又新鲜的《今别离》。中国初次接触西方文明的知识者,当他站立在19世纪的最后的太阳下,面对着喷吐着白色烟雾的轮船和火车这些庞然大物,首先受到震撼的便是它的不可思议的速度和巨力。传统诗写离别常用"别肠"一语,但黄遵宪这首诗开头便写"别肠转如轮",把传统的意境与火车的车轮转动加以联系便颇新异。在过去,诗人笔下的车轮是"一

---

① 《人境庐诗草笺注》中《今别离》一诗注者按,见该书186页。

日一万周",而现在却是"一刻既万周",则是对于现代速度传神的描绘,这在传统诗文中是没有的。《西厢记》写离别,是马儿缓缓地行,车儿慢慢地随。所有的古旧诗文,那离别都是一缕扯不断的丝,悠悠地向着无边的深远扯开去……现今,诗人显然对眼前这种现代怪物造出的速度很不适应。他感到这种现代舟车甚至不如古代舟车,同样载的是"离别",而后者却要"自由"得多,因为可以慢悠悠地缠缠绵绵地握别。而现在,钟声一响却是非离不可,无情到"顷刻不少留"的。此外,"送者未及返,君在天尽头"也极言现代速度之奇妙,诗句对这种现代交通工具飞速奔驰情状的传达相当地简括传神。

《今别离》第四章写的是在现代自然科学知识观照下,地球两端昼夜明晦两相差异的感受,也是以古意出之,用男女双方互相追寻而每每相乖相喻,甚为精妙有趣——

汝魂将何之?欲与君相随。飘然渡沧海,不畏风波危。
昨夕入君室,举手搴君帷。披帷不见人,想君就枕迟。
君魂倘寻我,会面亦难期。恐君魂来日,是妾不寐时。
妾睡君或醒,君睡妾岂知。彼此不相闻,安敢常参差?
举头见明月,明月方入扉。此时想君身,侵晓刚披衣。
君在海之角,妾在天之涯。相去三万里,昼夜相背驰。
眠起不同时,魂梦难相依。地长不能缩,翼短不能飞。
只有恋君心,海枯终不移。海水深复深,难以量相思。

《今别离》是古题,却别寓新意。今即现代,这就是它隐含着现代意念中的人生离别的内涵。这一首写的依然是离别的主题。开始自问,你的魂魄要到哪里去?答曰,我要和你追随在一起,不管大海的风波多么危险,我都要跟着你!但人已离去,远离万里相随并不可得。而且距离是那样的长,地不可能因而缩短,即使是鸟儿的翼翅也难以跨越重洋。更加不可逾越的却是自然界的障碍;这里明月在天,是夜晚时分,而你那里,却是拂晓清晨!我们二人"眠起不同时",那梦魂又怎么相依?

这样的诗一下子把传统的时空观念打破了。人的视野拓宽了,思维也变得焕然一新。黄遵宪的诗歌变革主张,是尽量采用古法以表达新观念。这种观念新是新了,却依然站在保护旧法的立场,所以并不彻底。但它实践的结果却造出别样的境界:中国传统诗的境界是静,时间是绵远不变的,白天和夜晚也是固定的。这样的意境在现代科学的侵袭下解体了,这章《今别离》中的人生离别之苦,无形中增加了新的悲愁——即使是梦魂中的相念,也变得难以实现了,因为不仅人各一方,而且是"昼夜相背驰",如何能够相聚呢?这就是现代诗意。现代诗意终于堂堂皇皇地打进古诗中来了,这还不让人为之兴奋吗?所以,尽管黄遵宪"我手写我口"和"今人不必与古人同"的诗观并不彻底,距离民元之后的新诗也还有很长的一段间隔,但他以"新理想"、"新观念"的这种对于古典的"侵入",却是亘古未有的第一次冲击,他是功不可没的。

论及黄遵宪对诗歌变革的贡献,自然不能忽视作为旧诗人,他以宽广的阅历和丰富的科学知识所带给古典诗歌内涵的增广和艺术的助益。黄遵宪是中国末代封建王朝了解西方世界的第一代知识分子,他的见闻的深广,经验的丰富,在当时少有及者。东方的日本和新加坡,西方的英、美诸国他都到过,出使各国期间,航行海上多有停靠,还顺道访问过许多国家。就旧诗而言,他无疑为之带来了许多从来未有过的风情人物和诸多常识,这种对于旧诗意境的拓展乃至更新是无形的强烈,不仅是一种冲击,而且是巨大的震撼,是一场没有宣称的变革。

"公度负经世才,少游东西各国,所遇奇景异态,一写之以诗,其笔力识见,亦足以达其旨趣。子美集开诗世界,为古今诗家所未有也"①,这是徐世昌对他的诗能充以"奇景异态"的肯定。这样的评论很多,就黄遵宪的创作看,这一点的确非常突出。他的工作使中国旧诗的内涵得到极大的增广,以往认为某事某物不宜入诗的,如今在他笔下均有了相对妥贴的处置,这是他的不可忽视的贡献。他开阔了旧诗的新领地,或者说,他发现了传统诗歌天空的新大陆。从这个意义上讲,说他是中国诗的哥伦布也未为过分。

黄遵宪的确开阔了中国传统诗的视野。他写巴黎埃菲尔铁塔,写苏伊士运河,写伦敦的雾,写西贡和香港,写大阪和日本的樱花。而《锡兰岛卧佛》一诗,皇皇二千余行,是一首规模浩大的涉及佛教历史以及佛教在中国传播的巨制。在诗中他说的是历史,而不忘的是现实。如其中"既付金缕衣,何不一启颜?岂真津梁疲,老矣倦欲眠。如何沉沉睡,竟过三千年",说的是佛,却让人想到中国的昏睡的老态,以及诗人自有的那份焦虑。此诗最后的结语依然落在对于现世的感叹上:"海无烈风作,地降甘露祥。人人仰震旦,谁侮黄种黄?弱供万国役,治则天下强。明王久不作,四顾心茫茫。"此诗写于1890年清光绪十六年。此年正月十一日,黄遵宪随出使英、法、意、比四国大使薛福成出访,二十七日抵锡兰,二十八日作此诗。此时中国积弱已深,正思奋发,诗人回顾绵长古国历史,心不能已,故有此种感慨。

中国旧诗的历史是太长了,它所形成的规范,使几代诗人蒙受罗网,而无能冲破。这造成中国诗的凝固和停滞。当世界即将告别19世纪而进入20世纪的时候,西方世界已经升腾起工业革命的光芒,它的光焰使睡眼惺忪的中国为之目眩。但是中国诗却不能包容和接受这种赐予。黄遵宪是率先把这些光芒投射在中国诗歌黑暗天空的第一人,他把当日世界那些最新的观

---

① 徐世昌:《晚晴簃诗话》,见《人境庐诗草笺注·诗话》,第420页。

念和信息,以及他所亲历而又为国人所陌生的异域风光展现在中国那些封闭的耳目之前,他使中国诗歌甚至使中国社会着实地经受了一次强刺激。对此,撰写《近代中国民族诗人黄公度》一文的作者有过一番非常中肯的评说:"以异邦的景物来扩大中国诗歌的领土,这功绩是不小的",还有更重要的一点,他称黄遵宪"是中国自有诗以来第一个有世界观念的诗人,这固然一方面由于他的游踪广阔,见闻繁赜,同时他敏于感受的精神,也容易吸收到时代的思潮,非庸俗之诗人所可迫及"[①]。

封建末世的奇才

黄遵宪是封建末世出现的一位奇才。在那样封闭的社会里他的学问和才华能得到如此全面的发展,一方面由于他的天赋和勤奋,同时也是时代的催迫。处于危势和濒于灭亡的中国,呼唤着一批志士仁人为此奋斗和抗争。这使一批精英分子自然地站在了风雨的前列,他们随时听从时代的召唤贡献出自己的智慧。这一切,若是说,在鸦片战争之后一直是一个梦想的话,那么,在1898年即戊戌那一年的夏秋之间却彻底地破灭了。

于是,此刻我们谈到的这个曾经受到皇帝的重视并且亲自阅读过他著的《日本国志》、长期担任过外交官员的黄遵宪便在那一场历史的刀光剑影之中消失了。留下来的仅仅是我们此刻絮言不休且名实难副的"诗界革命"的一个代表人物。

其实,黄遵宪的才识远远不止于做一个让历史记住的诗人,他的才识是超乎常人的。光绪二年黄遵宪第一次见到李鸿章,当时李告在座的郑藻如称黄为"霸才"[②]。李对黄的第一次见面

[①] 葛贤宁:《近代中国民族诗人黄公度》,载《新中华》,1934年第二卷,第七期。见《中国近代文学论文集》,中国社会科学出版社,1988年,第380页。

[②] 《李肃毅候挽诗四首》自注,见《人境庐诗草笺注》,第381页。

便有这么高的评价,可见其不凡。黄的才识的确不仅在文学和诗上,其表现为全面的和特出的。这是那个时代的创造——一个希望创造奇迹的时代,总是首先创造它的创造者。

这些年国内对清末政治家曾国藩的兴趣骤然升温,曾的各种文集相继重复出版,似乎对他的评价也有了很大的改变。就此事而言,想起黄遵宪对曾的评价,益发显示出这位诗人不趋同、不媚俗的独立人格精神。事情缘起于早年梁启超想写一本《曾国藩传》,就曾的为人的评价征求过黄的意见。黄为此给梁写了一封很长的复信:"仆以为其学问皆破碎陈腐、迂疏无用之学,于今日泰西之哲学,未梦见也","此其所尽忠以报国者,在上则朝廷之命,在下则疆吏之责耳。于现在民族之强弱,将来世界之治乱,未一措意也","所学皆儒术,而善处功名之际,乃专用黄老;其外交政略,务以保守为义。尔时内战丝棼,无暇御外,无足怪也;然欧美之政体,英法之学术,其所以富强之由,曾未考求,毋乃华夷中外之界未尽泯乎?凡吾所云云,原不可以责备三四十年前之人物。然窃以为史家之传其人,愿后来者之师其人耳,曾文正者,事事皆不可师。而今而后,苟学其人,非特误国,且不得成名。"①

这些见解的批判精神非常鲜明。但他不是对前人作超越历史背景的要求或指责,而是充分考虑到彼时彼地各种条件造成的局限性。但是他仍然认为曾国藩的学问立足于儒家不仅支离破碎而且陈旧保守。曾国藩最致命的弱点则是不了解世界,对国外之事一无所知,作为一个政治家在近世而缺乏全球观念则是极大的缺陷。黄遵宪认为历史的作用是使后来者有所学习有所借鉴,但是,若"曾文正者,事事皆不可师",学他就会误国,且对自己也无益。由此可见黄遵宪卓然自立的超人胆识。其他等

---

① 钱仲联:《黄公度先生年谱》,1902年光绪二十八年壬寅条。

等,还有很多,如他在日本、朝鲜等国际关系问题上给予朝廷的建议等,都证明他的经验与学识绝非一个"诗人"(不带任何贬义)所能概括。

事实上,1898年2月光绪皇帝调阅他的著作就不是把他看做诗人。这位皇帝不是像嗜才、也显才的风流天子乾隆那样出于对诗才的器重而和他切磋诗艺的。光绪是乱世天子,焦头烂额的国际国内种种事务,使他早已失去承平帝王那样的闲情与雅致。他的想起黄遵宪,是他对这位熟练的外交官的才识早有风闻,而且他听说这位幕僚有那样的一本书,这本书不仅介绍了作为同一人种和同一文化根源的亚洲近邻的山川风物、历史现实和典章制度,而且还对它的兴盛和崛起有着精当的论析——立志救亡兴邦的皇帝,想听听这位知识分子的意见以便对自己的决策有所裨益。这样,就有了本章开头讲的那件"命枢臣进《日本国志》"的记述。他不是想起大清国中还有这么一位诗人,这位诗人不仅五言古体写得漂亮,还会写一手工整的七律,还倡导过什么"我手写我口",等等,完全不是!

这种关于"他是诗人"的评说,是百年之后我们的事。是我们发现在别的方面无话可说,或者是,我们感到了历史的沉重和无情,感到了一切是欲说还休,才想起了诗这么一个"微不足道"的话题。许多深谙社会和文学的人都知道,诗是一种文明的象征,它往往能够代表一个社会的精神存在。它可以作为文明的灯盏在那里无限延伸地点燃着,代表那个时代不灭的光焰,它有时更是一个良知在那里思考和发言。对于一个社会而言,诗尽管"微不足道",却并不是一个可有可无的存在。诗是一种最后的支撑,当一切都不存在的时候,诗存在着,所以说:屈平辞赋悬日月,楚王台榭空山丘!

但是,谁都明白,如同诗不会亡国一样,诗也未能救国。当强邻压境的时候,在渤海和黄海迎战敌舰的还是北洋舰队。对于濒临灭绝的中国最后一个王朝卫护和图强的力量,不是诗,不是靠情感的抒发,而是实际的决策和行动,而是实力和士气、军舰和远射程火炮!可是,1898年的中国却拒绝了一切,惟独承认"百无一用"的诗!

尽管有时人们会说,给我一个雪莱,给我一个莎士比亚,我将如何如何,但这时的中国,当丁汝昌的身影随同那些威武的北洋舰队一起在黄海的滔天巨浪中沉没之后,人们的期盼依然是坚强的铁甲和沉雄的大炮的轰鸣。然而中国没有!一个社会忽视和拒绝诗人,特别是畏惧诗人的声音并试图取消这种声音,是这个社会的悲哀。但是,一个社会如果仅仅剩下了诗人,忽视和弃取对社会的生存和发展来说更具有实效的一切,那更是这个社会的悲哀。这种忽视和弃取,若是涉及对这个社会的存在来说至关重要的智慧的大脑和行动的中坚,并试图取消和清除他可能对社会的发展施加的影响力,那几乎就是一种灾难!

人们在黄遵宪寂寞死去时发出的"才大世不用,此意谁能平"和"屈原思张楚,不幸以骚鸣"的慨叹,乃是对一位经世的人才受到埋没,而独独实现了一位才华诗人的慨叹。那时代就这样轻易地埋葬了一个"霸才",而不无凄怆地为我们留下了一个"诗才"。

诗是最后的方式

当然,作为诗人,黄遵宪仍然是惊才绝艳,仍然是开一代诗风的卓越诗家。他一生奔波,建树亦广,但不曾须臾和离开的唯有诗,诗是他至尊至爱的能够给他的仕途失意以慰藉的唯一的朋友。诗也是他继续关怀国家和社会命运的最后的方式。

1898年动乱之后,他回到家乡,正是百花凋零秋叶瑟瑟的悲凉季节。一生在外忙碌,一时闲散下来,回想这一年发生的激变,心中怀念着那些死去的和流亡各地的朋友,有一种抑制不住的悲怆。从北方南下的孤雁在云端发出悲鸣,似是呼应着他的内心的不宁。他写了题为《雁》的这首五言诗——

> 汝亦惊弦者,来归过我庐。可能沧海外,代寄故人书。
> 四面犹张网,孤飞未定居。匆匆还不暇,他莫问何如。

一方面以惊弓的孤飞者自况,一方面则是为飘零沧海之外的故人牵心。难道是他们让你给我带信来了?四面正张着网罗,黑暗势力还在逞狂,一切依然是在仓皇之中,一切都不要问,一切也都说不出!

1898年的灾难,毕竟最后完成了一位诗人。中国诗史有过一句成语,叫做国家不幸诗家幸,诗人因为国家的危难而颠沛流离,但诗人也从这种不幸之中得到了不幸的诗情。1898年,一个被贬斥的官员回到了他的家乡,一生的抱负和理想变成了梦幻,他终于有机会静下心来,把这一切的追求与失意,激情和悲哀,通过诗句的排列和组织,缓缓地从笔端流淌出来。

政治上的失意在诗歌上得到了补偿。继1898年《纪事》、《放归》、《九月朔日启程由上海归舟中作》、《到家》、《感事》一系列作品之后,他的诗兴一发不可收拾。第二年,即1899年他迎到自己诗歌创作的新的高潮期。这一年,他有两大组诗创作出来,这就是《己亥杂诗》89首和《己亥续怀人诗》24首。这些诗,寄托了他毕生的情怀与思致,诗歌所反映的时间跨度极大,是他一生行止的艺术概括。诗歌所包容的内涵也极广,丰富的人生阅历,从儿时的追忆,到政海的波澜,诸多的短篇汇成为史诗般的巨制。这些诗是黄遵宪诗歌艺术达到新的高度的标志。

1900年,即进入20世纪的第一年,这是黄遵宪一生的创作的鼎盛期。这一年元旦,黄遵宪开笔作《庚子元旦》诗,这是他献给20世纪新太阳的第一声问候。他的问候并不是欢愉,依然是心事郁结的沉重——

> 乐奏钧天梦里过,瀛台缥缈隔星河。
> 重华仍唱卿云烂,大地新添少海波。
> 千九百年尘劫末,东西南国战场多。
> 未知王母行筹乐,岁岁添筹到几何。

在这首诗中,他用瀛台表达对受囚禁的皇帝的思念,他也借此表达了对于不平静的20世纪的最初的愁思。他虽身居乡野,依然心存魏阙。朝廷的每一个重大的举动,牵萦着他的一些愁心。他对他为之献身的社稷生民,都有充满情感的文字的反映,从京中义和团起事,八国联军入犯京师,闻车驾西狩,闻驻跸太原,闻车驾又幸西安,天津纪乱十二首,等等。这么密集的诗歌纪事,说明他的乡居生活并非与世隔绝,而是从未止息的激荡不宁!

在与黄遵宪的文字交往中,最密切的一位朋友是丘逢甲。前已述及,黄遵宪于戊戌京变后被发落回家,在家乡修筑他避乱的蜗居时,丘逢甲为之写了一对联:"陆沈欲借舟权住,天问翻无壁受呵。"这些话使他心动,黄当然引之为知心。事隔二年,到了庚子年间,国乱未已,补天乏力,也许是心存忧患而无从宣泄吧,这一二年间,他们的文字往来是更见频繁了。这一年的开初,满怀愁绪的黄遵宪提笔给他的朋友写了一首诗,这就是《寄怀丘仲阏》:

> 沧海归来鬓欲残,此身商摧到蒲团。
> 哀弦怕听家山破,醇酒还愁来日难。
> 绕树乌寻谁屋好,衔维燕喜旧巢安。
> 朝朝曳杖看山去,看到斜阳莫倚栏。

在这首诗里,我们可以得知,尽管赋归之后他立定决心抚平心灵的创伤而做到"忘却",但事实却是:未能忘却。对于始终以国家社会兴衰存亡为毕生追求的爱国者,他所拥有的只能是永远的记忆和始终的激荡不宁。

这一年秋天到来的时候,漫长的干旱结束的一个雨晴的日子,丘逢甲访问了人境庐。他们有过一次深情的对酌。酒后,丘留下了两首诗章,其中一首用"江阳"韵,是这样的:

> 忍把乾坤付睡乡,登楼休负好秋光。
> 黄龙约改清钟酒,白雁声催故国霜。
> 老树半凋开远目,菊花无恙展重阳。
> 美人消息来何暮,怅望秦云各尽殇!

丘逢甲的诗再一次撩拨了黄遵宪的满腔悲愁,他于是展纸临墨写了一首:《久旱雨霁邱仲阏过访饮人境庐仲阏有诗并慨近事依韵和之》,其中一首也用的"江阳韵":

> 生菱碎尽腾湖光,未落秋花半染霜。
> 举目山河故无恙,惊心风雨既重阳!
> 麻鞋衮衮趋天阙,华盖迟迟返帝乡。
> 话到黄龙清酒约,唏嘘无语忍衔觞。

秋天的萧瑟唤起他们人世苍茫的悲秋情怀,但字里行间跳动着的却不是个人遭际的伤感,而是重阳时节的惊心风雨。这里充满了杜甫《北征》那样的不能卸下的家国破灭的情怀。黄遵宪这番和丘逢甲的诗歌唱酬,如同开闸的潮水,不断跳溅着奔向前方,一发不可收拾。接着"再用前韵",接着是三用、四用、五用、六用、七用、八用,每次和诗都是两首七律,总计写了 16 首。此后,又是《天津纪乱十二首》。20 世纪的第一个年头,黄遵宪几乎是拼却毕生的心血以心灵的咏叹迎接了这新世纪的第一线阳光。

诗人就是在苦难的歌咏中完成了自己。此后四年直至他去世,为诗甚少。他的绝笔写于 1904 年,即光绪三十年,他在病中作《病中纪梦述寄梁任父》。这是一场噩梦的恐怖的场面:"阴风飒然来,君提君头颅。自言逆旅中,倏遇狙击狙。"显然是他牵挂流亡的友人，日思夜想，幻觉中他们被通缉追捕亡命于中途的可怕的情景。戊戌变后数年间，他一直为这种可怕的场面所惊扰，他的心灵并不因乡居的宁静而宁静下来。那年夏秋的记忆实在太深重了，他用数年的时间，极大的克制力要自己忘却，而至终却是不能。诗人的绝笔依然是一场噩梦，依然是他对逃亡中的革命者的无限思念，直至他的生命的终结。

永久的魅力

但作为世纪之交的接受新思想的旧式知识分子，黄遵宪的存在对于今日的我们依然是永久的魅力。这种魅力是由于他的诗歌，或者更确切地说，并不止于，或主要的还不是由于他的诗歌。在这章文字将要结束的时候，笔者愿意引他在家乡隐居的生命最后阶段与梁启超历经数年的书信往返中的一段论述，以印证这位文化巨人的魅力之所在。1902年清光绪二十八年的六月，黄遵宪在给梁启超的一封信中阐述了关于"保存国粹"这样的问题：

> 持中国与日本较，规模稍不同：日本无日本学，中古之慕汉、唐，举国趋而东；近世之拜欧、美，举国又趋而西。当其东奔西逐，神影并驰，如醉如梦，及立足稍稳，乃自觉己身在无何有之乡，于是乎国粹之说起。若中国旧习，病在尊大，病在固蔽，非病在不能保守也。[①]

黄遵宪从两国历史文化比较的角度进入关于保存国粹，如何对待传统文化这一巨大的命题。国粹所指是文化传统。对待文化传统的态度大而言之有保存或批判二义。这是进入近世以来中国文化思考的核心问题。传统文化中的精英部分，于社会

[①] 钱仲联：《黄公度先生年谱》，光绪二十八壬寅条引用。

发展有益,自应保存。当时引发思考的是传统文化作为庞杂而巨大的存在,国人对之缺乏必要的警惕和批判。而作为抵制向西方学习的一个借口,即中国具备一切的丰富与自足,这就是保存国粹这一提法出现的最初动机。它是一种抗拒的借口,近代以及现代的一切复古派都非常熟练而热衷地使用这个武器。

黄遵宪对日本的分析是否允当,我们置之别论。单就中国来说,他所说的"中国旧习,病在尊大,病在固蔽,非病在不能保守",是非常精辟、透彻,也非常尖锐的。可以说,他的思想的新敏,他的立场的坚定,不仅较之"五四"时代的遗老遗少,较之当日"学衡"、"甲寅"诸派中人,甚至较之这个世纪末的一些新的倡导国粹的人们,提早了大约一百年!

那时代推出了这样一些先知先觉者,他们的精神魅力永恒。都说欧洲的文艺复兴是出现巨人的时代,中国的19、20世纪之交,为了结束长达数千年的封建社会,为了迎接新世纪的民族新生,也酝酿和培育着一些这样的巨人。那时的这些巨人,从四书五经堆积如山的故纸堆中翻越而出,拖着长辫,穿着长袍马褂,认识了横行的拉丁字母组成的文字,操着以极艰苦的勤奋学来的西方语言,在西方民族惊异的目光中出现在世界上。这批最早出现并和世界直接交往的人们,他们接受了天文和数学,物理和化学,也接受了哲学和宗教,特别是当时世界的先进思潮。他们以一种崭新的姿态站立在中国深厚无比的传统文化面前,是站立着而不是匍匐着,他们勇于面对它的全部优点以及全部的劣根性!

但是,不幸,这位百年前说过这样尖锐而精彩的见解的巨人,也只是在新世纪的太阳初升的时节,怀念着他的受难而流亡在异国他乡的友人,梦见这位友人提着自己的头血淋淋地站在他的面前。他被这场可怖的噩梦而惊醒。惊醒之后,他满怀着希望又不免哀伤地写下了这样的诗句——

> 人言廿世纪,无复容帝制。举世趋大同,度势有必至。
> 怀刺久磨灭,惜哉吾老矣。日去不可追,河清究难俟。
> 倘见德化成,愿缓须臾死。

然而,他的确没有等到河清之日,即使他要等待,但中国的时间漫长到无情,他不可能再延缓他的生命直至百年之后的如今。所以,他的诗本来表达的就是一场噩梦。

但诗心长存。尽管时代吞噬了许多有抱负、有理想、肯牺牲的经国之士,独独为我们留下诗人是时代的不幸。因为诗人不能像丁汝昌那样,指挥威武的舰队和千军万马,最后以惨烈的捐躯完成了英雄的形象;诗人也不能像那些最先倡导实业救国的人们那样,开矿山、修铁路、办工厂;也不能像林则徐那样在帝国主义侵略面前表现了中国人的胆略与气节。诗人只能通过诗句传达他的感兴和悲伤,为他的社稷生民,为他自身和他的亲人和朋友。但诗人的这种"无形"的声音却传得最广、最远,他给人的情绪的传染也最长。

时间已过去了百年,此刻我们和黄遵宪几乎面对着共同的一轮世纪末苍老的太阳——尽管我们之间有着百年的间隔。但一切似乎都发生在昨日:那种期待和追求是共同的,那种悲怆和失望也是共同的。诗人那种长夜不眠的忧心,几乎也发自我们的心灵深处。我们永远记着,这个世纪最初的时刻,一位失眠的诗人在深夜中披衣而起。他对着沉沉古国大陆的无边暗夜,望着头顶的几点疏星残月,耳边响着扰人忧思的风铃声发出的那悠长而悲哀的叹息:

> 千声檐铁百淋铃,雨横风狂暂一停。
> 正望鸡鸣天下白,又惊鹅击海东青。
> 沉阴噎噎何多日,残月晖晖尚几星。
> 斗室苍茫吾独立,万家酣睡几人醒!

这首《夜起》大约写于1901年,即光绪二十七年,这一年诗人黄遵宪年54岁。公元1904年他肺疾转剧,自惊蛰至立夏一直为疾病所扰。第二年的二月,春风还没有来临的时节,他终于满怀着一颗拳拳之心辞世。此年正月十八日,距离死亡还不到一个月,也就是他感到了这种永诀已迫在眉睫之时,他写信给梁启超,说了如下一段有关生死观的话:

> 余之生死观略异于公,谓一死则泯然澌灭耳。然一息尚存,尚有生人应尽之义务。于此而不能自尽其责,无益于群,则顽然七尺,虽躯壳犹存,亦无异于死人。无辟死之法,而有不虚心之责。孔子所谓:君子息焉,死而后已,未死则无息已时也。

这种生死观是健康而积极的,诗人面对死亡有一种超然的沉静。他还有一信给狄平子,也有一种临终遗言的性质:"自顾弱质残躯,不堪为世用矣,负此身世,感我知交。"给他的弟弟孎达书,最后一次谈到了他的诗,他写道:"生平怀抱,一事无成,惟古近体诗能自立耳。然亦无用之物,到此已无望矣!"这是他对一生奋斗和追寻的一个回顾。这种回顾与我们前此的感慨是共同的:一生事业,荡然无存,唯有这一片诗心,不死,且永恒。

这一年他制一艇方成,题额是"安乐行窝"。安乐窝有自我嘲讽的性质,颇有谐趣。他还为这只艇题了对联:

尚欲乘长风破万里浪
不妨处南海弄明月珠

这是诗人黄遵宪的绝笔。它表达了这位赤诚忠毅的诗人毕生的心迹:即使到了生命的最后时刻,依然不泯那乘风破浪的雄心。

南中国海的波涛日夜敲打着天涯海角的珊瑚礁,在月朗星稀的海风吹拂的夜晚,我们听到一位诗人吟唱着百年的追求和希望,百年的寻觅和无尽的悲凉。

重评"诗界革命"

　　本书关于黄遵宪的一章文字,是因了1898年一件事,当年光绪皇帝出于对变法维新的思考,要看他的《日本国志》所引起。再从他在这一年的身世遭遇——主要是从辞别政界隐居乡野——论及他当年所作诗章,再引出1899年他的诗歌高潮,从而涉及到这位诗人在晚清诗坛的贡献与地位的总体评价。

　　许多文学论著谈到黄遵宪,总以他为近代转向现代的诗界革命的旗帜,这是对的。但若论及他对旧诗转变新诗的贡献时,对他的"我手写我口"主张的评价往往偏高。"我手写我口"的价值,也许是作为对传统诗歌写法的挑战的口号的意义,更大于黄遵宪在这方面的实践的意义。这是本书作者的一种大胆的看法,这种判断是建立在对他的全部创作进行考察之后作出的。在黄遵宪诗中,真正达到这种嘴上怎么说、手上就怎么写的境界的作品并不多。《今别离》四章受到人们的赞誉,是由于他引新事物入诗并从现代工业革命和现代科学的成果中写现代人的感觉,这在中国诗坛是前无古人的。但这一组诗的创作思想,也还是想说明旧诗能写新事,而并不是"我手写我口"的有效的实践。把这些主张切实运用于创作,可能在另一些诗上表现得更多也更鲜明一些,这就是经常被引用的《山歌》九章。其中如:

　　　　人人要结后生缘,侬只今生结目前。一十二时不离别,郎行郎坐总随肩。

　　　　买梨莫买蜂咬梨,心中有病没人知。因为分梨故亲切,谁知亲切转伤离!

　　　　一家女儿做新娘,十家女儿看镜光。街头铜鼓声声打,打着心中只说郎。

第一香橼第二莲,第三槟榔个个圆。第四夫容五枣子,送郎都要得郎怜。

黄遵宪在《人境庐诗草》手写本诗后有题记称:"十五国风妙绝古今,正以妇人女子矢口而成。使学士大夫操笔为之,反不能尔。以人籁易,天籁难学也。余离家日久,乡音渐忘,辑录此歌谣,往往搜索枯肠,半日不成一字。因念彼岗头溪尾,肩挑一担,竟日往返,歌声不歇者,何其才之大也。"这段记述,说明上述诗章,很大成分在于"辑录",而少创作性质。也说明在诗人的心目中这些诗是来自乡野,与他的其他创作有异。重要的是,像《山歌》这样的作品,在他的诗作中只是"特例",而并非"常态"。况且,这种以文字记述民间歌谣,或仿作民间歌谣的作品,乃是古代文人经常的操作,而非黄遵宪所专擅。自唐以来,文人诗集中《竹枝词》一类诗篇屡见不鲜,若是以此为"诗界革命"的先兆,则断难苟同。黄作中,也有一些受到史家如胡适等赞评的,如《都踊歌》等也同上述,都难说是"我手写我口"的有力证明。

所以说,黄遵宪最了不起的地方是他想到了诗应当是按照自己意愿来写,不能按照古人的意愿来写。"我手写我口"的价值在于它向着传统的一成不变的写作规范,发出了质疑,并以最浅显和最明确的新概念向着数千年的因袭挑战。这种新诗歌的概念有一批有力的实行者,如谭嗣同、夏曾佑、章太炎、严复、林纾、马其昶、陈三立等,但他们的实践,其最著者亦只在于引新名词入诗,而表现的形态依然是古典的,谈不上"革命"。相反,由于"新名词"与旧文体和"死语言"的极端矛盾,却造成了另一种弊端。梁启超《夏威夷游记》有:"我梦天门爱天语,玄黄迎海见三蛙"诸句。他后来作自我批评说:"注自二百余字乃能解,今日观之,可笑实甚也,真有似金星动物入地球之观矣。"梁启超在《饮冰室诗话》中有一段话,其实是说到了"诗界革命"的弊端:

当时所谓新诗者,颇喜挦扯新名词以自表异。丙申、丁酉间(1896—1897)吾党数子皆好作此体,提倡之者为夏穗卿(曾佑),而复生(谭嗣同)亦綦嗜之。……其《金陵说法》云:"纲伦惨以喀私德(caste),法会盛于巴力门(parliament)。"穗卿赠余诗云:"帝杀黑龙才士隐,书飞赤乌太平迟",又云:"有人雄起琉璃海,兽魄蛙魂龙所徙"……当时吾辈方沉醉于宗教,视数教主非于我同辈同类者,崇拜迷信之极,乃至数约以作诗非经典语不用。所谓经典者,普指佛、孔、耶三教之经,故《新约》字面络绎笔端焉。

他还说:过渡时代,必有革命。"然革命者当革其精神,非革其形式。吾党近好言诗界革命,虽然,若以堆积满纸新名词为革命,是又满洲政府变法维新之类耶。"(《饮冰室诗话》)

从这些诗例中可以看到,除了只是以新典故代替旧典故,以及由于外来文字生硬嵌入造成新的矛盾之外,这种"诗界革命"的意义是非常微弱的。所以后来的人们评论这场"革命",认为"他们改革有心,创造无力。他们所作的新诗,颇喜挦扯新名词以自表异。虽无庸滥腐臭之弊,却不免僻涩塞圪之病,较之'江西魔派'的诗尤其难懂。夏、谭等对于'诗界革命'的事业,实在是志有未逮"。[①] 冷静评述自"我手写我口"开始的"诗界革命",也许重要的意义不在是否给旧诗带来了多少改变,而重要的意义在于它传达一种旧诗必须改变,至少必须打破固有局面,容纳新进内容这样的信息。

事实上,对于旧诗的更新的努力,在黄遵宪之前,便有了一些值得注意的实践。胡适在谈黄遵宪的同时,提到了金和。金和生于1818年,死于1885年。他比黄遵宪早,没有赶上戊戌政

---

① 吴文琪:《近百年的中国文艺思潮》,载《学林》1940年11月—1941年1月,第1—3期。

变那场灾难,倒赶上了太平天国的战争。胡适格外称赞金和记述南京被陷的日记体长诗《痛定篇》。此诗的好处是说理叙事清楚通顺,接近口语,而这些却是更晚的那些新体诗的试验者所缺乏的。如他的《军前新乐府》之一《半边眉》便是这样的作品。金和的《十六日至秣陵关遇赴东坝兵有感》也是记事之作:

> 初七日未午,我发钟山下。蜀兵千余人,向北驰怒马。
> 传闻东坝急,兵力守恐寡。来乞将军援,故以一队假。
> 我遂从此辞,仆仆走四野。三宿湖熟桥,两宿龙溪社,
> 四宿方山来,尘汗搔满把。僧舍偶乘凉,有声叱震瓦。
> 微睨似相识,长身面甚赭。稍前劝勿瞋,幸不老拳惹。
> 婉词问何之,乃赴东坝者。九日行至此,将五十里也。

用传统乐府诗的方式,记述途中所见,完全是纪实,却极生动明晓,讽刺之意溢自笔端。胡适说金和此类诗,是"有心人的嘲讽,不是笑骂,乃是痛哭;不是轻薄,乃是恨极无可如何,不得已而为之"①。

　　胡先骕对胡适的称赞金和似有某些保留,他在评胡适的文中说:"当太平之乱时尚有一诗人,其诗之品格亦在金和之上,而郑孝胥以为似郑珍之《巢经巢诗》者,则长洲江湜弢叔是也。"江湜比金和更早,他的诗属于同光以后时代,"为论近代之诗所不可知也"。② 江湜的《静修诗》、《感忆诗》"至诚惨怛,天性独厚,又纯以白描法写之"。《静修诗》记述诗人乱中逃难于野寺,遇僧人静修的挽救方得生还,感念终生:"又闻杭州破,饿死十万民。我于万民中,念此僧一人";"古人感一饭,重义如千钧。况于兵火际,救死出险屯。何当远寻汝,相挈同晨昏。终身与供养,如汝奉世尊"。此诗于浅白的语言中表达深沉的情感。

---

① 胡适:《五十年来中国之文学》,见《胡适文存》二集,上海亚东图书馆,1924年。
② 胡先骕:《评胡适〈五十年来中国之文学〉》,载《学衡》1923年第18期。

由上述的补充我们不难悟及当日的一些思考,诗的变革重在以清新浅近的口语化的努力,以传送现实人们的感遇和情怀,这种语言和内容的革新,"诗界革命"的实践远未达到。近代以来改变旧诗的实践,仅仅停留在或满足于以新名词入诗是不够的。真正的诗体革命寄希望于未来。而晚清这些诗人的一切努力都不会白费,他们不可磨灭的功绩在于怀疑——怀疑固有的秩序,并试图打破它构筑了数千年的坚固壁垒。

四、一部小说的预告

唯一的成功

1898年,当中国一批投身政治改革的知识分子,他们关于未来中国的想象在现实的魔影面前被砸得粉碎的时候,有一位一直梦想着以个人之力参与实业建设以振兴国运的知识分子,也以失败的结局从他投身的山西煤矿被弹劾回到北京。他的失败回京和康、梁的失败出走,发生在同一年,看似偶然,实有必然的潜因,这可说是"殊途同归"。

这人就是后来写了《老残游记》的刘鹗。刘鹗也如我们前面写到的那位黄遵宪一样,文学是他事业失败之后的归宿。文人到了四处碰壁、无路可走时,诗或者小说,或者别的什么,就成了他们最后的精神家园。这是上个世纪末最先觉悟的那一代文人的悲剧宿命。

刘鹗生于1857年(即咸丰七年),比康有为大一岁。他们是同代人。1898年政变发生时,刘鹗42岁。他的经历很特别,20岁时赴南京乡试落第,"回淮安专心研究经世之学";30岁赴南京再考,"未终场,出六合探亲"。[①] 终其一生好像科举都没有成功,倒是经过自学,学会了算学、测量、绘图等新式学问。19世纪七八十年代,国内各种铁路、轮船、矿山以及自来水公司等已有出现,实业之风正在悄悄兴起。对于像刘鹗这样接触过新学

---

① 《刘鹗年表》,见刘德隆、朱禧、刘德平《刘鹗小传》附录,天津人民出版社,1987年,第198页。

的人,科举倒不是唯一的出路。青年时代的刘鹗,在淮安开过烟草店,在扬州挂牌行过医,在上海开设过印书局。这些未必成功的实践,已经展现出一种与旧式文人并不相同的生活道路。学问的观念,在这里已经有了新的内涵,一种可供经世的实用之学的观念,正在代替传统的经过科举进入仕途的学问的观念,至少在一些知识分子中是这样。

1888年,当康有为第一次上万言书给光绪皇帝,"极言时危,请变法维新"时,刘鹗从实干的另外一方面也开始了他的改造和报效社会的行动。这就是他在这一年赴郑州治理黄河,促成河堤合拢成功的故事。

1897年清光绪二十三年八月十三日,郑州上南厅黄河决口。"水由郑州东北两县车家堡流入中牟县市于庄出境,被水者一百二十庄,中牟县城被水围绕,浸水所及三百余村。"黄河水决堤夺路,疯狂的水由中牟县境滚滚滔滔而出,直趋扶沟县境,一百余里的黄浪吞没了几个县千余座村庄。黄河的决口震惊了最高统治者,轮番的革除和任命官员几乎无济于事,最后派广东巡抚吴大澂署理东河总督。由于吴大澂在现行官吏中是一位精明实干的人,从青年时代便立下以天下为己任而"志在圣贤"的刘鹗,便欣然前往投效吴大澂,鼎力相助治黄患。

刘鹗向吴大澂陈述了"设闸坝以泄黄"、"引清逆淤,束水攻沙"等主张。刘的明达于事与吴的知人善任结合,使事情有了转机。加上刘鹗务实苦干,"短衣匹马,与徒役杂作。凡同僚所畏惮不能为之事,悉任之"①,这一番黄祸泛滥终于得到了扼制。光绪皇帝大喜,在年终大家都将过年之时,于十二月二十八日的"小年夜"破例降旨封赏治河有功人员。甚至连治河无功先后被革职的人,皇帝高兴之下也让他们个个都复了官。吴大澂"赏加

---

① 罗振玉:《五十梦痕录·刘铁云传》,雪堂丛刻本。转引自《刘鹗小传》。

头品顶戴,补授东河河道总督"。刘鹗有功不受,把荣誉让给了他的哥哥。他自己则向吴大澂表示"请归读书",于是格外受到器重。这是刘鹗一生中第一次,也是唯一一次的成功。

全面展示的才华

这是刘鹗的"首战告捷"。这当然依靠他的聪明、才识、务实和勤勉,这对他的才干是一次实际的考察。那时大部分知识分子都热衷于政治改革,他们为中国的摆脱困境设计了各式蓝图。其中不乏真知灼见,但多半只停留在纸上而少实行。戊戌维新的失败,虽然是当时各派政治力量较量的结果,多少也与这种对社会缺乏理解,以及不切实际的空谈有点关系。但刘鹗有些不同,尽管从有关记载看,刘鹗的政治态度与维新派并无牴牾之处,但他不是只善于空想而是更倾向于实践的人。对于自然科学、数学、绘图等方面的兴趣,使他在社会改造方面倾注了行动的热情。他不是哲学家,他的长处不是议论什么,而是做些什么。以治黄为起点,直至他生命的最后,他就这样做了一件又一件让这个长期封闭的国度的人感到瞠目结舌的事。虽然这些事如同在中国做的其他事一样,总是以失败或中途夭折而告终,但却展尽了这位"怪才"的全部智慧。

在治黄成功的基础上,刘鹗继续实行他的行动计划,其中包括测绘黄河图表,以及编辑《黄河历案大工表》和《皇朝东河图说》等。1889年任测绘"豫、直、鲁三省黄河图"提调,撰写治河文论。1890年著《历代黄河变迁图考》及撰写《治河七说》。由于他在实际的工作中表现出惊人的才干,所以虽然他没有经过科举获得资格,但几任上司都纷纷为他"咨送"和"保荐"。但这些举荐似乎都没有起到实际的效果,刘鹗则依然是一个没有"学历"的"专家"。他依然游荡在官宦的门外,成为一个"自由职业者"。

刘鹗对于自己的处境,当然不是没有怀才不遇的感慨。1892年山东巡抚福润咨送刘鹗去北京办理各国通商事务衙门考试,因"不合例"而没有成功。刘鹗在从北京返回的途中吟诗一首:

> 魄落魂消酒一卮,冻躯围火得温迟。
> 人如败叶浑无属,骨似劳薪不可支。
> 红烛无光贫化泪,黄河传响已流澌。
> 那堪岁岁荒城道,风雪千山梦醒时!①

这诗流露出他对仕途的失望情绪。但对刘鹗所具有的才识,当时的主管官吏还是有公允的评价的。1894年福润再次"专片"向皇帝保荐刘鹗。福润这样向皇帝介绍他的这位属僚:

> 该员向习算学、河工,并谙机器、船械、水学、力学、电学等事,著有《勾股天元草》、《弧三角术》,《历代黄河变迁图考》等。前河臣吴大澂、前河南巡抚倪文蔚于郑工合龙后,测量直、东、豫三省黄河,绘图进呈御览,即委该员办理。其所著各书,考据尚属详明,有益于用。②

福润的专片中称刘鹗是"通晓洋务"的人,这是很允当的知人之论。刘鹗在上一个世纪末的中国,通过艰苦的自学而学得了新的知识,较之那时的旧文人,他对于外部世界所知甚多,既有国学的根底又有西学的渊源,是一个社会新旧转型期奇异的发展全面的人才。用现在的话说,他真是一个精通当日科技发展、掌握一定技术的"外向型"人才。这个人有着惊人的才华,不仅在拥有新型的科技知识方面,如福润的奏片所描述的,而且在

---

① 刘鹗:《铁云诗存》卷三《抱残守缺斋遗诗辑存》,原题为:《壬辰咨送总理衙门考试,不合例,未试而归,腊月宿齐河城外》。
② 《刘鹗小传》,转引自《历代黄河变迁图考》,袖海山房版。

旧学方面除了传统的经、史、诗、文,他在甲骨文的收集和研究方面,在古陶器、古钱币和古印的收藏研究方面,在古董和碑帖的收藏研究方面,也在音乐如古琴谱和乐理的整理研究以及精通音律和具体的古琴演奏等方面也有惊人的造诣。当然,更有,是在文学创作方面……他真是一位全面展示惊人才华的人。

据此,有的国外学者在介绍刘鹗时给他加了一连串的头衔:小说家、诗人、哲学家、音乐家、医生、企业家、数学家、藏书家、古董收藏家、水利专家和慈善家……①不论这些名号是否名实相符,试想,一个人短短的一生的作为能够与这么多、这么广泛而且其间的距离又这么大的专业联系在一起,除了欧洲文艺复兴时代的那些巨人,恐怕是很少见的。这又一次印证了本书作者在其他一些篇章中作过的判断,即19、20世纪之交的中国,是一个不仅出现了许多怪人,而且也是出现了许多巨人的时代。

在笔者读到的关于刘鹗生平的文字中,美国夏威夷大学中国文学系马幼垣教授在他与人合编的《中国古典文学辞典》所写的《刘鹗》一章资料翔实,判断严谨准确,是一篇言简意赅的文字,今用刘德平译文全录如下:

> 刘鹗,字铁云,号鸿都百炼生。生于一八五七年,卒于一九〇九年。江苏丹徒人。清代河南开归陈许道布政使衔刘成忠的小儿子。作为对中国传统文化的继承和对西方知识的介绍均有所贡献的小说家、诗人、哲学家、音乐家、医生、企业家、数学家、藏书家、古董收藏家、水利专家和慈善家的刘鹗,其本人生平与他的学识和名望一样令人不理解和常常引起人们争论。尽管刘鹗因为对当时政治制度失望,所以年轻时没有参加科举考试,但仍然受到了当时的重要官员吴大澂(一八七五——一九〇二)、张曜(一八三二——一

---

① [美]马幼垣:《刘鹗》(刘德平译),见《刘鹗及老残游记资料》,第315—317页。

八九一)和福润(？——一九〇二)的青睐和信任,曾在他们手下做事或任顾问。可是由于运气不佳,加上他自己不拘小节的性情和他在各种尝试的创新过程中遇到的不断误解,使他担任一种职务甚至从事一种职业的时间都不长。大多数他所办的企业,尤其是那些牵涉到外国人利益的企业,均是短命的。并因此使他经常成为被诽谤受攻击之对象。日益积累的敌意和对他名誉的诽谤,最后导致他一九〇八年被不合理地判决为流放新疆,并于次年在那里逝世。

刘鹗最被人铭记的,是他二十回的小说《老残游记》。小说最初的十三回,一九〇三年至一九〇四年连载于著名的期刊《绣像小说》,后在《天津日日新闻》报纸上连载完。这部小说和其他的白话小说一起,一九〇二年经胡适(一八九一——一九六二)的大力推荐,一直作为中学语文课本的教材。这样,该书不仅是晚清主要的小说,而且是为数不多的一直流行的作品之一。

《老残游记》一书通过老残——一个受到官场很好接待的走方郎中的旅行,揭露了中国的弊病,叙述了表面是清官,其实是酷吏的厚颜无耻的罪恶。在小说的情节与故事展开中,刘鹗通过其无与伦比的生动流畅的文字,描绘了许多使人难以忘怀的情景,例如第二回中,对两个歌女演唱的极其出色的描写,都给人以强烈的感染。

这本小说不是自传,但刘鹗在其中揉合了相当多个人的经历和思想。因此很清楚,"老残"就是刘鹗的替身。从小说的人物中,能找到刘鹗的许多朋友和敌人,例如,在最初几回出现的庄宫保就代表了刘鹗的保护人张曜。两个在审判过程中弊病百出的典型人物玉贤和刚弼,则代表了两个满族官员毓贤和刚毅,他俩深深地卷入了一八九八至一九〇〇的义和团运动。

刘鹗是非宗教的哲学流派——太谷学派的弟子。太谷学派发展地吸收了儒、佛、道三教的思想。《老残游记》第八至十一回的神秘深奥的遭遇,表面上看与叙述的主线没有联系,也很难懂,并且使小说分成了两个不同的主题的部分,因此有的版本便把他删去了。其实以太谷学派的学说对这些章节进行分析,是了解刘鹗"温和原则"和为什么他对义和团和革命者持批评立场的关键。同时也就能理解中国50年代和60年代对刘鹗及其《老残游记》的尖锐的有准备的批判了。

一般为《老残游记·二集》的至少九回的续集,一九〇七年连载于《天津日日新闻》。前面六回叙述了老残新娶的妾,在跟随老残登泰山的路上,与两个有修养的尼姑谈论之后出家的与初集完全不同的故事。后三回写老残游地狱的故事。还有称为《老残游记外编》的残稿,其可靠性已得到验证。至于曾经流传的四十回本的后二十回,很早就已确认为是伪作了。

除了小说,刘鹗对中国文字和商文化的研究,对后世也很有影响。他第一个认出了卜骨上的符号(甲骨文),他也是最早的甲骨收集者。他一九〇三年印行的《铁云藏龟》是研究甲骨文的最早著作,这本书给后来的国家和私人收藏家确定了模式。

刘鹗的著作,还有《治河五说》(一八八二)、《历代黄河变迁图考》(一八九三)、《铁云藏陶》(一九〇四)、《铁云泥封》(一九〇四)。他还发表过有关数学的两本著作。此外,刘鹗也遗留下了各种手稿。一九八〇年,由刘鹗孙子刘蕙孙(厚滋)注释的《铁云诗存》在济南——《老残游记》主要场景所在地——出版。

屡遭挫折的奇才

在郑州治黄之后,经开明官吏的多次力荐,朝廷终于在1895年给了他一个"以知府用"的名义,这更鼓舞了常怀奇思异想的刘鹗在另一个领域干些令人惊诧的事业。1895年,正当康有为在北京联合十八省一千三百余人发动"公车上书"提出维新变法的主张的时候,这一年刘鹗也有他个人的一份上书,内容是"自请承办芦汉铁路"。看似巧合的两种上书,可以看出当时知识分子对于国家命运的两种思路,前者是以康有为为代表的多数士人,重体制上自上而下的改革;后者如刘鹗这样倾向现代工业文明的个人,重具体通过实业建设的途径以促进社会进步。两种思路的目光均是前瞻的,都代表了当日先进分子的前倾姿态。

修建自卢沟桥至汉口的卢汉铁路之议,始自张之洞。1899年光绪二十五年,当时任湖广总督的张之洞向光绪皇帝建议修建这条铁路,也得到皇帝的认可。但时间过了六年,仍然停留在空泛的议论上而没有进展。1895年光绪皇帝重提此议,但商人多持观望态度而反应冷淡。刘鹗此时受到治黄成功的鼓舞"慨然欲有所树立"①,便在联络了一些资本之后,向政府作了承办修筑芦汉铁路工程的申请。朝廷表面上应允了,但由于各种掣肘之事,加上舆论对刘鹗颇有怀疑,最终还是被搁置起来。这时官场内部电文频繁,大都是对他不利的议论:"岂有一无名望之人,能招千万巨款?闻俱是洋人所为,不特入股而已";"刘鹗无银行作保,其为不正抓洋人招揽洋股无疑"等等,不一而足。这样,刘鹗在一番兴奋之后,还是以一无所成而告终。在汉口,理想幻灭之后的刘鹗,登上了古琴台,怀想起伯牙子期遗事,不禁怃然:

---

① 罗振玉:《五十梦痕录》。

> 琴台近在汉江边,独立苍茫意惘然。
> 后世但闻传古迹,当时谁解重高贤?
> 桐焦不废钧天响,人去空留漱石泉。
> 此地识音寻不着,乘风海上访成连。①

挫折并不能使这个兴趣广泛而持久,既有试验新事物的热情又富冒险精神的人停住脚步。他一生几乎随时都在酝酿着新奇的想法,而且一旦有了想法随着便是行动。改造社会的热情始终伴随着新异的构想,紧接着就是把想法予以实行。他有滋味地生活着,看到了那一切的凝滞和痼弊,并力图以全身心的投入改变那一切。他激情奔涌,无畏地一迳向前走去。但依然是个不断在事实面前碰壁的人物,这与他的性格有关,更与他所生活的大环境有关。

他从事活动的舞台和背景,是典章整饬的封建社会,虽说当时已是一个王朝的晚景,却是一切都已完整地规格化而并不留下什么可变通的空隙,当然连同了人的思维。在这样的包括精神都凝固化的社会,不仅康有为、谭嗣同那样一些对现实怀疑的思考会遇到坚决的反弹,就是刘鹗这样只希望用建设性的"添加"以改变现实的建议或行动也会遭到惯性顽强的抵消。因此,在刘鹗的生活字典里除了行动的热情,还有的就是那一切试验的短暂性和最后的失败。

他学过日语和法语,如前所述,也掌握了包括数学、机械等等西学。他谙熟洋务,是生活在封建社会而对资本和商务并不陌生的人。但社会纵容了成千上万墨守成规的庸常之辈,而独独不能容忍像刘鹗这样敏于新事物又有真学问的人。就这样,在上一个世纪末风潮涌动之中,既有万千举子忠心救国的上书言事,又有刘鹗这样以个人之力的不竭奔波。尽管二者的终局

---

① 《铁云诗存》,原题为《鄂中四咏》其四《登伯牙台》。

都是失败,但却留下了那一股变革现有秩序的激情,成为上一个世纪最动人的记忆。

承建芦汉铁路的设想,因为说不清楚的原因而化为泡影之后,刘鹗几乎没有停歇便进入了另一个新目标的行动之中。兴修水利之后是修铁路,修建铁路之后则是开采矿山。这都是一些事关建国兴邦的大得吓人的项目,但这些项目又都和这位"不出名"的普通知识分子的名字有关,这个事实本身就让人感受到那时代的非凡的气势和魄力。尽管前面的目标都没有达到,但思想如野马的刘鹗还是把目光投向了未来。

公元1897年,山西为开采煤矿成立商务局。由于国内资金缺乏,决定向英国为开矿组建的投资机构福公司借款1000万两白银。由于种种原因,刘鹗被选当投资公司与山西矿业的中间人。刘鹗之愿意投身此事,出于他一贯的强国富民的理想,他在给山西巡抚胡聘之的禀文中,力陈开矿的益处——

> 工人所得之资不能无用也,又将耗于衣食。食者仰给于庖人,衣则仰给于缝工。庖人不能自艺蔬谷也,又转仰给于农圃;缝工不能自织布帛也,又转仰给于织人。如是辗转相资,山西由此分利者不下十余万人矣。我国今日之患,在民失其养一事。而得养者十万余人,善政有又过于此者乎?况有矿必有运矿之路,年丰仓可以出,岁饥谷可以入,隐相酌剂,利益农民者,更不知凡几。我国出口货值,每不敌进口货之多,病在运路不通。运路既通,土产之销场可旺,工艺之进步可速,倘能风气大开,民富国强屈指可计也。而开矿实为之基矣。①

---

① 《刘铁云呈晋抚禀》,见《刘鹗及老残游记资料》,第129页。原有注推测此禀写于1897年7月24日之后,1898年2月21日之前"。此文录自《浙江潮》1903年12月8日第10期。

用现在的话来说,就是开发促进了经济发展,经济发展则改善了民众生活。上一个世纪末刘鹗关于开采晋煤的设想,很像是今日中国所实行的引进外资以联合开发的措施。要是这件举措发生在100年后的今天,大约不至于形成议论纷纷最后一事无成的结局,不幸的是,此事办早了100年!

刘鹗几乎什么也没有做,指责和质问便纷至沓来。有说开矿会破坏风水的;有说开矿是出卖主权的;有说是交通洋人图饱私囊的……一位要员甚至在他给皇帝的奏章中直接指控刘鹗贪污卖国。流言可以杀人,皇帝终于据此断定刘鹗等人"声名甚劣,均着撤退,毋令与闻该省商务"。这样,刘鹗就莫名其妙被罢黜而回到了北京。

智慧急匆匆演示

1898年,当刘鹗在应英商福公司山西煤矿之聘担任华人经理频繁奔走在太原和北京之间终无所成,反遭诸多毁议而以失败回到北京的时候,这座京城里维新和反维新的力量正在进行着最后的集结和较量。最后扑灭维新变革火焰的计划也在颐和园和故宫的森森殿阁中制定着。当然,比起八月流血事件来说,刘鹗的不可辩诬的委屈原也算不了什么。但若撇开事件的大小不论,单就改造社会变更国运的举措受阻而言,可以判断1898年作为一个"失败年"或"灾难年",却是有着深远的社会历史根源的必然。

在封建的太阳即将降落的19世纪最后几年,这个古老帝国的智慧和良知,都被社会沦亡的深重危机所激活。政治的和哲学的、自然科学的和文学的、军事的和经济的,不仅是学者和士人、官吏和商贾,可以说,中国社会的每一个角度的潜能都得到了开掘和阐发。这个世纪末的夕阳,的确灿烂耀眼,有着令人震惊的美艳!但这是中国人为挽救这片古国的陆沉而贡献的血泪染成的惨烈,那罕有的辉煌却充盈着不可言说的悲壮。

在这样的历史转折的关头,太平时世用来享受欢乐的种种才智,都被聚敛集中于一个窄小的通道——那就是为社稷生民的救亡图存。这时节,别的不说,单是以往让人愉悦和欢乐的文学、诗歌和艺术,也都浸染着沉重的伤感。一种非常紧迫的动机要求非常迅速的效果,在这样的时刻,以往容易被世俗的习性所遮蔽、掩盖或延缓的才气和聪颖,都迫不及待地得到发散。一切在这样急匆匆的时代里,都表现得近于极致。这其中有在政治风潮中沉浮的人物,也有在学术建树和艺术创造中呈现的奇才,有狂放的名士,也有浪漫的诗才。

在这众多的才华演示中,此刻我们谈论的刘鹗,是别一类型。他的学问博而杂,兴趣广泛,奇思妙想多变而不持久。刘鹗不拘小节,生活颇为阔绰,由于他深谙经营,也有一定的家财。1898年开发晋煤计划的破产并不能使这位充满活力的人放弃他的追求。有记载说,这年3月至4月间,他有三次参加康有为召开的保国会活动[①],可见他的政治态度倾向于维新派,只不过,他是以自己的方式参加改造中国社会的实践行列之中。

晋煤行动失败回到北京的当年,刘鹗几乎没有停歇,又参与了福公司在河南的矿事活动。次年即1899年,"议筑芦汉铁路支线泽浦铁路";1900年在上海办"五层楼商场"。从这些记载可以看出他虽面临挫折又有非常频繁的活动,而这些活动又都与实业的建设有关。刘鹗的这样不间断的开创性的投入一直持续到生命的最后。

1900年,爆发了义和团运动,八国联军攻入北京,皇室外逃。北京城中饥民遍地,无人过问。随后成立了救济善会,筹划募捐赈济灾民。刘鹗闻讯,决意入京投入赈济的善举。他写信

---

① 《刘鹗小传》附录《刘鹗年表》"光绪二十四年戊戌(1898年)"条,第202页。

给救济善会陆树藩,表明自己参与其事的决心。他为此个人捐银5000两,又筹借7000两,共计1.2万两作为救济北京的会资。信中说:

> 人才为国之元气,京师为人才渊薮,救京师之士商,即所以保国家之元气。办法当以护送被困官商人口出京,为第一要义,平粜为第二要义,其余尤其次矣。是否有当,尚祈裁察。以地而论,北京为最急;以事而论,北京为最难。如无人去,弟愿执役,为诸君前驱可乎?所有随带翻译人等川资、薪水,均由弟捐款发给,不支善会分文。①

从这信可以看出,刘鹗这一行动,确系出于至诚,并不夹带私念。而且据有关材料说,他一旦下定决心即诉诸行动而毫不迟疑。这一年九月初九日,刘鹗"改东洋装,束带"到了天津。九月十二日即"率同司事,工役二十余人赴京";其间,刘鹗还办了掩埋局和司药局,掩埋清理街上的尸骸并为伤病者治病。这些事都在刘鹗的率领和参与下紧张地进行,这些事当时及事后均有好评。

但如同刘鹗毕生的行动都不畅顺一样,他审时度势出于实际需要的机智之举,往往因"有悖于常"而遭到惰性和积习的攻讦。刘鹗在北京的赈灾行动,最终由于他用筹借银行贷款向洋人购粮济民再一次受到攻击。这件事在他坎坷的一生中有出人意想的奇兀,并非常人所能为。不能说刘鹗的举措无懈可击,他在复杂的情势下定有用人决策等等的处理未当的事情。但是不幸得很,刘鹗在洋兵遍地、人视为畏途的北京从事赈灾救难,得到的酬答却是以他闪耀着奇特光华的生命的消失为代价。这就是罗振玉在《刘铁云传》中说的:"而数年后柄臣某乃以私售仓粟罪君,致流新疆死矣。"

---

① 《刘鹗书信·致陆树藩(三)》,见《刘鹗及老残游记资料》,第297页。

超前才智的悲剧

　　他的一生做的是别人想不到更做不到的事。才华、兴趣,加上财富,使他有可能在他人无法涉及的领域做出成绩。但在封建末世的中国,像他这样才识出众的人多半不配有好命运。因为在百年前"引进外资",他得到了一个可怕的名称——"汉奸";在战乱中的北京赈济灾民,他却被定罪为"私售仓粟",终于流放致死。而无数贪婪的官吏和庸碌之辈,他们在国家沦亡和社会动荡面前无动于衷,而终于保住自己的地位和名誉,享受着荣华富贵!

　　刘鹗于1908年被朝廷宣布革职"永不叙用"。这年3月20日他在南京被捕,并立即兼程押赴新疆。8月下旬,他在甘肃巩昌府的秤钩驿作七律《宿戈驿》一首——

　　　　万山重叠一孤村,地僻秋高易断魂。
　　　　流水潺潺硿且苦,夕阳惨惨澹而昏。
　　　　邮亭屋苦狼窥壁,山市人稀鬼叩门。
　　　　到此几疑生意尽,放臣心事复何云。

中国西北的八月下旬,秋气萧飒,万山叠嶂之下,一个荒凉的状如秤钩的小村,一位旷世奇人劳碌一生,此刻正悄然面对一盏孤灯,这是何等悲凉的情景!

　　距此大约60年前,有一个人在虎门放了一把火,一下子烧掉237万斤鸦片。这个人就是林则徐,他因打击了帝国主义势力、大振了国威而获罪。他也走过这条荒凉的流放的长途,也许凑巧也住过这样的小如秤钩的小山村,同样面对过这样凄凉的塞上月!那是一个酷烈的时代,扼杀贤良而助长奸佞成了封建末世唯一可观的风景!

　　就这样一路走去,愈走离家乡和京城愈远,而刘鹗的心却依然有着往事的牵萦。9月下旬到达凉州,这时的西北大戈壁滩上,已是霜雪遍地非常荒寒的景象了。离开凉州之前,他给四子刘大绅发了一封家书:

> 大绅儿览:父九月十九日到凉州府,古之武威郡也。因委员家住在此,耽搁五日始行启程。途中,南望雪岭,直西不绝,以达昆仑,真壮观也!京中古玩,凡可卖者悉卖之,不必存也。惟倪云林小山水一幅,可留则留,卖之不可过贱,难得品也。九月二十二日父书。①

这是刘鹗留在世上的最后的墨迹。他信中描写的"南望雪岭,直西不绝",当是连亘于河西走廊的祁连雪山。莽苍苍的一脉硕大无比的山峦,它的顶上闪着永恒的白光,那是经年不化的积雪。刘鹗在信中显然为河山的奇伟发出赞叹,但依然未能忘怀他以毕生精力积聚起来的那些古董文物。"凡可卖者悉卖之,不必存也",真有一份往事已矣的悲凉;而关于"倪云林小山水"的盼咐,依然有世事不能尽忘的牵挂,却有一种不可言说的哀楚。

他的生命只留下很短的一些时间了。他还想做很多事,例如在新疆他还想以医术为犯人治病,并着手撰写医书,计划写五卷。可是,这一切他都来不及做,只留下遗憾让后世的人咨嗟。到新疆的第二个年头,其实是第七个月,一世奇才刘鹗便在无边的寂寥和空漠中猝然去世。

刘鹗一生有过辉煌,却始终是个人生的失意者。他有很大的抱负,也有相应的才干,但却屡遭挫折。在100年前,他想过开矿山、修铁路、整治黄河,办过织布厂,经营过房地产,还计划

---

① 此信见《刘鹗书信》,录自《刘鹗及老残游记资料》,第303—304页。原有注:"据刘鹗手迹抄录,原件存编者处。原收藏此信的刘泽厚先生1961年7月12日裱贴时,有跋云:'祖父于戊申年(清光绪三十四年)六月被逐新疆。七月初起程,此信系九月下旬行抵甘肃武威时寄父亲家书,现存被祸后最后手迹也。'"

在京津等地开办自来水、电车、电灯等实业,特别是在那时便有"引进外资"的想法和实践,更是常人所不可及。然而,这一切,却多半以失败告终而鲜有成者。

人们不难想象,若是100年前刘鹗的这一切想法都变成了现实,那自那以后的100年的流血、痛苦、动乱、战争、斗争、批判还有什么存在的价值?要是100年前,以刘鹗个人或几个人的力量而把那一切铁路、自来水、电灯等等都办成了,自那往后的100年,几代人前仆后继的奋斗岂不成了多余!这是中国,这是中国漫长的、凝重的、充满惰性的时空。它的长处是窒息天才,特别是窒息那些走在时代前面的最敏感于新事物的天才。而当它做那些"窒息"的伟业时,往往用的是类似"不合祖宗家法"这样一些堂皇的口实。刘鹗的悲剧,乃是中国社会的悲剧,这悲剧对于他个人,是独特的,面对于中国社会,却是普泛的。

就这样,一颗始终对世界抱有新鲜的幻想的心,在中国西部边陲停止了跳动。刘鹗之死发生在1909年,这是中国最后一个王朝最后一个短命政权的第一年——宣统元年,一个三岁的儿童被匆匆忙忙地抱上了金銮殿。这一年,被剥夺了权力且被囚禁的皇帝和这个即将消失的王朝的实际操纵者——一位酷爱权力并握有权力的女人——仅仅相隔一日而先后去世。这一切的死亡事件似乎是无意的某种暗示,又好像是冥冥之中上苍某种预言。

对于失败的补偿

如同本世纪最后一位古典诗人黄遵宪以他诗界的成功代替了他在政界的失败一样,刘鹗作为本世纪最早一位精通洋务的实业家,他出人意外地以一部小说的成功替代了他毕生致力又几乎一事无成的实业救国的梦想。当电灯和自来水,开矿和修铁路,当织布厂和电车,精盐公司和"五层楼商场",当这一切他倾注了全部的热情与智慧的非常实际的十分"有用"的构想都成了幻影的时候,他一生的追求,满腹的奇奇怪怪的学问和奇奇怪怪的念头,最后都以一部"无用"的小说宣告了他的成功。

如今的人说起、想起刘鹗,都说是:"他写过《老残游记》。"只是对这部小说的作者感兴趣的人,才去寻根刨底,去了解他的身世,了解他的所作所为。而后,才有了"意外的发现"并饶有趣味地补充说:"这是一个奇人,他一生还做过许许多多和写小说不相干的事情!"

刘鹗的兴趣极广泛,前面已说过。他除了热心实业开发,做一些别人不敢想、也不敢做的事外,他还是一位涉及甲骨、货币、陶瓷、碑帖等多种领域的文物古董收藏家。由收藏而研究,有着非常卓越的研究成果。他学习过外文,学习过音乐,也有诗文、书法等实践。但他一生劳碌最终获得的盛名,被认为是他一生最大成就的,却是他很不经心、毫不在意做出的唯一的一部小说《老残游记》。要是说,有许许多多的事和刘鹗的名字相联系,而联系最紧密的却是这一部《老残游记》。

人的一生十分有趣,你拼力去做,甚至为它赔上性命,也未必成功。你从未想过,满不在乎,只是兴之所至偶一为之,竟意外地大获成功。我们如今谈论的刘鹗的创作《老残游记》,便是这样的一个"意外"事例。上天和这个奇人开了一个小小的玩笑,上天以它伟大的悲悯之心,见他以旷世英才四处碰壁而意外地给了他以身前的补偿和身后的殊荣。当然,说是殊荣也未免言过,这只是文学,这只是文学中那时还属于地位卑微的,一般人不屑为的小说。虽然古人曾说文章这玩意儿是"经国之大业,不朽之盛事",但文章毕竟不是火车、兵船,毕竟不是工厂,不会造出枪炮去抵抗侵略,挽救危亡。文章只是"无用之物"。以有用之人而最后去制造这"无用之物",可见这时代是多么苛刻无情,这就是中国世纪末的悲剧。

一个人在1898年被现实的硬壁碰了个鼻青脸肿。一个人以他平民的身份在治理黄河中小试锋芒而获得成功,在他踌躇满志春风得意以为"大道如青天"的时候,和1898这一个悲惨的年代窄路相遇了！试想,多少仁人志士,多少悲歌慷慨的英才,都没有顺利地通过这一年,刘鹗又怎能例外？

　　现在这本《百年忧患》是以1898年为题的,在1898年有一个人在太原筹办晋矿而莫名其妙地被弹劾而"遣送回乡",这人便是刘鹗。1898年是他一连串失败的开头,他的悲剧身世恰好印证了《百年忧患》的主题。既然涉及了这个人,就不能不涉及这个人的文学创作。所以,尽管《老残游记》的写作不在1898年,但在1898年,《老残游记》的作者却有着悲哀的经历。这样看来,如若写1898年而放走了与文学史、文学研究相关密切的《老残游记》这个话题是可惜了。

　　笔者少年时代就读过《老残游记》。不是全书,而是片段；不是在天津的《日日新闻》或是《绣像小说》上,而是在小学课本。记得当年,在榕荫覆盖的课堂,伴随着窗外的潺潺溪流,笔者和当年的少年学友齐声朗读过刘鹗的如下一段文字——

　　　　老残动身上车,[①]一路秋山红叶,老圃黄花,颇不寂寞。到了济南府,进得城来,家家泉水,户户垂杨,比那江南风景,觉得更为有趣。到了小布政司街,觅了一家客店,名叫高升店,将行李卸下,开发了车价酒钱,胡乱吃点晚饭,也就睡了。

　　　　次日清晨起来,吃点儿点心,便摇着串铃满街踅了一

---

① 查阅原书,代替这六字的原文是:"管事的再三挽留不住,只好当晚设酒饯行,封了一千两银子奉给老残,算是医生的酬劳。老残略道一声'谢谢',也就收入箱笼,告辞动身上车去了。"小学课文要求简要、明洁、独立,用现在这六字代替那一段原文,不损原意,且又简明扼要,可见当日教育部门的业务水准。这段课文的其余文字也略有改动,都是为了适应小学教学的要求。

趟,虚应一应故事。午后便步行至鹊华桥边,雇了一只小船,荡起双桨。朝北不远,便到历下亭前。下船进去,入了大门,便是一亭子,油漆已大半剥蚀。亭子上悬了一副对联,写的是"历下此亭古,济南名士多",上写着"杜工部句",下写着"道州何绍基书"。亭子旁边虽有几间房屋,也没有什么意思,复行下船,向西荡去,不甚远,又到了铁公祠畔。你道铁公是谁?就是明初与燕王为难的那个铁铉,后人敬他的忠义,所以至今春秋时节,土人尚不断的来此进香。

当年我能全部背诵下这段课文,而且明确地感到了那文字的魅力,尽管谈不上更多、更深的体会。自古到今,从人们笔下涌出的文字多矣,从雅到俗,单就小说一类,也是浩如烟海,为何单选《老残游记》?这当然体现了当年小学课文的选家非凡的眼力和气魄。直至今日,我们重读这段文字,它的清纯、干净、明洁而不繁冗、传神而不喧哗,依然感到极高的文字素养的陶醉。先不论刘鹗这小说的立意、结构等等,单就文字的工夫来看,的确堪为习文者的楷模。

世上的事有时真是难以琢磨,刘鹗日思夜想的,是以他所拥有的新知识和新见解去为他的故国祖邦做一番前所未有的事业。可是他的这些想法却连连落空。而他写《老残游记》的初衷,却不是如今人们经常挂在口头的那样是为了"当作家"。刘鹗的写作《老残游记》并因此为他赢得历史性的成就,却生发于一个偶然的动机:他的两位挚友沈虞希和狄楚青于戊戌政变之后同情维新派,从事革命活动。刘曾为沈赋诗《沈虞希以采芝所绘兰花嘱题》:

依稀空谷见精神,翠带临风别有真;
谁料弥天兵火里,素心花对素心人。

虞铉落落听希声,似采灵芝赠远行;
一片幽情弹不出,冰绡飞出董双成。

由衷地赞颂了在行动失败后的恶劣环境中的坚贞自持,由此可见他们友谊的深笃。沈后因在报端揭露慈禧的阴谋而被捕,惨死于严刑。与此案有关的连梦青也遭追捕,他在外国使馆的帮助下逃到上海。刘鹗全力保护了他。连梦青当时在《绣像小说》写稿为生,生活窘迫。但他为人生性耿介,不愿受人金钱。刘鹗遂作《老残游记》赠他,让他卖稿以济贫苦。这就是《老残游记》前二十回写作和发表的原委。

《老残游记》第一回至第十四回始写于1903年6月。现存刘鹗己巳(1905)日记,有续写《老残游记》的零星记载,其中比较集中的有:己巳九月二十九日"晚撰《老残游记》一纸";十月初三"归寓,撰《老残游记》卷十一告成";十月初四"归寓,撰《老残游记》卷十五";十月初五"撰《老残游记》卷十六";十月十九日"撰《老残游记》二纸",等等。可见这一段时间写作较紧密,有对1903年的初稿等的修改,也有新写,大抵都是利用正常活动的空隙。

晚清新小说的兴起

在清末民初,小说的涌起多半是由于译作外国小说的带动,由翻译而进入创作。在《老残游记》之前,已有多种新型的小说创作问世。因此刘鹗并不是中国新小说的创始者。在《老残游记》之前,1899年最先出现的是林纾译的《巴黎茶花女遗事》,这是中国最早出现的新式小说。再过一年即1900年,才有创作小说《中东大战演义》(洪兴全)和《泪珠缘》(陈蝶仙)的写成和刊出。隔一年,即1902年,有梁启超的《新中国未来记》和罗普作《东欧女豪杰》。1903年小说转多,李伯元的《官场现形记》、《活地狱》,连梦青的《邻女语》,吴趼人的《痛史》,孙玉声的《海上繁华梦》均出现在这一年。随后,1904年有李伯元的《中国现在记》,1905年有曾朴的《孽海花》。直至1906年,《老残游记》始问世,与之同时出现的还有《二十年目睹之怪现状》(吴趼人)、《恨海》(吴趼人)、《文明小史》(李伯元)等。

清末民初小说的兴起和繁荣有诸多的原因。据阿英分析,"第一,当然是由于印刷事业的发达,没有此前那样刻书的困难;由于新闻事业的发达,在应用上需要多量产生。第二,是当时知识阶级受了西洋文化的影响,从社会意义上,认识了小说的重要性。第三,就是清室屡挫于外敌,政治又极窳败,大家知道不足与有为,遂写作小说,以事抨击,并提倡维新与革命。"①

印刷术的发达和报纸的发行,在技术和传媒手段上给小说的繁荣提供了物质和技术的前提。而从林纾开始的对于西方小说的译介,则给国人以小说内涵的更新的唤醒,并在叙述方式方面也有明显的启蒙作用。内涵上人性的张扬及人道主义和民主意识,西方的博爱观念等对于传统的中国小说是一种重大的扩展与填充。这种启发陡然地增广了小说的空间。另外,西方小说叙述中的抒情性,和对于景物和细节描写的重视,都给予中国作者以重大的启发。毫无疑问,如同西方诗歌成为中国新诗最初形态的模式那样,中国的新式小说,也深深地接受了西方小说的影响。这种影响是从内涵到形式对于旧小说的重大冲击。

但晚清小说的兴起,其决定性的触因,却是根系于中国社会自身。中国社会的现实处境,是促使小说这一文体从以往的消遣性(主要是民间的说书,或后来演进为书面的通俗说部)推到了对民众进行启蒙和教化,而且直接成为社会改造的工具的很高的地位上来。这就是阿英分析小说繁荣原因中的第三点内

---

① 阿英:《晚清小说史》,人民文学出版社,1980年,第1页。

容。上一个世纪末中国社会,是内外交困的局面。清朝的统治者已完全地暴露出它的难以挽回的颓势:政治腐败,经济凋敝,国库虚空,而国际局势则是列强压境,从甲午战争后直至义和团兵起,更是面临着覆灭的险境。这种处境激起了全社会、特别是中国知识分子的震动。于是救亡之议蜂起,其中包括通过文学的方式。

实用的小说观

我们从晚清小说的理论先于创作的现实,可以了解到当日小说的兴起是由于"需要"。最早出现的强调小说重要性的理论文字,是严复和夏曾佑作的《本馆附印说部缘起》,1897年刊于《国闻报》上。这篇长文以充分的正面论述,肯定小说在传导民情史实方面的作用。它有句名言叫"书之言实事者不易传,而书之言虚事者易传"。它的结论是"说部之兴,其入人之深,行世之远,几几出于经史上,而天下之人心风俗,遂不免为说部之所持"。用现代的话来看,其道理就在于小说是艺术作品,它的虚构性和形象性,对于传播和影响比正式的学术性著作要大。所以,文章说——

> 本馆同志,知其若此,且闻欧、美、东瀛,其开化之时,往往得小说之助。是以不惮辛勤,广为采辑,附纸分送。或译诸大瀛之外,或扶其孤本之微。文章事实,万有不同,不能预拟;而本原之地,宗旨所存,则在乎使民开化。自以为亦愚公之一畚,精卫之一石也。①

小说由此登上了新闻报纸。报纸之所以"广为采辑,附纸分送"

---

① 刊于《国闻报》,1897年10月16日至11月18日,原署名为几道、别士。引自《二十世纪中国小说理论资料》(1897—1916),陈平原、夏晓虹编,北京大学出版社,1989年。

这样的文字,正是由于一种崭新的观念所支配——它注意到了这种文体的特殊性,它易于为民众接受并得到流传的动机。而这种动机最基本和最核心的一点,就是这样一句话:"在于使民开化。"

当日变法维新的核心人物康有为,在他考虑变法的总体设想中,文艺和小说占有很重要的地位。这一年,即1897年,他在《〈日本书目志〉识语》中说到后来经常被引用的话:

> 易逮于民治,善入于愚俗,可增七略为八,四部为五,蔚为大国,直隶王风者,今日急务,其小说乎!仅识字之人,有不读"经",无有不读小说者。故"六经"不能教,当以小说教之;正史不能入,当以小说入之;语录不能喻,当以小说喻之;律例不能治,当以小说治之。①

这位维新运动的核心人物注意到了通俗浅近的小说对于教化民众的作用,特别是注意到了小说和文艺一类作品所具有的形象性和感染力,这是晚清新派人物对于社会意识形态的思考的新进展。在他们改造社会的方案中,在他们急切寻找的挽救危亡的办法中,小说的重新被发现无疑是非常重要的。很明显,他们在发现小说的时候,是注意到了我们此刻述及的小说作为文学的某些特性的。但是,无可讳言,他们非常重视的是利用和通过这种特征达到他们认为的更重要的目的。

其实,在这批新派人物(只是相对而言)的心目中,小说决不会比六经、正史、语录、律例更重要。他们的教养和文化背景决定了他们只是把小说作为一种手段和工具,借以到达他们确定的富国强民的理想目标。但就是凭借这种想法,加上新的传媒手段的有力支持,晚清的小说便达到了极其繁盛的程度。

---

① 王国维:《日本书目志》,上海,大同译书局,1897年。

到了本书讨论的1898年,依然未曾出现创作的"新"小说。这一年,梁启超在此年创刊的《清议报》第一册发表了《译印政治小说序》。这在晚清小说史上是同样具有非常重要意义的一篇文章。在这篇文章中他首次提出"政治小说之体,自泰西人始也"。指出这种新的文学形式是中国先前所没有的。文章抨击了中国旧小说的弊端:"中土小说,虽列之于九流,然自《虞初》以来,佳制益鲜,述英雄则规画《水浒》,道男女则步武《红楼》,综其大较,不出诲盗诲淫两端。陈陈相因,涂涂递附,故大方之家每不屑道焉!"①

梁启超在政变失败流亡国外做的第一件事是在日本横滨创办了《清议报》。在创刊的《清议报》第一册上,就发表了提倡、推荐、译印政治小说的文章,不用说,这种小说在他的心目中占有多么重要的地位了。但也很明显,梁启超的着眼点和康有为的小说观是完全一致的。他指出:

> 在昔,欧洲各国变革之始,其魁儒硕学,仁人志士,往往以其身之所经历,及胸中所怀,政治之议论,一寄之于小说。于是彼中缀学之子,黉塾之暇,手之口之,下而兵丁、而市侩、而农氓、而工匠、而车夫马卒、而妇女、而童孺,靡不手之口之。往往每书一出,而全国之议论为之一变。彼美、英、德、法、奥、意、日本各国政界之日进,则政治小说为功最高焉。英名士某君曰:"小说为国民之魂。"岂不然哉! 岂不然哉! 今特采外国名儒所撰述,而有关今日中国时局者,次第译之。附于报末,爱国之士,或庶览焉。

从严复、夏曾佑的在《国闻报》"附印说部",到梁启超在《清议报》上译印小说"附于报末",都意在引进外国新式小说,借助

---

① 《清议报》第一册,日本横滨出版,1898年。

报纸的传播,深入各界民众,唤醒他们的觉悟,以期达到社会改革上的,亦即梁启超所说"政治"的目的。这种小说观念的形成,以及通过小说以达到社会效果的想法,成熟于1898年。基于这样的事实,再来看看陈平原的说法,觉得他的判断是对的:

> 20世纪初年,一场号为"小说界革命"的文学运动,揭开了中国小说史上新的一页。"小说界革命"的口号,虽然直到1902年才由梁启超在《论小说与群治之关系》一文中正式提出,但戊戌前后文学界对西洋小说的介绍、对小说社会价值的强调,以及对别具特色的"新小说"的呼唤,都是小说界革命的前奏。因此,新小说的诞生必须从1898年讲起。也就是说,戊戌变法在把康、梁等维新派志士推上政治舞台的同时,也把新小说推上了文学舞台。①

不论是新小说的呼唤,还是小说界革命的提倡,这些文学方面的题目,都紧紧地联结着变法维新的设计。可以说,早在100年前,中国维新派改革家们,早已把文艺这个部门,作为一个零部件放置在关于改造社会的总体设计中了。这种思路完全符合中国的国情,在内忧外患非常严重的上一个世纪末,用这样的思路来考虑中国的问题是完全可以理解的。假如不做如是想,那反倒是令人惊诧的。

在这样的理论提倡下,1898年的灾难刚刚过去,到了1899年,就出现了林纾的《巴黎茶花女遗事》以及其他几部翻译小说。关于林纾的译事,本书在别处另有论述。这里不妨着重强调一下,即以一位受到旧学极深影响的旧式文人,在不懂外文的情况下,通过他人的帮助,从事西洋文学名著的翻译,而且为数多达百余部,从事这样的工作,其艰难困苦可想而知。由此,我们可

---

① 陈平原:《二十世纪中国小说史》第一卷,北京大学出版社,1989年,第1页。

以想见当日中国的知识界的急迫的使命感,积极顽强的工作精神和不折的毅力。在外国小说翻译的带动下,次年,即1900年,就出现了国人创作的新小说。

但当时的小说创作受理论的提倡影响极大。理论着眼点是小说与群治的关系,强调"新"小说对于改良群治和新民的直接的立竿见影的效果。这就是阿英说的"其内容,仍不外小说与群治之关系的阐明","因此,晚清的小说,遂有了几个特征。第一,充分反映了当时社会情况,广泛地从各方面刻画出社会每一个角度。第二,当时作家,有意识地以小说作为了武器,不断对政府和一切社会恶现象抨击"[①]。

鲁迅根据当日小说创作的理论指导、创作动机和实践的效果,作了迄今为止仍有强大概括力的判断,这就是"谴责小说"概念的提出:

> 光绪庚子(一九〇〇)后,谴责小说之出特盛。盖嘉庆以来,虽屡平内乱(白莲教、太平天国、捻、回),亦屡挫于外敌(英、法、日本),细民阁昧,尚嗫茗听平逆武功,有识者则翻然思改革,凭敌忾之心,呼维新与爱国,而于富强尤致意焉。戊戌变政既不成,越二年即庚子岁,而有义和团之变,群乃知政府不足与图治,顿有掊击之意矣。其在小说,则揭发伏藏,显其弊恶,而于时政,严加纠弹,或更扩充,并及风俗。[②]

因思想而忽视艺术

当时的小说迅速地从娱乐消遣中拔足而出,因感时忧世而深深地向现实的官场腐朽和社会黑暗打入批判的楔子。谴责小

[①] 阿英:《晚清小说史》,第3—4页。
[②] 鲁迅:《中国小说史略》,第28篇。

说于是成为一种潮流。但是忧患的深广和急切的功利意图,使这类小说往往因专注于对事物的描写、批判、讽刺,而疏远了作为艺术的基本特征。这表现在疏于结构和布局,对细节的描写和神态的刻画不够精心。用现在的话说,往往因为内容而忘记形式,为了思想而忽视技巧。所以,不能说晚清小说创作高潮中不曾有艺术性较高的作品,但因为注重实用而轻忽了艺术的精湛则是相当普遍的倾向。正如鲁迅说的:"虽命意在于匡时,似与讽刺小说同伦。而辞气浮露,笔无藏锋,甚且过甚其辞,以合时人嗜好。"夏晓虹在她的《晚清文学改良运动》中说——

> 小说的革新关系到社会政治革新的成败,小说的重要性由此显现出来。这一论断也成为一时公论,在其后出现的小说论文中不断被重复。甚至当时比较注重艺术性的小说林同人,在出版广告中仍需声明:"本社刊行各种小说,以稗官野史之记载,寓诱智革俗之深心"(《谨告小说林社最近之趣意》)。《新世界小说社报》发表的《读新小说法》,更提出"新小说宜作史读"、"宜作子读"、"宜作志读"、"宜作经读",读"新小说"者必须具备"格致学"、"警察学"、"生理学"、"音律学"、"政治学"、"伦理学"等多种知识。

她据此最后推断说:"强烈的政治色彩,使得政治小说以外的小说样式也努力向其靠拢,力求有所寄托。'小说界革命'论者对小说尤其是对政治小说的推崇,也因功利主义地利用文学,使理论与创作潜伏着危机。作品失去艺术性而减弱感染力,结果会离本来的目标更远。政治小说的时过境迁,很快丧失了吸引力,原因在此。"①这都是非常切实的见解。

这样的缺陷在早期的"新"小说中表现很突出。梁启超的

---

① 夏晓虹:《晚清文学改良运动》,见陈平原、陈国球主编《文学史》第二辑,北京大学出版社,1995年,第239—240页。

《新中国未来记》作于1902年,是他把自己的小说理论化为创作的实践。其间自然就留下了许多理念化的痕迹。梁启超创作这篇小说充满自信,"确信此类之书,于中国前途,大有裨助,夙夜志此不衰"(绪言一)。但写作的结果则是"似稗史非稗史,似论著非论著,不知成何种文体"(绪言四)。由于"编中往往多载法律、章程、演说、论文等,连篇累牍,毫无趣味",因此阿英对此评论说,"故实际上,《新中国未来记》只是一部对话体的'发表政见,商榷国计'的书而已"。至于阿英认为此书"最精彩的部分"的"政治辩论",如第三回"求新学三大洲环游,论时局两名士舌战",全文约二万言,涉及辩论的内容竟至一万六千余言,恐怕并非优点。

《老残游记》的超前性

由此我们回过头来看看刘鹗的《老残游记》,它与梁启超写作的《新中国未来记》几乎同时,但却有极大的差别。应当说梁著只是把小说作为运载和传导言论的工具;而刘著则是艺术。它有思想,却非赤裸地显示,而是经过艺术来传达。这种差别,看似简单,其实有天地之隔。正是这种差别使梁著被遗忘,而刘著却得以留存。

读《老残游记》,它的章回体让人感到了浓重的旧小说的形式感,但展读一过,弥漫心间的却是一种新小说的氛围。它的展开不是以往那种的陈套,而是个人漫游式的即目所见的讲述。这种讲述的特点,是写景和抒情的浑成一体。在旧小说类似"江景非常,观之不足"或是"一路上风光异常,不必细表"的地方,它却有极细微而精彩的图画般的映现。例如,写初冻的黄河,那一派跃动凛冽的景象非常具体动人——

看见那黄河从西南上下来,到此却正是个弯子,过此便向正东去了。河面不甚宽,两岸相距不到二里。若以此刻河水而论,也不过百把丈宽的光景,只是面前的冰,插得重重叠叠的,高出水面有七八寸厚。再往上游走了一二百步,只见那上流的冰,还一块一块的漫漫价来,到此地,被前头的拦住,走不动就站住了。那后来的冰赶上他,只挤得嗤嗤价响。后冰被这溜水逼的紧了,就窜到前冰上头去;前冰被压,就渐渐低下去了。看那河身不过百十丈宽,当中大溜约莫不过二三十丈,两边俱是平水。这平水之上早已有冰结满,冰面却是平的,被吹来的尘土盖住,却像沙滩一般。中间的一道大溜,却仍然奔腾澎湃,有声有势,将那走不过去的冰挤的两边乱窜。那两边平水上的冰,被当中乱冰挤破了,往岸上跑,那冰能挤到岸上有五六尺远。许多碎冰被挤的站起来,像个小插屏似的。

这描写,把黄河淌凌的生动画面"定格"了。百年之后的今天,我们重读,依然获得那非凡气势的动感。重要的还不是这种描写的生动性,而是作者从事这种描写时,那种充分审美的心态。这时,当日那种小说能够新民、或通过小说改造社会等等的考虑,都被"搁置"起来。我们能够感受到的,便是眼前这种雄健的冰凌的挤压和奔涌,让人陶醉的美感,而把此外的一切都淡忘了。这是与旧小说匆忙说事交待情节的做法完全不同的。它重视那种实际的观察,并把观察的成果用现代的语言记述下来。这种写法体现了新小说艺术试验的成功。刘鹗显然也十分欣赏自己的这些文字,他在自评中说:"止水结冰是何情状?流水结冰是何情状?小河结冰是何情状?大河结冰是何情状?河南黄河结冰是何情状?山东黄河结冰是何情状?须知前一卷所写是山东黄河结冰。"[①]描写的具体性而不是普泛化,正是新文学特别是

---

① 刘鹗:《老残游记》自评第十三回,引自《刘鹗及老残游记资料》,第77页。

新文学中写实主义的重要品质。由此看来,刘鹗的创作倾向已体现了新文学的某种萌芽。

以上一段文字是黄河白日奔动之美,再看下引这一段,则是在夜晚静谧的体察:

> 抬起头来,看那南面的山,一条雪白,映着月光分外好看。一层一层的山岭,却不大分辨得出,又有几片白云夹在里面,所以看不出那是云、那是山来。虽然云也是白的,山也是白的,云也有亮光,山也有亮光,只因为月在云上,云在月下,所以云的亮光是从背面透过来的,那山却不然,山上的亮光是由月光照到山上,被那山上的雪反射过来,所以光是两样子的。然只就稍近的地方,那山往东去,越望越远,渐渐的天也是白的,山也是白,云也是白的,就分辨不出什么来了。

文学是一种奇妙的东西。尽管中国文学尤其是上一个世纪末那种国势濒危时期的文学被一种危急所召唤,文学受命于拯救苦难而染上了沉重的时代忧患。即就《老残游记》而言,它也无疑肩负了严肃的使命。但作为一种审美的精神劳作,当作家进入其中,他也会在他所面对的一切中忘情。此刻刘鹗所看到的月光下的云和山,他对于近处的山和远处的山的白色的分辨等等,一切似乎都"远离"了"主题"。然而,正是这样的"远离",才是更加接近了审美的创造。

《老残游记》有许多被称道的文字,如第十三回写翠环,想到自己身世及眼前处境,笑而又哭,哭而又笑的内心的复杂性心理活动。又如王小玉说书的层层递进、营造特殊气氛的描写,不特见出作者的文字功夫,也体现出他的音乐素养。像这方面还有柏树谷中弹箜篌的描写,也都是日常经验的积累和表述。书中对于清末官场腐朽的揭露,以及黄河水流形势的描写,乃至诗和书法的描写等等,很多都来自作者的自身体验。如第十四回"自评"有如下一段文字:"废济阳以下民埝,是光绪己丑年事。其时,作者正奉檄测量东省黄河,目睹尸骸逐流而下,自朝至暮,不知凡几。山东村居,房皆平顶,水来民皆升屋而处。一日,作者船泊小街子,见屋顶上人约八、九十口,购馒头五十斤散之。值夜大风雨,仅十余人矣!不禁痛哭。作者告余云:生平有三大心事,山东废民埝,是其伤心之一也。"①其实作者与评者同是一个人,此处有意托为两个人。刘鹗平生治过黄河,这是他的生活经历的形象体现,说到"伤心"一事,则是作家创作时感情的投入。这些,都证明,《老残游记》的创作,的确显示了新文学创作的"先兆"。

最重要一点,还是此书创作于旧章回小说的散漫拼接已有明显的超越。第一回写蓬莱梦境,海中漂流的大船,为全书起始,寓意甚明,正是一种笼罩全书的立意暗示,由此证明,它流露出新创作的注重整体结构的意向。这是刘鹗《老残游记》最值得注意的一点。这特点在作者第十五回的自评中亦可看出:"疏密相间,大小杂出,此定法也。历来文章家每序一大事,必夹序数小事,点缀其间,以歇目力,而纾文气。此卷书贾、魏事一大案,热闹极矣,中间应插序一冷淡事,方合成法。乃忽然火起,热上加热,闹中添闹,文笔真有不可思议功德。"②

刘鹗的创作能够一下子超越当日"谴责小说"高潮中的某些理念化和"急于说事"的局限,注意实现文学的审美特征,注意描写的具体性和生动性,这正是他过人聪明之处。而且作者在从事这些描写时,用的是简洁生动、有很强个人特点的语言,它有鲜明的语言个性。这部小说已经初步体现出对中国古典小说模式不自觉的超越。更进一步看就是在一部小说中,不是一种拼

---

① 刘鹗:《老残游记》自评第十三回,引自《刘鹗及老残游记资料》,第77页。
② 同上。

凑式的排列,而是注重结构的完整,布局的适当,有整体感,韵律感,疏密相间,缓急有致。这些方面都表明,《老残游记》在当时的创作潮流中,体现了一种非常可贵的超前性。

  刘鹗写作《老残游记》的时代,仍处于当日维新派推动和倡导的文界革命、小说界革命和诗界革命的潮流之中。文学的改良性试验推进的结果,尽管出现了不少新的迹象,但不彻底的主张和急于求成的实践,造成了"欲速则不达"的局面,总的成绩并不突出,几乎所有的试验,都像是一锅"夹生饭"。《老残游记》的出现,在这个总潮流中是一种特异现象。尽管它的出现与胡适和陈独秀领导的新文学革命还隔着一段不长也不短的路程,却是从中透出了新文学革命某种细弱的迹象,此即所谓的"风起于青萍之末"。单是第六回"万家流血顶染猩红,一席谈心辩生狐白"中写老残感慨酷吏暴行在壁间题诗之后——为写雪中雀鸟的饥寒而担忧,由雀鸟而想到在酷政统治下百姓的命运比那些鸟类更加不如——

  想到这里,不觉落下泪来。又见那老鸦有一阵"刮刮"的叫了几声,仿佛他不是号寒啼饥,却是为有言论自由的乐趣,来骄这曹州府百姓似的。

单看"却是为有言论自由的乐趣"这几个字,不觉让人耳目一新,竟是看到了新文学革命之后那些现代文学作家们的创作似的。这些超凡脱俗的文字不分明有着随后出现的鲁迅那样的笔墨趣味了吗?读这文字不知怎的会让人联想到鲁迅《药》的结尾——

  他们走不上二三十步远,忽听得背后"哑——"的一声大叫;两个人都竦然的回过头,只见那乌鸦张开两翅,一挫身,直向着远处得天空,箭也似得飞去了。

也许这两段文字毫不相干,这联想毕竟有点奇特。然而,还是产生了这样的联想——刘鹗的《老残游记》也许的确让人联想到

1919年以后展开的新文学运动。就是说,刘鹗不经意之间做出的这部小说,它也在不经意之间对于以往的章回小说提供了有异于人的象征的素质。尽管刘鹗未必想到,更不会有这样的预见性和明确的用心,但是,一部小说的确预告了中国划时代的新文学的诞生。

五、穿越黑暗的目光

思维新空间的开放

风云变幻的 1898 年,不仅有让人惊心动魄的百日维新及镇压这场维新运动的政变——政变的结果是把皇帝送进了瀛台看管起来,也有慈禧太后再次"听政"(其实是她代替了她的侄儿掌管大清帝国的一切政务)。这一年,在近代学术史还有值得记取的一件大事,这就是严复译《天演论》的出版。

《天演论》的中译打开了中国人的新视野:原先中国人只知道西方有很厉害的火炮和战舰,但认为他们仍然是未开化的蛮族,他们没有我们这样礼仪之邦的文明。现在却发现他们还有如此精到的哲学思想,而这种思想却是我们所陌生甚至所不及的。

严复开始译《天演论》时,它的作者赫胥黎尚在世。① 严复译成《天演论》是 1895 年即光绪二十一年,赫胥黎也逝世于这一年。附带说一句,林纾译《巴黎茶花女遗事》也于这一年出版(关于林纾,本书随后将有评述)。可见,这几乎是一本世界当代学术名著的同步介绍。这在处于封建闭锁而且很少有人懂外文的当日中国,是非常了不起的超前的现象。以《天演论》的译介为标志,对于习惯于东方思维的中国人,无疑是展开了一片自由、开放而又新异的思维新空间。中国人开始了解,那些被他们

---

① 据《中国近代史词典》"天演论"条:"赫胥黎(Thomes Henry Huxley,1825—1895)",该书 69 页。

一贯盲目地鄙视的西方人原来有着非常卓越的精密和独特的识见。这识见传达的却是他们前所未闻的天外纶音。

赫胥黎这本著作的原名是《进化论与伦理学》(*Evolution and Ethics*)。严译"天演"即进化的意思。进化一词,国内相当生疏,为了切近中国习惯,"天演"则精彩地体现了本土化的特点。《天演论》的出版,开始了中译西方资产阶级理论著作的历史,体现着中西学术文化交流的新生面。严复翻译此书有非常明确的目的,这就是他在《天演论》自序中说的,此书"于自强保种之事,反复三致意焉"。为了保种,即为了民族的生存繁衍,必须自立图强,不然,它将被更强大的力量所取代和吞噬。天演是面对中国人的现实处境的,它是1840年鸦片战争之后民族危机的一声来自学术天空的警钟。

严复反复强调,并希望惊醒积弱且沉睡中的国民的,是"物竞天演,适者生存"的生物进化论的思想。他意在说明,中国人若能了解"天演"的律则而推进维新运动,果断地实行变法,国势就会由弱变强。否则,自然规律无情,中国将在列强的挤压下,在自然的竞争中处于劣势,最后难脱亡国灭种的厄运。在19世纪末叶的中国学术界,一切先进之士的言论和行动,都受到中国历史和现实的刺激,他们无需提倡和引导都自觉地站在了学术为世所用的旗帜之下;他们也无需别人加以劝诫,不会产生令人忧虑的学术脱离实际的倾向。

这里的一段文字,来自外国人的手笔,却由于译者的神力变成中国文言的一则美文。这文字的精美甚至受到当日桐城派大家吴汝纶很高的评价,说它"骎骎与晚周诸子相上下"(《天演论》序)。这段文字是这样的:

> 赫胥黎独处一室之中,在英伦之南,背山而面野,槛外诸景,历历如在几下。乃悬想二千年前,当罗马大将恺撒未到时,此间有何景物?计惟有天造草昧,人工未施,其藉征

人境者,不过几处荒坟,散见陂陀起伏间,而灌木丛林,蒙茸山麓,未经删治如今日者,则无疑也。怒生之草,交加之藤,势如争长相雄,各据一抔壤土。夏与畏日争,冬与严霜争,四时之内,飘风怒吹,或西发西洋,或东起北海,旁午交扇,无时或息。上有鸟兽之践啄,下有蚁蝝之啮伤。憔悴孤虚,旋生旋灭,菀枯顷刻,莫可究详。是离离者亦各尽天能,以自存种族而已。数亩之内,战事炽然,强者后亡,弱者先绝,年年岁岁,偏有留遗,未知始自何年?更不知止于何代?苟人事不施于其间,则莽莽榛榛,长此互相吞并,混逐蔓延而已,而诘之者谁耶?

这译文是严复译《天演论》开始的一段文字。吴汝纶读了之后十分赏识,他在给严复的信中又一次抑制不住地加以赞美:"盖自中土翻译西书以来,无此鸿制。匪自天演之学在中国为初凿鸿濛,亦缘自来译手无似此高文雄笔。"

重要的是,他把这种令我们心扉顿开的对于世界的体认,以优美的译笔介绍到这个尚属蒙昧的社会中来。这学说令我们耳目一新,我们仿佛透过严复为我们打开的这一扇窗子,望到了西方哲人为我们展示的那一片浩茫无边的天宇,这片天宇是由与我们完全不同的逻辑和思维构筑的。

是的,在此刻我们看到的英格兰南部的这片旷野之上,当罗马人尚未来到的二千多年之前是一片蛮荒的原始森林,在森林的深处演出的是一幕又一幕持续不断的为争取生存而进行的战争,不仅在动物界,而且也在植物界,在大自虎豹小到苔藓的一切拥有生命的事物之中进行着——强壮者胜利了,它的生命得到了繁衍;弱小者失败了,它的个体连同它的种族于是消失……

这一幅图画是严复为我们展示的。他一生学识广博,于西学涉猎甚多,为什么首先向我们介绍这样一部著作呢?这与当日的中国国势濒危、强敌压境的现实有关,与当日感到浓重忧患的社会精英的思考有关。有一些有志之士以自己的学问和胆识付诸行动,他们向朝廷上策,呼吁维新变法,通过各种学术讲座和新闻阵地进行新思想的传播,也通过一些实际的运作,把他们的想法变为事实。严复则是通过目前这样的介绍西方先进哲学理论的方式。这种工作是他深思熟虑选择的结果,并非率性而为。后人对此亦有所评论,"先生选择原书,乃认定先后缓急与时势之需要而翻译。故每译一书,皆含有至深远之用意。"①

从现实的需要出发

回顾严复一生的译介,他从现实需要出发为世所用的目的感非常鲜明,但他又非急功近利的什么热门翻译什么,而是从根本的改善社会机制与提高国民素质着眼。那时出国留学的人日多,翻译也颇盛行,迫于时势有饥不择食的倾向,但是那时也有那时的浮躁和盲目的风气。但严复的工作却是严肃的:

> 壬寅、癸卯间,译述之业特盛,定期出版之杂志,不下数十种。日本每一新书出,译者动数家,新思想之输入,如火如荼矣。然皆可谓"出风头式"之输入,无组织,无选择,本末不具,派别不明,惟以多为贵,而社会亦欢迎之。盖如久处灾区之民,草根木皮,冻雀腐鼠,罔不甘之,朵颐大嚼,其能消化与否,不问也。能无召病与否,更不问也。然亦实无卫生良品足以为代。先生杰出,先后译赫胥黎《天演论》,斯密亚当《原富》,穆勒约翰《名学》、《群己权界论》,孟德斯鸠《法意》,斯宾塞尔《群学肄言》等数种,皆名著也。虽半属旧籍,去时颇远,然西洋留学生与本国思想发生关系者,先生之力也。②

---

① 王森然:《严复先生评传》,见《近代二十家评传》,杏岩书屋,1934年。
② 同上。

这段引文的最后一句话非常重要。就是说,严复作为了解西方的知识分子,其贡献在于使他的所知与中国思想界之间联起了一道纽带。要是学富五车,而不与本国的实际发生关系,那学问依然是水面上的飘萍。严复不同于某些徒以学问自炫的人。蔡元培深知严复这一为学的根本特点,曾引用严复自谓译《天演论》的动机是"尊民叛君,尊今叛古",总结为"八字主义"。这八字主义概括的当然不止天演一书,而是他为学生涯的全部追求。

严复这种尊和叛的思想的内里,是他现代的民主思想。他贯彻和实践这种思想与那些偏于行动的人有所不同,他具有很强的诉诸学理的特性。由此可以看出,他更注重于从根本上提高民众素质,更注重于在中国平民中普及当世的思想潮流,使封建王国的子民变成具有现代思想的新民。这从他的注重理性和科学,注重对于中国国民的素质改造等主张可以看出。李泽厚论及《天演论》的功绩,认为此书的翻译,不仅在于让国人"破天荒第一遭儿知道西方也有并不亚于中国古圣贤的哲人","更独特的是,人们通过读《天演论》,获得了一种观察一切事物和指导自己如何生活、行动和斗争的观点、方法和态度,《天演论》给人们带来了对自然、生物、人类、社会以及个人等万事万物的总观点总态度,亦即新的资产阶级世界观和人生态度"。①

作为当代新学开山的第一人,他倡导的是一种科学精神。较之将学问变成实效,他更注重通过学识的传播以促进民众心理的健全和改造。他说过,"科学之事,可以事实变理想,不得以理想变事实",这鲜明地体现严复思想的学理化倾向。从他从事学术活动之日起,就充满着这种理性而冷静的分析精神而区别于激情恣肆的理想狂热者。他在《民约平议》中说:"言自由而趋于放恣,言平等而在反于事实之发生,此真无益,而智者之所不

---

① 李泽厚:《论严复》,见《中国近代思想史论》,人民出版社,1979年,第268页。

事也。自不佞言,今之所急者非自由也,而在人人减损自由,而以利国善群为职志。"这种言论切近中国的实际,而不是那种好为空论脱离社会实情的高调。

严复评传的作者王森然根据严复的这些充满理性精神的言说,发表了一通感慨。虽然这感慨是有感于严复的这种崇尚实际的精神,但本身又是非常精彩的对于国民劣质的批判的文字。我们可从中看到论者的激愤,但若据此评之为偏颇则要慎重:

> 中国之民,一浮浅不堪之各趋极端之纷乱国民也。无论骛新执旧之徒,莫不然之。而新旧之间,又如水与油掺于一盂,绝无化合余地,示无化合之希望。……过去之极端主张自由平等者,与绝对不许有自由平等者,和假自由平等之名,而施不自由不平等之政者,得今日之恶果,则既以交相菲交相轧为其因矣。当此社会泯棼惨酷,极人世所不堪时,有鸿哲如先生者,静立乎社会之奥隩,而冥冥中左右之,并为深沉之思,理察之论,因而开一代之治;惜乎蠢蠢之氓,不可理喻,言之谆谆,而听者藐藐,循此不变,则中国将举其所以与立于天地者而丧失至尽矣。可慨也夫!

这一段文字说到国民的劣根性是尖锐的,但把国势的衰颓归咎于国人之不察,则未免失之粗略。但他说到严复的"静立"而"于冥冥中左右之"的"深沉之思""理察之治"则是相当精确的。

1898年的一番充满激情的大业,以一个女人的反掌之力而毁于一旦,这很难归咎于中国民众的"听者藐藐""不可理喻"。这是天数。这里有很多涉及远远近近的、深深浅浅的因由,我们用了百年的时光去叩问问题答案而尚未得出,何况当时!当然,也有皇帝和他周围一些书生的决策和运作的失当。总之,中国毕竟是中国,中国不是日本。在日本能成功的,在中国却表现为失败。一个严复难道能改变时势吗?显然不能。

但严复自有严复的功绩,严复自有严复的价值。毕竟,他向黑暗的中国启示了一线西方的光明。而在过去,这个中央帝国除了自身之外,是不承认其他任何处有光明的。明万历年间,利玛窦遵旨画了一张世界地图,因为中国在图中的位置并不是旧时从皇上到臣民都认为的那样是处于世界的中央,而引起强烈的责难乃至圣怒。这对于封闭的帝国乃是不足为怪的必然。让完全与世隔绝的中国了解世界,并与世界拥有共同的语言和思维方式,是迫切的需要。严复就这样的静立于世界东方的一隅而致力于冥冥之中的左右民智的工作,《天演论》的翻译和出版,无可置疑地是纪念碑式的事件。

面向西方的热情

1898年的中国社会,其最强烈的震动,莫过于康、梁领导的维新变法运动,以及随后以慈禧为代表的对于这场运动的颠覆。原先的激情退潮之后,是留在中国万民心头的流血的伤口。这伤口似乎历时愈久而愈深,每一次的涉及和追忆,都像是往那裂隙深处撒盐。但那种震动主要表现社会的外在层面,而内在层面的震动,则表现在当日悄悄掀起的中国知识界在引进西方新近学术思想方面的热情上。这种面向西方寻求新知的意愿已到水到渠成的阶段,这是动中之静,或者叫做静中之动。严复译《天演论》的出版属于后者,而且是其中最重要的标志。

黄遵宪对严译有很高的评价。1901年即《天演论》出书三年之后,黄遵宪致书严复说:"天演论供养案头,今三年矣。本年五月,获读原富,今日又得读名学,隽永渊雅,疑出北魏人手。今日已为20世纪之世界,东西文明,两相接合,而译书一事,以通彼我之怀,阐新旧之学,实为要务。公于学界中又为第一流人物,一言而为天下法则,实众人之所归望者也。"①

学术界的介绍西学是戊戌变法的准备和基础。中国当日的社会改革的设计涉及面很广,除了政经,还有一系列的学术思想的译介和交流。学术界的工作看似是"静立"在一边默默地进行着,其实当日中国的文人们和处于政治中心的维新志士们是声气相投而配合默契的。学术的工作,上为朝廷提供了及时而有效的咨询和参照,下为动员和改造国民素质唤起和启迪民智起着不是立竿见影而是久远的浸润作用。这些虽是"无声"的,却是非常热烈地进行的。

那真是一个出现巨人而且创造巨人业绩的时代。19世纪和20世纪之交的中国,是充满了改变旧物、创造新物的激情而浪漫的中国,有许多人投身于那改变旧物的实际抗争,也有许多人致力于那创造新物的、既面对今日又面向未来的争取,但它们又是互相融合和互相渗透的,这些人尽管立足于不同的方面,但却又是互为呼应的。

严复在当日也是充满传奇色彩的人物。他是福建侯官人。侯官是现今福建省会福州市地界。福州是一座濒临东海的城市,清丽的闽江水自闽北的崇山峻岭逶迤而来,浩渺的江流涌过风景如画的南台岛注向东海。在这座古城里诞生过近代许多风云人物,林则徐诞生在这里,严复也诞生在这里。

1866年,严复14岁考入沈葆祯创办的船政学堂,为第一届毕业生。毕业后在军舰上实习五年,曾至新加坡、槟榔屿及日本等地。1877年资遣赴欧留学,入英国格林尼茨海军学校,学习海军攻防诸术。他吸取新知非常广泛,擅长数学,又治伦理学、天演学,并治社会法律经济诸学。1879年归国后,先后任福州船政学堂教习、天津北洋水师学堂总教习,光绪十六年升总办,

---

① 见《黄遵宪年谱》。

从事舰船教育达20年。

中日甲午战争后,严复受中国危亡时局的刺激,在天津《直报》先后发表《论世变之亟》、《原强》、《救亡决论》等论文,反对顽固保守,主张取法西方,倡导新学,实行维新改良。严复认为培养民力、民智、民德是中国富强的根本。他思想新进,提出改造中国的具体方案为:禁止鸦片缠足而崇尚武精神,废除八股而提倡西学,废除专制而实行君主立宪。在当日思想界影响极大。戊戌时也主张变法,见解与康、梁同。百日维新期间,光绪皇帝曾召见他,被询问办理海军及办学堂等事甚详。政变后,有人告密说《天演论》是散布革命言论,严复受到牵连,旋得到有力的担保,方避了这场大祸。宣统元年设海军部,特授都统;宣统三年,任京师大学堂监督;民国初年,又被任命为北京大学校长。他是一位文理俱通而又文武兼备的发展全面的奇人。他早年倾心维新,后来又签名参加筹安会,拥护帝制,舆论认为其晚年言行颇乖张。但作《严复先生评传》的作者还是为之说了些近于辩护的话:

> 先生年老气衰,深畏机阱,当机不决,虚与委蛇,无勇怯懦是其所短,论其居心,确属泊然。谓其攀龙附凤,趋利附羶,未免污之过甚也。①

近代译界第一人

我们要是撇开这些属于对人物的复杂性进行总体评价的话题,单从学术的层面来看严复,则他在介绍西方思潮到中国方面,的确是开启了中国翻译界历史新纪元的第一人。"通观翻译史上,关于选择原书一层,处处顾到,如先生者实未之见也。先

---

① 王森然:《严变先生评传》,《近代二十家评传》,杏岩书屋,1934年。

生在翻译史上有一最大影响,即翻译标准之釐定。"①——这指的是严复翻译观念中"信、达、雅"三个标准的提出,这三个字的提出历经百年,依然为当今译界所遵守和奉行,这是严复开天辟地的贡献。

他在《天演论》的例言提出:"译事三难:信、达、雅。求信已大难矣,顾信矣不达,虽译犹不译也,则达尚焉","信达而外,求其尔雅。此不仅期以行远已耳;实则精理微言,用汉以前字法句法,则为达易,用近世利俗文字,则求达难,往往抑义就词,毫厘千里,审择于斯二者之间,夫固有所不得已也"。②

胡适对严复的翻译有很高的评价,他在《五十年来中国之文学》中曾有很多的文字评述严复,其中有一段这样说:

> 严复的英文与古中文的程度都很高,他又很用心,不肯苟且,故虽用一种死文字,还能勉强做到一个"达"字。他对于译书的用心与郑重,真可佩服,真可做我们的模范。他曾举"导言"一个名词做例,他先择"卮言",夏曾佑改为"悬谈",吴汝纶又不赞成;最后他自己又改为"导言"。他说:"一名之立,旬月踟蹰,我罪我知,是存名哲。"严译的书,所以能成功,大部是靠着这"一名之立,旬月踟蹰"的精神。有了这种精神,无论用古文白话,都可以成功。后人既无他的工力,又无他的精神,用半通不通的古文,译他一知半解的西书,自然要失败了。③

胡适这段话很有深意,它不仅是对严复翻译工作的极高的褒赏,也针砭时弊地说到"后人"既乏工力又缺少精神的工作态度。胡适这些对于"用半通不通的古文,译他一知半解的西书"的指责,

---

① 《近代二十家评传》,杏岩书屋,1934年。
② 严复:《天演论·译例言》,科学出版社,1971年,第11页。
③ 《胡适文存》二集,上海亚东图书馆,1924年。

也可以套用来批评今日译界"用半通不通的白话,译他一知半解的西文"的弊端。

历史以弯曲的和充满遗憾而不完美的形象出现在后人心目中。历史上的人物不论他曾经是如何伟大,也不会是完全的圣贤,作为活生生的曾经活动过的人物身上,往往也是瑕瑜互见的。严复也是如此,他作为旋风般呼啸于上一个世纪末的一代宗师,留给后人以完全难以企及的超常的才智,不论是作为中国海军和船政的第一代派遣出国的留学生和奠基人,不论是作为学者和翻译家,作为思想家和教育家,即使最后只剩下"信、达、雅"三个字,他依然是璀璨夺目的巨星,悬挂在19世纪黄昏的古长城上。

从《天演论》说到《巴黎茶花女遗事》

福州这地方很有趣,近代史上出现过许多可歌可泣的人物,却也出现过像辜鸿铭、郑孝胥这样一些人物。就翻译而言,和严复同时又兼同乡的还有一位奇人,便是大名鼎鼎的林纾。林纾是介绍西方小说入中国的第一人,他在文学翻译史上的位置极为重要。是开创基业的人物,但有趣的是他不懂西文。他的翻译,必须借助另一人的口译,然后由他用古文写出译文。这种二人对译的方法,在明末清初已有实践,但限于天文历算等学科,用这方法译文学作品的历史,还是从林纾开始。

公元1898年不仅是中国近代政治史上非常重要的一个年份,也是中国学术史、甚至也是中国近代翻译史上一个重要的年份。这一年,严复译的《天演论》出版。也就是这一年,林纾开始了他的大胆而充满传奇色彩的工作——于这年开始《巴黎茶花女遗事》中文的翻译。中国近代翻译史上的两颗启明星,几乎同时在福州这座城市升起。

据《中国近代文学大系》称:"1898年,林纾与王寿昌合作,由王口授,林笔述,译出此书,题作《巴黎茶花女遗事》,署'冷红生、晓斋主人合译'。此为林氏译外国小说之第一部,亦为欧洲纯文学介绍入中国之第一部。译本问世之后,对我国文学界大有冲击,使传统的才子佳人式爱情小说迅速被淘汰。"①自己不懂西文而涉及文学翻译的王国,并且以即将被白话文取代的、被胡适称之为"死文字"的文言,翻译西方近世传达新思想和新感情的文学经典,而且他的译文竟是如此的精美传神,以至于使这些世界名著完全的中国化了。这是林纾的一大功绩。他为此付出的精力与心血可以想见!胡适是新文学革命的倡导者,依然对站在新文学对立面的林纾的工作给予客观、公允而且是很高的评价:

> 林纾译小仲马的《茶花女》,用古文叙事写情,也可以算是一种尝试。自有古文以来,从不曾有这样长篇的叙事写情的文章。《茶花女》的成绩,遂替古文开辟一个新殖民地。……平心而论,林纾的小说往往有他自己的风味;他对于原书的诙谐风趣,往往有一种深刻的领会,故他对于这种地方,往往更用力气,更见精彩。他的大缺陷在于不能读原文;但他究竟是一个有点文学天才的人,故他若有了好的助手,他了解原书的文学趣味往往比现在许多粗能读原文的人高得多。②

胡先骕在他的论述中也对林纾作过佳评:

> 至林纾之译小说,虽苦于不通西文,而借助其译事者,文学之造诣亦浅,至每每敝精费神以译二、三流之著作。然以古文译长篇小说,实林氏之创,是在中国文学中创一新

---

① 《巴黎茶花女遗事》,《题解》见《中国近代文学大系》第 26 卷,上海书店,1990 年。
② 《五十年来中国之文学》,见《胡适文存》二集,上海亚东图书馆,1924 年。

体。其功之伟,远非时下操觚者所能翘企。①

这种把外国文学佳品引入中国,并以当时流行的文言文体予以传播,其所产生的影响,不仅在于使国人了解了西方文学,而且还对"五四"新文学产生起了先导的影响力。尽管林纾在"五四"时期是反对新文学最激烈也最坚决的一位,但他也许未曾悟到,他的工作却对他所反对的起了深远的促进之力。周作人曾说过,"老实说我们几乎都因了林译才知道外国有小说"②。

但在晚清,西方文学被译介进来,首先的动机却并非文学的,其着重之点在于力求小说能对国民的觉醒有所助益。"最初的翻译却并非因为它是文学作品而翻译,和'为艺术而艺术'的看法决不相同,它仍多少与政治有关。以小说视为革新政治的工具,所以和当时维新运动主张相互一致。"③1898年梁启超作《译印政治小说序》一文,主张翻译西洋这方面的小说,这提倡与他强调小说与群治的关系相一致:

> 在昔,欧洲各国变革之始,其魁德硕学,仁人志士,往往以其身之所经历,及胸中所怀政治之议论,一寄之于小说。于是彼中辍学之子,黉塾之暇,手之口之,下而兵丁,而市侩,而商氓,而工匠,而车夫马卒,而妇女,而童孺,靡不手之口之,往往每书一出,而全国之议论为之一变。彼美、英、德、法、奥、意、日本各国政界之日进,则政治小说为功最高焉。

这是那个时代的主流思潮,也是1898年的基本声音和思路。一切都着眼于改变中国的命运。也是这位梁启超,曾有筹办大同译书局的想法,设计了一个叙例:"本局首译各国变法之事,及将变未变之际一切情形之书,以备今日取法。"可惜,他的

---

① 胡先骕:《评胡适〈五十年来中国之文学〉》,载《学衡》1923年第18期。
② 《林琴南与罗振玉》,载《语丝》第3期。
③ 林榕:《晚清的翻译》,载《风雨谈》1934年第7期。

计划没有实现。虽然同治六年清政府已在总理各国事务衙门内设了同文馆,但更切实的工作却在甲午战败之后。此时的翻译的工作,与鸦片战争后仅仅着眼于学习西方的科技机械不同,而希望从那里获得改变积弱图强的方策。此一阶段的翻译已由"格致"而及于"政事",社会科学与哲学伦理学著作也有人注意到了,其先行者则是严复。

这就到了本书所要反复谈论的一个纪年:1898。1898年7月3日,诏立京师大学堂,并将官书局及译书局并入大学堂,派孙家鼐为管理大臣。同年8月16日,清政府决定设立译书局,拨开办费二万两,"以备博选通才"。本月26日,清政府准梁启超在上海设立编译学堂。这一年是中国政局多事多变的繁忙而紧张的年头,而在头绪纷繁的举措之中,涉及翻译工作的记载竟是如此一而再、再而三,可见那时对于了解世界和效法西学的心情是多么的热切与急迫。但是,那一切毕竟是偏重于文学之外的功效的考虑,是一种急于用西学以解决中国实际问题的功利价值的重视,此即我们通常所说的"寻找药方"。

但到了林纾的翻译工作,可说是近于纯文学的考虑了。即我们已从格物、致知提升到审美的层次,这当然是更为接近文学的本来意义上来了。中国人的西学为用的观念,脱离不了一个"用"字。但文学之用,显然不是即食即愈的药饵。文学对于社会,是一种潜移默化,它是从慢慢影响人的心灵起,使人们的情感得到净化和提高,从此达到改善社会的目的。这个工作,是从不懂西文的林纾开始。他的工作是破天荒的,除了他的善解他人的意蕴的良好的文学修养,除了他的克服语言障碍的美轮美奂的文笔,还有他的惊人的毅力。他用古文翻译西洋小说从《巴黎茶花女遗事》起,共达150种,这无疑是一件奇人奇事![1]

---

[1] 林榕:《晚清的翻译》,载《风雨谈》1934年第7期。

"《巴黎茶花女遗事》的出现,震动了中国的作家和文学读者。许多读者热烈赞赏这部西式的爱情小说,为它写了不少诗歌和评论。文艺使它们觉悟到才子佳人式的中国旧小说已不能表现时代精神,在《巴黎茶花女遗事》的直接或间接影响或模仿之下,写出了不少新意义、新结构的爱情小说。"[1]他的译文能够使古文这种"死文字"传达出我们完全陌生的西方风情,而且情状毕肖,这真是一种神力。如下一段译文是胡适所称赞备加的,原文见林译《滑稽外史》第四十一章——

> 方二女争时,小瓦克福见案上陈食物无数,馋不可忍,徐徐近案前,引指染盘上腥腻,入指口中,力吮之;更折面包之角,窃蘸牛油嚼之;复取小方糖纳入囊中,则引首仰屋,如有所思,而手已就糖盂累取可数方矣。及见无人顾视,则胆力立壮,引刀切肉食之。
>
> 此状司圭尔先生均历历见之,然见他人无觉,则亦伪为未见,窃以其子能自图食,亦复佳事。此时番尼语止,司圭尔知其子所为将为人见,则伪为大怒,力抵其颊,曰:"汝乃甘食仇人之食!彼将投毒酖尔矣。尔私产之儿,何无耻耶!"约翰(白老地)曰:"无伤,恣彼食之,但愿先生高徒能合众食我之食令饱,我即罄囊,亦非可惜。"

再以林译第一部小说《巴黎茶花女遗事》一段郊游文字为例,可以看到,他的译文一开始就有一种高峰状态:

> 一日天晓,朝曦射榻,马克约余野游,余诺。马克呼侍者:"公爵来,尔告以与配唐野行,晚当归也。"晨餐既竟,自携鸡子牛乳酒一,炙兔一,并车而往。出门茫然无所适,唐曰:"君将傍郭游耶,抑到林峦深处领略山光水色耶?"余曰:

---

[1] 施蛰存:《中国近代文学大系》,见《翻译文学集导言》。

"向山光多处行矣。"配唐曰:"然则匏止坪佳耳。"车行一点半始至,憩一村店。店据小岗,而门下临苍碧小畦,中间以秾花。左望长桥横亘,直出林表;右望则苍山如屏,葱翠欲滴。山下长河一道,直驶桥外,水平无波,莹洁作玉色。背望则斜阳反迫,村舍红瓦,鳞鳞咸闪异光。远望而巴黎城郭,在半云半雾中矣。配唐曰:"对此景象,令人欲饱。"余私计马克在巴黎,余几不能专享其美,今日屏迹郊坰,丽质相对,一生不负矣。余此时视马克,已非莺衣中人,以为至贞至洁一好女子。且将其以往之事,洒为微烟轻尘,消匿无迹,过此丽情,均折叠为云片,弥积弥厚,须全化为五彩缥天,余心始悦。

这一段文字,融景物、心理描写于一炉,我们不难透过文言的迷雾,窥见小仲马原作的风华,这当然借助于译者的悟性和文笔之力。

胡适在《五十年来中国之文学》这篇总结性的综述中,给了林纾的工作以很重要的评价:"平心而论,林纾用古文做翻译小说的试验,总算是很有成绩的了。古文不曾做过长篇小说,林纾居然用古文译了一百多种长篇小说。还使许多学他的人也用古文译了许多长篇小说,古文里很少滑稽的风味,林纾居然用古文译了欧文与狄更司的作品。古文不长于写情,林纾居然用古文译了《茶花女》与《迦茵小传》等书。古文的应用,自司马迁以来,从没有这种大的成绩。"[①]

特殊年代出现特殊人物

这是一个特殊的年代,这年代出现了各色各样的人物为它

---

① 《胡适文存》二集,上海亚东图书馆,1924年。

的丰富复杂性作证。百日维新和戊戌政变是一场强烈的地震，也是一次火山爆发。它的震撼在百年后的今天仍然能感到它的威力。有一批热血的中华儿女为此付出了代价。尽管如今有些人在议论那场政治风波是否过激，但我们依然为那些民族精英的勇气和献身精神所激动。这是地震的震中区。它仿佛是一面定音鼓，确定了那时代的基调。它的激情，它的乐观精神，特别是它的行动的勇气——尽管表现为缺乏经验的莽撞，却无疑完成了一曲至今仍然使人为之气壮的时代悲剧。

中国在上一个世纪末为结束封建历史所进行的迎接新时代的斗争，是中国历史的最重要的转折点。那次斗争是失败了，而胜利者并不是清王朝的实际决策人慈禧，随之而来的却是清王朝不可避免的覆亡。这是一个除旧布新的时代，它孕育了并召唤着各方面的人才来装点这个时代奇特的风采。我们曾经说过，这个时代出现过巨人，这些巨人分布在政治、经济、军事、文化种种的领域。也许历史上很少有哪个时代能与它相比，哪个时代也很难像19世纪末叶至20世纪初叶的中国的天空那样，出现过那么多光辉灿烂的星辰！

而且，我们还要说，这还是出现奇人的时代。这些人不一定处于地震的中心，他们也不是时代的弄潮儿，未必对这个时代的前进或后退产生过明显的影响。但他们却以自己的奇特性装扮了这个时代的壮丽多姿。前此谈到的林纾是这种人中的一位，他自己不懂西文，却成为开天辟地的翻译家。他创造奇迹，却是冥冥之中感受了这特异时代的急切的召唤！就评介西方小说的功绩而言，他的工作无疑是为处于蒙昧状态的中国读者打开了一面通向世界的窗口，而且也遥遥地为新文学的诞生奠基——尽管这并非林纾本人的愿望。他的工作是前进的、也可以说具有革命性的，然而，他却是新文学革命最激烈的反对者。

为了攻击新文学革命，这位翻译家干脆自己做起了小说。

林纾在《新申报》上发表小说攻击新文学革命,是翻译《巴黎茶花女遗事》之后的事。有一篇《妖梦》,用其中的人物影射蔡元培、陈独秀和胡适等。后又作《荆生》,又用其中人物攻击陈独秀、钱玄同和胡适,其中一个大骂孔子,一个主张白话,接着出现一个"伟丈夫"骂他们道:"尔之发狂似李贽,直人间之怪物。今日吾当以香水沫吾手足,不应触尔背天反常禽兽的躯干。尔可鼠窜下山,勿污吾简。留尔以俟鬼诛。"这位林纾,还写信给北京大学校长蔡元培,其中说:"弟年垂七十,富贵功名,前三十年视若死灰,今笃老,尚抱残守缺,至死不易其操。"又说,"今全国父老以弟子托公,愿公留意,以守常为是","此书上后,可不必示复,唯静盼好音,为国民端其趋向"①。可谓是一位对新事物势不两立的卫道者和遗老遗少的人物,但他却是一位真正的怪才。

这样的人物还可举出好几位来,如辜鸿铭(1857—1928)也是福建人。早年留学英国,遍游德、法、意、奥诸国,精通西方好几国的语言。30岁回国,曾为张之洞、周馥幕僚,后任外交部左丞。辛亥革命后任北京大学教授,学贯中西,但思想保守顽固,留长辫,主张纳妾,言行很是怪异。这也是一位奇人,像这样的人还可以举出好几位。这里我们只能偏重于谈论与文学有关的人物。

身穿袈裟而未能忘世的诗人

公元1884年,有一位中国诗人诞生在日本,这位诗人只活了35岁。他的生命如一道彗星,掠过乌云浓重的东方古国的上空。然后消逝。但他的突目的光彩却照亮了20世纪初期的中国诗坛。他就是苏曼殊。要是说,黄遵宪是为上一个世纪末中

---

① 林琴南致蔡元培书,见《中国新文学大系·建设理论集》,上海良友印图书印刷公司,1935年,第171—173页。

国诗画上一个有力的句号的诗人,则苏曼殊可称之为本世纪初中国诗画上一个有力的充满期待的冒号的诗人。而且综观整个的20世纪,用旧体写诗的所有的人,其成绩没有一个人堪与这位英年早逝的诗人相比。说苏曼殊是古典诗在新世纪的第一道光焰并不过分。

苏曼殊诞生于日本江户。母亲是日本人,为江户望族。母改嫁,随母到广东香山。他的身世坎坷。继父死,13岁家道中落,遂返日省母。柳亚子的《苏玄瑛新传》说:"苏玄瑛,字子谷,小字三郎,始名宗之助,其先日本人也。父宗郎,不详其姓。母合河氏,以中华民国纪元前二十八年甲申,生玄瑛于江户。玄瑛生数月而父殁,母子茕茕靡所依。会粤人香山苏某商于日本,因归焉。苏固香山巨族,在国内已娶妻生子矣。至是得玄瑛母子,并挈之归国。时玄瑛方五岁也。居三年,合河氏不见容于苏妇,走归日本。"①苏曼殊从中国起程去日本省亲的那一年,是1898年,正是与本书内容相联结的年代。

苏曼殊在日本先入横滨大同中学,后入早稻田大学高等预科。1902年入振武学校,学习陆军,参加革命团体青年会。1903年于广东惠州削发。后又到上海,结交革命志士,自此奔走于苏州、长沙、芜湖、南京诸地。1906年又到日本,与章炳麟等过往甚密。参加过南社,民国成立后发表申明,反对袁世凯称帝。

苏曼殊是一位全才,也是一位奇才,他通日、英文和梵文,译过拜伦、雪莱的诗,雨果的《悲惨世界》。写小说,善绘画,诗写得清新俊丽,七绝最佳。《本事诗十首》(1909)、《吴门依易生韵十一首》(1913)、《无题八首》(1913)、《东居杂诗十九首》(1914),都

---

① 柳亚子:《苏玄瑛新传》,见《苏曼殊全集》,第1册,北京,中国书店,1985年,第1—2页,据北新书局本影印。

是著名的组诗,其中佳作连篇,令人满眼生春。

苏曼殊的诗顽艳明隽,在一片清灵的氛围中透出淡淡的哀愁。他的诗让人联想起盛唐人的绝句,却没有唐人的那份浪漫和潇洒,而是传达出那种"优美的沉重"。苏曼殊无疑是中国诗史上最后一位把旧体诗作到极致的诗人,他是古典诗一座最后的山峰,尽管他留下的诗并不多。读苏曼殊的诗,有一种说不尽的流自心灵的凄婉,却都是至情至美的文字——

> 白云深处拥雷峰,几树寒梅带雪红。
> 斋罢垂垂浑入定,庵前潭影落疏钟。
> ——《住西湖白云禅院作此》

> 柳阴深处马蹄骄,无际银沙逐退潮。
> 茅店冰旗知市近,满山红叶女郎樵。
> ——《过蒲田》

前一首是佛心,后一首是俗心,但都是色彩艳丽的自然风景,寒梅的红艳映着白雪,满山的红叶烘托着打柴女郎的笑语。这分明荡漾着一颗明亮的诗心。

苏曼殊有一些诗很像是情诗,却又是他落发做了僧人之后的作品,这种既出世又入世的诗意,很独特,也易于诱发阅诗的情趣——

> 桃腮檀口坐吹笙,春水难量旧恨盈。
> 华严瀑布高千尺,未及卿卿爱我情。

> 乌舍凌波肌似雪,亲持红叶索题诗。
> 还卿一钵无情泪,恨不相逢未剃时。

> 相怜病骨轻于蝶,梦入罗浮万里云。

赠尔多情书一卷,他年重检石榴裙。

　　碧玉莫愁身世贱,同乡仙子独销魂。
　　袈裟点点疑樱瓣,半是脂痕半泪痕。

　　春雨楼头尺八箫,何时归看浙江潮。
　　芒鞋破钵无人识,路过樱花第几桥。
　　——以上均出自《本事诗》

也许是那年代有太多的忧患,国家的危难,社会的动荡,官府的腐败,对于苏曼殊来说,还有家世的不幸,铸出他一颗如此不羁的浪漫的诗魂。王霆说苏曼殊的这种浪漫情怀,"正是他苦痛的身世中悲哀的升华"①,因此在他的诗文中反映出来的,不但没有轻佻淫冶之气,而富超旷绝俗之情,为古今所罕见。于右任称"曼殊诗格高超,在灵月镜中"②。柳亚子也说:"他的诗个个人知道是好,却不能说出好在什么地方,就我想来,他的诗好在思想的轻灵、文辞的自然、音节的和谐,总之,最好在自然的流露。"③

尽管他身世沧桑,个人有诸多难言的隐痛,一生有许多机会与心爱的女子接触,却都忍泪别去。剃度出家,却又以尘世的态度处之,他的非僧非俗的佯狂,当时及身后均极有名。他看破红尘,却又倾心革命。他是一个矛盾的综合。在他不多的译作中,对拜伦诗最为亲近,以至扶病在拜伦集上题诗:"秋风海上已黄昏,独向遗篇吊拜伦;词客飘零君与我,可能异域为招魂?"有人据此将苏曼殊与拜伦放在一起谈论:"他俩是世界文坛的两朵奇

---

① 王霆:《诗僧苏曼殊》,载《前锋》1947年综合2期。
② 于右任:《独树斋笔记》,转引自《诗僧苏曼殊》一文。
③ 转引自王霆《诗僧苏曼殊》一文,见前注。

异的花,一朵是开在东亚,一朵是开在西欧,他俩的诗好比月下夜莺在花丛中低唱般地清悠,好比深夜子规在空谷里寂啼般地沉哀。"①他们的浪漫激情是相同的,而在苏曼殊,似乎更是孤僻、更为狂傲,当然,也许也更加消极。

他们都没有活得太长,都似是划过天际的陨星的弧光。在苏曼殊,他的一生似乎为悲情所笼罩。他有《偶成》一绝,似是预为自己而作的挽诗:

人间花草太匆匆,春未残时花已空!
自是神仙沦小谪,不须惆怅忆芳容。

他的短短的一生所作的工作涉及面极广,我们暂且把他的放诞狂傲的行止放在一边——这也占去他有限生命的相当部分——单就他的创作和学术方面来看,他的生命能量的充分发挥所达到的程度相当惊人。他的生命尽管短促,但他的生命能够这般的利用并使之发出光明,却是让人羡慕的。

前已述及,他的古典诗歌的创作,据笔者不揣浅陋地大胆断言,本世纪所有用古体写诗的人都没有超过他,柳亚子也许可与相比,但柳作数量多,而优秀之作的比重却不及他。此外则是鲁迅和郁达夫,而此二人的作品众口相传的也不及他多。古典诗到了本世纪,可以说是走到了尽头,而站在这个旧诗最后时代的峰巅之上并为之发出最后一线强光的,是一位穿着袈裟而未能忘世的诗人。

苏曼殊的小说创作也很有名。他的小说作品,目前可见的有《断鸿零雁记》、《绛纱记》、《非梦记》、《焚剑记》、《碎簪记》、《天涯红泪记》等。他的《断鸿零雁记》由梁社乾译为英文,商务印书馆出版,当时被许多学校采为英文课本。此外,他还著有《梵文

---

① 丁丁:《诗僧曼殊》,载《作家》1942年第2卷第4期。

典》、《潮音》等,前者由章太炎、刘师培作序,给予极高的评价。至于他的翻译,译诗有歌德、席勒、拜伦、雪莱等16人的诗,二十余首中,拜伦占了一半。此外,他还译有小说。他的译文如他自述,是"按文切理,语无增饰;陈意悱恻,事辞相称",是别有天地的精密准确。

此外,他除译诗之外,还发挥他精于外文的长处,编了两本英译中国古诗的集子,一是《英汉三昧集》,一是《文学因缘》。据丁丁著文说,那些集子里的诗,"有的是指出了某人译的,有的却没有指出译者的名字,不知大师无人知道译者的名字,或是出自大师自己的手?那可也无人知道了"①。

我们说苏曼殊是一位奇人,是说他有不羁的行为,惊人的才华和精力,超常的聪敏,以及广泛的兴趣和造诣。他除了文学和翻译,还擅长于绘画,佛教典籍的修养也深。但他又是身前身后被人谈论,甚至为人诟病的人物。许多生前与他过从甚密的人物用文章记下了他们的印象和评价,这些材料,虽出自直接的观察,但又不能确证,只是可资佐证其平生的一些素材——

> 不能作佛事,复还俗,稍与士大夫游,犹时时着沙门衣,子谷善艺事,尤工绘画,而不解人事,至不辨稻麦期候,啖饭辄四五盂,亦不知为稻也。数以贫困,从人乞贷,得银数版即治食,食已银亦尽。尝在日本,一日饭冰五六斤,比晚不能动,人以为死,视之犹有气。明日,复饮冰如故。
>
> ——章太炎:《曼殊遗画弁言》

> 性善啖,得钱即治食,钱尽则坚卧不起。尝以所镶金牙敲下,易糖食之,号曰糖僧。少时父为聘女,及壮贫甚,衣裳物色在僧俗间,聘女与绝。欲再娶,人无与者;尝入倡家哭

---

① 丁丁:《诗僧曼殊》,载《作家》1942年第2卷第4期。

之。美利坚有肥女,重四百斤,胫大如瓮,子谷视之,问曰:"求偶安得肥重与君等者?"女曰:"吾固欲瘦人。"子谷曰:"吾体瘦,为君偶如何?"……一日,余赴友人酒食之约,路遇子谷,余问曰:"君何往?"子谷曰:"赴友饮。"问:"何处?"曰:"不知。"问:"何人招?"亦曰:"不知。"子谷复问余:"何往?"余曰:"亦赴友饮"。子谷曰:"然则同行耳。"至即啖,亦不问主人,实则余友并未招子谷,招子谷者另有人也。

——胡朴安:《曼殊文选序》

君工愁善病,顾健饮啖,日食摩尔登糖三袋,谓是茶花女酷嗜之物,余尝以芋头饼三十枚饷之,一夕都尽,明日腹痛弗能起。又嗜吕宋雪茄烟,偶囊中金尽,无所得资,则碎所饰义齿金质者,持以易烟。……往还书问,好以粉红牋作蝇头细楷。

——柳亚子:《燕子龛遗诗序》

一日从友人处得纸币十数张。与之所至,即自诣小南门购蓝布袈裟,不问其价,即付以二十元。店伙将再启齿,欲告以所付者过,而曼殊已披衣出门十数武。所余之币,于途中飘落。归来问其取数十元,换得何物,则惟举旧袈裟一件,雪茄烟数包见示耳。……晨起,问其食汤包否?彼不答他去,人不为异,而曼殊已买得一笼,食其大半,腹胀难受,则又三日不能起床矣。曼殊得钱,必邀人作青楼之游,为琼花之宴,至则对其所招之妓,瞪目凝视,曾无一言。食时,则又合十顶礼,毫不顾其座后尚有十七八岁妙龄女,人多为其不欢而散。越数日,复得钱,又问人以前之雏妓之名,意盖有恋恋者。人为引之其处,而曼殊仍如前此之态,终于不言而回。……每于清风明月之夜,振衣而起,匆卒间作画。既成,即揭友人之帐而授之。人则仅受之可耳;若感其盛意,见于言词,语未出口,而曼殊以将画分为两半矣。

——马仲殊:《曼殊大师轶事》

适箧中有缣素,出索大师诗,于是写此帧。未及完,已亭午进膳。大师欲得生鯸(即俗称之鲍鱼),遣下女出市。大师啖之不足,更市之再,尽三器,余大恐禁弗与。急煮咖啡,多入糖饮之,促完画幅。……是夕夜分,大师急呼曰:"不好,速为我秉火,腹疼不可止,欲如厕。"遂挟之往,暴泄几弗及登,发笼授药,次日惫不能兴,休二日始行。

——费公道:《题曼殊大师译苏格兰人颏颏赤蔷蘼诗画幅》

曼殊之状貌踪迹,令人叵测,辛亥夏,从南溟万里航海,访蔡寒琼于广州,须长盈尺,寒琼竟莫能识,及聆其声音,始知之。信宿忽又北去,浃旬在沪渎,以与马小进摄影邮寄,又复一翩翩少年也。每在沪上,与名士选色征歌无虚夕。座中偶有妓道身世之苦,即就囊中所有予之,虽千金不吝,亦不计旁观疑其挥霍也。或匝月兀坐斗室,不发一言。饥则饮清水食蒸栗而已。刘申叔云:"尝游西湖韬光寺,见寺后丛树错楚,数橼破屋中,一僧面壁趺坐,破衲尘埋,藉茅为榻,累砖代枕,若经年不出者。怪而入视,乃三日前住上海洋楼,衣服丽都,以鹤氄为枕,鹅绒作被之曼殊也。时或经年莫知其踪迹,中外朋侪,交函相讯,寻消问息,而卒不知伊在何处。

——《记曼殊上人》,作者佚名

苏曼殊狂放的一生,留下了诸多可供我们后人谈论的资料。但生活在那个超常的历史转折的时代,他置身其中,我们在他佯狂的缝隙之中依然可以看到他的真情。他的一篇文字有这样一段开头:"吾粤滨海之南,亡国之际,人心尚己,苦节艰贞,发扬馨烈,雄才瑰意,智勇过人。余每于残藉见之,随即抄录,古德幽光,宁容沉晦?奈何今也有志之士,门户崎屹,狺狺嗷嗷;长妇妊女,皆竟佻邪,思之能勿涔涔坠泪哉? 船山有言,末俗相率而伪者,盖有习气而无性气也。吾亦欲与古人可诵之诗、可读之书相为浃洽而潜逐具其气。自有其本心之日昧者,是无可以悔矣。"①可见其未能忘世之心。

他不是一位浑浑噩噩的人,生当乱世、末世,他又有自己深沉而隐曲的哀愁。他是过于明白透彻而愿意成为一个"糊涂人"或"玩世者"。但看如下一个说明,便知道这位以过度的失常所伪饰的人,他的内心世界有着清醒而绝不浑噩的内省和自律的节制力。这一个材料见诸柳亚子《苏玄瑛传》,柳亚子和苏是南社社友,甚为相知。他写道:"其间数数东渡倭省母,会前大总统孙文,玄瑛乡人也。时方亡命隅夷,期覆清社。海内才智之士,麟萃辐凑,人人愿从玄瑛游,自以为相见晚;玄瑛翱翔其间,若壮光之于南阳故人焉。及南游建国,诸公者皆乘时得位,争欲致玄瑛。玄瑛冥鸿物外,足未尝一履其门,时论高之。"②

人们只知道,一会儿是"华严瀑布高千尺,未及卿卿爱我情",一会儿是"忏尽情禅空色相,琵琶湖畔枕经眠"的苏曼殊,只知道行为乖于常人,常有悲情与沉哀的苏曼殊,确未曾认识柳亚子在上面描述的那种清高而理性的苏曼殊。

认识繁复的时代

1898年的年代是复杂的,1898年的人物也是复杂的。一个时代有一些占领舞台中心的人物,唱着那时代的大旋律,1898年的康、梁和菜市口蒙难的六君子便是这样的人物。一个时代又有诸多并不占领中心位置,甚至只是处于边缘的形形色色的人物。正是这些,才构成历史的真实。真实就是矛盾的叠加和

---

① 丁丁:《诗僧曼殊》,载《作家》1942年第2卷第4期。
② 同上。

纠结。历史就不是单纯。这些人中有的甚至还站在了潮流的对面,说着和做着他们自以为是的却是违逆时代潮流的言行。滚滚的时代洪流冲走了他们可怜的身影,却依然留给后人以无限的言说。从这点看,尽管是一些被历史所唾弃和谴责的人事,却依然充当了有用的材料,充实和丰富了人类精神史。

这样说,并不是为那些处于大时代而未能为推进这时代向着光明进步的人们作辩护。我们只是说,一个时代除了呈现为主潮的那些事象之外,也还有许多不容我们忽视的非主潮的事象。我们只是想说明,一个时代的丰裕,是由许多因素杂糅而成的。我们可以把事理剖析得透彻而简明,然而,历史本身却是一种凑合和融汇。

把话题拉回到苏曼殊上面来,从他的短暂而充满传奇色彩的一生可以看到,在他的放浪形骸的背后,有着非常复杂的远远近近、大大小小的因素,身世的飘零、个性的孤寂和奇兀、过人的聪颖和敏感的心灵……然而,最后不可疏忽的则是他处身其间的时代。1898年大动乱产生的时候,苏曼殊已14岁,已经是略通世事的少年人,他不可能不感受到那个时代的酷烈和惨痛的氛围,这氛围不会不给他以刺激。而当此时,他因家境的困窘而不得不东渡扶桑,在那里接受教育。待到学成,他亦已成年,便投身于1898年未完成的事业,而这种事业对于苏曼殊来说,也还是永远的"未完成"。

读苏曼殊的诗,无处不感到他诗中充满着的浓重的感伤和悲怆,但他又出以轻灵,这是他诗歌让人着迷的地方:

> 狂歌走马遍天涯,斗酒黄鸡处士家。
> 逢君别有伤心在,且看寒梅未落花。
> ——《憩平原别邸赠玄玄》

> 收拾禅心侍镜台,粘泥残絮有沉哀。

>　　湘弦洒遍胭脂泪,香火重生劫后灰。
>　　　　——《为调筝人绘像二首之一》

>　　谁怜一阕断肠词,摇落秋怀只自知!
>　　况是异乡兼日暮,疏钟红叶坠相思。
>　　　　——《东居杂诗》

　　他的诗总是有丰富的组合:狂歌走马,行遍天涯,应当说是颇为豪放了,相逢之时却别有伤心情重,只剩下尚未凋落的寒梅,装点着无尽的凄清。动人的还是这种情绪的纠结。另一首也是,收拾禅心而未忘粘泥残絮的沉哀,正是忘与未忘之间,那袅袅的香烟升起之处,却映照着昔日如血的胭脂泪!应当说,苏曼殊诗情的一缕哀弦,是家事国事的沉重的聚合和投影,正是那浓重的年代所蒙翳的无边的阴郁。

　　但不是由此我们却宽宥了他的人生的悲剧。丁丁在40年代对他发出的总的评论,确系坦直的陈述:"在列强帝国主义及国内军阀官僚的黑暗政治多层压迫之下,格外急切地需要革命;所以一般先觉者,因独见那里黑暗而叹惜的,也会叹惜变成怒吼;因洞察污浊而消极的,也会消极变成积极,遏制个人主义的浪漫性,而站到纪律的为社会底斗争的前线。所以,以曼殊大师生长的年代,为了身世有难言之恫而早年出家,以及传统思想的劣根性深深地范缚,因而成了一个消极的放荡的所谓名士、不能积极的为人类社会革进的战士,虽然是可予以相当的原谅,但无庸讳言,这也是大师的一个绝大的缺点。"[①]

　　以《天演论》的翻译出版为标志,再加上林纾对于文学作品的译介,从严复到黄遵宪,从黄遵宪到苏曼殊,当然更包括了主张并实行变法的康有为、梁启超、谭嗣同等一批人,我们可以看

---

① 丁丁:《诗僧曼殊》,载《作家》1942年第2卷第4期。

到,在19世纪与20世纪的交会点上,中国文人结构出现了非常巨大的变化:一批与旧文人迥异的,直接面对,并且一定程度上还直接掌握西方文化的知识分子已经出现。

他们的出现不仅改变了中国知识分子的构成和素质,而且还导致文化思想的深刻变革。传统的中国文化正在经受崭新的西方文化的诱惑和冲击。中西文化和新旧思想不仅在部分知识分子中,而且在更为广阔的社会层面展开。

美国俄亥俄州立大学历史教授张灏对此有过一段精彩的评述——

> 一般来说,中国的精英往往未必是政府的批评者,反而是它的支持者。可是,在中国的知识阶层和现代政府之间则不存在这样的关系。总的来说,他们对政府提出的政治要求要比士大夫多,而他们的政治支持则远不如士大夫可靠。因此,他们与国家的关系常常是一种紧张的、而不是同命运的关系。在这里,中国第一代知识阶层又证明了它的典型性。康有为、梁启超、严复等等知识分子并不一定都是政府的革命派政敌,然而他们的基本政治态度是与政府离心离德和对它抱有批判的意识。
>
> 新、旧知识分子集团与中国文化传统的关系,也是大异其趣的。中国士大夫对自己的文化传统感到自满。对他们来说,这种传统是天地间知识的唯一源泉。它能提供指导人类心灵和社会活动的智慧和准则。因此,他们对自己的文化遗产十分自豪,对过去延续下来的思想源流有一种特别强烈的意识。如果士大夫有时为自己和秉政当局之间的关系感到烦恼的话,那末,他们之间的文化一体感却是不大会出现问题的。然而,当维新时代开始时,和西方文化的五十年接触已经大大开拓了许多受过教育的中国人的文化视野,同时使他们与自己的传统产生了疏远感。由于各种各

样的文化信仰从外部纷纷涌进中国,中国的知识分子在现代世界中迷失了他们的精神方向。因此,在产生中国知识阶层的同时,其成员不但有了开拓的文化视野,而且还经受着怎样与自己文化打成一片这一深深令人苦恼的问题,而这个问题是过去士大夫几乎闻所未闻的。

从所有这些与社会、国家以及文化传统发生的关系中,可以看到维新时代产生了新的社会类型的人,这些人和旧式士大夫截然不同。他们的出现,与新颖的思想风气、新的变革的组织工具以及正在成长的社会舆论一起,构成了维新时代的主要遗产。①

---

① 费正清主编:《剑桥中国晚清史》(1800—1911),下卷,中国社会科学出版社,1985年,第391—393页。

六、从时务文体走向新文学

保存了 100 年的墨香

1996 年的 6 月的某一日,燕园的花事已稀。在原燕京大学静谧的图书馆里,整个洁净的阅览厅只有笔者一个人。管理人员小心翼翼地(多少还带着几分不放心的怜惜)把蓝色布函装的《清议报全编》本捧了出来。经历过将近 100 年的沧桑,这报纸居然保存得如此完好!手捧着这散发着古旧藏书特有的芬香——一般称之为"书香"——的几函书,笔者心中油然生起对北大图书馆的感激,也自然地理解了这位鬓发斑白的管理人员的"小心翼翼"和"不放心"的心情了。

整个上午,这传统宫殿式的阅览室依然只有笔者一个人,陪伴的是老中青三代三位管理人员。我翻阅这部沉甸甸的杂志合编本,内心涌动的是 100 年前的大风雨、大雷电,是那满耳的救亡图强的呐喊,眼前却出现一艘颠簸于狂涛之间的行将沉没的巨船……

那时夜色浓重,黑云层层翻滚着,要吞没闪电过后的那一点点明亮。当所有的火种在这古大陆的黄土层上都无处埋藏的时候,那些播撒光明的人,只好把它挟带到了远离吞噬星火的地方。公元 1898 年即将过去,在这黑色之年留下的最后一些日子里,受通缉而客居日本的梁启超,终于从惊魂不定的逃亡生活中安定下来,一批中国流亡者在日本的横滨酝酿着一份新报纸的诞生。

这一年的 12 月 23 日,《清议报》作为维新派仅存的最重要的舆论阵地正式出版。这份旬刊为了表示自己的信念,采用孔子纪年。发行兼编辑署名"英人冯镜如",实际上是由梁启超主持,麦孟华、欧榘甲等协作兴办的。梁启超在该报第一册发表了《横滨清议报叙例》。这篇叙例一如梁启超一贯的文字,有宏大的气势、高远的意境,是一篇充满才情的散文。他首先从世界的大趋势进入中国社会现实的话题:

> 轶近百余年间,世界社会日进文明,有不可抑遏之势。抑之愈甚者变之愈骤,遏之愈久者决之愈奇。故际列国改革之始,未尝不先之以桎梏刑戮之干戈惨醒。吾尝纵观合众国独立以后之历史,凡所谓 19 世纪之雄国,若英、若法、如奥、如德、若意、若日本,当其新旧相角官民相争之际,无不杀人如麻,流血成河,仁人志士,前仆后起,赴汤蹈火者项背相望。国势岌岌,危于累卵,不绝如缕。始则阴云妖雾,惨黯蔽野;继则疾风暴雨,迅雷掣电,旋出旋没,相搏相击,其终乃天日忽开,赫曦在空,和风甘雨,扇吪群类。世之浅见者徒艳其后此文物之增进,民人之自由,国势之勃兴,而不知其前此抛几多血泪,掷几多头颅以易之也。

梁启超这番话,意在鼓励受到变政失败重大危难袭击的国人,告以有追求必有苦难相随的道理。举的是当日世界一些先进国家的民主进步,都是以流血牺牲所换取,而决非坐享其成。总之是,阳光灿烂的明天是以今天的阴雨雷电为代价的。这篇《叙例》刊于《清议报》第一册,可以看做是刻刊未曾言明的"发刊辞",是"首章明其志"的意思。可是此文却提供了放眼全球的大视野和纵观成败的大胸襟,是很能体现 1898 年的危亡之际的大气势的雄文。

回到现实中来,梁启超回顾说:"乃者三年以前,维新诸君子创设《时务报》于上海,哀哀长鸣,实为支那革新之萌蘖焉。今兹政变下封报馆之令,揆其事实殆于一千八百十五年至三十年间欧洲各国之情形大略相类,呜呼,此正我国民竭忠尽虑扶持国体之时也,是以联合同志,共兴《清议报》,为国民的耳目,作维新之喉舌,呜呼,我支那四万万同胞之国民当共鉴也,我黄色人种欲图 20 世纪亚洲自治之业者当共赞之。"这说明,这份报纸是在政变当局封禁维新报刊之后,作为《时务报》的继续,一种保存进步火种的办法和措施。这是挫折,然而更是机会。从梁启超当日这些言论看,却是一种不畏挫顿积极奋斗精神的展示。

坚定的宗旨

《清议报》第一册刊登的该报四条宗旨是:"一、维持支那之清议,激发国民之正气;二、增长支那人之学识;三、交通支那日本两国之声气,联其情谊;四、发明东亚学术,以保存亚粹。"这四条依然表现出一种从容的气度,长远的目光。它说明,这份报纸的创立不是一种急功近利的应急的举措,而志在长远的提高国民的学识,最终以改善民众心理素质为指归。一种立足于亚洲文化学术建设、加强与邻国联谊的国际交流的世界性视点,有力地体现出中国这一代知识分子的风范。尤为可贵的是,至今我们仍能从中体会到它的镇定自若、处变不惊的心态。

1898 年的灾难,造成了中国改革局面的大倒退——六君子蒙难,康、梁等出走,进步的报纸被封,维新派和同情维新派的人被放逐,是一片秋风萧飒的景象。《清议报》在横滨的创办,代替了那些受到损毁的言论阵地,有力地接续了维新变革的舆论传播,它是火种绵延的证实。《清议报》对受到这一灾难事件袭击的处于彷徨中的人们是一个鼓舞——尽管当日普通民众基于条件很少知道这种存在,但在知识分子中却有它相当的影响。这就叫做:石在,火是不会灭的。

我们今日仍然从报纸的主持者那里看到了坚定和信心。这对当日受到震动的士民是有力的慰藉。事实上,《清议报》创立之后,通过自己的立论,致力于受到事变震动的国人的心理调整,许多言论,均是以积极前瞻的姿态导引人们从悲哀颓丧的深渊中拔足而起。欧榘甲以《论政变与中国不亡之关系》[①]为题,针对时人以为政变发生中国沦亡的认识,讲了关于存亡的道理:

> 中国之亡也久矣,若其复存也,实自政变始。圣主幽囚一周年,乃为吾国民开独立之基础也;维新六君子流血,乃为吾国民苏建国之思想也。有独立之基础,有建国之思想,虽强邻入此室处,日施其潜移默化之术,欲使之就其范而不可得也。虽伪政府遍布罗网,加以汉奸土匪之名,欲使之仍其羁轭而不可得也。呜呼,戊戌变法抱杞忧輙拊膺太息曰:"中国亡矣!"而孰知未政变以前,中国若不亡乃真亡,既政变以后,中国若既亡实万无可亡之理乎!

这篇言论很有力,它通过存亡名实的辩证思维,讲述了挫折将为发展带来生机和希望的道理:在过去的"平静"中潜隐着灭亡的一切条件,而在今日的看似肃煞的沉寂中,却酝酿着再生的动力和契机。该文从"政变后之民心"和"政变后之民智"两个方面展开论点,论证政变失败正是"中国不亡"的道理。舆论在这里成为了最直接的手段,激发处于"失败"的境遇中的国人,于黑暗中昂然而起争取光明。

关于成败存亡的道理,是当日报纸主持者确定的言论要务。在欧榘甲之前,已有梁启超名曰《成败》的专文。该文也发表于

[①] 《清议报》第二十七册,1899年9月15日。

《清议报》①。他首先从"天下之事,无所谓成,无所谓败"说起。"所谓无所谓成",是指事物进化无止境,"进一级更有一级,透一层更有一层。今之所谓文明大业者,自他日观之,不值一钱矣",认为,欲求所谓"美满圆好毫无缺憾"是永远的不可能。"成"是无止境的,因此说"无所谓成"。他讲述的重点是在"无所谓败"上。这是有鲜明的针对性的——

> 何言乎无所谓败?天下之理,不外因果。不造因则断不能结果,既造因则无有不结果,而其结果之迟速近远,则因其内力与外境而生种种差别。浅见之徒,偶然未见其结果,因谓之败云尔,不知败于此者或成于彼,败于今者或成于后,败于我者或成于人。尽一分之心力,必有一分之补益,故惟日孜孜,但以造因为事,则他日结果之收成,必有不可量。若忧于目前,以为败矣败矣,而不复办事,则遂无成之一日而已。

这就是言论的作用:给受到挫折的仁人志士以至广大的国民以激励,指出眼前之"败"乃是种下日后的"成"的种子,看似失败实是为成功创造条件。

梁启超写这篇文章时,是公元1899年的8月,距离戊戌政变的发生是整整一周年。在这个时候,《清议报》的这一篇文章既是及时的召唤,又是深情的纪念。梁启超特别说到日本的吉田松阴,认为"日本维新之首功"应属松阴。而这位吉田松阴,却是一位失败的英雄:"考松阴生平欲办之事,无一成者:初欲投西舰逃海外求学而不成,既欲纠志士入京都勤王而不成,既欲遣同志阻长藩东上而不成,事事为当道所抑压,卒坐吏议就戮,时年

---

① 梁启超:《成败》,载《清议报》第二十五册,1899年8月26日。此文为《饮冰室自由书》之一节,后五年,即1903年梁启超又以《成败》为题再著一文,载《新民丛报》第四十、四十一号。可见梁启超对这一命题的重视。

不过三十,其败也可谓至矣。"①但是,吉田松阴的"败"却最后变为明治维新的"成"。这就是梁启超说的"败于我者或成于人"。不难想象,这样的言论,在受到1898年灾难打击的中国人心目中,真是雷鸣电闪般的震撼。

维新派人物的这种成败观,往后在历史学家那里得到了支持。《剑桥中国晚清史》说——

> 维新运动决不能算做是完全的失败。从一开始,它的下面便是一阵思想的巨浪。当一八九五年以后政治的活动展开时,它所唤起的感情和注意力反过来又加深和扩大了这阵巨浪。结果,尽管维新运动没有能达到它的政治目标,但它所引起的思想变化却对中国的社会和文化有着长期的和全国规模的影响。
>
> 首先,这一思想变化开创了中国文化的新阶段,即新的思想意识时代,正如上面所看到的那样,维新的时代出现了由于西方思想大规模涌进中国士大夫世界而造成的思想激荡。这便引起了原有的世界观和制度化了的价值观两者的崩溃,从而揭开了20世纪文化危机的帷幕。从一开始,文化危机便伴随着狂热的探索,使得许多知识分子深刻地观察过去,并且超越他们的文化局限去重新寻求思想的新方向。

宏阔的视野

本章开始时,曾说到《清议报》所体现的大胸襟和大意境,不是急促的、短视的,而是一种着眼于长远的、从容的精神。这种

---

① 梁启超:《成败》,载《清议报》第二十五册,1899年8月26日。此文为《饮冰室自由书》之一节,后五年,即1903年梁启超又以《成败》为题再著一文,载《新民丛报》第四十、四十一号。可见梁启超对这一命题的重视。

处变不惊的心态是非常感人的。《清议报》编者的这种心态通过报纸的编辑方针得到保证。《清议报》的办刊方针有着长远的总体的思考,并不是一批逃亡者急于求成的表达政见的传单式的阵地,而是体现了上述那种大视野。这从《清议报》所设的栏目可以看出。在它的出版"规例"中,规定了它的计划和要求"刊录"的六项内容:一、支那论说,二、日本及泰西人论说,三、支那近事,四、万国近事,五、支那哲学,六、政治小说。在《清议报》第一册刊登的"叙例"中,还有一则类似现在的"稿约"那样的内容:"报中所登支那人论说,系本馆自聘之主笔撰述,其日本及泰西论说,则由寄稿或译稿采登,各国志士如有关心支那大局惠赐大稿者,请于每次定稿之前惠寄,必当照录。"①从创刊之始所设计的内容栏目到约稿范围,都证实上述认为的《清议报》的远大的意境和眼光。

《清议报》创刊之后,所刊稿件都涉及非常广泛的内容。当然,最重要的内容还是针对中国社会而意在启蒙的重大问题,如《论支那宗教改革》(第十九、二十册)、《论中国人种之将来》(第十九册)、《论中国当知自由之理》(第二十四册)、《论中国与欧洲国体异同》(第二十六册)、《论支那独立之实力与日本东方政策》(第二十六册)、《论近世国民竞争之大势及中国之前途》(第三十册)、《中国文明之精神》(第三十三册)、《论中国之存亡决定于今日》(第三十八册)、《论中国救亡当自增内力》(第四十一册)、《独立说》(第五十八册)、《论支那人国家思想之弱点》(第七十三、七十四册)、《论非立大政党不足以救将亡之中国》(第七十九册)等等,这些题目都是针对现实的政论性很强的大题目,说明该报的目标也仍然集中在救亡和启蒙这两个基点上。

《清议报》除了发表关于中国社会政治、经济、文化等方面的

---

① 《横滨清议报叙例》,见《清议报》第一册。

时论外,还通过它的介绍和报道,引导国人了解世界各国的情况;为提高国民对全球的情势和我国的处境的了解,它还辟有"新书译丛"专栏,介绍的新书有《国家论》(德国伯伦知理)、《各国宪法异同论》(梁启超译)等书。此外,还有《外论汇译》和《外国大事记》等栏,外国大事中如《西班牙弊政》、《意大利近政略述》、《菲律宾战耗》、《俄国内忧》等涉及面相当广。这对长久封闭的中国人来说,是一个陌生时空的开放,于提高国人素质有很大作用。

由于《清议报》主持者具有的开阔眼界,促使它并不把目光单盯在一些政治性很强的大题目上。它在"政治小说"的栏内发表翻译小说,虽然仍然着眼于政治意识的启蒙和传播,而毕竟在报纸中引进了文学。《清议报》与晚清"小说界革命"有着直接的和密切的关系。作为新闻手段的报刊以它的篇幅和园地促进了文学改良运动,《清议报》有率先倡导之功。

除了小说,更有一层是在诗歌方面,《清议报》创刊后即开辟"诗文辞随笔"专栏。此栏先后集中登载谭嗣同、丘逢甲、康有为、蒋智由等人的诗作,是为晚清"诗界革命"最早的阵地。1898年的事变所给予人们情感上的震撼,鲜明地保留在这个刊登诗歌的专栏中,留下了痛苦岁月的记忆。其中如署名觉庵的一首《戊戌八月拟北上陈书在上海闻变南迁》,是当时非常真实的苦难心灵的记载:

> 叹息南还万事非,凄凄江上对斜晖。
> 头颅未得酬君国,身世空怜老布衣。
> 海内人才成党锢,欧西燐燧达京畿。
> 攀龙附凤吾何敢,指点西山欲采薇。

此外,署名西樵樵子的一些悲慨之诗也留下了当日苍凉的气氛,如《哭烈士康广仁》:"李杜衔冤死别离,东京气节最堪师。汝南郭亮今何在,愧我无能敢葬尸。"又如《心不死》:"败不忧,成不喜,不复维新誓不止。六君子头颅血未干,四万万人心应不死!"更有一首是与这份报纸直接有关的《香港夜读清议报》:

  尨崇犖萃太平山,碧海苍波万里环。
  静对孤灯无限恨,喜留清议在人间。①

  梁启超对自己的报纸刊登诗歌显然很是满意。他在《清议报》创刊号上著文历数该报种种举措的特色,特别推许这个"诗文辞随录"专栏"类皆以诗界革命之神魂,为斯道另辟新土"。②他在为《清议报合编》写的《本编之十大特色》中,把这列为一项:"本编附录诗界潮音集一卷。皆近世文学之菁英,可以发扬神志,涵养性灵,为他书所莫能及也。"从这点看,《清议报》不仅对小说界革命、也对诗界革命的倡导和推进起了直接的和积极的作用。

艰难中的使命

  但《清议报》毕竟还是维新派在变政计划受到挫败后,用以宣传自己的宗旨并传达自己仍然存在之声音的喉舌,它的办报方针首先还是着眼于全局,特别是着眼于中国政局。梁启超非常看重报纸这一舆论园地。他在《清议报》第一百册的纪念号上系统地阐述了他的办报思想和方针。他认为报馆的作用在于荟萃全国人之思想言论,它"能纳一切,能吐一切,能生一切,能灭一切。西谚云:报馆者,国家之耳目也,喉舌也,人群之镜也,文坛之王也,将来之灯也,现在之粮也"③,由于看到了这种舆论阵地的重要性,所以他们确定的目标是很高的,是以最佳报章的标

---

① 以上"西樵樵子"诗,均见《清议报全编》,卷十六,《诗界潮音集》。
②③ 梁启超:《本馆第一百册祝辞并论报馆之责任及本馆之经历》。

准来要求的。这体现在梁启超如下的话中:"校报刊之良否,其率何如?一曰宗旨定而高;二曰思想新而正;三曰材料富而当;四曰报事确而速。若是者良,反是则劣。"①无疑,确定了这样高标准的《清议报》是以这个"良"为自己的目标的。这四条标准能在 100 年前确认是一种智慧的体现。这种目标甚至经历了 100 年也还是新鲜,今日环顾左右,也还是相当多的报纸所无法企及的遥远和陌生。

梁启超在《清议报》出版一百册回顾时,重新总结了这份报纸创立以迄于今为自己立定的使命。这使命概括起来也有四项:一曰倡民权;二曰衍哲理;三曰明朝局;四曰厉国耻。在谈到"厉国耻"一项时,梁启超说:"务使吾国民知我国在世界上之位置,知东西列强待我国之政策,鉴观既往,熟察现在,以图将来,内其国而外诸邦,一以天演学物竞天择优胜劣汰之公例,疾呼而棒喝之,以冀同胞之一悟。"②最后,他总结说:"此四者,实惟我《清议报》之脉络之神髓,一言以蔽之,曰广民智,振民气而已。"

从以上的叙述不难看出《清议报》的大抱负和高境界。当然,它也有自己的局限,例如办报人的政治视野和立场就带来这样的局限性。把这种局限性放置在百年前的当时处境,是完全可以理解的。胡汉民在他的《近年中国革命报之发达》一文中,曾以鄙薄的口吻论及《清议报》:

> 梁启超逃于日本,为《清议报》以泄其愤,专为清太后及荣禄、刚毅个人身上之攻击,次则颂清帝载湉之圣明,而望其复辟召用,此为保皇报之权舆。其言有曰:"今上非满人耶?吾戴之若帝天也。张之洞非汉人耶?吾视之若寇仇也。"梁氏之头脑如是,亦即《清议报》之主义也。故于报界

---

①② 梁启超:《本馆第一百册祝辞并论报馆之责任及本馆之经历》,载《清议报》第一百册,1901 年。见《清议报全编》卷一,横滨新民社辑印。

无何等之价值。①

批评者从一个角度,看到的是某一个侧面,即梁启超的保皇立场的一面,认为他主办《清议报》是在"泄愤",并据此断然说"于报界无何等之价值",且流露出明显狭隘民族情绪,实恐有失偏颇。

公元 1912 年 10 月 22 日,梁启超在北京一次报界欢迎他的集会上,说到自己历来办报的经历及思想,这对我们了解他办《清议报》的背景和初衷是有帮助的②:

> 鄙人之投身报界,托始于上海《时务报》③,同仁多知之。然前此尚有一段小历史,恐今日能言者少矣。当甲午丧师以后,国人敌忾心颇盛,而全懵于世界大势。乙未夏秋间,诸先辈乃发起大政社名强学会者……向上海购得译书数十种,而以办报事委诸鄙人。当时,固无自购机器之力,且都中亦从不闻有此物,乃向售京报处托用粗木版雕印,日出一张,名曰:《中外公报》④。只有论说一篇,别无纪事。鄙人则日日执笔为一数百字之短文,其言之肤浅无用,由今思之,只有汗颜。当时安敢望有人购阅者,乃托售京报人随官门钞分送诸官宅,酬以薪金,乃肯代送。办理月余,居然每日出三千张内外,然谣诼已蜂起,送至各家门者,辄怒以目,驯至送报人惧祸,及悬重赏亦不肯代送矣。

这也许是维新运动中报纸的雏形。用现在的话说,就是信息传递的比较初始的方式。后来,也许被发觉是一种危险的言论传

---

① 胡汉民:《近年中国革命之发达》,原载新加坡《中兴时报》,1909 年 1 月 29—30 日。转引自《中国近代报刊发展概况》一书,第 17 页。

② 梁启超:《在北京报界欢迎会之演说词》,原题为《鄙人对于言论界之过去及将来》,载《大公报》1912 年 10 月 24 日。

③ 《时务报》于 1896 年 8 月 9 日在上海创刊,总理汪康年,主笔梁启超,麦孟华、徐勤、欧榘甲、章太炎先后任撰述。1898 年 8 月 8 日终刊,共出六十九册。

④ 《中国近代报刊发展概况》一书编者注:"误,应为《中外纪闻》。"

播的行为,于是就有了梁报告中说及的那样"不禁之禁"的局面。

《时务报》的纪念

风云迭起的1898年有许多事件,这些事件有的是夺人耳目的大事,有的则不很起眼,但都充满了风前雨后的暴烈之气。与1898年《清议报》的创立可以并提的则是这一年《时务报》的终刊。有了一个终结,就有了另一个开始,那的确是一个生生死死的大时代。在《时务报》创刊之前,有前面述及的《中外纪闻》。从这个"准"报纸的初创和发行,可以看出当日的改良派为了表达自己的意愿和主张,进行了多么艰难的工作。《中外纪闻》的方式启示和鼓舞了维新力量的信心,也积累了经验。1895年8月强学会成立。次年1月《强学报》创刊。这是继《中外纪闻》之后维新派创办的另一份机关报。这个报纸的宗旨是:"广人才,保疆土,助变法,增学问,除舞弊,达民隐。"[①]由此可见,该报是方针明确、倾向鲜明的锲入社会现实的报纸。康有为为《强学报》创刊撰写了《上海强学会序》,指出摆脱"愚弱"力求"自强"的主张。迫于顽固派的压力,《强学报》只办了两期便宣告停刊。

这样,我们便迎到了《时务报》的诞生。《时务报》创办于1896年8月,停刊于1898年8月,共出版两年,是一个旬刊,每期二十余页,约三四万字。梁启超任总主笔。梁启超自1895年担任《中外纪闻》主笔到此时担任《时务报》主编,只是二十三四岁的青年知识分子。他在报纸的工作中表现了极大的热情和对新事物的敏感。对这种工作热情他有过生动的回忆:"每期报中论说四千余言,归其撰述;东西文各报二万余言,归其润色;一切奏牍告白等项,归其编排;全本报章,归其复校。十日一册,每册

---

① 见《强学报》第一号,转引自方汉奇:《中国近代报刊史》(上),山西人民出版社,1981年,第75页。

三万余字,经启超自撰及删改者几万字,其余亦字字经目经心,六月酷暑,洋蜡皆变流质,独居一小楼上挥汗执笔,日不遑食,夜不遑息,记当时一人所任之事自去年以来,分七八人始乃任之。"①当日的青年梁启超正是以异常旺盛的精力与才识,全身心地投入这一工作中去的。

《时务报》在当日的知识界和部分有进步倾向的官僚中,有很大的影响和很高的威望。"虽天下至愚之人,亦当为之蹶然奋兴,横涕集慨而不能自禁。"(汪恩至语)该报初刊时每期只销四千份左右,半年后增至七千份,一年后达一万三千份。是当时全国诸报中发行量最高者。正因为时务报有左右全国舆论的巨大影响,围绕着这张报纸,维新派和伪维新派展开了激烈的争夺舆论阵地的斗争。这斗争一直进行到风云变幻的 1898 年 8 月。这年的 9 月 26 日即戊戌变后的第五天,慈禧矫诏:"《时务官报》无裨治体,徒惑人心,并着即行裁撤。"一纸诏书,宣告了这场报纸争夺战的结束。

世纪之交的召唤

但前期《时务报》的工作无疑为梁启超办报积累了丰富的经验。到了《清议报》时期,那种外来的干扰少了,梁启超和他的几位合作者,终于有可能按照自己的意愿进行报纸的建设工作。但因为是在国外出版,依然存在着很多的困难与不便。梁启超自言:"戊戌八月出亡,十月复在横滨开一《清议报》,明目张胆以攻击政府,彼时最烈矣。而政府相疾亦至,严禁入口,驯至内地断绝发行机关,不得已停办。"②

---

① 梁启超:《创办时务报原委》,转引自上书,第 79 页。
② 梁启超:《在北京报界欢迎会之演说词》,1912 年 10 月 22 日,见杨光辉等《中国近代报刊发展概况》,新华出版社,1980 年。

《清议报》在流亡的环境中,坚持在海外营造舆论园地,虽然旨在宣传维新派受挫后的政治主张,但由于报纸设在国外,日本当时又是比中国先进的国家,那里的国际性条件使报纸获得比较阔大的视野。正如前边述及的,《清议报》除了发表旨在唤醒国人觉悟的重大话题的文章之外,还涉及文化、文学和诗歌等方面的内容。特别在报道当时世界各国的政经、文化、社会动态方面,已经萌生出现代新闻报纸的初步品质。

《清议报》为扩大自己的信息量做了大量工作。它注意译登一些外国报纸的时论,目的也即在借以扩大国人的视野,如日本报纸登的《论美国近政之变迁》,英国作者写的《俄国蚕食亚洲及其将来》,即使这些均不是直接与国内政局有关的言论,《清议报》也一律予以登载。但大量的也还是社论、专论一类文章,以及一些关于国内的新闻报道,这些报道所提供的信息对海内外人士的沟通,对时局动态的了解,都有很大的助益。例如:

> 中国政府奉后之命已饬在广东省城之北洋海军提督叶祖圭带领海天、海筹两快艇住南海一带接应前派往该处之刺客。盖如能将康有为或邱菽园并他著名维新党人活拿,即可交海天等舰带回也。该二舰驶行甚速,每点钟时能行一百二十华里。英国在南洋之海无有如此迅速之舰,将来虽一欲追赶亦不能如愿,此皆中朝之密计,欲使维新党人无可逃遁耳。

再如:

> 字西林报云,在北京及各省之维新党人,现西后以设有妙法剪除之,以现在无论何御史保举何等人员,及奏请何员补何缺,必须以所请详加考复,须俟一礼拜或十天而后乃有准否之谕旨。若以从前而论,此等事至多一、二天即有明谕,今则不然,如其所保所请之人查有可疑新党之处,或与

西人往来、或曾办过洋务等情必立将该员黜去不用。

也有类似今日报章读者来书之类的文字,有一篇由"旅檀义民"撰写的题为《檀香山华人被虐记》,就像今天的读者投书:

> 呜呼。国之不振,我四万万同胞受人凌辱作践,其种种惨状岂意料所能及,岂笔墨所能罄哉!余旅居檀香山二十年矣,余恨未能一游台湾、旅顺、胶州、威海、大连、九龙、广州湾故墟,未尝睹亡之国失地之惨状何如,然见诸报纸之记述,得诸里巷所传闻,既已使人休心酸鼻,欲读不能卒读,欲听不能卒听,然犹以为独被割之地惟然耳,而不竟今日乃于檀香山亲遇而亲睹之。吾欲记其事,则笔未下而泪已倾……①

这位读者所记的华人如何被虐受辱的事实并不重要,因为这样的事实记不胜记。重要的是,作为当日旅居国外的中国人所拥有的"亡国之民"的心境和情感借报纸得到了表达。

这时的《清议报》,较之几年前《中外纪闻》的"只有论说一篇,别无记事",已有了大的进步。这时的《清议报》也不同于梁启超所批评的早期沪、港、粤三地报纸的粗俗——"号称最盛,而体例无一足取:每一展读,大抵'沪滨冠盖'、'瀛眷南来'、'祝融肆虐'、'图窃不成'、'惊散鸳鸯'、'甘为情死'等字样,阗塞纸面,千篇一律。"②《清议报》有自己严肃的立场,明确的目标,但又有文化和社会的涵容的品质,至少,它已经超出与早期的"邸报"或晚后的专刊社会新闻的报纸而拥有高的品位。它在异国隔绝的情况下艰难困苦地奋斗到整整一百期,它的成绩是极其显著的。方汉奇在《中国近代报刊史》中评介说:"在编辑业务上,《清议

---

① 《清议报全编》,卷二十四。
② 梁启超:《中国报馆之沿革及其价值》,见《本馆第一百册祝辞并论报馆之责任及本馆之经历》,载《清议报》第一百册。

报》借鉴了日本杂志的一些做法,除'本馆论说'、'时论译录'、'中国近事'、'外国近事'等传统栏目外,增加了'政治学谭'、'汗漫录'、'闻戒录'、'猛省录'等许多新栏目,发表专论和短评。诗词小说之类的作品,也设有专门的栏目,附于报末,为它所联系的作者群,提供园地,报纸版面比《时务报》时期为活跃。"①

《清议报》诞生在灾难的1898年,它从死处求生,把上海的《时务报》、天津的《国闻报》开始的事业发扬光大,在异国他乡播撒变革维新的思想,终于在1901年以完整的三年的时间出至第一百册。梁启超当然非常珍视这三年辛劳换来的成绩,为了庆祝这个胜利,他亲自撰写了洋洋洒洒的一篇长文:《本馆第一百册祝辞并论报馆之责任及本馆之经历》,其目的显然在借《清议报》百期的庆典以总结中国维新报业运动的成就。这位文化巨人在这篇文章的结论部分,寄希望于《清议报》能从"一党报之范围进入一国报之范围","更努力渐进以达于世界报之范围",依然表现了世界性的宽阔眼界。梁启超文章最后禁不住高呼:"《清议报》万岁!中国各报馆万岁!中国万岁!"

但也许是一种命定,也就在他良好的祝辞发出的时刻,《清议报》也随之画上了句号。《中国近代报刊史》这样记载了这家报纸的终结:

> 一九〇一年十二月二十一日《清议报》出至第一百期。为了纪念这个日子,这一期改为特大号,发表了梁启超写的《本报第一百册祝辞并论报馆之责任及本报之经历》②等纪念性文章。特大号刚刚出版,设在横滨原居留地百五十二番馆的报社就遇到火灾,馆舍和一应设备全部焚毁,原来保险单上没有把经理人的姓名写准确,承保的外国保险公司

---

① 方汉奇:《中国近代报刊史》,第188页。
② 同上书,但梁文题目《清议报全编》"本报"均为"本馆",引用者注。

拒付赔款,《清议报》因此停刊。

从1898年12月23日(阴历十一月十一日),到1901年12月21日,《清议报》以完整的三周年,走过了跨越两个世纪的艰难路程。它的最后的火焚,仿佛是上苍有意的安排,这是19世纪一次凤凰涅槃的仪典,也是20世纪日出时刻腾空而飞的一只再生的凤凰!对于苦难中的中国,这是否是一次预言,或者是一个暗示?也许是一个警号,这个具有象征意义的火焚,也许是预示着往后100年的更加严峻的命运的挑战!

从古老的燕京大学图书馆出来,笔者的耳边依然喧腾着上一个世纪黄昏时节的呐喊和召唤。当年的英豪和志士都已远去,他们叱咤风云的名字也成为历史。但我们依然能从当年的文字中感受到那种专注和投入的热情,那是一次次以生命和热血为代价的搏击。这种精神,在这个世纪末浮嚣的习气和放浪的游戏中,已经变得非常的陌生和遥远了。但当笔者翻阅那保存完好的《清议报》合订本,从它那蓝色布面函装的古旧中,感到它青春的年华和血与火的凝重。翻开它的每一页纸,仿佛有千钧金石的重量!

新文体的出现

报纸的作用,首先在于它传播新知识和新思想,而报纸的工具却是语言和文字。报纸在它以语言文字为工具的宣传和教化之中,也锻炼了、考验了报纸的主笔、编辑和记者们手中的武器和工具。中国近代史上的世纪末这个时刻,是中国存亡命运的转折点,在这时涌出了报纸这样的传媒手段,这手段造就了像梁启超这样以报纸为新的传达方式的政论家和大手笔。同时,意想不到的是,它在完成自身的使命的同时,却直接地改进了和完善了中国语言文字的表现力。

在中文写作的历史上,往往会出现这样的情况,一些有影响的人物,他的写作、讲演、书信等的语言风格,影响所及,一个时代为之风靡。五四新文学运动以后的鲁迅就是这样的人物。而在新文学之前,戊戌维新前后,有人则认为"可以说是梁启超的天下"。的确,梁启超不仅写作数量极多,且多揭诸报端,读者面很广,更为重要的是,他行文畅晓又极有气势富鼓动性。严复曾称赞过他:"任公妙才,下笔不能自休。其自甲午之后,于报章文字,成绩为多。一纸风行,海内观听为之一耸!……其笔端又有魔力,足以动人:言破坏则人人以破坏为天经,倡暗杀则人人以暗杀为地义。"①

> 康梁在政治上虽然失败了,但在文学上却发生了很大的影响。一方面,桎梏思想的八股文,埋没人才的科举制度,因了康梁的猛烈攻击终于废止了。使一般士人可以不受功名的约束而自由思想,自由写作,这是文学进步的必要条件。另一方面,梁启超自亡命日本以后,先是创办《清议报》、《新民丛报》以鼓吹他们的政治主张,为了扩大宣传,增加外力起见,自然不能不采用平易畅达明白如话的文体。这种文章易学易懂,所以即刻风行全国,成了报章体的老祖宗。②

因为有了梁启超的文章,于是开创了一个梁启超文体的新时代。这个文章的新时代,即是以梁启超汪洋恣肆的文字为模范的"报章体"。梁启超生平传记的作者,在谈到1898年梁启超主持《清议报》的编务时高度评价了梁启超的贡献,谈他"沛沛浩浩若有电力的热烘烘的文字,鼓荡着,或可以说是主宰着当日的舆论

---

① 《严几道书札》,《学衡》第十二期。转引吴文琪《近百年来的中国文艺思潮》,载《学林)1940年11月—1941年1月第1—3辑。

② 吴文琪:《近百年的中国文艺思潮》,出处见上注。

界"。关于这种文章的养成和风格,梁启超曾有自叙:

> 启超夙不喜桐城派古文,幼年为文,学晚汉魏晋,颇尚矜铄。至是(《新民丛报》、《新小说》等)自解放,务为平易畅达,时杂以俚语韵语及外国语法,纵笔所至不检束;学者竞效之,号新文体;老辈则痛恨,诋为野狐;然其文条理明晰,笔锋常带感情,对于读者,别有一种魔力焉。①

平易畅达、条理明晰、笔锋常带感情,这确是对自己文风的中肯总结,也许还应加上另一个特点,即奔腾飞动的气势。他的这种文章风格,对于拘谨严整的古文,是一个重大的突破。这种文章更切于实用,而不是如同往昔那样偏于技巧的炫耀和赏玩。这样,文章就从古文大家的规范中,从模范文选中走出来,成为人人能够阅读和书写的实用的文体。

梁启超说自己"夙不喜桐城派古文",但他却是从那里走过来的。胡适说:"谭嗣同与梁启超都经过一个桐城时代,但他们后来却不满于桐城古文。他们又都曾经过一个复古的时代,都曾回到秦汉六朝;但他们从秦汉六朝得来的,虽不是四六排偶的形式,却是骈文的'体例气息',所谓体例,即是谭嗣同说的'沉博绝丽之文';所谓气息,即是梁启超说的'笔锋常带有感情'。"②这种"夙不喜桐城派古文"而又"经过一个桐城时代",从那里走出,却又得到了并吸收了那里的"体例气息",胡适这样的分析没有把问题简单化,是非常切合中国的实际的。

胡适这种对谭嗣同和梁启超旧学渊源的探寻,及其对他后来文章风格生成的分析,为分析中国文化问题提供了有用的经验。中国有极为丰硕的文化积蕴,中国文人从传统文化所获得

---

① 梁启超:《清代学术概论》,第二十五。引自夏晓虹编《梁启超文选》(下),252页,中国广播电视出版社,1992年。
② 胡适:《五十年来中国之文学》。

的营养(包括积习)怎么估价都不会过分,因此,在处理传统影响时,简单和轻率是非常容易失误的。胡适是中国新文学运动的主将,他以毕生心力向着古文的规范进行不遗余力的攻击。可是,对于被称之为的"桐城谬种",他都有一番冷静的分析:"那些瞧不起唐宋八大家以下的古文的人,妄想回到周、秦、汉、魏,越做越不通,越古越没有用,只替文学界添了一些似通非通的假古董。学桐城古文的人,大多数还可以做到一个'通'字,虽然没有什么大贡献,却也没有什么大害处。"①这是很平和也很公允的一种判断。当然,梁启超和他的维新派的朋友是从桐城派古人中走出,走到了新文体的新境界了。

这一点,曾使刘师培大为感慨:"时代的力量是伟大的,它既能使桐城派的文人迻译西书,又能使文选派的文人大谈其小说与戏曲。时代的力量究竟是伟大的。"感慨之余,他还是站在文学改革以切于世用的立场上:"故就文字之进化公理言之,则中国自近代以来,必经俗语入文之一级。昔欧洲16世纪,教育家达泰氏以本国语言用于文学,而国民教育以兴。盖文言合一,则识字者日益多。以通俗之文,推行书报,凡世之稍识字者,皆可家置一编,以助觉民之用。此诚近今中国之急务也。"②梁启超和维新派文人推进新文体的出发点也即在此,他们力求"文言合一",使识字者日多,而不是以文章的精深典丽为目的。

近代文体新概念

梁启超的语文观念是前进的。他认为中国古代文与言合,极华美的文字,却是当时的语言,文学的进化一大关键,即由古语之文学变而为俗语之文学。所以他不避以口头平易之语入

---

① 胡适:《五十年来中国之文学》。
② 刘师培:《论文杂记》,人民文学出版社,1959年,第109—110页。

文,也不避引用外来语入文。他的实践一方面是向着中国古文,特别是八股文陋习的猛烈的冲击;另一方面也正是在实际的运用中创造了新文体的雏形。在维新派那里,特别是通过他们的报章的推动,影响深远的桐城义法和选学规范一下子土崩瓦解,其影响于是也告式微。

后来康有为和梁启超在语文问题上,出现了明显的分歧。康与梁不同,他完全站在保守的立场上。他在一篇著名的文章《中国颠危误在全法欧美而尽弃国粹说》中认为:

> 我国数千年之文章,单字成文,比音成乐,杂色成章,万国罕比其美,岂能自舍之?且以读东书学东文之故,乃并其不雅之词而皆师之,于是手段、手续、取消、取缔、打消、打击之名,在日人以为俗语者,在吾国则为雅文,至命令皆用之矣。其他如崇拜、社会、价值、绝对、唯一、要素、经济、人格、谈判、运动,双方之字连章满目,皆与吾国中国训诂不相通晓。……今之时流,岂不知日本文学皆自出中国,乃俯而师日本之俚词,何无耻也,始于清末之世,滥于共和之初,十年以来,真吾国文学之大厄也。

康有为认为日本文学"皆出自中国",而今日转而师之是"无耻",这一观念的迂腐不辩自明。值得注意的是,他所列举并予以反对的日本"俚词",却早已成了今日现代汉语中的常用词汇。康有为的语文保守观念业已为事实所驳倒。

对比之下,同是国学大师的王国维却表现得异常的明敏。他的语文观念是全新的,在论文《论新学语之输入》中,他主张引进新语汇以应世用:"言语者,思想之代表也。故新思想之输入,即新言语输入之意味也。十年以前,西洋学术之输入,限于形而下学之方面,故虽有新字新语,于文学上尚未有显著之影响也。数年以来,形而上学,渐入于中国……好奇者滥用之,泥古者唾弃之,二者皆非也。夫普通之文字中,固无事于新奇之语也。至于讲一学治一艺,则非增新语不可。而日本之学者,既先我而运之矣,则沿而用之,何不可之有?故非甚不妥也,吾人固无以创造为也。"这些话看来很像是对康有为观点的驳难。

"报章体"有时又称"时务文体",初起于70年代,形成于90年代,是适应鸦片战争后实用文章增多的需要而形成的,是由龚自珍、魏源、冯桂芬、薛福成等经世致用的政论文章发展而成。时用文体以实用性为文章的第一要义,以能明白地表达和广泛使用为指归。它打破义法和陈规,实行文体解放,的确大大激活了古文在实际生活中的实用能力。而且对中国古文的板滞有了大的改善,使古文不仅能够适应救亡图存增益民智的功效,而且也适应了中国寻求和引进世界新学的学习和介绍的需要。

在改造中国古文的进程中,梁启超是实践最力、成绩最著的一位,他是当之无愧的新文体的实践者和创造者。李泽厚认为梁启超的主要业绩还不是戊戌时期的功劳,也不是时务报时期风靡全国的政论——

> 梁氏所以更加出名,对中国知识分子影响更大,却主要还是戊戌政变后到一九〇三年前梁氏在日本创办《清议报》《新民丛报》,撰写了一系列介绍、鼓吹资产阶级社会政治文化道德思想的文章的原故。[①]

李泽厚认为上述1898—1903年间是梁启超作为资产阶级启蒙宣传家的黄金时期,他这一时期的论著"对连续几代的青年都起了重要作用"。郭沫若在回忆自己少年时代的思想影响时说到——

> 《清议报》很容易看懂,虽然言论很浅薄,但他却表现得

[①] 李泽厚:《中国近代思想史论》,第423页。

> 很有一种新气象。那时候,梁任公已经成了保皇党了。我们心里很鄙屑他,但却喜欢他的著书。他著的《意大利建国三杰》,他译的《经国美谈》,以轻灵的笔调描写那亡命的志士、建国的英雄,真是令人心醉。我在崇拜拿破仑、俾士麦之余,便是崇拜加富尔、加里波蒂、玛志尼了。
>
> 平心而论,梁任公地位在当时确实不失为一个革命家的代表。他是生在中国的封建制度被资本主义冲破了的时候,他负载着时代的使命,标榜自由思想而与封建的残垒作战。在他那新兴气锐的言论之前,差不多所有的旧思想、旧风习都好像狂风中的败叶,完全失掉了它的精彩。二十年前的青少年——换句话说,就是当时有产阶级的子弟——无论是赞成或反对,可以说没有一个没有受过他的思想或文字的洗礼的。①

但梁启超并非尽善尽美,对他的文章即使在当日也有不少尖锐的批评——

> 梁启超的文章,即在它所向披靡的时候,也是瑕瑜互见有不少可议之处的。首先是信口开河,纰漏百出。为了表明他的变法主张有充分根据,也为了炫耀他自己的博学,他在文章中征引了古今中外的大量材料,中国古代的典籍,他还稍有根底,西方近代当代的各个学科,他只是偶有耳食,并不甚解。在这种情况下,偏要装腔作势地"信口辄谈",古今中外地生拉硬拽,牵强附会地印证比附,怎么能够不纰漏百出?……其次,是文字上的浮滥。无谓的堆砌,繁缛的铺张,复沓的排比,充斥篇幅。②

---

① 郭沫若:《少年时代》。
② 方汉奇:《中国近代报刊史》,山西人民出版社,第145—146页。

但无论如何,时务报的兴起与盛行,对将中国古文改造为广泛应用于适应时代潮流的近代文体,成为新思维和新生活内容的传媒、手段,在扩大它与变化了的社会生活的联系等方面,还是有重大贡献的。而梁启超在身体力行这一文体方面的功绩,则是最显著的一位。

晚清时务文体的出现,是中国近代文学改良运动中文体革命取得成就的重要标志。时务文体的实践是由于改良派推进变法主张,扩大自己的影响,使维新改良的思想能够通过文章得以传播的动机。但就根本原因而言,乃是由于西学东渐造出的震撼。西方先进的自然科学和社会科学的传入,改变国人封闭而自满的心理,中国先进的文人开始自觉学习和接受西方文化的影响。但是在这个过程中,他们深刻感到了传统的古文在传导这种代表西方文明的新思想和新知识方面,存在着严重的障碍。例如严复在翻译《天演论》时尽管译笔非常端肃典雅,但很难为一般文化水准的国人接受。林纾用文言译西方现代小说,也存在着把鲜活的内容古旧化的倾向。为了解决文言在运载西方文明思维方面存在的矛盾,文体革命于是就成为至关重要的一个题目,摆在立志改变国运的人们面前。

梁启超非常支持黄遵宪在诗界革命中引新词入诗的尝试。与此同时,他通过自己的大量写作,使传统的文言在他笔下充满活力而变得生动起来,他的写作一开始就具有文体试验的性质。他在阅读日本政论家德富苏峰的著作时,十分欣赏他的文章:"其文雄放隽快,善以欧西文思入日本文,实为文界别开一生面者",并认为"中国若有文界革命,当亦不可不起点于是也。"[①]

在他的构想中,中国将来的文界革命,第一步便是像日本这样把"欧西文思"引入中文。梁启超在作这样的表述时,业已考

---

① 梁启超:《夏威夷游记》。

虑到传统的中文如何适应异质文化的进入与借鉴等较为复杂的问题。他的目标当然是在于使传统的中文能够畅达明晓地表达西方的文化精神,而这一目标的实现无疑存在着相当的难度,因为未曾改造的中国古文的板滞和定型化的营造,很难涵容外来的新异的词语和概念。

在戊戌政变的前后一段时期,梁启超的文章写作和文学主张始终注重的是实效性。在他的心目中,写文章的目的是引进新知识、传达新思想以助于民智的开发。写文章是为了有用,而不是为了好看,这样的基点就使晚清的文体革命倾向于平民能够掌握的通俗方向。夏晓虹在分析梁启超在文体革命方面的贡献时,指出他首先确定以"历史悠久的言、文分离为变革对象",以及"呼吁扩大'俗语文体'的使用范围,使之成为文坛的通行文体","'欧西文思'与'俗语文体'因此在'文界革命'论中结合起来"。[①]

从文体试验到白话新文学

但文体革命遇到的中国传统的阻力太大,首先便是中国的言、文分离的历史事实,再就是外来思想与原有语言惯性的距离,它们的互不适应是短时间内难以愈合的。设想中的俗语文体若夹杂过多新名词,虽然心想通俗化,却是欲速则不达反而使原来脱离口语的语文更加生涩,其结果则是令人望之生畏的:

> 客观存在逼使输入新学的"新文体"不得不采用一种介乎文、白之间的语体,以便使许多文言语汇(特别是抽象名词)白话化,并使表达新思想、新事物的新名词日益为人们所熟悉与接受。"俗语文体"的主张在"文界革命"中虽未能完全实现,"新文体"所用的浅近文言却并不意味着从晚清

[①] 夏晓虹:《晚清文学改良运动》,见陈平原主编《文学史》第二辑,第233页。

白话文退步。相反,稍后兴起的"文界革命"对于白话文运动具有弥补阙失的作用。因为晚清的白话文不可能直接变为现代白话文;只有经过"文界革命"大量引进新名词,现代思想才得以在中国广泛传播,现代白话文也才能够超越语言自身缓慢的自然进化过程而加速完成转变。①

这段话表明,不论是"时务文体"、"报章体",或是"俗语文体",都是一种过渡性的存在。它们都是一种"进行式",而不是"完成式"。中国文体在晚清动荡而激烈的境遇中这种勇敢行进的结果,作为一种过渡,一种积极行动的准备阶段,一种大胆实验而又步步进逼的结果,才有了后来如陈独秀那样决断得很有点"霸道"的宣告:

> 改良文学之声,已起于国中,赞成反对者各居其半。鄙意容纳异议,自由讨论,固为学术发达之原则;独至改良中国文学,当以白话为文学正宗之说,其是非甚明,必不容反对者有讨论之余地,必以吾辈所主张者为绝对之是,而不容他人匡正也。其故何哉?盖以吾国文化,倘已至文言一致地步,则以国语为文,达意状物,岂非天经地义,尚有何种疑义必待讨论乎?其必欲摈弃国语文学,而悍然以古文为文学正宗,犹之清初历家排斥西法,乾、嘉人非难地球绕日之说,吾辈实无余闲与之作此无谓之讨论也!②

陈独秀这一番理论,立足于中国言、文不一致的事实,以"白话为文学正宗"的主张,正是把文学语言调整到与日常言说的口语相一致,因为这是多少年来人所共知的事实,故他才说:"必不容反对者有讨论之余地"。胡适在引用了陈独秀的这一番决绝

---

① 夏晓虹:《晚清文学改良运动》,见陈平原主编《文学史》第二辑,第233页。
② 陈独秀:《答胡适之》(1917年5月1日),见《陈独秀文章选编》上册,三联书店,1984年,第208页。

的言论之后说:"我受了他们的'悍'化,也更自信了。"在《建设的文学革命论》中,他也有了"武断"的结论,中国"这两千年的文人所做的文学都是死的,都是用已经死了的语言文字做的。死文字决不能产出活文学。所以中国这两千年只有些没有价值的死文学"。又说,"凡是有真正文学价值的,没有一种不带有白话的性质,没有一种不靠这'白话性质'的帮助。"①

不论是陈独秀还是胡适,他们理论的勇气,来自他们对中国文学历史的了解,也由于晚清以来维新派文人的实践,特别是梁启超的实践。中国新文学亦即中国白话文学开拓者们并没有忘记先驱的功绩。钱玄同说:

> 梁任公实为创造新文学之一人。虽其政论诸作,因时变迁,不能得国人全体之赞同,即其文章,亦未能尽脱帖括蹊径,然输入日本新体文学,以新名词及俗语入文,视戏剧小说与论记之文平等,此皆其识力过人处。鄙意论现代文学之革新,必数梁君。②

对于五四新文学运动来说,晚清的"文界革命",通过"时务文体"或"报章体"的实践,它引进日常语汇或外来词入文的"俗语文体"的试验,都只是对于中国传统古文内部的改良,而不是鼎新革故的行动。胜利的"尝试"发生在公元1919年开展的那一场新文化运动。是以陈独秀、胡适为代表的那一代人,把中国文化和中国文学史进行了新的书写。他们导引中国文学(包括文章)步出了沉重的失语的黑夜,来到了光明澄澈的"白话世界"。但是,这些获得胜利的欢欣的猛士,却把发自内心的敬意献给了先驱。钱玄同的一番话,可以看做是他们向着先驱的致敬辞。

---

① 胡适:《建设的文学革命论》,见《中国新文学大系·建设理论集》,第129页。
② 《钱玄同致陈独秀》(1917年2月25日),见《陈独秀书信集》,水如编,新华出版社,1987年,第98页。

人类社会的任何进步都是一种由远及近、前仆后继的推动。一切的成功和胜利都非偶然,也非突然。萌芽、开花、结果,均是由于栽培和浇灌。历史是一个递进的过程,走在鲁迅前面的有胡适和陈独秀;走在胡适和陈独秀前面的,有梁启超和严复。一代人走在前面,另一代人接着向前,历史就这样构成的。现在回过头来,回想梁启超当年,当他在上海伏案为《时务报》写专论的时候,后来在《清议报》,接着又是在《新民丛报》上写那些觉世新民的文章的时候,他以极大的才智和毅力奋力挣脱旧文辞对于新文思的束缚,如一匹烈马奔腾于荆棘丛中,他也许未曾想到,他当日的艰难困苦是在遥遥地为中国新文学奠基。

的确,梁启超的文章留下了许多为后人所诟病的话题,但是,他当日的写作试验的热情,他的不免拖沓繁缛的文字所展现的奇伟奔腾的气势、雄视千古的胸襟,可谓是前无古人的壮举。他的确开创了一个属于他的散文时代。梁启超所创造的根源于古文又脱臼于古文的新文体,终于使划时代的中国新文学的诞生成为可能。

七、陆沉中升浮起一片圣地

变政的一大举措

1898年新政变革的一个大举措,便是当年7月3日的"诏立京师大学堂"。这是我国近代最早由政府开办的一所大学。京师大学堂成立后,原先的官书局与译书局均合并入京师大学堂,清政府派孙家鼐为管理大臣。梁启超也于此年入京,"以六品衔专办京师大学堂译书局"。

京师大学堂的成立,是与当时文化教育改革的总体设想相联系的,它是作为逐步改革科举制度的一个步骤予以实施的。与之相联系的,是废八股,改试策论,最后以新式的综合性大学取代腐朽的科举制度。京师大学堂成立的本意即在于以新式的大学引进和宣扬西学,改革教育内容和方法以代替沿袭的旧式教育。

京师大学堂成立之初,总理衙门起草了一个题为《筹议京师大学堂章程》的文件,该文件确定了这所未来大学的高标准:"京师大学堂为各省之表率,万国所瞻仰,规模当极宏远,条理当极详密,不可因陋就简,有失首善体制。"[①]在京师大学堂宣布成立的同时,政府通令各省、府、厅、州、县,将所有的旧式大、小学院一律改为兼习中学和西学的学堂。1898年7月20日,清政府明令各省兴办中小学堂。应该说,这是当日大胆也很果断的一

---

① 见《变法自强奏议汇编》卷十。

个改革措施。

　　作为维新变政的一个组成部分,京师大学堂成立的初衷,在于"广育人才,讲求时务"。当时拟设道学、政学、农学、工学、商学等十科,着眼于培养多方面的综合的于实际有用的人才。从它所设的学科门类来看,已经显示出新型的"综合大学"的趋向。可惜这种设想随着那场政治改革的失败而无法实行。

　　戊戌政变之后,一切的改革措施都被迫停止和取消了,而唯独京师大学堂得以保存而成为"幸存者"。这是当局者为减少刺激而作的策略上的考虑,并不是他们真的赞成教育改革。但在那种非常时刻,它的原先拟想的内容当然也无法实行。政变之后的京师大学堂,实际只办了诗、书、易、礼四堂,及春秋二堂,每堂学生不过十余人:"兢兢以圣学理学诏学学者,日悬《近思录》、朱子《小学》二书以为的。"所以,大学堂的名称是新的,而内容则依然是旧书院的那一套。由此可见,随着那场改革的破灭,原先的腐朽势力也猖獗地反扑过来,重新占领了包括教育的一切。

　　但毫无疑问,京师大学堂这个名字得以保存却是一个胜利。这名字的本身,就是一团烈火。点燃在那个漫漫长夜的尽头,预示着新世纪的希望。正如后来一位哲人说的:石在,火是不会灭的。这所学校,经历了将近一个世纪的风烟,它坚硬如石,炽热如火,它是民族良知的象征。

钟声第一次鸣响

　　那时候几乎每一个年头都是灾难,不独1898年。1900年,八国联军开进这个末日王朝的首都,大学堂当然是难以开学了。过了两年,即1902年,学校复学,增设预科班(政科、艺科)及速成科,设仕学馆和师范馆。1903年又增设进士馆、译学馆和医学实习馆,毕业生授给贡生、举人、进士的头衔,也算是半新半旧的面目。但却是比先前的诗、书、易、礼、春秋等前进了一步。

也就是1903年,中国和俄国发生了一系列事件,关系紧张。先是,俄国沙皇交还营口到期,他们违约拒不撤兵。4月18日,俄国大使普拉蒿向清政府外务部提出七项新要求,企图永远控制东北三省,建立所谓"黄色俄罗斯"。4月30日,京师大学堂仕学馆、师范馆师生二百余人"鸣钟上堂",集会声讨沙俄侵略。他们的举动推动了全国拒俄运动的发展。消息传到上海,爱国学社学生一百多人成立拒俄义勇队,与北京学子相呼应。

这是京师大学堂成立之后师生的第一个爱国行动。对这所成立于一百年前的全国最高学府而言,1903年的那次集会是历史性的。那时敲响的钟声,一直震荡在古老中国苍茫的上空,成为中国最先觉醒的知识分子向这个灾难深重的民族敲响恒久的警钟的象征。1903年的这声钟鸣同时也成为了这所大学的光荣的第一页记载。在这里求学的莘莘学子,他们无疑是把这里作为接受教育、增长才识以期将来报效社会的场所,同时,逐渐形成的精英意识,又使他们在求学和研习期间不忘自己对社会的责任。他们从这里开始,也实践着以种种方式表达他们对国家富强、人民安康的关切和愿望。

1910年,京师大学堂的科目设置又有变化。学校改设经、法、文、格致、农、工、商七科。这种改设,接近戊戌年最初设计的模型。可见,经历了世变,历史又弯曲地回到了原来的出发点。而对中国来说,这种迂曲的前进乃是一种常态。

辛亥革命后,京师大学堂正式改称北京大学。1912年,当时教育总长蔡元培发表《对于教育方针之意见》,主张废除清朝的封建教育制度,建立新的教育制度。1916年12月26日,蔡元培被任命为国立北京大学校长。由于蔡元培的富有远见的和创造性的教育思想,也由于他丰富的学识和阅历,更由于他崇高的人格所获有的崇高的威望,在蔡元培卓越的领导下,北京大学掀开了崭新的一页。

第一任管学大臣

在蔡元培之前,北京大学及其前身京师大学堂,自清朝到民国,还任命过几任校长。孙家鼐是 1898 年 7 月 4 日,由光绪皇帝正式任命为京师大学堂的"管学大臣"。当时还未有校长的称呼,管学大臣应相当于校长的职务。孙家鼐当时是吏部尚书、协办大学士,是一位地位显赫的人物。清廷把这个"新生事物"委派给这样一位重臣,可算是戊戌夭折的改革之中的一件非凡的举措了。

光绪皇帝十分重视教育的变革,在他思考教育的问题时,设立京师大学堂占有非常重要的位置。1898 年 6 月 11 日,他下的《明定国是诏》中,特别强调这所学校的建立。经过与顽固派的多方较量,严令军机处迅速筹办大学堂之事。当年 7 月 4 日,正式下令成立京师大学堂。

在物色这一重大的教育改革的负责人时,光绪帝毅然选中了孙家鼐,可见其对这一个新生的大学的重视。孙家鼐于咸丰九年(1859 年),32 岁时中一甲一名进士,状元及第。此后,在咸丰、同治、光绪三朝一直任朝廷命官。他于 1889 年代理工部尚书,次年 3 月又兼刑部尚书,并于 11 月被授为都察院左御史。光绪十七年(1891)三月、六月又兼礼部尚书、工部尚书,并迅即被补为顺天府尹。在短短的时间内,如此频繁地委迁要职,可见当时朝廷非常器重这个既有学识又有经验的人才。

孙家鼐的办学思想,在他正式被任命为管学大臣之前即有思考和表达。他在光绪二十二年奏上的《议复开办京师大学堂折》中认为,西方国家之所以得以"凌抗中朝",根本原因在于他们有完备的教育制度,培养和造就了各种学科的专门人才的结果。他认为中国若要振兴,若要培育人才,决非当日那些旧式的各类学馆所能承担。那些学馆多师徒相授,教学内容不过经史义理,培养不出新式的能够掌握先进学问的人才。

同时,孙家鼐认为对西方教育制度也不宜照搬,西方的分科立学,确实规制井然,但也有缺点,其病在于"道器分形,略于体而详于用,故虽励精图治,日进富强,而杂霸规为,未能进于三代圣王之盛治"①。孙家鼐认为京师大学堂应循"中学为体,西学为用"的方针行事,取中国传统经学堂与西学之优长使之集于一身。他提出的办学六原则的第一条便是:中学为主,西学为辅;中学为体,西学为用;中学未备者,以西学补之;中学其失传者,以西学还之。他的主张是独立的、自主的、取他人的长处而为我所用的:"以中学包罗西学,不能以西学凌驾中学,此是立学宗旨。"②

不论孙家鼐的主张在今天看来有多大的局限,但作为京师大学堂的第一任校长③,他一开始便体现出与这所大学地位相称的独特风格——最可贵的是他那种基于自主独立而又开放的思考。早在他督办官书局时,孙家鼐就力主广泛翻译国外那些有益于中国发展的著作以开阔国人的视野,这便是最早的学术自由的思想。

孙家鼐虽然是个旧式官员,但是在当时腐朽的官僚体制中,他却是一位对事物有着自己敏锐而独立的看法的开明人物。除了他在京师大学堂的筹划和主持中屡有新见之外,还对当日的新闻改革起过明显的推进作用。他曾奏请将《上海时务报》改为官报,在提出这一动议时,他认为,自古圣明帝王未有不通达下情而可臻上理者,所以论治之患,不在贫弱不均,而在于壅蔽之

---

①② 翦伯赞:《戊戌变法》(二),第425—426页。
③ 亦有以严复为北大第一任校长之说的,严复是在辛亥革命后于1912年被任命为京师大学堂总监督的。此年5月,京师大学堂改称北京大学,总监督亦随之改称大学校长。

患。"泰西报馆林立,人人阅报,其报能上达于君王,亦不问可知。"①他还进一步认为只上海《时务报》一家改官报还不够,还应令天津、上海、湖北、广东诸地的督抚将当地各报馆的报纸均呈送督察院和大学堂,"择其有关时事,无甚背谬者"录呈御览。可见孙家鼐的这些"改官报"的主张,其目的不在控制舆论,而在于使当政者开阔视野、通达民情,收兼听则明之效。

清廷于设立京师大学堂之后,选派孙家鼐为第一任管学大臣。这种遴选,不论就孙在政界和学界的地位,还是就孙本人的学识,特别是对各种事物的开放和开明的观点而言,无疑都是非常适当的。由此也可以看出,当日以光绪皇帝为首的改革派,对设立京师大学堂一事的重视。

选学界泰斗为校长

继孙家鼐之后,担任京师大学堂校长之职的严复,更是当日非常突出的一位人物。要是说,孙家鼐是一位旧式官僚,他的好处是不拘守旧制和通达时政。因而,他是一位在整个保守思想体系中的开明人士,他的整个建树,在于从维护统治利益的角度出发而收到推进新事物的效果。而他的继任者严复的文化背景就与此迥然有异了。

严复,原名宗光,字又陵,后改名复,字几道。福建侯官(今福建省福州)人,生于1853年1月,卒于1921年10月。严复的出生地位于闽江的入海口,是濒海的亚热带地区,那里终年气候温湿,四季长绿,遍地生长着葱郁的花木。因为地处江海结合部,地理位置决定了与外界有频繁的交往,形成了那里的人面向海洋的开放意识。自然和人文环境综合,更造就了一些中西文化交汇的先驱人物,严复是其中杰出的代表。

---

① 翦伯赞:《戊戌变法》(二),第432页。

严复幼年受到旧学熏陶,父早逝,家境贫寒。1867年应试福建船政学堂,以第一名录取,于1871年毕业。在船政学堂的四年中,严复学习了英文、算术、几何、代数、解析几何、三角、电磁学、光学、音学、热学、化学、地质学、天文学、航海术等科目。这造成他与旧式文人完全不同的知识结构。严复于是成为第一代既有广泛深厚的中国文化修养,又掌握了当世最先进的科学技术的,融汇了传统与现代、中国和西方的拥有综合知识的学者。而尤为特殊的是,严复还有非常丰富的对于现代技术操作的经验,这在同代人中更显得突出。

船政学堂毕业后的五六年间,严复一直在海军兵船上工作。而且曾随"威远"号练习船远航新加坡、槟榔屿等地;又曾登"扬武"号巡历了黄海和日本海。1877—1879年,严复受清政府委派,赴英国普茨毛斯大学,后又转格林尼茨海军学院,在那里学了高等数学、化学、物理、海军战术、海战公法及枪炮营垒各种知识。

除了这些自然科学和实际技术之外,严复在留学期间,还广泛接触和研习了社会政治和哲学等社会科学方面的学问。也就是在这个期间,严复对资产阶级的政治学术理论发生了浓厚的兴趣,他阅读了亚当·斯密、孟德斯鸠、卢梭、穆勒、达尔文、赫胥黎、斯宾塞等人的学术名著,从而奠定了他西学的基础。这为他日后的社会改革立场、现代学术观念的形成以及作为翻译家的生涯创造了条件。

社会危机四伏的时代,往往也是社会勃发着生机,蕴蓄着无限可能性的时代,而且也是呼唤全面发展的可以称为奇才出现的时代。中国历史上的清代,经历了300年的繁荣昌盛,到了19世纪的下半叶,国势开始衰落。统治者的腐朽没落,国际列强的入侵,加上民众心理上的积弱,造成了那个世纪末普遍的社会危机感。当中华帝国这艘世界巨轮颠簸于风浪之中,眼看就要沉没之际,"船民"中的感时忧世之士便站到了潮流的前端。这时,他们的天资和毅力便受到严重的同时又是有效的考验。时势造英雄,在行将沉没的艰危中,站出来一批拥有智慧和胆识的巨人。这些巨人,涉及思想、哲学、军事、实业、教育、经济,直至文艺各个领域。严复,这位生长在南中国海滨的贫家子弟,便是其中杰出的一位。

关于严复的生平,本书在论析《天演论》出版的章节中,曾有介绍和评论。在那里,着重评介了严复对中国近现代翻译工作的开创性贡献。但的确,翻译在严复的丰富人生经历中,只占一个不算大的位置。他的贡献于中国社会进步的,是一种巨大而全面的覆盖,他的确是一个危艰时势中涌出的奇才。

继孙家鼐之后,京师大学堂的校长人选落到严复身上。这一方面说明当事者对这所大学的极为重视,一方面也说明严复在思想界和学术界的令人信服的显赫的地位。从那时开始,可以说是从决定成立这所大学的那时开始,关于这所大学校长的人选就不是一个随便和可以随意而为的问题(当然,在20世纪末期的某些时候,某一二任的校长人选是一种例外),对于这所大学的校长人选的重视,从来都和这所大学的特殊地位相关联。

校长人选不是小问题

很显然,北京大学的校长必须是站在当代学术的前沿并具有权威性和号召力的学者,从学问到人格都应当是为全国学人所推重的人物。任命何人为北大校长从来就不是一件轻率的举动,这点连包括清朝皇帝在内的历来政府都是明了的。北京大学王瑶教授曾经就北京大学校长的地位的重要性发表过这样的见解:

> 北大历届校长都是著名的学者,他们不仅是北大的校

长,而且也是某一时期的学术界的代表人物,在他们身上集中地反映了当时思潮的热点和重心。举例说,孙家鼐与戊戌维新的关系,严复对《天演论》《法意》《群学肄言》等的翻译及其政论著述对社会产生的巨大影响,蔡元培的美学思想和教育思想,胡适的主张白话文以及倡导用近代科学方法整理研究古籍等多方面的尝试,都不只是属于一个学校的事情。一直到解放以后,我们现在不是仍然怀念和思考马寅初在50年代所主张的市场经济和人口计划是符合中国社会的实际的吗?如果只把他们的主张和行为单独地作为孤立现象来考察,那么这些只是个别历史人物的贡献和成就,但如果把他们联系起来作为一条发展线索来考察,那么他们的活动和贡献就构成了现代中国学术文化思想中的一个历史环节;其所以如此,除了他们个人的成就以外,是同他们作为北大校长的身份密不可分的。因为他们不只是一个著名的全国学术中心的代表人物,而且周围还有一大群知名学者程度不同地支持和赞同他们的主张。所以从这个角度审视和考察中国现代思潮,就有可能看到中国在现代化进程中所经历的艰难曲折的前进步伐。①

从王瑶的论述可以看到,他首先认为北大校长必须是一位能够成为全国的学术的代表和核心的人物,同时,他也论证了北大校长所处的地位和他可能产生的巨大的历史文化的影响——这种影响涉及整个中国文化的建设和发展的命运和走向。

从这一前提来观察历史上的北大校长,我们便可获得中国近、现代思想史、文化史和学术史的新的概念,同时也加深了对戊戌维新最直接的产物京师大学堂的认识。在考察历届北大校

---

① 王瑶:《希望看到这样一本书》,这是王瑶为《北大校长与中国文化》一书所写的序言,见该书第5页,生活·读书·新知三联书店,1988年。

长与中国文化建设的关系的总题目下,蔡元培无疑是对中国新旧文化交融、冲突和转变起着重要作用的一位人物。首先是蔡元培个人所拥有的学术地位和人格力量,其次是北京大学所拥有的历史性影响,这些因素的融合使北京大学成为中国新文化运动发祥地,成为近代以来争取社会进步的民主堡垒,同时,也成为中国新文学革命的中心。伟大的五四运动最初的怒吼从这里发出,由于校长蔡元培以及北大进步师生的协力奋斗,团结了全国的学界,并推进到全社会,终于导致这一思想文化革命的成功。

值得永远纪念的人物

蔡元培作为北京大学校长,是中国近现代史值得永远纪念的人物。他生于1868年,戊戌变法那一年,他正好30岁,是学问和人生都到"而立"时期。他自然能以非常成熟的眼光考察和审视那场巨变。他原是光绪进士出身,1892年授翰林院庶吉士,1894年补编修。清代的翰林院是储才之地。清制殿试朝考后,选取一部分新进士入翰林院授庶吉士。庶吉士修三年后,经考试优者留翰林院,为编修、检讨等。其余的人则改授他职。留翰林院的人,升迁与他官有异,清代大臣多从此出。这说明,以蔡元培当日的处境而言,此处为他的日后的仕途发展提供了良好的条件确定无疑。

甲午战后,蔡元培开始接触西学,同情维新派。这表明他并不着意于维持当日的仕途优势,而选择了更为独立的道路。1898年9月亦即政变发生后的当月,他怀着对政局的失望心情回到家乡绍兴兴办教育、提倡新学,曾任绍兴中西学堂监督。

辛丑条约签订后,蔡元培对清廷的腐败无能非常激愤,决心远离政治中心,在边缘地区谋求事业的独立发展。他在这一年到上海,任教于南洋公学,后任爱国女校校长。1902年,与章炳麟等创立中国教育会,任会长。并创办爱国学社、爱国女校,提倡民权,宣传排满革命,先后游学欧美诸国。

蔡元培是一位新型的教育家。他的影响不仅在北京大学,而且在全中国;也不仅在当时,而且绵延到今天。他在担任北大校长期间,明确宣称并坚定实行他卓越而独立的教育理想,他坚定地推行"囊括大典,网罗众家,思想自由,兼容并包"的办校方针。① 为这所中国第一学府奠定了精神的基础。

蔡元培是一位贯通中西的学者,一位主张学术民主、思想自由,反对尊孔、倡导新学的学界领袖。他担任北大校长后,不遗余力、无所畏惧地推行他的教育主张。他要求北大学生研究高深学问,不要追求做官发财,强调"仿世界各大学通例,循思想自由原则,取兼容并包主义","无论有何种学派,苟其言之成理,持之有故,尚不达自然淘汰之运命者,虽彼此相反,悉听其自由发展"。涵容百家,乃至保护异端,在北大蔚为成风。由于他的努力,使北大彻底摆脱封建旧学的影响,而呈现出生机勃发的新式大学的最初轮廓。所以说,今天的北京大学的根基,是蔡元培以他卓越的思想坚定的努力所奠定的。

蔡元培在1917年就任北京大学校长之前,于1912年任南京临时政府教育总长。他既是前清进士,又是翰林院编修,又担任过教育总长,以他的资历而言,担任北京大学校长自是绰绰有余,名位相当的。但蔡元培更主要的是他个人的学术成就,这在当时就是非常突出的。他的儒学功底极深厚,叔父铭恩是清末禀生,设塾授徒,蔡元培在叔父的指导下遍读经史小学诸书,打下了旧学的坚实基础。13岁时受业于王子庄,王系经学名宿,蔡元培于是对宋明理学有很深的造诣。但蔡元培的学问决不是到此为止,他决非自封于旧学的人。在到达当时学人所能到达

---

① 蔡元培:《我在北京大学的经历》,载《东方杂志》,第三十一卷第一号。

的高度后,他不止步,而是重新开始寻求新知的跋涉。

他奠定了北大的精神基石

1898年,正是新旧思想激烈冲击、维新改革之风吹起的年代,蔡元培于这一年开始学习日文。为了更好地吸收西洋文化,他决心到世界各地考察求学。1907年,蔡元培抵德国,先补习德文。蔡元培学习德文时已41岁,早已过了青年时代,但他依然以坚定的努力,弥补自己知识的缺陷。第二年,进入莱比锡大学研读文学、哲学、人类学、文化史、美学、心理学等科目。1919年,他再度来到莱比锡大学文化研究所问学,并开始为期三年的欧游,其间访问过美国。

一个出身于旧学环境,并中过清代进士的旧式文人,在他自己坚持之下,终于成长为精通西学的发展全面的新型知识分子。这里说的"新",不仅指他在知识的构成方面,而且也指他在治学方面的成功,对世界学术、文化历史现状的了解,以及独立的人格修养的完成,等等。他已完全能够以一个卓越自立的思想家、教育家和学问家的形象出现在世人面前。作为北京大学的校长,他更是深孚众望的、当之无愧的人选。

蔡元培作为为北大奠定新型大学雏形的校长,他留给后人的最深印象,是他改革了旧日京师大学堂的官僚积习,为之注入现代社会的民主性精华。他的影响最深远处,是在新式知识分子品格的培养和塑造方面。他上任校长的首要之务,是在学校中推进新型的教育思想。他接管北大时,这所大学已染上当日官场和纨绔子弟的衰颓风气,读书便是为了做官是当时非常普遍的思想。蔡元培指出:"大学也者,研究学问之机关";"大学生当以研究学术为天责,不当以大学为升官发财阶梯";强调学术的独立性等。这均是针对当日教育思想的实际而发,对当日学校内的官场习气起了扭转的作用。

蔡元培的学术自由思想是广泛而精深的,其中"兼容并包"四个字,则是他实施他的一整套教育思想的切实的一步。如今"兼容并包"已与这所大学的精魂"科学、民主"一道,成为竖立在北大校史上的精神碑石而与世长存。单就"兼容并包"这方针来说,蔡元培是想到、说到就全力以赴、力排众议地去做到。这一点,突出地体现在蔡校长聘用教授的措施上,他认为教授的身份在于他在学术史上有贡献,在本行中是权威,并不在于他选择何种政治态度或在政治上有什么主张。他学术独立的原则在于承认学术的本质是自由,并且使之和政治予以区分。这是为了维护学术的纯洁性,也为了坚定地排除学术之外的因素(如政治)对学术的干扰。

当时北大教授中有一位辜鸿铭。他在民国成立多年之后,还拖着一条辫子,在政治上主张帝制。但他早年留学英国,并历游欧洲各国,精通英文,北大便聘他教授英语。此外还有一个刘师培,是拥护袁世凯复辟的"筹安会"六君子之一。他旧学基础极好,蔡元培聘他讲授中国中古文学史。在蔡元培聘请的教授中,既有辜鸿铭、刘师培这样保守的人物,也有陈独秀、李大钊这样的信仰马克思主义的后来成为共产党人的人士,还有无政府主义者及各种主张的人士。这种广纳才俊、并容百家的举措,使当日北大呈现出学术上学派林立,各种学说自由传播的盛况,北大随之成为新文化运动的中心,以及中国的学术中心,便是自然而然的。

马寅初曾高度赞扬蔡元培的主张和实践:"当时在北大,以言党派,国民党有先生及王宠惠诸氏,共产党有李大钊、陈独秀诸氏,被视为无政府主义者有李石曾氏,憧憬于君主立宪发辫长垂者有辜鸿铭氏;以言文学,新派有胡适、钱玄同、吴虞诸氏,旧派有黄季刚、刘师培诸氏。先生于各派兼容并蓄,绝无偏袒。更于外间之攻讦者,在《答林琴南氏书》中,表其严正之主张。故各派对于学术,均能自由研究,而鲜磨擦,学风丕变,蔚成巨欢。"①

广纳贤才一例

蔡元培在北大校长任上,其用心最多处便是为贯彻他的兼容并包精神而延请当时国内闻名的各派人物。他的确做到只求有真学问而不论其政治态度地礼聘各路贤达。王国维是当代大学者,他甘当清代遗老的保守立场与蔡元培本人的进步民主思想迥异,但蔡元培为了动员王国维到北大任教,还是竭尽全力而演出了一场极为感人的故事。刘烜在他的新著《王国维评传》中有一节文字,生动详尽叙述蔡元培这次请王国维出山的细节,今引用如下:②

"五四"前后的北大校长蔡元培,是奠定北京大学具有国内外很高的学术地位的伟大教育家。他提倡大学要办好研究所,首先办起了国学研究所。这时候,王国维国学研究的成绩已经获得了世界性的声誉。蔡元培主张兼容并包,就是聘请各学科和不同学术派别的最有成就的学者到北京一大学讲学,于是,一种新的互相探讨的学术风气很快就形成了。

早在一九一七年九月初蔡元培写信给马衡,表示要聘他为"京师大学教授",王国维即托故推辞。一九一八年冬天,蔡元培委托王国维的同乡和朋友马衡又出面礼请,又被王国维婉言拒绝了。不过,王国维也留有余地,告之北上有困难。王国维写信给罗振玉,征求意见。罗振玉请他征求

---

① 《蔡元培先生纪念集》,第62页。转引自徐兰婷《倡学术自由,开一代新潮——学界泰斗蔡元培校长》,《北大校长与中国文化》,第36页。

② 以下文字并注均引自刘烜教授:《王国维评传》。该书现未出版,刘烜先生概允本书作者引用这些手稿的材料,特为致谢。

沈曾植的意见。音韵学家沈曾植可算是前辈遗老。王国维估计到："北学之事,若询之寐叟(沈曾植号——作者注),必劝永(王国维自称——作者注)行,然我辈乃永抱悲观者,则殊觉无谓也。"①以后,王国维专程去征求意见后,报告罗振玉说："北学事寐谓其可允,其如有研究或著述事者嘱托,可以应命;并谓可乘此机北行作二月勾留,果不出永所料也。公谓此事何如?"②王国维忙碌了一阵,思想上有矛盾,最终没有应聘。

一九一二年春,罗振玉从日本回国后,马衡又请罗振玉作书相劝王国维应聘。罗振玉当了马衡的面写了推荐书说："公有难于北上者数端,而淑兄(指马衡——作者注)坚嘱切实奉劝……"可是,第二天早晨,罗振玉又另写信给王国维,证明昨天晚上的信"不得不以一纸塞责","公必知非弟意"。③王国维回信对罗振玉说："马淑翁(指马衡——作者注)及大学雅意,与公相劝勉之厚,敢不敬承。惟旅沪日久,与各界关系甚多,经手未了之事与日俱增,儿辈学业多在南方,维亦有怀土之意,以迁地为畏事。前年已与马淑翁面言,而近岁与外界关系较前尤多,更觉难以摆脱,仍希将此情形转告淑翁为荷。"这次不受聘,说的理由是"以迁地为畏事",确实符合王国维处事的习惯。

可是,过了不久,罗振玉自己先应了北京大学之聘。他对王国维说："去冬法国博士院举弟为考古学通信员,因此北京大学又语前约。弟谢之再三,乃允以不受职位,不责到校,当以为各人面尽指导之任,蔡、马并当面承允。因又托

---

①② 王国维:《致罗振玉》,见《王国维全集·书信》,中华书局,1984年,第234—235页。
③ 罗振玉致王国维书信手稿。

弟致意于公不必来京,从事指导。乃昨忽有聘书至,仍立考古学导师之名,于是却其聘书。盖有聘书,则将来必有薪金,非我志也。若有书致公,请早为预计。"①

马衡于同时也写信给王国维说:"大学新设研究所国学门,请淑蕴先生为导师,昨已得其许可。蔡元培先生并拟要求先生担任指导,嘱为函恳,好在研究所导师不在讲授,研究问题尽可通信。为先生计,固无所不便;为中国学术计,尤当额手称庆者也。"②同时,正巧顾颉刚南行,又去上海面请王国维。王虽将他们携来的薪金退回,但这次有进展:"仍许留名去实,不与决绝,保此一线关系或有益也。"③学校方面考虑到王国维不就教职的理由是"以迁地为畏事",那么,通讯导师本来不必"迁地",这层困难应该解决了。在这样的基础上,北京大学国学门正式写信恳请说:"大学同人望先生之来若大旱之望云霓,乃频年孜请,未蒙俯允,同人深以为憾。今春设立研究所国学门,拟广求海内外专门学者指导研究。校长蔡元培先生思欲重申前请","先生以提倡学术为己任,必能乐从所请"。这次,王国维总算答应了。

不久,又起波折。北京大学就再派人送去薪金,王国维仍然拒收。他于1922年8月1日《致马衡》中说:"昨日张君嘉甫见访,交到手书及大学脩金二百元,阅之无甚惶忧。前者大学屡次相招,皆以事羁未能趋赴。今年又辱以研究科导师见委,已惟浅劣,本不敢应命。惟惧拂诸公雅意,又私心以为此名誉职也;故敢函允。不谓大学雅意又予以束

---

① 罗振玉致王国维书信手稿。
② 马衡致王国维书信手稿(三月十二日——阴历)。
③ 王国维:《致罗振玉》(1922年8月8日),见《王国维全集·书信》,中华书局,1984年,第326页。

脩。窃以尊师本无常职,弟又在千里之外,丝毫不能有所贡献,无事而食,深所不安;况大学又在邸屋之际,任事诸公尚不能无所空匮,弟以何劳敢贪此赐,故已将脩金托张君带还,伏祈代缴,并请以鄙意达当事诸公,实为至幸。"①在大学方面看来,不受薪金,是不是意味着还会不受职位。于是,马衡于8月17日又致函王国维说:"大学致送之款,本不得谓之束脩,如先生固辞,同人等更觉不安。昨得研究所国学门主任沈兼士兄来函,深致歉疚,坚嘱婉达此意,兹将原函附呈。"同时,再请张嘉甫致送一次;又申明"务祈赐予收纳,万勿固辞,幸甚幸甚。"这封沈兼士致马衡的书信手稿,近期亦已见到。沈兼士听到王国维不受薪金事,郑重地告诉马衡:"本校现正组织《国学季刊》须赖静安先生指导处正多,又研究所国学门下半年拟恳静安先生提示一、二题目,俾研究生通信请业,校中每月送百金,仅供邮资而已,不是言束脩。尚望吾兄婉达此意于静安先生,请其俯允北大同人欢迎之微忱,赐予收纳,不胜盼荷。顷晤蔡子民先生,言及此事,子民先生主张亦与弟同,并嘱吾兄致意于静安先生。"②王国维多次不受薪金,显然不只是一般意义上的廉洁。这使人想起了殷周时代的伯夷,作为遗老,不食周粟而亡。那末,以清朝遗老自居的人能不能拿民国的国立大学的薪金呢?看来老实的王国维在思想中经历了曲折的斗

---

① 王国维:《致马衡》(1922年8月1日),见《王国维全集·书信》,中华书局,1984年,第323页。作者附注:经查北京图书馆藏这封信的手稿,文字出入甚大。兹录出,供参阅:"昨日张君嘉甫见过,交到手书并大学脩金二百元,阅之无甚惶悚。前者大学屡次见招,皆以事羁未能趋赴。今年又辱以研究科导师见委,因重拂诸公雅意,又私心以为此名誉职也,故敢函允。今乃送到束脩,窃以此席本无常职,加以弟远隔千里,不能有补,遂无事而食,深感不安;即将脩金托交张君带回,伏祈代缴,请以鄙意达当事诸公,至为感荷。"

② 沈兼士致马衡书信手稿。

争。蔡元培校长很懂得体贴人。他以特有的智慧指出：这不是薪金，而是邮资。因为，既然接受了通讯导师的名义，紧接着"邮资"总该接受的。这样就名正言顺了。果然，王国维在1922年8月24日致马衡的信中说："前日张嘉甫携交手书并大学脩二百元，诸公词意殷拳，敢不暂存！惟受之滋愧耳。"并且，立即任事。他说："研究科有章程否？研究生若干人？其研究事项想由诸生自行认定了弟于经、小学及秦汉以上事（就所知者）或能略备诸生顾问；至平生愿学事项，力有未暇者尚有数种，甚冀有人为之，异日当写出以备采择耳。《国学季刊》索文，弟有《五代监本考》一篇录出奉寄。"①王国维终于多请才出山。

沉思的铜像

在现今的北京大学一角，那里有一个湖，这湖到现在还找不到合适的名字。但未名湖却成了它的流行的、也是永远的名字。那里还有一座塔，那塔倒是有名字，叫博雅。也许，这似是预先设下了一个名字，让北大接受并丰富它。就在湖光潋滟、塔影婆娑的校园一侧，那里有一棵只有北方寒冷气候才能成长的巨大的雪杉，在雪杉的浓荫下，蔡元培先生在那里永恒地沉思着。他的安祥而睿智的目光，一直深情地注视着现今的一切，也许他是在想今日的北大是否承传了他的学术自由的传统，也许他是在回忆"五四"时代他为保护营救被捕学生愤而抗议辞职的悲壮往事……

要是再把目光往前追溯，北京城里有一个很奇怪的地名叫沙滩（其实那里没有海，当然更没有所谓的沙滩）。那里站立着一座魁梧的楼宇：红楼。红楼的一侧，是民主广场。这些，都是

---

① 王国维：《致马衡》，见《王国维全集·书信》，中华书局，1984年，第328页。

与1919年开始的中国现代史相关联的名字。这些名字,都和北京大学、和蔡元培校长联系在一起。

正是蔡元培担任北大校长期间,发生了五四新文化运动。近代以来中国发生的任何一件重大的事件,几乎都和社会危难有关。1919年为第一次世界大战结束举行了巴黎和会,北京军阀政府在会上签订了丧国辱权的条约。消息传回国内,举国震惊。5月4日以北大为中心的3 000余名学生在天安门前集会。游行队伍便是在红楼钟声的导引下,在民主广场集合并由此出发的。愤怒的学生火烧赵家楼曹汝霖住宅,并痛殴章宗祥。警察逮捕学生32人。当日下午,各校学生在北大开会,通电全国,呼吁各界"一致联合,外争国权、内除国贼"。蔡元培校长为抗议当局逮捕学生,愤而辞职。在蔡元培任校长期间,他不止一次为保护北大师生而以辞职相抗议。1923年北洋政府逮捕北大教授,蔡元培又一次辞职。他不仅是一位伟大的教育家,而且是一位有正义感的进步学者。

蔡元培以科学、民主两大旗帜为北大竖起了永恒的丰碑。在他手中完成了北京大学的现代改造,使之以崭新的,既有博大精深的中华文化传统又拥有领导最新学术潮流的,具有先锋精神的,传统与现代、中国和世界综合融汇的新形象出现在世人面前。北京大学一直是中国思想文化界的领袖,它不仅以学术的博大精深和创造精神著称,而且也以它对中国社会的使命和责任的承诺著称。

北京大学历来是中国文化精英荟萃之处。这些社会的才俊贤达之士一直作为民族和社会的大脑,进行着富有历史性的思考。北大师生因此也成为民族和社会的良知,他们勇于在社会和国家危难时挺身而起。北大的这种既代表学术和科学,又代表正义、勇敢和道德的伟大精神,是在蔡元培的领导下建设并完成的。是蔡元培赋予北大以与这个历史悠久、文化深厚的校名相称的胸襟和气魄。蔡元培本人也在这种建设和赋予的过程中成为北大精神的代表。

新文化运动的发祥地

从京师大学堂到北京大学,校名的更换表达了中国历史的一次腾跃,中国完成了从封建王朝到民主共和国的腾跃,从近代史向着现代史的一次大转移。这种腾跃和转移,极而言之,在于证明中国社会的进步与这所学校的成立有着极密切的关联。

五四新文化运动是中国现代史的开端,而北大则是新文化运动的发祥地。以反对旧道德、提倡新道德,反对旧文学、提倡新文学为基本内容的新文化运动,是由北大的教授和学生发起的。新文化运动最重要的阵地《新青年》(创刊于1915年,最先叫《青年杂志》)与北大师生关系极深。据胡适自述:"民国七年一月,《新青年》重新出版,归北京大学教授陈独秀、钱玄同、沈尹默、李大钊、刘复、胡适六人轮流编辑","民国七年冬天,陈独秀等又办了一个《每周评论》,也是白话的。同时,北京大学的学生傅斯年、罗家伦、汪敬熙等出了一个白话的月刊,叫做《新潮》。英文名字叫做 The Renaissance,本义即是欧洲史上的'文艺复兴时代'"①。

五四新文化革命的火种,也是由北大的教授点燃的。1917年1月,胡适发表《文学改良刍议》,指出文学随时代而变迁,一个时代有一个时代的文学,断言白话文学必将成为中国文学的正宗。这是中国文学史中开创新时代的宣言书。后来,胡适又在他的《历史的文学观念论》中详细论析了上述观念。1917年2月,也是北大教授的陈独秀呼应胡适的理论,发表《文学革命论》。这篇文章有着雄视历史的非凡气概:

---

① 胡适:《五十年来中国之文学》,见《胡适文存》二集,上海亚东图书馆,1924年。

余甘冒全国学究之敌,高张"文学革命大旗",以为吾友之声援。旗上大书吾革命军三大主义:

　　曰推倒雕琢的、阿谀的贵族文学,建设平易的、抒情的国民文学;

　　曰推倒陈腐的、铺张的古典文学,建设新鲜的、立诚的写实文学;

　　曰推倒迂晦的、艰涩的山林文学,建设明了的、通俗的社会文学。

这篇宣言所具有的魄力与胆识,可以与世纪之交出现的巨人精神相衔接且毫不逊色。由于这批人勇敢的宣告以及创造性的实践,终于使这场空前的文学革命取得了成功。数十年后的今日,有人重新评估这些前驰者的言行,有责之为过激主义者,其实是缺乏历史眼光的见解。把五四新文学运动简单地斥之为"破坏"亦为未妥。陈独秀三大主义的每一项都是既有"推倒",又言"建设"。他在作这样的论述时,有着整个的旧文化和旧文学作参照。旧时文学样式所具有的束缚和局限、僵死和腐朽,它所表现的内容和形式之与新时代的严重脱节和不相适应,以及清末以来"诗界革命"、"小说界革命"等的未能奏效,激起了那些前驱者的"改造"或"革命"的愿望。这些人,不是简单地提出口号,他们还付之实践。是既有幻想,又肯实干的一代人。胡适是其中最富幻想性又最富实践性的一位猛士。他的新诗"尝试",以及"尝试"的成功,如同千年壅塞的河流被打开了一道缺口,从此激流奔涌而形成不可阻挡的浩荡之势,实有赖他那种勇于试验的实践精神。

重评"五四"

20世纪最后几年,也就是"大批判"、"大跃进"、"文革"等一系列巨大的文化灾难和文化动乱之后,人们在进行历史反思时,从以往的过激的和粗暴的行动中,于巨大的惊恐和惨痛之余得到某种启示。这种启示不幸地与五四运动发生某种联想,联想导致谴责。他们以为这是一种正确的总结。其实,这些判断乃至结论恰恰是激动之余又混杂着惊惧的情绪性的产物,并不是一种科学的和理性的总结。

这种对于五四新文化运动的评估,在一部分中青年学者中多持批判性立场或质疑的态度。一位中年学者把"五四"精神归结为"激进主义",又把它与"文革"和80年代文化热联系起来,统称为"三次文化批判运动"。认为"'五四'的反传统的传统"经过"文革"进一步得到强化,"文革"是"'五四'精神的更片面的发展"。① 他在另一次发言中重申上述论点,认为"五四"文化思潮把整个文化传统看成巨大的历史包袱,要传统文化对中国的落后负全责,以为经过简单激烈的决裂才能对中国面临的现实问题作出贡献,带有明显的激进色彩。在学术层面上,全面否定儒家的价值体系和整个中国传统的价值,把东方文化和西方文化截然两分,把传统与现代完全割裂,以科学、民主排斥道德、宗教、文化,不能正确了解"传统"、"权威"的积极意义,这显然失于偏颇。② 这是一段倾向性十分明显的发言,具有一定的代表性。

但在诸多的指责中一种较为冷静的评述也在出现。1996年五四运动77周年前夕,《光明日报》邀请三位学者重估"五四"精神,与会者的谈话中表现出深刻的学理性和历史感。中国社会科学院近代史研究所的耿云志高度评价了"五四"的功绩:"民主与科学的旗帜竖立后,中国在许多方面出现了巨大的变化与进步。譬如:为广大群众所乐于接受的白话新国语的形成,为社

---

① 陈来:《二十世纪文化运动中的激进主义》,载《东方》,1993年创刊号。
② 红娟:《传统性与现代性的重估》,载《中华读书报》1995年5月3日。

会进步、文化创造开出无数法门;新教育的诞生,为国育才有了可靠的基础;新文化的诞生,为广大群众提供了精神食粮;新学术范式的建立,为活跃中国文化,创造了前所未有的机会;科学态度、科学精神的大力提倡,为扫除愚昧与迷信、发展科学与技术创造了思想前提;整理国故,翻译西书更是融汇中西文化的基础工作。女子解放、女子教育、男女平等、婚姻自主、家庭教育、慈幼事业等等的提倡,则是移风易俗、改造国家、提高人民素质的百年大计、千年大计。所有这些,都是与'五四'新文化运动提倡科学、民主分不开的。"① 耿云志这个发言,是对众多的事实的概括,他所讲述的内容,很难以"过激主义"的名义予以取消,所以,是相当切实和相当冷静的总结。

在接近世纪尾声的1996年,陆续出现了这样一批具有一定科学性的言论。这些言论对于那些浮躁的、情绪化的判断有一定的沉淀作用。中央音乐学院蔡仲德教授在他的一篇文章中重估了"五四"传统和"五四"精神,其中一些判断具有很强的说服力:

> 更重要的,则是必须弄清究竟什么是"五四"的根本精神。既有激进的"五四",也有渐进的"五四";既有排他的"五四",也有兼容的"五四";既有救亡的即政治的"五四",也有启蒙的即文化的"五四"。"五四"有启蒙与救亡两层含义,其救亡一面与历史上的救亡有同也有异,同在爱国,异在君国分离,人民自觉参政议政,即救亡建立于启蒙之上。……而救亡是紧迫任务,常导致激进、排他、启蒙非一蹴可就,必要求渐进、兼容,故"五四"的根本精神不是救亡、爱国,而是启蒙、民主,作为新文化运动,其本质更不在救亡而

---

① 《发扬"五四"传统,弘扬"五四"精神》,载《光明日报》1996年4月30日,第5版。

在启蒙,不在激进、排他,而在渐进、兼容。就此而言,更不能将"五四"运动的精神归结为"激进主义"。

如再顾及"五四"的实践,则我们可以看到:辜鸿铭可以与陈独秀同登讲坛,《学衡》可以与《新青年》分庭抗礼,坚持文言可以与提倡白话共存于世;"中国本位文化"论可以与"全盘西化"论激烈争辩;自由讨论带来了学术的繁荣,因而涌现了蔡元培、陈独秀、胡适、梁漱溟这样的思想家;熊十力、冯友兰、金岳霖、贺麟这样的哲学家;鲁迅、曹禺、巴金、沈从文这样的文学家。就此而言,将"五四"精神归结为"激进主义"便经不起事实的检验。①

北京大学的精神传统,虽然缘起于戊戌维新的改良思想,受惠于孙家鼐、严复等这些宿耆硕儒的开拓倡导之功,其根基却奠定于伟大而恢宏的五四新文化运动,特别是与蔡元培对这所大学进行的现代改造有关。蔡元培始创思想、学术自由原则,立兼容并包方针和标举科学、民主精神,这些思想奠定了北京大学的百世基业。他的精神垂范至今,成为北京大学永久的校训。而由胡适、陈独秀等发起并推进的中国新文化运动更是以北大为舞台,演出了一场影响整个中国现代历史的活剧。

中国新文学的摇篮

中国新文化运动的前驱,提倡了一种对旧世界的批判以及锐意进取的创新意识。他们既富有理想又勇于行动,特别是面对重重压力而始终怀有坚定和自信,北大正是因此而成为新文化的堡垒。它为中国新文学和中国新诗所造出的功绩为国人所共知。

---

① 见蔡仲德:《"五四"的重估与中国文化的未来》,据手稿。本书著者引用时,此文尚未发表。

胡适在北大校园未设塑像。不仅于此,在革命意志旺盛的时代,他还被当作资产阶级的一面旗帜,在全国范围内受到激烈的批判。1954年10月,《文艺报》为支持两位"小人物"批评俞平伯的《红楼梦简论》发表署名文章,涉及对胡适的批判:"长时期以来,我们的文艺界对胡适派资产阶级唯心论曾经表现了容忍和麻痹的态度,任其占据古典文学研究领域的统治地位而没有给以些微冲撞;而当着文艺界以外的人首先发难,提出批驳以后,文艺界中就有人出来对于'权威学者'的资产阶级思想表示委曲求全、对于生气勃勃的马克思主义思想摆出老爷态度。难道这是可以容忍的吗?"① 对于胡适及"胡适派"的批判运动,是50年代非常著名的一次思想批判运动,胡适作为"反面人物"的形象也于此时开始被确定。

但胡适作为中国批判旧文化、创建新文化的前驱者和领袖人物的形象依然屹立于此。那次批判运动事实上未能改变人们对他作为"五四"文学革命和新文学运动的重要代表人物的评价。胡适自1917年于哥伦比亚大学毕业归国,受聘为北大教授之后,在北大任教数十年,先后担任过中文系主任、英文系主任、文学院院长等职,1946至1949年任北大校长。在中国教育界,他是一位著名的教授和教育家;在中国学术界,有人作了统计,他是创造了中国文化史上众多"第一"的一位勇于实践的人——"第一个提出用白话取代文言,推动了白话运动的开展。第一个用白话写诗,出版了第一本白话诗集《尝试集》,推动了现代新诗的诞生。第一个编写中国哲学史专著,出版了第一本《中国哲学史大纲》,促进中国哲学史科学的诞生。第一个把白话小说作为学术项目进行研究。第一个用现代观点考证《红楼梦》开创了一

---

① 袁水拍:《质问〈文艺报〉编者》,载《人民日报》1954年10月28日。

代新红学。"①这篇文章概括的胡适这些"第一",从学术研究的角度看,体现了北大人的开拓精神。

在北大生活和学习的知识分子,多少都染有这所大学的某些精神遗传。人们朝圣般地来到这里,沐浴着这里的清纯和肃穆,进行着认真严肃的学术研究,又向着自己多难的乡邦投以热诚的目光,为着它的苦难发出惊天动地的呐喊。他们各有自己的个性,也各有自己的思维方式和学术道路,而宽阔的视野和博大的胸襟,则是他们母校所要求并赋予的。自近代以至现代,中国历史的每一个过程,都可以从这个学校找到它的投影和回声。这个学校的师生,也以他们的智慧和献身的热情丰富了历史,他们于是也成为中国的良知。

每个时代都有自己的形式和内容,每个时代的知识分子也都有自己的姿态和声音。但不论如何,从这里走出的一代又一代的知识分子,他们作为文化精英的使命感和献身精神则是一致的。在乌云笼罩的时候,这里点燃了理想的火焰;在黑暗的重压中,这里发出了抗争的呐喊,而他们唯一的武器便是思想——思想让一切腐朽和反动为之胆丧——自由的信念,民主的意识,加上对于社会进步所拥有的热情的关切,构成了他们共同的品格。

中国的良知

本世纪50年代,这所大学开始了一段新的艰难的历史。不断有风暴袭击着这里的宁静。但岁月无情,许多的记忆如今都改变了当时的含义,那些往事也成了过眼烟云。如今保留下来的依然是那个时代的渴望和追求,热情和单纯。记得当时,一个新生的社会走到全体中国人的面前,这所大学如同对以往任何

---

① 乔清举:《他没有完成什么,却几乎开创了一切》,见《北大校长与中国文化》,三联书店,1988年。

的社会转折那样为之产生巨大的激动。进入50年代,有一位著名的学者担任北大校长。他在担任北大校长期间,于每个新年的除夕之夜都举行全校的新年团拜,似乎形成了传统。

每年除夕,那时北大的大膳厅(后来的大讲堂)里总是人头攒动,静待新年的钟声鸣响。午夜时分,钟声响过,这位校长便出现在全校师生面前。他红光满面,有时是由于兴致佳好,有时是由于酒后微醺,以"兄弟"自称,向全校师生祝贺新年。话很短,也平常,有时则是某某宴请,多喝了几杯之类,都是家常,但体现出一种自由、洒脱、轻松。那时口号盛行,校长的致词也绝少政治标语,却有一种难得的清新,倒是在平常中充溢着日益变得淡薄的人情味。在当日口号连天、到处革命红光的中国大陆,能够在万人聚会的讲台上听到这平常心、平常话,这只有自由、民主的北大。这里始终有一种严肃的坚守,一种自信心和不随波逐流的独立性,甚至是一种无言的对于流俗的抵抗。这种亲切的、温馨的氛围是当年北大校园所独有。在当时,政治运动的瘟疫已经无可阻挡地袭击着中国社会的每一个角落,而在这里,由于这位校长的无声的倡导,却依然坚守着最后一刻的自由。

校长的新年致词之后,便是就地举行的万人舞会。舞会一直进行到子夜。那真是当时非常难得的对于升平景象和自由生活的挽留和纪念,因为更加严峻的岁月正在前面等待着他们。这位在钟声中准时步上讲台祝贺新年的北大校长是马寅初先生。他是中国近代以来享有盛誉的经济学家。本书笔者作为当年北大的一位学生,有好几个新年能够恭逢其盛,有幸目睹这位学者的风采。他是当日中国自由精神和独立个性的化身,而当日北大,也是那个高度组织化的社会里的难得存留的一片民主圣地。直至1957年那场暴风吹起之前,那里一直是科学、民主两面大旗招展的地方。

回到本书的题目上来,1898年政变发生时,马寅初16岁,已是一位知事的少年。他诞生于1882年,浙江绍兴人。早年离家出走,在上海读完中学,后入天津北洋大学学习矿冶专业。1907年以优异的成绩被北洋政府保送美国耶鲁大学官费留学。在耶鲁,马寅初攻读经济学硕士学位。正是在耶鲁,他学会"冷热水浴"的健身方法,使他能够以健康的体魄走完百岁人生之途。1910年,马寅初获得耶鲁大学经济学硕士学位之后,复考入哥伦比亚大学,攻读经济学博士学位。1914年以论文《纽约市的财政》获得美国哥伦比亚大学经济学博士学位。论文出版即成为畅销书,并列为哥伦比亚大学一年级教材。

1914年马寅初归国,受蔡元培之聘,任北大经济系教授,后兼经济系主任。随后蔡元培在北大设置教授评议会为全校最高权力机关,并设教务长职。马寅初被任命为北大第一任教务长。马寅初对蔡元培的治校方针有很高的评价,他说过:"蔡先生来长北大,留学人才归国,将外人之无学识者,完全革去,聘请中国人,可谓痛快极矣。"[①]在北大,马寅初主要讲授应用经济学课程,有银行学、货币学、交易所论、汇兑论等。

1919年3月在天安门广场庆祝第一次世界大战结束,李大钊在会上发表《庶民的胜利》的演讲,蔡元培的题目是《劳工神圣》,马寅初的题目与之相近,叫《中国之希望在于劳动者》,但马寅初的内容和角度均强调中国引进外资的问题。由此可见,他在当时便是很有影响力的学者了。天安门发出的声音,是当日北大思想的一种发扬。

1958年马寅初把他的新著《我的经济理论、哲学思想和政治立场》一书献给北大,并在该书的扉页上题词:"敬以此书作为给北京大学六十周年纪念的献礼"。这本书中收入他的学术经典《新人口论》。1958年和《新人口论》的写作和出版,对于马寅

---

① 《马寅初演讲集》第二集,第291页。

初的一生来说,都是牵萦着他的命运的年代和事件。

马寅初当时担任全国人民代表大会的常务委员。1957年一次人民代表大会上,马寅初把"新人口论"作为一项提案正式提交大会。《新人口论》是马寅初学术上的最重要的贡献之一,它的提出,以及随后的事件,不仅体现了这位学者的科学预见性,以及维护真理的坚定和勇气,而且展现出这位学者的人格光辉。马寅初的形象是50年代北大人的形象的集中展现,他无愧于这所学校的光荣的名字。

马寅初的《新人口论》是对中国传统的"广土众民"人口思想的挑战,也是对当日盛行的"人多是好事"的人口观的质疑。马寅初考察中国人口问题多年,他坚信中国当日面临着人口自身的生产与资金之间的日益尖锐的矛盾。新政权建立后由于就业机会增多,生活改善导致青年成婚人数激增,相对改善提高的生活条件与多子多福等封建思想传统结成联盟造出的结果,便是过高过快的人口自然增长率。马寅初据此提出必须有效地控制人口,他痛切地警告世人:如任其自流,其后果将严重影响社会的发展和进步。

但是,马寅初的忠言直谏得到的回报却是无休止的、愈演愈烈的批判运动,直至他被迫辞去校长职务为止。一篇评介马寅初的文章,不无感慨地这样说:"不论新人口论的目的多么崇高,也不论其内容多么坚实、科学,更不论持论者多么痛切勇敢,三十年前能够并敢于听取这科学之声的耳朵还太少了。这固然说明创造这种耳朵、听取这逆耳之言、并冷静客观地理解它还需要时间,但这里显然还有更潜在的根源。首先是民主问题。"①

1958年5月在有关当局的策动下,开始讨伐"新人口论"和

---

① 席大民:《"为真理而死,壮哉!为真理而生,难矣!"》,出处见乔清举:《他没有完成什么,却几乎开创了一切》,见《北大校长与中国文化》,三联书店,1988年,第100页。

马寅初。数万人参与批判,发表的批判文章计达58篇。马寅初最后发表的文章是《重申我的请求》,其中说:"我虽年近八十,明知寡不敌众,自当单枪匹马,出来应战,直至战死为止,决不向专以力压服不以理说服的那种批判者们投降。"自此以后,他失去了言论自由,被禁止发表文章。马寅初在旧社会曾有过被迫沉默的时期,那只是1943、1944两年。这是他的第二次被迫沉默,但这次沉默期的时间是上一次的10倍,长达20年之久。

我们从马寅初身上看到了活生生的北大精神,不仅以他那卓然自立的、先于时代的独立思考,而且以他不屈不挠的抗争精神,以他坚定的人格。他曾在题为《北大之精神》的演讲中说过:

> 回忆母校自蔡先生执掌校务以来,力图改革,五四运动,打倒卖国贼,作人民思想之先导。此种虽斧钺加身毫无顾忌之精神,国家可灭亡,而此精神当永久不死。既有精神必有主义,所谓北大主义者,即牺牲主义也。服务于国家社会,不顾一己之私利,勇敢直前,以达其至高之鹄的。①

马寅初正是以这样的"北大精神"面对自己所承受的现实苦难。他在沉默的最初几年,以八十多岁的高龄发愤著《农书》百万字。不幸的是,他遇到了一场范围更广泛的灾难,他为了使此书免于沦落,"文革"中亲手焚烧了它。下面这篇短稿记载了这位文化巨人的深沉的悲愤——

> 一九六五年岁末,马寅初已经将他的一百多万字的《农书》初稿写完,而且还从头到尾作了一次修改。
>
> 一九六六年,在中国的大地上,突然降临和燃起了"文化大革命"的灾难之火。
>
> 马寅初听家人、亲戚对他讲红卫兵到处抄家、打人的事

---

① 《马寅初演讲集》,第四卷,第20页。

情,就觉得真可怕,就觉得这一次真是"秀才遇上兵,有理讲不清"了,很可能要大难临头。

开始,马寅初对红卫兵抄家,还是一般地担心害怕。深秋的一天,当他从子女那里听到红卫兵已经到他的好友邵力子、张治中家里转了几圈之后,就更加害怕起来,甚至做了一场恶梦。

几天后,马寅初就毅然作出决定:与其等着让别人来抄家破四旧,还不如自己动手为好。

"现在我向大家说一件事情",一天早饭后,马寅初让家里人都来到客厅说:"近来我一直在反复思考,但又犹豫不决的一件事情,现在终于决定下来。这样做,虽然十分可惜,又非常痛苦,但不这样做,又有什么办法呢?今天,你们大家都不要出去,也不要去干别的事情,我们全家自己动手来破'四旧'……"

于是,多年来,国内外的朋友送给马寅初的各种各样的花瓶、瓷器和玉器制品被摔碎,当作垃圾处理了,家中的许多皮鞋以及款式新颖的衣服均被锯掉鞋底和剪成碎片送进锅炉炉膛烧掉了。

马寅初的那个绿色的保险柜也被打开了,里边珍藏着毛泽东、周恩来、陈云等党和国家领导人给他的亲笔信件,何香凝等许多著名书画家送给他的字画,还有他多年积累的有关中国和世界的许多经济方面的珍贵资料,等等,等等,都被拿出送进炉膛。

他的那部用数十年心血研究并写成的近百万字的《农书》,那个由十卷手稿堆放满的藤箱子,也被抬到锅炉房,一卷一卷送进炉膛化成了灰烬。

由于周总理的关怀,在"文化大革命"中,马寅初的家免遭了查抄和浩劫,马寅初本人也未受到大规模的批斗和皮肉之苦。但那些化作灰烬的信件、字画、资料,连同他的《农书》的手稿,成了他永久的遗憾!这也是一个学者终生的遗憾。①

在一般人都在欢呼颂扬的"盛世"发出危言,可是"盛世"却不能容忍这样独立思考的"异端"。科学精神受到了愚昧和专横的反击。这种野蛮对于文明、无知,对于科学的反动,虽曰造出了无数个人乃至全社会的灾难,但反转来,却是对于癫狂时代的无情的嘲讽。马寅初80高龄亲手焚毁《农书》的行动,让我们想起历史上许多悲烈之士的焚稿断琴!历史最严厉地惩罚了无知的专权,它对于一意妄为回报的是无法扼制的滚滚而来的人口洪流——这是本世纪中国无视科学导致的一次空前的灾难。

永远的北大精神

而马寅初终于在这样的灾难中完成了自己。他既是悲剧的象征,也是力量的象征。作为个人,他在苦难的忍受和抗争中成为强者。他把他毕生所崇尚的"北大精神"予以完好地展现——当然,这种展现是极其悲壮的。但历史终于补偿了他,他活到101岁,终于在他活着的时候,历史能够有机会向他道歉。1982年5月10日下午5时,这位勇敢而智慧的老人终于告别了他为之争取、抗争也因而饱尝了苦痛的世界。

从孙家鼐到严复,从蔡元培到胡适,再延伸到从上一个世纪末一直活到本世纪80年代谢世的马寅初,这些与京师大学堂和北京大学名字相关联的是一些独立的和智慧的人。他们的名字连成一串,展示了近百年的中国文化精神,也展示着这所大学所具有的特殊品质。本书作者在一篇文章中曾为这座校园写下了

---

① 此文原题为《马寅初焚稿记》,载《湘泉之友》,1996年3月30日。

这样一些话,这些可以用来概括和纪念1898年梦想改变中国命运而成立的京师大学堂这棵常青树所结出的精神之硕果:

> 这真是一块圣地。数十年来这里成长着中国几代最优秀的学者。丰博的学识,闪光的才智,庄严无畏的独立思想,这一切又与先于天下的严峻思考,耿介不阿的人格操守以及勇锐的抗争精神相结合。这更是一种精神合成的魅力。科学与民主是未经确认却是事实上的北大校训。二者作为刚柔结合的象征,构成了北大的精神支柱。把这座校园作为一种文化和精神现象加以考察,便可发现科学和民主作为北大精神支柱无所不在的影响。正是它,生发了北大恒久长存的对于人类自由境界和社会民主的渴望与追求。
>
> ……
>
> 这是一片自由的乡土。从上个世纪末叶到如今,近百年间中国社会的痛苦和追求,都在这里得到积聚和呈现。沉沉暗夜中的古大陆,这校园中青春的精魂曾为之点燃昭示理想的火炬。一代又一代的中国学者,从这里眺望世界,用批判的目光审度漫漫的封建长夜,以坚毅的、顽强的、几乎是前仆后继的精神,在这片落后的国土上传播文明的种子。近百年来这种奋斗无一例外地受到阻扼。这里生生不息地爆发抗争。北大人的呐喊举世闻名。这呐喊代表了民众的心声。阻扼使北大人遗传了沉重的忧患。于是,你可以看到一代又一代人的沉思的面孔总有一种悲壮和忧愤。北大魂——中国魂——在这里生长,这校园是永远的。①

---

① 谢冕:《永远的校园》,见《精神的魅力》,北京大学出版社,1988年,第142—143页。

八、忧患：百年中国文学的母题

彗星驰过天际

　　它彗星般拖着一道璀璨的光焰驰过中国黑暗的天际，它在地球东边浓云密布的上空画出了美丽的弧线，耀眼夺目，令万众惊叹，而后消失。惊心动魄的戊戌百日维新，留下了鲜血和死亡一连串噩梦般的记忆。但是，那一些激进的热血青年临刑前的泰然自若和壮烈，那种为封闭愚昧的巨大的黑屋子无畏地打开一个裂隙，透进外部世界一线光明的开放心态，以及为民族存亡、社稷兴衰关切和投入的献身精神，却不是短暂，而是久恒，却未曾消失，而是长存。近代史上这惊心动魄的100天，无疑是一个失败的记录。却也不单纯意味着失败，而是一种丰富的综合，它给予后世的激励和启示有着永远的魅力。

　　事实上，它不是存在了100天，到现在为止，它已存在了100年。而且可以断言，它还将在历史和人们的记忆中存在下去。彗星是消失了，但光的闪耀永存。历史很长，事件很短；但有意义的"短暂"的事件，有时却会装满它以后漫长的岁月。戊戌年的百日维新就是这样的一个事件。本书不是历史学或社会学的写作，这样的大题目只能留与他人。本书侧重的是关于文学、艺术及文化的思考，而基本不直接介入社会政治层面的评述——后者只是作为不可或缺的背景而存在。但即使如此，大约发生在100年前的那一场流血事件，它对于我们此刻谈论的话题，即涉及文化和文学艺术方面的影响，都是一个其他因素无法取代的、极其重要的决定性的因素。它不仅奠定了上一个世纪末中国文学的基本主题和风格的基础,对当时的文学各个领域的改革提供了基本的思路,而且也是五四新文化运动和新文学革命的最切实、也最直接的原因和导火索。

抒情时代的尽头

若是对近世以来的中国文学做一种最简单的概括,可以认为这100年的中国文学是悲情文学。植根于中国社会,并且紧密萦系于民众哀乐的文学,深深地染上了中国的时代病。以19世纪40年代为明显的分界线,鸦片战争之后,列强压境,清朝统治者腐朽昏庸,所战皆败,丧权辱国,极大地损害了国人的自尊心。于是国人竞起以各种方式进行反抗。反抗的结果则是硝烟弥漫于大江南北,兵燹所至,饿殍遍野,满目萧疏。甲午海战的惨败,戊戌变法的夭折,以及随之而来的反动势力的残酷镇压,成为了百年悲情文学无边暗淡的"底色"。

鸦片战争之前,清朝的统治虽已衰落,但内忧外患的严重性才只是海中冰山露出的那一个顶尖。道光十三年,即公元1833年,浙江诗人黄燮清作《长水竹枝词》,其一云:"杏花村前流水斜,杏花村后是侬家。夕阳走马村前后,料是郎来看杏花。"这里所展现的杏花流水的和平安乐画面,可能是这个衰老王朝的最后一个梦境。当所有的豪放潇洒、清新飘逸的诗词歌赋在千年的时空中尽情地演出了一遍,到了19世纪黄昏的这个苍茫时分,业已达到了欢乐抒情时代的尽头。这一首"杏花村前流水斜,杏花村后是侬家",是封建王朝的最后一首轻松的抒情诗。自此以后,充填在几乎所有的文学作品中的,尽是浓重的忧患与无尽的哀愁,中国文学经历了世纪末的持续的强刺激,似乎丧失了感受欢愉与表达这种欢愉的能力与兴趣。

龚自珍是这个封建末世最大的一位诗人。清道光十九年己亥,即鸦片战争爆发的1840年的前一年,他完成了由315首绝句组成的规模巨大的组诗:《己亥杂诗》。其中有两首最为脍炙人口的诗篇——

> 浩荡离愁白日斜,吟鞭东指即天涯。
> 落红不是无情物,化作春泥更护花。

> 九州生气恃风雷,万马齐喑究可哀。
> 我劝天公重抖擞,不拘一格降人才。

这是一个理想的火花未曾熄灭,依然存在希望和追求的时代。两首诗,都鲜明地传达着不忘世事的积极精神。前一首,涉及对于个体生命价值的评价:花的凋落并不是生命的终结,诗人在"死亡"中看到了新生;更有一层,是一种为了未来和发展的无保留的奉献——那凋谢的生命即使是化为春天的泥土了,也要以自己的"未死"来培护那后来无数的"方生"。一颗诗心不因生命烛光的熄灭而绝望,而是生生不已的信念的激发。这一首诗,大体可看做是生命的自省。而后一首,则简直是在可怕的沉默的时代而激越地呼唤铸造新天新地的人才。

但梦想毕竟是梦想。龚自珍的价值也许仅仅在于证明在那样"万马齐喑"的年代,依然有着把眼光投向未来的诗人的激情。但毕竟庞大的封建躯体已从内部开始腐烂。1840年明显感到的外部压力加速了这个"中央帝国"的全面崩溃。1839年己亥,这位中国近代诗史最重要的诗人关于未来的祈愿,是太阳即将沉落之前的苍茫无边的最后一道光痕。自此以后的中国文学和诗歌,它的最具时代真质的内涵,是无边苦难重压之下欢乐感的庄严退场。

欢乐感庄严退场

鸦片战争之后的第五年,诗人陆嵩写了一首《金陵》,其中有句:"秦淮花柳添憔悴,玄武旌旗空寂寥。往事何人更愤切,不堪呜咽独江潮。"金陵古城,不再是六朝金粉的销魂地,而是"愤切"的江潮拍打着这里堤岸的日日夜夜,诉说着无尽的悲凉。中国近代史最伤心的一页,被刻写在丘逢甲的七绝《春愁》中。这诗中的春愁,已不是传统诗中那种春天到来时节的轻浅的惆怅,而是负载着沉重的民族肌体被吞噬和肢解的苦痛。个人那些浅浅的甚而矫作的愁绪消失了,代替它的是整体的民族兴亡的牵萦——

  春愁难遣强看山,往事惊心泪欲潸。
  四万万人同一哭,去年今日割台湾。

这首《春愁》写于1896年,诗中所说的去年,即1895年甲午中日海战,那场战事中国惨败,导致最后的国土割让。台湾的被遗弃只是那一时期诸多割地赔款悲剧中的一项,可见这苦难的时代给予中国平民的,是何等剜心碎骨的哀痛!普通民众尚如此,何况是社会最敏感而且是最丰富的神经——诗人?这哀痛渗透和浸淫着那些以往最为个人化的抒情诗,成为此一体裁驱之不去的幽魂。秋瑾在与日本友人唱和诗中有"如许伤心家国恨,那堪客里度春风"(《日人石井君索和即用原韵》),是对前述"春愁"由个人向群情转换的进一步注释。如烟春景,轻愁淡恨,缱绻相思,此刻都变成了浓重的邦国安危的慨叹咨嗟。

翻开近代诗史,篇篇页页都写着这样的诗情,情感的驱逐个性而趋向群情化,不是那位诗人的刻意而为或后来成为常态的行政的号召,而是全社会的危难的事实所激使。这些诗中,最痛心的一首,莫过于蒋智由的《有感》:

> 落落何人报大仇？沉沉往事泪长流。
> 凄凉读尽支那史，几个男儿非马牛！

这种感慨生发于深重的民族苦难的历史。沉沉往事，凄凄现实，都凝聚在这让人扼腕的血泪叹息之中。

当然，在文学中的这种社会悲情，并不都直接以对于苦难的描写和传达为手段。文学是多种多样、千变万化的，文学的表现也如此。有直接对于世事兴衰的感叹，也有间接对于民瘼国难的描绘。诉之诗歌的往往直抒胸臆，哀乐之情，见于字里行间；诉之论说或说部的往往以抽象的议论或场景性格的展示为方式，让人在这种展示中得到鲜活的印象，激起情感的波动。但不论以何种方式出现，晚清的内忧外患，都化作了近代文学的最基本的品质和内涵。除非完全与世无涉的人，偶尔或一贯地制造着与世无涉的娱乐之作，几乎所有有良心和正义感的文人、学者、作家、艺人，都不经任何号召而自觉地在他们的作品和演出中排除了上述那种与世无涉的欢乐感。

悲情成为传统

忧患是近代文学的主题。忧患后来成了传统，也成了现代文学的主题。忧患是中国近代文学、近代文艺以至近代文化的驱之不去的幽灵。虽说忧患不是中国近代文学所独有，甚至也不是中国文学所独有，例如由人生的苦难而展悟生命的忧患，可谓亘古不绝的、普遍而永恒的文学和诗歌的主题。但这些并不能取代中国近代由人文知识分子和普通民众所深切感受到，并予以表达的，这种涉及民族和社会，即所谓天下兴亡这样一些超越了个人哀乐的主题。

中国文学的忧患，在近代这一特定的时空，是真真确确的内"忧"和外"患"的激发和合成，它的社会性远远地超越了个人性。

质言之,是中国的"社会病"造成的中国的"文学病"。所以,晚清以至民元之前,文人作文,其署名每以"恨海"、"愤民"、"大我"、"山河子弟"、"补天"等出之。梁启超在《新民丛报》著文,署名"中国之新民"。著名的谴责小说《官场现形记》出版时,其中有一度作者的署名便是"忧患余生"。由此可见当日写作者的情感和心态。在"忧患余生"的这篇序文中有这样一些文字,从中可以看出这种忧患所附着的是"大我"和"群体"的思考:

> 夫今日者,人心已死,公道久绝。廉耻之亡于中国官场者,不知几何岁月。而一举一动,皆丧其羞恶之心,几视天下卑污苟贱之事,为分所应为。宠禄过当,邪所自来,竟以之兴废立纂窃之祸矣。戊戌、庚子之间,天地晦黑,觉罗不亡,殆如一线。而吾辈不畏强御,不避斧钺,笔伐口诛,大声疾呼,卒伸大义于天下,使若辈凛乎不敢犯清议。虽谓《春秋》之力至今存可也,而孰谓草茅之士不可以救天下哉?①

这里,作者从官场腐败的一角,表达他的忧愤。他传达的不是耽于声色或一己忧乐的情致,而是对于社会弊端的揭示与思索,即所谓"孰谓草茅之士不可救天下"的心境和态度。那时的文学主潮是与欢愉绝缘的,它大面积、大幅度地倾泻于哀感。正是因此,刘鹗在《老残游记》的自序中,堂堂正正地集中谈论了这种悲情与文学的关联:

> 《离骚》为屈大夫之哭泣;《庄子》为蒙叟之哭泣;《史记》为太史公之哭泣;《草堂诗集》为杜工部之哭泣;李后主以词哭;八大山人以画哭;王实甫寄哭泣于《西厢》;曹雪芹寄哭泣于《红楼梦》。王之言曰:"别恨离愁,满肺腑难陶洩,除纸

---

① 忧患余生:《官场现形记·序》,录自《官场现形记》,见《中国近代文论选》,上册,人民文学出版社,1959年,第208页。

> 笔代喉舌,我千种相思向谁说";曹之言曰:"满纸荒唐言,一把辛酸泪,都云作者痴,谁解其中味";名其茶曰"千芳一窟",名其酒曰"万艳同杯"者,千芳一哭,万艳同悲也。
>
> 吾人生今之时,有身世之感情,有家国之感情,有社会之感情,有种教之感情,其感情愈深者,其哭泣愈痛:此鸿都百炼生之所以有《老残游记》之作也。棋局已残,吾人将老,欲不哭泣也得乎?吾知海内千芳,人间万艳,必有与吾同哭同悲者焉。[①]

这一段文字既涉及普遍的忧患,又特别指出刘鹗生活的时代特有的忧患。这无疑是一个悲哀的时代,代表这时代的文字只能是这样的忧患情感的表达,刘鹗统称之为"哭泣"。哭泣就是悲哀,悲心和悲情源自社会的苦难。可以说,从诗歌到散文,再到小说和戏曲,不论是抒情还是叙事,近代文学无不指归于忧患意识的传达。这种近代文学的忧患感,一直遗传到新文学中,并且从中生发出许多新的品质来。例如因为感到压迫而思反抗;因为黑暗的笼罩而产生怀疑;为超越苦难而积极面对现世;人世精神和功利心促使文学切入社会的纵深。

最集中地传达了这种忧患的现代作家是鲁迅。他的所有作品都充满严肃的叛逆精神,而从呐喊到彷徨,无不体现他感时忧世的拳拳之心。他在最早的一篇白话小说《狂人日记》中,发现了"吃人的历史"并发出"救救孩子"的呼声,这些均来源于浓重的忧患。鲁迅说过——

> 人生最苦痛的是梦醒了无路可以走。做梦的人是幸福的;倘没有看出可走的路,最要紧的是不要去惊醒他。你看,唐朝的诗人李贺,不是困顿了一世的么?而他临死的

---

① 刘鹗:《老残游记》自序,见《中国近代文论选》上册,人民文学出版社,1959年,第214—215页。

候,却对他的母亲说,"阿妈,上帝造成了白玉楼,叫我做文章落成去了"。这岂非明明是一个诳,一个梦?然而一个小的和一个老的,一个死的和一个活的,死的高兴地死去,活的放心地活着。说诳和做梦,在这些时候便见得伟大。所以我想,假使寻不出路,我们所要的倒是梦。①

鲁迅的这些话,是由娜拉的出走而发,他所引申的不仅是关于中国妇女的命运的思考,而是关于中国人的命运的思考。如同刘鹗所说,清末民初之交的中国形势,是"棋局已残"。面对着腐朽的统治和残破的江山,自康、梁以至鲁迅的一批从梦中醒来、寻找道路而道路又寻找不到的中国知识者,他们所拥有的悲哀,便是鲁迅在这里说的,"人生最苦痛的是梦醒了无路可以走"。

他说的"做梦的人是幸福的",以及"倘没有看出可走的路,最要紧的是不要去惊醒他",都是些诛心之论,是鲁迅式的传达忧患的方式。在这样的方式下,他的反讽的语式,最能传达那种心灵的沉哀。对于中国那时众多的沉沉入睡者,他们也许也感受到了上一个世纪之交中国的动荡和苦痛,但他们未能深解造成这一切的原因。这些"梦醒者"不同,他们有知识,有很多人留过学,对国情和世界形势均有较多的了解。中国的苦难实在太沉重了,它仿佛是一艘其大无比的沉船,陷于深深的泥潭之中,自救与被救的契机都看不到,面对着滔滔涌来的潮水,心中涌起的是不如长睡不醒的怨恨——这种复杂的隐情在鲁迅笔下得到极致的表达。

自觉的承诺

上一个世纪下半叶开始,随着中国社会内外矛盾的逐步激

---

① 鲁迅:《娜拉走后怎样》,见《鲁迅全集》第一卷,第270页。

化,社会肌体的危机全面地暴露出来,文学也开始和社会的改良或革命作同步的探求和实践。用诗歌表现国运衰落的悲情;用小说描写社会各个层面,特别是官场的腐败和黑暗;用散文、杂文和随笔作为匕首或投枪刺向国民麻木愚钝的灵魂,这一切,均是那一时代学人和作家、诗人全力以赴的实践。在这样的情势下,所谓文学,其主要和基本的动能,与社会其他的意识形态并无大的差别。也就是从那时开始,中国文学在观念中对非社会性的纯美或纯娱乐性的倾向,便有了明显的忽略乃至歧视。

文学运动和社会改造的关系,从来也没有这一时期这样的密切。文学自觉地摒弃部分甚而全部对它来说乃是根本品质的审美愉悦的功用,而承担起挽救危亡和启发民智的责任。将近一个世纪的社会动荡,激使文学以自己的方式与社会作同步的争取。文学是首先投身于救亡,还是全力进行对民众的启蒙?除此之外,文学再也没有第三种的选择。救亡和启蒙是中国文学百年的梦境,它缠绕着、牵萦着、同时又无限地困扰着中国所有文士的心灵。它生发出中国文学的许许多多的活剧。中国文学的纷争、歧误和变异,它的生长和消退,它的繁荣和衰落,无数令人困扰的题目,并非与此无关。

1840年禁烟的主将林则徐,他是一位受命于危难之时、建立了功业,最后又在和、战两派的斗争中成为牺牲品的一位悲剧性人物。鸦片战争后,他被贬官远谪伊犁。1842年9月在谪迁经兰州的途中,他给两位朋友写了一封信,其中有些话,很能传达中国文士的复杂心境——还是那缕抹不去、扯不断的忧患……

> 自念祸福死生,早已度外置之,惟逆焰已若燎原,身虽放逐,安能诿诸不闻不见?润州失后,未得续耗,不知近日又复何似?愈行愈远,徒觉忧心如焚耳。窃谓剿夷而不谋船炮水军,是自取败也。沿海口岸,已防不胜防,况又入长

江与内河乎?……逆舰深入险地,是谓我中原无人也?两先生非亲军旅者,徐之觇缕此事,亦正为局外人,乃不妨言之,幸勿以示他人,祷切,祷切!①

他说得很清楚,个人的"祸福死生",早已置之度外,他的忧患依然是涉及社稷安危、万民忧乐这样一些大题目。他因功获罪,而且有意地为难他,让他这样一位出生在温暖的海滨的人,以老迈之年流放西北边地。那里是大戈壁的尽头,那里是生长骆驼剌和胡杨林的地方,对于这样一位长期习惯了南方生活的老人,那环境会是何等的严酷!可是,他依然前往,而且"愈行愈远,徒觉忧心如焚",他忧的什么?忧的依然是被剥夺了的、不要他"忧"的天下!

可以认为,近代中国社会的危急和动荡,是近代中国文学忧患主题的源头。鸦片战争翻开了中国近代史最悲凉的一页,同样,也翻开了中国近代文学史最悲凉的一页。从1840年开始,中国的上空始终为浓重的阴云所笼罩,悲凉的袭击使中国染上了感世伤时的心理承袭。从那时开始,在文人公开的或不公开的笔下,悄悄地传染着这情感的症候。文学成为宣泄这种苦痛的方式,久之,文学甚至被目为解决实际问题的手段。中国儒家文学观念中的文以载道的传统,到了此时,便不仅仅附着于抽象的理念,而是非常具体地与救亡解危的目的紧紧地联系在一起了。

1898年是一个总结性的年份。自从1895年清朝庞大的北洋舰队全军覆灭以后,朝野为之鼎沸,这是灾难向中国发出的最后警告。随着各种救亡活动的开展,文学从中也得到明确的信号。先此一年,即1894年,孙中山在檀香山成立兴中会。当日

---

① 林则徐:《致姚椿、王柏心》,见《中国近代文学大系》,第14—15页,上海书店,1992年,第23卷。

的兴中会的"章程"就说:"方今强邻环列,虎视鹰瞵,久垂涎于中华五金之富,物产之饶,蚕食鲸吞,已效尤于接踵,瓜分豆剖,实堪虑于目前",从而呼吁"丞拯斯民于水火,切扶大厦之将倾",正是当日危急之情的一种传达。这种传达相当概括地指出了中国忧患的情势,同时,也指出文学中的中国忧患的根源。

忧患是一种传染,后来变成了遗传。中国文人和作家提起笔来,便是万家忧乐的注入和传示。要是说先前的《西厢记》是通过莺莺的哭泣,传达了普遍的青年男女婚姻恋爱受到逼迫和禁锢的悲哀;要是说先前的《红楼梦》是通过贾宝玉和林黛玉的哭泣,唤起了潜深的红楼一梦的人生感叹;到了清末的此时此刻,却是现实社会苦难的种种侵袭并占领了中国文士的情感和理性的全部空间。文学由慨叹成为呼号,它是对于现实的直接面对和进逼,这些文士认为,他们的文字的责任,首先、或者毫无疑问的就是这种面对和进逼。

悠远的接续

接连近代文学的始于1919年的现代文学,的确是翻开了中国文学史的革命性的一页。号称新文学运动的两大目标的"人的文学"和"活的文学",体现了这一文学革命的最本质的内涵。那就是:第一,它表现和传达了在浓重的封建重压下的现代人的觉醒,包括个性解放在内的革命性的内容,是新的文学的理想和目的;其次,所谓活的文学,是指以鲜活的口头白话为运载手段,以代替在日常生活中逐渐失去生命力的文言。上述这两点,都是近代和近代以前的旧文学所不具有的本质,这是中国新、旧文学的分水岭,他们有着不同的质。

但它们又都是中国文学,文学所装填的新的时代精神和新的生活情态,以及文学表达工具的由文言到白话,都不能改变完整的中国文化和完整的中国文学史所规约的基本品质和特征。

也就是这样的原因,导致不论多么的漫长和久远,我们都会从《诗经》朴素的歌吟中,感受到黄土地的深厚和温暖;我们都会从屈原的《天问》中,感受到最初的怀疑精神;同样,我们从李白的佯狂中感受到才华无以施展的激愤;从杜甫的沉郁中感受到心怀天下的忧戚。我们正是这样穿越浩茫的时空,获得了作为中国人的感情的交汇和脉搏的共振。

现代文学从中国文学的悠远中获得了它的全部丰富,更从近代文学那里直接继承了世纪末的忧患。要是说,20世纪中国文学的基本情感色调是感伤的话,那么,毫无疑问作为感伤文学的根源,却是19世纪中叶以来的中国的屈辱和苦难。这种文学的悲情,是紧紧地牵萦着社会盛衰和天下安危的思考,不同于一般文学中表现的那种对于一己忧戚或生命存在的永恒困扰的宣泄。它的最集中的特征,是对民族和群体的现实苦难作了最大程度的和可能的强调。中国现代文学的诞生,压根儿就处在这种挥之不去的集体性的悲怆氛围之中。它的滋生,它的成长,它的发展,均得到世纪苦难的恩泽。

正是因此,我们在中国新文学重要的和具有代表性的作家和诗人那里,无处不看到忧郁的和悲伤的情思。鲁迅的小说的基调就是感伤——孔乙己的木讷和迂执,阿Q的迟钝和麻木,《狂人日记》的主人公的异常的疑惧。我们从作家的悲天悯人中随处都可发现这种世纪末的忧患的笼罩。这种世纪病,甚至延续到他后期那些杂文的激愤之中。新文学运动开展之后,这种总体的氛围迷漫在所有的重要作家的作品中,而不是一种个别的现象。下面这一段引文体现了当日以文学为工具,追求光明未来而不满于黑暗的呼声——

> 黑沉沉的夜,一切都熟睡了,死一般的,没有一点声音,一件动作,阒寂无聊的长夜呵!

> 这样的,几百年几百年的时期过去了,而晨光没有来,

黑夜没有止息。

死一般的,一切的人们,都沉沉的睡着了。

于是有几个人,从黑暗中醒来,便互相呼唤着:

——时候到了,期待已经够了。

——是呵,我们要起来了。我们呼唤着,使一切不安于期待的人们也起来吧。

——若是晨光终于不来,那么,也起来吧。我们将点起灯来,照耀我们幽暗的前途。

——软弱是不行的,睡着希望是不行的。我们要作强者,打倒障碍或者被障碍压倒。我们并不惧怯,也不躲避。①

时代激情溯源

这种奋起争取的狂焱式的激情,若是追溯它的源头,依然是近代忧郁症的绵延。这种由悲愤之极而产生的激情,可以找到很多的文学例证。新文学运动初期,有一位代表那时代的激情的诗人,他的关于凤凰新生的歌唱是建立在以集香木自焚的死亡的悲哀之上的。

开始是由于国势的濒危,后来又切入现实的苦难,文人的呐喊,遇到了民众的麻木,于是救亡伴之以启蒙:改造国民性的弱点以增强民智,唯有民魂的重铸才谈得上社会的振兴。这样,文学的主题便由空泛的呼唤而转向了对于时势的切实的关怀。为什么新文学创立伊始便对写实的倾向情有独钟,正是这种关切的合理转移的结果。中国文学从为人生到为社会,从文学革命到革命文学的转移进程,它的发生、发展和发展中的歧异,都可以觉察到它们身上上一个世纪末那一缕浓重烟云的投影。

---

① 1925年,狂飙社宣言,转引自鲁迅《中国新文学大系·小说二集导言》。

忧患是一种贯彻始终的情致,从 19 世纪末到整个 20 世纪,中国社会和中国文学有着纷呈万象的巨变,唯一不变的只有忧患。感伤是一脉弯弯曲曲的长流水,从遥远的山巅蜿蜒而来,流不尽又扯不断的是这点点滴滴的哀愁。曹禺在他的《日出》的前面引用了《旧约》中的这样一段话:

> 我的肺腑啊,我的肺腑啊,我心疼痛!我心在我里面烦躁不安,我不能静默不言,因为我已经听见号角声和打仗的喊声。毁坏的信息连络不绝,因为全地荒废。
>
> ……我观看地,不料,地是空虚混沌;我观看天,天也无光。我观看大山,不料,尽都震动,小山也都摇来摇去。我观看,不料,无人,空中的飞鸟也都躲避。我观看,不料,肥田变为荒地。一切城邑在耶和华面前,因他的烈怒都被拆毁。①

这些《圣经》中的神谕,正是曹禺情感空间的实实在在的画面。在那里,一切曾经有的都在坍毁、破灭,危难撕袭着人的心胸,这里的苦痛和忧伤不可言说。

这种情绪转化为每一首诗的灵魂,每一篇小说的情节,每一部戏剧的场面。《日出》中那位美丽而忧伤的女性最后的倾诉,传达的是永远的哀愁:"太阳升起来了,黑暗留在后面。但是太阳不是我们的,我们要睡了。"她说完这些话,剧作家又刻意渲染了那时的画面——

> 忽然关上灯,又把窗帘都拉拢,屋内陡然暗下来,只帘幕缝隙间透出一两道阳光颤动着。她捶着胸,仿佛胸际有些痛苦窒塞。她拿起沙发上那一本《日出》,躺在沙发上,正要安静地读下去——

---

① 《日出》原注:"《旧约·耶利米书》,第四章。"

这一切描写有着深沉的寓意,这画面具有浓厚的象征意味:黑暗在吞噬着巨大的空间,而微弱的阳光颤抖在无边的黑暗之中,这里的"痛苦窒塞,不单属于女主人公,而是属于所有的中国人。"

遥远不阻隔苦难

中国所有的作家,不论他们距离 1898 年的灾难有多么的遥远,距离甲午海战的沉没或鸦片战争的焚烟有多么遥远,他们都只能始终生活在苦难之中。公元 1927 年的春天,距离戊戌政变已有 30 年的时间,一位中国的青年在巴黎拉丁区一家古老公寓的五层楼上,即使是在远离故国的世界花都,他依然被这个民族深沉的忧患所折磨:

> 每夜回到旅馆里,我让这疲倦的身子稍微休息一下,就点燃了煤气灶,煮茶来喝。于是圣母院的悲哀钟声响了,沉重地打在我的心上。
>
> 在这样的环境里过去的回忆又继续来折磨我了。我想到在上海的活动的生活,我想到那些苦斗中的朋友,我想到那过去的爱和恨,悲哀和欢乐,受苦和同情,希望和挣扎,我想到那过去的一切,我的心就像被刀割着痛。那不能熄灭的烈焰又猛烈地燃烧起来了。[1]

更重要的,这种感伤的场面还不单属于曹禺和巴金,而是属于全体的中国文学——除非那些作品完全与作家的创造性劳动无关,与作家的人生关怀无关。随手可以举出许多这样的例子,例如给人以深刻的悲哀氛围感染的、夏衍的《上海屋檐下》,他始终使剧情在阴霾和潮湿的天气中展开,而这种天气正是中国典型的天气——

---

[1] 《巴金选集·自序》,开明书店,1951 年。

> 这是一个郁闷得使人不舒服的黄梅时节。从开幕到终场,细雨不曾停过。雨大的时候丁冬的可以听到檐漏的声音,但是说不定一分钟之后,又会透出不爽朗的太阳。空气很重,这些低气压也就影响了这些住户们的心境。从他们的举动谈话里面,就可以知道他们一样的都很忧郁、焦躁、性急……可以有一点很小的机会,就会爆发出必要以上的积愤。

中国有良知的作家和知识分子,无不对这样的阴郁感到熟悉,事实上中国人近百年的人生图景,都是在这样的氛围中展开,不论是在城市,还是在乡村。1932年,沙汀在他的小说《航线》中也描写了这样中国忧郁的画面:

> 在铅色的天底下,田野、村落、狂奔的犬,幻灯似地掠过去了。这里,从表面看,也正和中国任何一处内地相似,萧索、荒废,阳光都洗不掉的阴郁。然而,人们却向黄色的江岸呆视着,疲倦的眼睛是那么深陷,好像在那些野生的荒草丛中,在那潮湿的泥土里,在这衰老荒凉的外表上,正在出现一个崭新的局面。他们过一分钟松一口气,而猜想着未来的一秒一刻将会碰见怎样的奇迹。

奇迹没有发生,幻想永远只是幻想,而确定的事实依然是这种画面所传达的中国深刻的悲伤。这种画面甚至出现在理性色彩很强的理论文字中。胡风在他的理论表述中用了"密云期"的措辞,可见即使是文学的批评中也迷漫着这样的凄凉。后来,因为某种社会转机而刻意渲染"明朗",但事实却是,在实际生活和文学作品中,依然是百年忧患的郁积。

世界上很少这样的民族,有着如此绵长的忧患。这种忧患因苦难而生成,却反过来滋养了文学的丰富。人们对于悲哀和压抑的拥有,生成了一个感伤文学的时代。这种生成,又与文学固有的品质和传统相汇聚,使文学摒弃了肤浅而获得深厚。无边的忧患如同北方原野冬日的朔风,掀动了屋顶的茅屋,摧折了高大的乔木,黄沙无遮拦地袭击着这黄土地上的世代受苦受难的魂灵。当文人和作家感知这一切,并使之诉诸笔墨,从而展示了文学史的奇观。悲哀树上结出的果实,原是最能感天动地的持久,欢娱之情不仅难工,而且容易流于轻浅。从这点看,近代以来的内外苦难的夹攻和袭击,却是中国文学的福祉。

当然,我们的文学由于过分追逐实际,使创造和欣赏在一段时间内产生了欹斜。中国普罗文学的兴起,便是这种实际的功利考虑造成的。其动机当然是无可置疑的,即文学不应当成为个人表现悲欢的工具,而应当服从于革命的整体利益。后来文学的黏着于意识形态和政治,文学成为党派性的行为,其原因概由此而起。文学的集体化和统一化对文学审美品质的损害,公平地说,并不是从一开始就走上极端化的,它是一个渐进的过程。

但毋庸置疑,这种由个性解放到达集体的"留声机",由"人间本位的个人主义"到成为"整个机器"的"齿轮或螺丝钉",这些意识的确驱使文学走上了反对自身和摧毁自身的道路,从而造成文学在某一阶段或某一层面的歧变。当然,中国感伤文学的品质,因而也产生了演化,例如,某一时期文学的"欢乐"感或某一时期文学的"激昂慷慨",这对于中国社会环境和文学环境而言,都是某种失常。

九、春天的眺望

无边的春愁

　　我写这段文字的时间,正是公元 1996 年的 5 月。此时北京满城飞絮,所有的花都凋谢了,只待荼蘼花开过,一年的花事就告了了。这说明这里短暂的春天已经过去。可是我依然沉浸在春天的怀念里。由此上溯 100 年,是公元 1896 年,也是 5 月,诗人丘逢甲写了一首非常沉痛的诗,题目就叫《春愁》。这首前面已经引用的诗抒发了近代史上中国"割让"台湾的民族大悲痛。《清史稿·德宗本纪》光绪二十一年,记载了如下丧权辱国的事实:三月,"李鸿章与日本全权伊藤博文、陆奥宗光马关会议,和约成。定朝鲜为独立国,割辽南地、台湾、澎湖各岛,偿军费二万元,增通商口岸,任日本商民从事工艺制造。暂行驻兵威海"。丘逢甲的诗即为此而作。

　　时间过了整整 100 年,而痛心的春天的"往事",仿佛就发生在昨天。上一个世纪末有很多这样的事。由此再上溯至鸦片战争,那也是一场失败的战争。战后订立《南京条约》,一系列不平等的条款中,最触目惊心的便是香港的"租借"!中国国土的分裂和中国亲情的阻隔,不是以百年为期,其实,早在上一个世纪的中叶就开始了。1945 年二战结束,台湾得以光复。但 50 年代开始,由于政局的变化,又有长达数十年的两岸隔绝。

　　中国文化是一种超稳定的、统一的、强大的存在。从沉雄博大的中国文化母体中生长起来的中国文学,并不因这种危亡的事实而裂成碎片,它依然在严重变异的环境中维护着它的传统的整一性而顽强地发展着。虽然我们不断强调因这种长时间的隔绝造成了互补性的"丰富",但毕竟也带来陌生感、误解和偏见。文人们爱说"国家不幸诗家幸",其实,不幸带给文学的终究还是不幸。

现在,我们把考察的目光集中在题目所标示的焦点上,即中国文学经过100年或者更多于100年的相互隔绝,在一个世纪即将结束的今天,从文学的整体加以辨识,它呈现出怎样的一种景观?通过粗浅的认识可以得出以下结论,即不管在社会意识的其他层面存在多少令人不安的因素,中国文学在本世纪末的处境却表现出良好的契机。我曾在几年前的一篇文章中对此作过判断:"十年的辛苦使我们从交流中先于其他领域获得了一个完整的文学中国的概念。我们经过长期的阻隔之后不仅了解并理解了对方,而且得到一个整体性的文学历史的关照。我们从文学中国的初步整合中发现了彼此的矛盾、差异以及联系,从而促进了彼此的吸收、扬弃和自我充实。这诚然是一种胜利。但随着胜利而来的却是关于文学自身更为长远、也更为艰巨的使命,这就是庄严的下一步:中国文学的整合。"①

蝴蝶飞越海浪

在20世纪行将结束之际,虽然我们在海峡两岸的关系中未曾看到缓和的伸延,甚至还看到了阶段性的紧张,但诗这只自由的蝴蝶却轻盈地飞越炮火阻遏的重浪,传达着民间美好的情意。香港已经在置备1997年节日庆典的烟花。人们对台湾也保持着同样的良善的祝愿。大陆的持续对外开放,缩小了以往存在的大的社会观念的差异,从而为文学的整合留出了空间。中国

---

① 谢冕:《从文学中国到中国文学》,《台港文学选刊》,1992年第1期。

社会已获得的进步显然在拒绝倒退。从当前的情势审度,出现大的逆转的可能性已变得越来越小,这样,给予文学的可能性就越多。

意识形态的樊篱逐渐拆除之后,两岸三边的交流已经显得不那么困难。人们发现变得小了的差异造出了文学流通的大缝隙,即使难以断然排除今后仍会出现人为障碍,但彼此相通的平常心,却有可能超越那些短暂而获得久远。记得70年代后期,刚刚"归来"的艾青访问那时还存在的柏林墙,写了一首深情的诗:

> 一堵墙,像一把刀
> 把一个城市切成两片
> 一半在东方
> 一半在西方
> 墙有多高?
> 有多厚?
> 有多长?
> 再高、再厚、再长
> 也不可能比中国的长城
> 更高、更厚、更长
> 它也只是历史的陈迹
> 民族的创伤
> 谁也不喜欢这样的墙
> 三米高算得了什么
> 五十厘米厚算得了什么
> 四十五公里长算得了什么
> 再高一千倍
> 再厚一千倍
> 再长一千倍

又怎能阻挡
天上的云彩、风、雨和阳光?

又怎能阻挡
飞鸟的翅膀和夜莺的歌唱?

又怎能阻挡
流动的水和空气?

又怎能阻挡
千百万人的
比风更自由的思想?
比土地更深厚的意志?
比时间更漫长的愿望?①

艾青这首诗表达了民族之间自由精神不可阻拦的信念。即使它面前横亘着物质的墙,但和解和信任却可能超越那冰冷的坚硬。这位诗人几天前刚刚离开我们。我们感到了他留下的空缺,他智慧的语言却有力地鼓舞着我们。

中国没有柏林墙,但却有南中国海和台湾海峡的滔天大浪。我们不是用推土机和铁锹刨去民族之间的仇恨,而是用艾青所揭示的诗的语言和意愿。文明礼教之邦的国人擅长用鲜花和诗意消弭不和和积怨。当20世纪即将终结的黄昏时分,我们发现正是中国的文学和诗,正在冲决人间的障翳先于其他意识形态层面而超越性地抵达彼岸。文学和诗的交流本来就不是功利性的,而是用心灵。心灵的沟通可以忽视指令或决议,这就是诗的

---

① 此诗题为《墙》,见艾青《归来的歌》。此系艾青访问欧洲时,于1979年5月22日作于德国波恩。

语言所表达的,飞鸟的翅膀和夜莺的歌唱,即使是坚厚的墙也无法阻挡的心灵的彼此向往和沟通。

自由与节制

　　台湾和香港的经济已是令世界刮目相看的地区,在那里文学和经济已取得相互适应的默契。大陆经济的发展也给这里的文学创作带来有异于前的轻松氛围。尽管存在着差异,例如现在还不能排除可能有的干扰,但总的看来,这里的作家当前所拥有的创造性表达的机会,比起以往是愈来愈多而不是相反。一方面,是节制的存在,时不时的有"警报"传出;一方面,却是无节制的泛滥,这种泛滥构成了新的威胁。对于当今大陆的创作界,以往那种急风暴雨式的运动或是粗暴和专断的干预已减少至最低限,此刻令人担忧的却是作家在相对无拘束的环境里的缺乏自我节制。习惯于笼中生活的鸟儿,当它们拥有自由的翅膀,却失去了飞翔的能力。

　　但不论如何,经济的发展带给全中国创作界的,则是无可置疑的自由度。其间改善幅度最大、进步最显著的地区,则是中国大陆。要是从40年代初期算起,直至这个世纪的80年代,将近半个世纪的文学风云,给予这一地区作家的创作的负面影响至为巨大,这一局面终于在90年代得到了改变。中国的社会开放给予文学的最大益惠,不是行政干扰的逐渐减弱,而是对文学生态构成大威胁的主流文学的消解。尽管当下还在不断倡导(并采取颇为有效的措施)组织类似文学主潮的东西,但是否得以长远的贯彻尚可置疑。不过,一个不争的事实却是,所有的行政性举措已不会对作家自以为是的创作构成威胁,那种定于一尊而罢黜百家的时代已经过去。

　　这样,中国的"两岸三边"已在相当宽裕的程度上获得了共同语言,而且,也在相当广阔的范围内获得同步发展的契机。中国的这三个地区板块,在经历了各自的苦难和离乱之后,终于在20世纪日落之前达到了精神文化层面的殊途同归。

在市场大趋势面前

作为这种文学认同的共同标志,其一是文学迅速地走向市场。相当一部分文学已从意识形态的羁约中挣脱出来,如同商品那样按照消费市场的需求调节自己的生产,也如同一般商品那样进行商业性的包装,只是包装的手段略有差异。由此就出现了文学认同的另一个特点,这就是商品化事实上无法覆盖这时代的所有文学现象。因为文学已失去由行政手段整齐划一的指挥,因此各行其是的文学依然生存并发展在商品化的夹缝之中。这个阶段的文学,杂呈是它的主要的生态。既然权力和金钱都无法最后统一文学,多元并存便成为了文学的基本状态,而且在中国的任何一个板块中,文学的主流化特别是意识形态指挥下的统一化现象事实上都难以产生,即使产生也不会持久。

负荷过重的中国百年文学,终于卸下了它肩上挑着的沉重担子:担子的一端是"救亡",担子的另一端是"启蒙"。不是说这个社会从此摆脱了危亡的威胁,也不是说文学可以对广袤国土迄今尚存的贫困和苦痛无动于衷,而是说,现今已不是清末的列强虎视于国门,也不是30年代的大片国土被侵略,偶尔鸣响在南海上空的炮声,大抵也只留下一种警醒的意味。至于启蒙,中国文学显然已具备如下的彻悟,它决非朝夕之功,也并非下了决心就可以一蹴而就。启蒙只是一种浸润,它排除药到病除的简单逻辑。文学未曾放弃,在商潮滔滔之中,一部分文学家和学者仍然坚守精神的高地,高扬文学的使命意识。

走向觉醒的先知

这100年的中国文学,从争取社会进步推及到争取人的实现,走过了一个完整的过程。这个过程是文学家们在以文学作品推进社会改革的同时,发现自己的"呐喊"在那些麻木的"看客"面前构成了绝大的讽刺。不用说那种激昂慷慨的关于凤凰再生的呼唤,对于广大的"没有音乐"的耳朵一切都不会产生,就连以生命的牺牲为代价的行动,牺牲者的鲜血却成了愚昧民众吞服的灵丹妙药。中国20世纪最先发出呐喊的那位作家,在他的沉痛之作《药》中,向我们揭示的就是这样悲怆的一页。从清末萌起的"实业救国",到后来一批仁人志士学习西洋或东洋的努力,最后发现,他们面前永远是那无尽的表情迟钝的看客!

这样,不论是鲁迅还是郭沫若,他们的从医学向着诗学的转换,从病理的修治向着心灵疗救的转换,恰好印证了他们作为先行者思考中国问题的先见之明。康有为读了黄遵宪的诗,读出了救国救民的体会。他在为黄遵宪的《日本杂事诗》所写的序最后说:"方今日本新强,争我于东方,考东国之故者,其事至念。诵是诗也,不出户牖,不泛海槎,有若臧旻之画、张骞之凿矣。"① 梁启超则极力推崇文学警世的作用,他把小说的实用价值推到了至高无上的地位,把小说内容和文体的变革与社会盛衰、国家兴亡紧密联系起来,这就是他那为众口交传的"欲新一国之民,不可不先新一国之小说"②的观点。中国文人很早就觉悟到了民众的愚昧与人心的未开化是强国的大碍,要强国必先新民,要新民就要重视文学的教化作用。这就是近代以降文学改良或文学革命的核心思想。这种思想视文学为疗救之药的实用目的感非常强。

---

① 康有为:《日本杂事诗序》,见《近代文论选》上册,人民文学出版社,1959年,第148页。

② 梁启超:《小说与群治之关系》,见《饮冰室文集》卷十七。

现代性的争取

随着新文学运动和新文学革命的逐渐深入,现代思想也浸润到这一批先知先觉的文人身上。于是在注重文学重铸民魂的恒久功能的同时,开始了以人为目标的现代性的争取。最早一批新文学作家从古典作家那里继承了人道关怀的传统,同情并施博爱于弱者,以济世的精神给需要帮助的人以救助,这从胡适和沈尹默最初的同题诗《人力车夫》的构思中可以看出。沈尹默的诗是:

日光淡淡,白云悠悠,风吹薄冰,河水不流。

出门去,雇人力车。街上行人,往来很多;车马纷纷,不知干些什么?

人力车上人,个个穿棉衣,个个袖手坐,还觉风吹来,身上冷不过。

车夫单衣已破,他却汗珠儿颗颗往下坠。①

胡适的诗是:

"车子,车子!"

车来如飞。

客看车夫,忽然中心酸悲。

客问车夫:"你今年几岁?拉车拉了多少时?"

车夫答客:"今年十六,拉过三年车了,你老别多疑。"

客告车夫:"你年纪太小,我不坐你车。我坐你车,我心惨凄。"

车夫告客:"我半日没有生意,我又寒又饥。你老的好心肠,饱不了我的饿肚皮。我年纪小拉车,警察还不管,你

---

① 沈尹默:《人力车夫》,载《新青年》1918年1月15日第四卷第一号。

老又是谁?"

客人点头上车,说:"拉到内务部西!"①

沈尹默的诗只是写出社会的贫富差异,这种平面的对比,从元白的新乐府诗就开始了。"朱门酒肉臭,路有冻死骨"式的反差极大的画面效果,的确给人以警策。但相比之下,胡适的诗则显得深刻,他指出了这种传统的人道主义者在复杂的社会现实面前的尴尬——这种人道主义的另一面可能就是非人道的。在胡适的诗中,无疑是注入了更具现代性的思考——这其中还寓含着轻微的嘲讽:就是说可怜和同情弱小的精神,可能是以牺牲和压迫弱小为代价。

百年以来中国文学争取人的实现的第二个阶段,是人性的觉醒。这种启蒙,最初是以对于中国封建的历史揭露相结合的面目出现的,在鲁迅的《狂人日记》中,一方面是揭示"人吃人"的历史,一方面则自然显露出有着"异端"色彩的"狂人"形象,而"狂人"则是呈现了能够进行独立思想的人的萌醒。

较早关注人性的启蒙工作的是《新青年》和胡适。胡适在1918年便写了《易卜生主义》一篇长文。他在这篇文章中引用了易卜生在通信中的话:"我所最期望于你的是一种真实纯粹的为我主义。要使你有时觉得天下只有关于我的事最要紧,其余都不算什么","你要想有益于社会,最好的法子莫如把你自己这块材料铸造成器","有时候我真觉得全世界都像海上撞沉了船,最要紧的还是救出自己"。② 这些话在当时真有点惊世骇俗。因为被周作人称之为"个人主义的人间本位主义"的,在当时中国的环境中是一种绝对的陌生之物。胡适还引用《娜拉》一戏中

---

① 胡适:《人力车夫》,载《新青年》1918年1月15日第四卷第一号。
② 胡适:《易卜生主义》,见《中国新文学大系·建设理论集》,上海良友图书公司,1935年,第189页。

的一些台词。在这些台词里,娜拉强调作为独立的女性,除了对家庭的责任之外,"我对于我自己的责任"是同样神圣的;当她被提醒说你是一个妻子和母亲时,她回答说:"这种话我现在不相信了。我相信第一我是一个正同你一样——无论如何,我务必努力做一个人。"①

文学的沉痛

"我务必努力做一个人",这指的是独立的、个体的不依附于他人的觉醒的人。胡适和《新青年》向20世纪的中国人介绍这一思想,既是对中国传统的非人的观念的严重挑战,又是向着刚刚从封建桎梏中解放出来,尚未获得觉醒的人的意识的中国人的启蒙。这较之初期那种未能摆脱的自高而下的悲悯观念的人道思想,无疑是大大前进了一步。这是中国文学跨入现代社会的一个重要标志。

中国百年文学关于人的主题的确认,走过了漫长而艰难的路途。由于中国是一个以农民为主体的社会,小生产者的狭隘性和依附观念,是社会指导思想的基础和天然同盟者,这使得中国文学在争取表现人的觉醒的道路上步履维艰。在20世纪的后半段,由于政治的逆转(如在"文革"时期)导致普遍的非人性泛滥,不仅人的主体性丧失了,而且是全民陷入现代崇拜的狂潮之中。历史在这一时期的大倒退,是以人性的泯灭和神性的张扬为明显的表征。

中国新文学人的争取最终以人的主体意识的确定为其完成的标志。可以称为最后的争取的文学的这一阶段,始于"文革"的结束。那时所谓拨乱反正,主要是指清算和纠正社会政治各层面极左思想造成的动乱,文学不过是借助政治批判的时机,开

---

① 胡适:《易卜生主义》,见《中国新文学大系·建设理论集》,第189页。

展了对于非人性和反人性的揭露控诉。悲愤的旋风掠过中国文学的苍茫的空间,唤醒了中国作家长期被扭曲和被压抑的人的意识。以巴金的《随想录》为代表的一批作品,开始了心灵的自我拷问,而不是如同以往那样把一切诿之于他人。巴金在他的散文《小狗包弟》中为自己的苟活,为自己不能保护一只可爱的小动物而愧恨:"我瞧不起自己,我不能原谅自己!我就这样可耻地开始了十年浩劫中逆来顺受的苦难生活。"巴金的沉痛代表了中国文学的沉痛。

向着内心空间的转移

在新时期,文学的沉痛首先是呼唤人性的复归,而后开始争取自我表现的权利,最后进入了对于个体生命的体验与表达这种体验的实践。所谓文学的"向内转",就是中国文学由满足于外在世界的模仿和描摹,开始面对生命自身的一种大转折。人们发现以往受到忽视和排斥的"内宇宙",原来是这样的浩瀚和丰富!在文学完成由外向内的大转折中,中国女性作家的努力,表现出令人震撼的胆识和才气。

女性作家已经从新文学初始阶段的将文学实践与女性的婚姻恋爱自主的社会性实践作直接简单的联系中剥离出来。到了这个世纪末,中国女作家中的相当一部分人,已不把关注的目光投射于社会问题,更确切地说她们中的很多人开始不把改造社会当作首要的目的。从80年代开始,一些具有先锋意识的女作家开始表现女性独立的内在世界,她们把"一个人的战争"和"私人生活"[①]表现得淋漓尽致而使那些男性作家无法望其项背。中国这个时期的女诗人的创作,给整个文学带来了强烈的冲击,翟永明的《女人》组诗、唐亚平的《黑色沙漠》组诗,以及伊蕾的

---

① "一个人的战争"是林白的小说篇名,"私人生活"是陈染的小说篇名。

《独身女人的卧室》组诗,这一系列女性诗歌的发表,是继"朦胧诗"之后诗的又一次震撼。尤其是伊蕾的《独身女人的卧室》的发表,更是标志着中国文学中女性写作的成熟。它的挑战性的语言所面对的,是中国完整而坚固的封建伦常。在这个意义上看,它的抗世嫉俗具有前卫的性质。

女人开始意识到自己作为女人的一切。她们惊喜于自己的身体,她们把这种感受引发为女性独特的写作,于是有了摆脱了男性中心话语的自立形象。

> 神说人身难得,我对身体的惊喜犹如对一朵花一颗星的惊喜,有什么语言能表达一个母亲第一眼看到婴儿的惊喜呢?纯粹的肉体犹如神的化身,神是如此显灵吗?夕阳的温情充满母性,黑夜把白昼溶为一体,我因此相信身体是神赋于生命最完美的形式,身体是神的杰作,是无以伦比的宝藏。躯体作为我个人完全的所有,也是世界的所有。我需要的一切就在我自己身上,我是一个自给自足的世界。[①]

女诗人的这种自白,表达了女性觉醒所达到的境界。中国文学近百年来关于人的争取,到了90年代这些创作的呈示,宣告了一个过程的完成,当然也预示了一个更为艰难的新的主题的开始。

新的希望和新的危机

中国百年文学的崭新阶段,也许将诞生在我们称之为的"后新时期"之中。"后新时期"同样是社会开放的产物,它保持与新时期的承接性,又萌发了有异于以前的新的品质,这主要是迅速涌动的商品化社会的赋予。在这个社会发展的时期,财富的攫

---

① 唐亚平:《我因为爱你而成为女人》,载《诗探索》,1995年第1辑,总第17期。

取和积累的方式多样化了;人的欲望也得到前所未有的诱导和发散;发达的城市和大部分还处于贫苦的农村之间的差距也随之增大;这表明新的困扰和新的矛盾也随着社会的进步得到新的展现。社会在充分发展它的潜能的同时,也充分发展着它的肮脏和罪恶。拥有诸多可能性的社会,同时也拥有了诸多潜伏或公开的危机性。

中国社会这种超常的膨胀式的发展,加上对以往的闭锁式的意识监控怀有惊惧的经验,屈从于诱惑混同着"过来人"的机变,造成了文学在尖锐的现实状态中的逃避。一些人宁可使自己的笔墨趋随流俗、怡悦轻松而弃绝负重的承担。在这个世纪末,一种普泛的文学趋向是,躲避崇高而耻言理想,游戏和纵情成了文学的常态——尽管有人为此发出忧虑的呼唤。90年代关于重建人文精神的争论,以及关于理想主义的提出,都是上述那种关怀的呼应,也是对百年前形成的那种民族兴亡的焦虑和忧患的延伸和承接。

这表明中国又面对着一个传统的命题,即文学究竟应该为它的时代承担些什么?面对俗世或躲避崇高的态度,在世纪忧患面前究竟是否可取?中国文人百年来的争取应以何种姿态加以接续,或者干脆说,应当不应当加以接续?当然,影响并规定了中国百年文学性质和走向的救亡或启蒙的题目,在今日已失去它的本意,中国仍有忧患,但不是危亡;中国仍有愚昧,但愚昧并不是全民族的普泛。现今的中国是一种杂呈和兼有,从最先锋到最保守的兼容并存。

拯救心灵

20世纪的文学两大主题:救亡和启蒙,显然已被新的内涵所替换。这种替换与100年前的确立,同样是非人为的,到底是为社会情态所取决。从20世纪仅剩的最后几年,直到进入新的世纪,中国文学受惠于社会的大进步,同时又感知了社会的大忧患。这种大忧患不是百年前那种外国兵舰或炮火的入侵,不是国土被"割让"的那种裂心的苦痛,而是排斥了表面的喧嚣之后更为沉稳的焦灼,这就是,在沉沦的道德和信念面前,在人的欲望无所顾忌的充分宣泄面前,精神在物质面前的溃败。要是说,本世纪初鲁迅通过"狂人"发出疑问:

> 凡事总须研究,才会明白。古来时常吃人,我也还记得,可是不甚清楚。我翻开历史一查,这历史没有年代,歪歪斜斜的每页上都写着"仁义道德"几个字。我横竖睡不着,仔细看了半夜,才从字缝里看出字来,满本都写着两个字是"吃人"!①

并且喊出"救救孩子"那振聋发聩的声音,那么,在20世纪的最后时刻,我们的呼声便是:"救救人心!"

人必须改善自身。而改善自身的工作,依然是文学的责任。从上一个世纪末到本世纪初,文学效力于开启民智、重铸民魂,或者干脆叫做"改造国民性",到了现在,却依然是一个严重的题目。在金钱和权力的双重挤压之下,人在新的环境中受到新的扭曲。人显然不能等同于动物,强调人的本性的伸展,并不是使人回到动物的本能。生的欲望和性,并不是人性的全部内容。人之所以为人,是人会思想,有精神的劳动和寻求。在文学艺术中,把人与其他动物不可判别的最低点变成人性的极限和全部,显然是一种背谬。

世纪末要求于文学的,是阻止人向着世俗的泥潭无限度地下滑,文学理应为恢复人的尊严和高雅而抗争。当前,相当一部分文学,专以满足人的感官享受为能事,不是引导人向着教养和

---

① 鲁迅:《狂人日记》。

优雅,而是让人变得更加无聊和俗气。那些作品满纸都为庸俗的"神侃"所充填,一副玩世不恭的面孔和耽于声色的游乐,这一切都提醒人们制止这种"游戏"造成心灵伤害的必要性。

与上个世纪末的强国新民的使命相对应,文学在本世纪末有必要把使人更有修养和更加高雅作为自己的目标。文学在满足人们的愉悦和休闲方面已经做了很多,在绝大多数的通俗作家那里,他们今后仍将效力于此。这样,占人口比例不多的中国的知识良知和文学精英是否付出全部精力贡献于塑造健康的人性和灵魂的工作,就是一个并非可有可无的严肃的话题。

人要以更为全面的精神健康,面对即将降临的新世纪。这方面的工作在人自身,但需要作家和艺术家的导引。目前最重要的是,要传出警世的声音提醒人们不可因物的堆积而窒息了鲜活的精神。人如何在物欲的诱惑中始终持有自我节制的能力,如何在拥有更多的物质享受的同时不致成为精神的贫血者。王安忆在接受一次采访时表达了她对当代文化状况的忧虑,自称"她是一个严肃的作家,对大多文化人丧失理性决不原谅",并对商业转型期的文化生态环境及文化人的急功近利感到压力,她感到了"寂寞,真是寂寞"。[①] 王安忆所感到的,正是中国怀有良知的一代作家所共同感到的。

面对严峻的生存环境

与人类完善自身有关的另一个主题,则是人为完善自身生存环境的努力。人口占全球四分之一的中国,如今还在以每年生产一个欧洲中等国家的速度增长着。这么多的人向大自然的掠取,以及掠取之后的废弃,加上文明水准的衰退所造成的人的

---

① 王安忆:《对文人丧失理想决不原谅》,见《香港作家》1995年1月15日;又见《文论报》1995年3月15日。

缺乏节制力的愚昧和无知,使中国的自然生态迅速恶化。在现今中国,已经很难找到一条洁净而不受污染的河流了。仅据近期随手取来的资料,可以看到这方面危机的严重性:

> 1995年11月10日《光明日报》,《五大连池亟需保护》:被誉为"天然火山博物馆"的黑龙江省五大连池正遭受着严重的人为破坏。堪称"国宝"的喷气锥被拿去做了建筑材料,火山砾被大量开采出卖,污水污物使这里的地下水和矿泉水受到严重的污染⋯⋯

> 1995年11月14日《光明日报》,《淮河警世录》:据监测统计,每年有亿吨工业污水排入淮河流域,流域内80%的干支河流变黑发臭,47.6%的河段不符合渔业用水标准,以至土地板结,粮食减产,一些地区已成为肠道疾病及癌症的高发病区⋯⋯

> 1995年11月20日《光明日报》,《松花江水质堪忧》:据统计,每天有1 200多个大单位直接或间接向松花江里排放工业污水、电厂冷却水和城市生活污水,其中仅哈尔滨江段每天就接纳来自上游的废水达400万吨之多,环保人员曾在江水中测出过260种有机化合物⋯⋯

以上所引,只是一家报纸仅隔数日之间的几个报道,充其量是随手拣拾的几片落叶而已,但都是可惊的警号。试想,当中央电视台在收视率极高的黄金时间告诉人们,偌大的一条淮河已经找不到一条活鱼之时,这难道不是一杵令人哀伤的丧钟?而尤为不幸的是,当丧钟敲响之际,醉生梦死寻欢作乐的人们依然在漫不经心地抛撒他们手中的污秽!随心所欲地毁灭他们世代生存的家园。

重申文学使命

　　回想上一个世纪末年,那一批为挽救民族危亡奋起抗争的仁人志士,当他们在其他方面感到幻灭之时,对文学投有何等殷切的目光!他们把新民强国的理想完完全全地寄托在文学身上,文学成了他们实现梦想的最后通道。这对文学当然是一种过望。实际上,中国复杂的社会不可能由于文学的加入而立即改变。但文学毕竟在保存记忆和唤起热情方面,能有一种浸润和感化的作用。文学家不要回避"教化"。文学诚然有多种多样的功能和作用,但是,要是在这些作用中抽出"教化",文学会是多么的空虚和苍白!也许有的文学家情愿放弃这种职责——他当然有这个自由,甚至包括不做文学家的自由,但切不可反过来嘲笑"教化"。在文学多样的功能中,不能因为怡愉或休息而放弃责任。放弃责任的文学,是贫血的文学,也是失重的文学。

　　在这个世纪末,我们不会简单重复上一个世纪末的文学观念,因为超负荷的文学的尴尬和窘迫已给我们以痛苦的经验。但文学既然不能在上一个世纪末的苦难面前无动于衷,当然也不能在本世纪末的喧嚣、浮躁和焦虑面前无动于衷。麻木和失去记忆是文学的癌变。

　　一位作家在他的一篇散文中表达了这种忧患,我们从中听到了上一个世纪的文学回音。这是真正让人感动的一种声音,我们从这些诗一般的语言中看到了希望的接续——

　　　　人不一定需要文学,但是有少数人一定需要文学,这里有严峻的被选择,更有自由的选择。……而此刻我敢宣布,敢应战和更坚决地挑战,敢竖起我的得心应手的笔,让它变作中国文学的旗。我没有兴趣为解释文学的字典加词条。用不着论来论去关于文学的多样性、通俗性、先锋性、善性及恶性……我只是一个富饶文化的儿子,我不愿无视文化的低潮和堕落。我只是一个流行时代的异端,我不爱随波逐流。①

还有一位作家,他也在他的一篇散文中表达了同样坚定的信念——

> 腐败任何时候都不会消失。但以金钱为中心的时代,腐败却可以充斥每一个角落。我们真需要鲁迅那样为揭露黑暗而奋不顾身的人!可惜看不到……在黑暗的专制时代,有一个美丽的女人要呼喊真理,敌人害怕了,就在押赴刑场前割断了她的喉管。……现在的人都有一副好喉管,但就是不想说说实在话、真话,有的人还热衷于说脏话、下流话……我并不崇高,可是我仍然向往崇高,我非常恨那些糟蹋人心的人。②

这给我们以信心。中国终于有它世纪末的一种决绝的清醒。一批(当然为数不是很多)作家想到了他们前辈的希望和抗争,并且愿意以自己的工作接续理想文学的薪火。他们站在汹涌的商品化带来的世俗的潮流之中,潮流漫过他们的脚面,潮流企图窒息它,他们站在了高处,他们坚守着精神的高地而拒绝撤退。

此时此刻,我们已经望见了 20 世纪的老太阳,正缓慢移过我们的头顶。它用最后的光焰抚摩亚洲东部这块充满苦难的大陆:古长城坍塌的墙垛,浑浊得流不动的黄色的地上悬河,圆明园火焚的废墟,还有旅顺口沙砾中的残存的弹片……幸好这一切悲惨的风景,并没有被世纪末血般灿烂的霓虹灯下的寻欢作

---

① 张承志:《以笔为旗》,见《十月》1993 年第 3 期。
② 张炜:《再谈学习鲁迅》,见《文汇报》1994 年 9 月 4 日。

乐的喧嚣所淹没，它还残存在一些不曾失去记忆的心灵之中。距离本书撰写的年代1898年的98年后，公元1996年新春伊始的某一日，一位记者访问了一位女作家。他们谈论的话题，由这时在中国的第二大岛办的一份刊物，谈到了这个名叫《天涯》的刊物。面对中国当代浮嚣的文学界时，这位女作家说了如下意味深刻的话——

> 文化商品的声浪给严肃文化造成了很深重的压抑感，甚至在作家群中也有人公开嘲弄理想和崇高。勤于读书勤于思考被讥为不识时务，然而，人类历史证明，在任何一个时代文化与文学始终是一件与人类理想和智慧、人生庄严和良知分割不开的事情。等喧闹一时的插科打诨疲倦之后，最有资格站出来说话的，还是那些脚踏实地、总在关注人类共同关心的大问题，有着大境界的作家。[①]

这个世纪末的中国作家和理论家，都喜欢征引他们所崇尚的人物的诸种言说，但稍加留意，发现他们所征引的都是这些人所乐于引用的那些话，他们普遍存在着某种"有意的忽略"。像如下这些言说，我们的征引者不是装作没有看见，便是装作毫无所知，因为，这些话多少都在批判着他们的失去历史记忆和对事实的麻木不仁。

加缪说："为艺术而艺术的真理，其实这不过是喊出了不负责任的声音罢了。为艺术而艺术是一位超然艺术家与世隔绝的消遣，确实也是一个人为的、专门利己的社会矫揉造作的艺术。这种理论的逻辑结果就是小团体的艺术，或者是那种靠着装模作样、抽象观念以及导致整个现实毁灭而存在着的纯粹形式主义的艺术。这样，少数几部作品打动了少数几个人，而多数粗制

---

① 张桐:《新春伊始访〈天涯〉》，记述作者与《天涯》主编蒋子丹的谈话。载《中华读书报》1996年3月13日。

滥造之作则腐蚀其他许多人。最终,艺术便在社会之外形成,而与其活的根源却断绝了关系。渐渐地,即使是颇有名望的艺术家,也只好孤独寂寞。"他还说:"不负责任的艺术家的时代结束了。当艺术自由的唯一目的是保证艺术家安逸舒适时,它就没有多少价值了。"萨特的话同样强调了文学对世界的介入,指出文学并非与世无涉的事业,他说:"不管你以什么方式来到文学界,不管你曾经宣扬过什么观点,文学把你投入战斗;写作,这是某种要求自由的方式;一旦你开始写作,不管你愿意不愿意,你已经介入。"他特别提出劝告:"作家应关心他们所写的时代,为同时人写作,为改变我们周围的社会出一份力。"[①]

[①] 以上引文见《听文化巨人诉说》一书,孟宪忠主编,时代文艺出版社,1991年。

年　表
(1892—1902)

1892年(清光绪十八年　壬辰)

4月　湖广总督张之洞查办湖南长沙地方民间刊布之"灭鬼歌"及攻击耶稣教之揭帖、图画。

5月　日本横滨正金银行设立上海分行。

7月　孙中山毕业于香港西医书院。

8月　沙俄出兵帕米尔地区,占萨雷阔勒岭以西中国领土二万多平方公里。

11月　武昌织布局开织。

12月　重修颐和园成。

是年　陈虬撰《治平通议》,陈炽撰《庸书》,郑观应增订《救时揭要》为《盛世危言》。

1893年(清光绪十九年　癸巳)

2月17日　中外商人在上海合办《新闻报》,英人丹福士为总董,蔡尔康为主笔。

11月　张之洞奏设的汉阳炼铁厂告成。

秋　康有为应乡试,中式第八名。

是年　毛泽东诞生,洪钧死。

湖广总督设立自强学堂于武昌,分外语、数学、自然科学、商业四科。

日本公布战时大本营条例。

俄罗斯：列宁至彼得堡,即成为该地马克思主义领导人。音乐家柴可夫斯基卒。

1894年(清光绪二十年　甲午)

2月　翰林院编修宋育仁持所撰《时务论》谒见翁同龢。

6月　日本海军违背国际公约袭沉我载援兵赴朝鲜的"高升"号运兵船。

8月　海军提督丁汝昌率舰与日海军遭遇于大东沟以南海面。海军管带邓世昌等战死。是为黄海海战。孙中山在天津上书李鸿章要求改革,被拒绝。康有为《新学伪经考》一书被毁版。

11月　孙中山在檀香山成立兴中会。

1895年(清光绪二十一年　乙未)

1月　清政府命户部左侍郎张荫桓、署湖南巡抚邵友濂以全权大臣赴日议和,受辱。2月,日方令即离广岛赴长崎候船回国。

2月　日海军袭击我北洋舰队,定远、来远、威远、靖远等舰先后被击毁。提督丁汝昌拒降,服毒自尽。

3月　康有为、梁启超自广东到达北京。李鸿章赴日议和。日迫清政府订立《马关条约》。康有为时会试在京,联合各省举人一千三百余人上书请拒和、迁都、变法图强,是为"公车上书"。

5月　严复《救亡决论》在天津《直报》开始刊出。

7月　孙中山回国,设兴中会总部于香港。

8月　康有为在北京创刊《万国公报》,遍送士夫贵人,使之"渐知新法之益"。

9月　康有为创强学会。

11月　北京强学会创刊《中外纪闻》,双日刊,以梁启超,汪大燮为主笔。

是年　康有为、梁启超创刊《强学会报》于上海,鼓吹变法。
　　　湖北武备学堂成立。
　　　天足会成立于上海。

是年　德意志慕尼黑大学教授兰特根发明X光,第寒乐发明引擎。意大利人马可尼发明无线电。古巴爆发后抗西班牙统治的起义,诗人何塞·马蒂阵亡。

1896年(清光绪二十二年　丙申)

2月　总理衙门奏办邮政,成立大清邮政总局,并加入万国邮政总会。

7月　孙家鼐议复开办京师大学堂事宜。梁启超等在上海办《时务报》,汪康年为经理,梁启超任主笔,鼓吹变法图存,陆续刊载梁启超著《变法通议》。数月之间,风靡海内,销至万余份,为中国有报以来所未有。

是年　严复译英人赫胥黎《天演论》成。
　　　耶稣会开工建造新的徐家汇天主教堂,采用欧洲哥特式,饰以圣像和壁画,可容2 300人,为上海最大教堂之一。

1897年(清光绪二十三年　丁酉)

1月　谭嗣同完成重要哲学著作《仁学》。

2月　商务印书馆在上海创设,先设印刷厂。美国传教士李佳白(Gilbeh Reid)在北京成立"尚贤堂",自任院长,吸收一批在京的官僚士大夫为会员。

7月　梁启超、汪康年、麦孟华等在上海成立不缠足会。

9月　长沙成立时务学堂,聘梁启超为讲座。大同译书局在上海开设,康广仁为经理。
10月　严复、夏曾佑等在天津创办《国闻报》,日报。严复、夏曾佑合作《本馆附印说部缘起》,长达万余言,"是阐明小说价值的第一篇文字"(阿英)。
12月　康有为《孔子改制考》刊行。
是年　张謇等筹设纱厂于南通州,官商合办,后改名大生纱厂。维新派在上海创办大同译书局,在武昌成立质学会,在北京成立知耻学会,在上海成立女学会。

1898年(清光绪二十四年　戊戌)

1月　贵州学政严修请开经济特科,试以内政、外交、理财、经武、格物、考工等项。康有为呈上清帝第六书:《应招统筹全局折》。请开制度局,筹划变法救亡,并分设法律、度支、学校、农、工、商、铁路、邮政、矿务、游会、陆军、海军等12局分理其事。24日,光绪命王大臣延见康有为于总理衙门。光绪皇帝命总理衙门呈康有为所著《日本变政考》、《俄彼得变政记》等书。

2月15日　御史王鹏运奏请开办京师大学堂,论著军机大臣会同总理各国事务衙门妥筹具奏。

2月　德国强租胶州湾,期限99年。俄国强租旅顺、大连湾,期限25年。

3月　法国强租广州湾,期限99年。

4月22日　严复《天演论》出版。

4月　康有为等创办保国会于北京。

5月　康有为奏请统筹全局,以图变法,御门亲临以定国是,开局亲临以立制度。改八股文试士为策论。开办京师大学堂。

英强租九龙半岛及附近港湾,期限99年。

6月11日　光绪皇帝下"明定国是"诏,宣布维新变法。"百日维新"开始。

7月3日　诏立京师大学堂,派孙家鼐为管学大臣,以美国人丁韪良为京师大学堂西学总教习。

9月21日　慈禧太后再出训政。即日起,御殿理事,幽光绪帝于瀛台。28日,杀谭嗣同、杨锐、刘光第、林旭、杨深秀、康广仁六人,史称"戊戌六君子"。康有为、梁启超流亡国外。《申报》发表《缕记保国会逆迹》。26日慈禧矫诏:"《时务官报》无稗治体,徒惑人心,并着即行裁撤。"

12月28日　《清议报》在日本横滨出版,共出100期,于1901年停刊。有梁启超《译印政治小说序》发表,从社会价值上肯定小说的作用。该报设《诗界潮音集》,发表诗歌作品,从事"诗界革命"试验。

是年　黄遵宪作《日本杂事诗》。

林纾与王寿昌合作,译小仲马《巴黎茶花女遗事》,署名冷红生、晓斋主人合译。此为林纾译外国小说之第一部,亦为欧洲纯文学介绍入中国之第一部。1899年,该书以索隐书崖名义刻板行世。

裘廷梁作《论白话为维新之本》。

康有为自此年开始流亡生活,居明夷凡二年,成诗90首,名《明夷阁诗集》。

是年　秋瑾居京师,年23岁。

是年　法国作家左拉为德雷福斯案主张公道,被判徒刑一年,左拉遁赴英国。皮埃尔·居里夫妇研究放射现象,并发现镭。美国合并夏威夷岛。

1899年(清光绪二十五年　己亥)

1月　谭嗣同《仁学》在《清议报》始刊。

12月　山东义和团起,在肥城县杀英传教士。
是年　黄遵宪作《己亥杂诗》,此为黄最重要之诗作。
　　　　冬,章太炎《訄书》在苏州付梓,次年出版。
　　　　河南安阳殷墟发现甲骨文。
是年　曾广铨译哈葛德小说《长生术》,时务报馆译柯南道尔《包探案》,均索隐书屋。

1900年(清光绪二十六年　庚子)

1月　又悬赏十万两,严缉康有为。
5月27日　义和团毁长辛店铁路及车站、桥梁等,以阻止清军进攻。30日,英、俄、美、法四国驻华公使到总理衙门称:"不论中国政府的态度如何,各国公使已决定调兵来北京,我们劝告中国政府让步,以免引起意外的结果。"
6月13日　义和团开始在北京焚烧教堂。30日,从大沽口登陆的八国联军已达一万八千多人。
8月14日　八国联军占领北京。慈禧太后挟光绪帝西逃。
是年　洪兴全著《中东大战演义》,由香港中华印务总局印行。
　　　　陈蝶仙著《泪珠缘》(杭州大观报馆)。
　　　　蒋绍徽译凡尔纳《八十日环游记》,经世文社。

1901年(清光绪二十七年　辛丑)

7月　命以后考试废八股文,改用策论。
8月　命各省于省城及所属府州县等设高等、中等、初级学堂;又命选派学生出洋留学。
9月　李鸿章病逝。
是年　梁启超在《清议报》发表《过渡时代论》。
　　　　李伯元作《庚子国变弹词》(1901—1902)。
　　　　杭州《白话报》创刊。

《世界繁华报》创刊。

林纾、魏易译斯陀夫人著《黑奴吁天录》,包天笑译哈葛德著《迦因小传》。

1902年(清光绪二十八年　壬寅)

1月　管学大臣奏办京师大学堂情形,定预科三年,与各省高等学堂功课相同,卒业授举人;正科三年,卒业授进士。又荐吴汝纶为总教习。同月,梁启超在日本创办《新民丛报》。

11月　京师大学堂开学。命自明年始,凡进士之授修撰、编修及选用庶吉士、主事、中书者,皆入京师大学堂分门肄业。

是年　《新小说》创刊。

梁启超作《新中国未来记》,发表于《新小说》,该小说仅完成四回。

吴趼人《二十年目睹之怪现状》此年开始在《新小说》发表。其余《痛史》、《九命奇冤》、《电术奇谈》等亦发表在该刊。(据阿英《晚清小说史》)

梁启超《饮冰室诗话》开始发表。

是年　蔡元培、章炳麟、徐锡麟、秋瑾创立光复会。

《大公报》创立于天津。

蔡元培与蒋智由等组织爱国女学于上海登贤里。

参考文献

《清史稿》 柯劭忞等纂修

《清史纪事本末》 黄鸿寿撰
《清史纲要》 吴曾祺等编
《清稗类钞》 徐珂编撰
《慈禧传信录》 费行简
《晚清宫廷生活见闻》 全国政协文史资料研究委员会编
《我的前半生》 爱新觉罗·溥仪
《从鸦片战争到五四运动》 胡绳
《中国近代史的关键人物》 庄练
《戊戌变法人物传稿》 汤志均
《戊戌变法史研究》 黄彰健
《剑桥中国晚清史》 〔美〕费正清编

《校邠庐抗议》 冯桂芬
《弢园文录外编》 王韬
《盛世危言》 郑观应
《治平通议》 陈虬
《庸书》 陈炽
《新政策》 〔美〕李提摩太
《天演论》 严复译
《仁学》 谭嗣同

《中国近代思想史论》 李泽厚
《中国现代思想史论》 李泽厚

《戊戌变法资料丛刊》(1—4辑) 翦伯赞等编
《变法自强奏议汇编》 毛佩之辑
《戊戌奏稿》 康有为
《公车上书记》 康有为
《戊戌政变记》 梁启超
《戊戌政变记事本末》 梁启超
《清廷戊戌朝变记》 苏继祖
《戊戌履霜录》 胡思敬
《戊戌政变的回忆》 张元济口述、汝成等笔记
《省新建设》1卷3期 1949年10月6日

《饮冰室文集》 梁启超
《戊戌六君子遗集》 张元济主编

《二十世纪中国文学三人谈》 黄子平、陈平原、钱理群
《晚清文学改良运动》 夏晓虹
《中国小说史略》 鲁迅
《晚清小说史》 阿英
《中国小说史》 北大中文系
《二十世纪中国小说史》第一卷(1897—1916) 陈平原
《二十世纪中国小说理论资料》(1897—1916) 陈平原、夏晓虹编

《苏曼殊全集》 柳亚子编
《刘鹗及老残游记资料》 刘德隆、朱禧、刘德平

《刘鹗小传》 刘德隆、朱禧、刘德平
《铁云先生年谱长编》 刘蕙孙
《人境庐诗草笺注》 钱仲联注
《瀛台泣血记》 德龄原著 秦瘦鸥译述
《御香缥缈录》 德玲原著 秦瘦鸥译述
《赛金花本事》 刘半农等
《戊戌喋血记》 任光椿
《饮冰室诗话》 梁启超
《近代诗选》 北大中文系
《近代诗百首》 陈铁民

《清代学术概论》 梁启超
《清代思想史纲》 谭丕模
《晚清文选》 郑振铎
《春觉斋论文》 林纾
《论文杂记》 刘师培

《北大校长与中国文化》 中国文化书院编
《中国近代报刊发展概况》 杨光辉等编
《中国近代报刊史》 方汉奇
《近代京华史迹》 林克光、王道成、孔祥吉主编

后 记

"百年中国文学"在北京大学"批评家周末"进行有年,各个专题研讨下来,使我原先模糊的构想,变得明晰而具体了。这更为坚定了我的信心。我在内心深处频频催促自己:一定要把这个梦想变成现实!因为此举事关重大,在没有看到实现的可能性之前,我像那些地质勘探者那样,小心翼翼地把已发现和可供开采的油井"封存"起来。由于对这一选题的庄重敬怵,一贯敏于行事的我,对此却不敢轻举妄动。

机会终于来到。1995年11月10日,我在北京大学中国语言文学研究所郑重召开《百年中国文学总系》的写作座谈会。承担这套书出版的山东教育出版社教师出版基金办公室主任隋千存和责任编辑祝丽专程从济南赶来参加。参加这个座谈会的除各卷作者外,还有《文艺报》的贺绍俊、《科技日报》的延宏、《中华读书报》的萧夏林、《人民日报海外版》的苗春。这一天在我们是一个具有纪念意义的日子,《百年中国文学总系》全书12卷的写作终于在这一天正式启动。

我们按照各人的兴趣和专长作了分工。我被各位作者推举写丛书的开头一卷。百年中国文学的开头,无疑是在上一个世纪末的某一个年份,这意味着,我要从我现在从事的文学研究领域,往前挪动至少100年。这种大跨度的挪动,对于我无异乎是避长就短的勉为其难的举动。近代文学不是我的专长,我对此既不熟悉又乏研究。学生们推我写开宗明义的第一本,也许是对我的尊重,也许是希望我在写作和完成任务方面领个头,以便这套丛书能如期完成并顺利出版。

作为这套丛书的倡议者,有些方面的事我责无旁贷。而事关学术质量,我愧不敢言。学术的事,来不得虚假,人们不能强不知以为知——我对这一卷涉及的中国近代的社会、历史、文化的内容,颇不自信。我在近代和晚清各方面的知识均甚为贫乏,史料的掌握、观点的提炼,特别是在我所未知的那些层面,我担心我的工作会贻笑大方。

1996年最初几天,我把手头的工作作一收束,便携带着必备的一些史籍,飞到海南岛。一位朋友为我提供良好的条件,以便我的写作。我住的地方距离海口数十公里,距离通什也是数十公里。那里有十几座白色的别墅,植满了热带的植物:椰子、槟榔、油棕,以及紫荆花。我来到的时候,北国正是天寒地冻,而那里却是百花明艳。宾馆紧挨着(其实是拥有了)一面大湖,那湖比我在本书描写的昆明湖大约要大三倍。湖的对岸有一个绿葱葱的岛,岛上住着一群白鹭,它们每天飞越湖面觅食。此外,还有几只悠闲的打渔船。伊甸园宾馆因为旅游淡季,尚有十数位坚守工作的人。那里除了我们之外别无客人。在这里,我开始了本书某些章节的最初的写作。俗话说,万事开头难,写作既已开始,我便有些放心了。感谢未来集团和伊甸园宾馆的主人,这本书乃至这套书的写作出版计划,因有了他们的支持,才有了今日这样的结果。

这套书的大量组织工作,是孟繁华代我做的。孟繁华办事认真而有毅力,他的工作减轻了我的负担,使我在完成繁重的培养研究生和教学工作之余,能够集中一些业余的时间,完成我的写作计划。此外,一位来自四川的青年用文字处理机处理了我的极难辨认的文稿,他在这个多雨而闷热的夏天里没有得到休息。这些都是应当感谢的。

1996年8月24日
于北京大学畅春园寓所

论二十世纪中国文学

此书由河北教育出版社1998年7月出版,为学者评论家近作文丛之一种。据此编入。该书第三部分"中国文学的新时期"原题为"文学的绿色革命",已编入文集第五卷,从略。

总 序

张 炯

对文学作品的评论,可以说跟文学作品的创作一样久远。因为作品是供人欣赏的,总得有读者或观众与听众。欣赏之后人们便不免要议论、要交换自己的观感。这难道不就是评论吗? 马克思曾说:"……人民历来就是作家'够资格'和'不够资格'的唯一判断者。"①指的就是这种群众性评论的历史存在。至于专业评论家的评论,它的产生自然比群众性的评论要晚。正如人民的口头创作早于作家的创作一样,人民的口头评论自然先于评论家的评论。评论家作为专业出现,那是社会分工越来越细的结果。在这方面就我国而言,删诗三百,编选第一部诗歌总集《诗经》并有诗论的孔子,恐怕算得上中国文学评论家的始祖了。历史上的文学评论家,往往为学者兼任,这并非偶然。因为真正有见地的文学评论,并不限于就作品论作品,正如鲁迅所指出的,论文"最好是顾及全篇,并且顾及作者的全人,以及他所处的社会状态,这才较为确凿"。② 评论家要做到"知人论世",就得有广博的知识,有宽阔的学术视野。评论作品不但要有文学史的比较的眼光,而且要通晓社会历史的许多方面的知识。明乎此,我们就不难理解,为什么历史上的评论家、特别是影响大的

---

① 马克思:《第六届莱茵省议会的辩论》,见《马克思恩格斯全集》第 1 卷,人民文学出版社,1974 年,第 90 页。

② 鲁迅:《"题未定"草》,见《鲁迅全集》第 6 卷,人民文学出版社,1981 年,第 430 页。

评论家常常都是学者,即使不是学富五车,也得是博览群书的。

当然,这不是说凡学者都能成为文学评论家。因为文学评论家除了学问,还得有艺术感受力和鉴赏力。所以,学者而又能兼做文学评论的人,历来也不是很多。

就文学来说,评论家一向不如作家知名。文学作品一旦创作出来就能满足人们审美的需求,读者多,传播广,作家的知名度大就很自然。而文学评论的读者一般都比文学作品的读者少,这大抵是不争的事实。但这不等于文学评论不重要或没有价值。相反,它的重要价值也不可小觑。文学评论不但是作者与读者的桥梁,它向读者阐释作家创作的意义、特色,又把读者的褒贬喜恶反馈给作家,好的评论还能充当作家的诤友和读者的良师,以宏阔的视野和精辟的见地,使作家和读者都能从中获益。评论家从丰富的文学现象中给作家作品以历史的定位,并从对众多作家作品的研究中升华出理论,从而帮助作家和读者更好地认识文学艺术的规律,并自觉地运用这些规律性的知识去促进文艺的繁荣。因此,人们把文学评论看做是文学领域不可缺少的一翼,正是基于对这项工作的重要价值的一种认识。

今天,我国人民正为建设有中国特色的社会主义而奋斗。促进文学艺术的繁荣对建设社会主义精神文明尤有重要的意义。而要使文艺沿着健康的轨道发展并繁荣起来,加强文艺评论便必不可少。新时期以来,我国文学的繁荣应该说与文学评论的促进作用分不开。没有理论批评方面的拨乱反正、解放思想,没有文艺评论对许多作家作品的实事实求是的评价和宣传,很难设想我国社会主义文艺会有今天这种繁荣的局面,虽然这种繁荣从根本上说是与整个社会主义事业的欣欣向荣相联系的。

为了加强文艺评论,党和国家采取了许多措施。新时期文艺评论能够获得比以往更好的发展,成长起一批又一批新的文艺评论家，正跟整个社会的经济、文化环境的不断改善分不开。可是，比之蓬勃发展的文艺创作，文艺评论无论在力度上，在人才的聚集上都是显得不足。评论著作出版困难，评论队伍不断走失，更使得文艺评论在进入90年代日益产生危机感。人们不满评论界的"疲软"和"失语"，感到评论著作太少。而评论家又确有许多是努力写作的，他们看到不少同行纷纷改向，或写散文、或写小说去也，深感耕耘于评论领域的寂寞与困窘，却还是坚守在这个寂寞的岗位上。在这种情势下，如何促进文艺评论的开展，实在是一个健全的社会不能不考虑的问题。

河北教育出版社是近年以重视国家文化建设而引人注目的出版社。为了扶植文学评论，慨然答应斥资出版这套"学者评论家近作文丛"，实在是一件富于社会责任心和时代使命感的文化盛举。学者评论家是当今文艺评论责任心和时代使命感的文化盛举。学者评论家是当今文艺评论队伍中有自己特色和独特成就的一支队伍。他们大多在高等院校、科研机构从事学术工作，主要从事教学、编纂和研究工作，往往兼治文学理论、文学史和文学批评。虽然他们的主要精力多不在当前的文学评论，但建国后特别是新时期以来，他们都撰写了不少评论文字，在文学界产生过相当的影响，其中不少人还被认为是知名的评论家。在参加中国当代文学研究会的近两千名会员中，大多数都是在高等院校从事教学科研而又兼写评论的。本套丛书由于篇幅所限，只能先推出部分学者。将来如果能获得出版界的广泛支持，希望能有更多的选本与读者见面。

丛书中所选文章是由作者自选的，主要是新时期以来、特别是近期的论著。这些作者大多出版过评论集，此次选本中既选有见于以往评论集但作者自认为颇具学术价值、代表其本人一定时期学术成就的篇章，也选有尚未编集出版的近期评论新作，涵盖作家、作品评论和专题理论研究与探讨的文字。总体上希望这些选本能有助于读者了解有关评论家的大体成就或某一方面的突出成就。由于这些评论家大多活跃于新时期的文坛,因而,从他们的评论文字中,人们也可以看到这一时期我国文学发展的概貌和对许多著名的或新起的作家以及他们的创作成就的有关见解。

我们新时期的文坛由于认真贯彻"百花齐放,百家争鸣"的方针,文学观念和批评方法也走向多元。读者可以看到,丛书中各家的观点与方法也并非一样,而且各有自己的批评风格。这些评论家中,有的多作宏观性批评,有的多作微观性批评,有的多评诗歌,有的多评小说,有的多评少数民族文学,有的则多有理论的论述,这大体上是反映了各人平时研究视角的差异,也一概尊重个人的所选。

这套丛书的顺利出版,特别应该感谢河北教育出版社社长兼总编辑王亚民同志和责任编辑。除了对他们的热心支持和辛勤努力表示我们衷心的感谢和敬意外,对出版社为本丛书的出版做出贡献的全体同志,我们也致以深切的谢意。

1997 年 4 月 20 日于北京

中国文学的历史命运

一 百年中国的忧患与梦想

中国文学在近代发生的革命,与文学所处的社会环境密切相关。可以说,近代以来兴起的文学运动,均为社会原因所激发。其基本触媒与一个帝国由兴盛转向衰亡有关。中国人因这一事实而普遍感到了社会和生存危机,这些,均可溯源于痛苦的中国社会历史现实。从上一个世纪中叶开始,中国文学便有了投身救亡而且变革自身的要求。这个过程的基本表征是痛苦而缓慢,它的计算单位大体以百年为期,这和这个社会的古老以及它的悠远时空相适应。

在这个社会构架之中,任何一个微小的变动,都是以数十年乃至百余年为期方能稍稍见到一些端倪。社会事实为文学的改革提供了有力和有效的佐证,这使我们考察文学的时候能有一个从容的和不那么大惊小怪的心态。在中国,一条辫子的兴废,要以百十年的光阴和无以数计的生命为代价。一个愚昧仪礼的兴革同样是以漫长时日和无以数计的"认真的废话"来换取的。

距今大约二百年前,是乾隆盛世的时候。乾隆五十八年(1793)英国派遣以马戛尔尼为首的使团访华,当年八月出发,十月到达广东。那时的清朝仍以"天朝"自居,认为对方是"进贡"而来。乾隆皇帝阅读英商禀文及两广总督郑世勋的报告后,以英方"情词极为恭顺恳挚"而准予觐见。英使抵京后,陆续有各项禀报,皇帝仔细阅读并推敲这些奏章,特别是有关礼仪方面的细节,前后都有极仔细的考问。在雪片般的奏章与上谕之间有一份是乾隆五十八年七月初八皇帝给直隶总督梁肯堂的上谕,对使团进贡礼品的细节等都提出极认真的盘问:

> 前据梁肯堂奏,与该使臣初次相见敬宣恩旨时,该使臣免冠竦立,此次折内何以又称免冠叩首。向闻西洋人用布扎腿跪拜不便,是其国俗不知叩首之礼或只系免冠鞠躬点首,而该督等折内声叙未能明晰,遂指为叩首亦未可定。著传谕徵瑞,如该使臣于筵宴时实在叩首则已,如仍止免冠点首,则当于无意闲谈时婉词告知以各处藩封到天朝进贡观光者,不特陪臣俱行三跪九叩首之礼即国王亲自来朝者,亦同此礼。今尔国王遣尔等前来祝嘏,自应遵天朝法度,虽尔国俗俱用布扎缚不能跪拜,但尔叩见时何妨暂时松解,俟行礼后再行扎缚,亦属甚便。若尔等拘泥国俗不行此礼,转失尔国王遣尔航海远来祝釐纳赆之诚,且诒各藩部使臣讥笑,恐在朝引礼大臣亦不容也。此系我亲近为汝之言。如此委曲开导,该使臣到行在后,自必敬谨遵奉天朝礼节,方为妥善。①

这是一段相当琐屑的文字,从中可以看出处于开放世界格局的封建王朝的尴尬。封闭的中央帝国在被迫的世界交往之中,已经失去了那份恢宏和大度。这文件中流露出来的小心翼翼和市井小民般的琐碎,已经显示出无可奈何的末世的悲凉。但他们还是用虚荣和谎言来给自己打气,借此维持心理的失衡。在那份上谕发出四日之后,即乾隆五十八年七月十二日,有一份给长芦盐政徵瑞的上谕,其中引徵瑞奏折中的话说,该使臣"深以不娴天朝礼节为愧,连日学习渐能跪叩……其敬奉天朝系出于至诚,断不敢稍衍礼节,致蹈不恭之咎"②。

---

① 引自《谕直隶总督梁肯堂尊英使礼品可在圆明园摆放》,见《掌故丛编》
② 引自《谕长芦盐政徵瑞英使节应到承德时日》,见《掌故丛编》。

那时正是清朝极盛时期,还能维持那种局面,维持一种虚假的尊严,尽管这一切在进入工业社会的现代世界,已经显示出它的愚昧委琐和可笑。从那以后,清朝局势逐渐衰弱,其中经历重大的丧权辱国的失败战争。但这样一种外国使节也需一并行三跪九叩之礼的陋习,一直被拖拖拉拉地延续下来,直至1891年1月。史载:"光绪皇帝见各使臣于紫光阁,各国使臣向皇帝呈递国书,鞠躬施礼。于是各国使臣觐见之例遂定。"1891年距离乾隆年间那一段逸事的1793年,大约接近百年。一个小小的礼节的变更要付出那么多的笔墨心机,绞那么多的脑汁,经历那么多的心灵的痛苦,这就是中国,中国的社会和中国的文化。中国文学变革的节奏和效率,大体也是如此。

以上是中国封建文化顽强地维系及挣扎的事实。这一文化自认为是世界的中心,而且要求成为各国一起遵照的文化统一体。但是中国国势的衰微使这样的文化固守难以维持。列强的炮舰所代表的经济实力必然使经济落后的帝国维护垂亡的文化的努力化为泡影。清末光绪的礼仪改革是被迫的和无可选择的。

19世纪末叶,一系列的丧权辱国的苦痛唤醒了中国知识界的良知。1888年康有为上书"极言时危",请求变法维新:"变成法,通下情,慎左右","未达"。翌年,光绪皇帝"亲政"。1891年,康有为刊大同书,宣布大同思想,撰《新学伪经考》。1895年刘公岛失陷,北洋水师全军覆没,丁汝昌自杀。国势濒危使志士仁人为之心焚。

1898年1月,康有为第五次上书,光绪大集群才面谋变政,听任疆臣各自变法。5月,御史潘庆澜弹劾康有为"聚众不道"。5月29日,康有为第六次上书提出:大集群臣明定国是;设立上书所,广开言路;开制度局,以重章程。其内容用现代的话来说,就是要求实行民主和法制。6月11日,光绪下"明定国是"诏书,宣布变法。9月21日,慈禧发动戊戌政变,囚禁皇帝,重新垂帘听政,并通缉改革派。康梁出走,六君子被杀,这就是惊心动魄的一百天。从1888年康有为上书倡导变法,到1898年慈禧发动政变,大约是十年光景。这就是上一个世纪末的十年改革开放的历史和命运。

从那个时期开始,中国就没有停止过战乱。同时,中国的知识分子也没有停止过理想主义的追求和抗争。但一个无可争辩的事实是,中国社会日益动荡不安,那种康乾盛世的繁华已经成为永远的梦幻。由于中国人和中国知识者的韧性争取,中国同样无可逃脱地开始又一个圆的描画,中国开始又一个百年中国的梦想与追求。

二 中国悲剧文化的特殊时空

20世纪以一个大苦难为标志,降临于中国大地。这一个世纪的开始,留给中国人以异常不祥的兆头,预示了又一个长时期的不幸。1900年8月14日,八国联军攻陷北京,慈禧挟光绪皇帝出逃西安。1901年1月慈禧接过改革的口号,在西安发布"变法上谕",声称此后要"量中华之物力,结与国之欢心"。她为了讨好外国,一再声称改革的方针不变,并杀参加反洋教的王公大臣以换取各国资本的信任。一时域中形势更加复杂化,有诸多假象足以迷惑国人。

但是19世纪最后数年的沉沦,未曾把最后的希望星火扑灭。那些颠沛流离的逃亡者和立志于改变中国命运的思想者仍在黑暗之中,以拳拳之心祈祷光明。在沉郁悲苦之中不时也有使人激奋的声音,使人感受到火浆依然悄悄运行于地心。20世纪刚刚开始它的纪元,在黑云沉沉的天空中闪过一道雷电。梁启超在《清议报》第52期发表《过渡时代论》。该文确认当时万马齐暗的中国社会依然没有失去获得转机的时代机缘,他认为中国的潜在生机并没有因为暂时的黑暗而消失。相反,他以非常确定的语气认为中国不仅正处在、而且应该利用这个历史转型的机会：

> 今日之中国，过渡时代之中国也。……中国自数千年以来，皆停顿之时代也，而今则过渡之时代也。……过渡时代者，希望之涌泉，人间世所最难遇而又可贵者也。有进步则有过渡，无过渡亦无进步。中国自数千年来，常立于一定不易之域，寸步不进，跬步不移，未曾知过渡之为何状也。虽然为五大洋惊涛骇浪之所冲击，为19世纪狂飙飞沙之所驱突，于是穷古以来，祖宗遗传深顽厚锢之根据地遂渐渐摧落失陷而全国民族遂不得不经营惨淡跋涉苦辛相率而就过渡之道。

这是这位哲人在20世纪第一年说的话。在世纪行将结束之际重温这段话，对于中国人来说具有强烈的警策意味。一百年又将过去，这一百年的大多数时间，中国这飘荡于重洋巨涛之中的一叶扁舟总是在"两头不到岸"的滚滚波涛之中打旋。我们花了将近一个世纪的奋斗，换来的总是舟已离港而不知彼岸的事实。这是中国人的百年苦闷的象征。这情景，只是到本世纪后期，中国实行开放政策，方始有了大的转机。

梁启超的一番话，能够给陷于深层苦闷的中国人以信心。恶劣的际遇不会改变和泯灭中国知识者的良知，以及对于社会民族命运的思考。即使是经历了1898年那样惊心动魄的突变，大搜捕和大迫害也不能扑杀那些默默生长的信念的火花。但这一番话也让人感到了一种中国人的悲凉。中国的时间何其漫长，中国的速度何其缓慢。在中国，任何一个事件的改变都必须以超乎寻常的坚忍和耐心来换取。在中国，有更多的时候不给致力于推进者以看到自己目标的机会，它会把无数的验证交给了后人，包括再期待和再争取。

近代以来的中国文学,它的一切前进和后退,痛苦和欢乐,成功和失败,都维系于我们前面论述的那一个大背景中。世纪末的忧患已经成为文学变革的潜因。尽管发生鸦片战争、戊戌政变、辛亥革命这些近代史上燃起希望而瞬即失望的事实,但是无数失望却郁积着一次又一次更大的争取。

中国新文学革命的酝酿从根本的导因来考察,是有感于旧文学的未能适应新时代和新生活。文学作为传达情感、思想和愿望的机能受到运载工具的局限,而未能在现代交流中发挥作用。但它的兴起却由于中国社会因素的触发。五四新文学革命是五四爱国救亡运动和新文化运动的一个伴随物,或者说,作为反帝反封建的社会运动诱导和支持了作为倡导新文学反对旧文学的文学运动。郑振铎对这次新文化革命与它的背景作了紧密联系的阐释。他在《新文学大系文学论争集导言》中说:"五四运动是跟着外交的失败而来的,学生的爱国运动,而其实也便是这几年来革新运动所蕴积的火山的一个总爆发","说是政治运动,爱国运动,其实也是文化运动"。

1919年,第一次世界大战的巴黎和会,中国作为战胜国却在会上受到屈辱。外交的失败激起了国人的义愤。5月4日,以北京大学为首的大学生高呼"外争国权,内惩国贼"的口号,走上街头。当日有三十二人被捕。5月6日,北京政府国务总理钱能训即召集紧急会议,会上有力主解散北京大学者。教育总长傅增湘强烈反对,随即愤而辞职。

由对腐败政权的失望引发了中国社会积重的全面思考,五四学生爱国运动成为一个契机,并由此兴起了全面的反帝反封建的新文化运动。科学民主的新思想的引进与阐发,以及先进的文学界对于革除旧文学弊端而兴起的新文学革命的主张,都是19世纪与20世纪之交的中国命运思考的现实性延伸。

中国在上一个世纪末所经历的苦难凝结的噩梦,在天安门前化为了现实的呐喊。呐喊过后所经历的镇压与迫害,变作沉郁的思想岩浆在地心运行。它期待着借助一切可能的喷火口,爆喷出地面成为一种改造中国社会的实际行动。

三　近代思想文化革命的宏阔背景

五四新文化运动和五四新文学革命都是天安门呐喊所唤醒的实际行动。它们不是偶然被触发而产生。对于中国久远的封建主义传统的警觉与批判,许多先行者都意识到中国必须终结它的古老帝国的历史,而进入现代世界。为此,必须以科学反对愚昧,以民主替代专制。其基本诱因是世纪之交的衰微沦丧的刺激与反应。

从19世纪来到20世纪,中国人心情悲凉,步履艰难,为了寻求疗救社会和心理药方而不惮前行,可以称之为求医心境。这种心境是进入20世纪之后一切社会、政治、经济、文化运动的总因。它是系列爆破的总的引信。它叶脉般伸往中国社会以及个人的一切角落,输送着支配整个世纪中国一切行动的心理情绪因素,成为智慧才能与热情的基本能源。

我们可以从新文化运动和新文学革命的前驱者那里感受到这种生发于民族社会忧患而以新进观点为前导的紧迫感。1915年《新青年》(原称《青年杂志》)创刊,有"敬告青年"的"特阵六义":

1. 自立的而非奴隶的;
2. 进步的而非退守的;
3. 进取的而非退隐的;
4. 世界的而非锁国的;
5. 实行的而非虚文的;
6. 科学的而非想象的。

这六条所体现的科学、民主、进步和开放的意识,即使在今日读了亦不失原先那种先进性的辉煌的震撼。1919年《新青年》发表宣言,更加鲜明地高举不与传统观念妥协的反抗精神:"我们想求社会进化不得不打破天经地义,自古如斯的成见,决计一面抛弃此等旧观念,一面综合前代贤哲、当代贤哲和我们自己所想的创造上、道德上、经济上新观念,树立新时代的精神,适应新社会的环境。"在与过去保守陈旧观念决绝的同时,高扬的是自立自主的创造精神,这就是五四当年的民主思想在学术领域的显示。

蔡元培是五四新文化运动的倡导者之一。他在《中国新文学大系》的总序中传达了中国知识者基于忧患而产生焦躁迫切的心境。他认为欧洲从复兴到人才辈出用了大约三百年的时间,而中国情况有其不容忽视的迫切性:"至少应该以十年的工作抵欧洲各国的百年",因为"吾国历史、现代环境,督促吾人,不得不有奔轶绝尘的猛进"。这番话写在五四运动后十数年,他认为新文学成绩当然不敢自诩为成熟,"其影响于科学精神,民主思想及表现个性的艺术均尚在行进中",他希望在第二个或第三个十年到来的时候,冀企于"中国的拉斐尔与中国的莎士比亚等应运而生"。

这是充满浪漫精神的理想,从这种热切的期望中,我们可以看到蔡元培这一代知识者与康有为、梁启超那一代知识者心态的共同性。他们总是一次又一次地为想象中的过渡时代祈祷,而又眼巴巴地看着船只在急浪中打旋。中国总是在"两头不到岸"的境界中等待着和失望着。

可以把新文学运动看成是又一次的争取和等待。这是百年中国梦想的又一个组成部分。尽管文学在国人和当局者心目中是微小的,但文学家却把它视为匡时济世的伟大事业。几代知识者为此投入了毕生的精力,而且以非常投入的精神在此后数十年中参与并与中国文学共同经历了举世震惊的文艺劫难。

五四文学运动是五四社会运动的派生物，也可以说，新文学运动是新思想新文化运动的深入和具体化的结果。由社会性的救亡思想而深入到救亡必须启蒙民众，而要启蒙民众必须改革文学，使之能为普通民众所接受，这想法在当时的先进文学家中是非常明确的。因此，庶几可以这样得出结论：文学革命的初因不是、至少不主要是文学，而首先是反抗封建桎梏和封建统治的社会反抗的功利行为。

胡适说到新文学的白话文运动时曾提到人们罕知的王照其人。这人的思想行为证实了戊戌维新和五四运动中，政治斗争、思想革命与文学改造这些现象之间具有内在精神的一致性。王照参加了戊戌变法，也是当时的一位领袖人物。变法失败后他是被通缉的要犯之一，被迫流亡日本。庚子乱后改装潜回并隐居于天津。他归国后思想有了大的转变，从"妄冀富强之效出于策略之转移"中觉悟过来，要从教育"芸芸亿兆"下手。认为富国治理的根本在最大多数的细民，不在少数英俊之士。他于是悉心创造"官话字母"，以求使文字语言能够切近民众。这是白话文运动的先行。胡适说："当时也有一班远见的人，眼见国家危亡，必须唤起那最大多数的民众来共同担负这个救国的责任。他们知道民众不能不教育，而中国的古文古字是不能做教育民众的利器的。"①

许多新文学运动的推动者，早时也热衷于科学救国，后来发现社会落后，民众愚钝，于是转而求以文学启发民心。这是救亡的一个选择，也是救亡与启蒙进而结合互相渗透的一个明证。从上引王照的例子可以看到当年维新主义者选择白话，与新文学运动参加者为新文学寻求适当工具的思考是同向的。他们从不同角度出发，而在同一个社会现实的基础上获得共识。

---

① 见《新文学大系建设理论集·导言》。

基于上述,我们认识到五四新文学运动和新文学革命的基因是觉世维新和振兴国运,是由社会政治,思想变革的需要转向文学讨取药方。这构成新文学运动救亡、启蒙与艺术自立的创新之间的潜在矛盾,我们在这里探讨的中国文学的历史命运,自从五四最初十年结束之后,中国文学运动长时间动荡与不可挽回的倾斜,其原因在最初的文学梦想中即已种下。这是宿命,是不可逃避的。因为这是、也只能是属于中国的文学追求。

四 作为基本触媒的世纪末忧患

五四新文学运动继承了它的前身——近代文学改良运动的基本思想,即有感于国势艰危,思以文学之力而起到强国新民的作用。康有为在1897年《日本书目志识语》中把文学的教化作用提到最高度:"六经不能教,当以小说教之;正史不能入,当以小说入之;语录不能谕,当以小说谕之;律例不能治,当以小说治之。"上一个世纪末兴起的小说界革命,是从小说的社会教化功能入手。梁启超同样重视小说在这方面的作用。他在《论小说与群治之关系》中指出:"欲改良群治,必自小说界革命始;欲新民,必自新小说始。"他认为不论从改良宗教、政治、风俗、学艺以及改造人的角度讲,小说的改革具有先行的决定作用,因为"小说有不可思议之力支配人道故"。

那时的小说界革命或诗界革命除了注意到内容的革新有助于启发民智,同时也都注意到了白话的普及与运用,对于文学教化作用的价值。1901年《无锡白话报》刊登未署名的《论白话为维新之本》的文章,明确举扬反对文言,提倡白话的旗帜,把白话的作用提到极重要的位置:"愚天下之具,莫文言;智天下之具,莫白话"。认为白话是振兴国运的必要工具:"文言兴而实学废;白话行而后实学兴,实学不兴是谓无民",意思是讲没有白话必将无国无民。

新文学的推动者在上述那些基本方面,完全认同于他们的前辈。他们对于文学的社会改造功能的重视,以及对白话提倡的热情几乎与近代先行者如出一辙。蔡元培指出近代以来人们已由思想改革推进到文学改革,是"因为文学是传导思想的工具"。钱玄同等人更是对旧文学充满了怀疑态度,进而对之实行尖锐的批判。他在1918年致陈独秀书中说:"旧文章内容,不到半页,必有发昏做梦的话。青年子弟,读了这种文章,觉其句调铿锵,娓娓可诵,不知不觉,便将为文中之荒谬道理所征服。"

五四新文学运动直接从近代先行者那里承继了百年梦想的理想精神。尽管19世纪20世纪之交,中国经历了至少两次幻灭的痛苦:百日维新之后的复仇性反扑和残酷镇压;辛亥革命之后的军阀混战,封建势力的卷土重来。两次悲剧性经历是使人们重新体验思想上的幻灭和旧事物的顽强生命力——它可以借任何机会显示自己的韧性。但作为文学救国的另一轮尝试,五四新文学运动以似乎从未经受挫折的纯真热情开始了又一次投入。

五四新文学运动作为漫长的结束噩梦的求索途中又一次新的亢奋,至今还留给我们以青春奔放的印象。巴黎和会的丧权辱国,不过是民族积愤的干柴之上一点火星的引燃。作为一个契机,由受损害的民族自尊而激起了对于中国漫长封建历史的反思。以"打倒孔家店"为标志的对于封建主义的批判,以引进科学民主为标志的向着现代文明的认同感,都是基于唤醒国民的心智,重新铸造民魂的救亡与启蒙融为一体的文学实现。

新文学的设计和创立成为反抗全部旧秩序的手段的试验地和突破口。它成为中国新文化运动的前驱。批判精神是这一运动的前提和基础。面对庞大旧秩序的彻底怀疑和反叛精神是新的思想家园的精髓。后来的坚信不疑以及皈依经典、迷信个人是国民性格的软化和退化。因为是上一个世纪末悲剧心态的延伸,它成为了世纪忧患的新文学的灵魂。救亡的焦躁与启蒙的崇高感交汇而为新文学总体精神的悲凉气氛。深刻的怀疑,严峻的思考,悲愤的呐喊,决然的反抗,综合构成了五四新文学的先天的悲怆风格。

因为它深受西方个性解放和民主思想的启悟,因此在它的展开中又揉之以自由奔放的情调。最初的新文学的成熟作品,大抵都充满了反抗精神,而当这一精神附着具体的形象,则往往表现为癫狂性的。《狂人日记》中疯子语言体现了现实的真实性;郭沫若的《凤凰涅槃》和《天狗》的语言也是狂放不羁的。它们在非常规的疯狂状态中,传达出特殊时代的基本精神。整个时代的文学艺术几乎都不是轻松明丽的。

即使如"湖畔"那一伙年轻的专作爱情诗的诗人,在他们那些纯情的歌唱中,那种青春追求始终为反抗、牺牲、争取的悲凉氛围所笼罩。爱情在当时中国不是一种青春的权利和享受,而是抗争中的使命。它是情感的,甚至要以情感的牺牲为代价。巴金的《家》并没有那种对于青春的陶醉与追恋的轻松甜美,也是无所不在地充斥着反抗、憎恶,甚至愤怒和死亡。即使是朱自清的抒情散文《背影》,父亲跨过铁轨那一刹那的印象,是中国儿女对中国父辈的苦难悲凉所摄取的永恒的镜头。《背影》中有重大的人性因素,但中国社会赋予的一代人的衰老的背影的凭吊至少是同样的浓重。

中国新文学历史的第一页就是在这样严肃而充满使命的气氛中掀开的。1919年《新青年》发表宣言,首先高扬的就是怀疑和反抗的精神,认为要"打破天经地义自古如斯"的成见,要抛弃旧观念而创造新思想以"树立时代的精神,适应新社会的环境"。针对中国社会的久远苦难,《新青年》为未来中国画出了一幅多彩的理想蓝图:"我们理想的新时代新社会是诚实的、进步的、积极的、自由的、劳动的、愉快的、全社会幸福的,希望那虚伪的、保守的、消极的、束缚的……渐渐减少,至于消灭。"它几乎把能够想到的美好词语都堆积起来,用来表达我们的未来。想象力有多么丰富,这些描绘未来的词汇就有多么丰富。这一切,后来就化为中国文学长久追求的目标。

《新青年》以浪漫派的情调向世人宣示它对旧势力的反抗精神,它在关于罪案的答辩之中说:

> 他们所非难本志的无非是破坏孔教,破坏礼法,破坏国粹,破坏贞节,破坏旧伦理(忠孝节),破坏旧艺术(中国戏),破坏旧宗教(鬼神),破坏旧文学,破坏旧政治(特权人治)这几条罪案,本社同仁当然直言不讳。但是追本溯源,本志同仁本来无罪,只因为拥护那德谟克拉西(Democracy)和赛因斯(Science)两位先生,才犯了这几条滔天大罪。要拥护那德先生便不得不反对那孔教,礼法,贞节,旧伦理,旧政治;要拥护那赛先生,便不得不反对那国粹和旧文学。

这一番话画出了当时弄潮人的另一种心态,即他们对一切旧物的批判和反对的基本态度。这从一个侧面表明了新文学的浪漫精神。对于他们,一切新的都要召唤,一切旧的都要推倒。他们不在乎他们在多大程度上能够争取到这些,以及他们是否有可能摒弃那些在悠久历史中形成的生命力持久而顽强的传统文化、习俗和思维方式。

这从一个崭新的层面表达了中国知识者面对的选择的困境:他们既无力在一个运动中推倒传统文化和精神的统治,他们对自己所呼唤和争取的一切甚至也来不及弄清楚。但由于社会苦难和民族衰落的积郁,他们没有充分准备便投入了一场壮烈而且是力量悬殊的抗争。他们普遍具有急于求成的紧迫焦灼的心境,希望能以最快的速度和效率赶上世界的潮流,以缩短中国和外部世界的距离。于是他们希望速效和速胜。

前面引述过的蔡元培说的"至少让以十年的工作抵欧洲的百年"便是一例。无独有偶,郑伯奇在《中国新文学大系小说三集导言》中也谈到,虽然落后国家产生了文学新潮,但先进国家所经历的文学进程,它还要反复一遍。不同的是,这个反复是快速的:"这快速和落后的程度可以说是反比例的。越是落后的国度,这种进化中的反复来得越快","回顾这短短十年间,中国文学的进展我们可以看出西欧二百年中的历史在这里很快地反复了一番","西欧两个世纪所经历过了的文学上的种种动向,都在中国很匆促地而又很杂乱地经历过来"。1932年刘半农在《新编白话诗稿序》中曾经感慨从五四到那时的短短十五年光景,他们那一辈人"都被挤成三代以上的人",当年新鲜的东西也都不觉得变成了古董。

这种情景在五四过后半个多世纪的开放的文学十年中又重复了一遍。这十年政治上的相对宽松,社会从严重的教条约束下,得到一种改善性的准自由状态。在这样的环境中,人们面对这个社会因禁锢而生成的愚昧落后与周围世界形成的巨大反差,百年苦难滋长的文学忧患得到迷漫性发展。在高速竞技般展示的节日狂欢的背面,不难看出这一代中国人的失落感,那里施展了一种沉痛悲凉之感。

这乃是万事不如人的蒙羞垢耻心态借助文学的创新以求平衡的实践,最近十年的社会文化现实中诸多方面都有这种表现,但文学表现得最集中,最强烈。朦胧诗之后,有新生代乃至新新生代。所谓第三代或第四代诗人或批评家,所谓第五代导演或画家,文学艺术和诗人们都"老"得很快。不觉间原先的弄潮儿变成了保守的前辈,甚至成了"打倒"的对象。评论界更是不断推出新潮。人们惊呼被"创新的狗"追赶得连喘气的时间都没有了。

这是由于文学蒙受的苦难最严重,而文学家也能最敏感地感到这种氛围。而对相距数十年在中国重复出现这种巨大的创造热情所包蕴的悲凉情怀,从而表现出近于疯狂的文学创新的旋舞,不难看到这是由于挣脱苦难而爆发的补偿快感的刺激,是由于长久的饥渴过后的失常欲求的驱使。中国文学在此种情态和环境中产生的追求新鲜刺激、浮躁喧嚣、不由自主地模仿,以及由于急功近利,求成心切所造成的粗糙和肤浅,都是这种心态下易于产生也不难理解的弊端。

五　从思想革命到工具革命

在充分宣扬的文学救亡意识的支配下,中国文学的变革呈现出饱满的热情投入精神。初生的文学一开始就进入了反抗旧秩序、建立新秩序的大破坏和大建设的热潮中。作为文学运动的精神思想支柱,胡适从纷繁的现实情态中,将此归纳为人的文学和活的文学两大内容。这可以认为是对五四新文学精神的较为深入精赅的把握。

活的文学重点在文学的运载工具的改革上。即从以脱离民众口语和社会现实的文言作为工具,转变到以现代人常用的口语为基础的规范化的现代汉语作为工具上来。白话的提倡以及它对文言的战胜所具有的价值和功绩,是逐渐被认识到的。相当时间流传过的提倡白话文是形式主义的谬误,只是到了最近数年才得到辨析。

白话的提倡和运用是旷古至今的伟大事件。由于运载工具的变革,使得文学的面貌为之一新。它具备了成为新的文学最必要的前提。文言的弊端在五四先驱者那里几乎是不言而喻的。胡适指出文言对于前进的时局已经成了极大的障碍。首先是当时大量的时务策论的文章,其次是翻译外国的学术著作,再就是用古文翻译外国小说,均感到无法表达新思想新观念,从而有不能沟通的痛苦。

胡适曾引用严复在《群己权界论》一文的自我辩护的话:"海内读吾词者,往往以不可猝解,言其艰深,不知原书且实过之。理本奥衍,与不佞文字安固无涉也。"胡适认为从严复的"理本奥衍,与不佞文字固无涉也"这十三个字里,我们听到了古文学的丧钟,听见了古文字自己宣告死刑。严复的话宣布了古文在表达现代新思想的复杂深刻的论述方面的无能。它在现代科学文化学术面前,表现出无以传达沟通的尴尬。严复的文言功底谁也不会怀疑,所谓"无涉"恰恰表现了这一运载工具的总体的失败。

活的文学的倡导,勇敢而果断地宣告了其与传统思维方式以及传统传播手段的决裂。这种决裂的纵的背景,依然是对于封建思想文化体系的警惕。钱玄同说的"浪人发昏",即指的文言以它的完备周到而诱人误入歧途。那一代人在新时代中觉悟而树立的破除迷信,解放思想,首先是从文体革命入手,即是以传播手段的改革而断绝封建思想的后路。其动因完全也是从这一背景出发的。

中国人已经认知他们生活在一个全球性的开放环境中,他们不能听任那些啃啮了数千年的精神思想毒素继续肆虐。他们最极端的口号是"无父无君无法无天",是"排孔"——"以孔毒之入人深,非用刮骨破痛之术不能庆更生"。因为对这一点有充分的警觉,于是有了陈独秀诸人讲的在建立白话文的问题上"决不容讨论"的"粗暴"。这体现了那一代人的胆识和魄力,蔑视庞大的传统存在的反叛精神。

文体革命倡导活的文学,以建立白话文并明确其在新文学革命中的主导地位,既是一场恶战,也是一场速胜战。文体革命顷刻之间颠覆了数千年的封建体系对国人精神思想的覆盖。这虽说是一种焦躁心境的体现,但仅从白话出现,中国人可以"暂时"地把那一整套的封建思想体系放置一旁,而从新文体所构筑的新世界中思维和运作这点看,其意义不仅巨大而且深远。

基于上述,可见文体革命体现了毫不妥协的反封建的彻底性,它的建立是一个翻天覆地的工程。其最直接最显著的结果是出现了两个符码系统:人们可以把旧系统弃置一边(尽管不能断绝它的影响),从而完全自由地在自己建造的体系中生活。这使数千年受到语言强加和暴虐的中国人第一次获得了思维的自由和快感。这种以快速反应的方式弃绝和排除传统影响的行动,是"中国式的",也是全面颠覆传统文化根基的巨大反叛。

事实就是这样:当白话新诗出现时,全部文言旧诗便从人们的文化视野里"消失"了。这种"消失"也可以说是"消灭"——尽管事实并非如此。但无论如何,人们可以尽情地自由自在地去做他们自己选择的"新诗",而从思想上对旧诗加以消解。当白话文成为一种新的沟通交流手段时,由文言构成的一切自然地也都成了"历史"。小自公文写作,大至科举制度,文言都无可奈何地退出历史舞台。

白话文的创立导致了与传统思维方式的决裂。手段的创新和变革,使新的观念和思维方式有可能得到表达和充分的装填。这当然意味着新思想和新观念的占领。五四作为一个伟大的思想解放时代,它所创立的新文学作为一个不同于以往千年的旧文学,其表现手段以白话语体代替文言古文是一个决定性的步骤和伟大的成功。以上所述,是形式和手段上的革命,在文学的内涵上,区别于以往的传统古文学的,是五四引进和提供了与以往不同的建设性内容,这便是人的文学的提倡。后者是一个最富革命性的命题。

与人的文学相对立的是非人的文学,或曰吃人的文学。它有两个方面的含义:旧文学的内容是非人的占领和统治;旧文学窒息人的本质和生机,从而使人成为非人。人从神权和皇权的重压下解放出来,人的自觉和人性的解放是对于非人非我的勇敢否定。《新青年》杂志创刊以来就不遗余力倡导人的精神。1918年6月出版易卜生专号；1918年12月提出健全的个人主义和真正纯粹的个人主义。五卷六号刊出周作人的《人的文学》，这是一篇关于新文学内容革命最具实质性的宣言。它明确主张人的文学而反对非人的文学："凡有违反人性不自然的习惯制度，都应排斥改正"；"凡兽性的余留，与古代礼法可以阻碍人性向上发展者，也都应排斥改正"；"我所说的人道主义，并非世间所谓悲天悯人或博施济众的慈善主义，乃是一种个人主义的人间本位主义"。胡适称周作人此文是一篇"最平实的伟大宣言"。朱自清则认为它传达的是"时代的声音"，这是五四提出的新时代的理想精神。他讲，《新青年》的一班朋友在当年提供这种冲淡平实的个人主义的人间本位，也颇能引起一班青年男女向上的热情，造成一个可以称为"个人解放"的时代。然而，当我们提倡那种思想的时候，人类正从一个非人的血战里逃出来，世界正在起一种激烈的变化。

人的文学的提出，其意义不限于文学自身。它的大含量包括了思想、精神、文化的历史性反驳，即对非人文学以及造成这种文学环境的大胆质疑。它对世界新文化精神的适应一下子就使自己达到当时的思想高度。人的文学的提倡其表面层次是对于数千年非人统治的背叛，以及对于非人生存状态的反抗，但它提倡的深层含义及它的最精粹的部分的个人主义的人间本位主义的提出，以及它所希望造成的"个人解放"的时代，无疑地加入了一次世界大战之后世界争取新文明的总格局中。

六 现代文明的盗火者

从思想革新到工具革新、由思想解放到个性解放这一综合过程体现了五四新文化运动最主要的成果。前已述及，这一切均受到了百年忧患和梦想的潜在影响和决定。这些因素给新文学革命以活力。这无疑是当年先驱者赋予新文学的充满现代色彩的品质。在前面的叙述中我们不断提醒和强调中国现实的和历史的原因所给予的新文学革命推动者们精神启示和思想营养。在中国感到了自身的衰废而谋求振兴之时,中国的求医心境只能把希望的目光转向域外。因为在当时的探求者心目之中,以孔学为代表的传统文化不仅未能拯救民魂和重新铸造中国的品格,相反,他们不啻是麻醉剂使民族沉沦。当人们把批判的目标指向传统时候,对于外面世界的兴趣就成为主要的甚而是唯一的了。

需要重视的是文学革命一开始就体现出来的开放意识,即盗取世界现代文明之光的烛照东方旷古黑暗的致力。在新文学运动中以丰硕的创作实践以及以才智之光在运动中起积极引导作用的那一批人,几乎都是世界文明的盗火者。在中国新文学运动先后出现的几代人中,最先的一批人由被叫做留学生的人们构成,是当时留学西方及日本,接受世界先进文化和科学技术的那一代人。由曾小逸主编的《走向世界文学——中国现代作家与外国文学》一书,内容涉及的中国作家简直就是很少遗漏的中国现代文学大师的名录:小说方面有鲁迅、许地山、茅盾、郁达夫、王统照、老舍、废名、沈从文、艾芜、巴金、施蛰存、张天翼、路翎;诗歌方面有郭沫若、徐志摩、闻一多、李金发、冰心、蒋光慈、冯至、戴望舒、艾青、卞之琳、何其芳;散文方面有周作人、丰子恺、梁遇春;戏剧方面有田汉、夏衍、曹禺。内容涉及世界数十个国家,三百多位作家、诗人。

他们由于置身其中,因此在对外来文化的态度上很少有阻力,而且也很少有东西文化冲撞的苦痛。当时的思想解放是无所顾忌的,以外来思想文化为参照,甚至是直接引用。他们以外国思想革命、艺术革命为模式,无拘束地自由奔放与那种历史重压下形成的超人的解放者或圣者形成对比。自由的、洒脱的、奔放的、没有唯恐失去什么的忧心忡忡那一切的精神负担,在当时西风吹飑之中获得了从未有过的轻松。

如同迎接一番盛典,中国知识界在猛烈抨击死守国故的"遗老遗少"之后,显得是完全解放式地向着西方顶礼。他们在经过了五四初期激烈论战后,仿佛获得了胜利者的轻松,因此言行也坦率大胆。那时的口号就是"拿来"。从字面上看,仿佛那一切是现成的,只需一伸手即可拿来,拿来即可用上。鲁迅是说得全面的,"我们要拿来。我们要或使用,或存放,或毁灭。那么,主人是新主人,宅子也就会成为新宅子,没有拿来的,文艺不能成为新文艺"。鲁迅这篇叫做《拿来主义》的文章,其立论建立在批判旧文化的基点之上,他强烈抨击闭关之后的对于古董的弘扬:

> 中国一向是所谓"闭关主义",自己不去,别人也不许来。自从给枪炮打破了大门之后,又碰了一串钉子,到现在,成了什么都是"送去主义"了。别的且不说罢,单是学艺上的东西,近来就是送去一批古董到巴黎去展览,但终"不知后事如何";还有几位"大师"们捧着几张古画和新画,在欧洲各国一路挂过去,叫做"发扬国光"。听说不久还要送梅兰芳博士到苏联去,以催进"象征主义",此后是顺便到欧洲传道。我在这里暂不讨论梅博士演艺和象征主义的关系,总之,活人替代了古董。我敢说,也可以算得显出一点进步了。但我们没有根据"礼尚往来"的礼节,说道,拿来[①]!

那时新进的人士都不讳言西方文化对于中国的影响和贡献。朱自清讲新文学和新诗的兴起时,论述其与西方文化传播的直接关系:"最大的影响是外国的影响,梁实秋说外国的影响

[①] 见《鲁迅全集》第6卷。

是白话文的导火线;他指出美国印象主义者六戒条里也有不用典,不用陈腐的套。甚至新式标点和诗的分段分行也是模仿外国。而外国文学的翻译,更是明证。胡氏自己说,《关不住了》一首是他的新诗成立的纪元,而这首诗却是译的,正是一个重要的例子。"

梁实秋是其中把这种关系说得透彻而大胆的一位。他在《新诗的格调及其他》中说:"我一向以为新文学运动的最大的成因,便是外国文学的影响;新诗,实际就是中文写的外国诗。"他具体联系新月派的诗明确指出:"新月一群的诗的观念是外国式的",他们在《诗刊》上要试验的是用中文来创造外国诗的格律来装进外国式的诗意。梁实秋认为现在新文学的全部趋势是渐渐地趋于艺术的讲究了,而"所谓诗的艺术当然是以外国的为模仿对象"。梁实秋断然说:"外国文学的影响是好的,我们该充分地欢迎它侵略到中国的诗坛。"

思想解放的时代,人们谈论一切问题都无顾忌。在一些看似片面的议论背后,恰恰说明了事实的某些本质属性。例如中国新文学与外国文学的关系便是。觉悟的中国知识界洞察了古文学与旧文化旧礼教的千丝万缕的联系,了解到它对社会进步和现代化进程的障碍作用,一批受到西方影响的人出于对那学术和艺术的了解而取作范式,则是可以理解也非常合理的。我们可以从新文学的设计、诞生、形成到出现较为成熟的作家和经典性作品这一过程中得到证实。

中国新文学不是从天上掉下来的,也不是凭空制作的。它当然与中国的传统文化和传统文学有亲缘联系,历史和人为终将无法割断这种联系。它从中国文化母体中得到遗传和滋养也是不可抹煞的事实。但在五四和新文学革命中,新文学将革命的目标对准旧文学也是深刻的历史必然。当人们决定推倒旧偶像时,忽略甚至无视那偶像的合理存在价值是自然而然的事。

事实是这一番"打倒"之后的重建毕竟有了辉煌的结果。这的确应当感谢中国新文学运动的先驱者的大胆而果断地抉择和汲取。正是这种汲取触发了新文学的极大转机。西方思想文化精神的引入过程并不是一种替代式的取代,它在这片中国土地上必然发生新的机变。这种引入当然带来了震撼、警惕乃至敌意的排斥。

两种截然不同的文化的遭遇带来的矛盾冲撞也自有一分深刻的苦痛,但结果却是积极的。即异质入侵母体生出了一种融汇和杂交的效果。终于出现了一个新的健全的渗透和结合。尽管数十年来新文学的实践未臻完满,然而却不能回过头来怀疑这一历史必然性和合理性。在新文学发生的数十年中,特别是从40年代初至70年代末的四十年中间,有众多的事实让人在这种怀疑乃至否定面前感到担心。面对外来文化时中国所具有的那种近于过敏性的警惕受到了村社文化心态的鼓励。这一切由于民族主义和农民意识占据主流地位而使义和团式的排外倾向文化化。一种特殊心态与主流意识形态的结合,终于不仅使这一切心理歧向合法化,而且成为一种不易治愈的文化心理顽症。

每当社会和民族危机加剧,文化上的封闭倾向总借弘扬民族文化一类口号卷土重来。而它的攻击目标便是外来文化,特别是西方文明。这时候用以阻止人们接近的口实,便是百年来未有任何变换的"数典忘祖"、"崇洋媚外"的罪名。近数十年来,由于国际关系的意识形态化,中国对于外来文化的态度也随着国际关系的改变而不断改变。这种随意的改变使政策失衡,也使文学的发展受到损害。即使在进入80年代的社会开放的形势下,这种意识形态的干扰也从未断绝。当经济上的国际交往成为不可回避时,中国将以何种态度面对前者,目前似乎有了相当的宽松姿态,面对后者至少有内心深处的疑惧甚至敌意却也不易消除。百年的隐忧并未消失。

尽管行政干预的力量仍然强大,意识形态依然有足够的可能性改变文化策略。中国文学从结束"文革"以后开始的自觉反思运动,极大地提高了它向西方世界接近的自觉性。中国事实上已与世界处于同一体——除了那一道并不可靠的精神栅栏。从诗和小说到艺术的各个门类,十年间中国文学以飞跃的步子跨入今日世界的总格局,包括人们时常之诟病"诺贝尔情结"在内,都是事实上进入全球文学秩序的证实。

百年的焦躁和急切使它有可能排除非艺术的干扰而独自行事。尽管近十余年社会动荡曾经不断给这种全球性文化交流以不良影响,但成熟的中国文学能够排除或绕过这种困厄而艰难地前进。时代和人民都在进步,反进步的力量事实上不可能改变一切。

七 民主精神与包容性

在五四运动科学民主旗帜下形成的中国新文学,民主意识是它的精魂。这是由于个人主义的人间本位主义的倡导,以及对人的文学的唤呼,加上新文学运动对于外国文化的引进与吸收所形成的开放思想,个性解放与个性主义的确立,快速生长起来的是艺术民主思想。平等的竞争,充分展开的个性主义,以及为社会的献身精神,都是民主思维的产物。这一思维赋予中国新文学以宽阔胸襟和开放的视野,于是有了新文学运动初期那种此起彼落的和无拘无束的创造性和竞争精神。

最先偷吃禁果的那一班人,他们从奥林匹斯山上盗来了烛照中国封建长夜的火种。随后他们发现火种可能是疗救社会病变的药石。因此在鲁迅那篇《药》的小说中,他把肺痨和封建戕害下的愚顽一样地视为中国社会肌体的病变。借此唤起民众的民主和文明觉悟便是此刻的药。

那时的人一门心思想的是拯救中国于封建的危难,宽阔的胸襟以及勇于前瞻的自信心与这个社会氛围相一致。除了少数封建卫道士以外,一般的人并没有后来人们那样的小农式的心胸窄狭。那时是很以玩弄古董、文物、国粹、闲适为羞耻的,也很怕自己与儒家孔学甚至旧诗发生什么联系。在强国新民这一大目标的指引下,学术、文艺上的兼容并包不仅是蔡元培治理北京大学,而且也是包括文学在内的整个文化的共同品质。

周作人很早就提倡文学上的宽容而反对强迫的统一。他的立论基点在于充分重视文学的自由本质:

> 文艺以自己表现为主体,以感染他人为作用,是个人的亦为人类的。……人的个性既然是各各不同,那么表现出来的文艺当然是不同的。现在倘若拿了批评上的大道理去强迫统一,即使这不可能的事情居然实现了,这样文艺作品已经失了他唯一的条件,其实不能成为文艺了。①

如下的一段话是极重要的:

> 文艺的生命是自由不是平等,是分离不是合并,所以宽容是文艺发达的必要条件。②

这种宽容并不包括旧文艺:

> 宽容者对过去的文艺固然予以相当的承认与尊重,但是无所用其宽容,因为这种文艺已经过去了,不是现在的势力所能干涉,便再没有宽容的问题了……老实说,在中国现在文艺界宽容旧派还不成为问题,倒是新派究竟已否成为势力,应否忍受旧派的迫压,却是未可疏忽的一个问题。③

---

① 引自《文艺上的宽容》,见《自己的园地》,岳麓书社。
② 同上。
③ 同上。

从这些叙述可以看出五四时代的宽容精神并不是庸俗的好好先生,而是明确目标深明大义,具有极大的针对性的批判精神的概括与伸延。

在初期的新文学营垒中,随处可见那种自立门户的文学社团的萌生与对立,他们具有鲜明的排他性并展开过长期的论争。这种论争有时则是激烈的,但是没有发生过后来几乎无时无地不在发生的强迫统一的现象。五四时期那种流派兴起现象是艺术民主思想定型化的体现,也是文学自由秩序建立的体现。纷争的出现和对峙说明自由的心态与竞争意识本身便是兼收并蓄、兼容并包的宽容精神创造出的新文艺格局。

正是这种无拘束的自由竞争与自由讨论的局面,形成了那一代不褊狭的宽阔视野,由此自然生长着基于艺术民主精神的向心力。这种向心力使所有的文学家向着艺术自身规律寻求真理和创造灵感,而且不旁视。他们不依仗行政权力的霸权话语,而只听凭艺术家自身的才智与悟性。

那时并没有出现文艺主流意识,因此也没有人自信有力量按照自己的意欲使文艺家在大一统的格局中就范。因此这种自然形成的围绕于艺术本身规律的向心力,造成了事实上的对于意识形态化和权力依附的消解。由于它坚定而顽强地维护文艺的独立性和艺术家不容侵犯的创作自由,在表面纷乱的表现中呈现的是相对纯净的艺术氛围。

那时的人们重视的是文艺的自由,而弃绝任何强加的一致性。郑振铎在《文学旬刊》第41期的一篇文章中说道:

> 鼓吹血和泪的文字,不是便叫一切的作家都弃了他素来的主义,齐向这方面努力;也不是便以为除了血和泪的作品以外,更没有别的好文学。文学是情绪的作品。我们不

能强迫欢乐的人哭泣,正如不能叫那些哭泣的人强为欢笑。①

这种基于文艺特性出发的民主观念,正是那种要作家放弃自身而迫使一致的非民主倾向的天敌。

另一篇许华天写的《创作底自由》说得更明确:

> 我想文学的世界,应当绝对自由。有情感忍不住了须发泄时,就自然给他发泄出来罢了。千万不用有人来特定制造一个樊篱,应当个个作者都须在樊篱内写作。在我们看起来,现世是万分悲哀的了,但也说不定有些睡在情人膝上的人,全未觉得了?你就不准他自由创作情爱的诗歌么?推而极之,我们想要哭时,就自由地哭罢;有人想要笑时,就自由的笑罢。谁在文学的世界上,规定只准有哭的作品而不准有笑的作品呢?

持这种主张最为坚定的是周作人,当人们正把热情投放于新文学的建设,正是白话新文学建立的时候,他先人一步以人的文学为号召以充实新文学内涵的革命性。当各派力量竞相竖起旗帜或忙于论战的时候,他的超前的目光已经从青萍之末感到未来的风暴。当时周作人的隐忧已被随后漫长岁月中的丰富资料所证实。周作人当时从一篇文章中谈到如下一段话:

> 若不能感受这种普遍的苦闷,安慰普遍的精神,且在自己底抑郁牢骚上做工夫,那就空无所有。因为他的感受的苦闷,是自己个人底境遇,他的得到的愉快,也是自己个人底安慰,全然与人生无涉。换句话说,他所表现的不过是著者个人的荣枯,不是人类共同的感情。②

---

① 转引自周作人:《文艺的统一》,见《自己的园地》,岳麓书社。
② 引自《文艺的统一》,岳麓书社。

周作人剖析了极端重视人类共同感情而未重视个人感情的倾向,重申"文学的个人自己为本位"的观点,"个人感情当然没有与人类共同的地方","文学上写众人的苦乐固可,写一人的苦乐亦无不可,这都是著者的自由"[①]。从一篇文章看一个倾向,从一个倾向预感未来的可能,这对于一位文艺家是极为可贵的素质。周作人说:

> 文艺是人生的,不是为人生的,是个人的,因此也即是人类的;文艺的生命是自由而非平等,是分离而非合并。一切主张者若与这相背,无论凭了什么神圣的名字,其结果便是破坏文艺的生命,造成呆板虚假的作品,即为本主张颓废的始基。欧洲文学史上的陈迹,指出许多目标的兴衰,到了20世纪才算觉悟,不复有统一文学潮流的企画,听各派自由发展,日益趋于繁盛。这个情形很能供我们借鉴,我希望大家弃舍统一的空想,去各行其是的实地工作,做得一分是一分,这才是有关自己的一生的道路。[②]

周作人这番话好像预见了未来发生的事。推前数十年说出的话仿佛对着某种实有事物而发,其警策和准确让人吃惊。作为一个自由主义者,他主论于那个心灵和思想都开放的时代,因而丝毫没有外界压迫而导致的心理失衡。他的理直气壮给人以深刻印象。可悲的是,他在这里论述欧洲历史陈迹以及20世纪之对于我们,本是一次与世界趋势逆反的陷入。大概是欧洲获得觉悟之后约三十年的光景,我们方才开始不觉悟的"统一文艺潮流的企画"。

我们仍然把话题拉回到那个时代的自由精神和宽容精神上面来。对于那个时代的真实的人来说,他们同时具有两种品质:

---

① 引自《文艺的统一》,岳麓书社。
② 同上。

一是能坚持,二是能容忍。坚持是对自由而言,坚持自由的信仰和追求,戮力向前去做而不管别人说什么,如何说。各人按照各人的思想生活,各人做各人的文章。做人如郁达夫、徐志摩,在私生活以及社会生活方面,都是率性而为。因此身前身后有众多的议论,而却在文坛留下了值得反复谈论的话题。

至于为文,那一代人的创新和自由创造精神是惊人的。他们总是把文章做得遂心如意,绝不雷同于他人。俞平伯和朱自清的同题散文《桨声灯影里的秦淮河》便是一例。再早一些,即是新文学发轫期,胡适和刘半农写同题诗《人力车夫》也是一例。这是相约而作的,也有不约而作而成为各具特色的美文的,如冰心的《南归》和徐志摩的《我的祖母之死》,一写母亲,一写祖母,同为悼文,但写法各有其趣,堪称双璧。

对于那个时代,文艺的统一化是不可设想的,即使是置身其中的坚持者,自己追求的坚定性一般也不会以此要求他人。相反,他会以谅解和宽容的态度对待与自己不同的艺术追求。柳亚子是旧文学营垒中人,而且是南社的重要成员,一向以推进旧体诗为自己的目标。对于旧诗他是不倦也不动摇的身体力行者。令人感兴趣的是,他却对新诗的价值和处境作了与自己所维护的截然不同的评价。他的《新诗和旧诗》一文是我们此刻论述宽容、自由、独立和艺术民主意识的证明:

> 我是喜欢写旧诗的人,不过我敢大胆肯定地说道:再过五十年,是不见得会有人再作旧诗了。平仄是旧诗的生命线,但据文学上的趋势看起来,平仄是非废不可的。那么五十年以后,平仄已经没有人懂,难道有人来作旧诗吗?也许有人要问,既然如此,为什么现在有几位新文学的作者,也是喜欢写旧诗呢?我以为这不过是一种畸形的现状罢了。虽然他们写得很好,言之有物和清新有味的地方,可以超过旧诗的专家。不过,对于旧诗只是一种回光返照,是无法延

长它的生命的。也许还有人要问,那么你为什么还是喜欢写旧诗呢?我以为,是癖好的问题,也可以说是惰性的问题。我从前打过譬喻,认为中国的旧文学,可以喻做鸦片烟,一上了瘾,便不易解脱。我自己就是这样的一个人。所以,虽然认定白话文一定要代替文言文,但有时候不免还要写文言文;虽然认定新诗一定要代替旧诗,但对于新诗,简直不敢去写,而还是作我的旧诗,这完全是积习太深,不易割舍的缘故,是不可为训的呢。

该文写于1942年8月,作者逝世后发表于《新文学史料》1979年第三期。这里所体现的明理、豁达、大度、谅解精神,正是五四那一代人的基本特征。

八 历史的倾斜与歧变

对于中国新文学而言,有幸的是它在建立之后有大约十年或者更多一些时间的极度辉煌。仿佛是酝酿一个漫长冬季的花卉,在早春来临的时刻,一下子开完了一年的花事。其所以是辉煌的,是因为迄今为止称得是大师式和杰出的人和文大体在那时都已出现。这是中国新文学的让人永远怀念的花季。

谈到不幸,是由于那个辉煌是短暂的。文学受到外力的强加,它没有按照艺术自身的轨迹继续运动。以五四作为良好开端的新文学的两大思想支柱的确定为标志,从活的文学入手,进行运载工具的试验,有效地确定了白话的现代汉语在文学中的地位;从人的文学入手,进行文学内涵的革命性改造,在此基础上确认自由的、人性的和个人本位的、文学的价值及秩序。由于艺术民主的弘扬,使宽容、谅解、竞争的精神得到普遍认同。最后确定中国文学的多元化格局。这是人们可能认识到并且希望得以实现的文学梦。但不幸,这个梦在现实的严酷性面前,经历了逐渐幻灭的过程。

中国新文学从20年代就开始一种倾斜的滑行。其原因概括地加以考察,来自中国社会的实际处境:中国仍然如同往昔那样充满悲哀和苦难,内忧和外患使中国社会动荡不安。这处境逼迫文学回到原先的环境中去——这环境是由社会决定的。文学以外的原因要文学顺应它的要求,改变已有的流向。新文学面临的现实社会的质询,使新文学重新与中国传统中的文以载道思想获得接续。

近代以来,文章救亡意识和社会使命感,与五四新文学初期出现的"为人生"的文学合流。由此往后的发展,使为艺术和纯美的追求的处境陷于不利地位。随后,这种处境被视为非合理的主张而在新文学中被挤压成非主流形象。而占据主流地位的,则是与挽救社会危机相联系的为人生、为社会,甚至是为政治的作家和作品。这些艺术中受到鼓励的是功利意图和意识形态化倾向。艺术的自向目的不受重视,甚至完全被忽视。总的趋势是:"为人生"掩盖了"为艺术";表现社会掩盖了表现个人及个性;救亡掩盖了启蒙。

因为为工农兵服务的倡导以及阶级意识在文艺中的兴起,随之而来,无产阶级主体地位在文艺中得以确定。按照以后通行的说法,在中国,不论工人还是军人都来自农民,因而阶级意识的兴盛和强调,实际上也就是农民地位的神圣化。农民的趣味和习惯,农民的文化和审美标准,随着农民战争和农民革命的胜利,得到了政策的保护和确定。

开始,在中国的某个或某些边远落后的地区,初始状态的民间形式如秧歌、剪纸和民间说唱得到莎士比亚式的推重。由于权威性的号召和倡导,一些作家和诗人开始用民间的模式和格式仿造那些低文化、少文化的普通农民及其干部欢迎的作品,在这些作品中民间的方式被直接引用。一部歌剧,一首长诗和若干短篇小说从此成为经典的范式。而后由于战争的胜利,这种范式在行政力量的鼓励下普遍推广。

于是,中国始于五四的文艺现代化进程停滞了,回归传统文学的倾向取代了走向世界的现代化进程。开始不间断地批判脱离群众的西化和洋化。在中国演出奥斯特洛夫斯基的《大雷雨》或莎士比亚、易卜生的剧作被认为是崇拜外国或"数典忘祖"。

主流文学的概念从此出现。由于意识形态的需要,开始提高对现实政治有用的创作倾向和创作思想的地位,对传统意义上的现实主义创作方法进行了革命的改造,现实主义被加上修饰语,诸如"积极的"、"革命的"或"社会主义的"。这种修饰语给旧概念注入了新内涵,也使原有的含义转型,大体上鼓励一种表现革命成果和肯定现有秩序的切近实际的态度和方法。当这一切受到政治的保护、鼓励和肯定,它就成为一种带有浓厚的党派意识和官方色彩的文艺政策。

为了使它的主流地位不至于受到威胁,它更进一步要求得到更为广泛更为合理的推广,并以此统一现存的全部文艺。这种要求当然会受到艺术本身规律的反抗。而且这种反抗往往会带来某种连锁式的反映,实际上可能危及理想的文学秩序的建立和巩固。

于是代表主流意识的理论批评为了维护自身的生存利益,必然以革命和进步的名义对非主流的文学现象和文学观念加以制裁,这种制裁有时被称为批判,更多的时候则称作斗争。五四以后十余年间,中国文学就开始了这种为维护某种被认为唯一正确的思想观念而进行的批判斗争。这种非文艺的"文艺运动"进行得既激烈又漫长,以至于最后培育了目的不在于建设而在于破坏的文学批评品格。

五四革命文学的传统,在新的时代背景下,很早就受到激进的、有着新兴思想的人们的怀疑。傅东华回忆说,早在国民革命军誓师北伐的前一年,即1925年,"革命的情绪早已弥漫了南北",早在1923年的时候,"郭沫若已替五四新文学打起了丧钟",他在那时发表的《我们的文学革命运动》一文中说:

> 四五年前的白话文革命,在破了的絮袄上虽说打上了几个补丁,在污了的粉壁上虽说涂上了一片白垩,但是里面的内容依然还是败棉,依然还是粪土,Bourgeois的根性,在那些提倡者与附和者之中是植根太深了,我们要把恶根性和盘推翻,要把那败棉烧成灰烬,把那粪土消灭于无形。①

原先宽广甚而宽容的文学如今变得多疑、敏感和极端的狭隘性。意识形态的利益使许多可能性受阻。一次文艺运动就是一次封锁通道的行动。若干次运动过后,文艺的可能性和可选择性就受到严重的削弱。每次文艺的批判运动都声称是旨在使文艺更为纯化的运动。这种纯化若指的是艺术上的,则实行甚为困难;而纯化往往指的是社会政治和意识形态及党派的利益的。因为它不具文艺性,所以它可以畅行无阻地得以实现。

中国文艺开始以一种得到认可的钦定的文艺模式企图囊括覆盖全部文艺以实现大一统目标。狭隘的观念,偏仄的趣味,因为符合和投好切入现实政治的口味而占据有利地位。五四的大气度被另一种品格所取代。无休止的名词、口号、主义的论争形成疲劳轰炸,消弱了人们的精力和才智。

夸夸其谈和咄咄逼人成为一时风尚,有些人自以为掌握了新的真理,开始用怀疑和质问的口吻与目光谈论五四初期提出的命题。革命文学的命题代替了当时的文学革命。因为是站在新的革命文学的立场,于是文学革命的目的、任务、性质自然而

---

① 转引自傅东华:《十年来的中国文艺》。

然地处于被重新审查的位置。

问题不再是旧文学如何进行革命性的建设和变革,而是《怎样地建设革命文学》。李初梨认为以白话文的建立为标准的文学革命已经分化,一派"深深地潜入于最后的唯一的革命阶级",一派则与封建势力合流,形成了"官僚化的《新青年》右派"。他认为这是五四之后出现的"反动局面"。

五四文学革命初步形成的诸派并立的多元格局,由于阶级斗争和阶级分析观念的引入,自然被划分为革命与不革命或反革命,进步与反动的两营垒,退回到二元对立的格局上来。瞿秋白在《自由人的文化运动》一文中认为:"脱离大众而自由的'自由人',已经没有什么'五四未竟之遗业'。他们的道路只有两条,或者为着大众服务,或者去为着大众的仇敌服务。"

大约十年以后,毛泽东更为完善和发展了这种阶级论笼罩下的二元对立模式:"你是资产阶级文艺家,你就不歌颂无产阶级而歌颂资产阶级;你是无产阶级文艺家,你就不歌颂资产阶级而歌颂无产阶级和劳动人民,二者必居其一。"这种绝对性判断一直延续到80年代,甚至90年代尚有余绪。而代表革命和进步力量的创造社,因为它是站在小有产者立场,是"干干净净地把从来他所有的一切布尔乔亚意德沃罗基完全地克服了",因此它代表了文学的主流和正统。革命文学论者高度评价创造社的功绩。

在阶级观念支配下,革命文学所确认的文艺实践失去了原有的活泼和宽泛性,甚至极端地认为:

> 一切的艺术,都是宣传,普遍地而且不可逃避地是宣传。有时无意识地,然而时常故意地宣传,从这时起开始了对五四自由的和个性的文艺的批判。当然首当其冲的是文学的趣味。批判趣味文学的实质有四点:第一,以"趣味"为中心,使他们自己的阶级更加巩固起来。第二,以"趣味"为

鱼饵,把社会的中间层,浮动分子组织进他的阵营内。第三,以"趣味"为护符,蒙蔽一切社会感。在中国社会关系尖锐化的今日,他们惟恐一般大众参加社会争斗,拼命地把一般人的关心引到一个无风地带。第四,以"趣味"为鸦片,麻醉青年。①

基于对文学进行阶级分析和阶级划分这一前提,不能不由此引发对五四以来文学革命成果的怀疑。茅盾反问:

> 曾有什么作品描写小商人、中小农、破落的书香人家……受到的痛苦么?没有呢!绝对没有!几乎全国十分之六,是属于小资产阶级的中国,然而它的文坛上没有表现小资产阶级的作品,这不能不说是怪现象罢!这仿佛证明了我们的作家一向只忙于追逐世界文艺的新潮,几乎成为东施效颦,而对于自己家内有什么主要材料这问题,好像是从未有过一度的考量。②

类似茅盾这样的反问,在60年代中期"文革"方兴未艾之间,也是一种十分熟悉的。此后一有机会,这样的反质便被重新推出,直至80年代最后一年以至目前均是如此。文学是无可挽回地从文学革命转向了革命文学,创造社里有几员大将都是力主此议的。为了鼓吹他们所坚信的革命文学,他们甚至表现出不容讨论的坚定性和执拗。郭沫若列出了"文学=革命"的公式,他认为运用言语来表现时,就是文学是革命的函数,它写的内容是跟革命的意义转变的。这是一种推向极端的倡导。在谈到对于文学内容的要求时,回答是一种否定的结论:"我们对于个人主义的自由主义要根本铲除,我们对于浪漫主义的文艺也

---

① 李初梨:《怎样地建设革命文学》,载《文化批判》,第2期。
② 茅盾:《从牯岭到东京》,载《小说日报》,第19卷第10期。

要采取一种彻底反抗的态度。"他只肯定如下一点:"我们要求的文学是表同情于无产阶级的社会主义的写实主义的文学。"①

从文学革命到革命文学,再从革命文学到普罗文学,文学流变这最后一站的具体化,有不断改变的多种提法。但其内容在创造社一批激进的人物那里就大体定下了,即上文所述"表同情于无产阶级的社会主义的写实主义的文学"。这个目标为中国新文学运动画出了一道鲜明的斜线,即由争取实现多元格局向两个阶级营垒对立、斗争的二元对立格局倾斜,再归入单一意识形态统领的以强制手段实行大一统格局上来。这种滑行倾斜,大体付出了半个世纪的努力,而且还倚仗于强大的政治力量和党派力量作为后盾。

伴随单一化的文学进程而来的,是文学观念迅速极端化。最典型的例子仍然来自创造社。李初梨警告说:他如果为保持自己的文学地位,或者抱了个人发达中国文学的宏愿而来,那么,不客气,请他开倒车,去讲"趣味文学"。李初梨根本否定文学自身的动机,而只能是非文学的纯粹的革命的动机——假如他真是为革命而文学的一个,他就应该干干净净地把从来他所有的一切布尔乔亚意德沃罗基完全地克服,牢牢地把握着无产阶级的世界观——战斗的唯物论,唯物的辩证法……我们的文学家应该同时是一个革命家。他不是仅在观照地表现社会生活,而且实践地在变革"社会生活"。他的"艺术的武器"同时就是无产阶级的"武器的艺术"。所以我们作为,不是某人君说的是什么血、什么泪,而是机关枪、迫击炮。

可以看出,数十年间风靡不绝的视文学为工具、武器等的观念,在这时即已播下种子。极端的观念造就了极端的批评。茅盾的三部传达了当时革命情绪的《幻灭》、《动摇》、《追求》应当是

---

① 引自《革命号文学》,载《创造月刊》,1926年4月号。

很激进了,但当时的批评却仍然嫌它不够革命。钱杏邨写的《茅盾与现实》激烈批判茅盾:"他的创作虽然说产生在新兴文学要求他的存在的年头,而取着革命时代的背景,然而他的意识不是新兴阶级的意识,他所表现的都是下沉的小布尔乔亚对于革命的幻灭和动摇。他完全是一个布尔乔亚的作家。"

麦克昂(即郭沫若)在《英雄树》一文中把这道理说得更为绝对和彻底。他号召青年当"留声机",青年的任务不在发出自己的声音,而只是"接近那个声音"即接近阶级共有的声音,他要求"要你无我",即自我的绝迹,但却要求这个我"能够活动"——即让人看来他还是一个活人。他说过这番话后反问:"你们以为是受了侮辱么?那没有同你谈话的余地,只好就请你上断头台。"

那时激进之士不仅鼓吹一种文学,而且鼓吹没有自己声音的文学。他们绝对否定文艺的个性和自由。这是一个重大改变的开端。这些主张因为中国的民族危机的严重而变得更为强悍和坚定。开始是借助民族存亡的危机,后来则借助日益强化的意识形态需要。当阶级观念和文艺的群众主义统一起来,并借助于当前强大的行政力量予以贯彻的时候,这种新文学的倾斜和自我变异就成为完全不可逆转的了。

1927年傅东华撰文总结《十年来的中国文艺》时,对1927年前后文艺运动有一个评语:"国内文坛确实大转变了,然而并不是从唯美主义转变为现实主义,而是从创造社的阶级主义一变而为革命文学,再变而为普罗文学。"当普罗文学的倡导者大力宣扬要以此来改造和统一全中国的文学时,一些人士对此表示担心,也曾著文加以评述。一篇署名为H.C.Y(即胡秋原)的《勿侵略文艺》有感于意识形态对于文艺过于侵略,力主以包容的态度对待一切文艺现象。这种主张与五四初期的潮流有着某种内在承继:

> 我并不能主张只准某种艺术存在而排斥其他艺术,因

为我是一个自由人。因此无论中国新文学运动以来的自然主义文学,趣味主义文学,浪漫主义文学,革命文学,普罗文学,小资产阶级文学,民族文学以及最近民主主义文学我觉得都不妨让他们存在,但也不主张只准某一种文学把持文坛。而谁能以最适当的形式表现最生动的题材,较最能深入事象,最能认识现实把握时代精神之核心者,就是最优秀的作家。

但是,这一切的呼吁和解释均已无济于事。中国新文学的历史性倾斜是不可逆转的。而且20年代末以及30年代初期的论争尽管激烈,较之后来这种滑行所造成的无以阻拦的推进仅仅是一个平淡的开端。后来的事实证明:一种偏激的和不慎重的激情一旦与权力结合,并借助特殊环境和形势,会造成多么可怕的后果。

九 中国文学"两面人"的品质

中国新文学的历史倾斜重要的导因是中国近代以来社会的动荡和艰危,国势的没落和外患的频扰使文学无法在相对平和安详的环境中进行自己的艺术创造和艺术革新。战神在中国上空呼啸而过,那些手持竖琴的诗歌和艺术女神便显得与环境不协调。爱神和美神理应受到战神的放逐。人们在困难处境中把艺术和美视为象牙塔里的物件,在文学的价值观中认为它不应是摆设和点缀,而应当是于实际有用的东西,一般说来应当是枪炮、炸弹和匕首。

那时出现了一些新的文学模式,例如从早期的"革命＋恋爱",为革命而牺牲和放弃恋爱,到数十年后为大跃进或什么政治概念而放弃或推迟婚姻,直至在文学中用政治代替艺术,用阶级代替人情,用斗争批判代替建设,用普及代替提高,用古董国粹和民谣小调代替现代性和现代倾向,都是这种放逐的结果。

这只是外部环境对文学的影响,事实上更深刻的原因在文学自身。新文学运动本身就是社会政治运动的派生物。一开始,文学运动就受到社会救亡运动的牵引,还是一次并不纯粹的艺术革命。艺术的功利受到社会改造运动的启发,或者说,是由于社会改造和民族振兴的愿望使他们想起了启发民智和改造国民性的文学作用。最后导致改造旧文学与建设新文学的目的。

因而溯及当时的文学革命的实质,不能不首先面对它反抗社会桎梏的功利要求,而不是文学建设和艺术创新的自身。社会使命感、救亡意识,最后才是文学对于民众的现代启蒙,是这些并非纯粹的文学动机给文学家以昂奋和幻想,文学家们从那时就开始做非文学的文学梦。他们真的相信文学的目的在于救国,后来又相信文学的目的在于阶级和政治。文学在他们的心目中只是达到社会功能和社会目标的中介。

近代以来,一批激进的知识分子以为小说能够救中国。"正史不能入,由小说入之";"改良群治,必自小说界革命始"。到了60年代,最激进的一些人又认为小说能够反党、反社会主义,以至亡党亡国。这都是文学梦幻的产物。他们不约而同地都把文学神化了,真以为文学是使中国起死回生的还魂丹。当他们把建国兴邦和强世新民的希望投向文学的时候,他们实际上并没有把文艺当做文艺,而是当做一种工具。他们注意到文学的特异功能,并没有注意到文学的特异本质。

事实上,艺术和文学本身的品质和规律一开始就受到忽视。在中国社会中,为人生与为艺术,写实与想象,现实主义和象征主义,受到重视的只是前者,占领主流位置的也只是前者。艺术的创新和变革只能在社会政治的夹缝中受压而喘息。

近世以来的文学救亡思想与中国传统儒家治国齐家平天下的思想,"文章乃经国之大业,不朽之盛事"的思想,在根源上就已联合。一旦社会发生动荡,中国文学的这种根本习惯便自然抬头。新文学与旧文学在这点上具有同一性。社会的变动时机,从正面讲,是要求文学承担挽救危局的责任;从负面讲,便是要求文学承担造成危局的责任。这就是成也萧何败也萧何的文学历史命运。

中国文学的历史倾斜在中国文学革命的自身,在它的根本性质之中,而基本上不是他人的强加。于是,中国新文学一方面在不断地建设,一方面又因时势的迫使在不断自毁。从文学的意识形态化到极端主义的形成,一方面由于外力的强加,一方面则是自身与社会进行调节的结果。反传统的新文学总是在历史的转型期或是被迫迎合或自觉配合了非文学的需求。这就造成了中国文学的悲剧情节——获得了独立和自由的文学不时要为社会而放弃独立和自由。当文学作这种放弃时,它充满了神圣感。因而从五四开始的新文学与旧文学,新文化与旧文化的大分裂,实际上潜藏着彼此合流向深层危机。

当文学充当社会改造先锋角色的时候,它同时又具有充当扼杀异端扶植因循守旧势力的同犯角色。文学是两面人。这种两面人的两面性质,从它孕育于母胎时便有了遗传的基因。文学革命源起对文言文的怀疑和对白话文的提倡,这种对运载工具改变的兴趣,则在于对文学改变国运的兴趣。文学革命最初就是受到社会革命的诱引,对社会进步和改造国家命运的激情,是这一文学革命运动的导引和诱因。这场文学和艺术革命运动和文化振兴运动的一部分是社会改造运动的衍生物。我们对于文学革命本质的探源,可以毫不困难地追溯到社会维新、时代使命这一百年以来的古旧命题上面来。

但是由于这场文学革命的发起者和实践者,都是中国近代以来受到西方文化熏陶培育的最优秀的一批知识分子,他们对于中国的文化积重与西方现代文明精髓,有超乎一般中国人的那种认知。他们对于科学民主以及普遍的个人主义的觉悟,现代人道精神的把握,使他们能够成为中国走向现代社会的最有力和最热情的推动者。所以我们对中国新文学革命的另一品质的探索,也使我们毫不困难地寻觅到它所具有的当时几乎与西方同步发展文学现代化追求的实质。它所开辟的中国文学纳入世界文学总体格局的先进的现代品格不容置疑。

中国新文学就是这样既拥有与中国传统文学认同的品质,又具有与世界现代文学趋势同向的品质。两股血流在它的脉管里奔涌,这就构成了中国文学矛盾重重的尴尬处境。它的全部历史几乎就是在社会功能与艺术更新之间游移的历史。但由于上面提到的中国特殊处境,它的占主导地位的制衡力量则是前者。当文学负载的社会使命与社会政治、经济环境达成一种和谐的共震,这种结合而成的文学形态便成为主流形态。

当上述这种形态与行政的权力结合起来,它可以在某一时期形成非常暴戾的阻碍文学自由品格与作家个性的力量。但从基本上看,中国文学的两种血流在历史组成中往往是互隐互现地存在。当前一种形态引起普遍的冲动乃至骚动时,并不意味着后一种形态的消失,后者只是成为一种潜流在缓缓地涌动。

一旦社会民族矛盾趋于缓和,行政的强劲性弱化时,那种潜流便会涌上地表,它所体现的顽强和韧性也是相当可怕的。中国40年代的内忧外患不能说不严重,40年代文学面临的局面也不能说不严峻,但文学在桂林、昆明、重庆、上海和香港所拥有的活泼和灵动的自由品格也十分显著。新诗方面,胡风领导的自由诗运动尽管有鲜明的时代社会投影,但它们无拘束状态让人自然地把它和五四初期的新诗运动的品质相联系。甚至就是晋察冀边区的诗作,也可以看到这种内在关联。在大后方的昆明,那时以西南联大为核心的现代诗运动,与西方现代主义运动所保持的联系,使我们几乎怀疑于昆明那偏僻的一隅如何拥有了那么强大的现代信息。这情景在70年代类似中世纪那样的文化暗夜生出的"今天派"现代诗运动对于"文革"文化禁锢的反弹,就是更加明显的例证。那一切的艺术叛逆,都是生长在文化管制和文化扼杀的最深处。

十　纠正失衡的代价

历史倾斜造成的失衡状态,在中国文学的某一时期甚至表现出让人极为震惊的后果。前面我们已经论述到这种滑动是从多元到二元,再到一元格局的倒行。文学的倡导因文学之外的强加和指令,使之鲜明和迅速地意识形态化。一种"最好"、"最纯"的文学(其实是"最革命"的文学)的信念是几十年间的倒行造就的。有时是讲的创作方法,有时是讲的创作思想,有时指的是文学的整体。提倡单一,在强加的状态中指的是唯一。当时流行的"百家",其实只是"无产阶级一家"和"资产阶级一家",在这个环境中提倡的百家,其实是一家对另一家的战胜和取代。在这一个时期,文艺上也是一个阶级对另一个阶级的专政。

从最好的文艺到唯一的文艺,再到"样板"文艺,这种历史性的滑行是自然而然的。当文艺出现"样板"形态,并且以这种形态去要求所有的文艺时,我们面对这种空前的、高纯度的、极一致的文学范式吃惊于数十年前文学革命先驱者的文学理想何以会顷刻之间化为泡影!再回顾革命文学和普罗文学的倡导者们,尽管他们的主张是那样的极端,而我们又不能不同样吃惊于他们的理想居然会变成了现实。新文学的船帆在这种极端化的几个样板模式中降落。接着我们看到的是天旋地转的崩塌。

依附于社会政治的文学,由于环境的改变,气氛的改善,终于宣告了噩梦的结束。于是开始了又一次反弹。这一次反弹也不是纯粹文学的,而是以政治控诉者开端。以充满怀旧激情的传统文学切入现实的真实性和现实主义的呼唤为实际内容。当时最激动人心的口号是"揭批四人帮,歌颂老革命",其内涵是充分政治化的。再后一些,有对"说真话"的呼吁,其精神也是泛艺术或准艺术的。又开始了类似五四时期问题文学那样的循环:《我应该怎么办》、《爱情的位置》,再一次发出"救救孩子"的呼吁。这文学废墟之上的运行,一切都如本世纪20年代我们的前辈所经历过的那样,令人感到既亲切又有寒彻骨的悲凉。

所幸中国新文学有着巨大的潜在生命力,艺术的暗中郁积运行以及时机成熟的喷发,造成了火山爆发般的震撼。进入80年代,新文学的格局又开始一次新的逆反。首先是改变一元统治的局面,由文艺批判运动和新诗潮的出现构成了短暂的二元对峙局面。80年代中国,又是以诗的巨变为契机,终于彻底冲毁了以单一提倡为标志的文学极权主义。

这是又一个自由的时代。尽管旧的力量总在伺机反击。十余年间风风雨雨,文艺的局势异常不安定,但中国文学在大禁锢和大迫害以后的大解放,却表现了极为顽强的反抗性。一切的权威在这种冲击面前失却了权威性。文学也失去了它的英雄和偶像,无权威和无英雄的文学时代呈现出一派无序的脉动。

十年间,中国当代文学仿佛比他们的五四前辈有更多的忧患和更强的危机感,他们的激情有时表现出焦灼和狂躁。短短的时间里,真正地展现出他的前辈所预期的,但来不及实现的"至少应以十年的工作抵欧洲各国百年"的梦想。文学趁着社会开放的机缘急速前进,不仅恢复五四人的文学传统,而且弥补现代主义的未完成的形态,直奔西方的后现代主义思潮。

中国文学在十余年间的进展,举世为之瞩目,由此也带来某些轻飘或浮躁的缺陷。历史进程中,文学所受的挫折太多,为追回这种损失,20世纪最后几年,中国知识界几乎又重复了上一个世纪末的那些中国人的情感和心理的苦难历程,此时的中国已消失了百年前那种与世隔绝的状态。国门的开放、信息的流通使中国人不像过去那样对地球其他地方的无知和隔膜。

于是,当20世纪黄昏降临的时节,百年的忧患使中国人更感到了前所未有的索漠。因为心境悲凉,于是奋求更为急切。急切之间对于艺术新潮的趋向呈现着某种追求时髦的轻狂。这种有些失重的追求,显然与中国传统的深厚极不适应。

历史已经不再滑行,而是一个突如其来的逆转。这一个逆转使中国一下子来到了20世纪的最后几年。文学的一切迹象是否是一次人们所希望看到的回光?也许它并不代表一种真实心愿,而真的是回光。那么人们就有理由期待大悲痛之后的大转折。至于这个转折是否就是西绪弗斯那样无休止的循环?也许不幸却是真的,那真是中国文学的大悲痛。

我们当然不希望历史如此的无情,死亡也许意味着新生。在未来世纪曙光降临时节,中国人有理由相信,历史上有过真正的一次凤凰涅槃。真诚祈望写出如下诗句的诗人的理想是并不幼稚也不虚幻的——

> 如果陆地注定要上升
> 就让人类重新选择生存的峰顶。
> 新的转机和闪闪的星斗
> 正在缀满没有遮拦的天空
> 那是五千年的象形文字
> 那是未来人们凝视的眼睛。

论中国当代文学

一 置身于特殊的人文环境中

中国当代文学是研究者对1949年以来的中国文学的一个指称。文学以50年代为界线予以阶段性的划分,是为了研究的方便。其动因首先是由于这时期中国社会体制有重大的变动。当然文学新质的产生也为这种划分提供了根据。

中国当代文学是中国现代文学在当代的延伸。它受到始于1919年的新文学革命确立的目标的规约。它使新文学的精神在当代文学中得到延展和扩大。中国当代文学持续致力于中国文学的现代化,即通过现代社会和人的意识情感的加入,以改变中国古典文学造成的封闭和隔绝,使文学在内容和表达上与当代中国人的实际有更多的联系和契合;当代文学继续扩大白话对文言的战果,它使中国文学在语言运载上更为接近中国当代人的习惯。

本世纪后半叶中国社会激烈的动荡、矛盾和纷争,在中国当代文学中有更为具体也更为深广的描绘和记载。尽管这阶段文学在个性化和传达心理情感方面有了某些退化,但文学所记述的范围、场景和层面较之五四初期却有了长足的扩展。这种扩展特别是在表现普通农民的痛苦和欢乐,以及他们为改善自己的生存境遇的奋斗上,比以往更为切实也更为深入。这时期中国社会复杂多变,某个时期(例如:"大跃进"和"文化大革命")甚至表现为全社会的激动和癫狂。受到社会影响的文学创作虽然保留了当日的歧误和偏见,但从另一方面看,我们却可以从它的异常和失态中看到关于文学的真实印象:它是这一阶段社会和文学的复杂性的最好印证。而且,单就史料价值而言,它也是无可替代的。

因为持续不断的关于及时反映当前生活状况的强调和号召,使这阶段的文学具有强烈的当代性。这种当代性与当代文学命名的联结,更强化了这一学科独立性的色彩。但显然"文革"结束后当代文学对于五四文学传统断裂的修复,以及愈来愈紧密地与这一传统的认同,加上无限延伸的"当代",导致对这一学科的命名新的质疑。也许这阶段文学作为中国现代文学的组成部分的性质应当重新加以规约,也许已成为历史的无限的"当代"应予以相对的节制,但人们普遍不怀疑以本世纪50年代为线的这种文学划分的必要性。

社会环境的改变为这一文学划分提供了崭新的空间。它成为本世纪后半叶的文学发展的广阔背景,由此生发出强大的驱动力,它造成并证实文学在此期间种种变异的必然。论及文学环境的改变,首先的一个事实是根源于同一文化母体的统一的中国文学开始以台湾海峡为地域的划分,而分别在大陆和台湾(当然也包括香港和澳门)两个迥异的社会环境中自身独立地发展。从社会制度看,大陆实行的是社会主义制度,台湾则实行资本主义制度,两种制度提供完全不同的意识形态观念。社会体制的不同再加上意识形态的差异深刻地制约和影响了文学的发展,从总体上塑造了各自的文学形象。

自然环境的不同,也给予隔离的文学以一定的影响。中国大陆文学浑重之中透出的悲怆,传达着深远的历史回声。内陆型的大陆有着非常深厚的传统文化的沉积,但又具有明显自我封闭的文化心理承担。这种文化心理的形成,首先受到大陆总体地形的影响。在这片广袤的大地,它的北部和西北部是浩瀚的戈壁和沙漠,它的西部和西南部有莽苍的喀喇昆仑山和喜马拉雅山、冈底斯山,三面密不透风的墙围困着这片古大陆。只有东北和东南部面对海洋有一个出口,但在50年代那些海洋却被人为地封锁着。台湾则是一座岛屿,它隔着台湾海峡背倚大陆,在地质构造上属于新华夏体系的第一隆起带。也许在某一个地壳运动中,它的断裂和崛起都在地缘上和华夏古大陆保持着最深沉的联结。这个岛北临东海,南濒南海,面对着浩淼的太平洋,终年被温暖的海水所包围。亚热带温暖的气候使这里成为被葱郁森林覆盖的绿翡翠,这里在文化上充盈着南方的灵动秀逸。二战结束后的特殊的国际环境,这里与世界建立了较为广泛的交流,使这里的人文环境具有海洋文化的洒脱飘逸。当然,由于置身于无涯围困中的岛屿的境遇——地域狭小,与大陆隔绝——缺乏的是那种雄浑和博大,而多了些迷茫中的孤独。

中国幅员广大,不论是从自然环境、水脉山势,雨雪阴晴,南北差异甚大。即从文化上看,北方雄健、南方柔婉;北方刚烈、南方温情。但这一切差异,在历史上均是以交错和综合的统一文化的形态出现。也许公元420—581年间的南北朝时期是一个特例;将近二百年的战乱和南北对峙,加上不同民族的交汇和冲撞,造成风格各异的南北文学。除此而外,文学史上共同母体的文学分流,当以20世纪50年代开始的这一次最为突出。共同根源于中国古典文学和五四新文学传统,而又长期相互隔绝的各自环境中的发展,直至世纪末的猝然相遇,竟发现有如此大的惊人差异。

这种差异在历时性和共时性两个层面均有表现。从历时性的差异看,由于两岸政局流变各有其道,受制约的文学表现为盛衰进退的不平衡状态。从局部看某些严重的缺失,在整体格局中却往往奇妙地表现出丰盈与贫瘠互补的奇观。从共时性看,中国文学从这种差异中得到的益处更为显著,文学在各自的自我审视中的不足和匮乏,而在综合的效果上都是意外地丰裕和赅备。长久的国土分裂、同胞离散是近世以来民族的最大悲剧,而在文化和文学上,这种悲剧的遭遇却酝酿着一场经疏离、隔膜、冲突最后达到互补性的空前的文化综合,从而为中国当代文学提供繁荣发展的机会和可能性。

二 时代颂歌与民族悲歌

距今整整一百年前,亦即公元1896年5月5日(清光绪二十二年三月二十三日),出生于台湾苗栗县的诗人丘逢甲,写了一首《春愁》:

> 春愁难道强看山,往事惊心泪欲潸。
> 四百万人同一哭,去年今日割台湾。

这诗指的是公元1895年4月17日(光绪二十一年三月二十三日),清政府签订《马关条约》割台湾于日本。这就是近代以来民族隔绝的大悲剧的肇始。近四十年的离乱是这个大悲剧的延续及其组成部分。中国文学在当代的人为切割,产生于这个大的时代背影之中。但中国当代人所蒙受的巨大苦痛,他们对于苦痛的切肤的感受,却直接来自50年代的同胞离异和隔离的悲情。

这种悲情在台湾50年代的文学中有比较充分的展示。二战结束后,随着日本结束对台湾长达五十年的占领,而后就是以1949年为界的民族隔绝。这个隔绝以二百万大陆人员的渡海漂泊为标志,这些人中有当日和日后成为作家的。他们的作品记载了台湾本地居民和"外省人"失去家园的漂零心态和怀乡忆旧的苦情。司马中原的《野烟》以伤感而凄凉的调子记述母亲祭奠野魂的故事。小说在充满乡俗和人情的抒情里,传达那一缕剪不断的乡愁:"离家时,正是荒乱备来的日子,也在秋天,大白果树上成熟的白果再没人收了……但我心头总飘着野烟和红火,它那样安慰着一些乱世飘泊的灵魂。"琦君的《长沟流月去无声》写的是"一线几乎完全断绝的希望"。小说流淌着失去过去也未卜将来的哀伤,西湖孤山的放鹤亭的默然相对,以及西泠印社仲夏傍晚的邂逅,如今都成了依稀旧梦。"在台湾将是月明处处,我们会相见的",却不幸成为一语空言。这些失落感在白先勇的小说中表现为旧日繁华的追寻。在他的笔下,一曲《游园惊梦》,传达了多少往昔不堪回首的伤情,而他如歌如泣的"尹雪艳"却有着"永远"的哀愁。① 在余光中的诗中则是对故园风物的伤怀。一韵《乡愁》,被"一湾浅浅的海峡"隔着。于是再而三,而有《乡愁四韵》"给我一瓢长江水啊长江水,/酒一样的长江水"是"乡愁的滋味","给我一张海棠红啊海棠红,/血一样的海棠红",是"乡愁的烧痛",这是歌、是吟,然而,更是哭。②

在台湾海峡的那一岸,那里的当代文学承继了中国文学传统中的悲凉气氛。它把旧日戍边羁旅的情怀具体化为表现离乱中的乡愁主题。在50年代至60年代之间,那里的文学充盈着一种秋风萧瑟家园何处的乱世飘零的情怀。"他们全患了思乡病",他们渴望有一天回"家",③一位羁旅海外的女作家这样写过。近代以来规模最大、历时最久的民族离散的大悲剧,由这种大悲剧引出的大悲情,在中国当代文学的另一个部分里得到非常真实也非常丰富的表现。这是当代文学对于诞生它的多灾难的时代的一个回报。

在中国大陆,文学展示了另一种气氛和情调。随着40年代的结束,长期弥漫于中国上空的战云硝烟终于消失,仿佛是黑夜

---

① 《游园惊梦》、《永远尹雪艳》均为白先勇小说名篇。
② 《乡愁》、《乡愁四韵》,余光中诗名。
③ 引自聂华苓:《台湾轶事·前言》。

达到了尽头,历经苦难的民众普遍获得解放感。与海峡对岸那种悲秋伤乱的情绪迥异,这里充溢着早春的欢乐和喜悦。对于幸福的期待,对于现实的满足,使文学充满憧憬和激情。"凡是能开的花,/全在开放;凡是能唱的鸟,/全在歌唱。"①这诗句能够概括当日的文学氛围。

中国社会近百年战乱频仍,民众对和平安定的时局是一种普遍的祈愿。随着抗日和国内战事的结束,人们自然尽洗愁颜,满心喜悦地迎接他们日夜冀盼的黎明春天。这种文学的早春情调,是当代中国人心理真实的一个侧面,它表达民众善良心灵对和顺安乐的祝祷,他们的信念即使在异常艰难的年代也不曾泯灭。尽管有时,这种信念表现出它的轻信和天真。

中国当代文学的这种欢乐精神,直接受到本世纪重大的社会改型这一事件的鼓舞。当然,当代作家也从中国传统知识分子的入世态度获得心理承传。中国旧时文人的兼济精神以及他们对世情民瘼的关怀,使他们对现世充满热爱和信心,这导致此一时期大陆文学随处可见的那种对于困苦的漠视和对于未来的坚信。这一直成为中国当代文学最奇殊的一种品质。当无情的海浪无休止地扑向礁石:"它的脸上和身上/像刀砍过的一样/但它依然站在那里,而且微笑着面向肆虐的海洋。"②这种精神存活在50年代出版的几乎所有的作品中:"我的翅膀是这样沉重/像是尘土/又像有什么悲恸/压得我只能在地上行走/我也要努力飞腾上天空。"③那时的作家都不乏这种即使受到磨难,甚至被鄙弃和被愚弄而依然坚定前行的自我约束的品格。

大陆当代文学欢乐感的形成,也受约束于当时推行的文学

---

① 引自严阵同题诗,载《诗刊》,1957年第1期。
② 艾青:《礁石》,见《艾青诗选》,人民文学出版社,1984年。
③ 何其芳的诗《回答》,载《人民文学》,1954年第10期。

指导思想。这种思想鼓励文学家不仅投入现实的生活过程,而且以积极的姿态肯定现有的秩序。这种态度最后导致当代文学在大陆盛行的"颂歌"形态的出现。这种形态由于渗入了意识形态化的功利的动机,因而在相当的一段时间内"乐观"的无限膨胀助长了文学的某些虚幻性。人们在假想中把生活美化,从而认定那就是生活本身。文学由欢乐、希望而对生活持肯定、积极和进取的态度,这种态度对社会进步、改善人们生存状态有益,但这绝非文学应当唯一遵奉的原则或精神,特别不应是强予实行的排他的策略。中国当代文学为此经受了苦难并付出了沉重的代价。

文学对于哀愁和疾苦的关怀被一时的矫作的欢愉所掩盖,虚妄的"向上乐观"取代了中国文学的忧患意识,这导致某一阶段的文学流于轻浅乃至浮华的倾向。所幸此种状况终于被灾难时代的反思所唤醒。"文革"动乱刚刚结束,小说《班主任》率先展示了"向亿万群众灵魂上泼去的无形污秽"。这是一幅让人心惊的精神沦落的画面。在久隔数十年后,作者发出了几乎是当年《狂人日记》完全相同的呼吁:"救救被'四人帮'坑害了的孩子。"卢新华的小说《伤痕》出现稍晚些,它第一次向人们揭示异常年代留在普通母女(应该是全社会的人)心灵深处的"伤痕"。以巴金《随想录》为代表的一批反思动乱年代的散文,一批"归来"的诗歌,在中国当代文学的上空刮起了悲恸的旋风。在以往被"富有"所迷惑并满足的地方,人们发现了缺失与贫乏。

"文革"结束后的大陆文学,一批又一批以往用鲜花和礼赞装扮生活的作家,或从梦魇中醒来,或从他们被监禁和流放的地方返回,于是被称为"归来者"或"幸存者"。尽管这批受到积极的人生观教育和影响的作家处身艰难困苦,依然不失信念,但他们无法不看到发生在他们周围和他们自身上的苦难。泥淖和陷阱,危机和恐惧,让人心悸的噩梦和悲伤,化为他们的诗句和文学主题。寻找失落的青春,追忆劫前的家园,呼吁泯灭的人性,一时间,文学呈现的是泪水和血水浸泡的沉重。当日大陆文学界最具代表性的一部作品是《人到中年》,从小说到电影,医生陆文婷和她的丈夫以及她的朋友的境遇和命运,引发出全社会的哀叹。然而在这些"伤痕"文学潮流所凸现的与过去的欢乐感不同的悲怆伤痛的背后,是不易觉察的现实批判精神。这是当代文学对于夭折于50年代中期"干预生活"思潮的隐约的接续。当然,它对中国文学的忧患传统是更具深刻性的发展。

中国当代文学从50年代到80年代,用了整整三十年的时间以文学的方式追溯中国当代人的欢乐与苦难,方始有了全面的涵括。文学对于苦难的描写,开始把中国的百年忧患放置在个人与社会综合的层面上,这就使文学传导的悲剧性具有了更厚重的社会学和人性的深度。古人讲"欢愉之辞难工,而穷苦之言易好"①,要是从另一个角度看,即文学若是面对人生最真实的和最本质的苦难,则它仿佛有一种自然而然的臻于完好的助力,而若是抒写欢乐则需要执意的强为,那当然意味着颇大的难度。已经去世的路遥在谈到他的《人生》时说过一段关于创作痛苦的话:"当你在创作中感到痛苦的时候,你不要认为这是坏事,这种痛苦有时产生出来的东西,可能比顺利时候产生出来的东西更光彩。"②诗人总与悲愤和苦难为邻,而悲愤往往是成功的第一线光明。

三 功利性与目的迁移

不论是表达欢乐还是表达悲苦,它们展现的是中国当代文学某些基本的属性。这属性便是极明确的文学功利观。不论是

---

① 韩愈:《荆潭倡和诗序》,见"国学基本丛书"《韩昌黎集》。
② 路遥:《让作品更深刻更宽阔些——就〈人生〉等作品的创作答读者问》。

在大陆,还是在台湾,中国作家创作的主流倾向是,他们总在自觉或不自觉地行使他们认定的文学使命。在当代文学中,消遣或游戏的文学是存在的,也产生出一些颇有成就的作家,但从来就没有成为文学的主流。这类文学在很多时候和在很多场合都受到谴责或被斥为逆流。在文学对社会负有责任的观念前提下,这些文学被认为是缺乏责任的。这种观念的形成基于中国在鸦片战争后内忧外患的社会现实,也由中国以儒家为主的传统文学观的传承。

在中国传统的文学观念中,文学总应当是有益于社稷公众的,这就是《论语》讲的"兴、观、群、怨",更有甚者,"诵诗三百,授之以政,不达;使于四方,不能专对,虽多,亦奚以为?"[①]则讲的是用文学从政的要求了。这些可能是广义的文学,如从更纯粹的文学的角度看,中国儒家知识分子这种用文学来服务社会,以求有用于世的观念也是相当悠久而普遍的。白居易盛赞张籍古乐府诗,是由于他所写内容从大处讲是"可讽放佚君"、"可诲贪暴臣";从小处看是"可感悍妇仁"、"可劝薄夫淳"。总之是:"上可裨教化","下可理情性"。[②] 许许多多这方面的理论,从遥远的古代脉流绵长地传到今天,它同样成为中国当代文学的灵魂。

五四新文学运动作为中国现代史上规模巨大、影响深远的民族觉醒和民族救亡运动之组成部分,它与那个时代的忧患有着最直接、最紧密的关联。蔡元培说:"直到清朝,与西洋各国接触,经过好几次的战败,始则感武器的不如人,后来看到政治上了,后来看到教育上,学术上都觉得不如人了,于是有维新派,以政治上及文化之革新为号召,康有为、谭嗣同是其中最著名

---

① 见《论语·子路》。
② 白居易:《读张籍古乐府诗》,见《白氏长庆集》卷一。

的。"①这种社会和民族的忧患,后来直接激发了中国作家投身新文学建设的热情。鲁迅的始学医而终至弃医而就文,是深深有感于中国国民充当"看客"的麻木远非医学能疗救。文学若不能从民众素质着手改造,则中国普通人将依然以"人血馒头"为药饵,而中国社会的振兴始终只能是梦想。

在中国现代文学中,历来存在着文学目的的分歧。虽如前述,现代文学发生之时受到近世以远中国国运积弱的刺激,于是要以文学做疗救社会改善民心的利器以图富强。但由于五四新文学本身有西方资产阶级革命自由民主以及个性解放诸方面思想影响,所以当日的文学观也是开放而驳杂的。这种驳杂正是那个思想解放时代的特点。正是因此,新文学运动从它诞生的时候起,在非常广泛的自由中,依然有着传统的"文学为世为时而作"的观念的强烈表现。

那时大体存在着两个大的方面具有对立性质的文学观,即"为人生而艺术"和"为艺术而艺术"的歧异。主张为人生的文学以文学研究会为代表,"他们提倡血与泪的文学,主张文人们必须和时代的呼号相应答,必须敏感着苦难的社会而为之写作。文人们不是住在象牙塔里面的,他们乃是人世间的'人物',更较一般人深切地感到国家社会的苦痛与灾难的"。② 早期的创造社以主张为艺术而艺术而与文学研究会主张大相径庭,他们认为"文学自有它内在的意义,不能常把它打在功利主义的算盘里,它的对象不论是美的追求,或是极端的享乐,我们专诚去追从它"。③ 同时站在为艺术而艺术立场上而抱着游戏的态度的,还有鸳鸯蝴蝶派的作家,他们则长期受到进步文学的抨击。

---

① 蔡元培:《中国新文学大系·总序》,见《建设理论集》,良友图书印刷公司,1935年。
② 郑振铎:《中国新文学大系·文学论争集·导言》。
③ 成仿吾:《新文学之使命》,见《中国新文学大系·文学论争集》,第179页。

但中国的社会现实,决定中国文学不可能持久地脱离社会现实和沉湎于唯美的天地中。创造社成员迅速转向激进而主张革命文学,便是生动的例证。"我们的眼泪会成新生命之流泉,我们的痛苦会成分娩时之产痛""我们要如火山一样爆发,把一切的腐败的存在扫落尽,烧葬尽";①"我们自己知道我们是社会的一个分子,我们知道我们在热爱人类——绝不论他们的美恶妍丑。我们以前是不是把人类忘记了";"只要不是利己的恶汉,凡是真的艺术家没有不关心于社会的问题,没有不痛恨丑恶的社会组织而深表同情于善良的人类之不平的境遇的"。② 难怪郑振铎评论创造社同仁的这种转变时禁不住要说,"这都是'血与泪的文学'的同群了"。

这种看似宿命的殊途同归,是中国社会的特殊环境决定的。开始的时候,开放的文学受到世界各种新潮流的影响,受到自由精神的鼓励,往往"各说各话"。到后来,中国社会这一巨大的染缸,不由自主地把各种潮流都传染上中国式的色彩,逐渐地变成"说一种话"。这是就大体趋向而言,就是说,中国特有的社会忧患总是抑制文学的纯美倾向和它的多种价值,总是驱使它向着贴近中国现实以求有助于改变中国生存处境的社会功利的方向。这种驱使从实质上讲,总是要求改变文学的多种价值成为单一价值的努力。

由于中国社会政治的多变和复杂状态,这种单一价值又在不同时期有着不同的变换,于是也赋予不同的指称。但从总的倾向看则是社会功利的要求总是呈主流状态。这一点,五四时期的人们就认识到了,傅斯年说过:"美术派的主张,早已经失败

---

① 郭沫若:《我们的文学新运动》,见《中国新文学大系·文学论争集》,第186—187页。

② 成仿吾:《艺术之社会的意义》,见《中国新文学大系·文学论争集》,第191、188页。

了,现代文学上的正宗是为人生的缘故的文学。"①"美术派"指的是那些不写社会功利要求的形形色色的更接近文学审美愉悦的文学。在中国环境中,这些要求总是受到抑制而成为支流。

五四时期的"为人生"并不是一般文艺学强调人的生命状态或对人生的终极关怀,而是直接指向中国的社会现实和中国人的现实处境,关注他们的命运和前途。文学研究会成员为人生的主张强调的是写真实的人生,以作品直接体现和反映中国社会的实情面貌的现实主义倾向。所以他们的"为人生"其实也就是"为现实"。鲁迅认为《新潮》的小说作者,"他们每做一篇,都是'有所为'而发,是在改革社会的器械——虽然也没有设定终极的目标"。②这样,在中国不稳定而又多变的社会环境中,文学的"为"便有了突出的"滑动性",即它总随着社会环境的改变而不断改变文学的"目标",并体现在它的指称上。中国文学这种对于"目标"的不断追随,虽然在名称上有多种多样的变化,其始终不变的则是它作为"改变社会的器械"的性质,这就是中国文学自始至终的"有所为"。它唯一排斥的是它的"无所为"——当然,在社会习惯中,"为艺术"是不算"有所为"的。

五四新文学运动的性质到20年代后期便有了急速的转换,即从文学革命转向革命文学。要是说,本阶段文学在前期强调的是"文学"的革命,后期则强调的是"革命"的文学。强调重心的转换,导致文学价值观的重大改变。在这个时期,原先是主流状态的"为人生"迅速转向了另一种主张状态:"为革命。"这种转换虽曰名称有了更迭,而着重点依然是文学对现实的态度而不是对艺术的强调和关注。一种非常激进的声音和态度驱赶文学

---

① 傅斯年:《白话文学与心理的改革》,见《中国新文学大系·理论建设集》,第205页。
② 鲁迅:《中国新文学大系·小说二集·序言》。

向着名曰贴近现实实则极其飘浮抽象的境界:"资本主义已经到了他们最后的一日,世界形成了两个战垒,一边是资本主义的余毒法西斯的孤城,一边是全世界农工大众的联合战线。各个的细胞在为战斗的目的组织起来,文艺的工人应当担任一个分野。"这篇文章最后号召:"以真挚的热诚描写在战场所闻所见的,农工大众的激烈的悲愤,英勇的行为与胜利的欢喜,这样你可以保障最后的胜利;你将建立殊勋,你将不愧为一个战士。"①

中国现代文学一下子陷入了怪圈。游离了艺术审美渠道的文学,在令人眼花缭乱的口号前疲于奔命。从"为国防"到"为大众",口号不断更新,而文学为主流意识形态服务的性质没有改变。有了这样的无间断地驱使文学为这个或那个口号"服务"的经验,到了40年代初,从阶级论的角度肯定当时文学的"无产阶级领导"的性质,并推出"为革命的工农兵群众服务"的观念,便是自然而然的。

中国当代文学一开始就在种观念的笼罩下,并以此指导文学的生产。1949年7月周扬在《新的人民的文艺》的长篇报告中,重新阐发了这种观念的基本精神,"深信除此之外再没有第二个方向了,如果有,那就是错误的方向"。他的讲话因与中国解放区的文艺创作实际紧密结合的叙述而显得非常具体:

> 民族的、阶级的斗争与劳动生产成为了作品中压倒一切的主题,工农兵群众在作品中如在社会中一样取得了真正主人公的地位。知识分子一般地是作为整个人民解放事业中各方面的工作干部、作为与体力劳动者相结合的脑力劳动者被描写着。知识分子离开人民的斗争,沉溺于自己小圈子内的生活及个人情感的世界,这样的主题就显得渺

---

① 成仿吾:《文学革命到革命文学》,载《创造月刊》,第1卷第9期,1928年2月1日。

小与没有意义了,在解放区的文艺作品中,就没有了地位。"五四"以来,描写觉醒的知识分子,描写他们对光明的追求、渴望,以至当先驱者的理想与广大群众的行动还没有结合时孤独的寂寞的心境的作品,无疑是曾经起过一定的启蒙作用的。但现在,当中国人民已经在中国共产党领导之下,奋斗了二十多年,他们在政治上已有了高度的觉悟性、组织性、正在从事于决定中国命运的伟大行动的时候,如果我们不尽一切努力去接近他们,描写他们,而仍停留在知识分子所习惯的比较狭小的圈子,那么,我们就将不但严重地脱离群众,而且也将严重地违背历史的真实,违背现实主义的原则。①

在1949年这样的转折年代,在周扬的报告中我们看到的只是对业已确定的文艺方针的强调和施加的具体规定,而看不到任何对于适应城市及其居民的调整意图。随后发生的一系列论争如:表现小资产阶级、中间人物、题材问题等诸多原本正常的问题,一时都成了激烈论争的焦点。

从50年代开始到"文革"结束,中国当代文学经历了从"为无产阶级政治服务"到"为人民服务、为社会主义服务"等种种阶段。但口号的变换并不意味着中国新文学传统中主流观念的根本性改变。50年代以后,由于社会一体化的形成和加强,这种文学功利主义的观念顺理成章地纳入国家行政的轨道。加上某些庸俗化的更为片面的阐释,文学在此后漫长的岁月中逐渐衍化为配合现实政治及意识形态需要的工具和武器,并以其是否忠实于此种职责而事实上成为主流文学的首要的甚至是唯一的标准。

---

① 周扬:《新的人民的文艺》,见《周扬文集》第1卷,人民文学出版社,1984年,第514页。

当代文学一旦到达这样的境界,即文学成为国家或社会的代言的身份的境界,对于文学来说,它自身所应当拥有并予以体现的质的规定事实上已无足轻重,而最为重要的是,文学是否与它的角色相称或相符,它与代言的实体之间的关系是否适宜。这不能不使创作的题材和主题都受到限制。于是作家写作歌颂式的作品,就既是作家对待生活现实的态度,也是作家对待政治的态度。因而,作家是否以作品歌颂现行的一切,就成为判别此一作家的阶级归属以及他的立场、情感态度的标准。在进行这样的考察时,首要的是文学与社会客观事象的关系,而不是文学自身。这一阶段对所有作家、作品的评判,均由是采取歌颂还是采取暴露以及歌颂什么和暴露什么这一点进入。作家若被认为采取了正确态度,则虽在艺术性方面略逊一筹或者甚至很差,也总是以立场正确而受到宽容保护。反之,则被认为先决条件便有了歧误。

四 代言者与文学个人主义

中国当代文学的"颂歌时代"就是这样出现的。由于明确的号召和提倡,希望自己是追求进步的作家,总不断以巨大的热情歌颂他所面对的新的社会、新的生活和新的人民。更有甚者,甚至误认为某一文学样式,如:"抒情诗或抒情诗人其基本的性质和任务就是歌颂"[①]。这种认识显然违背文艺发展的规律。不可否认,在阶级的社会里,文艺有阶级的意识的投影,但文艺并不专属于某一阶级。而任何社会的阶级又并非仅有对立的两个,往往还有其他的阶级和阶层,而作家由于自己的具体阶级处境和不同的世界观,其文学创作就会有多种选择性。其中不排

---

① 如冯至在《漫谈新诗努力的方向》一文中说:"诗人对于现在,应该是个歌颂者,对于将来,应该是个预言者。"载《文艺报》,1958年第9期。

除有的作家自命信奉的是公正和真理,他的"独立性"使他无意或不愿成为特定阶级的工具或手段。其次,文艺对于生活的态度和关系并不只局限于是歌颂的角度,文艺家可以根据实际的可能和条件对现实和历史采取多种基本是自由的态度。作家信奉自己独到的观察和认识,以此决定他采取何种方式:歌颂或者暴露;既歌颂又暴露;既不歌颂又不暴露,等等。

前述那种统一的原则推行的结果,当50年代生活重心由乡村转向城市,因力图推进"百花齐放"、"百家争鸣"的方针,并随着现实生活发展的深入和作家对生活认识的深入而决定采取自以为是的态度对生活进行描绘时,那潜在的危机就显现出来了。当代文学中有一次重大的批判,针对萧也牧的短篇小说《我们夫妇之间》而展开。作品中丈夫李克是知识分子,妻子张英是工农分子,[①]批评着重强调了作者对工农的批评或嘲笑,以及对知识分子的欣赏或赞美的不同态度。无疑,按照当时流行的标准,对工农只能歌颂,而不应暴露。批判指出:"如果说张英这一个原来是编导者所企图歌颂的人物,是个劳动英雄……那么就必须要从她的党性原则,她在政治活动中的骨干作用,以及她的劳动人民的纯朴勤劳等品质来表现。但张英却被表现为毫无英雄气概,毫无共产主义理想的人。"[②]这一段话意在说明,作家萧也牧以及电影的改编者在处理应当歌颂的人物时采取的不是应有的姿态,甚至是有损人物形象的不应有的姿态。这样,他受到的谴责便是自然的了。同样的问题,也发生在王蒙的小说《组织部新来的青年人》以及其他更多的作品上。1956年提倡百花齐放,作家受到鼓舞。根据这时期生活发展的现实,他们在原先只看

---

① 引自《我们夫妇之间》,载《人民文学》,1950年第1期。
② 贾霁:《关于影片〈我们夫妇之间〉的一个问题》,载《文艺报》,1951年第4卷第8期。

到光明面的地方看到了不光明面,于是出现了一批称为"干预生活"、暴露生活的阴暗面的作品——作家在本应歌颂的对象上表现出另一种态度,这当然是有悖于常态的。这批作家和作品在后来"反右派斗争"中无一例外地受到了批判乃至惩罚。

中国当代文学的许多悲剧,固然是由于历次"政治运动"的方式进行的政治"运动"文学的结果,但这只是表象。而真正的内因,则是这种基于社会功利主义而制定的要求于文学的政治标准,歌颂或暴露是其中之一。它使很多作家作品在这个标准的衡定下受到不公正的裁决。当这种裁决生效的时候,通常的"政治标准第一、艺术标准第二",实际是只有"第一"在起作用,就是说"第一"在实际操作时便是"唯一"。一个作家若是模糊了或颠倒了所歌颂和暴露的对象,则不论其作品有多大的艺术价值,均将受到否定。

政治和意识形态的动机要求作家写作时对人民及其敌人或持肯定和颂赞的态度,或持暴露和鞭挞的态度,也只有这种态度,作家的工作才能得到肯定,反之,他们的所有努力甚至会危及作家自身。这种文学的导向,被称为是作家采取了"正确的立场",而且被称为是作家坚持了"现实主义"。而实际生活中,各类矛盾往往出现混淆乃至颠倒的现象(如"反右"斗争和"文革"中所发生的),而且人民范畴中的具体对象也并非不存在应该批评的缺点和问题。这样,作家的创作就不能不常常陷入困境,他们很难正视生活的真实状态,有时甚至连现实主义的边都没有沾上。文学的颂歌时代的形成尽管是强大的理论推进的结果,也有当时作家对于社会发展的一份真诚(当然,随后也就成为一种庸俗),但这种思潮急剧地把文学创作推向虚假的恶果,则是有目共睹的事实。

文学是全体公众的事业,它表现全社会各个层面各色人等的生存状态和精神状态。文学的动机和结果都是作家基于自己的良知和素养独立的和自由的认知,它就不会依附于他人,特别不会依附于权力和金钱。文学家与政治代言人应当有区别。文学面对的是整个的人类,而不是按照各种利害加以划分的某一群体或某一集团的规定代言人。中国当代文学在它的发展中受到的狭隘功利的危害极为深重。海峡彼岸的反共的"战斗文学"也是一种例子。虽然要求依附的政治有着不同的内涵。

胡适认为中国新文学运动的理论中心只有两个,即"活的文学"和"人的文学"。据他自述,前者指文字工具的革新,后者指文学内容的革新。[①] 他当时所谓人的文学是指"健全的个人主义"。胡适引用易卜生《娜拉》中的一句话来表达他当时的思想:"无论如何,我务必努力做一个人。"但胡适思考的核心也是文学对人的解放的关怀。在这种思考的背后,是漫长的封建暗夜带给中国平民的非人境遇。

在中国现代文学史上涉及人的文学的最重要的一篇文章,是周作人的《人的文学》。[②] 这篇文章以前驱的姿态把五四新文学关于人的命题大大向前推进了,它已超越当时和事后概括的个性解放的内容。周作人说:"我所说的人道主义,并非世间所谓'悲天悯人'或'博施济众'小慈善主义,乃是一种个人主义的人间本位主义。"还说"我说的人道主义,是从个人做起。要讲人道,爱人类,便须先使自己有人的资格,占得人的位置"。

周作人的人的文学的基础和前提,是个人的自我本体的建立,是一个人对于作为个体的我的尊严与权利的确认。这种理论,当然意在张扬个性,鼓励创作的自由。它造出了五四初期解放的文体,奔放而洒脱的艺术风格,它使一种无拘无束的心态充盈在创作活动中。这是五四新文学最可贵的本质的自然呈现。

---

① 胡适:《建设理论集·导言》,良友图书出版公司,1935年,第19页。
② 周作人:《人的文学》,载《新青年》,第5卷第6号,1918年12月。

20年代革命文学的理论大兴,阶级论盛行,从创作的个体意识与群体意识的角度,它对五四新文学的主张作了一个方向的强调。革命文学的倡导者宣告:"革命文学应当是反个人主义的文学,它的主人翁应当是群众,而不是个人;它的倾向应当是集体主义,而不是个人主义;①个人主义的文艺老早过去了,然而最丑猥的个人主义者,最丑猥的个人主义者的呻吟,依然还是在文艺市场上跋扈。"当时最极端的主张是要文艺青年放弃自我地"当一个留声机器",认为这是"最好的信条",并且进一步说,"你们若以为是受到了侮辱,那没有同你说话的余地,只好敦请你们上断头台!"②随后,发表这文章的作者再撰一文进一步对"当留声机"做出明确的阐释,即指文艺青年们"应该克服自己旧有的个人主义,而来参加集体的社会活动"。文章还描写了这种克服和获有的"战斗的过程":第一,他先要接近工农群众去获得无产阶级的精神;第二,他要克服自己旧有资产阶级的意识形态;第三,他要把新得的意识形态在实际上表示出来,并且再生产地增长巩固这新得的意识形态。③

　　中国社会由于长期的积弱而思振兴,于是容易接受激进的思潮。而革命运动或救亡图存运动的勃兴,其本身都是群体性的。历史性的群体运动也必然会造就带有群体印记的新的个性。在这样的形势下,激进思潮更要求于文艺创作的是不断地压抑作家的个性,不断消泯创作的个性特征,要求无限制地张扬群体意识,推崇政治思想方面的集体主义和创作内涵上的集体思想,以此压制个性化要求。

　　50年代以后,根据新的社会条件,在指导文艺创作的方针

---

① 蒋光慈:《关于革命文学》,载《太阳月刊》第2期,1928年。
② 麦克昂:《英雄树》,载《创造月刊》第1卷第8期,1928年1月1日。
③ 麦克昂:《留声机器的回音》,载《文化批判》第3期,1928年3月15日。

中,也是不断强调文艺的群体性,认为代表社会主义方向的是集体主义思想,而把个人主义归于资产阶级思想。为了有效地推广上述思想,还对五四新文学传统做出了新的解释。周扬在《发扬"五四"文学革命的战斗传统》一文中提出"培养和发展新的个性"的命题,而对"个性"做了全新的诠释:"我们所要求的个性应当是与人民联系的、和人民打成一片的个性、是愿意把自己的一切贡献给人民的事业的个性,这才是建设性的个性。我们必须反对和人民脱离的、同人民对立的个性,反对资产阶级的卑鄙的个人主义的个性,那是破坏性的个性,和新社会不相容的。我们的文艺作品应当以积极培养人民集体主义思想,克服人们意识中的个人主义作为自己的任务。"①周扬这样希望于新社会的个性并非没有道理。但在这种解释之下,原先那种以个人为本位的文学创作个性就很难广泛而多样地存在了。有些作家也乐于或被迫隐匿自己真正的个性。

作家的创作个性,作家基本个人方式的对于精神、物质世界的观察和表现受到阻塞。所有的社会生活现象和个人生活现象的审视,在集体主义的提倡和鼓励之下,都只能从排除了个性特征之后的群体方式切入。"自我"的眼光、角度不断被削弱乃至此——指称的消失乃是自然而然的。最突出的事例是诗人郭小川。50年代他以苏联的马雅可夫斯基为榜样写政治鼓动诗,其内涵是毋庸置疑的社会主义——共产主义的集体思想和集体形象,他以参加过革命的同志和"兄长"的口气激励青年人战胜困难勇往前进。这些都与主流的文学形态高度一致。只是在表达上,郭小川喜欢用第一人称的"我"。这就招来了反感和批评。作者在一篇文章中记载了这方面的回答——

---

① 周扬:《发扬"五四"文学革命的战斗传统》见《周扬文集》第2卷,人民文学出版社,1985年,第280页。此文原载《人民文学》1954年5月号。

有些同志向我提出问题:在你的诗里,为什么用那么多的"我"字,干吗突出你自己呢?这个问题,也使我想了很多。前几首《致青年公民》中,曾有过"我号召你们"、"我指望你们"的句子,实在是口气过大,所以,在以后的各首中,我就改正了。但,我要说明的是:我所用的"我",只不过是一个代名词,类如小说中的第一人称,实在不是真的我,诗中所表述,"我"的经历、"我"的思想和情绪,也决不完全是我自己的。我现在还不敢肯定,这样的看法是否恰当……①

郭小川所说明的几点,其实都是文艺学上的常识,可当时都成了问题。他说"实在不是真的我",又说,"决不完全是我自己的"。现在要问:实在是真的我,完全是我自己的,又怎么样呢?

郭小川作为一位既有充裕的公众关怀,又有艺术探索精神的诗人,在 50 年代诗人中是个性突现的一位。但也就是由于这一点,他的创作经常受到谴责。著名的《望星空》就是因为涉及"自我"对个体生命短暂而事业伟大、宇宙洪远的感慨而遭到激烈的抨击。批评者说:"这首诗的主导的东西,是个人主义,虚无主义的东西;它腐蚀了诗人自己的头脑,又在读音中间散发了腐蚀性和影响。"批评者严厉指责"不洁的"个人主义,"这些个人主义实质上是脆弱的,一遇到挫折,就不免有四大皆空之感!《望星空》一诗就是个人主义的东西受到挫折以后悲观绝望的表现"。②

这样批评的结果,不仅造成文学作品中个人话语的减弱以至消失,而且最后导致作为文学创作基本规律的作家个人创造

---

① 郭小川:《关于〈致青年公民〉的几点说明》,见《致青年公民》,此文写于1957年9月2日。
② 华夫:《评郭小川的〈望星空〉》,载《文艺报》1959 年第 23 期。

性的萎缩和蜕化。当代作家因为担心个体意识太强而影响群体意识的发扬,担心主观性无意发扬的结果易于损害客观冷静的观察、体验和反映,于是就在创作活动中谨小慎微,唯恐招致对于集体主义创作原则的危害。这样,文学创作中的个人的独创性,作家独具慧眼的对于主客观事物的体悟和评价,他们的闪耀着个人才华的艺术表现力和风格特性,便往往淹没在众口一声和千篇一律的公式化的汪洋大海中。

茹志鹃的短篇小说《百合花》出现在1958年是一个特殊的现象。那时中国文艺界的反右派斗争的急风暴雨刚刚过去,全社会狂热的"大跃进"运动正如火如荼地展开,而"百合花"尽管依然是反映战争的,可以认为是"安全"的题材,但它的写法和角度,它的主题和情调都与那时的环境氛围格格不入。即便这篇小说受到茅盾的保护,但当时的某些批评仍然表现出它的不无偏执的凌厉。有人从"作家有责任通过作品反映生活中的矛盾,特别是当前现实中的主要矛盾"这一角度对作品提出质疑。批评者反诘作家,"为什么不大胆追求这些最能代表时代精神的形象,而刻意雕镂所谓'小人物'呢?"他们认为小说中的几位人物,"还没有提高和升华到当代英雄已经达到的高度",希望作家不要作茧自缚,要写"具有共产主义品质的英雄",使作品出现更多的"复杂的矛盾冲突","把作品的主题思想提得更高"。批评文章显然对这篇作品表现出来的女性作家的柔婉抒情的风格有所保留,他告诫作家:"风格本身并非一成不变,而是需要不断发展,不断丰富的。长处应该充分发挥,短处应该作必要的弥补"①。

作为50年代高度一致的"集体化"创作潮流中的一个"幸存者",《百合花》当然也经历了严重批评的洗礼。通过上述那些委

---

① 欧阳文彬:《试论茹志鹃的艺术风格》,载《上海文学》1959年10月号。

婉语气的背后,我们不难觉察出当时那种意在取消创作个性和个人风格的理论的严厉。就是绝无仅有的这样一篇小说,要求消泯个人风格的一律化的力量也不想放过它,事情非常明显,若是按照上引那种批评去写作,哪里还会存在像茹志鹃这样的作家,以及这样一朵洁白俏丽的充盈着作家个性的花朵。

中国当代文学作家的许多创作在当时那种总体氛围中谈不上重视作家创造性的发挥以及鼓励他们从事现实生活和历史事件的真谛的发现和开掘,并且很大程度上排斥个人独立的观察和思考。政治运动的频繁和思想斗争的加剧,缺少安全感的作家有鉴于身前身后发生的无数文学悲剧,宁可以丢失创造性为代价,以换取稳妥的同时也是苟且的策略。于是,我们惊奇地发现了一个进入文学贫血的时代。这时代以"文革"的动乱为它的极致。原先还有一定数量的作家作品装点着贫乏的创作界,到此时只剩下受到批准的八个"样板戏"。当日据有权力的人宣称:以往的中国文学是一纸空白,从远处讲是"封、资、修"思想统治的历史,从近处讲是"黑线"专政的历史。而中国文艺的"新纪元"则始于"旗手"领导的"京剧革命"。

那些被称为"样板"的"文革"作品,从内容、形式到制作方式,无一不是充分集体化的产物。它与五四初期的个性解放或"个人主义的人间本位主义",仿佛是两极的对立。不管什么时代人们的思想意识产生怎样的变化,作家通过艺术创作充分发扬个人的独创性,并充分展现他个人的风格魅力让读者和观众从作品中看出独特而个别的"这一个",对于文学都是必需的。但这,在那个舆论一律的年代,只能是一个遥远的梦幻。

五 运动的文学与文学的运动

中国现代文学是个性解放的产物。它有感于"死文学"对于人的窒息,欲以"活的文学"来唤醒并建设"人的文学"的时代。

因此当时对于作家的创作并没有一致的理论的约束。各色各样的主张是有的。但并没有强制的或统一化的要求。这种情况到了提倡"革命文学"时有了改变。前面述说那一批创造社成员的激进主张要求文学家做先进思想的复述者(即"留声机")而排除和杜绝个人意愿的表达,算是颇为极端的。但那也只是一种一厢情愿的号召,实行与否在于作家。因为作为一个文学社团,他们并不具有行政的压力,这情景到民族矛盾上升时期,特别是抗日战争阶段便有了变化,要求文学从军或倡导"国防文学"等等所具有的道义感构成了某种压力。这使得作家顺应这种压力的驱使从而调整自己的创作方向。

但对文学创作产生巨大的影响并成为别无选择的统一的运动的,则是以行政力量进行的文学规定。从40年代初期到40年代结束,在解放区大体奠定了对文学家进行运动式的组织创作的格局。这种格局致力于把作家的个体性的劳动组织到革命的集体性的大目标上来,使这些本来独立的个体成为统一大机器中的一个零件、齿轮或螺丝钉。但这些"零件"出身、经历、个性、文化背景、审美趣味都各不相同,必然要对这些零件进行"磨合"。这就提出了作家的思想改造的命题。

当时的理论批评要求来到革命根据地的作家放弃原先的兴趣和立场,使之能够适应一致性的目标和利益。后来还颁布了一个"决定"。其中对当时的文艺创作作具体的号召和规定:"内容反映人民感情意志,形式易演易懂的话剧与歌剧(这是熔戏剧、文学、音乐、舞蹈甚至美术于一炉的艺术形式,包括各种新旧形式和地方形式),已经证明是今天动员与教育群众坚持抗战发展生产的有力武器,应该在各地方与部队中普遍发展","各根据地有演出与战争完全无关的大型话剧和宣传封建秩序的旧剧者,这是一种错误,除确为专门研究工作的需要者外,应该停止或改造其内容。"①

文学创作到这样地步,已经不是作家自由选择或可以自由讨论的实践,它是一种与行政性的规定,推行或禁止这些方式相联系和相一致的活动。这在五六十年代更普遍而广泛地发展为通过政治批判运动以约定文学创作的内容与形式。在这种环境和气氛中进行创作活动的作家,他们的工作必须顺应这种规定并接受全社会的监督方可实行。50年代普遍推行的知识分子思想改造运动,其基本目标就是改造个人主义为集体主义,改造资产阶级、小资产阶级思想为社会主义、共产主义思想。思想改造首当其冲的是作家和文艺家。

改造思想需要"脱胎换骨",需要在"灵魂深处爆发革命",需要"狠斗私字一闪念"如此等等。各种提法在社会政治发展的每个阶段各不相同,但其目标则是先后基本一致的。中国当代作家在这种巨大的政治、行政压力下,首先要进行的是批判过去,否定自我——这个工作通常被称为对作家的改造和作家的自我改造。这种改造的工作在正常的情况下(这几乎是常态的)则是通过批判或斗争的方式进行。这种批判或否定不仅是在所谓的世界观、创作道路或作品的思想内容的层面上,而且更在作家的审美观和艺术方式,甚至在风格等更深入的层面上。其范围广泛到了涉及作家创作实践及作品传播的一切方面。

胡风对这个问题早有觉察,他在1954年写成的《意见书》中对林默涵、何其芳与胡风论战的中心理论问题,即共产主义世界观、工农兵生活、思想改造、民族形式、题材等五个观点,概括为五把理论刀子,认为"在这五道刀光的笼罩之下,还有什么作家与现实的结合,还有什么现实主义,还有什么创作实践可言?"胡

---

① 引自《中共中央宣传部关于执行党的文艺政策的决定》,见《文艺方针政策学习资料》,吉林人民出版社,1961年,第5—7页。

风的这些意见,后因"问题性质讨论的转化"而没有继续进行,当然也谈不上产生什么影响。不断对创作实践产生影响的,仍然是40年代以来的极端化的策略,

何其芳就是不断对自己的艺术方式和艺术道路进行批判否定的一位。他的否定从奠定他创作特色的成名作《预言》开始。诗集《预言》的写作始于1931年的《预言》而终于1937年的《云》。这是中国社会产生重大转折的年代。1937年不仅国内各方的矛盾加剧,而且在外国入侵下民族濒临危亡。在《云》中何其芳不是由于谁的提倡而是有感于社会时势的危急产生自觉的批判,他看到城市的堕落,农村的破产——

> 从此我要叽叽喳喳发议论:
> 我情愿有一个茅草的屋顶,
> 不爱云,不爱月,
> 也不爱星星。①

到后来,特别是到了延安之后,他的这种自我批判意识就转变成为一种按照指导性要求的实际行动了。1943年他在《改造自己,改造艺术》中又联系当时的"整风运动"及下乡改造思想谈及如下的体会:

> 整风以后,才猛然惊醒,才知道自己原来像那种外国神话里的半人半马的怪物,虽说参加了无产阶级的队伍,还有一半或一多半是小资产阶级。才知道一个共产主义者,只是读过一些书本,缺乏生产斗争知识与阶级斗争知识,是很可羞的事情。才知道自己急需改造。而且,因为被称为文艺工作者,我们的包袱也许比普通知识分子更大一些,包袱

---

① 何其芳:《云》,见《何其芳文集》第1卷,人民文学出版社,1982年,第59—60页。

里面的废物更多一些,我们的自我改造也就更需要多努力一些。①

在社会产生急剧转变的时代,人们的思想立场或迟或早会产生变化,这在历史上是必然的。有的变化是自觉的,有的则是非自觉的。

在作家的思想改造方面,何其芳是处于社会转变时期具有典型意义的一位。他是自觉的。他从否定自己的艺术风格和艺术理想开始,逐步地到达最后否定作为诗人的旧的自我。这种否定是一种对于诗的本质的追求和放逐的过程。从《云》和《画梦录》到表现知识分子改造的内在矛盾的《夜歌》,从不满《夜歌》的"伤感、脆弱、空想的情感",②再到写作"白天的歌",何其芳非常完整地完成自我否定的全过程。当然,这也是何其芳重新建设新的自我的过程。可是,作为诗人的何其芳在进入50年代以后基本消隐了。1951年他在过去的诗集再版时说了这样的话:"这个旧日的集子,虽然其中也有一些诗是企图歌颂革命中的新事物的,但整个地说来,却带着浓厚的旧中国的气息。因此,它不足以作为新中国的读者的理想读物","很想歌颂新中国的各方面的生活,并用比较新鲜一点的形式来写。但可惜我目前的工作不允许我经常到处走动,不允许我广泛地深入接触工农兵群众。又不愿使自己的歌颂流于空泛,我就只有暂时还是不写诗"。③

不难看出,何其芳也和冯至一样,把诗的基本性质非自觉地确定在"歌颂"上。既然旧的道路应当否定,而新的道路目前又不可实行(不能"经常到处走动","广泛地深入接触工农兵群

---

① 何其芳:《改造自己,改造艺术》,见《何其芳文集》第4卷,第39页。
② 何其芳:《〈夜歌和白天的歌〉初版后记》,见《何其芳文集》第2卷,第253页。
③ 何其芳:《〈夜歌和白天的歌〉重印题记》,见《何其芳文集》第3卷,第35页。

众"，当然还有主要精力做学术研究工作），那就只有停笔。何其芳这一番话，很像是诗的告别辞。这种告别看似自愿，其实却是充满内心矛盾的无可奈何。直到"文革"结束，何其芳才重新焕发诗的激情。何其芳的思想当然带着他那个时代的巨大而深刻的历史投影。

中国作家的思想改造，不仅是思想要"脱胎换骨"，艺术也是"脱胎换骨"。艺术改造的模本在哪里？只有从当时认为的成功的实践去找。以延安为中心的中国解放区出现了一批有影响的作家作品，他们代表受到肯定的方向。50年代以后社会走向一体化，这些文艺的成果就当然地成为全体作家应当遵奉和贯彻的方向。

与作家思想改造和艺术改造的同时，要求作家深入现实的生活，熟悉工农兵和用人民"喜闻乐见"的方式去写作。有一个自我的思想——艺术否定在先，又有一个写自己并不熟悉的"写工农兵"在后，这一文艺潮流对于创作的直接影响，则是引导和鼓励一切作家避开自己所熟悉的，于是就相当广泛地出现无所适从的"失语"状态。许多作家、特别是来自国统区的作家不能以适当的方式思考并表达情感，他们避开自己的激情和愉悦，强迫自己从事他所难以适应和驾驭的题材，其结果大多只能或者停笔，或者导致艺术的失败。

中国大陆文学创作的危机并不始于"文革"，而始于比"文革"更早的时期。许多作家因找不到自己的位置和自己的语言而自然或是被迫地消失了。许多在新文学的建立中成绩卓著的作家，在新的历史时期中不是湮没无闻便是昔日风采荡然无存。当日创作的指导原则不仅要求作家用新的语言表现新的生活、新的人物，而且要求作家不断紧密跟随和配合当代的政治形势，而政治形势在当代又是变幻不定的，于是并不熟悉工农兵的许多作家只能操着夹生的"工农兵语言"去写"工农兵的火热斗争",做始终的变幻不定的目标的追寻。

  所幸,这种命运已随同一个时代的结束而宣告结束。对于当代中国作家而言,运动的文学和文学的运动都已是远去的噩梦。20世纪80年代开始的是一个作家逐渐掌握自己命运的文学新时期。中国当代作家已从被指定的代言者的身份中解放出来,作家终于开始"说自己的话"并在这时期创造了空前繁荣的文学。但当代中国文学依然有诸多的烦扰。其中最重要的一点就是当各式各样的约束(不是全部的)逐步宣告消解的时候,拥有一定创作自主权的作家如何在基本无约束的状态中自觉地面对自己的社会和民众,面对悠久的历史和苦难的大地,面对国家和民族的未来,摆脱流俗、金钱和享乐的诱惑,使自己的作品更能体现出当今时代的焦虑和困惑。一句话,当作家感到自己可以"想怎么写就怎么写"的时候,是否应当重新提出一些非常古老的命题,如使命、责任、意义、价值等用以"自律"。

1995 年 12 月 31 日

中国文学的新时期(略)

"后新时期"与文化转型

一 社会发展与中国新文学

研究中国当代文学艺术问题,不可能离开中国这一特定的社会环境,特别是政治和意识形态环境。中国的社会形态制约着、甚至是规定着中国的文学和艺术。就文学而言,尽管有说明和决定它自身的特质,但是中国社会的实际依然强有力地影响和笼罩着文学,可以不含糊地认为,任何离开中国社会的实际和历史而期望纯粹地解释中国当代文学的意图,都将是天真而无效的行动。

通常讲的新时期文学,是中国当代文学的一个公认的历史分期。本世纪40年代的最后一年,中国政治发生了重大的变化,中国文学开始在大陆、台湾以及香港、澳门,在不同的社会制度下分别而又有联系地发展。从50年代以来迄于今,这格局基本不变。中国这四十余年的文学属于新文学的范畴,这不仅是因为它们均溯源于五四新文学运动,均是以白话文取代文言文的运载工具革命的产物,而且,更为重要的是,这是一种以告别古典时代、实现文学的现代化为目标的充满现代精神的文学形态。这一文学性质历经多种的社会变性而绵延不断,现代精神始终是中国现代文学一以贯之的目标。四五十年代之后发生的政治变动并没有改变文学的这种性质。

之所以把这段文学称为当代文学,最主要的原因仍由于社会的因素。以50年代为界限的文学变得更为复杂也更加丰富了。同一文化母体之内的异向发展,事实上已为此后的文学多元化埋下伏线和提供契机。隔绝在造成陌生和惊异,乃至误解的同时,也造成了由于差异而导向兼容、共生相互补。这种多边互动的局面对于僵顽守旧而力图保持大一统的文化强制力量,无疑具有重大的消解力。当代文学这一历史范畴的设置和托出,对于50年代以后中国文学的繁复驳杂性质的描写、界定和预期具有积极的意义。当然,"当代"的无限延伸并不可取,作为现代文学30年的后续,当代文学迄今已近半个世纪,如何对文学进行更为确切的界定,有待于引起学术界的关注。

二　新时期文学的概念溯源

新时期文学的提出,如同当代文学的提出一样,系由社会变动所决定。60年代中期开始的"文革"动乱,使中国社会从经济、政治、文化直至文学、艺术全面濒临崩溃。"文革"的结束使中国社会获得了转机。最初把"文革"后开始的社会阶段称为新时期的见诸政治文件。1978年12月22日通过的《中共第十一届中央委员会第三次全体会议公报》中如下一段话涉及新时期的概念:

> 全会一致同意华国锋同志代表中央政治局所提出的决策,现在就应当适应国内外形势的发展,及时地、果断地结束全国范畴的大规模揭批林彪、"四人帮"的群众运动,把全党工作的着重点和全国人民的注意力转移到社会主义现代化建设上来。这对于实现国民经济三年、八年规划和二十三年设想,实现农业、工业、国防和科学技术的现代化,巩固我国的无产阶级专政,具有重大的意义。我们党所提出的新时期的总任务,反映了历史的要求和人民的愿望,代表了人民的根本利益。我们能否实现新时期的总任务,能否加快社会主义现代化建设,并在生产迅速发展的基础上显著

地改善人民生活,加强国防,这是全国人民最为关心的大事……

显然,"新时期"这一术语的出现时间比这要早。自从1976年10月"文革"结束以来,人们就开始使用这一概念,以区别于"文革"前的"旧"时期。1978年5月下旬召开的中国文联全委会扩大会议,是"文革"后中国文艺界非常重要的会议,这个会比中共十一届三中全会要早半年召开,会上与会者已经在广泛而纯熟地用"社会主义革命和社会主义建设的新时期"这样的范畴来界定一个新的时代。

"新时期文学"由此派生而来。虽然这还是那种"政治决定"的惯性思维,却也反映出中国文学的事实,即这里的文学与社会的意识形态有着极为密切的联系的事实。要是据此推断说,在中国有什么样的社会形态就有什么样的文学,大体也是不妥。但新时期文学的提出,除了社会是基本的和主要的诱因之外,文学自身也存在着导致弃"旧"图"新"的愿望和要求。这就是物极必反的道理。"文革"十年并不是凭空而来,一切(包括文学)都是一种堆积和迁移。冷静地看待中国的事件,从产生、发展到终了,都是一个过程。从没有"文革"到有"文革",本身也是一个过程。文学到了走投无路、赶尽杀绝之后,那就有了绝路逢生。

"文革"结束,人们普遍地呼唤着"新时期文学"。1978年召开的第三次文联全委扩大会,会上人们一边回首昨天,流泪控诉,一边向往着明天创造新的未来。巴金在那次会议的闭幕词中传达了否极泰来的信心:"我们经历了一个长时期的'阵痛',这是产生新的文化高潮的'阵痛',一个崭新的文化高潮就要来到了。"这是对于"新时期文学"的预言。他在这次会议的专题发言《迎接社会主义文艺的春天》中,对这个"高潮"和"春天"作了进一步的文学的说明:"当前一个重要的课题,就是要大力表现新时期中的新的题材、新的人物。"周扬则根据他一贯的逻辑,为这个文学新时期充填进关于"新的斗争"的内涵:"我们在文化大革命中所积累的经验和知识大大地武装了我们的头脑,使我们能够更好地来观察、研究和描写这个新时期的各种错综复杂的斗争。表现社会主义新时期的生活和斗争,这是我们革命文艺工作者的光荣而艰巨的任务。"①

从这些叙述可以看出,尽管新时期文学这一范畴系自政治层面"套用"而来,但文学却在这种近于下意识的"套用"中苏醒过来。1978年那时节,人们的语言习惯甚至思维习性还不曾和异常年代完全剥离,但对于迎接新的文化建设以及文学更新的思想萌芽却悄悄地伸出了刚刚解冻的大地。

巴金讲的"阵痛",是指"文革"的苦难为文学的复兴提供了契机,他显然非常重视这一场空前的破坏可能开启一个新时期的意义。"文革"一结束,他立即着手写作以对"文革"的反思以及自身的反省为内容的《随想录》,同时又提出了建立"文革博物馆"的倡议。前者因是个人行动得到了完成,后者则未能实行。但由此却可以看出这位文学前辈把建立文学新时期放置于批判"旧时期"前提下的意图。

文学的新时期的确是以"旧"的离去为标志的。但这一时期文学之所以新,却不是对于新的政治形态的依附的同义词。它不是简单地在旧有的文学形态中"装"进去"新"的"经验"或"新"的"斗争"内容的表面转换。这一文学新时期后来所展开的局面及所显示的内涵,超出了处于时代转型期的人们的想象。

前面引文中谈到,这个社会发展的新时期是以建设和实现在工业、农业、国防、科技教育方面的"现代化"为目标的。我们不难发现,要是把表面的意识形态特征加以分离,现代化的实质性主题将从那表层现象中突显出来。就是说,所谓的新时期就

---

① 引自《在斗争中学习》。

是旨在追求并实现涉及全社会诸多方面,包括文化和思维、生活方式的从封闭禁锢状态走向现代更新。这一切,当然与文学艺术有关,而且必然以敏感的文学艺术为先行。

70年代末,文艺方面很快就把文艺繁荣改革的论题与当日提倡的"四个现代化"联系了起来。徐迟先后写了《文艺和现代化》、《新诗与四个现代化》等文章,力图在文艺上与实现社会新时期规定的目标相衔接。虽然他的观点依然是以往"服务"观念的现实性替代,即从过去的为政治服务,转移替代为"为四个现代化服务"。在《文艺和现代化》中他说:"我们的文艺要为'四个现代化'服务!'四个现代化'迫切要求我们很好地为它服务","反映我国'四个现代化'的文艺,已经跟'四个现代化'本身一样提到了日程上来,是新课题"。但是就在这篇文章中他已提到"探索社会主义文艺现代化的道路,创作出社会主义现代化的文艺"这样的命题。要是我们把那些意识形态附加语加以剔除,同样,关于现代化的命题自然地就和"文学新时期"联系在一起了。

三 新时期文学的特质及其终结

新时期文学经历了一个不曾摆脱社会意识层面的运行阶段。这一阶段的特点就是文学和政治不加区分的混沌,上面所举例子就是明证。从新时期文学到文学新时期是一种质的转换,因而是两个不同的概念。新时期文学显示着"新时期的文学"的含义。在这一范畴中,文学不曾从社会的意识形态规定下分离而出,它从属于、受约定于社会的新时期。唯有文学在新时代的精神召唤中觉醒,在主体性鼓舞下进行自主的和独立的文学自身变革和建设,这才进入了"文学的新时期"。现今沿用的"新时期文学"是一种不确定的含混的表述,它同时含有的两个概念中,实际上指向了同一的对象,即不论文学差异如何,实际指的都是"文学的新时期"。

文学新时期首先是一场文学争取独立的运动,这种独立的要求生长于对长期的政治、社会依附的不满。文学新时期旨在改变以往的非文学对文学发展的规定、指令的一切行政的和权力的干扰,而使文学回到以艺术规律和审美要求为动力的秩序上来。从这点看,新时期文学改变了长达数十年文学发展的轨道,即它开始了不是由人为制造的文学行进的历史。在这个时期,即使如"揭批四人帮"甚至早于新时期的"天安门诗歌"那样运动式的、带有强烈政治因素的文学运动,由于它是一种民众意志的推使而非行政性的号召,尽管涉及艺术层面的因素甚少,但仍属于这一历史性转折的范围。

文学新时期最具实质性的转变是使文学回到审美和艺术的立场的努力。而这第一步的表现,是在涉及诗、小说、戏剧、文艺理论批评以及在音乐、绘画、雕塑、舞蹈等诸多品类全面展开的对于现代主义思潮的引入、借鉴和具体操作方面。西方现代主义思潮于七八十年代之交在中国的受到迟到的却又是超常的关注,不能以该思潮的实际发展状况来评价,它在很大程度上是一种中国式的有意的"误读"。人们在应用这一概念时,不大考虑这一艺术思潮的实际内涵及其沿革,换而言之只是对其中的"现代"深感兴趣,因为"现代"与"古代"或"近代"相对立,它又与现实的"现代化"相衔接,造成了迷离的、不确定的"同一性"。中国的文学艺术家,由于急切排除传统阴影以及因袭的困扰,而向西方业已衰微的思潮投入了跨时空的热情。中国觉醒的知识界和文艺家,深感"古代"和"传统"对人的窒息,唯有"现代"能给这种状态以氧气,他们寻找"现代",在没有"现代"时,他们可以"创造"出一个"现代"。这就是新时期得到充实的"现代主义"的真谛。

对于新时期文学(或文学新时期,前已述及,二者取同义的角度通用,下同)来说,一件大事就是1980年《光明日报》发表谢冕《在新的崛起面前》,诗界围绕"新的崛起"展开的朦胧诗论战;另一件就是1981年高行健于花城出版社出版的《现代小说技巧初探》一书引发的关于"现代派"的讨论。这两次事件与历次文艺批判或文艺争鸣不同,它的论题超越了传统政治或思想主题功利等的范围,而主要涉及艺术自身问题。在这个方面,它开启了新时期文学的本质特征。

冯骥才以《中国文学需要"现代派"》为题写信给李陀传达了他读到高行健著作后的兴奋感:

> 我急急渴渴地要告诉你,我像喝了一大杯味醇的通化葡萄酒那样,刚刚读过高行健的小册子《现代小说技巧初探》。如果你还没见到,就请赶紧去找行健要一本看。我听说这是一本畅销书。在目前"现代小说"这块园地还很少有人涉足的情况下,好像在空旷寂寞的天空,忽然放上去一只漂漂亮亮的风筝,多么叫人高兴!

他认为现代派的改革"实际是文学上的一场革命",而且论证了为什么"中国文学需要现代派"的道理。他的论证依然是由社会而进入艺术:"在走向社会主义现代化社会的伟大历史转折中,政治清明带来了人们思想上空前活跃";"题材内容的广泛深刻的开掘,必然使作家感到原有的形式带有某种束缚";"生活面貌、节奏和方式的变化,审美感的改变";"经济对外开放政策引起人们对外部世界的兴趣和好奇"等等。这些片断的论述已经涉及了这一文学时期的若干新质。

以朦胧诗论争和高行健的小册子为标志,新时期文学在诗歌、小说和戏剧这些重要门类中由对现代主义表现技巧的兴趣而越过了传统的政治运营阶段进入对于文学的艺术、审美的回归自身的新阶段。这是新时期文学最富革命性的一个进展。由于艺术自主意识的建立,使这一文学时期区别于50年代以来中国大陆的任何一项文学运动,而具有了划时代的崭新的意义。

中国新时期的文学钟情于现代主义,除了现阶段的社会的、政治的、文学的原因之外,还在于它对五四新文学开始的文学现代化的追求是一次断裂后的接续。五四以后进行的改造旧文学而为新文学的努力,其实质就在于在文学中逐渐排除古典因素而逐渐注入现代因素的文学的现代更新。这方面的工作数十年来受到了来自多方面的干扰而不得不中断了下来。其中干扰最重的,一是传统的古典主义积习浓重,一是严重的生存危机下意识形态影响加剧。这情况因70年代社会动乱结束而结束,社会的相对安定、政治的相对宽松,促使新时期文学有可能摆脱传统的羁绊而在艺术层面获得觉醒。

这种艺术本质属性在文学中的苏醒,为新时期文学做出了质的规定:新时期文学的一切变革和探索都涉及了文学自身,而与非文学加以剥离。新时期之所以"新"即在于此。当然,这一时期还有若干重要的特征赋予中国当代文学以前所未有的新气象,概而言之有如下几点:首先是开放性。前此的文学处于严重的自我禁锢状态中,文学受到褊狭的自以为是的和功利主义的价值观念的制约,以过敏性的排他反应对待一切自认为"不纯"的文学,步步设防、处处设防,以至最后孤立了自己。再就是探索性。一旦意识形态的羁绊得到解除,文学自身规律启动的结果,便是奔涌而出的创作激情。原有的戒律取消了,文学自然地要寻求多种的可能性。整个的形势鼓励着文学冲出传统规范的实验和探索。开放性和探索性是条件,它们造出的结果是多元性。单一的甚至唯一的文学,是一种文学的自杀行为,而数十年来却对此一往情深,封闭的文学设计出名目各异而实质不变的"最好的"方法、风格或标准,把本性属于各式各样的文学改造为统一的、在"样板"规范下的文学。说是百花齐放,实是一招一式都要受到模式的统治。新时期完全改变这种单一性,而以多元性来代替。多元局面的实质在于承认文学的民主化进程,在于承认文学的非主流性,统一规范的瓦解当然造成了文学的失控,但是文学也就是在这样的失控中获得新的生机。

与动乱的结束和社会的开放相联系的文学新时期,在独立形态的运行中到达80年代的终点。一切新的都将变成旧的,何况这十多年的文学发展已经具备了它的完整形态。文学的发展也如世间万事万物,文学总是在不断的推进中新陈代谢。新时期文学不能永远地新下去,终究要有更新的形态出现。但文学又有不同于其他事物的特点,这就是尽管它服从于新旧替代的总规律,但一切"旧"的并不会因此而消失,消失的只是不具价值的东西。然而"旧"的并非不具价值,一切有价值的东西不论新旧都将在文学王国中获得永生。

四 后新时期文学:商业社会的文学形态

后新时期这一概念与社会发展阶段也与意识形态无直接关系,它仅仅属于文学,或者宽泛一些说,涉及艺术或文化。后新时期文学是新时期文学的继续和发展,但又不同于它的前身。就外在条件而言,它有从属于历史时代与社会的某些决定性因素;就文学自身的条件而言,经历了十余年的充分的、近于完整阶段的发展,为它进入新的历史时期提供了充分、令人信服的条件。

中国社会已由70年代末的政治型转向经济型,社会转轨的阶段基本完成,不再是以阶级斗争为纲,而明确地实行以经济建设为中心。80年代的结束,选择了一个让人全面震撼的时刻,它把当今时代的历史记忆导向了深刻。一方面,它无情地让人面对这个传统社会的深重悲剧性;一方面,它诱逼更多的人逃避这种遭遇和命运。一百年的历史以其惊人的相似促使一些人惊醒,也促使更多的人沉沦和忘却。

中国以庄严悲壮的心情面对着 20 世纪的黄昏。从这一个世纪回望上一个世纪,中国人拥有一个沉重的记忆。世纪末在其他国家和民族那里也许只是时序的更迭,但在中国却易于激起特殊的悲凉情怀。一百年前后那些触目惊心的大事件,如甲午海战、戊戌政变、辛亥革命等等,都会引发某种怅惘和失落感。进入 90 年代,距离 20 世纪的结束愈来愈近,一百年的追求和失败,以及对这个世纪苦难的反思,构成中国人特有的世纪末情结。这种世纪末情结是社会和文化的,却更是直接对后新时期产生重大影响的。不论是激情还是隐逸,不论是调侃还是闲适,文学上的种种表现,都可以从这种世纪末的处境中得到解释。

　　再就是商品社会的形成,带来了工业社会和后工业社会的因素。这些因素大大改变了中国传统的农业社会的性质。最封闭落后的发展中国家,如今也开始拥有世界最先进的科技产业。电脑的普及、信息的革命、消费文化的膨胀,给这个古老社会以强烈的冲击。

　　一方面是西方超前意识的移入,一方面是中国固有积习的充分展现,人口的爆炸,生态的危机,资源的匮乏与毁灭,城市和乡村的污染,还有国营企业的病入膏肓,这一切,又构成了复杂而矛盾的"国情综合"。至于文化上更表现了本土文化与外来文化融汇的种种冲突。西方文化咄咄逼人的长驱直入,吸引了相当多的青年的兴趣,而传统文化在主流意识支配下,以弘扬为号召,使一切以往受到革命压抑的观念形态得到空前的弘扬。谈国粹不仅不可耻,而且洋洋自得,国学迷沉浸于最具革命性的那些学说的讲坛,至于尊孔尊儒,更是一路绿灯。这一切的兴旺发达,堪与可口可乐、麦当劳、卡拉 OK 的狂热相媲美。

五　世纪末情绪与"90 年代文学"

　　中国进入 90 年代以后的社会是说不清楚的。这是一个不明朗和不定型的社会,良莠不分、鱼龙混杂、华洋交错、非古非今、不中不西。但有一点却是确定的——它已告别了中世纪式的封闭和禁锢。但是新时期那种意识形态的理想和激情已经黯然,不断透漏进来的阳光,叙说着外边世界的风景和节拍。告别了暗夜的社会于是充满了想象,而这些想象又往往由于现实的积重而化为泡影,混乱无序也许就是进入商品社会的常态。原先的有序状态本来不属于这一个历史时期,计划经济的解体就是一种暗示。

至于文学自身,自从80年代后半期已经显露出诸多有异于前的新的气象:后朦胧诗的出现、先锋小说的实践、第五代导演、新生代艺术、新潮绘画等前卫文艺实践已相当广泛。80年代最后一年的事件,成为一个起爆的因素促成了文学新时代的转型。其实,这种转型80年代中期就已经在孕育之中,是以累积式的渐变来实现这种前后交替的。

80年代结束以后,文学研究界已经开始注意新的文学转型的现象。当时的思考是在"进入90年代文学"这一命题下进行的。1991年第五期《当代作家评论》发表"文学走向90年代"笔谈,参加笔谈的都是北京大学教授及青年学者,其中有谢冕的《停止游戏与再度漂流》、孟繁华的《平民文学的节日》、张颐武的《写作之梦:汉语文学的未来》、李书磊的《"走向世界"之巅》、张志忠的《批评的陷落》。这是80年代社会震撼后,批评界第一次面对着新的文学世界的发言,可以把这次笔谈看做是关于后新时期文学思考的先声和准备。

谢冕提出:"无论是从正面或是负面的价值角度来看,作为一个文学阶段的'新时期文学'已宣告终结","十年前开始的文学急流已经消退,随之而来的是冷静的回望与总结"。谢冕对当时文学的某些迹象表示了不安:"当生活变得不那么轻松的时候,当文学的环境也并不那么良好的时候,我们的作家和批评家仍然理直气壮把对象当做手中的玩物,是否有点近于残忍!于是,我们不能不从内心发出吁求:停止游戏!"谢冕在1990年中国当代文学研究会北京年会上,在高度评价新时期文学的同时,就在发言中正式指出这一时期"已画了句号"。至于"新时期文学"以后的文学形态及其命名,当时的讨论还并不明晰。值得注意的是张颐武在他的文章中已经运用"后新时期"的概念,他说:"进入90年代,作为第三世界文化中具有最悠久的文学传统和最丰富的文本存留的汉语文学正在发生着深刻的转型。'新时期'文化向'后新时期'文化的转移过程已经清晰地显示了出来。驳杂的、零散的、扑朔迷离而瞬息万变的80年代已经逝去。我们面对的是一个新的话语空间。"张颐武这段话已经包含了对于新的文学时期的预言和思考。

这次笔谈对进入90年代文学的某些特征作了预测性的描述,这些描述是对于后新时期文学的可能品质的预言。孟繁华认为"90年代的文学将是平民文学的节日。平实的、充满世俗生活情调的文学将会充斥文学消费市场"。他认为这种消费性文学的特征,在功能上张扬娱乐性,在价值取向上强调传统性,在艺术表现上注重故事性,总体表现为一次性消费的特点。许多论证和判断都溯源于社会发展的商业阶段,市场经济的明确化推进了社会心理和行动迅速转型,作为敏感的观念形态,文学的反映是超前的。

80年代最后一年的骚动过去之后,人们开始在当时萧条的文学现实面前思考未来。开始考虑如何描写和概括"画了句号"的新时期之后的文学阶段。

进入90年代,社会心理和文艺实践在将近三年的困惑中得到调整。从主观到客观,从社会到文艺具备了对新的文学时期进行观察、研究和体认的可能性。1992年9月12日,北京大学中国语言文学研究所和《作家报》联合发起、召开"后新时期:走出80年代的中国文学"的研讨会,京、津、鲁及海外数十名学者、作家和编辑、记者参加了会议。宋遂良在发言中认为:"这次会议的最大收获就是找到了'后新时期文学'这样一个贯通历史、调谐情理的名字,我想历史是会承认这个名称的"。他在会议结束时还建议这个会议为后新时期文学的命名大会。

会议确认所谓后新时期文学至少包含了如下两个方面的意思:一是作为开放中国的开放文学,新时期文学和后新时期文学它们同属于文学的新时期,区分仅在"前"与"后"上;一是作为在80年代走过了完整阶段的中国文学,这概念包涵了文学自身延展、变革的实质,即对它由前一形态进入后一形态转型的一个归纳。作为一个新的文学阶段,开始于90年代,其目的不在于对90年代文学进行具体的描述,作为跨世纪的文学现象,它将投射出世纪末中国特有的情怀。世纪之交的机缘将赋予后新时期文学以特殊的内涵。

以北大这次讨论后新时期文学的会议为开端,新时期文学终结与后新时期文学开始这一事实,逐渐引起了文学界的注意。对后新时期这一名词有不同的见解,但对于中国文学的这一新阶段已非新时期所能限定,几乎不存在异议。其中最从容地传递出新时期文学业已终结的信息的,是冯骥才发表在1993年第三期《文学自由谈》上的文章:《一个时代结束了》。这是迄今为止论述新时期文学的结束最集中的一篇短文:

> 不知不觉,"新时期文学"这个概念在我们心中愈来愈淡薄。那个曾经惊涛骇浪的文学大潮,那景象、劲势、气概、精髓,都已经无影无踪,魂儿没了,连那种"感觉"也找不到了。何必硬说"后新时期",应当明白地说:这一时代已然结束,化为一种凝固的、定形的、该盖棺而论的历史形态了。

> 我说这时代结束,缘故有四:

> 第一,"新时期文学"是在文革结束后,拨乱反正和第三

次思想解放运动中应运而生的。它与文革为代表的被扭曲的畸形文学相对抗,有其特定的内涵与使命。首先是冲破各种思想禁区,其中最关键的是挣脱"文艺为政治服务"的束缚。十年来,从以往的"政治评判文学"到现在的"文学评价社会",走过一条坎坎坷坷、不平静的道路。任何时代的使命都是阶段性的,从这一意义上说,"新时期文学"已经完成它非凡的一段历程。

第二,"新时期文学"的另一使命,是使文学回归自身。由于长久以来对文学的非文学需要,文学发生异化,因此作家与评论家对这一使命看得无比神圣。十年来,对形式感的探讨,对文本的提出与重视,对文学各种可能性争先恐后、不怕惨败的尝试,致使文学不但回归自身,并以其本身大放光彩。这一使命也已完成。

第三,"新时期文学"以它强大的思想冲击力和艺术魅力(包括众多作家个性与才华的魅力),吸引了成千上万读者。从伤痕文学、反思文学,与作家一同思考,到寻根文学、实验文学,与作家一同审美与审丑。"新时期文学"拥有属于它的雄厚的读者群。每一文学运动都离不开信徒般的读者推波助澜;每一时代的读者都有着特定的阅读兴趣与审美内涵。如今,"新时期文学"的读者群已然涣散,星河渐隐月落西,失去读者拥戴的"新时期文学"无疾而终。

第四,一年来,市场经济劲猛冲击中国社会。社会问题性质、社会心理、价值观念等等变化剧烈,改变着读者,也改变着文学。文学的使命、功能、方式,都需要重新思考和确立,作家面临的压力也不同了。如果说,"新时期文学"是奋力争夺自己,现在则是如何保存自己。一切都变了,时代也变了。

时代终结,作家依在。他们全要换乘另一班车。但是,下一个时代未必还是文学的时代。历史上属于文学的时代区区可数,大多岁月甘于寂寞。作家将面临的,很可能是要在一个经济时代里从事文学。一个大汉扛着舢板寻找河流,这是我对未来文学总的感觉。

话还得回到题目上来:"新时期文学"已经画上句号。

冯骥才的文章只是认为作为一个阶段的新时期文学已经终结,将要和已经开始可能不会是一个属于文学的时代。他的论点认为不一定都有属于文学的时代,有的时代可能属于经济,如同有的时代属于政治一样。但我们的观念与之有异,即视文学的时代与时代的文学为一物,那么不论时代有多大变迁,总有属于这时代的文学存在,因为文学不会断流,而文学的时代永远会有。

六 后新时期文学的特征与品质

我们把作为新时期延续具有巨变的文学时代称为后新时期文学,也可以说,这是中国进入商业社会时代的文学。这一文学形态将受到商品社会的极大影响和制约,经济的杠杆将给予写作、批评、推广、消费以至审美趣味、作品风尚等以全面而深刻的影响。这一时期的文学既不同于50年代以至那种在政治笼罩下以政治的功利目的为推动力,并且按照政治需要的模式制作文学的时期,也不同于70年代后期开始的对于历史动乱的反思以及呼唤人性的尊严和现代意识启蒙的新时期文学,很明显,这一文学形态,依然有着政治性制约的余绪。

后新时期文学最重要的特征之一,是它与社会功利以及启蒙使命等的脱节,不仅疏离意识形态而且疏离群体代言性质。后新时期文学极端个人化的结果,是文学既与反映无关,也与表现无关,文学只是个体生命的某种状态。极度张扬个体生命的结果，使文学既与现实人生也与理想空间相互隔绝，这一文学形态经常表现对于严肃话题的揶揄态度，它嘲弄他人也嘲弄自己。商品价值法则推进了文学的消费性，消遣、调侃、以梦幻的语言谈论遥远的甚至并不存在的事物，乃是它的常态。为了适应消费的需求，文学在后新时期加速世俗倾向从而造成了雅文学与俗文学的分流并存状态。

文学迅速地非主流化是又一特征。后新时期确定和巩固了新时期争取文学多元发展的成果。中国当代文学在这个阶段变得空前的繁复多样。因为约束文学的力量已经转化，文学能够按照社会广泛的需求进行生产，多种需要造出了多种文学，这就最后地瓦解了指定和倡导的文学主流现象。商品社会的性质和中国社会的历史积淀，构成了中国现有文学的多形态共生杂呈的特性。中国文学在现阶段消解中心规范的同时，生长出明确的无序状态，各行其是的主张和实践，取代长达数十年的指令性运作。这状态显示了文学获得一定自由度的宽松气象，同时也包含着无约束的随意性带来的混乱。当不具使命感的游戏精神支配着整个文学时，人们对处于世纪末的文学因缺失时代忧患的厚重感而怀有隐忧，则是可以理解的。

后新时期文学在拥有更多自由空间的同时，也拥有了兼容性和谅解精神。经济转轨期的中国古老社会，本身就是兼容的，从国有到私有、引进外资的种种合资方式、乡镇企业到个体经营的种种方式，都体现出现阶段中国社会的灵活性。至于当今中国的文化形态，更是空前的驳杂繁复。

世纪末的回望与前瞻

回望百年文学

时光走了百年,而那一切似乎未曾过去。苦难使中国人对将逝的本世纪寄托了特殊而近于眷恋的情怀。这一百年的经历使中国精神富足,尽管它的物质是那么贫困;漫漫无边的封建暗夜是此时结束的,随之开始了旨在社会现代化的争取;当然,也还有应当而未曾的结束,以及为应当而未曾的实现付出的代价。但如下的事实却是确定的,即以 19 世纪的结束和 20 世纪的开始为标志,中国社会进入了有别于以往数千年的令人感奋的新阶段。

百年文学记载了这个阶段的曲折艰辛。这种记载是审美的而非过程的。中国人争取合理生活秩序的历程,百年梦想的确立、追求、幻灭及其有限的实现,都在这一阶段文学中得到鲜明生动的展示。文学成为纪念。我们将从中捡拾到和辨识出前人在奋斗抗争的风雪途中留下的血迹和泪痕。

这是饱含忧患而又不断寻求的文学。传统的和古典的道德文章的理想,使文学不仅忧国忧民,而且立志于匡时济世,这些先天的因素赋予文学以入世精神。文学于是充当了启蒙者标示并预期着时代的目标,它近于幻梦般地设计着将来的憧憬,并为实现此种憧憬而以创造的激情驰骋于荆棘途中。但中国历史的积重,以及多灾多难的现实,使这些美好的愿望往往受阻或落空。这就是百年中国文学中感伤基调的成因。

这阶段的文学负重胜过历史上的任何时期。特殊时代给予文学的是，激愤多于闲适，悲苦甚于欢愉，嬉游和消遣从来没有成为，或从来不被承认为文学的主潮。中国文学家的写作活动总与道义的期许、使命的承诺攸关。即使有人因而在文学中表现了颓唐、避隐、或游戏的态度（这往往是极罕见的或例外的），也多半由于争取和投入的受挫。近代以来的中国作家和文人极少放弃追寻而自甘沉沦。

自上一个世纪90年代中后期算起，当日的仁人志士或公车上书，或血洒街衢，悲歌慷慨之声不绝于耳，大抵总为社会进步、政治民主、国运隆昌这一梦想的实现。民国以后，与新文化运动兴起的同时，爆发了惊世骇俗的文学革命。新文化的倡导，白话新文学的实践，不论是旨在启迪民智，还是旨在传导民情，这种运载手段的改革，其目的也总在于使文学更为切近民众，更为切近现代社会。

为此，整整一个世纪，文学诅咒灭亡，歌扬新生；批判沉靡的子夜，寄望磅礴的日出。作家和诗人自觉地充当了旧世界的批判者，新世界的助产士，他们涌现在激流中，吟哦在雷电里，不论是始于呐喊，还是终于彷徨，总留下了世人那份焦灼，那份悲情。

即使始自三四十年代开始的文学偏离，以至随后愈演愈烈的非文学的逼迫与吞噬，我们也不难从那种急功近利的设计和倡导中，寻觅到向着某种社会目标推进的急切动机。在此种情态下，中国文学总为后人留下了既充满激情又充满焦躁的沉重感。

这一百年文学不乏大师和巨匠，他们的业绩凝聚在传达中国人的世纪情怀、形象地展现追求百年梦想的精神历程上。从甲午海战、戊戌政变、辛亥革命到五四运动，绵延至今，本世纪的中国上空风烟凄迷而少见晴好，严峻时势的世间万象，大至家国兴废，小及儿女悲欢，文学均为后世留下了真实的世纪图景。

但若从中国悠长的历史俯观此刻,这文学较之以往显然有所缺失。秦汉浑重,魏晋风流,唐宋潇洒,明清舒展,所有优长似均为古人而设,而历史独独把这份悲苦和忧患留给了近代中国。这期间对中国社会而言,是跨出黑暗王国的门槛,而一线光明却游移于浓重的层云之间。

这是光明与黑暗际会的重要年代。中国作家以敏感的心灵触及了这一时光时代的真实内容:飘移不定的风,使人难以判定方向;面对一海死水,使人不能不诅咒那肮脏和丑恶的浓重;中国有一个或几个认出了历史书上"吃人"二字的,那只是有异于众生的"狂人";中国的凤凰需自焚以获新生……这一切,都是自近代以至现代的作家所把握到的中国式的悲凉。

一百年间发生了许多大事,对中国文学而言,最勇敢也最坚定的跨出,是从文言到白话的革命。这要归功于五四那一代前驱者的伟大的试验精神。把白话广泛应用于社会生活,促进了社会向着现代文明的接近,这是艰难的一步,但以白话替代文言而成为美文,这不仅存在着习惯的适应,而且也有待于实绩的证明,其艰难则数倍于前。白话新诗尝试的成功,巩固了整个新文学的战绩。新文学于是成为承继中国数千年文学传统的有效方式;同时也成为传达进入现代文明的中国人理性和情感的有力手段。

本世纪80年代以后的中国文学,在文化禁锢和文化专制的废墟上重新站立,以其自由奔放、异象纷呈的姿态,创造了中国文学的新纪元。它所开创的基业及其体现的精神,无疑将导引中国文学进入21世纪。它彪炳于未来文学的,将是自由的和审美的两大法则的确立。但需切记:文学听从于个性和心灵绝不意味着对公众的冷漠;文学重新返回自身的家园,也绝不意味着对社会、历史的忘却。

20世纪中国民众及其文学所拥有的苦难,将是该世纪对于中国作家的隆重馈赠。它无疑将是下世纪文学繁盛富足的精神保证。文学理应面向现实,但文学也不应失去记忆。那种既不面向现实而又失去记忆的文学,是文学的失重。而失重的文学终究将被遗忘。作家的游戏人生和游戏文字,对于中国历史现实的困顿,可能是一种近于残忍的嗜好。当代作家若是从他们前辈那里获得激愤悲慨的遗传,不应受到嘲谑。

始于上个世纪末,绵延以至本世纪的文学期待,依然是我们的精神财富。几代作家立志于用文学疗救民族心灵痼疾,拯救准则丧失的奋斗理应得到成绩。中国文学寄望于中国作家的,是他们把握并形象地展示在这黄土地上、在这特定时空下中国人的苦痛和欢愉,希望和追求,梦想的失落和获得。惟其如此,我们庶几可谓无愧于这灾难的世纪。

秩序的重构

在中国的任何一个地方,不论在台湾、香港,或是澳门,更不用说在大陆,都把那个地区现代文学的发端溯源于五四新文学运动。这种超越时间和意识形态的认同,体现了那场文学革命的恒久魅力。我们之所以格外重视这样的认同感,基于中国本世纪以来的艰难时势造成的事实,即:先是由于国势衰弱导致的国土割裂,后是由于政治地图的划分而延续了那种事实。时间的阻隔造成了民族的悲剧,也造成文化、学术和文学艺术的遗憾。

长久的隔膜使误解成为常态,而理解和共识则成了奢侈。不久前,一份台湾刊物郑重其事地重新发表《阿Q正传》,并以实地采访的方式访问了各界人士是否知道鲁迅其人。受采访的大多是从事文化工作的人,但不少人回答说"不知道",也有说"听说过有这个人"的。至于生活在大陆的人对台湾和香港文化事业的少知或无知,则是相当普遍的现象。

长久的敌意和拒绝往来造成了沟通的断绝,因为互不理解当然也谈不上研究对方。都说中国是完整的,但各个学术门类的研究却都是破碎的和割裂的。进入50年代之后,长达三四十年之久的大陆和台湾、香港的文学研究基本上只停留在各自描述自身,于是所有的学术研究都不能展现全景。以现代文学的批评研究而言,大都未能把对方纳入研究视野。于是出现了这样的现象:几乎所有的中国现代文学史著作都只是"半部"而不是"全部"。

近年来人员和资料的有限沟通促进了彼此的了解。也许文学最能拨动久经对峙渴望温馨与重聚的心情,它成为了民族和解的先行。当文学以情感的方式在台湾海峡架起桥梁,我们眼前便浮现出一种新的构想:我们完全有可能在政治和解之前,在文化和文学面提供"大中国"的概念和学术视野。当然最令我们关注的是涉及我们思考和研究的这一领域,一种全景观的超越意识形态的中国现代文学历史及理论批评的整合,已经具备了条件和基础。

当我们在长久的隔离之后了解对方,顿时发现那造成民族遗憾的一切却造成了中国文化史上动人的一幕:历来都是大一统的中国文化因时空的间隔而在各自的地域中养成了各自的性格。这种一个文化传统中的互异性提供了互补的可能。如下的现象令我们极受鼓舞:当我们发现由于历史和政治、经济的局限而造成自身的缺憾时,我们过去所不知的对方恰好消弭了这个缺憾。我们的构想因受到上述现象的启悟而诞生:在大中国的视野内对文化和文学研究加以整合的结果,将弥补各自的不足,呈现出来的将是我们希望看到的完整和丰富。

以新诗为例,大陆的新诗因受到特定环境的制约,而在一个相当长的时间内,造成一种单一的规范。五四初期形成的多种诗艺并存的局面,特别是受到现代主义影响的那部分诗歌现象基本断流。这使新诗在这个广大地域内形成某种匮缺。但若是换上一种视角,我们的遗憾便会在整体的中国文化观念中得到补偿。当我们以五六十年代的诗歌现象作全景的考察,便发现当大陆现代诗"断流"的时候,在台湾却是地表上的激涌。台湾50年代兴起的以纪弦为核心的现代诗运动,恰好成了中国诗运并不匮乏的说明。

我们从这种"大中国"的文化整合中得到好处,远不止于上述那种弥补性的充实。更为重要的是这种间隔的存在,以及我们对于间隔的省思,使我们获得极大的精神营养。近年来大陆某些论者基于维护自身的观念,以台湾现代派的"回归传统"(假定这个论断是成立的)为例,认为在彼地彼时尚且"行不通"的东西,而这里的人反而趋之若鹜,是未曾接受教训之故。事情若从另一种角度审察,便可得出另一种判断。这就是正是由于台湾诗界在一个时间内面向西方和现代主义诗歌,他们从中得到了异质的经验从而极大地丰富了自己,并有效地建立了开放的中国诗歌观念,可以说,要是没有那个阶段的"向外看",也就不会有今天台湾诗歌的成熟。这恰好为大陆的诗歌的缺陷提供了正面的而非负面的经验。

要是从这样的点滴经验出发进行清理与积累。事实将提供给中国文学历史研究及理论批评以诸多的精神财富。我们对于中国文化和中国文学的全面的、整体的脉络的疏理,从中总结出此时此地、彼时彼地的荣衰、消长、优劣、得失的鉴别,我们便能清理时间、观念形态,以及心理情趣所造成的偏见从而达成共识。

民族的分割造成的灾难历史已有证实,但从一定侧面上看,拉开距离之后,一些历史事实由于时过境迁,也易于排除当时的情感因素采取更为客观、冷静的态度,因而也可能是更为全面的判断。例如对"新月派"以及梁实秋的文学主张的看法,对胡适以及陈西滢等的批判的看法等,随着岁月的流逝以及人文环境的变化,当年沉重的话题自然会变得更为淡漠超脱。这种改变无疑会给文学的批评建设带来好处。

中国文化的深厚浑重在大陆得到最集中的体现,大陆丰富的文化积存、雄厚的人力、开阔的视野,以及随着社会演变而剧烈震荡的历史事实提供的启示,无疑将给另一些地区的研究以助益。革命改变了甚至消失了诸多现象,而在另外的环境,人们将发现那里有可贵的存留。更为重要的是不同环境生长着的不同观念,这种歧异拥有的积极意义远较消极意义要多。二者的整合将使整整几代人受益匪浅,它至少会给那种自认为权威的定于一尊的思维定式以质疑。一种宽宏的、开放的、兼容的文化思维将从这种整合中逐步确定。

近百年来的西学东渐给中国带来生机,也带来困惑。它无疑启发了中国知识界的心智,并给中国文化和文学注入了新的、现代的精神。它导引中国文化走出古典主义的桎梏而开始现代化的进程。但几乎从严复和林琴南那一代人开始,我们就没有处理好东、西学冲撞所带来的矛盾。香港自沦为殖民地之后成为重要的国际城市,世界性的商务、文化交流使它在长时期保持了中西文化共处的事实。在那个地区,与世界诸种文化的交往和关联,已成为一种常态而不再具有像内地那样"大惊小怪"的轰动。香港、澳门以及台湾地区文化建设中的对于外来文化的吸收与处理的经验,将为中国新文化建设展开新局面。

在文学艺术的很多领域,例如流行音乐、电视、电影在近年来的交流,使交流的各方都受到好处。前些年台湾校园歌曲在大陆的流传对大陆音乐走向民众的通俗化产生了好影响。而近十年大陆的文学作品以及大批辞书辞典在台湾、香港的出版,对增加该地区的文化建设的厚重感也大有好处。大陆作家如阿城等在台、港一带知名度很高,他们已为文学的"大中国建设"作出贡献。作家、艺术家之间的来往有时可以超越意识形态,他们是艺术使者,他们的功绩在文化艺术技艺的相互交流中而彼此丰富。

先于政治的超越意识形态的文化整合,会给中国整体的文化建设以积极的影响。我们将在这种整合中建立中国文化和文艺的新秩序。那种按政治阶段或是以行政观念加以分割的学术史、艺术史将成为过时之作。人们将在历史给予的机缘中,调整自己的观念和心态,以更为超脱的、宽容的同时也更开放的姿态,改造长期形成的褊狭,并重构我们的学术秩序。

从文学中国到中国文学

我们的期待是久远的。历史终于为我们提供机会,于是严密的壁垒有了松动。海峡的这一边和海峡的那一边,透过那松动的缝隙开始对望。这种对望既是幸福的,又是痛苦的;既是神秘的,又是充满疑惧的。阻隔毕竟过于长久。我们只要稍微回顾一下被分开的中国人当日怎样以幼稚的形式进行沟通,便知道这十年的两岸文学交往有了多么长足的进步。

记得当年大陆某权威出版社先后出过若干台湾文学选本。选家的谨慎几乎可与人们进入布雷区的小心翼翼相比拟。那时入选篇目大抵不出思乡和阴暗生活的揭露两类。一本台湾诗选,竟然找不到余光中、洛夫、纪弦、郑愁予、罗门、杨牧的名字!造成这一状态的,除了长期隔离造成的生疏和偏见,还有严重的心理承担造成的惊恐。至于海峡的那一边,人们对对岸的隔膜完全不比他们的大陆同胞逊色。当局曾把30年代文学完全贬弃,人们甚至不知道鲁迅。1988年12月出版的《联合文学》第五十期,用了将近一半篇幅郑重推出《阿Q正传》及其评论,这举动便很能说明问题。该期的《街头访问阿Q》专栏报道:记者在繁华的台北街头调查了三十人,只有五人表示曾看过《阿Q正传》。

上述现象责怪任何人均无意义。它是历史的阻隔造成的文学畸形。近十多年来两岸作家、学者以有限的方式进行交流的结果,民间形态冲决时空和意识的樊篱终于有了收效:理解正在纠正误差,友爱正在涤荡偏见,心灵的彼此倾听消弭着文学的歧见。文学先于其他部门取得了从零开始的共识和整合。

随两岸来往最先出现宗族血亲的寻根潮流而来的,是未曾明指但却是实实在在的文学、文化的寻根潮流。台港作家和诗人只要是洞悉中国文学历史渊源和发展情势的,无不乐于承认该地区文学与源远流长的中国文学母体的血缘关系。那里的文学同仁都确认该地区的新文学运动是五四新文学运动的一支流脉,它的火种同样是五四前驱者所点燃。

也许因为文学总是与心灵的沟通和谅解有关,文学最先展现了一个完整的中国梦。虽然还是梦,但这梦是完整的。文学的交往在这一时期形成的那种超脱的、以信任和友善为基础的格局,给予文学以外的那些领域提供了一种恒久而积极的范式。完整的中国在其他方面的实现,也许需要时间和耐心。但文学显然不愿无限拖延它的期待。

90年代带给我们的如下信息是确定无误的:文学中国的整合业已在悄悄形成。这种弥合历史裂痕的工作,带给当今中国的显然不限于文学自身的意义。文学以外的那些领域,无疑将从中汲取非常积极的并且是建设性的启示。当被分裂开来的两个部分,各自曾呈现出彼此的单调与贫乏时,二者的整合和至少因它们的互补而构成无可置疑的丰富。这个简单的一加一的故事,再一次成为文学中国的现实描写。

随着本世纪40年代的结束,中国文学以台湾海峡这一水域为界线,展开了色调迥异的历史画幅。一边是叱咤风云的胜利者的欢愉,一边则是失去家园的乱世儿女的悲凉;一边展现奠基创业的宏大气势,一边则浸漫着对于往昔的追怀以及无根的飘零感。内陆的雄浑粗犷与海洋性的灵动浩淼,以及南方温暖岛屿的明丽缠绵,这种反差极大的风格的各自展现本来就很动人,对它们进行对比、综合的整体观照,将带给文学以益处则是毫无疑问的。

长久的隔离造成巨大的观念和价值上的差异。这种差异有时令人焦躁,却因其本身的丰富和复杂,也带来思维的丰裕。近期展现的对待传统文化态度的差异便是一例,两岸学者的基本态度几乎是反向的,大陆趋于批判而台湾趋于保护。这种反差促使我们积极了解对方,从文化入手而延伸到社会的多层面,最终造成的是对于事实认知的深刻化。

文学将从这种巨大反差的识别和综合中受益。对大陆的文学运动而言,它以往的积弊是由于对创新的畏惧造成的创造力的萎缩,趋同求稳的习性使浅薄的仿效成为风尚。为此,异向的参照和多方的补益不啻是一剂清醒的药石。既然我们曾经为改造、更新文学而向遥远的异方求教,我们就没有理由拒绝自己国土上的不同视点和不同价值观念的文学整合。

十年的辛苦经营使我们从交流中先于其他领域获得了一个完整的文学中国的概念。我们越过长期的阻隔不仅了解并理解了对方,而且得到一个整体性的文学历史的观照。我们从文学中国的初步整合中发现了彼此的矛盾、差异以及联系,从而促进了彼此的吸收、扬弃和自我充实。这诚然是一种胜利。但随着胜利而来的却是关于文学自身更为长远也更为艰巨的使命,这就是庄严的下一步——中国文学的整合。

文学中国已经以它的完整形态展现于我们的视野。它将悄悄地、也是不可逆转地从容消解文化上、心理上、精神上的彼此排斥而促成新的融汇。对于当代的中国作家和学者来说,我们缺少的是一个可以包容全部中国文学丰富性的描写角度和叙述体系。我们需要把海峡两岸包括香港、澳门在内的多采文学加以比较综合的广阔视野。当文学中国在我们眼前出现的时候，随之要求把这种成果转换为完整的中国文学的展示。

具体一些说，我们现今的期待是一种既不是割裂的也不是一加一的文学史、文学批评和文学选本体系的实现。这种完整的中国文学的体式不是浅层次的粘加和表面化的堆积，而是消化之后把两岸文学加以溶解、调适和重新组织的文学视野、文学体系。我们期待着分裂和对立的结束。我们希望中国文学从今往后是一个不再分割的和高度融合的整体，而排斥被肢解的、破碎的和拼凑的展示。这种整体的中国文学研究，是我们未完成的中国文学梦。

参与世界的中国文学

一

中国文学和世界文学关系密切的时代，往往是中国社会处于大转折的时代。这时的中国社会充满了活力，而此种活力恰恰体现在中国能够对自身的处境有清醒的估计上。它从麻木中警觉。它感到了传统文化规范造成的窒息，以及处于这种窒息之中与世隔绝的痛苦。

觉醒的中国魂要求改变这种状况。先进之士于是视文学为疗救社会病痛——这种病痛首先是国民心灵的沦落——的药石。这时他们便觉察到中国传统的文学观念和方式与现代世界的不相适应，于是"别求新声于异邦"，他们萌生了向世界文学借助力量的愿望。我们把这种行动称之为普罗米修斯的"盗火"。中国借助世界现代火种，烛照中国自远古迄于今的封建长夜之暗影，并点燃国民向着人类现代文明行进的热情。正是在这个意义上，我们高度评价了在大转折关头的中国与世界文学的交流。

中国充当世界弃儿的时间太久了。也许是自弃,也许是被弃,都给中国带来久远的巨大的痛苦。本世纪以来,中国有过两次返回世界的机会。第一次是上世纪末至本世纪初,以五四新文化运动为代表。这一次最伟大的收获便是,中国以西方现代文学为榜样创造了划时代的中国新文学。当时最有影响的一批文学家,无一不受到外国文学的滋养。这个时代所造就的业绩由于中国社会长达半个世纪的特殊环境,以及中国固有文化的潜在威慑而逐渐减弱它的辉煌。

这诚如梁启超在本世纪第一年所揭示的中国的弊病:中国"数千年来,常立于一定不易之域,寸地不进,跬步不移……祖宗遗传深顽厚锢之根据地遂渐渐摧落失陷"[1]。五四新文学运动创立的中国与世界文学的联姻,在以后发展中遂告逐渐解体。在一个长时期内,中国曾因标榜自己的唯一革命性而对一切外域文化予以排斥,从而造成了自绝于世的文化禁锢主义。这实际上是一种自足文化心态的恶性延伸。中国于是再度与世隔绝。

二

中国文学极端自我禁锢的一个结果,是出人意料地造成了它重返世界的契机。至少长达十年之久的文化专制与文化封闭,造成了实际的文化荒漠,同时也培养了对于荒漠的反抗愿望。人们憎恨并批判这种禁锢。由于总的开放方针和思想解放运动的促使,中国文学终于再度向世界探出头去。

文学的重建工作,在文学受到摧毁的基础上进行。长久的饥饿使人们饥不择食。一批旧版的世界古典名著的重印,给人们以初步的满足。事情开了头便难以收住,人们于是开始新的寻找。凡是可以找到的,都是对克服精神饥渴有益的。这时期

---

[1] 见《过渡时代论》。

人们阅读之广泛和不加选择可以称之为一种新的热病。这种不加选择是对过去的无可选择的逆反。

这情况其实早在"文革"中和"文革"后期即已开始。一方面是焚书坑儒的高潮,一方面又是地下读书(主要是西方书)运动的高潮。许多红卫兵的查抄书刊得到广泛传阅早已不是秘密。最近海外出版的《华侨日报》披露了这方面的一些情况:"一批在60年代中期为中国作家出版社和商务印书馆印行的、以批判为目的内部发行供高级干部和高级知识分子阅读的西方和苏联的现代哲学、文学著作,在这批青年手中传阅着,形成了一个半狂热的秘密读书运动。这里需要指出的是这样几本书:爱伦堡(苏)的《人·岁月·生活》;塞林格(美)的《麦田里的守望者》,克鲁亚克(美)的《在路上》;萨特(法)的《辩证理性批判》;罗素(英)的《西方哲学史》;怀特(美)的《分析的时代》;德热拉斯(南斯拉夫)的《新阶级》和《译文》上法国诗人波德莱尔的诗作。"①

外国文学以雷鸣电闪般袭击、征服着中国广泛的文学饥饿。在一批没有机会受到文化滋润的青年作家中,读书的驳杂并导致影响的驳杂是一个特殊又普遍的现象。顾城自述:"从欧·亨利到杰克·伦敦;到雨果、到罗曼·罗兰、到泰戈尔……当我再看《离骚》和《草叶集》时,我震惊了。"②后来,"许多荒凉的现代诗星,突然发出了眩目的光芒——波德莱尔、洛尔迦、阿尔贝蒂、聂鲁达、叶赛宁、埃利蒂斯……。"③舒婷自述:"外面,我的戴着袖章的红卫兵战友正强攻物理楼,而我正在读雨果的《九三年》……我完全沉浸在文学作品所展开的另一个世界里,巴尔扎克的,托尔斯泰的,马克·吐温的。"后来(她也有这样的"后

---

① 贝岭:《作为运动的中国新诗潮》,载1989年12月25日《华侨日报》。
② 见《朦胧诗问答》。
③ 见《剪接的自述》。

来"),一位老诗人"几乎是强迫我读了聂鲁达、波德莱尔的诗,同时,又介绍了当代有代表性的译诗。从我保留下来的信件中,到处都可以找到他写的或抄的大段大段的诗评和议论"①。

　　从这些叙述中可以得到启示,当前这一中外文化交流阶段与五四时期有一些显著的不同,五四时期的文学先驱,对于外国文学的借鉴,大体具有定向选择的性质并因此影响了他们的创作道路与艺术风格(只能是"大体"),如鲁迅之与果戈理、郭沫若之与惠特曼、冰心之与泰戈尔、丰子恺之与夏目漱石、徐志摩之与英国浪漫派、戴望舒之与法国象征主义。而此一时期的作家则大体不具备上述性质。这种不具备主观心境与客观条件的不加选择性,体现了一个大空白之后一种匆忙"充填"的特征。由于原有的正常秩序的破坏,无秩序便具备了合理性。中国几代作家经历了政治文化的大动荡之后,可能采取的唯有此种方式。

三

　　如同五四时代的文学运动受制约于那个时代一样,现阶段的文学运动亦受制约于这个时代。从表层意义上看,中国文学对于世界文学的"引进",其视角有了一个大的转移,即五四前后的选择,多半着眼于政治历史,而当今的选择则偏重于文化审美,经过长久动荡之后的和平稳定的社会环境和社会心理,较之那时更具有超功利的选择自由。

　　人性从被毁灭到再度张扬,人的价值从被湮没到重新确认,较大限度地支持了作家艺术家的创造主体意识。人们以此为前提进行中外文化间交流并进行选择,个人因素重于社会因素乃是必然。我们正是从这种文学交往的无拘束中,看到了自由时代的属性。

---

　　① 见《生活、书籍与诗》。

一个封闭的社会不可能有如此开放的文化心态，这是不言而喻的。在这种自由的背后，是一种对于变态的文学时代的反抗。那种依据社会进步和民生改善的要求曾受到社会集团意识支配的文学选择已退居次要，更为突出的是张扬个性乃至服从于独特审美需求而进行的汲取与借鉴。但这些特性并不说明当前文学借鉴与文化交流不具有实际的社会性考虑，更不说明文学的进步与时代社会进步不保持联系，恰恰相反，我们从当前的"淡漠"中看到了受热情驱使的沉默的反抗。

中国文学依然反映了这个古老民族深重悲哀，只是它以更为成熟的姿态来对待这种别求新声的异域盗火。它在更深的层面下寄托了民族的忧患。它于表面的"无选择"中，体现了更为焦灼的、当然有时也更为洒脱的选择。这种选择听凭创作主体的内心驱使。这种内心驱使依然有着遥远的时代的召唤。

几乎没有一位现阶段精力旺盛的作家，会明确地说出自己师承于某一外国作家或奉某一作家的人生道路和创作风格为自己的楷模。我们看不到这种明确的表白或回答。我们只看到那些作家的零乱而驳杂的阅读书目，以及带有极大随意性的偶然的描述。有一篇报道说邓刚"不是抱残守缺的人"，"有他手头上正在读的那本约瑟夫·赫勒的《第二十二条军规》为证，他正在研究'黑色幽默'派的代表作"。又有一篇谈莫言的创作的文章，指出他的《透明的红萝卜》只是孩童感觉的实录以及通过回忆的外化，指出这一艺术效果受一些外国文学的影响，如《喧哗与骚动》、《百年孤独》等。这里引用的都是一些推测性的判断，是一种模糊的描写。

但中国作家已经不约而同地醒悟到，要想表达现代生活以及现代人的精神状态，就必须积极变革自己的艺术。这种变革显然是以寻求与过去迥异的艺术形式为目标。最早开始这种探索的是引起各方震动的"朦胧诗"运动。一批激进的年轻诗人终于选择了具有异端性质的西方模式向着依然是最自信同时又体现为最僵硬的传统模式挑战。

这种寻求充满了艰辛。因为它很难被完全感到陌生的欣赏者和批评家所接受,它的不合常规的艺术思维和艺术方式甚至对作家本身都存在困难。但立志要改变以往僵硬模式的中国作家显然已把付出代价的决心付诸实施。

四

很难对中国当前借鉴和参照世界文学的状况做出准确的描述。它的难以描述是与中国现阶段文学自身的错综复杂及其瞬息万变相联系的。现阶段中国文学已实现了由单一格局向多元格局的转换,且后者业已显示了稳定状态。中国与世界文学的交流与接受也体现了同样的趋势,即由某一种或某几种现实功效的考虑而为多向寻求的转换。

对当前全面展开世界性文学交流的情景作出精确的描写,特别是判断西方文学的何种思潮或主义对中国文学的决定性的或主流的影响,显然十分困难。当前文学创作所接受的西方文学的影响是全方位的和无主流的。莫言自言他的《秋千架》得力于日本新感觉派大师川端康成。有人从高行健的《车站》看到贝克特《等待戈多》的影响。有人撰专文谈论韩少功近作与魔幻现实主义的关系。当然,我们也可以从谭甫成的《高原》或是莫言的《透明的红萝卜》中孩子的形象联想到他们与艾特玛托夫的《白轮船》中的小孩的联系。他们同样是忍受了痛苦和悲哀而追求理解与自由的精灵,这些中国作品与外国作品的联系与接收影响的关系是明显的。失去主流的文学时代当然也失去了借鉴与引进的主流观象,要对这一时期中国文学与世界文学交流的总流向作出判断几乎不可能,一切都是自行其是的,一切又都是"无秩序"的。

但在这方面我们并非无事可做。受制约于特定时代的文学流向是存在的。这就是文学急于在批判之中与过去的僵硬模式告别,而在一次内涵与形式的总的更新中,从传统的封闭式思维走出,而以通往和参与现代世界文学为自己的目标。

中国文学的现代更新,实际上自五四即已开始,即中国决定要改变数千年遗留的古代文学的模式而与现代世界的新文学认同。但经过半个多世纪的挣扎,并没有胜利地跨出这一迷宫。受到传统文化和传统思维方式制约,中国文学实际难以实现它的最初的构想。五四提出的科学和民主的、彻底地与封建主义决裂的任务远未实现。而且类似中世纪的禁锢居然能在中国重现,实是当年的志士仁人所不能想象的。

在通往思维方式现代更新,促进中外文化的交流融汇的路途中,中国所经受的折磨,恐怕是世上诸民族所绝无仅有的。上世纪末的中体西用论,本世纪初的夷夏之辩,五四时代的保存国粹与打倒孔家店之争,20年代的东西文化比较,30年代的东方文化本位论,40年代大从化和民族化的提倡,五六十年代的"洋为中用"与对于盲目崇拜西方的批判,70年代以迄于今的关于"全盘西化"的批判,这些没完没了的争论和批判折磨了几代人,也将延续到21世纪。这证实了中国自成体系的稳定的民族意识与开放时代的世界意识的冲突,是中国文化艺术走向世界的进程中的基本冲突。

中国什么时候才能走出这个魔圈?这种矛盾存在于中国社会的整体,也存在于中国文化界的个体。有人分析过中国先觉的知识界的两难处境:理智上接受西方文化,而在情感上排斥它;感情上眷念传统文化,而在理智上又批判它。事实上,中国知识分子对于传统文化的依恋几乎是一种病态的遗传。五四某些猛士的颓唐,新文学运动几位先驱的沦落,一些新诗的开拓者转了一圈以后又回到旧诗寻找归宿,都是证明。

五

在长达一个世纪的纠缠推移至今,中国文学参与世界的觉醒伴随着一种前所未有的荒凉之感。浪漫主义的影响依然存在,但理想化的情感与实际生活相距甚远而产生了隔膜感;现实主义依然支配文学的命脉,但部分人却感到了如实再现或反映的方式缺乏新的魅力。经过了文化大浩劫之后的新时代觉醒,面对的不仅是人性为神性和兽性所湮没,也是一片物质和精神废墟,几代人有着浓重的失落感。眼前仿佛是艾略特的荒原的重现。现实生活的举步维艰以及它的进进退退,加上动荡世纪之后的人际关系异化,使文学的发展体现出与世界现代文学,特别是与现代主义的艺术潮流有更多的认同感。

这种不同时空的"共震"是一种发人深思的现象。要是说,本世纪二三十年代中国文学对于现代主义发生兴趣,是在总体的艺术自由的气氛中出于纯粹的艺术兴味的引进的要求,因而与当时的时势民情相脱节,而在大的社会民族变动中受到冷落,而今日的这种超越时代地域的呼应(西方的现代主义发展经年,如今已不具新鲜感),却引发了中国又一次对于西方现代主义的热情。

这种特殊兴趣或特殊的亲近感,我们几乎到处可以感到。诗歌发展的超前性已为人所共知。在文学艺术的广泛领域,人们几乎难以掩饰对于"现代派"的热情。数年前若干文章如徐迟的《现代化与现代派》、冯骥才的《中国文学需要"现代派"》都说明了这种"热度"。何立伟在介绍《苍老的浮云》作者的《关于残雪女士》中说到:"残雪女士取舍作品好坏高低,只有一个标准,即是否现代派。残雪最喜欢的作家是卡夫卡、怀特,以及川端康成,后来便是马尔克斯。这几位其实很不一样。但是,他们都是

'现代派',这就好。"①这不仅证实本文前面提及的"驳杂"和"不加选择",而且证明一种遥远的认同感。

亲切和认同的趋向是特殊的社会历史所造成。浓重的失落之后面对废墟的苍茫,梦醒之后不知走向何方,加上现实生活的诸多挫折以及迈步的艰难,人们易于从那些变形和扭曲的艺术中找到新的审美刺激。加上对于旧的形式和叙述模式的憎厌,作家们当然乐于寻找并引用新的表达方式。这些表达方式当然不会是古董和国粹,也不是古典的浪漫主义,更多的则是现代的"舶来品"。

那些随意性的时序颠倒和空间转换,那些扑朔迷离的心理错觉和梦境幻觉的捕捉和运用,那些通过拼接的和整体概括的象征性以及人物行动、对话及内心独白的自由交叉、随意穿插的叙述方式,极大地丰富了中国进入社会发展新时期之后文学艺术的表现形式和手段。当然也有力地反对了业已发展到相当程度的文学艺术教条。它体现开放文学时代冲决封锁之后的横向移植的强意识。中国新文学再一次从事实上确认了与世界文学的亲缘纽带。

体现了这一潮流实质的,与其说是形式的模仿与移植,不如说是由于社会内部结构大调整所产生的情感、情绪、思考以及心理上的共鸣。大动乱之后的悲怆与落寞,迫使过去写了缠绵缱绻的《红豆》之恋的温柔女性,倾向了卡夫卡式的变形与扭曲。宗璞承认只有通过《我是谁》这种方式,才能写出人受到严重摧毁失去了自我之后的极度痛苦:"四面八方,爬来了不少虫子……它们大都伤痕累累,血迹斑斑,却一本正经地爬着。"同样,也是由于历史的和现实的驱使力,使一开始便以美好情感的追寻与合理生活的礼赞而体现出女性作家特质的张洁,几乎愈写愈显得激愤,甚而

---

① 见《作家》,1987年第2期。

显得"粗野"了。从《方舟》到《他有什么病》,记载了这位作家创作的内涵演进之中浸润了更多现代意识的历程。特别是后者,女作家着意于写病态和丑恶,其中无处不渗透着她的恶讽的意图:许多人都害了病,又说不准害的什么病。然而,她的笔锋却遥遥地指着这个古老民族的传统文化的积淀,一个稳固、封闭、千古难易的精神世界,正是由于它,这个民族失去健康。

文学发展的现实指出,理想主义情趣的失落以及对于现实生活从批判到嘲讽意向的推移,证实了现代西方哲学、心理学以及文学理论的深刻潜移默化的过程。许多作家的实践说明,与其用那种甜蜜的语言诉说与实际很少关联的美妙娟好,不如用这种失去常态的扭曲和变形方式,"零乱"和断续乃至颠倒的方式,更能体现出这几代人困顿、惶惑,以及因人际的隔膜和世情的乖谬而萌生的荒诞感。

六

现代主义在西方已经成了历史。我们则把这种历史当做了现实。原因在于久远的封闭之后,中国需要知道这些。如同我们已经知道了巴尔扎克、托尔斯泰一样,我们也需要知道艾略特、卡夫卡。这原因很清楚,中国属于世界,世界也应当属于中国。抛弃了自我封闭以及单一选择之后的中国,想要以自己的创造加入世界的中国,不了解甚而排斥现代主义的艺术,只能是一种不健全。何况,现代主义自身还有那么丰富的、令我们感到新鲜的吸引力。

几年前那一场关于现代派的"空战",由几位老作家和几位有实力的中年作家挑起,它的最大功效在于给麻木的中国文坛以刺激。它充其量只是一种对于僵硬的创作模式和欣赏惰性的挑战。一些神经过敏的人感到了现代主义的威胁,他们担心现实主义将被取代,甚至担心子孙后代会忘了中国的传统,这是被夸大了的危机感。而问题的实质是,中国既然谋求重返世界,中国要成为现代世界的一个成员,中国文学就应当接受这种现代的洗礼。

这将造成一个非常积极的后果,即在中国文学多元格局的争取中,合理地嵌入对于现代世界来说至关重要的现代主义的成分。而且这一成分如前所述的它又具有与中国社会的实际的那种特殊感应的魅力。

中国文学事实上已从这种"引进"中得到好处。它不仅有效地完成了中国文学多元的建设,而且拥有了一种对中国来说具有陌生的引力的艺术表现系统。它能够弥补已有的艺术手段的匮乏,和改变对于某些特定领域的"无能为力"状态,特别是在表现变态的和畸斜的事理方面。许多作家已经以随心所欲的、各取所需的方式,把这些艺术成果运用到自己不断推出的新作中。当前中国文学的层出不穷的和令人目不暇接的动人景观,多半受惠于这一次广泛而深刻的吸收与引进。

七

在西方用了一个多世纪才告完成的文艺流变的全过程,中国以不到十分之一的时间同时展开。如同中国当前社会的一切形态一样,文学上最古老和最现代,最正统和最激进,最民族化和最西方化的现象同时并存。这现象甚至也在同一作家的同一时期创作中并存。这样的极端复杂性足以使文学史家和文学评论家感到综合的困难。

这种广泛交流的深刻性也是空前未有的,它的影响几乎无所不在。即使在表面看来和传统文化保留了最深切联系的领域,也渗透着这种交流的积极性。例如当前的文化寻根的热潮,尽管表现了广泛深刻的对于古代文化风习的兴趣,但并不是简单的对于传统文化的复归。作家的注意力被古旧的乃至蛮荒的题材所吸引,似乎是一种与西方文化相悖的潮流,但若把这一切思潮与最具现代意味的命题联系在一起,便发现它与"现代人无家可归"的思考与寻求存在着一致性。这是一种对现实失望之后的深潜的欲望的表达,它是对无家可归者寻找灵魂的曲折意愿的承认。现实生活的空漠之感,期待着业已失去的或根本不存在的现象的填补。

世界现代文学广泛深刻地影响着中国当代文学。在那些最平静甚至最无动于衷的固守旧的观念和方式的角落,人们也不难发现这种悄悄的"侵入"和无声无息的骚动。这种世界性的新潮的袭击以非常广泛的方式进行着。它与迪斯科音乐、软饮料、牛仔裤相协调而构成了一种新的文化形态的流行。在当前中国,只要是还在创作的作家即使不是直接,也必定以悄悄的间接的方式接受它的渗透:陌生变成熟悉,焦灼地抗拒却又不自觉地接近,充满警觉地疏离却又身不由己地吸附。一方面是忧心忡忡地告诫危险性,一方面却依然以不动声色的方式影响着文学的面貌。这一代中国人真正有福,他们有幸目睹这一时代巨变中的文学奇观。

一个民族的文化之所以具有生命力,它必须在与世界的广泛交流中勇于吸收和择取。固守已有的一切——不论这一切是多么深厚和丰富——而不求发展将无出路。这作为一个潮流或规律恐难违逆,尤其作为一种觉悟的心灵的愿望尤难违逆,如下一位作家的渴望,传达的是中国多数作家的渴望:

> 克服一切距离和障碍,使我的文学与世界的文学交流,使我的个人与世界的众人交流是我过去以及将来所作努力的主题。这是一个狂想般的希望,我要了解这世界有史以来的所有的人,然后使这世界有史以来的所有的人来了解

我……①

这就是现今的中国文学和中国作家的参与意识。获得了这一意识的民族,事实上不会同意重新禁锢和重新封闭。

百年反思与文学期待

回望20世纪,此刻已是一片凄迷的暮色,在中国人的记忆里,带血的斜阳依稀映照着百年的呼号与呻吟。世纪的记忆原是血与泪的记忆。

苦难造就了丰富。要是没有这么多的追求与梦想,失败和屈辱,我们也许会为历史的贫乏而遗憾。但20世纪对中国来说的确是沉重的,这不仅由于苦难,也由于梦魇并没有在百年即将终了时隐退:人口的爆炸、资源的匮乏、生态的失衡,仍是如今中国心灵的一团乱絮。

中国期待着一种认真的回望。也许今日的经济发展可以为失去自信心的中国提供刺激,但文化的偏离,它因无批判的"弘扬"所造成的旧习的卷土重来,已构成对于现代进程潜在威胁。回望也许无用而毕竟有益,至于可作为存在的思考的证实:我们曾经面对过历史的积重。

目下文学艺术向着商品的滑行现象令人吃惊。故作昂扬的应时之作与自甘沦丧的插科打诨比比皆是,肤浅乃至卑俗的逗乐使衣冠楚楚的节目主持人看上去都像是不入流的相声演员,整个的艺坛充斥着廉价的"绕口令"般的陋习,似乎人们的聪明才智都用在耍嘴皮上了。

人们一面在义愤填膺地谴责"五四"对于文化的过激行为的同时,一面却拱手恭迎当年被陈独秀、鲁迅等斥为"吃人"的那一

---

① 王安忆:《渴望交谈》。

套道德垃圾。有时,人们甚至因习惯成自然而说溜了嘴,连当年普通老百姓都为之不齿的"国粹",也成了广告语汇般的口头禅。某种舆论倡导使"整理国故"一类的陈词滥调犹如时装表演那样到处走红。

文化的沦落最明显的标志是它们失去批判的锐气。现实的严酷遭遇使当前的中国知识分子变得更为"成熟"了,他们懂得如何在复杂的境遇保存自身而不致受到伤害。于是,配合着商业文化的兴起,一些洁身自好的文化人选择了机智的避隐。他们一时忘却人间烟尘而躲进了"传统"这一安全可靠的隐蔽所。

然而,在艰难的时势中,我们的头顶垂挂着苍老的太阳。它时时提醒我们上面述及的那种百年中国的记忆。难道作为这片土地的生民竟是可以如此心安理得的忘却我们脚下这片深厚的土层,忘却土层中的埋藏和郁积?

现实种种呼唤着"脱俗"的崇高的有时却有点悲壮的投入。文学艺术诚然有其自身的律则,但它们对于切实人生的不可疏离却是始终的尊奉。人生和社会诸多的梦想或苦难,总是期待着文学艺术对它们有限的、甚至是无谓的承诺。

世间万象之中,文学也许是一种既聪明又"蠢笨"的事业。当仕途或经营造出了人生的繁华和喧腾,而文学却在寂寞的一角心甘情愿地品味着苦涩,有时甚至要承受惩罚和灾难。这营生始终与悲苦为伍,它的思考和不满在某些人看来甚至是令人嫌恶的习性,而文学却毅然身负十字架流血于中途。

人们为追求欢娱尽可游戏而调笑,但他们不应以文学为工具。当生存成了严肃的甚至危害的话题,而恣意游戏文学并以此为乐、以此为荣便难免尴尬。人间游戏场随处都有,习于此道者大可不必羁留这满布悲愁和苦难的殿堂。

世纪之交的文学转型

随着80年代的结束,一个被称为"新时期"的文学阶段亦随之结束:这已是事实。从70年代末期开始的文学变革,而经十数年的充满激情和创造性的发展过程,已是一枚丰满的果实,迎到了它的成熟期。从文学的创作、研究和理论批评,以及文学翻译、中外文学交流等等方面看,它所已达到的充分的程度,为自有新文学历史以来所仅见。更为重要的是,中国这一时期的文学经历了对受到极大破坏的旧有文学传统的修复;冲破文化禁锢之后借鉴西方经验、引进西方观念方法的积极性的发扬;以及长期受到压抑的创作欲的激扬和喷发的一系列合规律的演进之后,自80年代中后期开始,中国新时期文学通过后新诗潮、先锋文学、新写实小说等诸多现象,显示出文学的时代更迭的条件和可能性。

前此一个时期文学创作和批评的喧杂和纷乱局面,一方面说明文学觉醒所已达到的自由度,一方面也说明文学已经具备了广泛实践前提下进行选择和自我调节的可能性。如同地层内部岩浆的燃烧和沸腾,当一切条件都已具备的时候,等待的只是一个爆喷的突破口和触发这种爆喷的时机。中国新时期文学的结束和另一个时期的开端,被确定在向80年代告别的时刻,这只是偶合。即使中国社会不曾发生什么,文学的转型也会在这个时间的某一时出现。

当前我们企图把90年代开始的文学形态作一种新的概括,被叫做"后新时期"的这个概念至少包含了两个意思:一是作为开放中国的开放文学,它们同属于文学的新时期;一是作为在80年代走过了完整阶段的中国文学,这概念确认了文学自身延展、变革的实质,即对它由前一个形态进入后一个形态的转型的一种归纳。对文学思潮或运动进行一种概念的归纳,由此提出一种新的范畴,目的在于给文学的发展以一个新的符码,便于人们的辨识,并且期待它对文学的研究起实质性的推动。这概念并不空泛,它是一个文学阶段终结、另一个文学阶段开始的具体信息的传达。

一个新的文学阶段的开始在90年代,它无疑将为90年代文学描画出一个具体明晰的轮廓,但它的使命不单是对90年代文学进行某种描述。作为跨世纪的文学现象,这一特定的时代将为这一时期的文学提供特定的品质。它将投供出处于世纪末的中国特有的忧患感和悲凉色彩,并且将具有面对新世纪的充分幻想和憧憬,以及对未来不可尽知的苍茫氛围。总之,世纪之交的机缘将赋予我们的文学以特殊的内涵。

新旧世纪的交替往往会造出某种历史性的奇观。历史在这个时刻往往也格外钟情于文学。19世纪、20世纪之交,中国文学举步跨出了古典时代,新世纪赐予文学的是一个划时代的变革。中国新文学是那个世纪摇篮中的新生命。一百年过后,我们有理由期待历史的公正,给我们以与我们的前辈均等的机会——一种新的选择和可能性。也许进入90年代之后的文学的沉寂和热情的退潮不是一件坏事,它给原先为创新而疲于奔命的文学以冷静的思考,这种思考将有益于心理、情绪,以至创作思维和方式的调整。

告别80年代之后,觉醒的文学将拒绝非文学的行政性骚扰——尽管这种意图还无时不在,但拥有主体意识的文学会进一步为维护自身的权益而拒绝那种意图。需要特别强调的是,不论我们以什么样的名称来概括这阶段的文学。90年代以后的文学将摆脱充当某种附庸的地位。文学自身的规律将给文学的发展规定可能性,而不是如同以往那样由非文学的力量牵着走。我们始终希望,我们对文学阶段的划分和概括仅仅属于文学自身。

开放的社会与开放的文学

尽管我们认定文学的创造总与个性化的思维以及个体性的运作有关,但文学也不能逃避社会精神和社会情绪的投射与反照的使命。文学作为个人的心音,它的亏盈和共鸣往往选择在更大的社会性空间中进行。一个与时代的脉动毫无关联的文学很难确认其真有价值。所谓文学的特性是指文学与直接、抽象、概念化的说教无缘,文学总是通过个人的经验、感受、思考和体悟,传达出它的社会性的意愿、追求和憧憬。

有一种难以消除的误解即认为文学领域所发生一切都只与也仅仅只与个人有关。这从文学的生成和发展的历史看来是不确实的。最早的舞蹈因模仿狩猎对象,以及表现狩猎的过程而兴起。最早的诗歌是情有所发而为浩叹以期影响群情的产物。到了近世,文学可以通过印刷得到发表,这却反过来证明了文学与社会不可脱离的性能。在形诸文字的与情感有关的文学作品中,只有为数极少的一部分严格地只与作者自身以及某个人有关(如只为自己写的日记,以及只为特定的第二者看的情诗等)。就大部分的文学创作而言,自娱与感人两种品质总杂呈于创作及发表的过程中。也许创作的动机起于自娱,而发表的动机则归于感人。因此断然与社会隔绝的作品总是例外。

文学与社会的适应是双向的。从个人的动机看文学,希望社会不仅能够容纳并理解个人的特殊存在,而且通过社会对作品的感知而接受作家对社会的召唤。从社会的意愿看文学,则希望作家通过他们的精神生产传达社会竭心的追求以及他希望取得的成果,从而展示社会的真实面貌。一个与世界沟通的开放的社会,当然希望通过作家的工作显示它可能到达的民主化程度、自由境界,以及它的开放性所带来的繁富。

因而，一个开放的社会理应要求一个开放的文学。社会总是渴望文学的张扬。这可以看成是社会的自私，也可以看做是社会的介意。当然，苛刻的社会为文学自由的付出可能极为悭吝。但文学的使命却不是等待施与。文学可做的事，只能是锲而不舍地坚持和争取。要求社会为文学做出慷慨的允诺和大跨度的让步毕竟近于奢侈，唯一的机会只在文学自身。

文学要解放人的心灵首先必须解放自身。开阔的视野、自在的心态、放松的情绪和从容的表达，从中将造就一个与开放的社会相适应的充满生机的文学形象。当然，仅此还不够，社会也必须在对文学的控制方面做出新的调整。首先，社会不能如同往常那样把文学看做是可以随意捏弄的面团，更不可把作家的群体当做政敌。把文学家看做是随时都在酝酿和组织阴谋的那种心态是失常的。无可回旋的对于文学事业的僵硬态度，以及无休止地向文学发动攻击的现象，只能发生在充满危机的社会环境，而与一个健康社会无涉。

要是我们始终面对的是噤若寒蝉的作家和小心翼翼的文学，要是我们的精神产品的生产者随时都感到悬剑之危，他们所能创造的是什么？失去自由的作家创造的只能是失去自由的精神。那么，这一切的最直接的受损害者不会是别人，而只能是社会本身。一个声称酷爱正义和和平的民族，而它所拥有的却是随时都可能充当被告的"灵魂工程师"，这本身就构成了悖论。

无法拒绝的隐忧

80年代的结束为中国文学带来了一个大震撼，痛苦之后是失语，失语之后是缄默。新时期的文学狂欢节的谢幕，宣告激情时代的终结。伴随着90年代而来的是建立在冷静反思基础上的静悄悄的调整。以往的历次调整都是一种强加，而这次却是自觉的、也是一次良性的调整，没有号召，也不依赖那种无根的

"批判",甚至也不理睬宣传的喧嚣。

当然,商业狂潮的袭击干扰了这种平静。但商业性的影响显然被宣传夸大了。我知道严肃的作家和学者仍然坚持在寂寞和清贫的一角,他们"临渊而不羡鱼"。从根本上看,文学的轰动是反常的。文学之引起轰动,多半是由于文学做了别的什么,而文学的常态则是受到社会中心的冷淡。股市和金融,政治和战争,甚至一个女明星的隐私,都可以造成轰动,而文学基本上不能也不为。文学对于整个社会来说,只是一种调节,从久远看是一种滋润,而总与急功近利无缘。因而文学的天命则是自甘寂寞。

这是一个接近百年终了的庄严时刻。回想一百年前那一代中国志士仁人,如何用苦难来谱写那个世纪末的悲壮乐章,我们就没有理由用玩笑和肤浅的态度对待人生和文学。我们希望少一些噱头和脂粉气,多一点严肃精神。眼下闲适太多,调皮和花鸟虫鱼太多,刺激太多,少的是沉雄博大感世忧时之作。上一个世纪末的忧患消失了,代之以及时行乐的浅薄轻浮。人们,难道金钱和权力把中国所有的良知和正义感都挤压去了?!

在中国,有才能的作家和诗人不是太多,而是他们要么飘泊和流浪他乡,要么隐居避世。一些应当是雄姿英发的盛年才俊,却是从心理上和艺术上充满了"老态",他们的颓唐甚至让我们这样年龄的人都感到吃惊。

十年的奋斗,我们争来了一些心理和情感空间的自由度,但是我们的不少文学家却在无谓地荒废和抛撒这些比金子还要贵重的自由。我们从那里听到了真正的末世的哀音,听到了在珠光宝气的言词包装之下的庸俗和浅薄。相声是纯粹的语言艺术,它把以北京话为基础的汉语的机智和潜能发挥到了极致,我对相声艺术和相声大师充满了敬意。目下相声的粗鄙化和庸俗化已让人感到了这一艺术的可怕的沦落。但更可怕的是,它的粗鄙和庸俗风气都在更广泛的范围中蔓延,许多的节目主持人,许多的艺术家和作家都染上了这种"相声气"。有一个夜晚,其实是所有的夜晚,你打开电视机,随处可见小市民情趣的废话和无聊的泛滥。还有所谓的戏剧小品,从南到北的几个"幽默大师"的逗乐,喜剧不是喜剧,丑角不是丑角,把中国人的麻木和痴呆再现得活灵活现,在他们的演出中,鲁迅痛苦的鞭笞变成了兴高采烈的肯定!

还有在"弘扬民族文化"的招牌下的明确无误的复古空气。从娱乐式的祭孔表演到再建《金瓶梅》中的狮子楼,到西门庆的家宴菜谱。所谓的"旅游资源"的开发,随地可见的御酒、仿膳、宫廷秘方,使我们周围充满了腐朽颓废的空气。这一切窒息着我们,无情扼杀着世纪末残留的哪怕一点点生机!

有人批判五四的激进思想,以为中国现今的弊端与那个激进思潮有关。我们可以承认那一代人对于中国文化的激烈态度有片面性。但也许其中就蕴涵了他们的睿智和投入精神。我想发问:面对这一浪高似一浪的颓废和妥协,我们对于不断制造出来的古董或假古董的肆虐,较之那些浅薄平庸的"全面性",那充满崇高精神的愤世嫉俗的激烈,不是显得更为可贵吗?

理想的召唤

新时期的文学狂欢已经落潮。多少显得有点放纵的文学正在急速地失去读者的信任,相当多的文学作品不再关心公众,它们理所当然地也失去公众的关心。中国为数众多的文学家识时务地从急流中拔足下来。他们以随心所欲的编织和制造适应消费的需要。他们忘却记忆并拒绝责任。他们在现实中的逃逸既潇洒又机智,即避隐现实的积重也避隐自身的困顿。文学的一缕游魂,正飘飘忽忽地穿行在艺术与时势之间,装点着世纪末的苍茫时空。

商潮的涌起使人们乐于把文学定格于满足快感的欲望功能,人们因厌弃以往的仆役于意识形态的位置而耻谈使命和责任。对于世俗的迎合使文学(包括艺术)迅速地小市民化,庸俗和浅薄成为时尚。这种时尚使一些人怡然自得而不曾感到羞赧。这倒也不必惊诧,因为当下是一个众声喧哗的时代,文学曾经为争取自由而蒙难,文学理应享受有限的自由而不必听命于他人的召唤去做不是文学想做的事。这社会,人们都在各干各的,又何必苛求文学?况且,文学的天性从来就是充分个体的、自由展开的精神劳作。

但是,当前的问题并不是文学的受到羁约,恰恰相反,正因为文学的过于放任而使文学有了某种匮失。当前的文学不缺乏游戏,不缺乏轻松和趣味,也不缺乏炫奇和刺激,独独缺乏对文学来说是致命的东西。这种缺乏导致人们追问文学到底何用?的确,我们的文学曾被广泛用于政治。文学家们为此所惊吓而宁肯宣告文学"无用"。人们在倒脏水时连同婴儿一起倒掉。

文学创作有一切的理由享用自以为是的自由,但文学显然不应抽去作为文学最具本质的属性。文学的建设最终作用于人的精神。作为物质世界不可缺少的补充,文学营造超越现实的理想的世界。文学不可捉摸的功效在人的灵魂。它可以忽视一切,但不可忽视的是"它始终坚持使人提高和上升"。文学不应认同于浑浑噩噩的人生而降低乃至泯灭自己。文学应当有用,小而言之,是用于世道人心;大而言之,是用于匡正时谬、重铸民魂。

近百年来中国人为改变自身命运而有悲壮的抗争,中国文学曾经无愧于它。当20世纪行将结束之际,人们猛然发现了上述的匮缺,触目所见是不尽的华靡和鄙俗。人们惊叹文学的失重,发现了文学与时势的巨大反差。的确,文学有多种多样的功能,文学可以是快餐和软饮料。但文学除了即食即饮之外,更有属于永恒的价值。对此而言,后者更能体现文学的本质。

一个普希金提高了俄罗斯民族的质量,一个李白使中华民族拥有了千年的骄傲,一个凡·高使全世界感受到向日葵愤怒而近于绝望的金色的瀑布,一个贝多芬使全人类听到了命运的叩门声！中国的文学，文学的中国！在这百年即将终了的时候，难道不应该为这个世纪和下一个世纪的人们带来一些理想的光辉？人们，你们可以嘲笑一切，但是，切不可嘲笑崇高和神圣，庄严和使命，以及与此相关的祈求，切不可嘲笑这一点点可怜巴巴的乌托邦的抚慰。

后 记

这一本《论二十世纪中国文学》是我关于本世纪文学发展综合思考的一次集汇。最近数年,我在北京大学的"批评家周末"上,开展关于中国百年文学的专题研讨,讨论的涉及面很广,也日渐深入,我也陆续写了一些文章,加上原先的,也积有若干,集中在一起,也颇有一本书的规模了。

本书第三辑《中国文学的新时期》,全部收入了我于1988年出版的《文学的绿色革命》的内容——这是我对"文革"终结之后中国文学巨大变革所做的最集中的一次考察。该书印行多年,未曾再版,读者多有问索,苦于未能回报,此次全文移入本书,对于了解我的文学理路,可能有所裨益。好在这套丛书的最初构想是一套作者的"自选集",我的这个举动也还不算越矩。

此书所收文字,除上述外,大部分均是初次结集——我剔除了其他内容的文章,而把论题围绕在对即将过去的20世纪的中国文学历史脉络的思考和整理上。这样做,是为了避免"论文结集"的一般化,使本书主题更为集中也更为突出;对于我,则俨然又是一本"新"著了,自有一份欢喜。

至于严格意义的"自选",则需待以时日,我目前尚不想做。回想十多年前湖南文艺出版社出的那一套《谢冕文学评论选》,那也是一本新的结集,其内容也与书名全然不同。此番又是如此——我对"选集"总是心怀忐忑,从不敢贸然为之。

借此机会,我还要真诚感谢河北教育出版社的慷慨支持,以及本书责编的辛苦劳作——他们替我做了很多本应我亲自做的事。

谢　冕

1997年1月12日于北京大学畅春园

与世纪共命运[*]
——《论二十世纪中国文学》新版后记

我把生命的大部分时间都留给了已经过去的二十世纪。这个世纪给了我生命,也让我体验到生命的艰辛、痛苦以及再生的喜悦。二十世纪与我的生命同在。二十世纪无休止的"热战"加上冷战,吞噬了这个世界无数人的生命。当然,它也带给这个世界以新的科学和人文的光芒。对于中国人来说,它更是一个翻天覆地的、让人惊心动魄的世纪:中国终结了数千年的封建历史,开始了现代中国的行进。

时序变迁,天下兴亡,帝国主义的形成及肆虐,无产阶级的革命及式微,以及建立在霸权基础上的两极对峙,这些题目可能是太宏大了,我们不仅难于把握,而且更难于叙述。战争和动乱结束之后,二十世纪留给普通人绵长的记忆和冥想的,可能就是事关文化的承袭及其变迁、沿革这些话题了。这样的话题一般不会过时,甚至久而弥切。

这本《论二十世纪中国文学》凝聚了我对于中国近代以来的文学和文化演进的思考,写作的时间跨度贯穿了整个的新时期。基本涉及两个主题:对新文学革命和新文化运动的整体描述和反思;对新时期以来的文学变革的跟踪描写及总结。我当时在北大中文系主持"批评家周末",许多文字和言论,均形成于

---

[*] 《论二十世纪中国文学》2009年12月由中国人民大学出版社重新出版,此文为新版后记。据此编入。

此时。

"批评家周末"这个文学沙龙，从八十年代的最后一年开始，一直坚持到二十世纪的最后时光，随着我的退休而落幕。记得当年，我内心充满了悲凉，为当时的挫折，也为一时间"文革"思维及其积习的卷土重来。于是便想在燕园一隅，找个僻静的角落，避开外面的喧嚣，纠集一般学生和朋友，从中国文学和文化的行进中寻找现实的答案。这对于当时的我，也是一种无奈之余的寄托。

时间过得很快，此书从写作和出版至少已是十年、二十前的事了。幸而人们并未全然忘却它，人民大学出版社近期决定重新出版这本旧著。我怀着一种如对故人的心情，也怀者对于人们"未曾忘却"的感激的心情，写了以上这些话。

2009年3月8日于北京大学中文系